Knaur®

Die Übersetzungen der Zitate am Anfang der Teile dieses Romanes sind folgenden Büchern entnommen:

William Blake
Lieder der Unschuld und Erfahrung
übersetzt von W. Wilhelm
Insel Verlag, Frankfurt am Main 1975

Jonathan Swift
Gullivers Reisen
übersetzt von Franz Kottenkamp
Verlag Lothar Borowsky, Wien

Dieses Buch wurde auf chlor- und säurefreiem Papier gedruckt.

Deutsche Erstausgabe Juni 1993

Titel der Originalausgabe »The Amulet«

Umschlaggestaltung Charly Dengler, München
Umschlagillustration Klaus Thomas, München
Satz: MPM, Wasserburg
Druck und Bindung: Ebner Ulm
Printed in Germany 5 4 3 2 1
ISBN 3-426-70002-6

A. R. MORLAN

Der Fluch des Amuletts

Aus dem Amerikanischen von
Thomas A. Merk

Knaur

Zur Erinnerung an Little Guy (1983–1988)

Du warst mehr als eine Katze, du gehörtest zur Familie,
Du warst mehr als ein Freund, du warst das Kind
meines Herzens ...

Der Autor möchte folgenden Personen danken, die ihm mit ihrem Rat und ihrer moralischen Unterstützung beim Schreiben dieses Romans geholfen haben:

Janet Fox, Harlan und Susan Ellison, Kathy Ptacek und Charles L. Grant, James B. Johnson, Dean und Gerda Koontz, Gary L. Raisor und John S. Postovit.

Welche Armkraft konnte dehnen,
knüpfen deines Herzens Sehnen,
und als endlich schlug dein Herz
welche Hand der Füße Erz?

William Blake
»The Tyger«

Der Erde Nacht ist, wenn sie schreiet
in ihre Dunkelheit
Auch für die Seele sie bereitet
die eine, schwarze Zeit.

William Allingham
»Earth's Night«

PROLOG

Prag, Böhmen
Ende Oktober 1880

Der Nachtrock

Ein eisiger Wind blies braune Blätter über das Kopfsteinpflaster der Straße hinter den rautenförmigen Butzenscheiben von Karel Nezvals Fenster. Ab und zu streifte eines der gezackten Blätter über das Glas, und sein raschelndes Geräusch, das an das Raspeln feiner Insektenflügel erinnerte, drang an Nezvals scharfe Ohren. Er hielt inne und rieb sich mit der Hand die linke Ohrmuschel, während er in dem jüngsten Brief seines Freundes, des Archäologen, weiterlas. Der Brief war ihm heute morgen zusammen mit einer kleinen Holzkiste, die sorgfältig in Ölpapier verpackt und mit unglaublich starkem Bindfaden verschnürt gewesen war, zugestellt worden. Auch dieses Päckchen kam von seinem alten Jugendfreund.

Karel Nezval, der Glashüttenbesitzer, der seit seiner Studienzeit in Berlin ein begeisterter Amateur-Ägyptologe war, blickte mit seinen leicht hervorquellenden Augen unter den buschigen Brauen von den feinen, geschwungenen Federstrichen seines Freundes hinüber zu dem geöffneten Kistchen, das auf dem runden Kirschholztischchen neben dem offenen Kamin stand, in dem ein helles Feuer knackte und zischte. Nezval hatte das Kistchen mit einem Ende auf seinen Deckel gestellt, so daß es etwas schräg stand und er den kleinen Schatz, den Joseph Zeyer vor kurzem dem ägyptischen Wüstensand entrissen hatte, besser sehen konnte. Die rotorangefarbenen Flammen des prasselnden Feuers tauchten das tiefgelbe Gold und die grünen Steine des Objekts in ein warmes, flackerndes Licht. Nezval beugte sich über die linke Armlehne seines Stuhls und bewunderte blinzelnd dieses unerwartete Geschenk von Josef: die winzigen, unglaublich fein ziselierten Details, die besonders an einem so kleinen Schmuckstück selten waren, die Art, wie die Schuppen an seiner unteren Hälfte direkt aus der ölig-glatten Oberfläche traten, als wären sie von selbst aus dem Gold herausgewachsen, anstatt in es hineingeschnitten worden zu sein.

»Wunderschön«, flüsterte Karel Nezval. Seine Zunge schoß aus dem Mund und berührte fast das tiefe Grübchen am Kinn, bevor er seine Blicke widerstrebend zurück auf Josefs Brief wandte:

... von ganz außergewöhnlich seltener Art. Wie du siehst, ist der Kopf der Schlange nicht etwa aus rotem Stein, Simili oder Jaspis, wie man ihn sonst bei Darstellungen der Schlangengöttin Isis recht häufig findet. Ich weiß nicht sicher, lieber Karel, und ich will es auch gar nicht wissen, was der Erschaffer dieses Amuletts im Sinn hatte, als er diese goldene Schlange formte, aber aus den Hieroglyphen an ihrem Unterleib geht (soweit ich sie entziffern kann) hervor, daß er sich dadurch eine Macht verschaffen wollte, die über die eines normalen Skarabäus noch hinausging, wenngleich auch nicht die, die normalerweise einem Schlangenkopf zugeschrieben wird, nämlich die Toten im Jenseits vor Schlangenbissen zu schützen.

Die Macht, die er suchte, war eine ganz andere. *Eine Macht, deren Größe und Umfang äußerst verlockend, aber auch zutiefst atavistisch und, wie ich aus eigenem Erleben bestätigen kann, durchaus real ist.*

Deshalb habe ich dieses Amulett auch dir übersandt, damit du es in deinen Gewahrsam nimmst. Den Eingeborenen hier im Lager jagt das Ding panische Angst ein (aus gutem Grund, das kann ich dir versichern), und wir von der Ausgrabungsleitung haben mächtigen Respekt davor. Zugleich aber ist es eine zu große Versuchung für uns, und deshalb möchte ich dich, mein lieber Karel, mit seiner Aufbewahrung betrauen. Ich flehe dich an: Beachte die Warnung in der Kiste, die ich ja auch am Anfang dieses Briefs wiederholt habe: Berühre das Amulett niemals mit bloßen Händen oder Handschuhen, die nicht aus Asbest bestehen. Benütze zu diesem Zweck möglichst nur die Zange, die ich mit in die Kiste gepackt habe, oder eine Pinzette, falls du eine hast.

Bitte, Karel, befolge diesen, meinen Rat! Einen Mann, einen eingeborenen Arbeiter, hat die seltsame Macht dieses Schmuckstücks bereits das Leben gekostet. Wir mußten ihn töten, weil er sonst uns getötet und die ganze Ausgrabungsstätte verwüstet hätte. Die Hieroglyphen auf dem Amulett sind, soweit ich das aufgrund meiner mangelhaften Übersetzung entziffern kann, sehr detailliert und genau, und ich vermute stark, daß das damit beabsichtigte Böse durch weitere Beschwörungsformeln, die man bei der Herstellung des Amuletts gesprochen hatte, noch weiter verstärkt wurde. Meine Vorstellungskraft versagt, wenn ich darüber nachdenke, was der Erschaffer dieses Objekts damit im Sinn gehabt haben mag. Herr Dobberschütz, einer meiner Kollegen, hat die Theorie aufgestellt, daß das Gold des Amuletts mit Quecksilber oder einem ähnlichem Metall legiert wurde,

und daß man der Schmelze außerdem zerstoßene Skarabäuskäfer und Schlangen beigefügt hat. Ich bin geneigt, Herrn Dobberschütz zuzustimmen, wenn ich daran denke, in welch jämmerlicher Verfassung unser Eingeborener bei seinem Hinscheiden war. Was mit diesem Burschen geschah, als er das Amulett in die Hand nahm, läßt sich mit Zaubersprüchen allein nicht erklären.
Lieber Karel, es wäre mir eine große Hilfe, wenn du die Hieroglyphen auf dem Amulett weiter entschlüsseln könntest. Aber ich flehe dich an: Laß im Umgang mit diesem Ding die größtmögliche Vorsicht walten! Ich weiß nicht, wem ich dieses Gebilde sonst schicken könnte, damit es in sichere, vernünftige Hände gerät. Ich hoffe, daß ich damit, daß ich es aus seinem Herkunftsland entfernt habe, dem Ding wenigstens ein kleines Bißchen von seiner Macht genommen habe ...

Karel Nezval lachte bellend und heiser und ließ Josefs Brief mit dem trockenen Rascheln steifen Hadernpapiers auf den weichen Teppich zu seinen Füßen gleiten. Der Besitzer der größten Glasfabrik Österreich-Ungarns stocherte mit dem Schürhaken im Feuer herum, so daß die Funken wie ein kleiner Meteorschauer zu den rußigen Ziegeln des Kamins aufstiegen. Dann rieb er mit einem trockenen Geräusch seine Hände und sagte, ohne sich darum zu kümmern, ob jemand aus seiner verschüchterten Dienerschaft ihn hörte oder nicht, mit lauter Stimme: »Armer Josef – du benimmst dich wie ein hysterisches Waschweib. Du warst schon als Junge so ... und jetzt als Mann bist du es immer noch – wenn ich dich überhaupt ›Mann‹ nennen soll, mein Freund. Ein eingeborener Handlanger bekommt einen Tobsuchtsanfall, und mein armer Josef hat gleich die Hosen voll und macht ein harmloses Schmuckstück aus einer seltsamen Goldlegierung für diesen Ausbruch verantwortlich. Josef wird mir sicher glauben, wenn ich ihm erzähle, daß ich dieses Amulett zu seiner eigenen Sicherheit vernichten mußte. Er würde es nie wagen, mich danach zu fragen, wie und wo, oder von mir zu verlangen, daß ich ihm den Inhalt meines Safes zeige. Der vertrauensselige Josef, der nie Fragen stellt –«

»Sie haben nach mir gerufen, gnädiger Herr?«

Nezvals Dienstmädchen stand in der Tür. Ihr rötlichbraunes, hochgestecktes Haar leuchtete im Licht des Kaminfeuers wie ein Feuerball aus poliertem Kupfer. Nezval warf seinem in das Kistchen gebetteten Goldschatz einen letzten, sehnsüchtigen Blick zu (später, später werde ich herausfinden, was Josef so furchtbar verängstigt hat), dann widmete er seine Aufmerksamkeit der jungen Frau neben der geöffneten Tür und bewunderte die Hügel und Täler ihres noch unberührten Körpers unter der adretten schwarzen Uniform mit der weißen Schürze und den fast metallischen Glanz ihres lockigen, roten Haars, bis er sich schließlich entschieden hatte, wie er es bei ihr anstellen würde, damit er für den Lohn, den er dem Mädchen bezahlte, auch das meiste bekam. In einem gleichgültigen Ton, der eine immer stärker werdende Schwellung in den tieferen Regionen seines Körpers und die gierige Erwartung, die Hände und Lippen zittern ließ, Lügen strafte, sagte er: »Ja, Anna, bitte sieh doch mal nach dem Feuer.«

Nezval, der innerlich bereits kochte, wartete noch so lange, bis das große, dralle Mädchen mit dem leisen, leicht seufzenden Geräusch von Petticoats, die unter ihrem Wollrock knisterten, das Zimmer durchquert hatte. Vor dem Kamin angekommen, drehte sie Karel Nezval den Rücken zu und dieser schloß, ohne daß sein Dienstmädchen es bemerkte, die dicke Eichentür und sperrte sie zu.

Oktober 1931

Lucys nackte Füße machten auf dem staubigen Holzboden leise platschende Geräusche, als sie den Gang im oberen Stock entlang zur Treppe ging. Der Saum ihres baumwollenen Nachthemds wehte gegen ihre Waden, und das leichte Kitzeln reizte sie zum Kichern. Doch sie biß sich auf die Unterlippe und sagte sich: *Großmutter kichert auch nicht, wenn ihr Nachtrock sie an den Beinen kitzelt – sie läßt ihn hinter sich herschweben wie den Nachtwind – so schwarz und groß und weit.* Lucy versuchte immer, wie Gramma zu sein, auch wenn ihr eigener mittellanger Rock aus blauem Serge ihr nur bis zu den Knien reichte. Auch das Blau war nicht blau genug, es war nicht das tiefe, an Pflaumen erinnernde Blauschwarz von Großmutters Nachtrock, unter dessen dickem Saum ein weißer Spitzenunterrock hervorblitzte wie Sterne aus dem Nachthimmel.

Die ganzen sechseinhalb Jahre lang, die Lucy jetzt schon auf der Welt war, war Gramma immer ihr ein und alles gewesen. Und Lucy war umgekehrt das gleiche für die Mutter ihrer Mutter. Seit das County ihr das alte Haus mit dem weit überhängenden Dach und der großen, halbkreisförmigen Veranda weggenommen hatte, lebte Großmutter im selben Haus wie Lucy. (Mutter sagte immer, das sei alles Präsident Hoovers Schuld gewesen, »weil der uns den ganzen Schlamassel eingebrockt hat«, aber Lucy glaubte nicht, daß ihre Großmutter überhaupt wußte, wer Präsident war.)

Großmutter wohnte im Erdgeschoß, denn das Treppensteigen war zu mühsam für eine alte Frau mit schlohweißem Haar, schwachen, wabbeligen Armen voller Altersflecken und einem Gebiß, daß ihr jeden Moment aus dem

Mund fallen konnte. Aber Grammas Alter war nicht der einzige Grund, warum sie unten wohnte. Lucy sollte das eigentlich nicht wissen, aber wie ihre unverheiratete Tante Dora immer sagte: Kleine Kinder haben große Ohren, und Lucy konnte doch nichts dafür, daß ihr Zimmer direkt neben dem Schlafzimmer von Mom und Daddy lag.

»Kann sie denn nicht woanders wohnen, *irgendwo* anders?« hatte Mutter, seit Gramma ins Haus geschneit war und sich im Nähzimmer neben der Küche häuslich eingerichtet hatte, Daddy oft gefragt. Und Daddys Antwort war immer die gleiche gewesen: »Sie ist deine Mutter, und du bist nun mal ihr einziges Kind. Wo soll sie denn sonst hingehen?«

Auch Mutters Antwort war immer die gleiche. Sie ging nie auf das ein, was Daddy sagte, sondern seufzte: »Ich wünschte, Lucy würde nicht wie eine Klette an ihr hängen. Es ist nicht *gesund.*«

»Deine Mutter hat dir doch auch nicht geschadet – du bist doch prima geraten. Warum sollte sie nicht gut für Lucy sein?«

An dieser Stelle entstand immer eine Pause, als habe Mutter noch mehr zu sagen, könne oder wolle es aber nicht. Dann sagte sie: »Das war eine ganz andere Zeit. Als ich noch klein war, trugen *alle* Mütter lange, raschelnde Röcke und hatten Spitzentüchlein in die Ärmel gesteckt. Aber jetzt haben wir neunzehnhunderteinunddreißig – und Mutter sollte sich nicht so anziehen. Und sag jetzt bloß nicht, wir sollten ihr so ein Baumwolltaftkleid für einen Dollar bei Sears kaufen und ihre alten Sachen verbrennen. Ich weiß doch, daß du das eben gedacht hast. Aber es würde nicht funktionieren.

Meine Mutter trägt diesen langen schwarzen Rock schon

seit einer Ewigkeit – seit der Zeit vor Papas Tod. Und ich glaube, sie wird in diesem fürchterlichen Ding auch *sterben.* Wie nennt Lucy ihn? Einen Nachtrock? Irgend so was. Lächerlich. Aber Mutter unterstützt das auch noch. Mir gefällt es nicht, wie sie die kleine Lucy ganz durcheinanderbringt. Es ist schon schlimm genug, daß wir zu alt für sie sind –«

»Alt? Ich fühle mich noch ziemlich fit für –«

»Fünfzig. Und ich bin fünfundvierzig. Vielleicht war es doch nicht das Ideale, daß wir so spät ein Baby bekommen haben – schließlich ist meine Mutter schon weit in den Siebzigern.«

»Ach, du machst dir schon wieder unnötige Sorgen«, pflegte Daddy diese Diskussionen zu beenden. Dann drehte er sich im Bett um, daß die alte Sprungfedermatratze quietschte und ächzte wie ein alter Baum in einem Gewittersturm. Lucy konnte fast spüren, wie der Ärger ihrer Mutter durch die Wand zwischen Lucys Schlafzimmer und dem ihrer Eltern drang und sich in ihren eigenen Gedanken breitmachte. Lucy stellte sich Mutters Verdruß wie etwas Kaltes, Helles, Pulsierendes vor, wie den Vollmond am nebelverhangenen Nachthimmel.

Während sie da in ihrem zu kurzen Bett lag, bei dem ihre Füße durch die weißlackierten Stäbe am Ende herausragten, fragte sich Lucy, ob auch Gramma spürte, wie Mutters Ärger durch die Decke hinunter in ihr Nähzimmer tropfte. Gramma hatte Lucy oft erzählt, daß Großmütter ihre eigenen Mittel und Wege hätten, um alle möglichen Dinge zu erfahren. Und weil Lucys andere Großmutter und ihre beiden Großväter seit der Grippeepidemie von 1918 tot waren, mußte sie das Gramma ungeprüft glauben.

Schließlich trug Gramma ja einen Nachtrock mit sternen-

blitzenden weißen Unterröcken, während Mutter unter ihrem Kleid aus Baumwolltaft bloß einen kunstseidenen Slip anhatte. Und hob Großmutter Lucy nicht oft auf ihren Schoß und flüsterte ihr ins Ohr, daß kurze Röcke schlecht seien und ganz bestimmt nichts so *Besonderes* wie der weich gekräuselte, tiefschwarze Nachtrock, der alles Licht förmlich zu verschlucken schien?
Einmal hatte Lucy versucht, sich ihren Wintermantel um die Hüften zu binden, indem sie dessen Ärmel wie Schürzenbänder vor ihrem Bauch zusammengeknotet hatte. Aber obwohl der Mantel aus blauschwarzer Wolle war, war er doch nicht das gleiche gewesen wie Großmutters Nachtrock. Der Stoff hatte sich nicht gekräuselt, und auch sonst war er ganz anders gewesen. Wie laut hatte Gramma gelacht, als sie Lucy damals in ihrem viel zu dicken Ersatzrock hatte herumstaksen sehen!
Sie hatte sich heruntergebeugt, Lucy in ihre plumpen Arme genommen und dem kleinen Mädchen ins Ohr geflüstert: »Versucht meine kleine Lucy etwa, einen Nachtrock zu tragen? Ach Lucy, du Dummerchen. Grammas Nachtrock ist etwas ganz Besonderes – er ist nichts für kleine Mädchen. Nein, o nein.« Aber Großmutters »Nein, o nein« klang ganz anders, als wenn ihre *Mutter* das sagte. (Während Lucy die nacken Holzstufen der Treppe herunterwatschelte, machte sie beim Gedanken daran ein Gesicht, als müsse sie in eine geschälte Zitrone beißen). O nein, es klang ganz anders ...
Und hatte Großmutter Lucy nicht gezeigt, wie einzigartig ihr langer schwarzblauer Rock wirklich war? Einmal, im Vordergarten, im Winter, hatte sie es gesehen, das Besondere, das *Geheimnis*, und Lucy hatte sich bei ihrem eigenen Leben geschworen, daß sie niemals Mutter oder Daddy etwas davon erzählen würde. Und ein anderes Mal

war Lucy, während Großmutter in ihrem Sessel vor sich hingedöst hatte, über den Fußboden zu ihr gekrochen und hatte sich unter dem schweren Stoff des Rocks zusammengerollt.

Jetzt, als sie in der Dunkelheit die Stufen hinunter zu Großmutters Zimmer stieg, erinnerte sich Lucy, wie sie damals im schwachen, dämmrigen Licht unter dem Rock kaum etwas hatte erkennen können. Es war, als ob man durch die hintereinander aufgestellten Fliegengittereinsätze aller Fenster des Hauses schaute, die Daddy jeden Frühsommer vor die Fensterstöcke montierte. Aber je länger Lucy sich unter dem Rock umgesehen hatte, desto mehr hatte sie erkennen können. Alles hatte durch den Stoff des Nachtrocks ganz anders ausgesehen. Die Farben hatten sich verschoben, und auch die Umrisse der Dinge waren ganz verändert gewesen. Fast hätte Lucy ihre eigene Mutter gar nicht wiedererkannt, denn durch den Stoff des Nachtrocks hatte sie wie ein gehörntes, eckiges Wesen ausgesehen; überall an ihr waren glatte Flächen und herausragende Spitzen gewesen.

Vor Schreck hatte Lucy unter dem Rock aufgeschluchzt, und Großmutter war aufgewacht und hatte sie unter dem Stoff hervorgezogen und auf ihren Schoß gesetzt, noch bevor Mutter ihre dicken Lippen hatte öffnen und schimpfen können. Und als Lucy den Ausdruck in den braunen Augen ihrer Mutter gesehen hatte, hatte sie sich fast wieder die Hörner an ihr vorgestellt. In vielen darauffolgenden Nächten hatte Mutter in der halben Stunde, die ihr immer blieb, bevor sie in einen tiefen Schlaf fiel, an Daddy hingeredet, doch endlich diesen »verdammten Rock« rauszuwerfen und ihn zu *verbrennen* – »auf die Müllhalde damit, Benzin darüber gegossen und *einäschern!*« Lucy hatte sich gewundert, warum Mutter den

Rock nicht der Lumpensammlerin, die jede Woche vorbeikam, hatte geben wollen. Jedesmal, wenn sie ihn erwähnte, sprach sie davon, ihn zu *zerstören*.

Als Lucy jetzt die Treppe herunterstieg, achtete sie, obwohl sie aus dem Schlafzimmer ihrer Eltern deren gleichmäßiges Schnarchen hören konnte, sorgfältig darauf, daß keine Stufe knarzte. Sie hielt sich an dem dicken, hölzernen Geländer fest, das ihr fast bis zur Schulter reichte, und die feuchte Fläche ihrer Hand blieb an manchen Stellen an dem ungleichmäßig aufgetragenen Lack kleben. Unten drang Mondlicht durch die Vorhänge und Rouleaus vor den Fenstern und fiel in unregelmäßigen, schwachen Flecken auf den Boden, ähnlich wie das Licht, das damals durch Großmutters Nachtrock gedrungen war. Aber auf der anderen Seite war dieses Licht auch ganz anders. Lucy konnte nur schwer sagen, was so anders war, obwohl sie in ihrem Geist die Bilder vor sich sah – zusammen mit anderen Bildern, von anderen Erlebnissen mit Gramma. Bilder aus dem vergangenen Winter, zum Beispiel.

Lucy streckte ihren nackten Fuß nach unten und tastete mit den Zehen auf dem kühlen, gebohnerten Boden des Erdgeschosses nach spitzen Dingen, kleinen Steinchen oder Holzsplittern. Dann ging sie langsam, mit nach vorn gestreckten Händen, weiter in Richtung auf Großmutters Zimmer. Und dabei erinnerte sie sich daran, wie sie im vergangenen Winter über Schnee und kalten Beton gegangen war.

Großmutter ging nicht gerne draußen im Schnee herum – sie hatte Angst, auszurutschen und sich ihre spröden alten Knochen zu brechen. Aber damals war es eine Woche vor Lucys Geburtstag gewesen, und Daddy hatte, als er am Morgen aus dem Haus gegangen war, vergessen, die Einladungen für ihre Party mit zum Briefkasten zu nehmen. Mutter war gerade beim Bügeln, vom Bügelbrett in der Küche stiegen Wolken weißlichen Dampfs und der Geruch von heißem Stoff auf, und Lucy hatte ihre Großmutter so lange bekniet, bis diese schließlich eingewilligt hatte, mit ihr die Straße hinunter zum Briefkasten zu gehen und die kleinen Umschläge in den Schlitz zu stecken, der so hoch oben war, daß die kleine Lucy selbst ihn nicht erreichen konnte.

Lucy konnte sehen, daß Großmutter nicht gerade Feuer und Flamme für diese Unternehmung war, auch wenn sie nichts dergleichen sagte, während sie Lucy an der Hand hielt, die aus dem pelzgefütterten Ärmel ihres Wintermantels ragte. Lucy, die glücklich darüber war, daß sie ihre Einladungen doch noch abschicken konnte, dachte zunächst noch, daß Großmutter sich bald nicht mehr ärgern würde.

Und vielleicht wäre auch gar nichts passiert, wenn Lucy nicht ihre Hand aus der von Großmutter gezogen und angefangen hätte, rückwärts zu laufen, so wie Vernilla Nemmitz es in der Schulpause immer tat. Großmutter war beunruhigt und begann ein wenig zu schimpfen: »Ach, Dummerchen, als kleine Dame läuft man nicht so komisch.« Aber Lucy dachte schon an kommenden Montag, wenn sie der naseweisen »Ich-bin-schon-in-der-zweiten-Klasse«-Vernilla zeigen würde was *sie* konnte, und blickte zurück auf den zuckrig-feinen Schnee, in dem sich ihre eigenen Fußspuren und die ihrer Großmutter deutlich abzeichneten. Lucy fuhr erschreckt zusammen, blieb abrupt stehen, streckte ihre kleinen behandschuhte Hand aus und deutete unverwandt auf das, was sie da sah.

Großmutter packte Lucy wieder bei der Hand und führte sie zurück zum Haus. Alle paar Schritte beugte sie sich dabei zu dem kleinen Mädchen hinunter und flüsterte ihm hastig und leise etwas ins Ohr, bis Lucy schließlich verstehend nickte. Als sie kurz vor der Veranda waren, machte Lucy ein feierliches Kreuz über ihrem kleinen Herzen und schwor, daß sie lieber sterben würde als irgend jemandem, nicht einmal Vernilla Nemmitz, zu erzählen, was sie da eben in dem rasch schmelzenden Schnee gesehen hatte.

Anderen Enkeln hätte das, was Lucy gesehen hatte, vielleicht schreckliche Angst eingejagt, aber Lucy liebte ihre Großmutter und die tiefen, pechschwarzen Geheimnisse ihres Nachtrocks, und dafür, daß Lucy geschworen hatte, *niemals* etwas zu erzählen, hatte ihr ihre Großmutter auch ein Versprechen gemacht.

Der Atem war in kleinen, halb durchsichtigen weißen Wölkchen vor Grammas leicht eingesunkenem Gesicht geschwebt, während sie unter dem weich klickenden Geräusch ihres künstlichen Gebisses Lucy ins Ohr geflüstert hatte: »Eines Tages wirst *du* den Nachtrock bekommen und ihn tragen, mein Schätzchen. Nicht deine Mutter, sondern *du.* Deine Mutter hat kein Verständnis dafür. Aber du, du hast es, mein Mädchen.«

Und obwohl sie nicht *alles* verstanden hatte, was Gramma damit gemeint hatte, hatte Lucy zustimmend genickt. Ein paar Wochen später hatte sie versucht, sich aus ihrem Mantel einen eigenen Nachtrock zu machen. Und Großmutter hatte gelacht und gesagt, daß der Nachtrock nichts für kleine Mädchen sei – jedenfalls *noch* nicht.

Aber jetzt, als Lucy sich der Tür zum Zimmer ihrer Großmutter näherte und die Arme eng anlegte, um nicht Mutters Nippesregal umzuwerfen und das ganze Haus mit dem Krachen zersplitternden Porzellans aufzuwecken, sagte sie sich, daß jetzt die Zeit gekommen war,

daß sie den Nachtrock tragen *durfte.* Gramma hatte sicherlich Verständnis dafür, auch wenn sie nicht mehr am Leben war.
Als der Doktor am Nachmittag aus Großmutters Schlafzimmer gekommen war und mit einem definitiven Klikken seine schwarze Ledertasche geschlossen hatte, war Lucy das gewesen, was die Nachbarn ein »tapferes kleines Mädchen« genannt hatten. Fast alle, die im Wohnzimmer gewartet hatten, waren bei dem Geräusch aufgesprungen. Ihre fest zusammengepreßten Münder hatten gezuckt, und sie hatten zu Boden gestarrt, bevor sie Mutter mitfühlend auf die Schulter geklopft hatten. Ohne daß es ihr jemand gesagt hätte, hatte Lucy gewußt, was geschehen war. Und ohne daß sie jemanden um Erlaubnis gefragt hätte, war ihr klar gewesen, daß der Nachtrock jetzt ihr gehörte.
Das hatte Großmutter doch gesagt, nicht wahr?
Denn an jenem Tag im Winter waren nicht alle Spuren von Gramma, die sich verzweifelt bemüht hatte, wo es nur irgend ging, anstatt auf den Schnee auf freie Flecken kalten Asphalts zu treten, *Fuß*spuren gewesen. An manchen Stellen, über die Großmutter gegangen war, war der Schnee vollkommen unberührt gewesen, und an anderen hatte Lucy die Rundbögen von Hufen gesehen, die vierzehigen Abdrücke von überdimensionalen Katzenpfoten und die dünnen Striche von Vogelkrallen. Ab und zu war dazwischen auch der normale Abdruck einer Schuhsohle gewesen, aber eben nur ab und zu.
Diese merkwürdigen Spuren im Schnee waren unter Großmutters wundervollem, schrecklichem, ach so dikkem und dunklem Nachtrock hervorgekommen, hier und da leicht geglättet, aber nie ganz verwischt von dessen schwingendem Saum.

Und Lucy war brav gewesen und hatte das Geheimnis bewahrt, das sie sich mit ihrem kleinen, zitternden Kreuzzeichen in die Brust geritzt hatte. Und auch das, was sie durch den Stoff des Nachtrocks gesehen hatte, hatte sie unaufgefordert als Geheimnis bewahrt, diesen Blick auf einen verzerrten Raum, der so ganz anders gewesen war als Großmutters Zimmer, und eine gehörnte, merkwürdige Kreatur, die nicht mehr Lucys Mutter gewesen war.
Als Großmutter sie unter dem Rock hervorgezogen hatte, hatte Lucy gespürt, wie sich durch den Stoff ihrer Wolljacke scharfe Krallen in ihren Rücken gebohrt hatten, wie ein langer, zusammengerollter Schwanz ihren Arm gestreift hatte, aber auch *davon* hatte sie nie jemandem etwas erzählt. Denn selbst wenn sie ihre Großmutter nicht so gern gehabt hätte und brüllend zu ihrer Mutter gelaufen wäre, damit diese selbst unter den Rock gesehen hätte, wären darunter sicher bloß Grammas ganz normale Füße in schwarzen Strümpfen und festen Lederschuhen zum Vorschein gekommen. Denn das gehörte auch zu den Geheimnissen des Nachtrocks: Er verbarg die düsteren Dinge, die unter ihm herumkrochen, krabbelten und lauerten, im Schutz seiner Dunkelheit.
Großmutter hatte Lucy dieses und andere Geheimnisse des magischen Nachtrocks später offenbaren wollen, »wenn du ein großes Mädchen bist und den wirklichen Nachtrock tragen kannst«. Aber später war jetzt, und Lucy war ein großes Mädchen, fast schon sieben, und sie hielt sich für alt genug, um den Nachtrock zu tragen. Ihn zu gebrauchen, wie Gramma ihn gebraucht hatte.
Lucy dachte daran, was mit den Männern der Gemeindeverwaltung geschehen war, die Großmutter aus ihrem Haus gebracht hatten. Im vergangenen Herbst waren sie mit ihrem Ford in einen Graben gefahren und hatten

böse Blessuren und Brüche davongetragen. Großmutters schönes großes Haus war damals schon längst an diese widerwärtigen Parks verkauft gewesen, aber als Daddy Gramma in ihrem Schaukelstuhl von dem Autounfall erzählt hatte, hatte sich ein breites Grinsen über ihr faltiges Gesicht gezogen.

Aber jetzt war Gramma tot, und Mutter hatte sie zusammen mit ein paar Frauen aus der Nachbarschaft in ihrem Zimmer gewaschen und ihr feuchte Tücher aufs Gesicht und die gefalteten Hände gelegt. Aber ihren Nachtrock hatte sie ihr nicht fortgenommen. Sie hatte ihn nicht auf die Müllhalde geworfen und verbrannt, wie sie es immer vorgehabt hatte. Und jetzt gehörte der Rock Lucy.

Vielleicht wollte Mutter nicht, daß die anderen Frauen mitbekamen, wie sie etwas so Schreckliches tat, sagte sich Lucy, als sie vor der Tür zu Großmutters Wohnzimmer stehenblieb.

Daß ihre Großmutter tot war, machte Lucy nicht allzu viel aus, zumindest nicht so viel, wie es einem anderen kleinen Mädchen ausgemacht hätte, das seine Großmutter liebt. Denn Großmutter hatte ihr nämlich, wenn Mutter nicht hatte zuhören können, viele interessante Dinge erzählt. Zum Beispiel, daß die Leute, die sie aus ihrem Haus bringen wollten, sie damals überrascht hätten und sie auf die Schnelle den Nachtrock nicht hatte gebrauchen können, um es zu verhindern, aber schließlich hatte sie sich doch noch an ihnen allen *gerächt.* Dabei hatte Gramma glucksend in sich hineingelacht und Lucy eng an sich gepreßt, und Lucy hatte nur das eine gedacht: *Wenn* ich *erst einmal den Nachtrock habe, dann werde ich Vernilla zeigen, wie man wirklich komisch geht, und* dann *werde ich ...*

Aber bis gestern, als Gramma plötzlich Schmerzen im Unterleib bekommen und Ma ihr den Nachtrock praktisch vom Leib gerissen hatte, um ihr, wie sie sagte, ein anständiges Nachthemd anziehen zu können (aber Lucy wußte, was Mutter wirklich gedacht hatte, als sie der protestierenden alten Frau den Rock ausgezogen hatte), hatte Lucy immer gedacht, daß dieses »und *dann*« noch lange, lange weg wäre. Mindestens ein Jahr, vielleicht sogar länger.

Aber als sie Grammas Wimmern durch die Tür gehört und ihr Vater erst den Doktor und später die Nachbarn angerufen hatte, hatte Lucy gewußt, daß jetzt die Zeit gekommen war, daß der Nachtrock bald um *ihre* Beine wehen und schwingen würde.

Und so sehr sie der Verlust ihrer Gramma auch schmerzte, hatte Lucy trotzdem fieberhaft darauf gewartet, daß sie endlich durch die Wand ihres Zimmers die letzten, leisen Worte ihrer Eltern (»Und gleich als erstes morgen früh bringst du diesen Rock weg, hast du gehört, Alvin?« – »Ja, ja ...«) und danach nur noch tiefe, rasselnde Atemzüge hören würde. Und jetzt hatte sie ihre kleinen Finger am Türknauf, dessen Metall sich kühl und ein ganz klein bißchen fettig anfühlte. Langsam drehte sie ihn und öffnete die Tür in eine Finsternis, die sogar noch tiefer und dichter und weicher als der Nachtrock selbst war.

Da drinnen in dieser fast vollkommenen Dunkelheit war Gramma. Sie lag auf dem Bett, feuchte Tücher über Gesicht und Händen, obwohl es nicht einmal annähernd so warm war, daß man sich darüber hätte Sorgen machen müssen. Lucy war froh, daß Mr. Byrne und Mr. Reish beide mit Grippe im Bett lagen. Sonst wäre einer der beiden Bestattungsunternehmer vielleicht schon da gewesen und hätte Großmutter mitgenommen, und Mutter hätte den Nachtrock in die Mülltonne im Hof geworfen, in die irgendein *Tier* hätte hineinkrabbeln können. Lucy

wollte gar nicht daran denken, was in *diesem* Falle hätte passieren können!
Lucys Augen hatten sich mittlerweile an die Dunkelheit gewöhnt, und sie konnte die feuchten Handtücher auf Großmutters Gesicht und Händen als undeutliche, helle Flecken ausmachen. Und wenn das Bett *da* war, dann mußte der Schaukelstuhl, auf den Mutter den zusammengefalteten Nachtrock gelegt hatte, *dort* sein.
Wie ein schlummerndes Tier, das von seinem Besitzer sanft und liebevoll geweckt wird, begann der Nachtrock unter Lucys kleinen Fingern zu *pulsieren*. Er war dunkler als die Finsternis rundum und fühlte sich so warm an, als hätte Gramma ihn eben erst ausgezogen.
Lucy tastete nach der Öffnung des Rocks und zog seinen Bund auseinander. Sie wickelte sich ihr Nachthemd um die Beine (es gab einen guten, wenn auch improvisierten Slip ab), stieg in den Rock und zog ihn höher und höher, bis der Saum schließlich knapp über ihren Füßen war. Dann tastete sie mit der Hand auf der Sitzfläche des Schaukelstuhls herum, bis sie Großmutters Gürtel fand, und schnallte ihn sich um die Hüfte. Der Stoff des Rocks war jetzt unter ihren Achseln so dicht zusammengeschoben, daß Lucy kaum mehr die Arme bewegen konnte. Aber das machte ihr überhaupt nichts aus. Schließlich hatte Gramma es ihr ja oft genug gesagt: *Irgendwann*, eines schönen Tages, würde sie schon groß genug für den Rock sein.
Lucy ging durch das Zimmer und freute sich darüber, wie der schwere Stoff des Rocks im Rhythmus ihrer Schritte um ihre dünnen Beine schwang. Bei Großmutters Bett bleib sie stehen und flüsterte: »Ich komme bald wieder und mache es dir ein wenig bequemer – wenn ich aus *ihrem* Zimmer da droben wieder zurück bin. Dann spielen

wir, okay, Gramma?« Lucy tätschelte durch das Tuch die kalten Hände ihrer Großmutter und ging aus dem Zimmer zur Treppe.

Als sie entschlossen über den nackten Holzboden ging, gab der Stoff des Nachtrocks ein leises, surrendes Geräusch von sich, das fast das feine *Klick-Klick* der Krallen und das Trapsen der Vogelfüße darunter überdeckte. Aber als Lucy auf die erste Treppenstufe trat, schlug der Saum des Rocks gegen die darüberliegende Stufe, und durch das gedämpfte Rascheln des Gewebes war deutlich ein Klopfen zu hören, mit dem etwas Hartes auf das weiche Holz traf.

Lucy beugte sich nach unten, zog den Saum des Nachtrocks durch ihre feuchten Finger und betastete ihn so lange, bis sie auf etwas Langes, Hartes, Massives stieß. Als sie es durch den zusammengeschobenen Stoff berührte, bewegte es sich, zuerst ganz leicht und zuckend, bis es sich schließlich zusammenrollte. Das kleine Mädchen lächelte im Mondlicht und flüsterte: »*Hab ich dich!*«

Die Zunge zwischen ihren kleinen Zähnen, schob Lucy das schwere Ding bis zu der Naht, die den Saum verschloß. Die Fäden zerrissen, und Lucy holte das warme, sich ölig anfühlende Gebilde aus dem Saum des Nachtrocks. Während sie das tat, löste sich der Gürtel, und der Nachtrock sank zu Boden, wo er als kalter, klammer Haufen liegen blieb. Lucy trat mit dem Ding in der Hand aus dem Rock und spürte dabei unter ihren Füßen nichts weiter mehr als schlaffen, zusammengeknüllten Stoff. Der Rock kräuselte sich nicht mehr und schien auch nicht mehr die Dunkelheit in sich aufzusaugen.

Aber das zusammengerollte Objekt in ihrer Hand war warm und *krümmte* sich wohlig, als sie es mit dem kurzgeschnittenen Nagel ihres kleinen Fingers streichelte. *Jetzt*

muß ich wohl ein großes Mädchen sein, dachte Lucy. *Jetzt kenne ich das Geheimnis des Nachtrocks, ohne daß es mir irgendwer offenbaren mußte.*
Von dem kleinen Gebilde, das sich da in ihrer Hand ringelte, war Lucy auf einmal ganz kribbelig zumute; sie fühlte sich bis in ihr tiefstes Innerstes durcheinandergerüttelt. Irgendwie war dieses Gefühl nicht einmal unangenehm. Das, was sie mit Mutter und Daddy vorhatte, konnte noch etwas warten. Lucy lief statt dessen zurück ins Zimmer ihrer Großmutter. Auf einmal konnte sie in der Dunkelheit so viel besser sehen, und sie dachte: *Jetzt können wir beide unseren Spaß haben. Ich möchte, daß du dabei bist, Gramma, wenn ich mit denen da oben abrechne.*
In ihrer Aufregung bemerkte Lucy gar nicht, daß sie mit ihrer Schulter gegen Mutters Nippesregal stieß. Die kleinen Sachen aus Glas und Porzellan auf ihren Brettern aus poliertem Mahagoni zitterten und klapperten wie in dummer Vorfreude und weckten Lucys Mutter im ersten Stock.

TEIL EINS

Die Yahoos

Nach allem, was ich entdecken konnte, scheinen die Yahoos die ungelehrigsten aller Tiere zu sein. Ihre Fähigkeiten reichen nie weiter, als daß sie Lasten ziehen und tragen können. Ich glaube jedoch, dieser Mangel entsteht nur aus ihrem verkehrten und störrigen Charakter. Denn sie sind listig, verräterisch, boshaft und rachsüchtig. Sie sind stark und kräftig, aber zugleich auch feig, und folglich unverschämt, niederträchtig und grausam.

Jonathan Swift
»Gullivers Reisen«

Als die Sterne sich erschreckten,
weinend ihre Waffen streckten,
freute da des Werks er sich?
Schuf, der's Lamm erschuf, auch dich?

William Blake
»The Tyger«

KAPITEL EINS

Montag, 19. Oktober 1987

1

Anna (I)

Der Wind blies bizarr gezackte Blätter vor Anna Sudeks in Turnschuhen steckenden Füßen über den Asphalt, als sie die Ewert Avenue entlang ging und aus dem heruntergekommenen Wohngebiet ins Geschäftsviertel kam. Als Anna an den ersten Läden in ihren rauhverputzten, windschief gedeckten Häusern vorbeiging, wurden die welken Eichen-, Ahorn- und Ulmenblätter immer weniger. Bald befand sie sich auf einem Gehsteig aus aufgesprungenem, löchrigem Beton, der im fahlen Licht der Straßenlaternen so kränklich bleich und pockennarbig aussah wie der dünne Rest des abnehmenden Mondes über ihr. Auch wenn sie nichts weiter als tote Materie waren – irgendwie vermißte Anna das Geraschel der welken Blätter im Wind. Die Ewert Avenue um halb drei Uhr früh kam ihr wie ein endloser Flaschenhals vor, durch den der Wind pfiff, wie eine lange, stille Leere zwischen den Erkern der drei- und vierstöckigen Ziegel- und Fachwerkhäuser mit ihren Läden und Büros. Die unheimliche Stille wurde nur vom verloren klingenden Quietschen der Uhr mit Thermometer unterbrochen, die sich an der

Ecke des dunklen Ziegelgebäudes der Savings and Loan-Bank drehte. Die Zahlen aus gelben Leuchtpunkten verkündeten, daß es ein Grad unter Null hatte, aber Anna wußte, daß es im Wind noch viel kälter war.

Drüben an der Kreuzung mit der First Avenue West klapperte eine leere *Mountain Dew*-Dose an einem Gully-Gitter. Das scheppernde Geräusch hallte überlaut und blechern durch die Stille vor der Morgendämmerung.

Als sich Anna hinkniete, um die leere Limonadendose aufzuheben, sah sie aus den Augenwinkeln, wie sich ein dunkler Schatten aus einer der schlecht beleuchteten Seitenstraßen hinter ihr löste, und machte sich, die Hand an der knallgrünen Dose, neben dem mit abblätternder, gelber Farbe markierten Randstein so klein wie möglich. Schließlich entpuppte sich der Schatten als eine rasch gehende Frau in Turnschuhen, einer dicken, blauen Matrosenjacke und mehreren übereinander angelegten Kopftüchern.

Erst als sie die Dose, auf der das zerknüllte *Mountain Dew*-Zeichen fast nicht mehr zu erkennen war, in ihre Netztasche aus Nylongarn legte, merkte Anna, wie sehr sie sich verkrampft hatte. Sie stand auf, ging weiter – jetzt in der Mitte der Straße – und schimpfte mit sich selbst. *Ist ja toll. Jetzt flippe ich schon aus, wenn ich die alte Campbell sehe. Sollte sich wirklich einmal einer von diesen Yahoo-Bastarden von hinten über mich hermachen, dann lege ich mich wahrscheinlich freiwillig auf den Rücken und mache die Beine breit.*

Sie hörte, wie Mrs. Campbell in einiger Entfernung die Müllcontainer hinter der Ewerton-Bäckerei öffnete. »Mist«, murmelte Anna. Normalerweise versuchte sie immer, als erste bei der Bäckerei zu sein, besonders an einem Montagmorgen. Am Sonntag abend warf die Bäckerei immer die übriggebliebenen Kuchen und das alte Brot vom Wochenende weg. Manchmal waren auch die spitzen Papiertüten mit hartgewordener Zuckermasse zum Tortendekorieren dabei, die Ma so gerne hatte. Als Anna in die Nähe der Bäckerei kam, wurden die Geräusche von Mrs. Campbell, die im Müllcontainer herumwühlte und weiße Plastiktüten voller mit Teigresten verklebtem Backpapier und zusammengedrückten Kuchenformen aus Aluminiumfolie aufriß, immer deutlicher.

Anna überquerte die Straße und ging nach Osten in Richtung auf den IGA-Supermarkt, der seine eigene Bäckerei hatte. Und obwohl diese normalerweise nicht so viele alte Backwaren wegwarf, bestand vielleicht doch die Chance, dort wenigstens ein paar Tüten mit Zuckerguß zu finden. *Alles, um Ma aus ihrer schlechten Laune zu reißen*, sagte sich Anna und runzelte unwillkürlich die Stirn. Sie war jetzt an der Ecke Wisconsin Street, wo sich der große Supermarkt mit seiner langen Ziegelfront befand. Ganz in der Nähe war die Sixth Avenue East, und einen Block weiter befand sich die Polizeistation.

Nicht, daß die Polizisten oder die Hilfssheriffs ihr Probleme bereitet hätten (sie hatten sich längst daran gewöhnt, daß eine der Sudek-Frauen – manchmal auch beide zusammen – die Mülltonnen durchwühlte, und die netteren Polizisten hupten und winkten ihnen manchmal sogar im Vorbeifahren zu), aber Anna hatte trotzdem kein gutes Gefühl, wenn Ewertons Gesetzeshüter ihr zusahen, wie sie in den Mülltonnen nach halbverfaulten Tomaten und Zwiebeln und angeknacksten Gläsern mit Spaghettisauce suchte. Sie war mit zu vielen von ihnen zur Schule gegangen, und es wurmte sie, daß diese Kerle in ihren warmen Streifenwagen mit den krächzenden Funkgeräten vor sich hin grinsten, aus Styropor-Tassen Kaffee vom Nachtcafé an der Third Avenue

West schlürften und vermutlich dachten: *Na, Sudek, suchst du noch immer nach Granny?*
Anna glaubte nicht, daß diese Annahme auf Verfolgungswahn beruhte, dazu war sie mit dieser Frage in den vergangenen neunundzwanzig Jahren viel zu oft gehänselt worden – schon im Sandkasten im Kindergarten, oder wenn sie auf der Grundschule in ihrem Spind nach einem Rechenbuch gesucht und auch später, auf der Highschool, als sie öfters mal noch fast ganz leere Hefte aus den Papierkörben gezogen hatte. Einige der Schwachköpfe, die sie mit dieser Frage geärgert hatten, waren nach dem Schulabschluß Hilfssheriffs, Streifenpolizisten und Politessen geworden. Schon Ma hatte unter solchen Sticheleien zu leiden gehabt, aber irgendwie hatte sie es geschafft, darüber zu lachen.
Anna stellte ihre schwarze Netztasche neben der ersten verbeulten und verkratzten Mülltonne hinter dem IGA ab. Während sie den Deckel aus gesprungenem und verzogenem schwarzen Kunststoff hochhob, dachte sie: *Ob Ma wohl auf der Highschool auch schon dieses dröhnende Lachen gehabt hat... ich glaube, es ist ihr gar nicht bewußt, daß sie um so lauter lacht, je weher ihr etwas tut.*
Anna betastete die erste Plastiktüte in der Mülltonne, riß sie auf, nachdem sie Backformen darin gespürt hatte, und zog das zerknitterte Aluminium, an dem noch feuchte, kalte Teigreste klebten, heraus. Für den Fall, daß ein früh anfangender Arbeiter die Lagertüren öffnete und sie sah, beugte sich Anna tief herunter und zog aus ihrem Netz eine karierte Einkaufstasche, in die sie die ersten beiden Backformen steckte. Ma mochte zwar die weggeworfenen Backwaren lieber, aber Anna selbst hielt die Aluminiumformen für wertvoller. Gesäubert, in Streifen geschnitten und in die leeren Getränkedosen gestopft, machten sie

ihre wöchentliche Alu-Ladung für den Altmetallhändler manchmal sogar um bis zu zwei Pfund schwerer.
Und von diesem extra Dollar (oder manchmal auch nur achtzig Cents, je nach momentanem Marktpreis) konnte sie zwei zusätzliche Dosen mit Futter für die Katzen kaufen. Ma drohte zwar immer wieder mal damit, die beiden Tiere vor die Tür zu setzen, aber wenn ihre schlechte Laune verflogen war, ging sie oft selber los und kaufte wie im Rausch Katzenfutter für das Geld, das sie und Anna für ihr eigenes Essen vorgesehen hatten.
Nachdem sie die Backformen in der Einkaufstasche verstaut hatte, stand Anna auf, beugte sich wieder über die Mülltonne und zog noch weitere Aluformen, *Mountain Dew-* und *Diet Coke*-Dosen und eine durchsichtige Plastiktüte mit noch nicht gebackenem, blaßgelbem süßen Teig heraus. (Den würde sie als Vogelfutter für den bevorstehenden Winter backen.) Aber ansonsten fand sie nichts Eßbares in der Mülltonne, nicht einmal ein zusammengeknülltes Papier mit ein paar Kuchenbröseln.
»Mist«, murmelte Anna, während sie die Müllsäcke, die neben der Tonne standen, abtastete. Sie schienen nur normalen Müll zu enthalten. In den sieben Jahren, in denen sie sich jetzt schon täglich mit den streunenden Katzen von Ewerton um den Inhalt der Mülltonnen herumstritt (bereits zu ihrer Highschool- und Collegezeit hatte sie das gelegentlich schon getan), hatte Anna ein Gefühl dafür entwickelt, welchen der glitschigen Plastiksäcke sie durchwühlen mußte und bei welchem es sich nicht lohnte, daß man ihn aufriß. Sogar durch Handschuhe oder Fäustlinge konnten ihre Fingerspitzen, deren kurze Nägel dank einer schlechten Ernährung und zweier Putzjobs ganz spröde und brüchig waren, ertasten, was alles in den Müllsäcken steckte. Irgendwie war Anna der Meinung, daß diese Fähig-

keit ein gewisses Talent war, welches sie zweifelsohne von ihrer Mutter geerbt hatte. Diese war dieser Beschäftigung nachgegangen, seit Annas Vater sie 1960 verlassen hatte.
Und sogar damals hätte uns die Alte unterstützen können, dachte Anna, als sie den wackeligen Mülltonnendeckel wieder zumachte und sich hinunterbeugte, um ihre beiden Taschen hochzunehmen. Als sie sich eben wieder aufrichten wollte, sah sie einen Lichtstrahl, der von ihren Turnschuhen über ihre Knie nach oben glitt. Sie hoffte, daß es nicht wieder ein Angestellter des Supermarkts war. (Einmal hatte so ein junger Schnösel sie erwischt, als sie ein paar angetaute Pizzas aus der Mülltonne voller Tiefkühlprodukte genommen hatte, die nach einem Stromausfall hatten weggeworfen werden müssen. Der Kerl war ihr einen halben Block weit nachgelaufen und hatte gerufen: »Du Diebin! Bring das sofort zurück, du Abschaum! Das ist Eigentum des Supermarkts!« Aber sie hatte sich an dem blonden, bebrillten Wichtigtuer gerächt, indem sie seinen Namen herausgefunden und eine saftige Beschwerde über ihn in den Kundenbriefkasten geworfen hatte.) Anna richtete sich auf und starrte trotzig in die Quelle des plötzlichen Lichts.
Es kam von den Scheinwerfern eines weißen Autos mit blauen Längsstreifen und einem Blau- und Rotlicht auf dem Dach. Ein Streifenwagen des Sheriffs – das hatte Anna gerade noch gefehlt. Heute war Montag, und Terry Von Kemp hatte Dienst – Terry mit seiner fettigen Stirnlocke, der beim Grinsen immer die Lippen öffnete. Noch bevor er das Autofenster herunterlassen konnte, wußte Anna schon, was jetzt kommen würde.
»Na, suchst du wieder mal nach Granny, Sudek? Nach so langer Zeit bräuchtest du doch eigentlich bloß dem Geruch nachgehen.«

»Hast du denn im Biologieunterricht wirklich so wenig aufgepaßt, Terry? Leichen verwesen in ein paar Wochen bis auf die Knochen – bei warmer Witterung sogar noch früher. Ich schätze, daß fünfundfünfzig Jahre dafür wohl genügen dürften, oder?« Anna zitterte in ihrer Jeansjacke und war froh, daß diese eine Nummer zu groß war. Auch wenn der uralte Witz ihr längst vertraut war, war er jetzt, wo sie um drei Uhr früh zwischen einer Mülltonne und einem im Leerlauf tuckernden Streifenwagen mit ihm konfrontiert wurde, genug, um ihr die Zähne klappern und die Muskeln zucken zu lassen. Es beunruhigte sie, wie eine Motte im gleißenden Licht von Terrys Fernlicht gefangen zu sein, obwohl Terry wie ein Hund war, der zwar bellte, aber nicht biß. Aber trotzdem: Er hätte sich später immer darauf hinausreden können, daß der Wagen sich urplötzlich von selbst in Bewegung gesetzt hätte.

Terry dachte erst über Annas Antwort nach, bevor er sagte: »Ich kann mich nicht daran erinnern, in Mr. Naughtons Unterricht jemals etwas von solchen Sachen gehört zu haben. Vielleicht denkst du an irgendeinen hochgestochenen Kurs, den du auf dem College belegt hast. ›Mord und Totschlag‹, vielleicht, oder ...«

»Nun, das klingt doch viel eher wie etwas, was man auf der Polizeischule lernt – oder stimmt etwa der Witz, den man sich über die Gesetzeshüter hier in der Stadt erzählt?« Anna lehnte sich betont lässig an die Mülltonne und überlegte, durch welche Straßen sie später nach Hause gehen sollte, um Terry auf seiner Streifenroute nicht noch einmal über den Weg zu laufen. Terry beschnüffelte unterdessen den Köder, den Anna ausgelegt hatte. Schließlich schnappte er danach.

»Was für ein Witz?«

»Daß sie die Arbeitsverträge für den Sheriffsdienst und

die Polizei vor der Schule für schwererziehbare jugendliche Straftäter verteilen.«
Terry errötete im Licht der Innenbeleuchtung seines Wagens, und als er sich nach vorne beugte, um die Zündung abzustellen, lief Anna in nordwestlicher Richtung über die Bahngleise davon. Auf der Seventh Avenue rannte sie nach Osten zur Dean Avenue, einer Parallelstraße zur Ewert Avenue. Ihre vollen Taschen schlugen klappernd gegen ihre Hüften, und schließlich mußte sie nach Atem ringend stehenbleiben. Anna verfluchte die schwere Bronchitis, die sie als Kind gehabt hatte (ihre Lungenkapazität war so gering, daß sie nicht einmal in der Lage gewesen war, im Erste-Hilfe-Kurs auf dem College eine der Übungspuppen künstlich zu beatmen), und zwang sich, keuchend die Dean Avenue weiterzugehen. Mit oder ohne Umweg mußte sie um vier zu Hause sein, und es war noch eine halbe Meile bis dort hin.
In der Ferne hörte sie, wie Mrs. Campbell den Deckel einer Mülltonne zufallen ließ. Die alte Schachtel benahm sich, als gehöre die ganze Stadt ihr allein, und kümmerte sich nicht im geringsten darum, ob jemand sie sah oder nicht. *Bloß weil ihr verstorbener Mann als Vorarbeiter bei der Stadt gearbeitet hat ... kein kleiner Ladenschwengel würde es wagen,* sie *»Abschaum« zu nennen.*
Nicht, daß Arlene Campbell Anna jemals etwas angetan hätte, im Gegenteil: Mittlerweile glaubte Anna sogar, daß die alte Frau nur nett zu ihr hatte sein wollen, damals, als sie sie vor ein paar Jahren zum ersten Mal beim Mülltonnendurchwühlen angesprochen hatte. »Wie ich sehe, läufst du auch allein herum«, hatte sie gesagt. Aber damals hatte Anna ihr keine Antwort gegeben und sich in eine Seitenstraße verdrückt, weil sie nicht gewußt hatte, wie sie reagieren sollte. Und jetzt, wenn die beiden sich

einmal derselben Mülltonne von verschiedenen Seiten näherten, murmelte Mrs. Campbell lediglich »Alter vor Schönheit« oder eine ähnlich spitze Freundlichkeit, bevor sie sich vor der Mülltonne aufbaute und sich über die Säcke darin hermachte. Nun, wie dem auch war, Anna konnte die alte Schachtel einfach nicht leiden.

Du läßt Mrs. Campbell für das bezahlen, was dir Mas Mutter angetan hat, sagte der kleine Psychologieprofessor in Annas Kopf, aber als graduierte Collegeabsolventin mit zwei miesen Jobs antwortete sie dem Professor: *Kümmere dich gefälligst um deine eigenen Angelegenheiten, okay?*

Annas mühevolles Atmen war jetzt so rasselnd und laut, daß es über dem bröselnden Geräusch der welken Blätter, durch die sie schlurfte, deutlich zu hören sein mußte. In den Häusern auf beiden Seiten der Straße sah Anna bereits das eine oder andere erleuchtete Fenster. Die mit den zugezogenen Vorhängen oder den klapprigen Jalousien fesselten ihre Aufmerksamkeit nur für Augenblicke; da konnte sie nicht viel mehr sehen als einen Streifen geblümter Tapete, ein Stück schiefer Zimmerdecke und manchmal das Kopfbrett eines Bettes oder eine Schranktür, an der leere Kleiderbügel hingen. Aber vor manchen Fenstern war gar nichts, und das Licht drang warm und viereckig aus ihnen heraus und fiel auf frostüberzuckerten Rasen und den von Sprüngen durchzogenen, grauen Gehsteig daneben.

Anna ließ ihre Schritte so langsam werden, wie es möglich war, ohne gleich in Gefahr zu geraten, als Voyeur festgenommen zu werden, und schaute in diese Fenster. Wenn eine Frau auf der Straße herumlief und ihre Reize freizügig zur Schau stellte, dann konnte man es den Passanten doch nicht zum Vorwurf machen, wenn sie hinsahen. Das gleiche, sagte sich Anna, galt für ihr Fenstergucken. Nur

Angeber beleuchteten ihr Haus wie einen Weihnachtsbaum und zogen dann die Vorhänge nicht zu. Es schien Anna fast, als wollten ihr diese Leute sagen: Schau her, du Mülltonnenratte, hier sind all die Dinge, die du niemals haben wirst, und wenn du auch noch soviel Zeug aus den Tonnen und Containern ziehst.

Und obwohl diese Zurschaustellung des Wohlstands in den hell beleuchteten Fenstern sie eigentlich hätte beleidigen müssen, ließ Anna sie sich gern gefallen und betrachtete bereitwillig das, was ihr die anderen ganz offensichtlich unter die Nase reiben wollten, denn es war das einzige, das sie bei geistiger Gesundheit hielt und verhinderte, daß sie so wurde wie ihre Mutter, die dachte, daß die Welt wirklich so klein und trist war wie die vier Wände, die am Ende eines jeden Arbeitstages auf sie warteten.

Annas Turnschuhe schlurften durch die Häufchen froststarrer Blätter und über die dünnen Büschel toten Grases zwischen den Betonplatten des Gehsteigs, während sie selbst in die Kolonial-Wohnzimmer mit ihren Walnußholzmöbeln im Kolonial-Stil schaute, auf behäbige, bunt gemusterte Sofas, über denen kunstvoll zusammengestellte Bilder hingen, und geschmackvolle Keramiklampen am Fuß kühn geschwungener Wendeltreppen. Sie sah in Küchen, in denen sogar die magnetischen Notizzettelhalter auf der Kühlschranktür zueinander paßten, in denen Sammelteller an den Wänden hingen, und auf große Vitrinenschränke aus dunklem Holz voll von schönem, altem Porzellan. Für die Menschen, denen diese hell erleuchteten Zimmer gehörten, schien die Straße draußen gar nicht zu existieren.

Im Lauf der Jahre hatte Anna Dinge gesehen, aufgrund derer sie sofort verhaftet worden wäre, hätte ein vorbeifahrender Streifenwagen sie dabei ertappt, daß sie ihren

Kopf bloß in die Richtung des jeweiligen Fensters gedreht hätte. Die Leute, die solche Sachen auf dem Präsentierteller machten, schienen Anna verhöhnen zu wollen: *Wir* können tun, was wir wollen, denn *uns* fragt niemand, wo die Gebeine unserer Urgroßmütter abgeblieben sind.
Anna wußte, daß es nicht richtig war, in diese Fenster zu starren, auch wenn sie direkt dazu einzuladen schienen. Aber Anna wußte auch, daß es ebensowenig richtig war, wenn diese Leute ihr und ihrer Ma immer wieder die gleiche impertinente Frage stellten, die sie sich selbst schon so oft gestellt hatten und für die sie keine Lösung gefunden hatten. Selbst nach mehr als fünfzig Jahren gab es noch keine Antwort auf diese Frage. Anna wußte nicht, ob man auch die Alte mit dieser Frage aufgezogen hatte; *die* würde nicht einmal zugeben, daß der Himmel blau war, selbst wenn man ihr die Augenlider mit einer Zange aufreißen und sie zwingen würde, hinaufzusehen. Wie sollte sie da zugeben, daß auch sie fast täglich diese dumme Frage hatte hören müssen.
Jedenfalls hatte Anna, sollte sie jemals ein Polizist beim Fenstergucken erwischen, die perfekte Antwort parat: »Aber Sir, ich schau doch nur, ob Granny irgendwo ist!«

2

Der erste Mord

Arlene Campbell ließ den Deckel des Müllcontainers mit einem lauten Krachen herunterknallen und kümmerte sich nicht im geringsten darum, was sie damit für einen Radau machte. Mit einem Sinn für Humor, den die meisten Einwohner von Ewerton, die in ihr nur eine herun-

tergekommene alte Frau in abgerissenen Kopftüchern und billigen Kaufhaus-Joggingschuhen sahen, an ihr niemals vermutet hätten, nannte Arlene sich selber insgeheim bisweilen die Mülltonnengräfin, die Königin der Ewert Avenue oder die Grande Dame der Abfallhaufen.
Wenn einer der Untermenschen, die auf den Straßen von einer Party zur anderen fuhren und immer, wenn die Besatzung eines Streifenwagens in eine andere Richtung sah, leere Bierdosen aus dem Wagenfenster warfen, es je gewagt hätte, sie mit einem dieser Namen zu belegen, dann hätte Arlene Campbell nicht gezögert, sich die Autonummer zu notieren und sie, sobald sie zu Hause war, bei der Polizei anzuzeigen. Aber das war noch nie der Fall gewesen.
Manchmal fragte sich Arlene, ob es wohl ihr Don war, der selbst als Geist noch diesen Rowdys die Münder verschloß – Don mit seinem Stiftenkopf, der immer wie eine Stahlbürste ausgesehen hatte, mit seinen whiskygeröteten Augen über Tränensäcken, die wie die Brüste einer alten Frau herunterhingen. »Tittenbacke« hatten ihn seine Kollegen heimlich genannt; Arlene hatte das mitbekommen, aber nie das Herz – oder den Mut – gehabt, es Don zu sagen. Diese Burschen hatten schon genug darunter zu leiden gehabt, daß sie unter ihm hatten arbeiten müssen.
Arlene erinnerte sich noch gut, wie Don die Schüler, die sich in den Sommerferien etwas Geld damit verdient hatten, die Gehsteigkanten und die Zebrastreifen auf Ewertons mit Teer und Kies geflickten Straßen wieder mit gelber Farbe nachzuziehen, angebrüllt und herumschikaniert hatte. Manche dieser ehemaligen Schüler verbrachten jetzt ihre Freitag- und Samstagabende in den schäbigen Appartements über den Geschäften an der Ecke Wisconsin und Ewert Avenue, machten bei den Flittchen,

die dort wohnten, einen drauf und rasten danach stundenlang durch die Straßen, johlten aus den Autos heraus und legten drei Meter hinter den Stoppschildern quietschende Vollbremsungen auf den Asphalt.

Wenn die ungestraft einen solchen Lärm machen dürfen, dann kann ich auch die Deckel der Müllcontainer zufallen lassen, dachte Arlene und machte sich auf den Weg zum IGA-Supermarkt. Als sie den weißen Streifenwagen sah, der dort gerade bei den Müllcontainern anhielt, zögerte sie. Sie hatte den ziemlich kleinen Kopf und die schmalen Schultern des jungen Von Kemp in dieser Nacht schon einmal an sich vorbeifahren sehen. Arlene wußte, daß Sheriff Sawyer ihn nur deshalb behielt, weil er irgendwie entfernt mit Stu Sawyers Frau Val verwandt war, aber auch Vetternwirtschaft sollte nach Arlenes Meinung nicht so weit gehen, daß man Idiotie übersah.

Arlene verzog sich in den Schatten zwischen zwei schäbigen, mit Silberbronze angestrichenen Straßenlaternen und sah zu, wie der Streifenwagen anhielt und mit seinen Scheinwerfern Anna Sudek anleuchtete. Vor Jahren hatte Arlene einmal mit der jungen Sudek ein freundliches Gespräch anfangen wollen und sich dabei eine saftige Abfuhr geholt, die sie der Kleinen aber nicht zum Vorwurf machte. Arlene Campbell hatte lange genug in Ewerton gelebt, um zu wissen, wie sehr diese Stadt das Bewußtsein derjenigen veränderte, die bei ihren Bürgern nicht allzu beliebt waren. Sie hörte verstümmelte Gesprächsfetzen, von denen sie nur das Wort »Granny« verstand.

Nicht schon wieder dieser Unfug.

Solange Arlene sich zurückerinnern konnte, war der Alvin-Miner-Fall das Gesprächsthema dieser Untermenschen von Ewerton gewesen – und das war eindeutig zu

lange. Was für alberne Fragen hatten nach dem schrecklichen Ereignis damals die Kinder der kleinen Lucy gestellt (auch die kleine Arlene Weiss hatte das getan, auch wenn die alte Arlene Campbell es jetzt nicht mehr wahrhaben wollte), und auch später, als Lucy gar nicht mehr so klein gewesen war, hatten diese Fragen nicht aufgehört.
»Wo ist denn Granny, Lucy?« – »Was ist denn mit deiner Granny passiert?« – »Hast du vielleicht vor kurzem wieder mal deine Granny gesehen?« – »Na, hast du wieder irgendwo ein Stückchen von deiner Granny gefunden?«
Lucy hatte niemals eine dieser kindischen, bösartigen Fragen beantwortet, und vielleicht hatte sich deshalb die Neugier der Leute so lange am Leben erhalten, eine morbide Neugier, wie manche meinten.
Arlene wollte nicht hören, was dieser Auswurf Von Kemp der kleinen Sudek zu sagen hatte, und ging deshalb weiter zur Wisconsin Street, wo sie in die hinter den Geschäften aufgestapelten Schachteln zu sehen begann. Wer weiß, vielleicht fand sie ja wieder einmal etwas so Wertvolles wie die weggeworfenen Stiefelleisten, die eines Morgens hinter dem *Happy Step*-Schuhladen gelegen hatten, oder die große Schachtel mit Schnittmusterbögen, die jemand letzten Sommer bei dem Stoff- und Bekleidungsgeschäft in der Fourth Avenue einfach vor die Tür gestellt hatte.
Aber diesmal fand Arlene Campbell nichts. Eine Eule schrie von irgendwo über dem Second-Hand-Mode-Laden – es war ein tiefes, hohl hallendes Geräusch, bei dem Arlene für einen Augenblick fast die Kontrolle über ihre Blase verloren hätte. *Bist du blöd? – Das ist doch nur ein Vogel, ein dummes Tier. Was kann es dir schon tun? Paß lieber auf die zweibeinigen Bestien auf,* dachte sie, als sie aus der Seitenstraße trat und die Ewert Avenue überquerte.

Aber Arlene hatte heute einfach kein Glück, und so ließ sie einen Containerdeckel nach dem anderen enttäuscht und geräuschvoll zufallen, bis sie schon fast an der Stelle war, an der sich der westliche und östliche Teil der Seventh Avenue in der Nähe des häßlichen neuen Polizeigebäudes und der rostigen Eisenbahngleise zu einer langen, geraden Straße vereinigten. Die regionale Eisenbahnlinie hatte die Gleise längst aufgelassen (sicher, die North-Central-Gesellschaft benützte sie ab und zu, obwohl Arlene unter dem Wort *benützen* eigentlich ein bißchen mehr verstand, als daß ab und zu eine Lokomotive mit zwei armseligen Güterwagen vorbeifuhr), aber die Schranke war immer noch da, und hinter dieser begann ein kleines Wäldchen, das etwas weiter im Norden von der Straße zum Festplatz durchschnitten wurde.
Jugendliche suchten dieses Wäldchen gerne für ausgedehnte Trinkgelage auf (und für das, was man danach macht), und das bedeutete Getränkedosen. Arlene überließ sie normalerweise der kleinen Sudek (als Ausgleich dafür, daß Arlene als erste den Müll der Bäckerei durchwühlen durfte), aber sie wußte, daß die Sudek sich nach Einbruch der Dunkelheit nicht mehr in das Wäldchen oder an irgendeinen anderen Fleck jenseits der Eisenbahngleise traute. Wenn ich in ihrem Alter wäre und einen Busen hätte wie sie, würde ich wahrscheinlich auch nicht in den Wald gehen. Aber wer will schon ein flachbrüstiges altes Weib wie mich – noch dazu, wenn es Don Campbells altes Weib war?
Hier draußen gab es nicht mehr viel Licht. Die letzte Straßenlaterne lag weit hinter Arlene, und die hell erleuchtete Vorderfront der Polizeistation, in der außer der Polizei auch noch das Büro des Sheriffs und das Gefängnis untergebracht waren, lag auf der dem Wäldchen abge-

wandten Seite des Gebäudes. Also zog Arlene ihre kleine Taschenlampe, die sie im vergangenen Sommer hinter Norm Hibbings Laden gefunden hatte, aus der Jackentasche und knipste sie an.

Die kleinen Batterien hatten gerade noch genug Saft, um einen trüben Lichtschein auf den Boden zu werfen, aber zusammen mit dem schwachen Mondlicht war er hell genug, daß Arlene ohne zu stolpern vorankam. Gerade als sie die schrägen Bahngleise überquerte, sah sie, wie etwas zu ihrer Linken aus dem Wald kam – etwas Dunkles, Kleines, das sich auf flinken Beinchen vorwärtsbewegte und dessen Augen im schwachen Strahl von Arlenes Taschenlampe goldgrün aufleuchteten.

Eine Katze dachte sie, bis ihr ein kleines, aber merkwürdiges Detail auffiel. *Die Augen sind am falschen Platz – zumindest eines davon.* Aber bis Arlene sich klar wurde, was an dem Tier – ob es nun eine Katze, ein kleiner Hund, ein Stinktier oder weiß Gott was sein mochte – nicht stimmte, war es schon im hohen Gras neben dem aufgelassenen Lokschuppen nordöstlich des Wäldchens verschwunden.

Arlene sagte sich, daß sie zu alt, zu zäh und zu realistisch war, um sich von einem blöden Tier aus der Fassung bringen zu lassen, und betrat das Wäldchen, den Weg vor sich mit ihrer Taschenlampe ableuchtend. Im schwachen Lichtstrahl blinkte eine Bierdose auf – nein, zwei Bierdosen, und darunter lag ein weggeworfenes Präservativ. Arlene fuhr zurück, als ihre Finger das klebrige, rosafarbene Latex streiften, dessen Inhalt noch immer etwas Körperwärme verriet. Durch die knorrigen Bäume, deren Äste zum größten Teil voller welker Blätter standen, konnte Arlene im Osten die Straßenlaternen am Ewert Hill sehen, auf dem all die schönen alten Häuser standen. Nur noch wenige Leute wohnten hier draußen, aber

allein die Tatsache, daß es dort Häuser und Lichter gab, vermittelte Arlene ein schwaches Gefühl von Sicherheit, zu dem auch die Polizeistation hinter ihr beitrug.
Arlene richtete den Strahl ihrer Lampe auf den Waldboden und betrachtete das Muster aus flackerndem Licht und düsteren Schatten so intensiv wie eine Wahrsagerin, die die Hand eines Kunden studiert. Arlene schaute hinter die Schatten des zu Boden gefallenen Herbstlaubs, an die Stellen, die darunter verborgen waren. An diesen Stellen wurden aus heruntergefallenen Dingen verlorene Dinge, und aus verlorenen Dingen wurden schließlich Dinge, die darauf warteten, daß jemand sie fand.
Rechts von der Straße, die es durchschnitt, war das Wäldchen nur ein paar Blocks lang, aber zu ihrer Linken war es ausgedehnter, wurde tiefer, dichter und lauter. Arlene konnte jetzt gedämpftes Geknister hören – kurzes Knacken und tiefe, glucksende Geräusche, von denen sie hoffte, daß sie von Tieren stammten. Sie wußte nicht, wie sich ein Liebespärchen verhalten würde, das hier draußen von ihr in voller Aktion überrascht wurde. *Vielleicht sind das dieselben Rüpel, die um Mitternacht auf meiner Straße hin und her fahren und mich immerzu aufwecken,* dachte sie verdrießlich. Ein gemeiner, aber köstlicher Gedanke, dessen Bosheit die vielen Jahre unter Dons schwieligen Daumen noch verstärkten, ging ihr durch den Kopf: Warum sollte sie sich eigentlich nicht einmal an ein solches Pärchen anschleichen und es wie zwei Rehe aufscheuchen?
Arlene folgte dem fast unhörbaren Glucksen, wobei sie mit den profilierten Gummisohlen ihrer Turnschuhe sicheren Halt auf dem schlüpfrigen Waldboden suchte und aufpaßte, daß ihre Tüten, die die unteren Zweige der Bäume streiften, keine zu lauten Geräusche machten. Als

sie ungefähr an der Stelle angelangt war, an der sie vorhin von der anderen Seite das merkwürdige Tier aus dem Wäldchen hatte kommen sehen, blieb sie einen Moment stehen, aber die Vorfreude auf einen harmlosen kleinen Spaß, auf die Gelegenheit, wenigstens zweien der kleinen Scheißer, die sie Nacht für Nacht aufweckten, einen gehörigen Schrecken einzujagen, ließ sie schnell weitergehen. Und diese Katze, dieser Hund oder was sonst auch immer es gewesen sein mochte, war so schnell vorbeigehuscht, daß dieses merkwürdige Blitzen alles mögliche hätte sein können – ein Steuermarke, zum Beispiel *(Aber ich habe gar kein Halsband bemerkt –)*.

Immerhin war Arlene sechzig Jahre alt, und auch wenn Dr. Isham sagte, daß sie eigentlich noch keine Brille brauchte, konnten einem alte Augen die merkwürdigsten Streiche spielen, besonders, wenn es dunkel war.

Aber jetzt war es nicht mehr ganz so dunkel. Obwohl die Sonne erst in Stunden aufgehen würde, lag über dem Horizont hinter Arlene schon ein schwacher, leuchtender Streifen, von dem sich die freistehenden Bäume neben den Häusern wie scharf gezeichnete Scherenschnitte abhoben. Sogar dort, wo der Strahl ihrer Taschenlampe nicht hinreichte, konnte Arlene jetzt verschwommene Formen und angedeutete Farben ausmachen … und dieses leise, würgende, glucksende Geräusch wurde auch immer lauter.

Viel lauter, als stünde sie direkt davor, aber Arlene konnte nirgendwo eine Bewegung entdecken, nichts, das atmete. Sie fuhr sich mit ihrer blassen Zunge über die rauhen Lippen und leuchtete langsam mit der Lampe einen Halbkreis vor sich ab. Da war nichts, außer Baumstämmen, abgebrochenen Ästen, einem alten Schuh … zwei Schuhen –

– in denen Füße in Strümpfen steckten, mit den Zehen nach oben, aber wie in einem V voneinander weggewinkelt.

Arlene krallte ihre linke Hand so fest um die Griffe ihrer Taschen, daß ihr die Fingerknöchel weh taten, und richtete die Taschenlampe in ihrer Rechten auf die zu den Füßen gehörenden Beine. Sie steckten in engen Jeans von der Sorte, die man sich mit der Beißzange anziehen muß, mit Reißverschlüssen über den Knöcheln. Weiter oben, an den Hüften, sah Arlene zwei Hände, und dort, wo der Nagellack abgeplatzt war, erkannte sie, daß die Fingernägel schmutzig waren. Auf den Handrücken waren schwärzliche Streifen – es war ein flüssiges, glänzendes Schwarz, das sich, als es der Strahl von Arlenes Taschenlampe traf, in eine ganz andere Farbe verwandelte.

Zitternd ließ Arlene den gelblichen Lichtkegel über den zusammengesackten Oberkörper wandern, über den billigen, enganliegenden Pullover, in dessen Wolle kleine Silberfädchen eingesponnen waren, über den nach vorn gesackten Kopf, dessen wasserstoffblondes Haar von vielen gezackten, kreuz und quer verlaufenden Furchen durchzogen war. Aus diesen Furchen, die kein Kamm in die gekräuselten Locken gezeichnet hatte, rann träge eine Flüssigkeit.

Das Blut, das aus diesen tiefen Wunden sickerte, hatte das unangenehm glucksende Geräusch verursacht.

3

Ma

»Mist!«

Anna blieb, ihre Tüten in der einen und die Hausschlüssel in der anderen Hand, zwischen Wohn- und Eßzimmer stehen. Der Eßtisch war noch genauso, wie er gewesen war, als sie am Morgen das Haus verlassen hatte, und ebenso war er schon gewesen, als sie und Ma am Abend vorher um sieben Uhr ins Bett gegangen waren. Annas beiger Kaffeebecher stand immer noch neben der zwei Tage alten Zeitung, die Ma auf ihrer Putzstelle gefunden hatte, und in der Mitte des Tisches lagen ihre beiden Sets herum. Gegenüber dem Platz, an dem Anna gesessen hatte, stand Mas Handtasche. Aber anders als am frühen Morgen saß jetzt Ma auf ihrem Platz neben der Küchentür und stützte die spitzen Ellenbogen ihrer verschränkten, dünnen Arme auf die Tischplatte. Bereits am Ton ihrer Stimme erkannte Anna, daß ihre Mutter den Zoff vom vergangenen Abend noch nicht verdaut hatte. Zu allem Überfluß sah auch noch ihr Gesicht aus wie ein zusammengeknülltes Papiertaschentuch, mit tiefen Falten zwischen den Augen, um ihren dünnlippigen Mund und neben ihrem wabbligen Kinn.

Ma hielt es nicht für nötig, Anna direkt anzusehen, sondern wiederholte ständig bloß das eine Wort: »*Mist.* Mist, Mist, *Mist!*«

Anna, die nicht wußte, wie sie reagieren sollte, blieb einfach bloß stehen und probierte in Gedanken die verschiedensten Szenarios durch. *Wenn ich sie jetzt frage, was nicht in Ordnung ist, antwortet sie sicher »Du« oder »Alles«, aber wenn ich sie nicht beachte, dann brüllt sie, daß ich mich nie um sie kümmern würde. Und wenn ich Frühstück mache, dann meckert sie bestimmt wieder an allem rum, daß ich zuviel Wasser vergeude, wenn ich den Kaffeekessel fülle, zum Beispiel. Mein Gott, sie hat den ganzen Morgen lang Zeit gehabt, sich etwas zu überlegen, was ich bestimmt falsch machen werde. Aber wenn ich andrerseits bloß so dastehe, wird sie –*

Plötzlich sprang Ma auf und kam Anna vor wie ein Wirbelwind aus rosa Flanell und wild herumfuchtelnden Gliedern. Sie wog etwa so viel wie Anna, aber irgendwie wirkte sie immer kleiner und agiler, so wie ein Pferd schlanker und graziler wirkt als eine Kuh, selbst wenn beide gleich groß sind. Ma stampfte so wütend in die Küche, daß aus der offenen Kellertür die Geräusche hilflos protestierender Dielen zu hören waren. Durch das Schwirren und Knacken des Bodens konnte Anna nur allmählich einzelne Worte heraushören, denn ihre Mutter brabbelte so leise vor sich hin, daß Anna zwar den höhnischen Unterton ihrer Stimme, nicht aber einen zusammenhängenden Satz verstehen konnte:

»... unter Kontrolle haben ... versucht immer, ihr Leben durch mich zu leben ... diesmal aber nicht ... wenn sie ihre kleine Anna haben will, dann soll sie sie haben ... die böse alte Hexe!«

Annas Tragetaschen glitten ihr aus der Hand, sie spürte es gar nicht, sondern hörte nur den gedämpften Plumps, mit dem sie auf den Boden fielen. Instinktiv versuchte Anna, sich so unbedeutend und unauffällig zu machen, wie Ma immer sagte, daß sie sei, aber Ma stürmte bereits wieder zurück ins Eßzimmer. Ihre Augen hinter der übergroßen Nickelbrille brannten vor Wut, Strähnen ihres dauergewellten, blaßblonden Haars flogen um ihr herzförmiges Gesicht, und die Falte zwischen ihren Augen sah so lebensgefährlich aus wie ein scharf geschliffener Dolch.

»Du gottverdammte, ungeschickte, *blöde Kuh!*«
Anna wußte, daß das der Fehdehandschuh war, den Ma ihr hingeworfen hatte – sie mußte ihn aufheben und dagegen halten, oder alles, was kommen würde, widerstandslos über sich ergehen lassen. *Verdammt, ich habe diesem Yahoo Von Kemp die Stirn geboten, und der war bewaffnet und hatte einen Wagen, mit dem er mich hätte überfahren können. Sie hat bloß ihre Zunge.*
»Was ist denn los?« fragte Anna mit einer Stimme, von der sie hoffte, daß sie neutral klang, und überlegte sich gleichzeitig, wo wohl die Katzen waren.
»Was ist denn los?« sagte Ma in einer extra hohen näselnden Stimme, welche auf gehässige Weise die von Anna nachäffte. Sie deutete mit dem rosa lackierten Nagel ihres Zeigefingers in der Luft herum, auf den Tisch und schließlich auf Anna und schrie *»Das* ist los – schau doch bloß auf den gottverdammten Tisch!«
Anna sah hin, aber erst, als sie den Kopf schief legte, erkannte sie, was Ma meinte. Aus dem richtigen Winkel betrachtet, ließ das Licht der Hängelampe auf einem der bunten Plastiksets einen leichten, feuchten Schimmer erkennen. Auf Mas Set, genauer gesagt, dem, auf dem kein verschwommener weißer Strich war, wo sich das aufgedruckte Dekor abgewetzt hatte, das einen Bauernhof mit Scheune inmitten goldener Weizenfelder zeigte. Als Ma hervorsprudelte: »Da, schau, was deine verdammte Katze gemacht hat«, wußte Anna, was passiert war, und verwünschte sich selbst dafür, daß sie sich heute morgen nicht die Zeit genommen hatte, die Katzen in ihr Schlafzimmer zu sperren. Mouth, ihre Tigerkatze, hatte eine schwache Blase. Und Mouth kletterte gern auf die Möbel, inklusive Eßtisch. *Aber ich konnte sie ja nicht ins Schlafzimmer sperren – Bruiser kommt doch so schlecht mit ihr aus. Und wenn*

ich Mouth ins Badezimmer stecke und die Tür zusperre, dann schreit mich Ma an, weil sie nicht weiß, ob ich drin bin oder nicht, und in ihrem Zimmer will Ma die Katzen schon gar nicht haben.

Anna murmelte »Ich wische das weg« und wollte in die Küche, aber Ma baute sich mit verschränkten Armen, deren Ellenbogen herausstanden wie die dünnen Enden zweier Gummiknüppel, vor ihr auf. Anna trat zurück, wollte hinter dem Tisch und Ma vorbei in die Küche schlüpfen, aber sie hatte den Tisch noch nicht einmal halb umrundet, als Ma ihre Position so veränderte, daß sie Anna abermals im Weg stand. Zitternd versuchte Anna sich dennoch an ihr vorbeizuquetschen, aber Annas großer Busen war ihr dabei im Weg, und sie konnte den rechten Arm nicht eng genug an ihren Körper pressen. Der Ellenbogen ihrer Jacke berührte Mas rosa Bademantel, und Ma schubste sie gegen den kleinen Sessel, der auf der anderen Seite des Eingangs zur Küche stand.

Als ihr Gesicht heftig an die hohe Lehne des Sessels schlug, sagte sich Anna: *Um Himmels willen, bloß nicht heulen – das macht sie noch wütender. Mein Gott, was ist aus uns geworden? Vor ein paar Jahren sind wir hier doch direkt glücklich gewesen.*

»Steh auf und wisch den Tisch ab!«

Später wußte Anna nicht mehr genau, ob es die metallischer als sonst klingende Stimme ihrer Mutter gewesen war, oder die unzähligen Befehle, Flüche und Beleidigungen, die ihr diese Stimme entgegengeschrien hatte, in den vergangenen beiden Jahren, den Jahren der Alten – (»Ich wollte eine *Tochter*, einen Menschen, nicht dich!« »Du ungeschickter Trampel, kannst du denn nichts tun, ohne –« – »Du bist wie die Alte, du bist *genau* wie sie – und ihr verrückter Vater –«)

– aber was auch immer der Auslöser gewesen sein mochte, irgend etwas ging in diesem Moment in Anna entzwei. »Nein, das werde ich *nicht* tun.« Die Katzenhaare auf der Decke über dem Sessel kitzelten Annas Nase, aber sie ließ sich trotzdem hineinfallen und sah auf zu ihrer Mutter, deren Stirnfalte jetzt unglaublich tief und dunkel aussah, wie ein Sprung, der direkt in ihrem Schädel zu klaffen schien. Ma starrte böse herunter zu Anna.

»*Wie bitte?*« Wenigstens kaute sich Ma nicht die Haut von den Lippen oder riß sie sich in Streifen neben den Nagelbetten von den Fingern, wie sie es sonst oft tat, wenn sie ihre überschäumende Wut an ihrer Tochter abreagierte. Anna rückte sich langsam in dem Sessel zurecht, bis ihre Füße auf dem Boden standen und eine Hand auf der linken Armlehne lag. Dann sagte sie: »Ich werde nichts aufwischen, was du schon längst hättest aufwischen können. Du weißt, daß Mouth manchmal Probleme hat. Ein bißchen Katzenurin ist doch nicht so schlimm.«

»O doch, es ist schlimm!« Ma schlug mit der Faust auf den Tisch und schrie: »Für *mich* ist es schlimm! Ich habe es satt, ständig deinen Scheiß-Katzen hinterherzuputzen! Ist es denn nicht genug, daß ich mein halbes Leben lang der Alten hinterherputzen mußte? Und jetzt soll ich auch noch den Dreck von diesen Viechern aufwischen! Nicht, solange ich mir mein Essen aus Mülltonnen fischen muß, während *die* da« – sie deutete in Richtung auf Annas Zimmer – »gottverdammtes Feinschmecker-Katzenfutter bekommen!«

»Aber sie essen auch Abfall. Das Hackfleisch zum Beispiel, das übrigbleibt, wenn der Metzger die Maschine säubert –«

»Scheiß drauf! Davon rede ich jetzt nicht!«

»Wovon redest du dann? Wir finden eben nicht immer Katzenfutter in den Tonnen, deshalb –«
»Scheiß aufs Katzenfutter!« kreischte Ma, trat mit einem ihrer in offenen Hauspantoffeln steckenden Füße nach Annas Schienbeinen und sah dabei aus, wie ihre eigene Mutter ausgesehen hatte, als Anna noch ein kleines Mädchen war. Mas dünne Zehen ragten so weit aus den gelben Schlappen heraus, daß ihnen der Kontakt mit Annas Schienbeinknochen ganz schön weh tun mußte, aber Ma schien überhaupt nichts zu spüren und brüllte weiter: »Kannst du denn nicht verstehen, wie *satt* ich das alles habe? Ich habe es satt, am Morgen gottverdammte Katzenpisse auf dem Tisch zu finden, ich habe es satt, in Mülltonnen herumzuwühlen, ich habe es satt, für diese irre Alte Kindermädchen und *Spielgefährtin* in einem zu spielen, ich habe es satt, mich dauernd von ihr löchern zu lassen, warum denn ihre kleine Anna nicht mehr zu ihr kommt, ich habe es *alles* so *satt!*«
Anna wußte nicht, was sie sagen sollte. Sie wußte nie, was sie auf diese »Ich-habe-es-satt«-Tiraden ihrer Mutter antworten sollte. Als ob Ma die einzige in diesem Haus wäre, die etwas zu ertragen hatte. Sie war wenigstens verheiratet gewesen und hatte ein Kind, was immerhin verhinderte, daß sie in dieser Hinsicht zur Zielscheibe des allgemeinen Spotts wurde. Aber Anna hatte mit ihren neunundzwanzig Jahren noch nicht ein einziges Rendezvous gehabt; wohl nicht einmal für viel Geld hätte ein Junge etwas mit ihr angefangen. Und niemand in der Stadt war so arm, als daß er gegen Bezahlung mit Anna Sudek, der Nachfahrin von Ewertons schlimmstem Schandfleck, hätte ausgehen müssen. Und jetzt, nach langen Jahren ohne männlichen Begleiter, wollte und brauchte Anna auch keinen mehr – es war gar nicht so schwer, die Suche nach einem Mann

aufzugeben, wenn man sie nie so richtig angefangen hatte. Aber leider bedeutete das auch, daß sie keinen ihrer früheren Klassenkameraden becircen konnte, daß er ihr einen besseren Job verschaffte. Gerade Ma hätte es eigentlich wissen müssen, wie verdammt hart es für Anna werden würde, trotz ihres College-Abschlusses mehr als miese Aushilfsjobs zu bekommen. Einer Anna Sudek gab man keinen guten Job, ebensowenig, wie man ihrer Mutter Tina Miner-Sudek einen Job gegeben hatte.

Manchmal schien es so, als wäre das, was vor fünfzig Jahren geschehen war, erst gestern passiert. Zwar lebten nur noch ganz wenige Leute, die es tatsächlich miterlebt hatten, aber weil immer noch gern und häufig darüber geredet wurde, blieb die Erinnerung an die schrecklichen Ereignisse lebendig. Ebenso wie ein dumpfer, schwelender Haß, der Haß auf die Nachfahren des Mannes, der es gewagt hatte, Ewertons guten Namen in den Schmutz zu ziehen, auf den Miner-Sudek-Clan, der auch noch die Frechheit besaß, weiterhin in dieser Stadt zu wohnen.

Nicht, daß Anna und ihre Mutter unbedingt in Ewerton hätten bleiben wollen. Aber obwohl sie jederzeit hätten gehen können, gab es doch eine Menge von nicht ganz offensichtlichen Gründen, die sie an diese Stadt fesselten. Der Mangel an Geld war nur einer dieser Gründe. Ma hatte es als Teenager vorübergehend geschafft, sich von der Stadt zu befreien – sie war sogar bis ins benachbarte Wright County gekommen –, aber nach ihrer Scheidung war sie, mit Anna im Kielwasser, reumütig wieder heimgekehrt zur Alten, wo sie dann dafür, daß diese ihr den bitteren Schutz ihres Hauses gewährte, ihre unbezahlte Sklavin werden mußte. Als es dort schließlich nach Jahren schließlich doch zu schlimm wurde, hatten Ma und Anna ihr letztes Geld zusammengeworfen und waren in einen anderen Teil der Stadt gezogen, in dieses windschiefe, alte Haus an der Wilkerson Avenue, in der Nähe der stinkenden Papierfabrik. Annas Geld kam damals von Studentenjobs, das College selbst bezahlte der Staat, weil Anna auf einmal eine Intelligenz zeigte, die auf der Ewerton High School nie erkannt worden war und die ihr ein Stipendium nach dem anderen verschaffte.

Als Ma und Anna, die ihr Studium beendet hatte, sich nach Jobs umsahen, wollte sie niemand anstellen, obwohl die beiden nicht einmal zur Kaste der wirklich Unberührbaren gehörten, nämlich derer, die nicht aus Ewerton stammten. Trotzdem war Ma für alle in Frage kommenden Jobs unter- und Anna für die gleichen Jobs überqualifiziert. Das Arbeitsamt wollte nichts mit ihnen zu tun haben, und die Firmen schickten ihre Bewerbungen postwendend zurück. Was sie aus den Mülltonnen zogen, ließ sie das erste magere Jahr überstehen – das, und das Geld, das sie auf der Straße fanden, in den Gummidichtungen der Waschmaschinen im *Super Suds*-Waschsalon und in den vielen Telefonzellen der Stadt. Was immer sie an Geld in Reserve hatten, ging für das Bezahlen von Rechnungen drauf, aber schließlich gab eine Hausreinigungsfirma im hochgestochenen Viertel Willow Hill den beiden Sudeks eine Chance und heuerte sie an, damit sie in ihrem Auftrag Büros putzten. (Die Firma unterhielt auch einen Hauspflegedienst für ältere Leute, aber gerade die erinnerten sich ganz besonders gut an den Miner-Fall.)

Während der vergangenen sechs Jahre hatte Ma die Büros der Kreditanstalt für Farmer und der Papierfabrik, Anna den Waschsalon und die Büros von zwei Versicherungen geputzt. Das brachte den beiden wenigstens so viel ein, daß sie ihre Steuern und die Hypotheken auf das Haus bezahlen und so nicht aus dem County gejagt werden konnten. Überraschenderweise waren Ma und Anna dabei Freundinnen geworden und waren – ein paar Jahre lang zumindest – besser miteinander ausgekommen als all die Zeit zuvor, die sie unter der Fuchtel der Alten hatten zubringen müssen. Aber dieses Glücksgefühl im Sudek-Haushalt war ausgesprochen zerbrechlich und sollte auch nicht von Dauer sein.

Denn während Anna mit jedem Jahr älter und immer weniger heiratsfähig wurde, wurden die Rechnungen dank einer hohen Inflation und steigender Kosten immer höher, und nachdem die Alte auch noch vor zwei Jahren bei den beiden angerufen und behauptet hatte, sie sei hingefallen und habe sich an der Hüfte verletzt, bekam Ma immer häufiger jene Wutanfälle, bei denen sie nur noch böse Worte hervorbellte und sich kleine Wunden zufügte.

»Einbildung« war für Anna das einzige Wort, um das angebliche Gebrechen der Alten zu charakterisieren, denn es war erstaunlich, wie schnell sie wieder auf die Beine gekommen war, nachdem Ma ihre Beziehung zu ihr wieder aufgenommen hatte. Allerdings konnte Anna nicht genau sagen, inwieweit es der Alten wirklich besser ging, denn nach den Streitereien, die dem Auszug aus dem Miner-Haus in der Evans Street vor sieben Jahren vorausgegangen waren, hatte sie sich standhaft geweigert, die Alte zu sehen. Vier Jahre lang hatte sie nicht einmal am Telefon mit ihr sprechen wollen, wenn sie zu Klein-Annas Geburtstagen angerufen hatte.

Aber Ma war fast ein wenig zu eifrig zu ihr zurückgegangen, denn die Alte gab ihr immer etwas Geld. Es war einer ihrer Tricks, mit denen sie Ma ein schlechtes

Gewissen einjagte, damit diese noch mehr für sie tat, mehr von sich selbst der Alten opferte. Schließlich verbrachte Ma den größten Teil fast jeden Tages mit der alten Frau, tat genau wieder die Dinge, die vor sieben Jahren den großen Streit mit ausgelöst hatten, und hörte zu, wenn die Alte von dem erzählte, was ihr Vater vor so langer Zeit getan hatte.

Und je mehr Zeit Ma mit der Alten verbrachte, sie bemitleidete und sich bei ihr beklagte, was dieser oder jener ihr oder Anna angetan hatte, desto unzufriedener wurde Tina Sudek mit dem bißchen Existenz, das sie sich gemeinsam mit Anna geschaffen hatte. Plötzlich war das Mülltonnenwühlen nicht mehr die ehrbare, wenn auch ein wenig schmutzige Art, nicht von der Wohlfahrt leben zu müssen. Und auf einmal war alles, was die Katzen machten, falsch, schmutzig, *böse* – mit genau diesen Attributen belegte auch die Alte alles, was ihr nicht in den Kram paßte.

Ma hatte es als ihre Pflicht angesehen, zurück zu der Alten zu gehen und ihr zur helfen, genauso wie Anna es als ihre Pflicht ansah, zu Hause bei Ma zu bleiben und ihr Geld bei ihr abzuliefern. Dieses Pflichtbewußtsein hatte die Alte Anna eingehämmert, als sie noch ein kleines Kind war – zusammen mit anderen Dingen.

»Brave Mädchen bleiben zu Hause. Nur böse kleine Mädchen gehen nach draußen zum Spielen.«

»Wenn ich nur die Möglichkeit gehabt hätte, dann hätte ich mich immer um meine Ma gekümmert, auch wenn sie alt geworden wäre.«

»Jungen sind schlecht. Wenn sie dieses Ding in dich hineinstecken, macht es ein furchtbar häßliches Geräusch, wie blubberndes Fett.«

»Ich habe schon gleich nach deiner Geburt gewußt, daß

du nichts taugst – du bist immer so dagelegen, hast deine Decke weggestrampelt und deine kleine Muschi gezeigt.«
»Du wirst noch an meine Worte denken, Tina, deine Tochter taugt nichts – bevor die sechzehn ist, hat ihr einer ein Kind angehängt, und dann wird sie aus der Schule geworfen.«
»Ohne mich müßtet ihr beide verhungern. Nach einer Woche kommt ihr zu mir zurückgekrochen!«
Nein, nach einer Woche waren sie nicht zurückgekrochen, und sie waren auch nicht verhungert, aber die Alte hatte Ma schließlich doch zurückbekommen und gleich wieder begonnen, sie zu bearbeiten. Und jetzt saß Ma nur noch mit zerknirschtem Gesicht herum, und manchmal drosch sie mit einem bitteren Zug um Mund und Augen mit Worten und Fäusten, stechenden Ellenbogen und tretenden Füßen auf Anna ein.
Anna sah zu, wie ihre Mutter sich setzte und zu weinen anfing, ohne Mund oder Augen mit der Hand zu bedecken. Mit einer bebenden, quietschenden Stimme heulte sie los: »Ich habe das alles so *satt*, hörst du? *So verdammt satt.* Und es ist deine Schuld – alles ist deine Schuld. Es kommt alles davon, weil *du* sie nicht leiden kannst.«
Anna konnte ihre Mutter nicht mehr länger ansehen und schaute auf die Uhr. Es war fast fünf, und der Waschsalon öffnete um fünf Uhr dreißig. Anna ließ die Tüten liegen, wo sie sie fallen gelassen hatte, stand leise auf und ging in die Küche. Sie schnappte sich eine alte Rosinensemmel, und bevor sie aus dem Haus rannte, schaute sie noch kurz in ihr Schlafzimmer nach den Katzen. Bruiser hatte Mouth in eine Ecke gedrängt, aber beide waren große Katzen und konnten sich stundenlang so belauern.
Eigentlich hätte Anna noch einmal zu ihrer Mutter ge-

hen, ihr etwas Versöhnliches sagen sollen, aber diese Zeiten waren zwischen den beiden längst vorbei. Trotzdem tat Anna ihre Mutter leid.
Anna hatte es ihrer Mutter nie richtig verziehen, daß sie der Wärme und Freundschaft, die es schließlich zwischen ihnen gegeben hatte, bloß wegen des allzu durchsichtigen »Ich brauche deine Hilfe«-Gejammers der Alten so schnell den Rücken gekehrt hatte. Mit dieser Taktik hatte Lucy Miner seit Jahren versucht, sich Annas und Tinas Zuwendung zu verschaffen. Bei Anna konnte sie damit schon lange nicht mehr landen.

4

Arlene (I)

Arlene Campbell saß auf ihrem Sofa, das alte Wählscheibentelefon auf dem Schoß. Arlene wußte nicht mehr, wie lange sie schon so dasaß, während die Katzen an den Klettverschlüssen ihrer Turnschuhe herumspielten. Schließlich wählte sie die Nummer der Polizei, legte aber wieder auf, noch bevor die letzte Zahl durchgelaufen war. Der Anruf selbst, mit dem sie melden wollte, was sie in dem Wäldchen gesehen hatte, war eigentlich nicht das Problem. Sie hatte nicht einmal Angst davor, ihren Namen zu nennen. Was Arlene scheute, waren die Fragen, die danach kommen würden:

Was haben Sie denn zu dieser frühen Zeit da draußen gemacht?
Warum sind Sie in dem Wäldchen nicht auf dem Weg geblieben?

Wonach haben Sie dort gesucht?
Warum haben Sie so lange mit diesem Anruf gewartet, Madam?
Warum sind Sie denn nicht direkt zum Polizeirevier gekommen?

Arlene stellte das Telefon wieder auf sein kleines, schwarz lackiertes Telefontischchen zurück und setzte sich in Dons alten Lehnstuhl, auf den sie sich zu dessen Lebzeiten nie hatte setzen dürfen. *Leck mich am Arsch, Donald,* dachte sie und zupfte gedankenverloren an einem losen Faden im rechten Armlehnenschoner, während sie weiter über ihrem Dilemma brütete.

Arlene hatte die Wahl – sie konnte erzählen, was sie wußte, und damit in Kauf nehmen, daß ihr Name in der Zeitung breitgetreten wurde (und selbst, wenn man ihren Namen nicht in die Zeitung brachte, würden die Leute trotzdem wissen, daß sie es war – in Ewerton konnte man nicht einmal einen Furz lassen, ohne daß irgendwer und dessen Cousins dritten Grades wußten, daß man zum Abendessen Bohnen gegessen hatte) und die Leute dann wußten, daß sie nichts weiter als eine alte Abfallsammlerin war (»Da siehst du, ich habe es ja gleich gesagt, Don hat ihr keinen müden Dollar hinterlassen –«). Andererseits konnte sie auch einfach gar nichts tun und warten, bis irgend jemand anderer die Leiche fand. Wenn sie lange genug wartete, würden Chief Stanley und Sheriff Sawyer sie irgendwann einmal schon selber riechen und es Arlene damit ersparen, sich hervorzuwagen.

Andererseits aber lief ein Mörder frei herum, der sie vielleicht sogar gesehen hatte und darauf wartete, sie zum Schweigen zu bringen, noch bevor sie zur Polizei

gehen konnte. In diesem Fall war es besser, wenn die Polizei wenigstens wußte, daß sie in Gefahr war.
Arlene schob ihre Katze Silky vom Schoß, stand auf und ging zum Telefon. Auf dem Weg fischte sie ihr Taschentuch aus der Tasche ihres Hauskittels.

5

Nach der Arbeit

Am frühen Nachmittag betrat Anna, ohne zu klopfen, wieder das Haus. Obwohl Ma immer eine Stunde vor Anna von der Arbeit zurückkam, erwartete die junge Frau nicht, daß ihre Mutter ihr die Tür öffnen würde oder gar ein Essen für sie auf dem Tisch stehen hätte. Nicht nach einem ihrer »Ich-habe-alles-so-*satt*«-Ausbrüche. Wenn alles so lief wie üblich, dann würde es später Dienstag oder Mittwoch werden, bis Ma überhaupt wieder mit Anna sprach und damit aufhörte, sie jedes Mal anzurempeln, wenn sie ihr im Gang begegnete.
Aus Erfahrung wußte Anna, daß sie die Sache – für den Moment jedenfalls – überspielen konnte, indem sie so tat, als wäre an diesem Morgen überhaupt nichts vorgefallen. Deshalb rief sie, als sie die Tür hinter sich schloß, ins Wohnzimmer hinein: »Du kannst dir nicht vorstellen, was die Schweine diesesmal gemacht haben. Sie haben beide Kaugummiautomaten geknackt und die Kaugummis in einen der Wäschetrockner geworfen und dann das Ding angeschaltet ... der ganze Mist war an der Trommel festgebacken. Ich mußte Gordy holen, damit er sich die Sache ansah, und natürlich tat er wieder mal so, als wäre das alles meine gottverdammte Schuld.«

Von Ma war nichts zu hören. Anna zog ihre Strickmütze vom Kopf, lockerte ihr Haar mit den Fingern und fuhr fort: »Und ich weiß nicht, ob es dieselben Leute waren oder nicht, aber irgendwer hat auf dem Teppichboden ein paar Dosen Limo ausgekippt, und ich mußte das Zeug erst mal aufwischen, bevor ich mit dem Staubsauger drübergehen konnte. Mein Gott, man möchte doch wirklich annehmen, daß sie die Dose wenigstens austrinken, wenn sie schon fünfzig Cent dafür gezahlt haben ...« Anna ließ ihre Stimme leiser werden, während sie sich aus ihrem Mantel schälte. In dem viel zu stillen Haus wurde ihr der Mund trocken. Offensichtlich würde es diesmal nicht leicht sein, die Sache zu überspielen.

Anna hängte ihren Mantel auf, kaute auf den Lippen herum, atmete tief ein und dachte: *Du hättest wenigstens das Katzenklo ausleeren können, Ma. Wie würde es dir gefallen, wenn man dich fünf Stunden in eine stinkende Toilette sperren würde?* Ganz abgesehen davon, daß Anna jetzt in diesem Gestank würde schlafen müssen, vorausgesetzt, daß sie überhaupt schlafen konnte. Normalerweise saß Ma die ganze Nacht vor dem laut aufgedrehten Fernseher. Sie konnte überall und jederzeit mit offenem Mund lauthals schnarchend schlafen, ganz gleich, welcher Lärm sie umgab. Sie wachte immer nur dann auf, wenn Anna sich an den Apparat wagte, um ihn leiser zu stellen.

Anna ging zu ihrem Zimmer. Als sie die Tür öffnete, mußte sie Mouth ausweichen, denn die fette, sterilisierte Tigerkatze rannte an ihr vorbei auf den Gang. Anna hoffte, daß Ma der Katze nichts antun würde, während sie im Schlafzimmer war, holte tief Luft und stürzte sich auf das volle Katzenklo. Während sie die gebrauchte Katzenstreu mit einem Stück Pappe auf ein Blatt Zeitungspapier schaufelte, glitt Bruiser von hinten an sie heran, drückte

und rieb seinen massigen Kopf an ihrem Rücken und Po und ließ ein leises, hohes Schnurren hören.
»Na, mein Junge, bist du Mammas liebster Bruiser?« fragte sie den großen schwarzen Kater, der mit einem Schnurren antwortete. Er kratzte auf dem Stück Teppichboden herum, das Anna über das Häufchen stinkende Katzenstreu auf der Zeitungsseite vor ihren Knien gelegt hatte. »Da, alles weg«, sagte sie. »Schau, wie Mama alles weggemacht hat.«
Bruiser saß feierlich da und betrachtete seine Herrin aus liebevoll leuchtenden grünen Augen. Er war ganz und gar Annas Katze – Ma sah ihn nicht einmal an und ließ ihn oft den ganzen Tag nicht aus Annas Schlafzimmer heraus. Im vergangenen Januar hatte er endlich nachgegeben und es Anna gestattet, ihn ins Haus zu holen, nachdem er zwei Jahre lang draußen im Garten herumgestrichen war, und seither war Bruiser nur ihr Junge. Ma behauptete, daß sich der achtzehn Pfund schwere Kater von Anna nur deshalb hatte reinholen lassen, weil er sich die Hinterpfoten leicht erfroren hatte. Der harte Winter von 1986 war einfach zuviel für ihn gewesen; Stolz hin, Stolz her.
»Die Kälte hat doch auch den alten Holiday umgebracht, nicht wahr? Warum sollte sie da nicht diesen Kater zu dir treiben. Es war die Kälte, nicht Liebe!« sagte Ma immer triumphierend, wenn sie wieder einmal versuchte, die tiefe, umfassende Zuneigung zwischen Anna und der riesigen schwarzen Katze mit dem breiten Nacken und den starken Schultermuskeln zu vergiften. Natürlich liebte Anna auch ihre andere Katze, aber mit Bruiser war es etwas anderes. Und Anna gab auch bereitwillig zu, daß sie ihn mehr liebte als ihre Familie. Bruiser brüllte sie niemals an und gab ihr auch nie das Gefühl, daß sie ein minderwertiger Mensch sei.

»O nein, du hast ja gar kein Wasser! Ach Brupie, das tut Mama aber leid«, jammerte Anna, als sie die leere blaue Wasserschüssel auf dem Boden entdeckte. Bruiser rieb seinen großen Kopf an ihrer Hand, als wollte er sagen: »Schon gut, ich verzeihe dir.«
Anna drückte die Katze mit sanfter Gewalt zurück ins Zimmer, trat wieder auf den Gang und dachte, daß sie Ma über kurz oder lang sowieso würde die Stirn bieten müssen, warum also nicht gleich? Aber Ma war weder im Badezimmer, obwohl die Tür geschlossen war *(Wenn ich das mit ihr machen würde, würde sie sich wieder furchtbar aufregen!)*, noch war sie in der Küche. Das Kellerlicht war auch nicht an, was aber nichts zu sagen hatte, denn Ma konnte im Dunklen hervorragend sehen und ging öfters, ohne das Licht einzuschalten, in den Keller, bloß um Anna zu zeigen, was für eine Verschwenderin sie doch war, wenn sie das Licht anmachte, um dort unten das Katzenklo sauber zu machen.
Nachdem sie Bruiser sein Wasser gegeben hatte, vergaß Anna ihren Stolz und klopfte an die Tür von Mas Schlafzimmer. Keine Antwort. Sie öffnete die Tür einen Spalt und spähte hinein. Das Bett war nicht gemacht, und Mas Kleider waren überall im Zimmer verstreut. Manche lagen in wirren Haufen auf dem Boden, andere hingen über den Stühlen. Nichts in dem Zimmer war anders als sonst. Aber Ma war auch nicht drin.
»Vielleicht waren die Büros in der Kreditanstalt für Farmer heute besonders schmutzig, und sie muß länger bleiben«, murmelte Anna auf dem Weg zurück zur Küche. Ihr fiel auf, daß der Mantel ihrer Mutter nicht an seinem üblichen Platz hing – auf einem Kleiderbügel an dem großen Doppelschrank im Eßzimmer. Wenn Anna *ihren* Mantel jemals an einem solchen Platz aufge-

hängt hätte, was hätte das für Gebrüll und Gefluche gegeben!

So ist nun mal das Leben, sagte sich Anna, *hart, aber ungerecht.* Sie schaute in den Kühlschrank. Drinnen war es stockdunkel, weil die Beleuchtung vor Monaten kaputt gegangen war, also machte Anna das Küchenlicht an, um etwas sehen zu können.

»Da seid ihr ja, meine Hübschen«, sagte Anna laut und nahm die Packung Würstchen, die von Gefrierbrand unansehnlich geworden waren und die sie vergangene Woche in der Tonne des Supermarkts gefunden hatte, aus dem Kühlschrank und wollte sie gerade auf die Arbeitsfläche legen, um aus der Schublade unter dem Herd einen Topf zu holen ... als sie etwas auf der Tür des Hängeschranks darüber entdeckte. Mit schlaff an den Seiten hängenden Armen stand sie bewegungslos da. Die Würstchen glitten ihr aus der Hand und fielen zu Boden.

Es sah so aus, als würde das Holz der Schranktüren bluten. Eine klebrige, rote Flüssigkeit zog sich in Blasen über die rauhe, blasse Maserung und formte in großen, ungelenken, verlaufenden Buchstaben die Worte:

Ich komme nie wieder zurück

Die fetten, roten Tropfen, die auf die Arbeitsfläche unter den Türen gefallen waren, sahen aus wie Blutspritzer. Anna starrte sie ein paar Sekunden lang an, unfähig, die wahre Bedeutung dieser tropfenden Worte zu verstehen. Dann entdeckte sie die fast leere Plastikflasche mit Tomatenketchup, die dort, wo Ma sie hatte fallen lassen, umgekippt am Boden lag. Zumindest hoffte Anna, daß es wirklich ihre *Mutter* war, die die Flasche dort fallen gelassen hatte.

6

Schwarzer Montag

»... um 508 Punkte auf einen Schlußstand von 1738,74 gefallen. Das bedeutet einen Rückgang um 22 Prozent, der größte Kurssturz an einem Tag seit –«

»Hey, Arnie, kommt denn nichts anderes in dem verdammten Kasten? Ich habe diese Dow-Jones-Scheiße bis obenhin satt. Hier gibt es doch sowieso niemanden, der sich auch nur im geringsten für diesen Mist interessiert.« Palmer Winston, der früher auf der *Ewerton High School* Annas Englischlehrer gewesen war, schlug mit der rotweißen Dose *Leinenkugel*-Bier, auf der das Bild einer Indianersquaw prangte, so lange auf den abgenützten Resopaltisch, bis Arnie, der Barkeeper, an dem kleinen tragbaren Fernseher im Regal ein anderes Programm eingestellt hatte.

»... man vermutet, daß sich auf den Ölbohrinseln Stützpunkte für die iranischen Schnellboote befinden –«

»Leck mich, Arnie, schalt doch auf diesen dämlichen Musikkanal, der bringt wenigstens keine schlechten Nachrichten.« Der alte Winston drückte seine Lucky Strike in dem runden schwarzen Aschenbecher aus und beugte sich in seinem Armstuhl aus Ahornholz vor, bis er Anna sehen konnte, die an einem der hintersten, am schlechtesten beleuchteten Tische des *Rusty Hinge* saß.

»Sitzt da hinten nicht Anna Sudek, meine beste Schülerin?«

Anna schlürfte ihr Cola mit Rum und schwenkte das leicht fettige Glas in ihrer Hand hin und her, bis die Eiswürfel in der herumschwappenden braunen Flüssigkeit aneinanderklirrten. *Mein Gott, heute bleibt mir aber wirklich nichts erspart,* dachte sie, während sie dem Lehrer im Ruhestand zuwinkte. Anna war froh, daß die kleine holzgetäfelte Bar heute abend nicht gut besucht war, obwohl sie natürlich nicht beurteilen konnte, ob fünf Gäste an einem Montagabend für dieses Lokal nicht bereits einen Spitzenbesuch darstellten. Bei den zehn Bars, unter denen man in Ewerton und den umliegenden Städten wählen konnte, herrschte in dieser Gegend nicht gerade ein Mangel an Kneipen.

Das *Rusty Hinge,* dessen »Dekoration« aus auf welligen Karton geklebten Landschafts-Puzzles bestand, die mit Reißzwecken an die rauchgeschwärzten Wände geheftet waren, galt in Ewerton und den Nachbarorten Lumbe und Hunterstown schon lange als Bar für alte Knacker. An Verkaufsständern aus buntbedrucktem Karton hingen Luftverbesserer fürs Auto in Form nackter Frauen, knallig lackierte Nagelzwicker und fettige Packungen mit gerösteten Schweinekrusten. Der geschwärzte Rauchverzehrer über der Bar funktionierte schon seit einer Ewigkeit nicht mehr, und an der Klappe des winzigen Pizzaofens hinter der Theke klebten angebackene Käsefäden wie abstrakte Kritzeleien. Es war eine von jenen heruntergekommenen, aber gemütlichen Kneipen, wo alte Kumpel und tolerierte Feinde herumhocken und Nachmittage und Abende lang vor sich hinsaufen konnten, ohne sich dabei von den Pseudo-Yuppies der oberen Mittelklasse von Ewerton mit schiefen Blicken beäugen lassen zu müssen.

Besonders dankbar war Anna für den Umstand, daß keiner der Gäste heute abend jünger als fünfundvierzig Jahre war. Unter ihren früheren Klassenkameraden war sie eine Außenseiterin. Hier, unter den biersaufenden, snacks-mampfenden Alten war sie bloß bedauernswert, eine unverheiratete Frau, die man ein wenig hätscheln und mit wohlwollender Herablassung behandeln mußte. Anna hatte schon vor langer Zeit herausgefunden, daß Mitleid eher zu ertragen war als mit Abscheu erfüllte Verachtung.

Als Mr. Winston klar wurde, daß Anna keine Anstalten machte, von ihrem Tisch mit den orange gepolsterten Bänken aufzustehen und zu ihm an die Bar zu kommen, nickte er ihr zu und fischte sich noch eine Lucky Strike aus seinem verknitterten Päckchen, wobei er seine mandelförmigen, blauen Augen ständig auf Anna ruhen ließ.

Anna beugte sich über ihr Glas, ließ ihre Haare halb über ihr Gesicht fallen und dachte nach. *Der alte Scheißkerl weiß bestimmt längst, daß Ma abgehauen ist. Wahrscheinlich hat sich schon die ganze verdammte Stadt beim Abendessen darüber unterhalten. Es würde mich nicht wundern, wenn die sogar wüßten, wo, in drei Teufels Namen, sie ist.*

Nachdem Anna die tropfende rote Botschaft auf dem Schrank gelesen hatte (Ma hatte die Worte über die ganze Türenfront des Geschirrschranks geschmiert), war sie noch einmal in das Zimmer ihrer Mutter gegangen und hatte entdeckt, daß einer der Koffer, die sie zum College-Abschluß geschenkt bekommen hatte, fehlte (Ma hatte den kleinsten der Koffer genommen, als wollte sie damit etwas beweisen). Außerdem fehlten ein paar von Mas Blusen und Hosen, etwas Unterwäsche, ein Paar Schuhe und Mas Sparbuch. Das war's.

Irgendwie hatte Anna am Nachmittag ein gemischtes Gefühl aus Schuld und Erleichterung verspürt. Ma war fort, aber wenigstens hatten sie getrennte Bankkonten. Eine Frau, die Anna auf dem College getroffen hatte und deren Mann vor ein paar Jahren gestorben war, hatte ihr das geraten. Die Frau war einen Monat lang pleite gewesen, bis das Gericht endlich das gemeinsame Konto zu ihrer Verfügung freigegeben hatte. Weil Anna den Rat dieser Frau befolgt und sich ein eigenes Konto eingerichtet hatte, hatte sie jetzt genug Geld, um davon ein paar Monate leben zu können, das Geld, welches sie mit ihren Putzjobs verdiente, nicht mitgerechnet.

Anna wußte nicht, um wieviel Uhr Ma gegangen war, aber eine halbe Stunde, nachdem sie die Schmiererei auf dem Küchenschrank entdeckt hatte, erhielt sie einen Anruf, der ihr einen Hinweis darauf gab – Ma war am Morgen nicht zur Arbeit bei der Kreditanstalt für Farmer in der Nähe des Busbahnhofs erschienen. In Anbetracht der Tatsache, daß Anna um fünf Uhr früh von zu Hause weggegangen war und Ma um sechs Uhr dreißig an ihrer Arbeitsstelle hätte sein sollen, war Ma entweder einfach nicht hingegangen, oder sie war vorher weggefahren. Wie dem auch war – nun war sie fort. Anna hatte die Frau angerufen, die die Reinigungsfirma betrieb, und ihr gesagt, daß Ma eine ganze Weile nicht kommen würde, und daß sie sich jemand anderen für Mas Putzstellen suchen sollte.

Als sie den Telefonhörer auflegte, fiel Anna ein, daß sie ja die Jobs ihrer Mutter hätte übernehmen und weiterhin ihre Zeitkarte einschicken können, aber es interessierte sie nicht mehr sonderlich. Das Mülltonnenwühlen machte ihr nichts aus – zumindest schämte sie sich nicht so sehr dafür wie ihre Mutter; die Alte hatte Ma das schlechte Gewissen eingeimpft.

Nun, bist du jetzt zufrieden, du bösartige alte Hexe? Weil Ma es mit dir nicht mehr ausgehalten hat, hast du dafür gesorgt, daß sie es auch mit mir nicht mehr aushielt. Anna hatte keinen Zweifel daran, daß Mas Verschwinden das Werk der Alten war. Nachdem Anna und Ma bei ihr ausgezogen waren, war die Alte wirklich allein gewesen. Seit Ma die Alte wieder besuchte, hatte sie Anna öfter erzählt, daß seit Jahren niemand mehr ihren Rasen mähte oder vor ihrem Haus Schnee schaufelte, und nachdem sie die Leute vom *Fliegenden Teller* einmal zu oft beleidigt hatte, weigerten auch diese sich, zu ihr zu fahren und sie zu beliefern Nicht, daß die Alte jemals eine Miß Popularität oder eine Miß Sympathie gewesen wäre. Anna konnte sich noch gut daran erinnern, wie ein paar Nachbarinnen einmal ihre Mutter angesprochen hatten, als diese gerade im Garten der Alten die Wäsche aufgehängt hatte. Nachdem die Frauen ihr versichert hatten, daß sie nichts gegen Ma persönlich hätten, hatten sie ihr höflich, aber unmißverständlich erklärt, daß keine von ihnen sich in Zukunft mehr um die Alte kümmern oder mit ihr sprechen würde, und daß das gleiche auch für Ma und die kleine Anna gelte.

Anscheinend hatten die Nachbarinnen damals Mrs. Armstrong von gegenüber zu ihrer Sprecherin auserkoren, denn sie war es, die zu Ma gesagt hatte: »Bitte glauben Sie nicht, daß wir etwas gegen *Sie* haben, Tina, aber Ihre Mutter ... nun, uns reicht es jetzt mit ihr! Diese ewigen Verleumdungen, die sie uns aus dem Fenster zuschreit, wenn Sie und die kleine Anna nicht da sind, und dann diese anderen Dinge, von denen wir glauben, daß sie sie tut –«

»Was meinen Sie damit? Was glauben Sie, daß sie tut?«

Schon im Alter von fünf Jahren hatte Anna gewußt, wann ihre Mutter kurz davor war, zu explodieren; sie hatte schon damals, obwohl sie erst einundzwanzig Jahre alt gewesen war, diese vertikale Furche auf ihrer Stirn gehabt.

Mrs. Armstrong hatte sich ihre rissigen Hände an der

Schürze abgewischt und dann den Stoff über ihren Hüften mit einem trockenen, kratzigen Geräusch wieder glattgestrichen.

»Nun, Tina, wir wissen nicht genau, ob Ihre Mutter dafür verantwortlich ist, aber ... es ist schon ein sehr merkwürdiger Zufall, daß wir jedes Mal, wenn eine von uns irgendeine kleine Meinungsverschiedenheit mit ihr hat, in einem unserer Gärten etwas finden, das –«

Mrs. Armstrong war rot geworden und hatte den Kopf hängen lassen, so daß Mrs. Cooper, die ihre Arme über ihrer flachen, sommersprossigen Brust verschränkt hatte, den Satz für sie zu Ende hatte bringen müssen: »Wir glauben, daß ihre Mutter auf unseren Rasen ... macht und dann Gras und Erde darüber wirft, wie ein Hund oder –«

An dieser Stelle hatte Ma die Frauen aus dem Garten geworfen, was aber niemand Ma übelgenommen hatte und es bis heute nicht tat. Hatte sie nicht so ein herzliches, trommelfellerschütterndes Lachen, wenn sie ihre Nachbarinnen irgendwo in der Öffentlichkeit traf? Und lächelte Ma nicht jedem zu, den sie kannte?

Und hat sie ihren Ärger nicht immer an mir ausgelassen, wenn wir allein waren? dachte Anna, während sie die letzten, zusammengeschmolzenen Überbleibsel der Eiswürfel in ihrem halbleeren Glas herumwirbeln ließ.

»– es war ein ganz beschissenes Jahr, sage ich«, tönte Mr. Winston über den großen runden Tisch in der Nähe des Eingangs. Er schwatzte dort mit seinem langjährigen Kumpel Palmer Nemmitz, der auch schon über sechzig war (und dessen Frau Bitsy häßliche, mit Blumenmusterstoff überzogene Magnete für die Kühlschranktür machte und auf dem jährlichen Bazar der Methodistenkirche im Frühling verkaufte – und weil sie mit so vielen Leuten verwandt war, waren die Dinger sogar immer ausverkauft). Mit am Tisch saß der Mittfünfziger Lenny Wilkes und ein schmieriger, etwa ebenso alter Trottel namens Wayne Mesabi (der Vater der unsäglichen Heidi, die zwei Jahre nach Anna, die sie am liebsten in Zement eingegossen hätte, ihren Highschoolabschluß gemacht hatte), der das Rusty Hinge mit Kartoffelchips und anderen Snacks belieferte. Mesabi schaufelte gerade eine Tüte der ersteren in sich hinein und hielt ein großes Chip mit Zwiebel-Knoblauch-Geschmack hoch, um seine Antwort damit zu unterstreichen.

»Ich stimme Win zu – zum Teufel, jeder, der nur einen Pfifferling wert war, ist dieses Jahr abgekratzt, und wir haben noch nicht mal November. Denkt doch bloß! Keine Rita Hayworth mehr, kein Sammy Kay –«

»Dann werden wir wenigstens nicht mehr mit diesem fürchterlichen ›Swing and Sway‹ belästigt –«

»Halt's Maul, Nemmitz, du alter Zyniker!«

»– und John Houston und Liberace –«

»Ich habe schon immer gesagt, daß der Kerl ein –«

»Nemmitz, halt endlich den Rand!«

»Und vergeßt nicht Lorne Greene und Dan Rowan. Ich und meine Millie haben uns früher jede Woche ›Bonanza‹ angeschaut.«

»Du hast dir ja sogar ›Lassie‹ angeschaut, Lenny.«

»Hör auf, Winston. Du bist ja schon so schlimm wie dein Freund da.«

»– und Bob Preston und Jackie Gleason und Danny Kaye und –«

»Pola Negri ist auch gestorben«, warf Winston ein und nahm einen Schluck von seinem *Leinenkugel's.* Wayne Mesabi deutete mit seinem Chip herum und fragte: »Wer?«

»Eine, die er vor langer Zeit einmal gebumst hat«, mischte sich Nemmitz ein und fügte, bevor Winston protestieren konnte, an: »Und Randolph Scott ist auch gestorben, und dieser Suppendosen-Heini Warhol und Buddy Rich –«

»Millie und ich haben uns immer seine Platten angehört«, sagte Lenny und stiebitzte sich heimlich eines von Waynes Chips, obwohl er das gar nicht nötig hatte.

»Also, am meisten ist mir Freds Tod an die Nieren gegangen –«

»Hattest du nicht schon genug von dem alten Furz Ferger, als er noch lebte? Ich habe nie geglaubt, daß irgend jemand den lieben Fred vermissen würde –«

»Würdest du mich vielleicht mal ausreden lassen, Wayne? Astaire. Ich spreche von Fred Astaire«, sagte Nemmitz, nahm Mesabi das Chip aus der Hand und warf es auf den Resopaltisch mit der nachgemachten Holzmaserung.

»Dann berührt es dich also gar nicht, daß der liebe Fred tot ist?«

»Darum geht es doch gar nicht, du Schwachkopf –«

»Hey, das erinnert mich an was. Arnie, schalt das Fernsehen wieder zurück auf Kanal dreizehn. Jetzt kommen gleich die Nachrichten. Und ich bin dabei –«

»Lenny lebt für den Tod«, sagte der alte Winston zu niemand Bestimmtem und sah hinüber zu Anna. Die anderen Männer hinter ihm stellten unterdessen ihre Stühle so hin, daß sie den kleinen Fernseher in dem mit Kitsch vollgestopften Regal hinter der Bar sehen konnten.

Anna fragte sich, wer wohl gestorben war und damit den Leichenbeschauer Lenny Wilkes wieder einmal für kurze Zeit zum Fernsehstar machte – sein runder, oben abgeflachter Schädel war immer das untrügliche Anzeichen dafür, daß irgendein Todesfall in Ewerton oder Dean County für wichtig genug befunden wurde, in den Abendnachrichten des Lokalsenders aus Eau Claire Erwähnung zu finden –, und rutschte auf der mit Brandflecken übersäten orangefarbenen Bank so weit nach vorne, bis sie aus einem unmöglichen Winkel gerade eben auf den Bildschirm sehen konnte.

Als er sie so gefährlich an der Ecke der Bank hängen sah, zog Mr. Winston von einem Nachbartisch einen Stuhl heran und bedeutete Anna, sich auf diesen zu setzen. Zögernd, ihr Glas fest in der Hand, kam Anna herüber und setzte sich zu den vier Männern, rückte aber ihren Stuhl so weit wie möglich weg von ihnen, ohne dabei unhöflich zu wirken.

Über den Sammlerflaschen und den Nippes in den Glasregalen hinter der Bar verkündete der Fernsehsprecher eben die Schlagzeilen des Abends. Nachdem er vom Börsenkrach (»Mist, diesem Quatsch kann man einfach nicht entkommen, nicht wahr, Anna?« fragte ihr früherer Lehrer und blinzelte ihr durch die Rauchschwaden zu.) und ein paar anderen Ereignissen berichtet hatte, sagte der Sprecher: »Und oben im Dean County wurde in einem Wald bei Ewerton eine Leiche gefunden.«

Die Männer um Anna johlten und schrien. Sie trank ihr Glas aus und dachte: *Das muß ja jemand gewesen sein, der noch unbeliebter war als meine Sippe.* Einen Moment lang hoffte sie in einer kurzen Aufwallung von Freude, daß sich die Alte doch einmal aus ihrem Haus gewagt hatte, vielleicht auf der Suche nach Ma, aber sie verwarf diesen Gedanken sogleich wieder. Anna hatte normalerweise kein Glück.

Plötzlich fuhr sie zusammen, weil Mr. Winston mit dem Finger die Buchstaben des Aufnähers auf dem Rücken ihrer Baseball-Jacke nachzeichnete. »Wenn du ein Stammgast bist, warum habe ich dich dann nicht schon öfter hier gesehen?«

»Was? Ach so, meine *Jacke!*« Anna hatte die Jacke aus silbrig glänzendem Nylon mit den grauschwarz gestreiften Strickbündchen eines Morgens im Waschsalon gefunden. Irgendwer hatte sie in einen der braunen Abfalleimer geworfen. Sie war in einem jämmerlichen Zustand gewesen – das Flanellfutter war zerrissen, die Ärmel waren mit einem ekelhaften, rosafarbenen Zeug verklebt, und der dunkelgraue Lack an den Knöpfen war ganz abgewetzt gewesen. Das Futter hatte sie in geduldiger Puzzlearbeit bald wieder zusammengenäht gehabt, und nachdem sie die Jacke dreimal gewaschen hatte, war auch die rosa Schmiere verschwunden. Zum Schluß hatte sie noch die Druckknöpfe neu lackiert.

Anna hatte sich so eine Baseball-Jacke seit Jahren gewünscht, und es hatte sie nicht weiter gestört, daß in schwarzem Siebdruck das Zeichen des *Rusty Hinge* auf ihrem Rücken prangte. Jedermann in der Stadt, der über fünfzehn Jahre alt war, trug eine Baseball-Jacke, auf der *irgend etwas* stand, warum nicht der Name einer Bar? Daß sie diese Jacke trug, war eines von den wenigen Dingen, die Anna tat und das die Leute auch akzeptierten, selbst wenn sie nur selten in eine Bar ging. Und heute abend, als sie einfach etwas trinken *mußte,* und zwar an einem Ort weit weg von dem Haus, das immer noch von Mas Wutausbruch widerzuhallen schien, war die silbrige Jacke ihre Eintrittskarte in eine Welt, in der sie sonst nicht wirklich willkommen gewesen wäre. Und, was fast noch wichtiger war, die Jacke war so hell, daß sie auf ihrem langen nächtlichen Nachhauseweg gut sichtbar war.

»Äh ... die Jacke hat mir jemand gegeben. Ein Geschenk«, fügte sie erklärend hinzu, obwohl Mr. Winston bestimmt über ihre finanzielle Lage Bescheid wußte. Die verschleierten Augen des alten Mannes blickten einen Moment lang in die von Anna. Sein Blick schien zu sagen: Na schön, wenn du es so haben willst, dann soll's mir egal sein, aber ich *kenne* dich, mein Kind. Dann wandte Winston seine Aufmerksamkeit wieder dem Fernseher zu.

Der Werbeblock war zu Ende, und eine muntere Frauenstimme sagte: »In der Nähe des Festplatzes von Ewerton im Dean County wurde heute ein grausiger Fund gemacht. Am frühen Morgen hatte ein anonymer Anruf die Polizei von Ewerton auf ein kleines Wäldchen ein paar Blocks vom Festplatz entfernt aufmerksam gemacht. Dort fand sie die Leiche von Inez Hibbing, einer Frau unbekannten Alters. Mrs. Hibbing war die geschiedene Frau von Norm Hibbing, einem Geschäftsmann in Ewerton.«

»›Geschäftsmann‹, du meine Güte. Dieser Geschenkladen ist doch ein schlechter *Witz*«, schnaubte Winston über seinem Bier. Lenny beugte sich herüber zu ihm, klopfte ihm auf den Arm und sagte: »Jetzt bin gleich ich dran, also halt den Mund, du alter Furz.«

»Obwohl zunächst ein Verbrechen vermutet wurde, haben erste Ergebnisse der Obduktion im Ewerton Memorial Krankenhaus ergeben, daß es sich bei diesem Todesfall wohl nicht um einen Mord handeln dürfte. Der Leichenbeschauer von Dean County –«

»Jetzt kommt's, jetzt kommt's« tönte Lenny aufgeregt, und Mr. Winston stieß Anna in die Seite und verdrehte seine mandelförmigen Augen.

»Da ist Lenny!« rief Mesabi, während Arnie den Fernseher lauter stellte.

Auf der Stirn über Lennys großem, schwerfälligem Gesicht, in dem die Augen wie eingesperrte Fliegen herumrasten, standen glänzende Schweißperlen, als er in die Kamera sagte: »Nun, aus den Wunden war viel Blut geflossen, weshalb wir zunächst einen Mord vermuteten. Nachdem wir aber die Leiche gesäubert hatten, sahen wir, daß es sich bei ihren Verletzungen um –«

»Wir? Seit wann bist du der Pathologe?«

»Halt's Maul, Nemmitz!«

»– Kratzwunden handelte, die ihr vielleicht ein Luchs oder ein Fuchs zugefügt haben könnte – beide Tiere sind in dieser Gegend keine Seltenheit –«

»Großer Gott, Lenny, das ist ja ein toller Auftakt für die Jagdsaison. Die Handelskammer sollte dich auf ihre Gehaltsliste setzen«, murmelte Winston trocken, während Lennys überlaut verstärkte Stimme weiterdröhnte: »– und außerdem hat Doc Calder Anzeichen für einen Herzinfarkt gefunden, obwohl Mrs. Hibbing noch gar nicht so alt war –«

»Das meinst *du*, Len«, sagte Arnie, der an der Theke lehnte und ein altmodisches Glas polierte. »Dieses Flittchen kommt schon seit neunzehnhundertfünfundsechzig – sechsundsechzig regelmäßig hierher, und sogar *damals* war sie schon alt genug, daß sie mir keinen Ausweis zeigen mußte, um reinzukommen.«

»– also können wir den Fall insoweit abschließen, auch wenn wir nicht wissen, wie sie in das Wäldchen kam, oder wer die Polizei gerufen hat –«

»Soweit der Leichenbeschauer Leonard Wilkes. Und nun zum Wetter –«

Arnie schaltete wieder auf den MTV-Musikkanal um, wo David Lee Roth gerade mit einem Mikrophon in der Hand durch die Luft schwebte. Drüben am Tisch sagte Mesabi: »Du hast ja geschwitzt, Lenny. Als Fred Ferger abgekratzt ist, hast du besser ausgesehen. Damals hast du auch ein besseres Hemd angehabt. Weißt du denn nicht, daß grün ganz schlecht fürs Fernsehen ist? Damit siehst du aus wie ein Fisch.«

»Oder wie eine Leiche. Sag mal, Len, war die alte Inez denn wirklich so schrecklich blutverschmiert?« Nemmitz hörte sich so an, als hoffte er geschildert zu bekommen, daß die Leiche vollkommen zerfetzt gewesen sei. Lenny, der von seinem Starruhm noch ganz rot im Gesicht war, nahm erst einmal einen majestätischen Schluck von seinem Budweiser, bevor er antwortete: »Nun, ganz so schlimm war's nicht. Aber sie wurde im Todeskampf ziemlich stark zerkratzt – da lebte sie zwar noch, lag aber wohl schon im Sterben –, und ihr wißt ja, wie Kopfverletzungen bluten.«

»Stimmt. Hab 'ne Menge davon in Vietnam gesehen«, sagte Wayne eifrig, und alle anderen nickten beipflichtend, obwohl keiner von ihnen jemals einen echten Kampf mitgemacht hatte.

»Nun, es war zwar nicht ganz so *schlimm*, aber trotzdem habe ich so etwas noch nie vorher gesehen. Sie saß einfach da, mit fürchterlich zerkratztem Gesicht und Handflächen. So, als hätte sie noch versucht, die Krallen abzuwehren, dann aber sehr schnell aufgeben müssen. Vermutlich deshalb, weil ihr Herz immer schwächer wurde.«

»Könnte dieses Tier sie erschreckt und damit den Herzinfarkt ausgelöst haben?« Winston schlürfte den Rest seiner Squawpisse lautstark hinunter und warf den Zigarettenstummel in die leere Dose. Ein dünner Rauchfaden stieg kurz aus der Öffnung auf, als habe die Indianerfrau auf der Dose sich eine Friedenspfeife angesteckt, bis der Stummel drinnen zischend verlöschte.

»Könnte sein. Doc Calder sagt, sie hätte ordentlich einen in der Krone gehabt. In ihrem Blut war so viel Alkohol,

daß man damit fast einen Rumtopf hätte machen können. Ihr Alter hat sie rausgeschmissen, wißt ihr.«
»Das wissen wir, natürlich wissen wir das. Die Frage ist doch viel eher, warum Norm so blöd war, sie überhaupt zu heiraten«, sinnierte Wayne mit einem Mund voller Chips.
»Eine andere Frage ist die, wer die Polizei wegen der Leiche angerufen hat. Bib Stanley zerbricht sich den Schädel darüber. Zuerst hat er geglaubt, der Anrufer wäre auch der Täter«, sagte Lenny.
»Wer war es denn wirklich? Irgendein Kerl? Inez hat es doch mit mindestens der halben Stadt getrieben. Die einzigen, mit denen sie nicht gebumst hat, bist du, Wayne, ich selbst und der alte Arnie dort drüben.«
»Und was ist mit mir?« Winston tat so, als wäre er entrüstet, blinzelte aber Anna zu, die hinunter auf die winzigen, zusammengeschmolzenen Eiswürfel in ihrem Glas starrte.
»Ach du. Ich glaube, es gibt kein Kindergarten-Kind von hier bis Lumbe, das du nicht schon befummelt hättest – stimmt das nicht, Mädchen? Du hattest ihn doch in der Schule.«
Anna schaute hoch zu Mr. Nemmitz. Seine grünen Augen blickten sie freundlich an, also antwortete sie: »Mr. Winston war schlau genug, sich nicht mit mir einzulassen. Ich hätte ihm sonst meine Großmutter auf den Hals gehetzt.«
Wenn sie die Alte »Großmutter« nannte, hatte Anna einen komischen Geschmack im Mund, als hätte sie gerade in ein mit Zigarettenasche bestreutes Butterbrot gebissen.
»Ich habe deine Großmutter schon lange nicht mehr gesehen. Geht's ihr gut?« Plötzlich veränderte sich die Stimmung der Männer am Tisch. Als der alte Nemmitz so besorgt fragte, wußte Anna, daß sie sich in acht nehmen mußte.

»Ach, sie ist okay. Sie ist zwar seit Jahren nicht mehr aus dem Haus gegangen, aber sonst geht es ihr gut. Ma hat sich um sie gekümmert, und so –«

»Hast du schon was von deiner Mutter gehört? Meine Bitsy hat mit ihr heute morgen gesprochen, kurz bevor sie den Bus nach Eau Claire genommen hat. Draußen beim Gerichtsgebäude«, fügte Nemmitz hinzu, als wisse Anna nicht, wo der wöchentliche Fernbus hielt. Bevor Anna antwortete, trank sie den letzten Rest ihrer verwässerten Cola mit Rum.

»Ja, sie ist gut dort unten angekommen. Sie hat mich angerufen, kurz bevor ich das Haus verließ. Es geht ihr gut.« Die Männer waren ein paar Sekunden still, sogar Mesabi hörte auf, mit offenem Mund zu kauen. Anna spürte, daß sie darauf warteten, daß sie etwas sagte, ihnen erklärte, warum ihre Mutter die Stadt verlassen hatte. Zweifellos wußten sie, daß Ma nicht bei der Kreditanstalt war, denn Lennys Schwiegertochter, Heather Wilkes, hatte bis zu ihrer jüngsten Schwangerschaft dort gearbeitet. Und Heather betete (wie Lenny oft erzählt hatte) den »großen Telefongott« an, und dasselbe taten ihre früheren Kolleginnen ...

Schließlich sagte Anna: »Tut mir leid, daß ich schon gehen muß, aber ich muß morgen früh raus. War nett, mit Ihnen zu plaudern.«

»Ganz unsrerseits, Kleine. Schau doch einfach mal wieder rein und setz dich zu uns. Ich verspreche dir, daß ich meine Zigarettenkippen nicht in deinen Drink fallen lasse.« Mr. Winston blinzelte ihr noch einmal zu, und Anna fühlte sich, als habe sie eben ein Glas warmes Fett getrunken. Sie war eine der wenigen Schülerinnen auf der Ewerton High School gewesen, die nicht weiß Gott was mit ihm gemacht hatte, um eine bessere Englischnote zu bekommen. Aber trotzdem wurde sie jetzt rot, schämte sich und fühlte sich schuldig, bloß weil sie in seiner Nähe gewesen war. Als wäre es nicht schon schlimm genug, daß sie sich für etwas schuldig fühlte, was ihr Urgroßvater vor etwa fünfzig Jahren (oder war es vor genau fünfzig Jahren?) getan hatte.

Als sie gerade die Tür öffnete, rief Lenny ihr nach:

»Anna, soll ich dich nach Hause fahren? Ich muß sowieso in deine Richtung.«

Anna blieb mit der Schulter an der Tür stehen und dachte über das Angebot nach. Eigentlich wollte sie ja ein paar Schritte gehen, um wieder einen klaren Kopf zu bekommen, auf der anderen Seite aber, sollte da draußen wirklich etwas herumlaufen, das die alte wasserstoffblonde Schnapsdrossel Inez zu Tode erschreckt hatte –

»Okay, wenn es für Sie kein Umweg ist ...« Lenny würde ihr nicht gefährlich werden – er war ein großer Teddybär, der Collegeschuhe mit eingearbeiteten Pennymünzen trug und dem immer die Hemdzipfel aus dem Gürtel hingen. Anna bezweifelte, daß er und Millie es allzu oft miteinander trieben; Lenny kam ihr fast wie ein Neutrum vor, wie ein kastrierter Stier. Und er war der einzige, der bei Mr. Winstons Schweinigeleien noch rot wurde.

Und das allein war in Ewerton schon eine Garantie dafür, daß der Betreffende einem nicht gefährlich werden würde.

»Da vorn wohne ich«, sagte Anna, als Lennys zehn Jahre alter Dodge gerade das Haus ihrer Nachbarn passierte. Es war das erste, was sie gesagt hatte, seit sie vor dem *Rusty Hinge* neben Lenny in den Wagen gestiegen war. Aus der Art, wie er die ganze Fahrt von der Sixth Avenue East bis zu Annas über eine halbe Meile entferntem Haus belangloses Zeug geredet hatte, hatte Anna geschlossen, daß er zwar wußte, daß Ma am Morgen nicht zur Arbeit erschienen war, sonst aber nichts, was nicht schon allgemein bekannt gewesen wäre. Und dabei wollte Anna es auch belassen.

Lenny spielte den Kavalier und lief, nachdem er angehalten hatte, um den Wagen herum und machte ihr die Tür auf. Anna war froh, daß die Nachbarn nicht zu Hause waren, wahrscheinlich machten sie wieder mal in irgendeiner Bar außerhalb der Stadt einen drauf. Yahoos wie die Downings und die Effertz hingen für ihr Leben gern in Spelunken herum, in denen man lauthals herumgrölen und den Barkeeper mit Eiswürfeln bewerfen konnte. Und wenn sie dann lange nach Mitternacht mit quietschenden Reifen wieder vor ihrem Haus hielten, drückten sie zum fröhlichen Abschluß des Abends noch ein paarmal kräftig auf die Hupe.

Lenny stieg erst wieder in seinen Wagen, als Anna schon den Schlüssel im Türschloß hatte, und als sie die Tür von innen zumachte, hörte sie, wie sich sein Wagen ganz leise in Bewegung setzte und erst beschleunigte, als er an der nächsten Ecke war. Lenny war zwar ein Hanswurst und ein mittelmäßiger Leichenbeschauer, aber er war in Ordnung.

Noch lange, nachdem sie die Tür wieder zugesperrt hatte, stand Anna im Wohnzimmer und starrte in dem Haus, das sie jetzt quasi geerbt hatte, herum. In Gedanken ging sie ihre neuen Pflichten durch. (*... mit dem Scheck von der Kreditanstalt gibt es keine Probleme, sie haben mir schon häufiger einen auf meine Unterschrift hin ausgezahlt, wenn Ma zu sauer war, um ihn selbst gegenzuzeichnen, die Rechnungen kann ich bar bezahlen, und wenn ich nicht über die Runden komme, kann ich mir vielleicht von der Arbeitsvermittlung mehr Jobs zuweisen*

lassen ...) Das kleine Mädchen in ihr aber war wütend: *Wie konntest du bloß einfach deine Sachen packen und abhauen? Meinst du wirklich, daß es dir woanders besser ergehen wird? Du wirst immer die gleiche bleiben, wirst überall den gleichen seelischen Ballast mit herumschleppen ... und du wirst schon sehen: Die Alte findet todsicher heraus, wo du steckst, und ruft dich mit irgendeinem erfundenen Wehwehchen an.*
»Ach, du Scheiße«, sagte Anna, als sie das mit Sperrmüll möblierte Zimmer, die abblätternden Wände und die von den Katzen angefressenen Pflanzen betrachtete, die weder ihr noch ihrer Mutter je gefallen hatten. Es war ein Vorzimmer zur Hölle, und sie war gezwungen, hier zu hausen, weil sie nirgendwo anders hin konnte. »Jetzt muß ich mich auch noch um die Alte kümmern.«
Anna fragte sich, ob die Alte wohl versucht hatte, sie anzurufen, während sie in der Bar war. Die Alte benützte ihr Telefon nur, wenn sie selbst jemanden anrief. Wenn Anna oder Ma mit ihr sprechen wollten, mußten sie erst eine komplizierte Prozedur durchlaufen, die aus einmal Läuten lassen, aufhängen, zweimal läuten lassen und wieder aufhängen bestand. Dann mußten sie darauf warten, daß die Alte sie zurückrief. Und das alles bloß deshalb, weil die Alte behauptete, irgendwelche Leute würden bei ihr anrufen und dann, wenn sie abgenommen habe, nichts sagen. Wenn Anna an die Abordnung nicht allzu nachbarschaftlich gesinnter Nachbarn dachte, die vor über zwanzig Jahren mit Ma gesprochen hatte, erschien ihr diese Behauptung gar nicht so weit hergeholt – selbst wenn sich die Alte beharrlich weigerte, sich von der Telefongesellschaft eine Fangschaltung legen zu lassen.
In die Trauer, die Anna auf einmal wegen Mas Weggehen verspürte, mischten sich nun Schuldgefühle. Sie schob

ihre Unterlippe weit vor und blies sich die hellbraunen Fransen ihres Ponys aus der Stirn, wählte die Nummer der Alten und begann mit dem Signalcode. Danach setzte sie sich auf die Kante der alten Truhe neben dem Telefontischchen und rückte den Glasschirm der Stehlampe aus schwarzem Metall, die zusammen mit einer fast blattlosen Avocadopflanze und einem Katzenkorb auf der Truhe stand, gerade.

Es hatte keinen Sinn, mit der Hand am Hörer auf den Rückruf zu warten, denn die Alte ließ sich damit immer Zeit. Sie behauptete, es würde ihr schwindlig, wenn sie zu schnell aus ihrem Schaukelstuhl aufstünde. Manchmal, so sagte Ma wenigstens, ging es ihr sogar wirklich schlecht. Daraufhin hatte Anna entgegnet, daß die Alte erst Anfang sechzig sei (Ende November wurde sie dreiundsechzig, genauer gesagt), und heutzutage sei das doch noch überhaupt kein Alter.

(»Um Gottes willen, Ma, Fred Astaire ist als Endsechziger noch herumgesprungen wie ein Junger. Und kurz bevor er mit über achtzig starb, sah er immer noch ziemlich gut aus –«

»Die Alte mag ihn nicht.«

»Na und? Was hat das damit zu tun?«

»Es interessiert sie nicht, wie fit Fred Astaire war, als er starb. Und außerdem hatte er es in seinem ganzen Leben auch nie so schwer wie sie –«

»Ach, hör doch auf. Du weißt doch selbst, daß es ihr *so* schlecht nun auch wieder nicht ging, nachdem ... na, du weißt schon. Ihre Tanten haben sich rührend um sie gekümmert –«

»Woher, in drei Teufels Namen, willst denn *du* das wissen?«

»Na schön. Haben die Tanten sie vielleicht zur Arbeit

geschickt? Mußte sie Zeitungen austragen oder Zündhölzer verkaufen? Es war mitten in der Depression, und sie hatte ein Dach über dem Kopf und immer genügend zu essen. Und war gut gekleidet. Ich habe diese Kleider *gesehen* –«

»Die Kleider, die du ruiniert hast?«

»Ruiniert? Das soll ja wohl ein Witz sein! Es war ihre eigene Schuld! Sie hätte mich nicht dazu zwingen sollen, sie anzuziehen, wo sie doch genau wußte, daß ich dicker war als sie in meinem Alter –«

»Das stimmt, du warst wirklich ein fetter Brocken von einem –«)

Das Klingeln des Telefons riß Anna aus ihren bösen Erinnerungen. Sie beugte sich hinüber, hob den beigen Hörer ans Ohr und sagte: »Hallo?«

»Hast du *angerufen?*« Mit einem hatte Ma recht gehabt. Die Alte war zwar erst zweiundsechzig, aber sie hörte sich an wie jemand, der achtzig Jahre oder noch älter war. Was Anna besonders an der Alten haßte, war ihre zittrige Stimme, die sie immer an einen Schleimklumpen erinnerte, der langsam eine rauhverputzte Wand hinuntergleitet, und besonders widerwärtig fand sie das falsche, kokette Trällern bei dem Wort *»angerufen«*. Anna lehnte sich gegen den Schirm der Lampe, so daß die Schatten im Zimmer auf einmal in einem ganz anderen, ungewohnten Winkel auf den Boden fielen, und sagte: »Ma ist fort, ich habe gehört, sie soll drunten in Eau Claire sein. Sie hat den Bus genommen. Hat sie dich angerufen?«

»So, so, deine Mutter hat sich also aus dem Staub gemacht. Kommst du denn zurecht, so ganz allein da drüben in dem leeren Haus? Du kannst gern bei *mir* wohnen«, sagte sie in ihrem zittrigen Singsang, den Anna

schon seit Jahren haßte, genauer gesagt, seit die Stimme der Alten in den späten siebziger Jahren auf einmal schwächer geworden war.
»Nein ... nein. Ich muß mich um die Katzen kümmern. Oder soll ich sie vielleicht mit rüberbringen –«
»Um Gottes willen, *nein!* Deine Mutter hat mir von deiner großen Katze erzählt –«
»Wir haben zwei große Katzen.« Anna spürte, wie ihre Geduld langsam zu Ende ging. Sie hoffte, Mouth würde aufwachen und anfangen zu miauen, ihr war alles recht, das die gurgelige Stimme der Alten übertönte, die wie Kieselsteine klang, die man in Fett wälzte.
»*Das* weiß ich«, sagte die Alte mit einem explosiven Zischen. »Aber ich meine diese *riesige* Katze – die böse.«
»Meinst du Brupie? Aber der ist doch lieb. Ein großer, knuddeliger –«
»Deine Mutter hat mir da etwas ganz anderes erzählt«, trällerte die alte Frau ins Telefon und hörte sich dabei an wie ein siebengescheites Kind, das auf seiner Schaukel immer höher schwingt und dabei absichtlich mit den Füßen Sand aufwirbelt. Einen Moment lang bedauerte Anna die beiden unverheirateten Tanten, die 1931 nach Ewerton kommen und sich um die damals noch junge Alte hatten kümmern müssen, deren Vater komplett durchgedreht hatte.
»Deine Mutter sagt, daß dieser Bruiser bösartig ist.«
»Nur weil er nach ihr geschnappt hat, als sie an seine erfrorene Pfote gekommen ist. Wenn das deine Pfote gewesen wäre, hättest du vermutlich auch böse reagiert.«
Aus den kleinen Löchern des Telefonhörers drang keuchendes Gelächter. Verwundert dachte Anna: *Was ist los, alte Schachtel? Deine Tochter hat sich eben aus dem Staub gemacht, und du lachst?*, während die Alte weiterplapperte:

»Wie sollte ich denn da hineinpassen?« Ein weiterer zischender Ausbruch von Fröhlichkeit folgte.
Im Gaumen hatte Anna noch den Nachgeschmack von Cola mit Rum, als sie in den Hörer fauchte: »In was solltest du hineinpassen?« Ihre Großmutter war manchmal schlimmer als eine Sechsjährige, die eben ihren ersten schmutzigen Witz gelernt hat.
»In seine Pfoten! Dazu habe ich doch viel zu große Füße«, fügte die Alte hinzu, als wäre Anna zu dumm, um den Witz zu verstehen.
Anna hatte auf einmal Kopfschmerzen. Einen Moment lang hatte sie nachträglich Mitleid mit ihrer Mutter; die Arme hatte oft viele Stunden mit der Alten verbringen müssen. Und das erschien Anna plötzlich so schlimm, daß sie Ma fast all die Schimpfnamen verzieh, mit denen sie sie die letzten Jahre über bedacht hatte.
Aber eben nur fast.
»– du die Nachrichten auf Kanal achtzehn gesehen?«
»Was?«
»Die Nachrichten über diese Schlampe Inez – das war doch die, die dich gefeuert –«
»Ach *das*. Ja. Das habe ich gesehen.«
»Auf Kanal achtzehn?«
»Nein, auf Kanal dreizehn. In der Bar – im *Rusty Hinge*«, fügte Anna trotzig hinzu.
»Oh! Wolltest du dir dort etwa einen Kerl anlachen? Deine Ma, sie ist früher immer –«
»Nein, ich war dort wegen meiner Jacke. Hör zu, es wird langsam spät. Ich muß morgen früh raus, okay? Wir reden später drüber.«
»Nein. Du kommst später bei mir *vorbei.*«
Ach, du liebe Güte, sie hat recht. Am Dienstag holt Ma dort immer die Rechnungen und anderes Zeug. Mist. Und ich wollte

sie erst wiedersehen, wenn sie im Reish-Byrne-Begräbnisinstitut aufgebahrt liegt. Verdammt noch mal.

»Ja. Gut. Okay. Ich schaue morgen mal vorbei. Auf Wiederhören.«

»Auf Wiedersehen«, zischte die Alte triumphierend, und Anna ließ den Hörer mit einem trockenen Klacken auf die Gabel fallen.

Sie lehnte sich an die Lampe, bis der Schirm sich nach innen wölbte, und dachte nach. Diese Idioten da oben in New York haben ja gar keine Ahnung, was ein wirklicher schwarzer Montag ist. Unvermittelt mußte Anna losweinen und legte dabei ihre Hände mit den Handflächen nach außen auf die Hüften –

– in fast der gleichen Haltung, in der am frühen Morgen Inez Hibbing aufgefunden worden war.

7

Inez

Am anderen Ende der Stadt lag die nackte Leiche von Inez Hibbing, der geschiedenen Frau von Norm Hibbing, welcher in der Wisconsin Street einen Geschenk- und Secondhand-Kleiderladen besaß (und eigentlich schlauer hätte sein müssen, als ausgerechnet die Stadtschlampe zu heiraten), in einem schwarzen Leichensack auf dem Boden des Begräbnisinstituts von Reish und Byrne. Diese lieblose Lagerung der Leiche war alles andere als ein Zufall – Craig Reish hatte Inez nämlich 1978 dabei ertappt, wie sie seinen geistig zurückgebliebenen Onkel Cooper erst betrunken gemacht und dann versucht hatte, dem armen Kerl das bißchen Kleingeld zu klauen, das er

in der Tasche seiner Drillichjacke mit sich herumgetragen hatte.
Craig Reish hatte das der Frau mit dem häßlichen Gesicht und den blondgefärbten Haaren, von der niemand so recht wußte, welcher Rasse sie nun wirklich angehörte (manche in der Stadt sagten, sie sei indianischer, andere wieder, sie sei mexikanischer Herkunft, während wieder andere – hauptsächlich Bitsy Nemmitz und Pearl Vincent – schworen, sie sei das, was sie einen »hellen Nigger« nannten), nie verziehen. Und das war auch der Grund, warum er gar nicht daran dachte, ihre Leiche am nächsten Morgen in irgendeiner Weise herzurichten. Nein, er würde nicht einmal seiner Frau Susie erlauben, ein paar weißblonde falsche Haare aus ihrer Sammlung zu nehmen, welche sie nach vielen verschiedenen Farben sortiert in einer alten Werkzeugkiste aufbewahrte, und in die kahlgeschorene Schneise zu kleben, die sich über den Kopf der Toten zog und ihr das Aussehen eines Mohawk-Indianers im Negativ gab. Ebensowenig hatte er vor, mit Make-up, Wachs oder Hydrol-Gewebebildner die langen, zackigen Kratzspuren zu überdecken, die sich in tiefen Furchen über Inez' leicht schwarzstoppelige Kopfhaut zogen.
Und Susie würde auch keinen neuen Nagellack auf die Katzenkrallen von Inez auftragen – nicht einen einzigen Tropfen würde sie aus den Dutzenden von Fläschchen, die sie gleich neben den Einbalsamierungsmaterialien aufbewahrte, an die Tote verschwenden.
In Anbetracht dessen, was Inez Onkel Cooper angetan hatte (Immer, wenn jemand Fremdes den dicklichen alten Mann schlecht behandelte, wurde er zu »Onkel Cooper«, ansonsten nannte man ihn in der Stadt den »fröhlichen Wandersmann« und im Haushalt der Reishs »unse-

ren verrückten Onkel«), konnte die Tote froh sein, wenn man sie überhaupt in einen Sarg legte, geschweige denn auf Gemeindekosten beerdigte. Das hatte zumindest Craig Reish gedacht, als Lenny ihm am Nachmittag die jetzt nackten sterblichen Überreste von Mrs. Hibbing gebracht hatte.
Er hatte die mit flüchtigen Stichen zugenähte Brust der Toten gesehen und Lenny hatte ihm von ihrem Herzinfarkt erzählt, aber er hatte vor sich hingebrummt und gedacht: *Herzinfarkt, Scherzinfarkt, ich hoffe bloß, daß du leiden mußtest, du Schlampe,* bevor er Lenny versicherte, daß er alles ihm nur Mögliche tun würde, um die Dahingeschiedene wieder einigermaßen herzurichten, bevor ihr Exgatte am folgenden Nachmittag von seiner Geschäftsreise zurückkam.
Mit einem besorgten Blick seiner wäßrigen braunen Augen hatte Lenny gefragt: »Du richtest sie doch ein bißchen hübsch her, nicht wahr, Craig? Ihre Vermieterin hat diese Kleider hier herübergeschickt. Norm ist zwar ein Trottel, aber doch ein netter Kerl. Mach sie ordentlich, okay?«
Jetzt lag Craig in seinem Bett im ersten Stock und strampelte wie wild unter seiner Decke mit den Beinen, voller fröhlicher Vorfreude darauf, wie Norm Hibbings weitsichtige, blaue Augen aus ihren Höhlen treten würden, wenn Craig den Sargdeckel heben, ihm die punkig aussehende Leiche zeigen und erklären würde, daß er in der kurzen Zeit beim besten Willen nicht mehr habe tun können.
Weil Craig an nichts anderes dachte als an seine Rache, und weil der alte Doc Calder nicht gerade der aufmerksamste Hausarzt und Gelegenheitspathologe in Dean County war (ganz zu schweigen von ganz Wisconsin),

hatte keiner der beiden Männer, für die Tote nichts Neues oder Exotisches oder gar Furchteinflößendes waren, den verschiedenen Kratzwunden auf Inez Hibbings geschorenem Kopf nähere Aufmerksamkeit geschenkt.
Während die meisten dieser Kratzer ziemlich nahe beieinander lagen und jederzeit von den Krallen eines Tieres hätten stammen können, so hatten ein paar der nebeneinander verlaufenden, ausgefransten Wunden doch einen größeren Abstand zueinander.
Einen Abstand, der in etwa dem zwischen zwei menschlichen Fingern – und Fingernägeln – entsprach.

8

Traumzeit

»Ich will nicht fotografiert werden ... ich will meine Geschenke aufmachen!« schrie die kleine Anna. Mommy versuchte, sie zum Schweigen zu bringen, aber Gramma hatte ihr zugehört, obwohl sie so tat, als schliefe sie unter der großen blauen Decke, und bevor Mommy Anna vom Bett wegziehen konnte, war Grammas Hand unter der Decke hervorgeschossen, die Nägel aus gelblichem Horn waren in einer sichelförmigen Bewegung durch die Luft gesaust, und ehe Anna wußte, was passiert war, hatten die Klauen ihrer Gramma tiefe Kratzer auf ihrer linken Wange hinterlassen. Gramma zischte: »Du hast mich aufgeweckt, du kleiner Fratz!«
Die kleine Anna spürte, wie ihr das Blut aus den vier gezackten Furchen auf ihrer Wange und aus dem Ohrläppchen trat, wo Grammas horniger Daumen ihr die zarte Haut verletzt hatte. Anna schrie: »Nein, Gramma,

nein!«, aber Gramma holte aus und tat es noch einmal, und jedesmal, wenn die Nägel über Annas Wange kratzten, fühlten sie sich an wie *wirkliche* Krallen, und Mommy tat überhaupt nichts, außer daß sie Gramma anstarrte, die unter ihrer Decke hervorzischte: »Du hast mich aufgeweckt, *aufgeweckt!*«

Und als die Wunden nicht mehr bluteten, tat Mommy Make-up auf Annas Wange, aber dieses Make-up fühlte sich so komisch an, gar nicht wie der normale Puder aus Mommys Puderdose. Es war wie Wachs und roch muffig und tot, so wie damals, als Großtante Joan in dieser Kiste lag und der alte Mr. Byrne sie hochgehoben hatte, damit sie diese verwitterte Hülse einer Frau noch einmal sehen konnten.

Und während die kleine Anna unter dem Christbaum ihre Geschenke auspackte, mußte sie lächeln, denn wenn sie nicht lächelte, würde Großmutter böse werden und wieder so flattern, daß sogar Mommy davor Angst hatte, auch wenn sie es danach immer abstritt, aber die kleine Anna wollte weinen, nicht lächeln, und so kam Gramma auf einmal auf sie zu, braun und faltig und verschwommen und flatternd.

In Annas Schlafzimmer flatterte *wirklich* etwas, als sie aus ihrem Alptraum von Weihnachten 1962 – dem Weihnachten, an dem ihr die Alte die Wange zerkratzt hatte – erwachte.

Irgend etwas flattert da in diesem Zimmer, dachte Anna und zog sich die Flanelldecke hoch bis zum Kinn. Sie spürte das Gewicht der Katzen, die auf ihren Beinen schliefen, aber sie hatte Angst, die Augen zu öffnen – Angst vor dem, was sie vielleicht vor der dunklen Zimmerdecke und den Wänden sehen würde. Sie wußte, daß in dem unzugänglichen Speicher und zwischen den Doppelwänden des Holzhauses Fledermäuse hausten; die Katzen saßen oft stundenlang vor den Wänden und horchten auf die Geräusche dahinter. Manchmal gelang es einem der ekligen Biester sogar, sich durch einen Spalt in der Decke in ein Zimmer zu quetschen.

Jetzt hatte das Flattern aufgehört, nicht einmal der Widerhall eines Geräuschs war mehr zu hören. Anna meinte, auf ihrer Wange immer noch die Schmerzen von den Kratzern und das Brennen des Make-ups in den Wunden zu spüren *(Komisch, daß ich von Leichenwachs geträumt habe. Ma hat mir damals Max Factor-Creme auf die Wange getan. Auf den Fotos kann man sehen, wie dunkel sie war)*, und in ihren Augen standen wirkliche Tränen. Anna streckte vorsichtig eine Hand unter der Decke hervor und rieb sich ihre immer noch geschlossenen Augen, als sie bemerkte, daß Bruiser in entgegengesetzter Richtung zu ihr im Bett lag, sein Hinterteil eng an Annas rechtes Bein gepreßt und seinen Kopf dem Fenster zugewandt hatte.

Das Fenster. Das war's. Anna öffnete ihre feuchten Augen und sah einen etwas helleren Fleck auf der dunklen Wand. Bruiser hatte wieder einmal sein altes Kunststück vollbracht und so lange an dem heruntergezogenen Rouleau herumgewerkelt, bis seine Federkraft es ein Stück hochgezogen hatte. Manchmal schaffte er es, daß es sich ein paar Zentimeter aufrollte, manchmal brachte er es sogar bis ganz nach oben.

Anna hatte ihm das nicht beigebracht. Irgendwie, vermutlich durch genaues Beobachten und mit Hilfe seiner überdurchschnittlichen Katzenintelligenz, hatte Bruiser selber herausgefunden, wie er dieses sichtversperrende Rouleau vom Fenster wegbekommen konnte.

Ma hatte dieser Trick Angst eingejagt, sie fand es irgendwie erschreckend, daß ein Tier so intelligent sein und eine

»menschliche« Tätigkeit ausüben konnte. Und von diesem Zeitpunkt an haßte Ma das muskulöse, schwarze Tier.

»Was hast du denn gesehen, Bruiser? Sind wieder Kaninchen da draußen? Oder eine andere Katze?« Bruiser drehte seinen massigen Kopf einen Augenblick in Annas Richtung, bevor er weiter aus dem Fenster starrte. Er hatte die dünne Gardine verknäult zur Seite geschoben und starrte angespannt hinunter in den Hintergarten, sein breiter Kopf mit den kleinen Ohren bewegte sich langsam, als würde er mit den Augen etwas dort drunten verfolgen. Leise, gurgelnde Geräusche kamen aus seiner Kehle, und sein Schwanz schlug an Annas Bein.

Neugierig geworden, beugte Anna den Oberkörper vor, bis sie eine Hand auf Bruisers glatten Rücken legen konnte, und fragte leise: »Na, was ist denn da draußen? Sind es die Nachbarn? Was siehst du denn?«, ganz so, als könne ihr die Katze eine vernünftige Antwort geben.

Sie selbst sah in der Nacht nicht allzu gut; im Gegensatz zu ihrer Mutter brauchte Anna immer ein paar Straßenlaternen oder zumindest das Licht des Vollmondes, um in der Dunkelheit etwas zu erkennen. So hatte sie immer eine kleine, aber starke Taschenlampe unter ihrem Kopfkissen für den Fall, daß die Katzen in der Nacht irgend etwas anstellten. Normalerweise brauchte sie sie nur anzuleuchten, damit sie Ruhe gaben. Es war sinnlos für sie, ohne ein Licht in den dunklen, dicht mit Bäumen und Gebüsch bestandenen Hintergarten zu schauen, denn sie konnte außer dem fahlen Mondlicht, das auf dem frostüberzogenen Gras glitzerte, und den dunklen Silhouetten der Büsche dort unten so gut wie nichts erkennen. Also knipste sie die Taschenlampe an und richtete ihren Strahl hinunter in den Garten, und da sah sie, was Bruisers Aufmerksamkeit geweckt hatte.

Es war etwas Dunkles und Kleines – sehr Kleines –, das sich zügig auf einer nordwestlichen Diagonale durch den Garten bewegte. Vor der matten Farblosigkeit des frostweißen Grases sah Anna dünne Beinchen, die sich hastig überkreuzten. Den Körper darüber konnte sie nicht genau erkennen. Das einzige, was sie im Strahl ihrer Taschenlampe einen Sekundenbruchteil lang sehen konnte, war ein kurzes, farbiges Aufblitzen in dem schwarzen Umriß, der der Kopf des Tieres sein mußte.

Es war ein rundlicher, grünbrauner Fleck, der kurz aufglühte und, als sich der Kopf des Tieres in eine andere Richtung drehte, ebenso rasch wieder verschwunden war. Diese Bewegung war kürzer als ein Augenzwinkern, aber doch lange genug für Anna, um eine beunruhigende, irrationale Tatsache wahrzunehmen.

Sie hatte drei Augen in dem undefinierbaren Kopf gesehen. Und aus keinem ersichtlichen Grund dachte Anna auf einmal daran, was Lenny Wilkes und die anderen im *Rusty Hinge* erzählt hatten – daß die alte Xanthippe Inez von einem Tier zerkratzt worden war, nachdem dieses merkwürdige Tier sie vermutlich zu Tode erschreckt hatte.

Wenn drei Augen nicht merkwürdig sind, dann weiß ich nicht, was sonst. Und so betütelt, wie Inez immer war, hat sie vielleicht geglaubt, es wäre der Teufel selbst, der gekommen war, um sie heim zu Papa zu holen.

Anna wußte, daß sie sicher war, solange sie in ihrem Bett blieb, die Katzen beruhigend warm und schwer auf ihren Beinen, aber sie kam sich trotzdem verwundbar und gefährdet vor. Wenn dieses Etwas da durch ihren Garten strich, konnte es möglicherweise auch herauf an ihr Fenster klettern und zu ihr hereinstarren.

Bruiser schien Annas Furcht zu spüren und begann zu

knurren. Das tiefe Grollen, das aus seiner Brust aufstieg, weckte Mouth auf. Kurz darauf saßen beide Katzen vor dem Fenster und verdeckten in dessen unterem Teil die Sicht nach draußen, aber Anna blickte über ihre Köpfe hinweg und sah, wie der schwarze Umriß eines Tieres unten stehenblieb, zum Fenster heraufsah und ein böses Zischen von sich gab. Im fahlen Mondlicht konnte Anna sehen, wie die Zähne aus seinem halbgeöffneten Maul herausblitzten.

In diesem Augenblick sah Anna auch das »dritte Auge« wieder. Es lag nicht in einer Linie mit den richtigen Augen, sondern weiter unten, in der Nähe des Mauls. Es mußte eine Marke sein, so etwas wie die ganz normale Tollwut-Marke, die auch Annas Katzen trugen – ein grünes, ausgestanztes Stückchen Blech in Form einer Glocke, durch das oben ein Loch gebohrt war. Aber diese Marken hatten einen Durchmesser von gut drei Zentimetern und waren unten ziemlich breit, während dieser grünlich leuchtende Fleck kleiner war – nur etwas größer als das Auge einer Katze.

Anna kniete sich seufzend aufs Bett, zog das Rouleau wieder herunter und sagte sich: *Es ist so ein Adreßanhänger, wie man ihn beim Tierarzt kaufen kann. Manchmal sind das kleine kreisförmige Dinger aus Metall oder Plastik. Nein, Plastik war das vermutlich nicht, dazu hat es zu stark reflektiert.*

Nachdem das Rouleau sicher zu war, ließ Anna sich zurück ins Bett fallen, zog sich die Decke über den Kopf und traute sich nicht einmal herauszulugen, als Bruiser wieder wie ein Wilder mit den Pfoten am Rouleau herumfuhrwerkte.

Morgen früh, dachte sie, *werde ich runter in den Garten gehen und nachsehen, was für Spuren dieses Ding da hinterlassen hat.* Sie hoffte aber, daß es über Nacht wärmer werden und daß die zarte Frostschicht am Morgen längst weggetaut sein würde.

9

Arlene (II)

Ganz ähnlich wie ihre Mülltonnenkollegin Anna Sudek lag Arlene Campbell schlafend im Bett und träumte, während sich ihre Katzen am Schlafzimmerfenster drängten und durch den Schlitz in den Chintzvorhängen ein merkwürdiges Tier beobachteten, das drunten über den Rasen schlich. Auch Arlene schlief nicht gut, auch sie hatte schlimme Träume: Sie träumte von der blutenden Inez Hibbing, die das Haar von ihrem kahlgeschorenen Kopf in langen Büscheln zwischen den schmutzigen Fingern hatte. Sie stand an der Kasse im Laden ihres Exmannes, obwohl Arlene ihr gesagt hatte, daß sie lieber bei Norm bezahlen würde.

Aber Inez ließ sich nicht drausbringen. Mit ihren blutigen Fingern, um die blonde Haare gewunden waren, tippte sie ungerührt auf den Tasten der Registrierkasse herum, wobei im kränklichen Neonlicht des schäbigen, muffig riechenden Geschäfts die kahle Schneise zwischen den blutverschmierten, wirren Resten blonder Haare über ihren Ohren und ihrem Nacken weißlich glänzte.

Und sogar als die junge Anna Sudek aus dem Hinterzimmer kam, wo sie gerade irgendwelche neuen Waren aufeinandergestapelt hatte, ließ Inez auch diese nicht an die Kasse, damit sie Arlenes Einkäufe eintippte, obwohl Arlene die wandelnde Leiche inständig darum bat.

»Haben Sie's schon gehört? Ich werde sie rausschmeißen«, sagte die Leiche von Inez, ohne ihre fest zusammengepreßten Lippen zu öffnen. »In *meinem* Laden lasse ich keine Verwandte eines Mörders arbeiten«, und dann zerbarst das Schaufenster in einem gläsernen Schauer aus Eiskristallen

und durchsichtigen Konfetti, und ein kleines, dunkles, pelziges Etwas landete mit weit aufgerissenen Krallen und drei böse glitzernden Augen in dem Laden. Und kurz bevor Arlene aus ihrem Alptraum erwachte, sah sie gerade noch, daß an den gespreizten Krallen des geschmeidigen, dunklen Wesens fleischfarbene Flocken hingen, die wie fest zusammengepreßter Gesichtspuder aussahen.
Arlene setzte sich tief atmend auf, fuhr sich mit zitternden Händen übers Gesicht und murmelte: »Nein ... bitte, nicht«, denn obwohl sich die grellbunten Traumbilder langsam aus ihrem Kopf zurückzogen, drang noch eine letzte Einzelheit in ihr Bewußtsein durch – das Gesicht des schwärzlichen Tieres.
Es war dicht mit Fell bewachsen und hatte, wie das Gesicht vieler kleiner Tiere, kein Kinn, aber eigentlich war es gar kein Tiergesicht – o nein. Das Gesicht sah aus wie das eines kleinen Kindes, das eine Katzenmaske trägt, eine Maske, durch deren mit dünner, bemalter Gaze überzogene Löcher kalt berechnende, altkluge Augen blickten.
Arlene Campbell preßte die zitternden Hände auf ihren Mund und wußte auf einmal, wessen Gesicht sie eben unter dem Pelz des kleinen, krallenbewehrten Tieres in dem Geschenkladen ihres Alptraums erkannt hatte. Es war ein Gesicht, das der kleinen Arlene Weiss und ihren Spielgefährtinnen vor über fünfzig Jahren nur allzu bekannt gewesen war.
Schlimmer als der Traum aber war das Wissen, daß die Person, der dieses verkniffene, verschlagene Kindergesicht gehörte, immer noch am Leben war.
Erst jetzt bemerkte Arlene, daß sich alle ihre Katzen am Fenster drängten und hinaus in den Garten starrten. Weil sie viel älter als Anna Sudek war, fiel es ihr bedeutend schwerer als dieser, ihren Oberkörper so zu drehen, daß

sie aus dem Fenster schauen konnte. Sie mußte dazu erst aufstehen und um das Kopfende des Betts herumschlurfen. Und dann sah sie zwischen Silkys großen Ohren und den runden Köpfen der beiden Perserkatzen Puff und Fluff ein dunkles Etwas über den Rasen huschen, das im knisternden, frostweißen Gras eindeutige Spuren hinterließ. Wenn ihr Don noch am Leben gewesen wäre, wäre er jetzt mit der Flinte in der Hand hinaus in den Garten gestürmt, hätte dem Vieh mit einer geballten Ladung Schrot den Kopf von den Schultern gepustet und sich einen feuchten Kehricht um die Verordnung gekümmert, die das Schießen im Stadtgebiet untersagt. Er war schließlich Don Campbell gewesen, die Geißel der städtischen Arbeitsmannschaft, Herr über Schneepflug und Kehrfahrzeuge und der König der städtischen Pick-up-Trucks.

Arlene hatte zwar nicht das gleiche, aufbrausende Gemüt wie ihr Mann, aber sie besaß dennoch eine gesunde Neugier – die Neugier, die sie an jenem Morgen die Leiche hatte finden lassen und die sie letztendlich auch dazu gebracht hatte, mit einem Taschentuch über der Sprechmuschel diesen Fund telefonisch bei der Polizei zu melden, denn sie hatte einfach wissen müssen, was passiert war. (Diese Herzinfarkt-Geschichte war einfach zu lächerlich, denn Clive Calder konnte eine Aorta nicht von einem Anus unterscheiden).

Arlene tastete in der Dunkelheit nach ihren Kleidern, zog sie an und schlüpfte barfuß in ihre Schuhe. Dann hastete sie die Treppe hinunter und, mit einer Taschenlampe in der Hand, hinaus in den Garten. Etwas huschte da in ihrem Garten herum, ein kleiner, dunkler Schatten. Und dieses Ding blieb stehen und blickte Arlene an – und zwar mit drei Augen.

»Shhh«, zischte Arlene das Ding an und klatschte mit der

freien Hand gegen ihre Hüfte. Das Tier verschwand so schnell in nördlicher Richtung, daß es auf dem vom Frost glatten Gras mehrmals ausrutschte. Arlene sah nicht lange nach, wohin es verschwunden war, sondern richtete den Strahl ihrer Taschenlampe auf die Spuren, die das Tier auf ihrem Rasen hinterlassen hatte. Es waren die Spuren einer Katze, oder vielleicht die von einem Skunk. Aber irgend etwas am Muster dieser Spuren kam ihr merkwürdig vor; es sah so aus, als hätte das Tier versucht, auf seinen Pfoten *auf Zehenspitzen* zu gehen, so daß das Trittmuster irgendwie an den Gang eines Menschen erinnerte und nicht an den einer Katze oder eines Skunks.
Etwas weiter entfernt, schon auf dem Rasen des Nachbargartens, veränderten sich die Spuren plötzlich, sie wurden größer, fast so groß wie die eines Hundes. Als Arlene diese merkwürdigen Spuren sah *(Das kann doch nicht sein. Dinge werden doch kleiner, je weiter entfernt sie sind, nicht größer)*, knipste sie ihre Taschenlampe aus und eilte mit laut knackenden Knien zurück ins Haus, wo sie die Tür so heftig hinter sich zuschlug, daß das Auftreffen des alten Türblatts auf dem alten Türstock fast so laut klang wie ein Schuß aus einer Schrotflinte.
Wenn aber Arlene den merkwürdigen Spuren, die von ihrem Haus wegführten, noch weiter gefolgt wäre, dann wäre sie wohl noch viel erstaunter gewesen, denn die Spuren verwandelten sich noch einmal, und zwar zu einem wie hingekritzelten Tritt einer Vogelklaue, und schließlich waren in dem weiß überzogenen Gras überhaupt keine Abdrücke mehr zu sehen.

KAPITEL ZWEI

Dienstag, 20. Oktober 1987

1

Bib (I)

Als Anna den Wagen herankommen und hinter sich halten hörte und den Schatten des Blaulichts auf dem Dach sah, dachte sie: *Warum immer ich? Terry Von Kemp an zwei Tagen hintereinander ist einfach zu viel* – bis sie schließlich eine andere, nasaler klingende Stimme hörte, welche sie fragte: »Sie sind doch die Tochter von Tina Miner, nicht wahr?«

Annas Hand steckte noch immer im Müllcontainer des IGA und umfaßte eine halberforene Grapefruit. Die Stimme gehörte Bib Stanley, dem Polizeichef von Ewerton. Anna kannte sie, weil sie jeden Tag in den lokalen Radiosendern davor warnte, auf dem Gehsteig mit dem Skateboard oder in den Parks der Stadt mit dem Auto herumzufahren. Anna hätte nie gedacht, daß Bib Stanley auch Streife fuhr, wie ein gewöhnlicher Polizist.

Anna hielt es nicht für besonders ratsam, sich mit Müll in der Hand umzudrehen und dem Polizeichef ins Gesicht zu sehen, und ließ die Grapefruit widerwillig fallen. Daß bereits fünf weitere in ihrer Tasche lagen, konnte sie jetzt nicht mehr ändern. Wenn Chief Stanley das nicht paßte,

dann konnte er ihr ja eine Nacht in einer Luxus-Suite mit schwedischen Gardinen im Ewerton-Hilton spendieren.
»Äh, ... ja. Ja, ich bin ihre Tochter, Anna Sudek.«
»Sind Sie verheiratet?« Chief Stanley hatte die Innenbeleuchtung des Streifenwagens ausgeschaltet. Von der Wandleuchte über den Müllcontainern fiel nur wenig Licht auf sein Gesicht, außer einem Stück seines bartstoppeligen Kinns war nicht viel von ihm zu sehen.
»Nein, aber meine Mutter war verheiratet.« Ob er nun der Polizeichef war oder nicht, der Mann hatte kein Recht, Annas moralische Integrität in Zweifel zu ziehen, so wie es die Alte immer tat.
»O ja, das habe ich vergessen. Es ist schon so lange her, seit ich Tina das letzte Mal gesehen habe. Wir sind zusammen zur Schule gegangen, wissen Sie.«
»Sie hat mir nie von Ihnen erzählt –«, fing Anna an, bevor ihr klar wurde, wie ihre Worte klingen mußten. Aber wenn sie damit Stanley gekränkt haben sollte, so ließ dieser sich das nicht anmerken. Statt dessen sagte er: »Eigentlich wollte ich Sie fragen, wie Sie zurechtkommen, jetzt, wo Ihre Mutter nicht mehr da ist.«
Du hinterhältiger kleiner Scheißer, dachte Anna und beugte sich herab, um ihr Netz mit den Grapefruits und den leeren Kuchenformen aufzunehmen. *Warum hast du mir nicht gleich gesagt, daß du alles über mich und Ma weißt?*
»Ich komme prima zurecht. Aber das wissen Sie vermutlich auch schon«, sagte Anna ruhig und machte Anstalten fortzugehen. Stanley sagte nichts, bis sie direkt vor dem Beifahrerfenster angelangt war. Dann erst ließ Bib das automatische Fenster heruntergleiten, beugte sich herüber und schaltete die Innenbeleuchtung ein. Das leicht gelbliche Licht ließ jede einzelne Bartstoppel in seinem Gesicht plastisch hervortreten, und die trocke-

nen, faltigen Tränensäcke unter seinen Augen sahen aus wie die Haut eines Elefanten. Anna fand, er sah ganz anders aus, als sie ihn sich aufgrund seiner Stimme vorgestellt hatte.

»Haben Sie eine Minute Zeit für mich, Anna? Es ... es tut mir leid, wenn ich eben wie ein böser Polizist gewirkt habe. Ich wollte wirklich nur wissen, wie Sie zurechtkommen. Ich meine, jetzt, wo Ihre Mom weg ist, sind Sie doch ganz allein mit Ihrer Großmutter und –«

»Ja, eine Menge Leute machen sich Sorgen um mich«, unterbrach ihn Anna, und der Klang ihrer Stimme strafte den Sarkasmus ihrer Worte Lügen. »Ich weiß, daß ich mich jetzt um die Alte kümmern muß. Ich werde sie später am Vormittag aufsuchen. Falls es Sie interessiert – sie hat auf Mas Weggang mit der ihr eigenen Gelassenheit reagiert.«

»Wissen Sie was, Anna? Jemand mit Ihrer Intelligenz gehört nicht auf die Straße. Sie sind doch aufs College gegangen, nicht wahr? Okay, ich weiß, daß Sie dort waren. Sie hätten nie wieder hierher zurückkommen sollen, wo Sie doch schon einmal fort von Ewerton waren – Sie nicht, und Ihre Mom auch nicht. Sie wissen doch, daß Ihre Großmutter gar nicht so hilflos ist, wie sie immer tut. Ich will nicht schlecht von Ihrer Familie reden, aber seit ich mich erinnern kann, war sie schon immer so – na, Sie wissen schon, *hinfällig*, und ich bin sechsundvierzig. Damals war sie noch nicht so alt.«

»Aber meine Großmutter *ist* alt, Chief Stanley. Ihr wahres Alter hat damit nichts zu tun. Ich glaube, sie liebt es, alt zu sein.«

»Nun, das ist ihre Sache. Sie scheint sich hier wohl zu fühlen. Irgendwie ist alles von ihr abgeprallt – aber bei Ihnen und Ihrer Mutter ist das anders. Ich kann mich noch erinnern, wie die anderen Kinder auf der Schule Tina immer –«

Anna schüttelte ihr Netz und während sie sich daran machte weiterzugehen, sagte sie: »Es war wirklich nett, mit Ihnen zu plaudern, aber ich muß früh zur Arbeit und habe vorher noch eine Menge zu tun.«

Bib Stanley schlug mit der Hand aufs Armaturenbrett und rief: »*Das* war's! Fast hätte ich es vergessen. Hätten Sie vielleicht Interesse an einem Job, bei dem Sie in etwa der gleichen Zeit mehr Geld verdienen als in ihrem bisherigen?«

Na, du hast dich ja wirklich über mich informiert. Als nächstes wirst du mir sagen, wann ich aufs Klo muß, dachte Anna, bevor sie antwortete: »Ich glaube nicht. Ich bin eigentlich ganz glücklich mit –«

Bib kritzelte etwas auf seinen Notizblock und sagte: »Hier. Geben sie das Marv bei der Arbeitsvermittlung – Sie können doch ein bißchen tippen und Akten archivieren, oder? –, und sagen Sie ihm, daß ich Sie zu ihm geschickt hätte.« Er reichte ihr das herausgerissene Blatt zum Fenster heraus. Anna ließ ihn einen Augenblick lang zappeln, bevor sie das Papier nahm. In winziger, kaum leserlicher Handschrift hatte Bib darauf geschrieben: *»A. Sudek als Bürokraft/Aufseherin einstellen. – Brian Stanley, P. C. von Ewerton.«*

Anna steckte das Stück Papier in die Brusttasche ihrer Jacke und schloß den Reißverschluß, bevor sie fragte: »Woher das plötzliche Interesse an meinem Wohlergehen? Wollen Sie damit alte Sünden wiedergutmachen?«

Bib lehnte sich mit hinter dem Kopf verschränkten Armen in seinem Sitz zurück. »Sie halten sich wohl für ganz besonders clever«, sagte er ohne Groll.

Anna war sich nicht ganz sicher, was er damit meinte, aber

sie antwortete: »Nicht ohne Grund. Wenn ich nicht clever wäre, dann wäre ich hier draußen schon längst bei lebendigem Leib aufgefressen worden, das wissen Sie so gut wie ich.«

»Ja, das weiß ich.« Bib gähnte und kratzte sich unter seiner Mütze am Kopf. Das trockene Geräusch war in der Dunkelheit überlaut. »Genauso, wie ich weiß, daß Sie und Ihre Mom hier keine Chance haben. Es hat eine Weile gedauert, bis Tina schlau geworden und wieder von hier abgehauen ist, und ich glaube nicht, daß sie so viel Grips hat wie Sie, oder?«

»*Sie* sind doch der Experte, was meine Familie betrifft.«

Bib schlug sich auf die Schenkel und rief aus: »Großer Gott, Sie haben aber Haare auf den Zähnen. Sie könnten sich jeden Mann zähmen, ist Ihnen das klar?«

»Nicht, solange die Männer denken, daß Morden etwas Ansteckendes ist«, erwiderte sie ruhig und benutzte damit genau dieselben Worten, die ihr eigener Vater immer gegen Ma verwendet hatte – das jedenfalls hatten Ma und die Alte Anna oft erzählt, als sie noch jung war.

»Nun, ich spreche nicht von einem Burschen aus dieser Stadt, sondern von irgendeinem. Verflucht, meine Rhonda hat mir ja auch ziemlich schnell gezeigt, wo's langgeht. Und ich war wirklich ein wilder Hund. Schlimmer als diese Kerle in ihren Rostlauben mit den schweinischen Aufklebern.«

»Wie ich Ihnen schon sagte, Ma hat mir nie etwas von Ihnen erzählt.«

Je reservierter sich Anna gab, desto köstlicher schien sich Bib zu amüsieren. »Also, das schlägt doch alles. Wissen Sie, Kindchen, wenn Sie diesen Job bei der Polizei nicht annehmen wollen, dann sollten Sie es machen wie ihre Mom und von hier wegziehen. Mit Ihrer Bildung tun Sie sich nichts Gutes, wenn Sie in dieser Stadt bleiben, und das wissen Sie auch. Ewerton ist nichts für jemanden wie Sie. Verdammt, Sie reden ja nicht einmal wie die Leute hier, ganz zu schweigen davon, daß Sie sich auch nicht so schlecht benehmen. Ewerton ist gut, aber nicht für Sie. Sie sind zu belastet, verstehen Sie, was ich damit sagen will? Und das ist nicht fair, denn Sie und ihre Mom können schließlich nichts dafür.«

Es war Anna nicht entgangen, daß er die Alte in diesem Zusammenhang überhaupt nicht erwähnt hatte. Ungefragt kam auf einmal die Erinnerung daran zurück, daß die Nachbarinnen Ma erzählt hatten, die Alte würde in ihre Gärten scheißen. Es war schon verrückt. Im Psychologie-Kurs auf dem College war Anna mit einem ähnlichen Verhalten konfrontiert worden, und zwar in einem Buch mit dem Titel »Sybil«. Ihr Professor, ein einsilbiger Kerl, der immer nur Jeans und Rollkragenpullover trug, hatte behauptet, daß die wirkliche Sybil irgendwo in Wisconsin gelebt habe, und daß in dem Buch einige verschlüsselte Hinweise auf ihren Wohnort versteckt seien, aber es war Anna nie gelungen, einen solchen Hinweis zu entdecken – dabei hatte es sie wirklich interessiert, wo eine Familie wohnte, die das gleiche hatte durchmachen müssen.

Vielleicht ist das typisch für Wisconsin, daß verrückte ältere Frauen wie Sybils Mom und meine Großmutter ihre Notdurft bei den Nachbarn drüben im Gebüsch verrichten. Ist das die zehnte Potenz von Körpersprache, oder was?

»Es gibt doch nichts, was Sie wirklich hier festhält –«

»Hören Sie mal, meinen Sie eigentlich, daß uns das alles erspart geblieben wäre, wenn wir von hier weggezogen wären? Die Leute finden schließlich doch immer alles über einen heraus. Ich weiß das genau, denn mein Vater hat irgendwie auch alles über Mas Familie herausgefunden. Es hat keinen Sinn, sich zu verstecken, denn damit müßte man sich auch vor sich selbst oder seinem Erbe verstecken. Wenn wir weggelaufen wären, hätten wir doch damit bloß bestätigt, daß das, was mein Großvater getan hat, wirklich von so großer Bedeutung gewesen war.«

Anna stand neben dem Auto und konnte weder weitersprechen noch fortgehen. Sie rang nach Luft, spürte die altbekannte, unangenehme Enge in ihrer Brust und mußte blinzeln, um ihre Tränen zurückzuhalten.

Bib war still und schneuzte sich, dann sagte er, während er sein Taschentuch zurück in die Hosentasche steckte: »Nun gut ... gehen Sie einfach mit diesem Zettel zu Marv, und sagen Sie ihm, daß ich Sie für diesen Job empfohlen hätte. Und machen Sie sich keine Gedanken darüber, daß Sie irgendeine Ausbildung bezahlen müßten – das ist Sache des Arbeitsamtes. Sie würden wirklich eine Menge mehr verdienen als in Ihrem bisherigen Job, und die Arbeitszeit liegt auch günstiger. Verstehen Sie mich richtig, Anna, ich möchte Sie wirklich nicht drängen. Ich weiß bloß genau, was für Dinge in dieser Stadt vorgehen, und manchmal kann man was dagegen tun und manchmal nicht. In Ihrem Fall kann ich was tun, verstehen Sie? Es kann Vergangenes zwar nicht ungeschehen machen, aber vielleicht – nun ... bringen Sie einfach Marv den Zettel. Und jetzt sehen Sie lieber zu, daß Sie nach Hause kommen, bevor das Ding, das die Hibbing so zugerichtet hat, auch noch Sie erwischt.«

Anna, die sich etwas erholt hatte, sagte mit einem bitteren Lächeln: »Tiere sind nicht so dumm, sich mit mir einzulassen. Ich beiße nämlich.«

»Das glaub' ich Ihnen aufs Wort!«

Bib lächelte, als er den Zündschlüssel herumdrehte und

rückwärts aus dem Hinterhof des Supermarkts fuhr. Anna machte sich mit ihrem vollen Netz auf den Weg, ohne sich zu verabschieden oder zu bedanken. Sie war sich immer noch nicht sicher, ob sie wirklich zu Marv Krumb bei der Arbeitsvermittlung gehen sollte, aber wenigstens hatte sie diesen handgeschriebenen Zettel des Chiefs ...
Erst als sie fast zu Hause und, wie üblich, vollkommen außer Atem war, fiel ihr auf, daß sie an diesem frühen Morgen nichts von der alten Mrs. Campbell gesehen oder gehört hatte. *Vielleicht hat die alte Schachtel Angst, daß sie die nächste sein könnte, die in diesem verfluchten Wäldchen einen Herzinfarkt bekommt.*

2

Die Alte (I)

»– und als ich es im Radio hörte, sagte ich mir: Das war doch die Schlampe, die meine Anna rausgeschmissen hat.«
Anna stocherte mit der Gabel in dem Stück fade schmeckenden Kürbiskuchens herum, das ihr die Alte aufgedrängt hatte, und manschte die Krümel zu einem flachen Fladen auf der linken Seite des Tellers zusammen. Ma hatte ihr zwar schon oft erzählt, wie schlimm die Alte seit ihrem und Annas Auszug geworden war, aber obwohl sie im Lauf der Jahre die immer brüchiger werdende Stimme der Alten öfters am Telefon gehört hatte, wurde Anna erst jetzt bewußt, daß die Beschreibungen ihrer Mutter äußerst unzulänglich gewesen waren.
Es half Anna nicht im geringsten, daß sie das genaue Geburtsdatum ihrer Großmutter kannte. Angesichts der

Alten war das Wissen, daß sie Ende Dezember dreiundsechzig werden würde, nur eine abstrakte Größe – als Altersbeschreibung in etwa so allgemein wie die Aussage, daß das Universum älter als die Zeit oder daß die Hölle ewig sei.

Zumindest dem Aussehen nach war Annas Großmutter eine uralte Frau. Ihre Haut, die aussah wie geöltes Pergament oder verknitterter Stoff, war voller Altersflecken, Pigmentverfärbungen und Warzen, aus denen borstige Haare standen. Ihre Wangen hingen wie leere Beutel unter den hohen slawischen Backenknochen. Spärliche dünne Strähnen weißlichgrauen Haars, durch die an manchen Stellen die helle Kopfhaut glänzte, standen auf ihrem rundlichen Schädel. Ihre Nase hatte sich im Lauf der Jahre immer mehr aufgebläht und paßte zu den großen Ohren, deren Ohrläppchen herunterhingen wie bei einem Basset. Unter ihrem fliehenden Kinn hing ein flattriger Hautlappen, der irgendwie an einen Truthahn erinnerte. Ihre fleischigen, aufgeworfenen, purpurrot und feucht glänzenden Lippen wirkten merkwürdig obszön – man dachte unwillkürlich an gut durchblutete Schamlippen. Die leicht kurzsichtigen Augen der Alten ähnelten denen einer weggeworfenen Puppe auf der Müllkippe, wo Sonne, Schmutz und Schnee ihnen die Farbe weggebleicht hatten, bis schließlich nur die Pupillen übriggeblieben waren, ein Paar hypnotisch wirkender, verloren in einem rotgeäderten, weißen Meer umherschwimmender schwarzer Punkte.

Am schlimmsten aber, dachte Anna, während sie mit Widerwillen einen Bissen des Kuchens hinunterwürgte, am schlimmsten waren die Hände der Alten.

Ihre Finger waren verkrümmt, die Fingerknöchel geschwollen, und unter den Nägeln, die die gelbliche Farbe verdorbener Margarine hatten, hing irgendein dunkler, aber dennoch leicht durchsichtiger Schmutz wie alter Talg oder abgekratzte Hautschuppen. Auf den fettig glänzenden Handrücken waren so viele braune Altersflecken, daß sie aussahen wie die gesprenkelten Bäuche von Jagdhunden.

Und dann, als ob der Anblick der Alten nicht schon genug gewesen wäre, war da noch ihr Geruch. Er war ranzig und ekelerregend und erinnerte irgendwie an feuchten Schimmel und schleimig verfaultes, von Maden zerfressenes Fleisch. Die Alte hatte diesen Gestank schon verbreitet, als ihre jetzt aufgequollenen Lippen noch dünn gewesen waren und ihre Haut sich noch nicht in diese vielen schlüpfrigen Falten gekräuselt hatte. Anna erinnerte sich daran, daß Ma früher die Sachen der Alten nie zusammen mit den ihren hatte waschen wollen. Wenn auch nur eine Unterhose oder ein Paar Socken der Alten mit in die Waschmaschine gelangt waren, hatte auch der Rest der Wäsche wie eine in der Sonne vor sich hin gärende, schlecht gesäuberte Hirschhaut gerochen.

Es waren diese Streitereien um die Wäsche gewesen, die damals Ma und Anna endgültig in ihrem Entschluß bestärkt hatten, aus dem Haus der Alten auszuziehen. Ma hatte der Alten angeboten, ihre Sachen separat zu waschen, aber diese hatte wie wild getobt und behauptet, sie würde aus der Familie ausgeschlossen. Dann hatte sie wie ein Affe im Käfig die Zähne gefletscht, mit allen möglichen Dingen um sich geworfen und gejammert: »Ich habe schon einmal eine Familie verloren, und jetzt soll ich das alles noch mal durchmachen!«

Nicht lange danach hatte Anna sich geschworen, daß sie erst dann wieder der Alten in die Augen blicken wollte, wenn sich diese für immer geschlossen hätten. Und doch war sie jetzt hier, auch wenn ihr deshalb das Herz weh tat. Hier, in dem Haus, in dem sie aufgewachsen war, mit dem sie so unterschiedliche Erinnerungen verband und das ihr zeigte, wie wenig sie doch in ihrem und Mas Haus in der Wilkerton Avenue gehabt hatte. Innerlich war sie zusammengefahren, als ihr die Alte die Tür geöffnet, sie dümmlich angestarrt und ohne Umschweife losgekeift hatte: »*Meine* kleine Anna war *blond* – du hast *dunkles* Haar.« Erst dann hatte sie sie ins Haus gelassen und gar nicht hingehört, als Anna protestiert hatte: »Aber ich bin jetzt fast dreißig. Mein Haar ist mit den Jahren dunkler geworden.« Auch im weiteren Verlauf war Annas Wiedersehen mit der Alten bloß schlimmer geworden, und jetzt saß Anna an dem altmodischen fünfbeinigen Küchentisch, aß ein erbärmliches Stück Kuchen, daß sie gar nicht haben wollte, mußte der Alten zuhören, die genüßlich einen von Annas vielen Arbeitsplatzverlusten breittrat. *Vielen herzlichen Dank, Ma!*

Genau drei Tage hatte Anna für Norm Hibbing gearbeitet, bevor seine Frau, dieses Stinktier, sie rausgeschmissen hatte, weil Anna sie angeblich »beschissen« hatte. In Wirklichkeit hatte die alte Schlampe Anna eine Falle gestellt, und sie war hineingetappt. Inez hatte es einfach nicht ertragen können, daß Norm sich in den Kaffeepausen fast ausschließlich mit Anna über Bücher und Autoren unterhielt. Die beiden hatten nämlich herausgefunden, daß sie am selben College beim selben Professor englische Literatur studiert hatten. Und um dem ein Ende zu bereiten, hatte Inez eine ihrer Freundinnen, eine blauäugige Indianerin namens Sharon, angerufen.

Kaum hatte Norm wenig später den Laden verlassen, kam Sharon mit einem Zehndollarschein herein und wollte ihn in einzelne Dollarmünzen gewechselt haben. Inez hatte angeblich gerade »zu tun«, sie mußte eine Ladung schweinischer Kugelschreiber auspacken (wenn man oben auf den Knopf drückte, ließ der Mann auf dem Kugelschreiber seine Hosen runter), also mußte Anna an die Kasse und wechseln. Später, als Norm wieder von der Post zurückgekommen war, kam Sharon zurück in den Laden und behauptete, daß Anna einen Fehler gemacht habe, denn sie habe ihr für einen Fünfdollarschein zehn einzelne Dollar zurückgegeben.

Inez – die häßliche, dumme, kleine Inez mit ihren Miniröcken, ihrem verkniffenen roten Gesicht und ihren schmutzigen Fingernägeln – hatte losgequiekt, daß sie an ihrer Ladenkasse keine Idiotin mit Collegeabschluß gebrauchen könne, und so hatte Norm Anna, frühere Kommilitonin hin oder her, notgedrungen hinauswerfen müssen.

Anna hatte sich damals so sehr geschämt, daß sie niemandem außer Ma davon erzählt hatte. Noch heute ließ sie in der Liste ihrer früheren Arbeitsstellen diesen Job im Geschenkladen regelmäßig aus, obwohl das sicher gegen irgendwelche Vorschriften verstieß. Es fand sich auch ohne diesen peinlichen Vorfall genug, was gegen sie sprach …

»Ja, das war diese Schlampe. Niemand in der Stadt scheint ihr eine Träne nachzuweinen«, bemerkte Anna und würgte einen weiteren Bissen des Kuchens hinunter, dessen mehliger Boden ihr fast im Hals steckenblieb.

»Das *sollte* auch niemand«, dozierte die Alte und schnitt sich selbst ein zweites Stück von dem Kuchen ab. Für eine Frau, die nur eins fünfzig groß und nicht besonders dick war, schaufelte sie eine erstaunliche Menge an Essen in sich hinein.

»Als ich davon im Radio gehört habe, habe ich mir

nämlich gesagt: Hör gut zu, diese Schlampe hat nur das bekommen, was sie für ihre eigenen Untaten verdient hat. Meine Gramma hat immer gesagt: Alle bösen Menschen bekommen das, was sie *verdienen*. Sie hatte nämlich auch ihre Schwierigkeiten mit diesem Abschaum.«

»Mit den Yahoos«, bemerkte Anna geistesabwesend, während sie mit ihrer Gabel an einem Stück orangefarbenem Gelee herumpolkte, das sie einfach nicht mehr herunterbrachte.

»Wie bitte?« fragte die Alte in ihrer koketten, gebieterischen Art. Immer, wenn sie keine Ahnung hatte, wovon man sprach, hörte sie sich an wie die personifizierte Anmaßung.

»Yahoos ... aus *Gullivers Reisen*. In Buch vier, wo es um die intelligenten Pferde geht.«

»Ich kenne bloß diese kleinen Kerle, die ihn gefesselt haben.«

»Das waren die Liliputaner. Zu ihnen kam Gulliver auf seiner ersten Reise. Wir haben im Literaturkurs im College aber die vierte Reise durchgenommen. Nun, jedenfalls strandet Gulliver in einem Land, in dem Pferde die intelligenten Lebewesen sind.«

»Ich habe im Fernsehen einmal ein Pferd gesehen, das mit seinen Hufen zählen konnte.«

Anna nickte und hoffte, daß ihr eine vollständige Wiedergabe der Sendung, die ihre Großmutter gesehen hatte, erspart blieb. Sie hatte sich vorher schon anhören müssen, um was es sich am vergangenen Abend beim »Fernsehgericht« gedreht hatte, bis hin zum kleinsten Wort, das Richter Wapner von sich gegeben hatte.

»Nun, die Pferde in diesem Land waren wie hier die Menschen, und die Menschen – oder sagen wir besser: die Wesen, die für Gulliver so ähnlich wie Menschen aussahen – wurden dort Yahoos genannt. Sie waren am ganzen Körper behaart und sehr schmutzig.«

»So wie der *Abschaum*, der mitten in der Nacht die Straße rauf und runter fährt und wie wild herumhupt?«

Anna freute sich, daß die Alte unter den gleichen Dingen zu leiden hatte wie sie selbst. »Abschaum« war eine durchaus zutreffende Bezeichnung für Leute wie Zack Downing und seinen Schwager Elmo Effertz (die Farmerfamilie Effertz, die im Süden des County lebte, hatte schon immer einen Hang zu ausgefallenen Namen gehabt; Zacks pickelgesichtige Frau hieß zum Beispiel Irma), die die halbe Nacht lang ihre Motoren aufheulen ließen, gotteslästerlich herumfluchten und die Autotüren immer genau dann geräuschvoll zuknallten, wenn Anna gerade eingeschlafen war.

Vor ein paar Jahren waren Zack und Irma in das kleine Holzhaus neben dem der Sudeks eingezogen. Die beiden warteten immer bis lange nach Sonnenuntergang, bevor sie mit der Arbeit an dem winzigen Anbau zu ihrem Haus begannen. Dabei waren die beiden spätestens um drei Uhr nachmittags von ihren jeweiligen Halbtagsjobs im Red-Owl-Supermarkt und in der Ewerton Bäckerei wieder zu Hause (Zack war Metzgergehilfe und Irma legte Backwaren auf Plastiktabletts). Es schien ihnen einfach zu gefallen, zu nachtschlafender Zeit einen Höllenlärm zu veranstalten. Im Zuge der Umbaumaßnahmen hatten sie ihre alte Badewanne aus dem Haus geworfen und sie eine Ewigkeit neben dem kleinen, lieblos zusammengezimmerten Schuppen aus Fertigbauteilen stehen lassen, den Zack ein paar Wochen vorher hingeklatscht hatte.

Und als einer der Nachbarn sich bei der Stadtverwaltung über die Badewanne beschwerte, hatte Irma mit ihrem Streuselkuchengesicht und ihrer quengeligen Stimme nacheinander jeden einzelnen im ganzen Block angerufen und ihn beschuldigt, diesen »gemeinen Anruf wegen unserer Badewanne« gemacht zu haben. Irmas Wortschatz war nicht viel größer als der eines vor sich hin plappernden Kleinkinds. Ihre Katze, die sie ständig irgendwo suchte, nannte sie »meine Miezi«, und wenn der Jagdhund ihres Mannes sich die Seele aus dem Leib bellte, hieß das bei ihr: »Zacks Hundi redet wieder mal laut.«

Mehr als einmal hatte sich Anna gefragt, wer bei Irma Downings Führerscheinprüfung wohl den Fahrprüfer bestochen hatte (so, wie ihn Norma Grasnowski bestochen hatte, damit ihr zurückgebliebener Sohn Gary seinen Schein bekam). Aber Anna bezweifelte, daß der Fahrprüfer sich in einem solchen sexuellen Notstand befand wie der bierbäuchige Zack. In Annas Augen hatten *Kreaturen* wie Zack, Irma und ihr Bruder Elmo, der in seiner Baseballmütze und seinem karierten Hemd, das nie weiter als bis zur Hälfte zugeknöpft war, aussah wie ein Halbaffe in Menschenkleidern, weder die Luft, die sie atmeten, noch das Essen, das sie zu sich nahmen, verdient. Ganz offensichtlich war Gott bei ihnen ein Fehler unterlaufen und sie waren, anstatt Ziegen, Schweine oder Würmer zu werden, aus Versehen ein paar Sprossen weiter oben auf der Evolutionsleiter zur Welt gekommen. Sie waren wie Swifts Yahoos, die zwar aussahen wie Menschen und sich gelegentlich sogar wie solche benahmen, in Wirklichkeit aber immer noch Tiere waren, die rohes Eselsfleisch fraßen und sich gegenseitig ganz ungeniert am Hinterteil herumrochen.

Anna war sich nie ganz sicher, ob es die Unzufriedenheit mit ihrer eigenen familiären Situation war, die sie sich denen gegenüber, die weniger kleine graue Zellen im Oberstübchen hatten als sie, oft so überlegen fühlen ließ.

Was soll's, dachte sie. Wenn die Behandlung, die man ihr hatte angedeihen lassen, schließlich dazu geführt haben sollte, daß sie solche Überlegenheitsgefühle entwickelte, dann konnte sie auch nichts dagegen tun. Vielleicht war das die einzige Art und Weise, wie sie es denen, die sie quälten, heimzahlen konnte. Aber ganz egal, warum Anna diese Leute Yahoos nannte, sie benahmen sich wirklich so, als gehörten sie einer Spezies unterhalb der menschlichen Rasse an.

Oder können Typen, die Sticker mit rammelnden Kaninchen und der Aufschrift »Einspritzung« auf ihr Auto kleben und nach der Bogenjagd-Saison anderen Leuten abgezogene Hirschkadaver vor die Häuser werfen, etwa erwarten, daß man sie wie anständige Menschen behandelt? Wenn man sich wie ein Tier benimmt, dann muß man auch damit rechnen, wie ein solches behandelt zu werden ...

»... und *meine* Gramma hat immer gesagt: Bloß weil etwas aufrecht geht und Hosen anhat, muß es noch lange kein Mensch sein –«

Anna ließ die Gabel sinken und starrte die stinkende Alte an. Langsam kamen ihr erste Zweifel. War die Alte die ganzen Jahre über wirklich so furchtbar gewesen, oder hatte Anna nur das Schlechte in ihrem eigenen Kopf auf sie projiziert? Ausnahmsweise ergab das, was die Alte sagte, sogar einen gewissen Sinn, und Annas Erinnerungen an sie kamen ihr plötzlich in ihrer simplen Schwarzweiß-Malerei unwirklich und kindisch vor. Schließlich wurde ihr diese Spaltung ihrer Gefühle zu unangenehm; sie mußte entweder das Thema wechseln oder das Haus verlassen. Also schob Anna ihren Teller mit einem gezwungenen Rülpsen von sich und sagte: »Ich kann nicht mehr. Der Kuchen ist wunderbar, aber ich bin jetzt wirklich voll.«

Sie lehnte sich in dem weißlackierten, hölzernen Küchenstuhl zurück, der einmal zur Kücheneinrichtung der Mutter der Alten gehört hatte. Annas Urgroßmutter war, wenn man der Erzählung der Alten glauben durfte (aber wenn das, was Bib Stanley heute morgen angedeutet hatte, zutraf, dann gab es eine Menge Leute, die ihr nicht glaubten, was sie über die Nacht erzählte, in der ihr Vater ... *durchgedreht* hatte), keine sieben Meter von dieser Küche entfernt gestorben, in der Anna jetzt umherblickte. Soweit sie hineinsehen konnte, schaute sie auch in die angrenzenden Zimmer. Obwohl Ma die vergangenen Jahre über regelmäßig vorbeigekommen war und saubergemacht hatte, war das Haus immer noch ein Rattenloch, mit seinen schimmeligen Wänden, an denen modrig-schwarze Flecken verrieten, wo sich unter dem Putz die Stützpfosten befanden. Ein merkwürdiger, scharf verdorbener und gleichzeitig feuchter Geruch dünstete aus dem alten Holz.
Überall lagen Stapel von alten Zeitungen, Magazinen und längst unaktuell gewordener Ausgaben des lokalen Anzeigenblättchens herum. Anna bezweifelte, daß die Alte auch nur ein Stück Papier besaß, das etwas wert war; Ma hatte alle Rentenschecks der Alten (sie hatte ohnehin nur ein paar Jahre gearbeitet, in den frühen fünfziger Jahren, als die Papierfabrik verzweifelt nach Arbeitern gesucht hatte) auf die Sparkasse von Ewerton bringen und dort einzahlen müssen, ebenso wie die Zinsen aus dem Treuhandvermögen, das ihre unverheirateten Tanten der Alten vor vielen Jahren vermacht hatten.
Komisch, dachte Anna, daß die beiden alten Damen (sie konnte sich aus ihrer Kinderzeit nur noch vage an Tante Joan mit ihren spinnwebenfeinen, dünnen Haaren erinnern) ihrer erwachsenen Nichte nicht einmal hinsicht-

lich dieser kleinen Erbschaft vertraut hatten, so als wäre sie immer noch die sechsjährige Halbwaise, die man ihnen eigentlich gegen ihren Willen in Obhut gegeben hatte. Das Treuhandvermögen hatte sich, da es in festverzinslichen Wertpapieren angelegt war, im Lauf der Jahre allerdings recht gut entwickelt. Das Einkommen daraus ließ die Alte, die ja keinen Mann gehabt hatte, dessen Rente die ihre jetzt aufgebessert hätte, einigermaßen über die Runden kommen, ja, es blieb sogar noch so viel übrig, daß sie davon das Haus einigermaßen in Schuß halten konnte.
Anna hatte dieses Haus eigentlich nie als etwas Ganzes empfunden. Immer waren gewisse Teile davon für sie verboten gewesen. Das alte Nähzimmer neben dem Wohnzimmer, aus naheliegenden Gründen, aber auch der Keller, zumindest damals, als Anna noch klein gewesen war. Das gleiche hatte für den Speicher gegolten, weil dort angeblich Fledermäuse herumflogen. Außerdem waren ein paar leere Schlafzimmer, die nie benützt wurden, abgesperrt und wurden nie gelüftet.
Jetzt, wo Anna und Ma sich nicht ständig darum kümmerten, daß das Haus wenigstens einigermaßen sauber blieb, verkam es immer mehr. Der Staub lag in dichten Flocken unter den größeren Möbelstücken, bedeckte alle geraden Flächen und den Krimskrams, der in wildem Durcheinander auf kleinen Beistelltischchen und Wandregalen stand, wie ein grauer Film (Anna erinnerte sich, daß die Alte einmal zu ihr gesagt hatte: »*Ich* muß hier nicht staubwischen. Das ist schließlich *deine* Aufgabe« – und damals war Anna erst vier Jahre alt gewesen und noch kaum groß genug, um den hölzernen Griff des Staubwedels halten zu können). Eines der Regale war ein geometrisches schwarzes Ding, verziert mit hölzernen, golden angestrichenen

Blättern. Jetzt hatte die Goldbronze auf den Blättern einen grünlichen Überzug, der sie weich und irgendwie frühlingshaft aussehen ließ.
Der modrige Geruch von Schimmelpilzsporen reizte Annas Nase. Ma hatte erzählt, daß, als sie das erste Mal seit ihrem Auszug wieder im Haus der Alten gewesen war, in der Küche ein großer, graugrüner Haufen von alten Kaffeefiltern gelegen hatte, der ganz von feingesponnenen Schimmelfäden überzogen gewesen war. Die Wäsche der Alten hatte sich in einem unbeschreiblichen Zustand befunden. Hand- und Badetücher waren nur noch zerrissene, wieder und wieder geflickte Fetzen gewesen, während andererseits in den oberen Regalen über der Badewanne nagelneue, unbenützte Frottiertücher, die zu Mas Aussteuer gehört hatten (die Alte hatte sie kurz vor Mas Auszug aus ihren Kartons genommen und dafür alte, fleckige Putzlumpen und Geschirrtücher hineingelegt), Staub angesetzt hatten.
Die Toilette der Alten funktionierte bis heute noch nicht. Wenn man hinunterspülen wollte, mußte man einen Eimer Wasser hineinschütten. Anna fragte sich, ob die Leitungen mit Absicht oder aus Nachlässigkeit noch nicht repariert worden waren. Es war allgemein bekannt, daß sich Handwerker normalerweise weigerten, einen Fuß ins Miner-Haus zu setzen, außer, wenn Ma da war und ihnen während der Arbeit die Alte vom Leib hielt.
(Ein paar Jahre bevor Anna und Ma ausgezogen waren, hatte einmal, als Anna in den Winterferien vom College zu Hause gewesen war, die hintere Fliegengittertür ersetzt werden müssen. Die Alte hatte sich wie ein Geier auf den armen Steve Umbert gestürzt und ihn nicht wieder aus ihren Klauen gelassen. Sie hatte ihm, obwohl er klar und deutlich gesagt hatte, daß er keine wollte, eine heiße

Schokolade aufgenötigt und war dann furchtbar wütend geworden, weil er nur einen Schluck davon trank und den Rest stehenließ. Am schlimmsten aber war gewesen, daß sie Anna aus dem ersten Stock heruntergezerrt und ihr ins Ohr geflüstert hatte: »Na los, du mußt mit ihm *flirten!*« Anna hatte die Hand der Alten abgeschüttelt und ihr voller Abscheu zugeflüstert: »Wie *kannst* du so was sagen? Der Mann ist verheiratet. Ich kenne seine Frau. Du bist einfach widerlich – nur weil du mit jedem rumgemacht hast, muß ich noch lange nicht –«
Wenn Steve nicht dagewesen wäre, hätte Anna damals nicht so laut geschrien, als die Alte sie daraufhin geschlagen hatte, aber sie hatte gewollt, daß jemand wußte, was in diesem Haus vor sich ging – und als Steve herbeigeeilt war und hatte wissen wollen, was passiert sei, hatte die Alte so getan, als habe Anna *sie* angegriffen, und gewinselt: »Man schlägt doch keine alte Frau ... eine einfache, wehrlose alte Frau!« Aber in Steves Augen hatte Anna gesehen, daß er den wahren Sachverhalt kapiert hatte, und er hatte schnell eine Rechnung ausgeschrieben und gesagt: »Ich schicke später meinen Bruder vorbei, der bringt die Arbeit zu Ende« – bloß daß sein Bruder Chad natürlich nie erschienen war und Ma die Tür schließlich selber hatte reparieren müssen. Aber aus irgendeinem merkwürdigen Grund, den nur sie selber kannten, hatten weder die Alte noch Anna ihr jemals erzählt, warum Steve mitten in der Arbeit fortgerannt war ...)
Solche Vorfälle erschienen Anna jetzt so fremd, so entrückt und unwirklich, daß sie sie schon fast selber nicht mehr glaubte, obwohl es in der Stadt eine Menge Leute gab, die ihre Erinnerung in dieser Hinsicht hätten auffrischen und ergänzen können, hätten sie nur geahnt, daß Anna in dieser Hinsicht irgendwelche Zweifel hegte –

jetzt, während sie nichtsahnend in einem gefährlichen Fahrwasser paddelte.

»*Ya*-hoos … dieses Wort *gefällt* mir«, sagte die Alte. Mit einem Gurgeln, das hörbar eine Ladung Schleim in ihren Mund beförderte, fügte sie an: »Es ist so … wie sagt man doch gleich … so adaptiert.«

»Du meinst adäquat«, korrigierte Anna sanft und zog den Teller mit dem Kuchen wieder näher, um einen letzten Höflichkeitsbissen zu nehmen.

»Ja, adäquat. Wie schon meine Großmutter sagte: ›Bloß weil etwas aufrecht *geht* –‹«

»Rate mal, was mir heute morgen passiert ist«, warf Anna rasch dazwischen, bevor die Alte ihr ganzes Gespräch noch einmal wiederkäute. »Ich habe Bib Stanley getroffen, und er hat mir einen Job bei der Polizei angeboten. Als Bürokraft und Aufseherin.«

Die farblosen Augen füllten sich mit Panik. »*Du* kannst doch keine Aufseherin werden, du bist doch nicht –«

»Wie auch immer, ich muß zur Arbeitsvermittlung und mich vorstellen«, warf Anna ein, um sich weitere Ausführungen ihrer Großmutter zu ersparen. »Ich weiß nicht, ob Marv später noch dort ist – ich glaube, er geht immer ein bißchen früher als die anderen dort –, also sollte ich mich jetzt wirklich auf den Weg machen. Der Kuchen war großartig. Ich schaue diese Woche noch mal bei dir vorbei, okay? Und ruf mich an, wenn du vorher etwas brauchst.«

»Wenn du zu Hause bist, vergiß nicht, mir das *Signal* zu geben. Ich mache mir *Sorgen*, wenn du da draußen rumläufst.« Anna hatte sich schon gefragt, wann die Alte auch bei ihr mit diesem Schwachsinn anfangen würde, mit dem sie Ma die ganze Zeit über gequält hatte. Sobald nämlich Ma von einem Besuch bei der Alten nach Hause gekom-

men war, hatte sie sofort die gewohnte, geheimniskrämerische Anrufprozedur abspulen müssen, um der Alten mitzuteilen, daß sie zu Hause angekommen war.
»Es geht ihr um die Kontrolle«, hatte Ma dann oft gesagt. »Sie will mich einfach immer unter Kontrolle halten. *Sie* macht sich *Sorgen,* daß ich nicht lache. Sie will mich einfach mit allen Mitteln *kontrollieren.*« Wenn Ma das sagte, hatte sie vor Ärger immer knallrote, erdbeerförmige Flecken im Gesicht.
Anna nickte und sagte: »Das werde ich machen, obwohl ich nun schon jahrelang da draußen herumlaufe, und das allein und manchmal mitten in der Nacht.«
»Du solltest das nicht tun müssen!« protestierte die Alte, aber Anna wußte, was diese Worte in Wirklichkeit bedeuteten: Du sollst das nicht tun. Punkt. So, als wollte sie nicht, daß ihre Enkelin da draußen etwas tat, was sie nicht kontrollieren oder überwachen konnte.
»Nur so kommt was zu essen in den Kühlschrank«, sagte Anna achselzuckend und streifte sich den Trageriemen ihrer Handtasche über die rechte Schulter.
»Aber wenn du einmal diesen Job hast, dann mußt du doch nicht mehr mitten in der Nacht hinaus, oder?« Da war es wieder, dieses kindische Gebettel wie von einer Sechsjährigen, das Ma immer fuchsteufelswild machte und mit dem die Alte als kleines Mädchen Tante Joan und Tante Bella bestimmt bis zum Wahnsinn getrieben hatte – im Fall der letzteren sogar wortwörtlich. Was hatte der Vater der Alten angeblich gesagt, bevor sie ihn wegbrachten?
»Gebt mir auf meine Lucy acht«, oder so ähnlich. Was es auch war, die Alte hatte es im Lauf der Jahre bestimmt romantisch verbrämt, um zu zeigen, wie sehr ihr Vater sie angebetet und geliebt hatte, und um zu unterstreichen,

wie *gemein* und *widerlich* die Schwestern ihrer verstorbenen Mutter danach zu der kleinen Lucy Miner gewesen waren. Wahrscheinlich hatte ihr Vater in Wirklichkeit geschrien: »Ich bin unschuldig!«, oder etwas anderes, was dem Umstand, daß sich dabei in seiner Hand eine bluttriefende Axt befand, eher Rechnung trug.

»*Wenn* ich den Job überhaupt bekomme. Ich bin mir da nicht so sicher. Das eine habe ich nämlich in dieser Stadt gelernt: Hier kommt man nur zu etwas, wenn man entweder mit den richtigen Leuten verwandt ist, oder wenn man die richtigen Leute bumst.«

»Also, *Anna!*«

»Ich bin fast dreißig. Da darf ich doch wohl einmal ›bumsen‹ sagen. Aber ich muß jetzt wirklich gehen. Bis bald, okay?« Anna trat aus der Tür und zog sie schnell hinter sich ins Schloß, genauso, wie ihre Mutter es immer getan hatte. Obwohl die Alte sich häufig darüber beklagte, daß ihr schwindlig sei, und behauptete, sie käme manchmal nur schwer aus ihrem Schaukelstuhl hoch, hatte sie weder Ma noch Anna einen Schlüssel für ihr Haus gegeben, was Anna schon vor längerer Zeit zu dem Schluß gebracht hatte, daß die Klagen der Alten über ihre Schwindelgefühle wohl eher ins Reich der Fabel zu verweisen waren.

Auf der anderen Seite aber wußte Anna auch keine vernünftige Erklärung dafür, warum die Alte oft vier oder fünf Minuten brauchte, bis sie endlich an die Tür kam und aufmachte. (Aber es gab diese Erklärung, und sie hatte nichts – und in einem anderen Sinne wiederum eine ganze Menge – mit Schwindelgefühlen zu tun.)

Als Anna die Evans Street hinauf zur Arbeitsvermittlung an der Ecke Fourth Avenue East ging, dachte sie nicht daran, sich noch einmal umzudrehen und zu schauen, ob die Alte sie vielleicht durch eines der vielen Fenster ihres weißen Holzhauses beobachtete. Ma hatte ihr erzählt, daß sie das normalerweise tat, ein weiteres Beispiel für die *Kontrolle*, die sie so gern über alle ausüben wollte. Aber wenn Anna sich nur einmal kurz umgeblickt hätte, wäre sie vermutlich vor Schreck erstarrt stehengeblieben – denn ihre Großmutter beobachtete sie wirklich, aber aus keinem der Fenster, die sie in der kurzen Zeit, die Anna gebraucht hatte, um von der Veranda auf den Gehsteig zu treten, hätte erreichen können.

KAPITEL DREI

Donnerstag, 22. Oktober 1987

1

Die Polizeistation (I)

»– und in diesen Schrank hier kannst du deinen Mantel und deine Handtasche tun.« Ginny Yarrow, die mit Anna Sudek zusammen auf die Highschool gegangen war, öffnete die Tür eines schmalen, graulackierten Spinds für ihre frühere Klassenkameradin.

Der Lack an der Innenseite der Tür war an manchen Stellen abgeblättert, als ob jemand dort vor langer Zeit einen Spiegel oder ein Foto hingeklebt gehabt hätte, und in den Ecken des Spinds lag Schmutz in kleinen Krümeln. Plötzlich kam es Anna so vor, als habe sie genau diesen Augenblick schon einmal erlebt; als sie ihren Spind auf der Ewerton High School am ersten Schultag geöffnet hatte, war er ebenso grau und fast genauso schmuddelig gewesen. Und Ginny Yarrow (die damals noch Ginny North geheißen und im Turnunterricht Heftpflaster getragen hatte, um Lonny Yarrows Knutschflecken zu überdecken) hatte auch damals den Spind neben Anna gehabt.

Und noch mehr Dinge kamen Anna vor wie damals. Als sie an diesem Morgen die Polizeistation betreten hatte (und dabei wehmütig daran gedacht hatte, daß sie heute erst so spät zu dem Lastwagen kommen würde, der das Aluminium zum Recycling abholte, daß sie würde warten müssen, bis all die anderen, die nach der Arbeit dort anstanden, ihre Dosen abgewogen bekommen hatten), hatte Ginny von ihrem Platz am Empfangstisch aufgeschaut und gesagt: »Hi, Anna. Bib hat gesagt, daß ich dir hier alles zeigen soll. Er hat auch gesagt, daß du immer noch Sudek heißt. Bist du denn noch nicht verheiratet?« Es war immer die gleiche alte Geschichte: »Ich dachte, du hättest ein Rendezvous mit Sadie Hawkins?« »Kommst du denn nicht zum Abschlußball?« »Wir sehen dich doch auf der Tanzparty, oder etwa *nicht?*«

Annas Magen hatte sich zusammengekrampft, aber sie hatte sich nichts anmerken lassen und während sie sich den Riemen ihrer Handtasche über die Schulter geworfen hatte in fröhlichem Ton gezwitschert: »Nö!«, woraufhin Ginny süßlich mit »Oh« geantwortet hatte.

Wenigstens muß ich jetzt nicht allein ein Kind aufziehen, wie du, seit Lonny dich verlassen hat, hatte Anna bei sich gedacht, und Ginny hatte zögernd begonnen, sie herumzuführen. Eigentlich hatte es für Ginny nicht mehr allzu viel zu tun gegeben. Anna war bereits drüben in Wausau zum Abnehmen ihrer Fingerabdrücke gewesen (Bib Stanley hatte sie mit zwei weiteren bei der Polizei und dem Sheriff in Lumbe und Hunterstown neu angestellten Frauen dorthin gefahren – die beiden hatte die ganze Fahrt über unaufhörlich über Pat Sajak, den Moderator des »Glücksrads«, und seine Assistentin Vanna, die Hohepriesterin der Vokale, geschnattert), und nach der Rückkehr nach Ewerton hatte Bib Anna den Deputy-Eid abgenommen, noch bevor sie die Chance gehabt hatte, sich den letzten Rest der Fingerabdruckfarbe von ihren Nägeln zu entfernen. »Ist das jetzt der Inez-Hibbing-Look?« hatte Bib gescherzt, als wäre die tote Frau bereits das Thema einer Mitternachts-Talkshow. Obwohl Anna das nicht besonders komisch fand, hatte sie sich doch ein Kichern abgerungen. Sie konnte sich keine weitere Lücke in der Reihe ihrer Jobs leisten.

Erst nach dem Rundgang mit Ginny, auf dem diese ihr gezeigt hatte, wo sich dies und jenes befand und wo sie ihre Kaffeetasse (wenn sie sie erst einmal von zu Hause mitgebracht hatte) hinstellen konnte, war es Anna langsam gedämmert, warum sie diesen Job bekommen hatte. *Bib will es all den Leuten, mit denen ich zusammen auf die Schule gegangen bin, zeigen, indem er die Urenkelin eines Verbrechers mitten zwischen die Verbrechensbekämpfer setzt. Was ist los, Bib, hat dir einer von denen das Kraut ausgeschüttet?*

Allein in der Morgen- bis Nachmittagsschicht zählte Anna fünf Leute, die auf der Ewerton High School ihren Abschluß gemacht hatten, zwei von ihnen waren Streifenpolizisten. Und dabei war das erst eine Schicht, und Bib hatte ihr gesagt, daß sie für den Fall, daß sie als Aufseherin benötigt würde (wenn also Ginny Yarrow oder die Politesse krank oder im Urlaub waren), damit rechnen mußte, daß man sie zu jeder beliebigen Schicht holte.

Die Streifenpolizisten waren mit Anna zusammen in die Abschlußklasse gegangen, und während sich die beiden sofort an Anna erinnerten, waren ihr komischerweise deren Namen entfallen. Anna vermutete, daß das daher kam, daß sie sich kaum verändert hatte. Sie verabscheute die kurze, dauergewellte »Ewerton«-Frisur, die sich unter den verheirateten oder älteren Frauen großer Beliebtheit erfreute, und trug ihr Haar immer noch lang mit einem mädchenhaften Pony. Bei ihr hatte noch keine Schwangerschaft das Becken breiter und das Hinterteil dicker

werden lassen, und sie wog tatsächlich nur fünf Kilo mehr als am Tag ihres Highschoolabschlusses, und diese Kilos hatten sich gleichmäßig an ihrem Körper verteilt, so daß ihre Figur sich im wesentlichen nicht verändert hatte.
Und wenn sie nicht den roten Velourpullover und die schwarzen Baumwollhosen angehabt hätte (beide hatte sie aus dem Mülleimer im Super Suds-Waschsalon gerettet), hätte Anna noch viel mehr wie früher ausgesehen – sie hatte sich seit 1976, ihrem ersten Jahr auf dem College, keine neuen Kleider mehr gekauft, die sie jetzt zur Arbeit hätte anziehen können. Anna war enttäuscht, daß sie keine Uniform tragen mußte; viel mehr »moderne« Kleidungsstücke besaß sie nicht, die sie auf der Polizeistation tragen konnte.
Sie hatte auch auf eine Uniform gehofft, um sie der Alten zeigen zu können. Als sie von ihrem Fingerabdrucknehmen zurückgekommen war und die Alte angerufen hatte, hatte diese als erstes gefragt: »Und wann kriegst du deine Uniform?« Aus irgendeinem Grund war die Alte der Auffassung, daß ohne eine Uniform der ganze Job nichts wert sei. Anna vermutete, daß die Alte dabei an Annas Zeit auf der Highschool dachte, in der Ma sie in allen möglichen Kleidern fotografiert hatte – im Blazer, als Mitglied der Gesangsgruppe, im Chorkleid, im Cheerleader-Trikot (auch wenn ihre Familie unpopulär war, so hatte Anna sich wenigstens bemüht, dabeizusein. Die Ewerton High School war ein Ort der Geselligkeit, und Wally Inglass, der damals stellvertretender Direktor gewesen war, hatte jegliche Form von Gruppen- und Cliquenbildung bereitwillig gefördert), und diese Bilder hingen immer noch in ihren Rahmen an den spinnwebenüberzogenen Wänden im Haus der Alten.
Anna hatte die Alte zunächst mit dem Hinweis, daß man

für eine Uniform, die man nicht habe, auch keine Reinigung bezahlen müsse, ein wenig besänftigen können. Trotzdem hatte sie noch einmal nachgehakt: »Aber *eigentlich* steht dir eine zu.«
Anna ihrerseits dachte, daß sie schon jetzt etwas bekam, was ihr seit langem zugestanden hatte – nämlich etwas Respekt von seiten ihrer früheren Klassenkameraden, auch wenn dieser ihr nur widerstrebend entgegengebracht wurde. Obwohl sie auf der Highschool keinen Wirtschafts- oder Sekretärinnenkurs absolviert hatte, konnte sie ziemlich gut maschineschreiben, schon im Schreibmaschinenkurs im zweiten Schuljahr auf der Highschool war sie eine der Schnellsten gewesen. Sogar Mr. Owens, dieser geile Bock von einem Lehrer, der immer Mädchen wie Ginny North und Maureen, die später Larry Komminski geheiratet hatte, bis zum letzten Pausenklingeln hinterhergeschlichen war, hatte zugeben müssen, daß Anna eine gute Maschinenschreiberin war. Er hatte sogar versucht, sie in die Sekretärinnen-Kurse zu drängen, aber Anna hatte nicht viel dafür übrig, in der Pause mit zukünftigen Hausfrauen zusammenzustehen, die über nichts anderes als öde Fernsehsendungen wie »Traumschiff« und »Happy Days« plapperten.
Ginny hatte Anna um halb zehn Uhr an diesem Vormittag einen Stapel Verhaftungsprotokolle gegeben – es handelte sich hauptsächlich um Fälle von Erregung öffentlichen Ärgernisses, bei denen ein Yahoo in kariertem Hemd und Baseballmütze vor irgendeiner Bar in Ewerton einen anderen, ebenso schick gekleideten Yahoo (oder eine Yahooette) einen Pißkopf oder Schlimmeres geheißen hatte –, und bis zur Mittagspause hatte sie alle diese Anzeigen sauber getippt, ohne auch nur einmal ihr Fläschchen mit Tipp-Ex zur Hand nehmen zu müssen.

Das einzig Schlimme daran, daß Anna so schnell mit ihrer Arbeit fertig war, war die Tatsache, daß sie sich in der Pause zu Ginny setzen mußte. »Happy Days« und »Traumschiff« liefen längst schon nicht mehr im Abendprogramm, aber Ginny war inzwischen zum begeisterten »Glücksrad«-Fan geworden. Anna würgte dieses Gesprächsthema ein wenig brutal ab, konnte das aber halbwegs wiedergutmachen, indem sie sich nach Ginnys kleinem Jungen erkundigte (»Klein? Greg ist schon größer als ich!«), und dadurch kamen sie schließlich auf den Tod von Inez Hibbing am Montag zu sprechen.

»Und ich habe Greg gesagt: ›Du spielst mir nicht da draußen, auch dann nicht, wenn alle deine Freunde das tun. Das ist es nicht wert.‹ Ich meine, wer weiß denn, wer oder was Inez das angetan hat? Es könnte eine riesige Katze gewesen sein, oder etwas Schlimmeres. Ich kenne Lenny, er hat so getan, als sei nicht viel dran, aber das war nicht besonders überzeugend. Zwei Herzinfarktopfer in einem Jahr, die auf eine solche Weise entdeckt werden! Ich konnte es ja noch verstehen, als sie den alten Fred Ferger da draußen fanden. Er war ein alter Sack und nicht gewöhnt, so viel zu Fuß zu gehen. Aber Inez war gar nicht *so* alt, und wenn man glaubt, was Bib erzählt, wie sie damals in den sechziger Jahren das Waschbecken aus der Zellenwand des alten Gefängnisses gerissen hat –«

»*Was* hat sie?« Anna hatte schon viele merkwürdige Geschichten gehört, aber diese war ihr bisher entgangen. Sie stellte ihre Tasse mit Nescafé (Anna haßte Nescafé, aber es waren keine Teebeutel da) auf den Tisch, verschränkte die Arme und beugte sich näher zu ihrer alten Klassenkameradin.

»Damals waren wir noch Kinder. Meine Mom hat es mir erzählt. Inez war eingebuchtet worden, weil sie die Horaks bedroht hatte – du weißt schon, die Cousins vom alten Nemmitz. Toobie arbeitet in der Papierfabrik und Troy in der Sparkasse. Nun, jedenfalls haben sie Inez ins Kittchen gebracht, und entweder ist sie auf das Waschbecken gesprungen, oder –«

»Wirklich *drauf*gesprungen?«

»Ja. Auf das Waschbecken. Oder vielleicht hat sie es auch mit den Fäusten heruntergeschlagen. Jedenfalls ging Bib – er war damals noch ein einfacher Streifenpolizist – an ihrer Zelle vorbei und hat sie dort im Schneidersitz auf dem Boden sitzen sehen, das Waschbecken *neben* sich. Das war bestimmt ein lustiger Anblick, aber Bib war so sauer, daß er hineinging, sie am Arm packte und schrie« – an dieser Stelle sprach Ginny durch die Nase –, »›Tu das verdammte Ding sofort wieder dahin, wo du es herhast!‹ Wenn du dich mal an Bib für etwas rächen willst, dann brauchst du nur Inez und das Waschbecken zu erwähnen.«

Während sie so lachen mußte, daß ihr die Tränen in die Augen traten, kam Anna plötzlich ein Gedanke. *Ginny hat recht – Inez war eine kräftige kleine Person. Ich habe selbst gesehen, wie sie mit einer Hand einen schweren Karton mit Schnapsgläsern hochhob, und dabei hatte sie unter den anderen Arm noch eine Rolle mit einem Teppichbodenrest geklemmt. Sie muß zu dieser Zeit schon über vierzig oder noch älter gewesen sein. Sie war wirklich eine drahtige kleine Schlampe, und nicht ein einziges Mal hat sie bei der Arbeit gekeucht oder gestöhnt. Daß Fred Fergers Herz im Sommer auf einmal nicht mehr mitgemacht hat, ist kein Wunder, er war fett, alt und unsportlich.* Ihn *hätte wahrscheinlich schon ein strammer Marsch zur Toilette umgehauen. Aber Inez und ein Herzinfarkt – das paßt irgendwie nicht zusammen. Außer, wenn sie etwas erschreckt hat,* wirklich *erschreckt. Jemand, der es fertigbringt, das Gefängnis praktisch vor den Augen der gesamten Polizei zu demolieren, hat bestimmt vor nicht allzu vielen Dingen Angst. Nein, irgendwas stimmt da wirklich nicht.*

»Anna, bist du in Ordnung?« Ginny starrte sie mit einem Gesichtsausdruck an, der mehr Besorgnis ausdrückte, als Anna es je bei einem ihrer Zeitgenossen erlebt hatte. Und diese Besorgnis um sie rief in Anna ein merkwürdiges Gefühl hervor, von dem sie nicht genau wußte, wie sie damit umgehen sollte.

»Ja, ich bin okay. Ich habe nur eben über das nachgedacht, was du gesagt hast. Ich habe nämlich einmal kurze Zeit für Inez gearbeitet.«

»Ach ja? Dann konntest du sie wohl auch nicht ausstehen? Norm konnte eigentlich niemanden für längere Zeit dort im Laden halten.«

»Nein, ich mochte sie nicht. Aber trotzdem, sie machte immer so einen gesunden Eindruck –«

»Und wie steht es mit Geschlechtskrankheiten –«

»Davon rede ich jetzt nicht. Mir kam sie stark vor – gar nicht der Typ, der einfach so hopsgeht, auch wenn ihn irgendein Tier anfällt.«

Ginny kratzte sich so energisch am Kopf, daß ihre kurzen, dauergewellten braunen Haare wie eine lose Perücke hin und her rutschten. »Ich weiß, was du meinst. Aber Lenny und der alte Doc Calder sehen das ganz anders. Auch die beiden waren wohl froh, daß sie diese gräßliche Nervensäge endlich los waren. Ich glaube, jeder von uns war an diesem Montag darüber froh. Weißt du, im Fernsehen klang es ja fast so, als wolle Bib die anonyme Anruferin, die die Leiche gemeldet hatte, strafrechtlich verfolgen, aber Joe und Quinn und die anderen der Tagschicht hätten sie am liebsten abgeküßt.«

»Ach, war es eine Frau?«

Ginny legte die Finger auf ihre vollen Lippen und kicher-

te. »Hoppla. Na ja, du arbeitest ja jetzt hier, dann ist es wohl in Ordnung. Es war Bibs großes Geheimnis. Ja, irgendein Weibsbild hat den Fund gemeldet – na los, komm mit!« Ginny stand auf und bedeutete Anna, ihr zu folgen. Sie gingen den engen, grüngestrichenen Gang entlang, der von der Kantine mit ihren vielen Essensautomaten zur Telefon- und Funkzentrale führte.
»Ich hatte zwar keinen Dienst, aber wir zeichnen alle Anrufe auf Tonband auf, damit wir sie später noch einmal überprüfen können. Bib hört die Bänder manchmal ab, um sicherzugehen, daß niemand von uns den Anrufern patzige Antworten gibt. Hi, Kurt, kann ich Anna mal kurz was zeigen? Ach, übrigens, Kurt, das ist Anna. Anna, das ist Kurt. Na los, beweg dich schon, Kurt. Beide zusammen passen wir nicht in diesen Stuhl.«
Kurt, ein großer, junger Polizist mit einer fortgeschrittenen Glatze, an den sich Anna vage erinnerte, weil er auf der Highschool eine Klasse über ihr gewesen war, stand auf, streckte sich und sagte: »Na schön. Ich gehe mir mal eben einen Kaffee holen. Du hältst inzwischen hier die Stellung.« Dann trottete er fort, den leeren Gang entlang in Richtung Kantine. Ginny rollte mit ihren großen braunen Rehaugen und zuckte die Achseln. Sie holte aus einer Schublade eine Tonbandkassette und steckte sie in einen kleinen tragbaren Recorder, der neben dem Schaltpult stand.
»Ich weiß nicht, ob sie das in größeren Städten auch so machen«, erklärte sie, während sie das Band zu einer bestimmten Stelle vorspulte, »aber Bib findet, daß es so recht gut funktioniert. Ich glaube, daß der alte Stu Sawyer drüben im Sheriffbüro es anders handhabt, aber da er und Bib sich nicht leiden können, weiß ich das auch nicht so genau. Ah, hier ist es, glaube ich.«

Ginny drückte auf den »Play«-Knopf, und zischende, verstümmelte Worte drangen aus dem Lautsprecher. Sie murmelte: »Bib sollte mal den Tonkopf von diesem Ding reinigen«, drehte an dem kleinen Rädchen an der Unterseite des Geräts, das die Lautstärke regulierte, und sagte: »Hör gut zu. Die Frau spricht durch ein Tuch oder so was.«
Anna beugte sich nahe an die Lautsprecheröffnung und hörte: »Hallo, hier Polizeistation Ewerton. Was kann ich –« Die junge, männliche Stimme klang in etwa wie die von Kurt.
»Ich möchte eine Leiche melden.« Die andere Stimme war gedämpft und sehr, sehr leise, fast ein Flüstern, das von irgend etwas stark gedämpft wurde.
»Eine Leiche? Würden Sie mir bitte Ihren Namen nennen –«
»In dem Wäldchen beim Festplatz. Unter den Bäumen links von der Straße. Es ist eine Frau, und sie blutet.«
Eingedenk dessen, wovon die Anruferin sprach, klang ihre Stimme bemerkenswert ruhig und beherrscht.
»Wann haben Sie diese Leiche gesehen und –«
»Was kümmert das Sie? Machen Sie sich lieber auf die Socken und suchen Sie sie, bevor ein paar Kinder darüber stolpern. Auf –«
»Warten Sie!«
»– Wiedersehen.«
Dieses »was kümmert das Sie« verriet Anna etwas; sie hatte öfter gehört, wie ihre Großmutter diesen Ausdruck verwendete. Die Anruferin mußte also eine ältere Frau sein, und eine knallharte dazu, wenn man ihre Wortwahl bedachte.
Diesmal ließ sich Anna ihre Gedanken nicht anmerken, sondern schüttelte den Kopf und sagte: »Tja, nicht gerade viel, an was man sich halten könnte.«

»Ja. Bib ist ganz schön sauer, daß der Mann am Telefon nicht mehr aus ihr herausgekitzelt hat, aber du hast ja selbst gehört, daß sie nicht gerade gesprächig war. Zuerst haben Bib und die anderen gedacht, die Frau im Wald wäre bloß verletzt, aber ... nun, jedenfalls war es eine frische Leiche. Nicht so wie der alte Fred im Juli. Der alte Knacker war mehr als mausetot. Bei Inez war das Blut noch kaum geronnen. Wenn man Doc Calder glauben kann, war es nicht länger als eine halbe Stunde her. Das jedenfalls hat Lenny Bib am Dienstag in seinem Büro erzählt.«

»Was hat er Bib erzählt?« Kurt kam mit einem Kaffee und einem Doughnut zurück und schubste Ginny mit der Hüfte aus seinem Stuhl. Ginny gab ihm einen kräftigen Stoß mit ihrem fleischigen Hinterteil und sagte: »Daß du ein Knallkopf bist. Sag mal, weißt du eigentlich, ob sie diese Schlampe Inez schon beerdigt haben?«

»M-hm« erwiderte er, während er geräuschvoll seinen Kaffee schlürfte. »Gestern haben sie sie eingebuddelt. Ohne Trauerfeier. Norm hat nicht mal das Geschäft geschlossen. Ich weiß nicht, ob sie überhaupt einen Grabstein kriegt oder was.«

»Man könnte ja das Waschbecken aus ihrer Zelle dafür hernehmen«, sagte Anna, und ihre beiden neuen Kollegen lachten, als wäre sie ein ganz normaler Mensch und nicht Anna-»Wo ist Granny?«-Sudek. Ganz kurz überkam Anna sogar ein warmes Gefühl der Kameradschaft, welches ihr ziemlich fremd war.

Aber Anna, ob sie nun zögernd akzeptiert wurde oder nicht, konnte noch nicht ihre anderen – vielleicht nicht so warmherzigen, aber trotzdem noch spürbaren – Bindungen verraten. Und obwohl sie sich so gut wie sicher war, daß sie die Stimme auf dem Tonband erkannt hatte, konnte sie die Anruferin nicht preisgeben.

Auch wenn Mrs. Campbell an diesem Montag vor Anna am Müllcontainer der Bäckerei gewesen war, so verstand die alte Frau doch einen Teil von Annas Leben, den ihre neuen Kollegen niemals verstehen würden, und das an sich war schon Grund genug, sie nicht zu verraten.
Außerdem wußte Anna nicht, ob die Frau als Anruferin nicht automatisch der Tat verdächtigt werden würde. *Denk dran – Ginny ist erst seit ganzen drei Stunden deine »Freundin« – und sogar in denen hat sie dich darauf angesprochen, daß du nicht verheiratet bist.*
Aber als Ginny später am Tag fragte, ob sie nicht auf ihre Wohnung aufpassen wollte, wenn sie und ihr Sohn Ende der Woche wegfuhren, antwortete Anna: »Aber klar – dafür sind Freunde doch da, oder etwa nicht?«

2

In der Bäckerei

»Irma! Telefon für dich!« rief Pete Quill, der Bäckermeister der Ewerton-Bäckerei gereizt. Irma Downing war gerade dabei, während ihrer vormittäglichen Kaffeepause einen Brief an ihren zweitältesten Bruder Maurice aufzusetzen, und beeilte sich nicht sonderlich, ans Telefon zu kommen (*Ich wette, das ist dieses Ekel Maurice*), sondern überflog statt dessen noch einmal die Worte, die sie auf die Rückseite eines Bestellformulars für Geburtstagstorten geschrieben hatte:

Maurice,
Du Arschloch gibst unserem Dad das Gefühl, daß er nicht willkommen ist. Wenn Du auch nur einen Funken Ver-

stand hättest, würdest Du mit ihm zur Entenjagd gehen – und nicht mit Deinen beschissenen Freunden. Meinst Du, er hat das Boot deshalb gekauft, daß Du mit jemand anderem damit zur Jagd fahren kannst? Wenn Du Dich nicht sofort zusammenreißt, werde ich Dich Bastard wirklich hassen. Dad hat zu mir gesagt, wenn Du mit diesem Kerl gehst, dann zieht er nach Hunterstown oder irgendwo anders hin. Wo ist Dein Verstand geblieben? Rede mit ihm und mach was mit ihm aus. Vergiß Tony, vergiß Dad. Denk doch auch mal an mich & Zack.

»Irma, ich habe dir schon mal gesagt, was ich davon halte, wenn deine Familie dich während der Arbeitszeit anruft. Komm jetzt ans Telefon, oder ich lege auf, verdammt noch mal!«

»Ich komme ja schon«, maulte Irma und steckte erst einmal in aller Gemütsruhe eine Strähne ihrer dünnen Haare unter das schlaff um ihren Kopf schlabbernde Haarnetz, bevor sie sich von ihrem Stuhl im hinteren Teil der Bäckerei erhob und den Telefonhörer aus der mehlbestäubten Hand ihres immer zorniger werdenden Chefs entgegennahm. Sie lehnte sich an die rosa gestrichene Wand aus Zementsteinen und bellte: »Ja?«

»Wo warst du denn so lange, verdammt noch mal?« fragte ihr nächstjüngerer Bruder Elmo, der von seiner Arbeitsstelle, der Gas 'n' Go-Tankstelle anrief.

»Ach, ich habe diesem Ekel Maurice einen Brief geschrieben. Und Pete sagt, daß du hier nicht mehr anrufen sollst.«

»Nun, gut, aber jetzt bin ich dran. Zack hat mir gesagt, daß deine Katze wieder abgehauen ist, also solltest du in der Mittagspause deinen Arsch rüberschieben und sie wieder ins Haus bringen, bevor der Tierfänger kommt und sie sich schnappt.«

»Das darf doch nicht wahr sein!« quiekte Irma. Pete Quill, der neben der Teigknetmaschine stand, sagte kopfschüttelnd zu der Frau, die gerade Doughnuts herausbuk: »Wie ein Schwein, wenn es abgestochen wird.«

»Ja, Zack sagt, sie ist ihm einfach durch die Beine geschlüpft, und er will ihr nicht den ganzen Vormittag hinterher rennen, also mußt du dich schon selber herbequemen. Wenn der Tierfänger die Katze erwischt, mußt du die Strafe zahlen, sagt Zack.«

»Ach, wirklich? Sag ihm einen schönen Gruß von mir und –«

»Irma, mach das Telefon frei. Ich habe dich gewarnt. Du sollst hier keine Privatgespräche führen. Los jetzt, deine Pause ist vorbei«, drohte der Bäckermeister, während Irmas Kolleginnen taktvoll die Köpfe wegdrehten und die Blicke abwandten. Irma murmelte in den Hörer: »Ich muß jetzt Schluß machen« und legte auf, aber anstatt sich wieder an die Arbeit zu machen – hinten in der Bäckerei, versteht sich, weit weg von den Kunden, denen beim Anblick ihres pustelübersäten Gesichts vielleicht der Appetit vergangen wäre –, sagte Irma nüchtern: »Ich muß mal kurz nach Hause, okay?«

Normalerweise hätte Pete Quill einfach nein gesagt, sie solle gefälligst wieder an die Arbeit gehen, aber eine Mittagspause ohne Irma war ein zu verlockender Gedanke – und außerdem paßte ihr unerlaubtes Entfernen vom Arbeitsplatz recht gut in die immer länger werdende Liste von Abmahnungen, Regelverletzungen und simplem Ärger über ihre schlechte Arbeit, die er über Irma angelegt hatte.

Vielleicht habe ich sogar Glück – wenn sie sich noch ein paarmal so benimmt, können wir sie rausschmeißen, dachte der Bäcker, während er lange Bogen von blaßgelbem, süßem Teig auf einem riesigen eingefetteten Backblech zu schlampigen Spiralen drehte, in die er dann einen Schlag Apfelfüllung klatschte. Und niemand, der in der süßlich-würzigen, ambrosisch duftenden Atmosphäre dieser Bäckerei in seiner Nähe am Arbeiten war, widersprach ihm, als Pete, mehr zu sich selbst, sagte: »Paß auf, daß dir die Tür nicht auf deinen fetten Arsch fällt.«

3

Irma und Elmo (I)

Anna hatte eben der Alten per Signalruf zu verstehen gegeben, daß sie von der Arbeit zu Hause war (»Und denk dran, *ruf mich an*, damit ich weiß, daß du *in Ordnung* bist –«), als das Telefon klingelte. Sie klemmte sich den Hörer unters Kinn, so daß sie sich nebenbei ihre guten Schuhe, die ihr höllisch weh taten, ausziehen konnte, und sagte: »Hallo?«
»Ich will meine Mieze zurück. Ich weiß, daß Sie sie haben, und ich will ihn zurück und ich finde es wirklich gemein, daß Sie ihn geklaut haben und –«
»Was?« Anna ließ ihre Schuhe auf den Boden fallen und erwischte gerade noch den Hörer, bevor er von ihrer schmalen Schulter schlüpfte. Diese hohe, quäkende Stimme klang ganz nach der verrückten Irma von nebenan. Die Frau brabbelte anscheinend von ihrer Katze, einem großen, getigerten Kater, der wohl wieder einmal ohne Halsband und ohne Tollwutschutz- und Ewerton-Katzensteuermarke die Gegend unsicher machte, den Leuten in die Gärten schiß und alle Wurzelgemüse ausgrub, die er finden konnte. Irma beschuldigte ständig alle Leute, sie

würden »nur drauf lauern«, daß ihr die Katze wieder einmal auskäme, aber Anna hatte, wenn sie am Morgen von ihren Mülltonnentouren zurückgekommen war, ihre verpickelte Nachbarin schon öfter dabei beobachtet, wie sie selbst die Katze aus der Tür schob, und so brachte sie dem Gejammer der kleinen, faden jungen Frau eine gehörige Portion Skepsis entgegen.
Anna wollte gerade sagen: »Wenn Sie ihre Katze nicht immer rauslassen würden, dann würde sie auch nicht ständig irgendwo herumstreunen«, aber Irma quiekte: »Ich weiß, daß Sie sie gestohlen haben. Ich habe ihn in Ihrem Haus gesehen!«
Anna setzte sich auf die Truhe und kratzte sich am rechten Fuß, während sie ganz ruhig antwortete: »*Ach, so ist das.* Sie haben also in meine Fenster geschaut?«
»Jawoll!« tönte es unartikuliert aus dem Hörer.
»Wirklich? Sie haben in mein Haus geschaut?«
»Jawoll! Und ich will sie zurück haben! Ich weiß, daß Sie ihn haben!«
»Wie kann ein Tier gleichzeitig männlich und weiblich sein? Ist *er* vielleicht kastriert?« fragte Anna, obwohl sie schon oft das Paar Hoden, groß wie zwei riesige Murmeln, unter dem Schwanz des herumstreifenden Katers gesehen hatte.
»Nein, sie ist nicht kastriert. Ich habe ihn bisher noch nicht zum Tierarzt bringen können«, heulte Irma mit immer höher klingender Stimme. Anna hatte einmal im *Milwaukee Journal* einen Artikel darüber gelesen, wie man einen Lügner entlarven könne. Ein ansteigender Ton in der Stimme war ein sicheres Anzeichen. Daß Irma log, überraschte Anna nicht, aber es ging ihr auf die Nerven, daß sie so eine erbärmliche, *dumme* Lügnerin war.
»Nun gut, hören Sie zu, Mrs. Downing. Ich habe Ihre

Katze nicht bei mir im Haus. Ich habe keine männliche Tigerkatze, also können Sie in meinem Haus auch keine gesehen haben.«

»Ich habe in Ihr Fenster geschaut und sie gesehen.«

»So, haben Sie das?« Anna ließ ihre Stimme nie über einen ruhigen Unterhaltungston ansteigen, besonders dann nicht, wenn sie mit einer unberechenbaren Ignorantin wie Irma Downing sprach. Diese Unterhaltung war da keine Ausnahme – jedenfalls bis jetzt noch nicht.

»Ja, das *habe* ich«, entgegnete ihre Nachbarin mit einem ärgerlichen Schnauben. »Und ich habe ihn da drinnen *gesehen!* Sie saß auf einer Kiste bei der Tür.«

»War diese Kiste vielleicht eine Truhe?«

»Ach, groß und schwarz war das Ding, was auch immer es ist. Und er saß drauf. Und ich will sie zurück!«

Anna warf einen Blick hinüber zu Mouth, die sich jetzt neben einem der Telefonbücher zusammengerollt hatte. Mouth war groß, getigert und ausgesprochen weiblich (zumindest, bevor sie sterilisiert worden war), und sie ähnelte Irmas entlaufener Katze, besonders, wenn man sie bloß undeutlich hinter einer spiegelnden Scheibe sah.

»Nun, Sie geben also zu, daß Sie an meinem Haus herumspioniert haben –«

Das Wort *spioniert* mußte wohl die Ein-Watt-Birne über Irma Downings übergroßem, zottelhaarigen Kopf zum Aufleuchten gebracht haben. Mit gedämpfter Stimme sagte sie: »Ich hab' nicht spioniert, ich hab' bloß in Ihr Fenster geschaut.«

»Ach ja?«

»Ja.« Irma fiel ein wenig in ihren vorherigen streitsüchtigen Ton zurück, als sie drohte: »Wenn Sie ihn nicht zurückgeben, dann schicke ich Elmo rüber, und der holt ihn schon bei Ihnen raus. Weil ich ihn doch drin gesehen hab' und –«

»Wen? Elmo oder Ihren Kater? Und, übrigens, ob Sie es jetzt *schauen* nennen statt *spionieren* – es bleibt dasselbe, jedenfalls dem Buchstaben des –«

Anna sprach in eine tote Leitung. Sie ließ den Hörer auf die Gabel fallen, hob ihre Schuhe auf und wollte eben zum Schlafzimmer gehen, als jemand wie wild mit den Fäusten gegen die Haustür trommelte. Elmo Effertz war eine so langbeinige Bohnenstange, daß er vermutlich nicht mehr als drei Schritte gebraucht hatte, um von seinem Haus herüber zu dem von Anna zu gelangen. Anna rannte zur Tür und öffnete sie, bevor Elmo sie zu Kleinholz verarbeiten konnte.

Elmo hatte zwar nicht das teigige, leere Gesicht seiner Schwester, aber sein wütender Gesichtsausdruck war unter den gegebenen Umständen auch kein viel schönerer Anblick.

»Wo ist die verdammte Katze von meiner Schwester?« blaffte er und wollte sich ins Haus drängen, aber Anna war schon vor die Tür getreten und ließ sie hinter sich ins Schloß fallen. Mit verschränkten Armen und einem Gesicht, das zunehmend röter und heißer wurde, sagte sie: »Hören Sie mir gut zu, Elmo. Ihre Schwester hat wie ein verdammter Spanner in meine Fenster geglotzt und *meine* Katze gesehen. Ich habe schon oft beobachtet, wie sie und ihr Mann ihren Kater aus dem Haus gelassen haben, obwohl das ohne Halsband gar nicht erlaubt ist. Entweder legt sie dieses Vieh in Zukunft an die Leine, oder ich rufe beim Sheriff an und melde es als Streuner. Und wenn die Katze erst einmal eingefangen ist, dann muß Irma zehn Dollar bezahlen, wenn sie sie wieder haben will. Also –«

»Lassen Sie mich in dieses verdammte Haus, dann können wir die Sache auf der Stelle klären.«

»*Verlassen Sie auf der Stelle mein Grundstück!* So lasse ich nicht mit mir reden, haben Sie das *verstanden*?«
Elmo stand da, seine bartstoppelige Kinnlade hing herunter, und seine großen knochigen Fäuste ragten aus den zu kurzen Ärmeln seines Flanellhemds. Sein Netzhut mit der Werbung für Skoal-Kautabak hing schief auf seinem mit verfilzten, lockigen Haaren bedeckten Kopf. Er schnaubte wie ein angebundener Stier. Mit seiner Größe von über einem Meter achtzig überragte er Anna bei weitem, aber sie ließ sich davon nicht einschüchtern und schaute böse hinauf zu ihm.
»Ich habe doch gesagt, daß Sie gehen sollen.«
»Meine Schwester meint aber –«
»Ihre Schwester kennt weder den Unterschied zwischen einer männlichen und einer weiblichen Katze, noch weiß sie, wo ihr eigenes Tier ist. Und bevor Sie gehen, möchte ich Ihnen noch eine Botschaft an sie mitgeben. Wenn Ihre Schwester jemals wieder einen Fuß auf mein Grundstück setzt oder auch nur in eines meiner Fenster *starrt*, werde ich meinen Boß anrufen und –«
»Na und? Was kann Gordy Grey schon groß tun?« Elmo feixte höhnisch und dachte an den Besitzer des Super Suds-Waschsalons, einen schmächtigen, jungen Mann, der nicht einmal so alt wie Anna war.
»Ach, tut mir leid. Ich habe es Ihnen und Ihrer Schwester ja noch gar nicht erzählt. Ich bin nicht mehr bei Mr. Grey. Ich arbeite jetzt für Bib Stanley – vielleicht kennen Sie ihn. Er ist ein etwas kleinerer, dünner Kerl. Arbeitet für die Polizei ...«
»Ach du *Scheiße!*« japste Elmo, bevor er mit heraushängenden Hemdzipfeln, die hinter ihm herflatterten wie verwitterte Fledermausflügel, über den Rasen und die Straße entlang davontrabte. Anna blieb stehen und sah

ihm nach, bis er im Haus seiner Schwester verschwand. Über gut fünfzehn Meter Entfernung, durch das Fliegengitter und die Haustür hindurch konnte sie ihn brüllen hören: »Da hast du mich ja in eine Scheiß-Bredouille gebracht, du blöde Kuh!«

Zurück im Haus, hatte Anna schon den Hörer in der Hand und wollte auf der Polizeistation anrufen, als Bruiser kam, um ihre Beine strich und miaute, als wollte er sagen: Was regst du dich denn über diese Idioten auf? Laß sie sich doch über Nacht die Köpfe zermartern. Kümmere dich lieber um *mich*, okay?

Anna legte den Hörer wieder auf, nahm die Katze in den Arm und drückte ihren breiten, schwarzen Kopf unter ihr Kinn. Bruiser begann zu schnurren und wand sich in Annas Armen. Mit seinen neun Kilo war der Kater zu groß, um ihn gleichzeitig hoch- und festzuhalten. Also setzte Anna sich auf die Truhe und ließ Bruisers breithüftiges Hinterteil in ihren Schoß gleiten.

»Du bist eine große Miezekatze, nicht wahr? Schade, daß du nicht groß genug bist, um dich auf Elmo hetzen zu können. Mit diesen Pfoten würdest du kurzen Prozeß mit ihm machen, stimmt's?« Bruiser zog den Kopf ein und rieb seine Stirn an Annas Oberarm, als wollte er sagen: »Nein, Mama, ich nicht. Ich bin ein alter Softie.«

»Nicht schon *wieder*«, seufzte Anna, als das Telephon zu klingeln begann. In der Erwartung von Irmas unartikuliertem Blöken bellte Anna ins Telefon: »Was ist *jetzt* schon wieder los?«

»Anna, was hast du? Hast du in der Arbeit einen schlechten Tag gehabt?«

Das mißmutige Gegurgel der Alten hatte für Anna noch nie so angenehm oder so willkommen geklungen.

Während sie mit der freien Hand Bruisers Kopf streichelte, sagte sie: »Tut mir leid. Ich dachte, es wäre jemand anders dran.«

»Jemand, der dich geärgert hat?« schallte es in gurgelndem Singsang aus dem Hörer.

»Ja«, seufzte Anna. Bruiser sah mit seinen bewundernden, gelblich gefleckten, grünen Augen auf zu ihr. Und dieser Blick voller uneingeschränkter Liebe blieb auf Anna ruhen, während sie der Alten von Irmas Suche nach ihrer »Sie-er«-Katze und Elmos Kreuzzug zum Heimholen dieses Tiers berichtete. Die Erzählung schloß auf Verlangen der Alten eine detaillierte Beschreibung eines jeden einzelnen Gesichtszugs ihrer Neandertaler-Nachbarn mit ein, aber als die Alte ein besonders lautes »Was du nicht sagst!« durch die Leitung plärrte, knurrte Bruiser auf einmal und sprang von Annas Schoß.

Anna hörte die Alte sagen: »An *deiner* Stelle würde ich überhaupt nichts tun. Ich würde die beiden in ihrem eigenen Saft schmoren lassen.«

»Genau das habe ich auch vor. Außerdem hilft es bei diesen Leuten überhaupt nichts, wenn man ihnen die Polizei auf den Hals hetzt. Swifts Yahoos haben sich auch keiner Autorität gebeugt.«

»*Wessen* Yahoos?«

Anna war sich nicht sicher, ob die Alte sich wirklich nicht mehr daran erinnerte, was sie ihr vor kurzem über die Yahoos erzählt hatte, oder ob sie bloß wieder eines ihrer kleinen Spielchen spielte, deshalb sagte sie: »Du weißt doch, aus *Gullivers Reisen*. Ich habe solche Yahoos gerade eben hier live erlebt. Die verstehen einen nur, wenn man ihnen die Mündung einer Schrotflinte zwischen ihre kleinen Schweinsäuglein drückt.«

Das stimmte. Im vergangenen Herbst hatten Zack und Elmo einen Streit gehabt, der darin gipfelte, daß Elmo

seinem Schwager auf die Straße nachgelaufen war und ihm den Kolben seines Jagdgewehrs mit voller Wucht in den Rücken geschlagen hatte. Als Zack sich daraufhin umgedreht hatte, hatte Elmo den kleineren und dickeren Mann gegen das Führerhaus seines Geländewagens gedrängt und die Mündung des Gewehrs genau zwischen Zacks fast zusammengewachsene Augenbrauen gedrückt, während sich Irma neben dem Auto fast die Stimme aus dem pusteligen Leib geschrien hätte.
Nachdem Anna der Alten von diesem Vorfall erzählt hatte, sagte ihre Großmutter in koboldhaftem Singsang: »Ich wüßte noch etwas *anderes*, was sie verstehen würden.«
»Ach, wirklich?« Anna wollte gerade fragen, was das war, als Mouth endlich mitbekam, daß Bruiser in ihrer Nähe war. Die Tigerkatze machte einen Buckel, sträubte das Fell, zischte und forderte Bruiser heraus. Bevor die Katzen einen Streit beginnen konnten, der wieder irgendwo im Keller an einer Stelle enden würde, an der Anna keine der Katzen erwischen konnte, bevor sie sich gegenseitig böse zerkratzt hatten, sagte Anna schnell: »Entschuldige bitte, ich muß aufhören – die Katzen!« Sie hörte noch, wie die Alte sagte: »Schon wieder dieser große, böse *Kater*«, dann warf sie den Hörer auf die Gabel und rannte den beiden Tieren hinterher, die bereits wild miteinander kämpften. Aber erst, als sie schon unten im Keller war, fiel Anna ein, daß ihr die Alte jetzt nicht hatte sagen können, was sonst noch gegen den Yahoo-Clan nebenan helfen könnte.
Sollten sich Irma oder Elmo jemals wieder blicken lassen, wäre Anna nämlich zu fast allem bereit gewesen.

4

Lucy (I)

Die Stille in dem großen, alten Haus war so tief, daß jedesmal, wenn die alte Frau sich in ihrem Schaukelstuhl nach vorne lehnte und laut und seufzend ausatmete, das Geräusch noch lange von den Wänden und Holzböden widerzuhallen schienen.

Gramma weiß, was zu tun ist, dachte sie mit einem nachdenklichen Kopfschütteln. *Sie hat es damals immer gewußt, und sie weiß es jetzt auch – o ja, das tut sie,* sagte sie zu sich selbst, während sie in einem langsamen Rhythmus vor- und zurückschaukelte. Wenn sie sich mit dem Stuhl hochschob, knackten die Knochen in ihrem Fuß. Lucys rechte Hand wanderte nach oben zu ihrem Hals und befühlte den kleinen zusammengezogenen Baumwollsack, der dort an einer langen Schnur hing. Ihre Finger betasteten das Säckchen, so wie sie in diesem Haus vor so langer, langer Zeit den Saum des alten Nachtrocks betastet hatten, in jener ganz besonderen, schrecklichen, *wunderbaren* Nacht, die Lucys ganzes Leben verändert hatte.

Und genauso wie damals wand sich das, was da in dem Baumwollsäckchen schlummerte, wohlig unter ihrer zärtlichen Berührung, wie eine Katze, die sich an die streichelnde Hand schmiegt.

Lucys Finger waren nicht mehr klein und weich; jetzt, wo sie größer und vom Alter hart geworden waren, konnten sie das, was sich in dem kleinen Zugbeutel – einem Überbleibsel aus den Tagen, in denen die brave, kleine Anna auf dem Knie ihrer Gramma gesessen hatte und kleine Stücke knallbunten Kaugummis in dem Säckchen gewesen waren – biegsam bewegte, ganz umfassen, so daß sich die kleine Spirale genüßlich in der Körperwärme der ganzen Hand räkeln konnte. Lucy schob sich mit dem Schaukelstuhl zurück, so weit wie es nur ging (so, wie sie es als kleines Mädchen getan hatte, als sie mit der Schaukel auch weit, *weit* nach hinten gegangen war), und schloß die Augen, bis nur noch ein dumpfes Rot durch ihre dünnen, leicht fettigen Lider drang. Sie dachte daran, was ihre Enkelin über diese schrecklichen Kreaturen erzählt hatte. Sie *Leute* zu nennen war eine Beleidigung, ein Verbrechen. Lucy wußte, daß *ihre* Gramma in dieser Hinsicht derselben Meinung gewesen wäre.

So wie diese widerlichen Parks-Typen, dachte sie. *Die Parks, an denen sich Großmutter gerächt hat. Es gibt so viele eklige, grauenvolle Leute da draußen, die alle meiner kleinen Anna weh tun wollen. Sie bespringen sich wie Kaninchen und werden immer mehr und mehr. Aber nicht immer – nicht wahr, Gramma? Manchmal kann man auch was dagegen tun.*

Der Schaukelstuhl schwang vor und zurück wie eine wunderbare Kinderschaukel, die hoch in die Luft stieg, und Lucys Finger streichelten den abgewetzten Baumwollsack. Mit immer noch geschlossenen Augen erinnerte sich Lucy daran, wie der Ford dieser gemeinen Verwaltungsbeamten vornüber in den Graben gestürzt war. Und es war so einfach für Großmutter gewesen, das zu bewerkstelligen! Zuerst hatte Lucy nicht verstanden, *wie* sie es gemacht haben könnte, aber dann, nach jener *besonderen* Nacht, als der Nachtrock seine Geheimnisse ihren tastenden Fingern offenbart hatte, wurde auf einmal alles so klar, war so *einfach* zu begreifen.

Und jetzt, wo die kleine Anna mit ihrer Gramma ganz allein in Ewerton war, war es da nicht an der Zeit, daß Lucy sich ihrer kleinen Enkelin als *gute* Gramma erwies? Lucys Gramma hatte Lucy nie *rächen* müssen, so, wie sie

sich an diesen Verwaltungsleuten gerächt hatte, aber für die arme kleine Anna lagen die Dinge einfach *anders*. Die Leute konnten ja so *gemein* sein. Aber sie wußten nicht, daß Lucy *noch gemeiner* sein konnte. O ja, sehr viel gemeiner.
Hatte das goldene Ding nicht von Anfang an gute Arbeit geleistet? Und dabei war sie, als sie es das erste Mal benutzt hatte, erst sechs Jahre alt gewesen.

5

Der zweite Mord

Das Gesetz wäre so ziemlich das letzte gewesen, das Elmo Effertz hätte davon abhalten können, sich einen ordentlichen Schluck Gerstensaft zu Gemüte zu führen, während er mit seinem schwarzen Ford Pick-up-Truck mit den polierten Radkappen die Lakeview Road hinunter fuhr, obwohl das natürlich mindestens ebenso illegal war, als hätte er sich mitten auf die Veranda dieser Sudek-Schlampe gestellt und »Scheiße!« geschrien. Und so steuerte Elmo mit seinen knochigen Knien, während er sich mit beiden Händen eine von den sechs auf dem Wagenboden herumrollenden Bierdosen heraufangelte und sie aufriß, wobei er peinlichst darauf achtete, daß die Öffnung nur ja genau auf das Gesicht seiner Schwester wies.
»Laß den Unsinn, Elmo!« Irma wischte sich die Bierspritzer von ihrer pickligen Wange, dann säuberte sie ihre Handfläche an ihrer Jeans. Die Feuchtigkeit hinterließ einen Fleck, der dunkler war als die älteren, getrockneten Flecken auf dem abgetragenen Stoff.
»Kannst du denn keinen Spaß verstehen?«

»Nein«, schmollte Irma. »Ich mag es nicht, wenn du so was machst. Dad hat dir doch gesagt, du sollst beim Autofahren kein Bier trinken. Wenn du damit einen Unfall baust, schlägt Zack dich windelweich.«
»Wenn er das probiert, dann knall ich ihm ordentlich eine rein, diesem blöden Scheißkerl –«
»Elmo, du sprichst von meinem Mann!«
Elmo trank die Dose leer und warf sie aus dem Fenster. In der Dunkelheit draußen traf sie auf etwas Metallisches, das ein hohles, blechernes ›Pling!‹ von sich gab.
»Elmo, du bringst uns beide noch in Schwierigkeiten«, warnte Irma, während sie mit ihren Turnschuhen die restlichen Bierdosen herumrollte, und als sich Elmo wieder hinunterbeugte und sich noch eine holen wollte, trat sie ihm auf seine großen, knochigen Finger. Daraufhin entriegelte Elmo das automatische Schloß auf der Beifahrerseite und beugte sich über Irma, um die Tür zu öffnen.
»Elmo, du bist ein blödes Schwein!« Irma biß ihren Bruder in den Arm, wie sie es früher, als sie Kinder auf der Farm gewesen waren, oft gemacht hatte, und Elmo ließ mit einem Schmerzensschrei die Tür los.
»Na, jetzt hab' dich aber ganz schön erschreckt, nicht?« fragte er dann.
»Nicht so sehr, wie diese Sudek *dich* erschreckt hat. Ich habe da drüben jedenfalls keine kesse Lippe riskiert. Warum bist du denn nicht einfach reingegangen und hast ihr meine Mieze weggenommen, ha? Du bist doch größer als die Sudek.«
»Die Schlampe hat die Tür hinter sich zugemacht. Und du weißt genau, daß Dad uns gesagt hat, wir dürften niemals eine Frau schlagen.«
»Aber sie hat meine Mieze –«
»Scheiß auf deine Katze. Wenn ich was zu sagen hätte,

dann würde ich das Vieh hinter die Garage bringen und ihm das Hirn rauspusten. Aber wahrscheinlich darf man in dieser Scheiß-Stadt nicht mal das«, fügte er hinzu und dachte daran, wie diese kleine Sudek-Hexe ihm den Schneid abgekauft hatte.

»Du weißt doch überhaupt nicht, ob sie wirklich für die Polizei arbeitet. Hast sie ja nicht mal nach ihrer Dienstmarke oder so was gefragt«, maulte Irma mit vor der Brust gekreuzten Armen. Und weil ihr dieses Thema so gefiel, schob sie noch etwas nach: »Sie braucht bloß zu sagen ›Kusch‹, und du ziehst den Schwanz ein wie ein kleines Hündchen. Dad würde sich schämen für dich«, plapperte sie drauflos.

»Von wegen ›Dad würde sich schämen‹. Wer ist denn zu wem in den Truck gesprungen und hat drum gebettelt, aus der Stadt zu verschwinden, bevor die Polizei kommt? Ha? Wer hat denn Zack einen Zettel geschrieben, er soll nur ja nichts den Bullen erzählen? Wer hat denn Angst davor, bei der Bäckerei rausgeschmissen zu werden? Ha? Wer von uns beiden hat denn schon eine Probezeit bekommen, weil er so oft von seinem Boß abgemahnt wurde?«

»Mein Boß ist ein gemeiner Scheißkerl«, antwortete Irma, zog die Knie hoch bis unters Kinn und rutschte, so weit es ging, auf ihrem Sitz nach hinten. »Und außerdem hasse ich diese Bäckerei. Die zwingen einen da, viel zu schnell zu arbeiten.«

»Dein Problem ist doch, daß du sogar zum Bumsen zu langsam bist.«

»Das bin ich nicht!« schrie Irma und schlug mit beiden Fäusten auf den rechten Arm ihres Bruders, der gerade in die Byrne Avenue abbog, um dann auf der alten Landstraße nach Norden zu fahren, hinaus aus der Stadt, in Richtung auf die elterliche Farm nahe der County-Grenze.

»Doch, das tust du. Zack hat es mir erzählt. Er sagt, du bumst so langsam, daß er dabei zuschauen kann, wie deine Pickel reif werden.«
»Du Arschloch!« kreischte Irma, während sie versuchte, ihre Tür zu öffnen, und Anstalten machte, aus dem Auto zu springen, aber es gelang Elmo gerade noch rechtzeitig, die automatische Verriegelung zu betätigen.
Irma – nicht gerade das vernünftigste Mitglied der Familie Effertz und ganz bestimmt nicht das bestaussehende der sieben Kinder ihrer Eltern – saß da, betastete ihre verpickelte Stirn, als bildete sich eben in dieser Sekunde neue Akne auf ihrer Haut, und sagte: »Nun, ich habe gehört, daß du auch nicht grade der schnellste Bumser bist. Und zwar von einer Menge Mädchen.«
»Weil ich eben mehr als eine finde, die es mit mir macht. Aber es gibt nur einen Typen, der blöd genug ist, sein Ding dir reinzustecken und –«
»Halt's Maul! Das alles ist bloß deine Schuld, weil du vor der Sudek gekuscht hast. Ich habe nach der Mieze geschaut. Du hättest bloß noch –«
»Und was, wenn es gar nicht deine Katze war? Was dann, ha? Wenn Zack die verdammte Katze nicht immer rauslassen würde, wäre das alles nicht –«
»Er will aber raus. Sie wird läufig und –«
»Schau, die Sudek hat völlig recht. Du bist wirklich zu blöd, um zu wissen, ob deine Katze ein Männchen oder ein Weibchen ist. Bist auf einer Farm aufgewachsen und weißt nicht mal, was Eier sind, selbst wenn du welche siehst.« Elmo griff wieder nach unten und fischte sich noch ein Bier herauf. Er ließ die Dose aufzischen und sagte: »Vielleicht sollte ich mal Zack hinterhergehen, wenn er zum Pinkeln muß. Vielleicht ist er auch eine Sie.«

Irma schlug ihm wieder mit Wucht gegen den Arm. »Laß Zack aus dem Spiel. Und halt deinen Mund – Elmo, paß auf!«
Bevor Elmo es verhindern konnte, hatte ihm seine Schwester schon ins Lenkrad gegriffen und es nach rechts gerissen. Der Pick-up-Truck schlug einen scharfen Haken und kam, halb auf der Straße und halb auf dem staubigen Bankett daneben, zum Stehen.
»Wieso hast du das gemacht, verdammt noch mal?«
»Wegen dem *Hund*, du Idiot. Hast du denn den Hund nicht gesehen?« Irma deutete auf etwas Weißes, das knapp außerhalb des Lichtkegels der beiden Scheinwerfer nur undeutlich zu erkennen war – ein großes, pelziges Etwas, dessen Augen in dem hellen Licht rötlichbraun aufblitzten. Und noch etwas anderes, viel weniger klar Erkennbares, blitzte farbig aus der Dunkelheit.
»Du dumme Kuh hast wohl den Arsch offen«, schäumte Elmo wütend und steuerte den Wagen zurück auf die Straße. »Wegen dir hätte ich fast mein Auto zuschanden gefahren – bloß weil so ein Scheiß-Hund auf der Straße steht.«
»Aber du bist direkt auf ihn zugefahren«, maulte Irma und machte sich auf ihrem Sitz so klein wie möglich. Während sie das sagte, ging der Hund vor dem Wagen im Kreis herum und hielt sich dabei immer knapp außerhalb des Scheinwerferlichts, so daß er einerseits zu sehen und andererseits doch nicht zu sehen war.
Irmas Sorge um den Hund ließ Elmo gänzlich unbeeindruckt. »Mist, kein beschissener Köter ist es wert, daß man wegen ihm einen Truck zu Schrott fährt. Ich habe für dieses Ding da viel Geld bezahlt, und keine blöde, eitergesichtige Kuh –«
»Elmo!«

»– macht ihn mir kaputt! Und schon gar nicht wegen so einem Mistköter! Niemals!« Elmo warf seine halbvolle Bierdose nach dem Hund. Das Tier blieb bewegungslos stehen, als habe es dieses Wurfgeschoß erwartet, und sprang erst einen Sekundenbruchteil, bevor die Dose auf die Straße krachte und einen im Scheinwerferlicht aufleuchtenden Schwall von Biertröpfchen versprühte, zur Seite. Ein paar von den Tröpfchen landeten auf dem dichten Fell des Hundes, der sich verächtlich schüttelte und dann die verbliebenen Tropfen wegschleckte.
Elmo betrachtete diese Vorstellung des Hundes mit wachsendem Zorn. Elmo Effertz junior ließ sich von niemandem zum Trottel machen, und schon gar nicht von so einem beschissenen Hundevieh. Von dem nicht! Elmo trat aufs Gaspedal, und der Truck nahm Fahrt auf. Irmas Kopf schnellte nach vorn und schnappte mit einem hörbaren Knacken wieder zurück.
»Elmo, nicht!«
Aber Elmo hörte nicht mehr zu; von einem Köter ließ *er* sich nicht verarschen! »Nicht mit mir«, murmelte er und raste hinter dem Hund her, der, kurz bevor das Auto ihn überrollt hätte, zu laufen begann und jetzt in einem Abstand vor dem Kühler herlief, daß Elmo ihn gerade nicht überfahren konnte. Er legte einen höheren Gang ein und sagte: »Jetzt mach ich dich zu Rabenfutter, du Scheiß-Köter. Zu einem Fußabstreifer am Straßenrand.«
Irma kreischte etwas in ihrem hohen Babygebrabbel, aber Elmo rauschte das Blut so stark in seinen großen Ohren, daß es selbst den Klang ihrer Stimme auslöschte und er nicht einmal mehr merkte, daß der Hund nicht mehr vor dem Wagen herlief – bis Irma ihn am Arm packte und ihm so nah, daß sein Hemdkragen von ihrem Speichel ganz feucht wurde, ins Ohr schrie: »Er ist neben uns!«

Elmo ging etwas vom Gas, und der Truck hoppelte, langsamer werdend, halb auf der Straße, halb auf dem rechten Straßenrand dahin. Das Geräusch von emporgeschleuderten Kieselsteinen am Wagenboden hörte auf, aber Irma kreischte immer noch, wobei sie ihre blassen Augen jetzt fast geschlossen hatte: »Er versucht, zu uns reinzukommen!«

»Wie soll das –«, begann Elmo, bevor er auf der streuselkuchenartigen Haut seiner Schwester das Licht eines entgegenkommenden Wagens bemerkte. Dann sah er, wie der Hund hochsprang, vor dem Fenster in der Luft zu schweben schien und ihn durch das Beifahrerfenster anstarrte. Er sah das blinkende, glänzende, grünliche Leuchten am Hals des Hundes, obwohl auf dem langen weißen Fell kein Halsband zu erkennen war.

Und Elmo hätte schwören können, daß in der nicht enden wollenden Sekunde, bevor ihm klar wurde, daß er aufs Gas anstatt auf die Bremse getreten war, der verdammte Hund ihn angegrinst hatte.

6

Bruiser (I)

Anna lag da und schlief – ihre Katzen hatten sich eng in die Kurven und Hohlräume ihres in die Decke gehüllten Körpers geschmiegt – und hörte nicht das Heulen der Polizeisirenen, mit denen die Streifenwagen nördlich von ihrem Haus in der Lister Street die Byrne Avenue entlangrasten. Und als dann die Sirenen der Krankenwagen, die vom Krankenhaus nach Westen eilten, sie halb aus dem Schlaf holten, murmelte sie zusammenhangloses

Zeug (»Ich will es nicht sehen, Gramma ... ich habe Angst!«) in ihr Kopfkissen und tauchte wieder in ihren Alptraum von der Alten und dem glänzenden, grauenvollen, sich bewegenden Ding aus dem kleinen Beutelchen, das unter dem Kleid zwischen Grammas flachen Brüsten hing.

Und der Kleinlaster mit der großen Rettungsschere (ein Geschenk des Damen-Wohlfahrts-Komitees an die Stadt) und dem provisorisch auf dem Dach befestigten Blaulicht, der die Lakeview Road nach Norden entlangbrauste, war nicht so laut, daß er Anna aufgeweckt hätte.

Das besorgten erst die Autotüren, die krachend zugeschlagen wurden, nachdem der dazugehörige Wagen bei seiner geräuschvollen Gewaltbremsung zwei lange schwarze Streifen von verbranntem Gummi über den Asphalt der Straße gezogen hatte. Nachdem Anna sich darüber klargeworden war, was das für ein Geräusch gewesen sein mußte, preßte sie sich das Kissen über die Ohren und murmelte »Diese verdammten Downings – wann lernen die endlich, daß das hier eine Wohnstraße ist?«, bevor sie wieder tief und regelmäßig zu atmen begann und zurück in ihren Alptraum glitt.

Ohne daß es seine Herrin hörte oder spürte, erhob sich Bruiser von seinem Platz, wo er, eng an Annas rechte Hüfte geschmiegt, gelegen hatte, und ging zum Fenster. Emsig werkelte er mit der Pfote an dem heruntergezogenen Rouleau herum, bis es ihm gelang, es etwa zehn Zentimeter über das Fensterbrett nach oben zu bewegen. Bruiser schob Annas rosa Vorhänge zur Seite, legte seine dicken Pfoten auf das Fensterbrett und bettete seinen riesigen Kopf darauf. Seine grünen Augen starrten durch das Fenster in den Garten, der unter ihm in der Dunkelheit der Neumondnacht lag.

Bruiser war drei Jahre lang herumgestreunt, bevor Anna und ihre Mutter ihn zu sich ins Haus genommen hatten, und davor war er ein Jahr lang eine Hauskatze gewesen. Seine früheren Besitzer hatten ihn auf die Straße gesetzt, weil er sich des unbeschreiblichen Verbrechens schuldig gemacht hatte, im Lauf der Zeit nicht mehr klein, süß und knuddelig zu sein. Bruiser hatte erst Liebe, dann nichts, dann wieder Liebe kennengelernt. Aber als die Liebe und die Wärme wieder zu ihm zurückgekehrt waren, hatte er noch etwas anderes gelernt: Loyalität.

Bruiser liebte seine Menschin, die von der anderen Frau Anna genannt wurde. Er liebte ihren Geruch, besonders den, der in ihren abgelegten Kleidern hing. Oft rieb er seinen Kopf an ihrem Kissen, füllte seine Nase mit Menschin-Geruch und wartete darauf, daß sie zu ihm zurückkam. Wenn es Nacht wurde, strich er vorsichtig um sie herum, stupste sie hier und da mit der Schnauze und hinterließ dabei *seinen* Geruch auf *ihrer* Haut, denn das war für ihn der einzige Weg, wie er ihr greifbar seine Liebe beweisen konnte. Es gab keine andere Möglichkeit, seine Dankbarkeit gegenüber seiner Menschin deutlich zu machen und der anderen Katze im Haus zu zeigen, daß sie *seine* Menschin war. Aber viel wichtiger als das war sein Wissen, daß sie die einzige war, die ihn beschützte, die ihn verteidigte, wenn die Worte in diesem kleinen Haus wieder einmal laut, scharf und häßlich klangen und Bruiser plötzlich wieder Angst bekam, daß seine Tage auch hier gezählt sein könnten. Aber auch wenn er die feineren Nuancen der Menschensprache nicht verstehen konnte, wußte er, daß die jüngere Menschin immer zu ihm hielt. Und an dem Tag, an dem Bruiser und Mouth ihren bisher schlimmsten Kampf gehabt hatten, war die andere Menschin fortgegangen, aber seine Anna-Menschin war zurückgekommen zu Bruiser, der immer noch innerlich bebend und verschreckt im Schlafzimmer kauerte.

Und weil seine Menschin ihn beschützte, war Bruiser entschlossen, auf seine eigene, katzenhafte Weise auch sie zu beschützen, selbst wenn sie gar nicht wußte, daß sie eines solchen Schutzes bedurfte. Auch dann, wenn sie glaubte, daß die Stimme des Bösen eine gute Stimme sei. Und Bruiser *hatte* die bösen Klänge in dieser Stimme gehört, so wie ein Hund Dinge hört, die ein Mensch weder hervorbringen noch erkennen kann. Er war vom Schoß seiner Menschin gesprungen, weil er keine andere Möglichkeit gesehen hatte, ihr zu zeigen, daß etwas Böses am anderen Ende dieses Sprech-Dings gewesen war, etwas Böses, das gezischt und gespuckt hatte. Bei der bloßen Erinnerung daran stellten sich sogar jetzt noch die kurzen Haare auf Bruisers breitem, muskulösen Rücken auf. Nein, Bruisers Menschin verfügte nicht über sein feines, sensibles Gehör, aber Bruiser würde schon dafür sorgen, daß sie ein solches auch nicht brauchte. So, wie er auch entschlossen war, für sie Ausschau nach dem Bösen zu halten; und seine Augen konnten vieles sehen, was jedem menschlichen Auge entging.

Bruiser drückte sein breites Hinterteil sanft gegen Annas Bein und ließ einen leisen Seufzer heraus, der so zart klang, daß er gar nicht zu seinem enormen Körperumfang und seinem Gewicht passen wollte, mit dem er tiefe Kuhlen in der Matratze hinterließ. Für den Rest der Nacht hielt er hier über dem Garten Ausschau nach einer Dunkelheit, die schwärzer war als die Nacht, saß er wie ein schweigender Wachtposten neben seiner ahnungslos schlafenden Menschin.

KAPITEL VIER

Freitag, 23. Oktober 1987

1

Der Unfall (I)

Anna hatte eben ihren kleinen Spind zugeschlossen und wollte sich gerade an die Arbeit begeben, als Ginny Yarrow hinter ihr auftauchte und sagte: »Das war vielleicht eine Aufregung vergangene Nacht, was?«

»Aufregung?« wiederholte Anna, bevor sie sich an Ginnys breiten Hüften vorbei ins Büro quetschte und zu ihrem Schreibtisch ging. Ginny trottete hinter Anna her, wobei die harten Sohlen ihrer Schuhe auf dem Boden aus Linoleumfliesen laut und hell klangen.

»Draußen an der alten Landstraße, in der Nähe der Nemmitz-Farm. Beide Krankenwagen mußten rausfahren, aber es hat alles nichts genützt, denke ich. Aber wenigstens konnten sie mal diese neue Rettungsschere ausprobieren, die das Komitee –«

Anna drehte sich um und sah Ginny ins Gesicht, in dem die großen Rehaugen vor Aufregung glitzerten. Sie schaltete ihre elektrische Schreibmaschine ein und fragte: »Ginny, ich habe kein Empfangsgerät für den Polizeifunk zu Hause, und Radio höre ich auch nicht. Was ist denn passiert?«

»Ein Verkehrsunfall, draußen auf der alten Landstraße hinter der Byrne Avenue«, erklärte Ginny geduldig, als wäre Anna ein begriffsstutziges, verschlafenes Kind, das an einem Montagmorgen nicht einsehen will, daß es aufstehen und zur Schule gehen soll.

»Oh«, entgegnete Anna und schaltete die Schreibmaschine wieder aus. Sie kam mit einem verärgerten Rumpeln zur Ruhe. Anna hatte auf Yogi Hovelands Gebrauchtwagenplatz, der sich schräg gegenüber seiner Chevrolet-Vertretung befand, zwei kaputte Autos gesehen – einen Personenwagen und eine Art Pick-up-Truck –, beide so zerknautscht, daß sie weder Marke noch Kennzeichen hatte erkennen können. Yogi (dessen Spitzname noch aus der Highschoolzeit herrührte und auf seinen Bierbauch und seine allgegenwärtige Krawatte zurückging) besaß einen Abschleppwagen, und weil die meisten Autowracks aus dem County auf seinem Gebrauchtwagenplatz landeten, hatte Anna auch dem zerstörten Pkw und Pick-up dort keine weitere Aufmerksamkeit geschenkt, als sie früh am Morgen während ihrer Mülltonnentour dort vorbeigekommen war.

»Ich schätze, ich war in der vergangenen Nacht sehr müde – die Sirenen haben mich gar nicht aufgeweckt«, sagte sie und hatte irgendwie das unbestimmte Gefühl, im Unterbewußtsein doch irgend etwas gehört zu haben.

»Tatsächlich? Da hast du Glück gehabt. Ich konnte bis zwei Uhr morgens nicht einschlafen, weil Greg total verängstigt war und ich ihn beruhigen mußte. Und der Chief wird heute auch erst später kommen – er hatte nämlich eine Menge zu tun, mußte die Familien verständigen und so. Rhonda hat vorhin angerufen und gesagt, daß er sich erst einmal ausschlafen muß«, sagte Ginny mit einem Gähnen, das ihre sämtlichen Zahnfüllungen freilegte, und fügte mit einem verschwörerischen Augenzwinkern hinzu: »Damit sind wir beide heute die Insassen vom Dienst hier.«

»Ist bei dem Unfall jemand ums Leben gekommen?«

»Sieh dir die Berichte an. Bib hat sie, bevor er gestern nacht nach Hause gefahren ist, zum Abtippen für dich hiergelassen«, sagte Ginny, bevor sie zu ihrem Tisch im äußeren Büro ging.

Anna schaltete wieder ihre Schreibmaschine ein, murmelte unter dem rumpelnden Surren des Motors: »Das ist ja wieder typisch für mich, immer, wenn etwas Interessantes passiert, schlafe ich«, hörte aber mitten im Satz auf, als sie die Namen der Opfer auf der ersten Seite von Bibs sauber geschriebenem Bericht las.

Elmo Effertz jr. und Irma Effertz Downing. Beide tot, ums Leben gekommen in einem Ford Pick-up-Truck, der in nördlicher Richtung auf der falschen Straßenseite in einen nach Süden fahrenden Kombi gerast war. Der Fahrer des Kombis, ein Mann aus Hunterstown, dessen Name Anna nichts sagte, lag im Krankenhaus, über seinen Zustand stand nichts in dem Bericht.

Anna lehnte sich in ihrem hart gepolsterten Bürostuhl zurück, fuhr sich mit einer feuchtkalten Hand über ihre leicht aufgesprungenen Lippen und flüsterte: »O mein Gott.« Dann begann sie mechanisch in ihrem Stuhl hin und her zu schaukeln, bis Ginny wegen des andauernden Gequietsches durch den schmalen Gang zwischen den Büros herangetrottet kam.

»Anna, ist was nicht in – Anna, du bist ja ganz weiß im Gesicht!« rief Ginny aus, ging hinüber zu der Thermoskanne, die auf einem der Aktenschränke stand, und goß eine Papptasse voll Kaffee ein. Sie drückte Anna die Tasse in die Hand, setzte sich auf den Rand des Schreibtischs

und fragte, während sie einen flüchtigen Blick auf den Bericht warf: »Waren das Freunde von dir?«
Anna umklammerte die warme Wachspappe mit ihren Händen und sagte: »Nein, eigentlich nicht. Sie waren – sie waren meine Nachbarn. Wohnten direkt nebenan. Gestern nachmittag habe ich noch mit ihnen gesprochen –«
Ginny klopfte Anna sanft auf die Schulter und sagte: »Nimm es dir nicht zu sehr zu Herzen. Nach dem, was ich von den beiden gehört habe, ist das kein allzu großer Verlust für die Menschheit. Sie waren beide furchtbare Primitivlinge. Rhonda sagte, Bib habe erzählt, daß die Familie die Nachricht weit weniger berührt habe als der Brand ihres Kuhstalls vor zwei Jahren, bei dem alle Kühe in den Flammen verendet sind. Schließlich haben sie ja noch ein paar andere Kinder. Ich war schon immer der Meinung, daß solche Leute nur deshalb so viele Kinder haben, damit sie den Verlust von ein paar besser verschmerzen können. Farmer sind nun mal so. Da werden doch alle naslang irgendwelche Kinder in Mähdreschern zerquetscht, oder es wird ihnen von irgendeiner anderen Maschine ein Arm abgerissen. Erst vor ein paar Tagen stand so was im *Milwaukee Journal* – oder war es im *Sentinel*? Ist ja egal, jedenfalls ging es um einen Jungen, der –«
Anna hörte Ginnys Bericht von einem grauenhaften landwirtschaftlichen Unglücksfall irgendwo weiter unten im Staat nur mit einem halben Ohr zu, schlürfte zögernd ihren Kaffee und dachte: *Meine Güte, zuerst beißt diese Schlampe Inez ins Gras und jetzt die beiden. Ginny hat recht – sie waren nichts wert – aber* trotzdem *ist es ein Schock für mich. Und ich habe heute nacht noch geglaubt, sie wären heimgekommen, als ich die Autotüren zuschlagen hörte.*

»– und so müssen mal wieder wir Steuerzahler für die Krankenhauskosten dieses armen Jungen aufkommen, weil seine Leute natürlich keine Unfallversicherung hatten. Konnten sie sich nicht leisten, nicht bei den Lebenshaltungskosten heutzutage. Ich weiß nicht, ob du es im Fernsehen gesehen hast, aber vor langer Zeit kam mal in ›Unglaubliche Geschichten‹ ein Bericht von einem kleinen russischen Mädchen, dem beide Füße abgetrennt worden waren – man konnte sehen, wie sie unter der Krankentrage des Mädchens auf dem Boden standen –, und die Ärzte dort schafften es tatsächlich, sie wieder anzunähen. Einer der Knöchel sah ein bißchen komisch aus, aber es war so nett, wie das Kind nachher vor all den Professoren auf dem Tisch herumspaziert ist, und ich habe mir nach der Sendung gedacht, daß sich unsere Ärzte hier in Amerika einfach nicht genügend anstrengen. Als hätten wir nicht auch so schon genügend Leute, die der Allgemeinheit auf der Tasche liegen.«

»Sprichst du vom Wohlfahrtswunderland?« fragte Anna mit einem matten Lächeln, bloß um Ginny zu zeigen, daß es ihr wieder besser ging, und damit ihre Kollegin sie wieder in Ruhe ließ.

»Stimmt. Na ja, ich glaube, ich muß wieder nach vorn. Geht es dir wirklich besser?« Ginny blieb in der Tür stehen, bis Anna antwortete: »Sicher. Ich war bloß irgendwie geschockt. Und du hast recht. Sie waren Primitivlinge. Erst gestern habe ich –«

»'tschuldigung, ich muß ans Telefon«, sagte Ginny und lief nach vorn an ihren Tisch. Leise sagte Anna ihr hinterher: »Vielleicht ist es besser, wenn du nichts davon erfährst. Nach allem, was passiert ist, würde die Tatsache, daß ich gegen die beiden Anzeige erstatten wollte, vielleicht doch ein wenig makaber erscheinen.«

2

Bib (II)

Brian »Bib« Stanley lag neben seiner Frau Rhonda im Bett und warf sich strampelnd unter der mit geschmacklosen rosa Blumen bedruckten Bettwäsche von einer Seite auf die andere. Er war tief in einen bösen Traum versunken und spürte nicht, wie die aufgehende Sonne durch die transparenten rosa Gardinen drang und sein schlankes, bartstoppeliges Gesicht in ein hellrotes Licht tauchte, so daß es aussah, als wäre es verbrüht.

Immer wieder sah er in seinem Traum den Unfallort im grellen Licht der Scheinwerfer, und mit jedem Mal traten die Details der schrecklichen Szenerie deutlicher und klarer hervor, bis Bib schließlich jede noch so kleine Blutpfütze sah, in der die Flutlichtstrahler der Polizei wie winzige, helle Pünktchen glänzten.

Und es gab viel Blut am Unfallort – es zog sich wie die Fäden eines roten Spinnennetzes über die ganze zerbeulte Tür des Pick-up-Trucks und lief wie Tropfen kondensierter Feuchtigkeit an der Innenseite eines winterlichen Küchenfensters über das zerknautschte Metall langsam nach unten, wo es neben den Reifen des schwarzen Fords kleine Pfützen bildete. In diesen spiegelte sich verkleinert der Unfallort, all das ziehharmonikaartig zusammengeschobene Metall, umgeben von einem Ring transportabler Scheinwerfer, und diese verzerrten Reflektionen hatten sich quälend in Bibs Unterbewußtsein eingegraben. Wenn er und die anderen Polizisten herumgingen, sah er in den Blutpfützen verkleinerte Spiegelungen von Beinen und Körpern, die sich hektisch bewegten und doch im feuchten Kies gefangen schienen.

Lange hatte Bib am Unfallort auf sein eigenes, winzig kleines Ebenbild in diesen Pfützen gestarrt, bis Stu Sawyer, der alte Grobian, sich über seine Schulter gebeugt und geraunzt hatte: »Hau ab, Bib, du stehst hier bloß im Weg.« Sheriff Sawyer mit seinem ausgebeultem Hosenboden und den paar borstigen Haaren auf seinem fast kahlen Kopf hatte auf den Zehenspitzen stehend in das wirre Durcheinander von Metall und Glassplittern gespäht, das einmal die Vorderseite des Pick-up-Trucks gewesen war, und hatte versucht herauszufinden, woher bloß all das Blut kam – als hätte er sich das nicht denken können.

Wie benommen wiederholte Bib im Traum noch einmal alles, was er Stunden vorher im wirklichen Leben getan hatte: Er hastete hinüber zum linken Straßenrand und kotzte würgend sein ganzes Abendessen – Hackbraten mit Baked Beans – heraus. In der Kälte stieg von dem unappetitlichen Haufen weißlicher Dampf auf, und der Traum-Bib drehte sich schnell weg und dachte: *Als ob ein Hund im Winter scheißt, so dünn und dampfend.* Und dann bemerkte er die Kratzspuren auf der gefrorenen, knöchelhoch mit Unkraut bewachsenen Fläche neben der Straße.

An mehreren Stellen waren Gras und Erdboden in langen, tiefen, parallel zueinander laufenden Furchen aufgerissen. *Als ob ein Hund nach einem ordentlichen Geschäft gescharrt hätte,* dachte der Traum-Bib wie ein Echo des wirklichen Bib. *Vielleicht ist einer der Wagen ins Schleudern gekommen, weil er einem Hund oder einem anderen Tier ausweichen wollte? Obwohl die meisten Leute aus dieser Gegend ja eher das Lenkrad herumreißen, um einen Hund nur ja zu überfahren. Wie dem auch sei, diese Furchen sind ganz schön weit auseinander – es muß also ein verdammt großer Hund gewesen sein. Und der Boden ist hart wie Glas,* dachte er und versuchte, mit seinem stahlkappenverstärkten Stiefel die Erde aufzukratzen.

Und genau wie in Wirklichkeit, war in Bibs Traum der Boden zunächst noch knochenhart und fest. Aber als die Rettungsschere mit einem metallischen Kreischen die Karosserie des Trucks aufschnitt (umsonst, denn es gab dort drin nichts mehr zu retten), wurde im Traum auf einmal die Erde unter Bibs Füßen ganz weich und nachgiebig, als wäre sie die Haut eines Menschen, und als auch noch Blut aus ihr hervorquoll und an Traum-Bibs Füße schwappte, ließ dieser ein dünnes Winseln hören, aber Stu Sawyer bellte bloß: »Könnt ihr Keystone Cops eigentlich auch etwas anderes als flennen?«

Und kurz bevor Bib ruckartig und mit wild klopfendem Herzen aufwachte, wurde der stoppelige Boden ganz bräunlich, wie die kahlgeschorene Kopfhaut dieser Inez Hibbing-Frau, und das dürre Gras drum herum verwandelte sich auf einmal in fransige, wasserstoffblonde Haarbüschel.

Bib lag schweratmend da und fragte sich, warum er ausgerechnet von dem zerschundenen Kopf von Inez Hibbing geträumt hatte, bis plötzlich aus seinem Unterbewußtsein etwas losbrach und nach oben in sein waches Bewußtsein driftete: Es gab da etwas, was die drei Opfer miteinander verband, keine direkte Verbindung zwar, aber jemanden, den alle drei kannten, und irgendwie hatte dieser jemand etwas mit der Adresse von Bruder und Schwester zu tun, die zerquetscht und mit gebrochenen Knochen im Wrack dieses Pick-up-Trucks eingeklemmt waren. Ein Name, der ganz nebenbei auch bei der Autopsie von Inez Hibbing am vergangenen Montag gefallen war, kam plötzlich zurück in Bibs Gedächtnis.

Lenny Wilkes hatte gesagt, daß er eigentlich froh sei, daß Inez Hibbing endlich ihre Quittung bekommen habe, sie habe ja sogar ohne ersichtlichen Grund »diese arme kleine Sudek gefeuert, auf der sowieso jeder rumhackt«. Und Bib wußte, daß Anna und ihre Mutter in derselben Straße wohnten, in der auch Irma Downing und ihr Bruder gewohnt hatten. Er richtete sich so schnell im Bett auf, daß ihm die Augen in den Höhlen weh taten, zog das kleine, gelb eingebundene Buch unter dem Telefon neben seinem Bett hervor und schlug die Seite mit dem Buchstaben »S« auf.

3

Die Polizeistation

»*Sie* habe ich hier heute eigentlich nicht erwartet«, sagte Ginny Yarrow draußen am Empfangstisch. Als Anna rasch von der Seite, die sie eben tippte, aufschaute, sah sie, wie Bib Stanleys hageres Gesicht über einem schlecht gebundenen Krawattenknoten auf ihren Schreibtisch herabblickte.

Anna schaltete die Maschine aus und sagte: »Hi, Ginny hat gesagt, Sie kämen heute etwas später.«

Ohne Umschweife entgegnete Bib: »Könnten Sie mal kurz mit in mein Büro kommen? Bitte?« und ging schon einmal vor, ohne zu schauen, ob Anna ihm auch folgte. Anna hoffte, daß Ginny nichts mitbekommen hatte, erhob sich so leise wie möglich aus ihrem knarzenden Stuhl, und als sie in Bibs Büro war, schloß sie vorsichtig die Tür hinter sich. Als Anna sich auf dem harten Stuhl niederließ, der Bibs gepolstertem Drehsessel gegenüber stand, hatte sie schon Angst, daß er sie feuern würde. Vielleicht hatte sich irgend jemand darüber beschwert, daß ausgerechnet die Urenkelin von Alvin Miner für die Polizei arbeitete. Anna sah Bib mit einem schwachen Lächeln an und wartete.

»Hat Ginny Ihnen schon erzählt, was passiert ist? Zwei Leute, die Sie kannten, sind in der vergangenen Nacht ums Leben gekommen.«

»Sie hat es mir erzählt«, sagte Anna und hoffte, daß genügend Bedauern in ihrer Stimme lag, aber eigentlich war sie innerlich erleichtert, daß Bib sie nicht gefeuert hatte – zumindest bis jetzt noch nicht.

»War ein ziemlich schlimmer Anblick da draußen. Wenn die Frau nicht längere Haare gehabt hätte, hätten wir sie kaum von ihrem Bruder unterscheiden können, so schrecklich verstümmelt waren die beiden. Sie müssen sofort tot gewesen sein, wenn Sie wissen, was ich meine. Der Truck steht drüben bei Yogi –«

»Ich habe ihn gesehen«, sagte Anna eine Spur zu schnell und fügte hinzu: »Aber es war sehr dunkel, und ich habe den Pick-up gar nicht als den von Elmo erkannt. Als ich zur Arbeit ging, habe ich einen anderen Weg genommen.«

»Ja, die beiden waren wirklich schlimm zugerichtet«, sinnierte Bib, als habe er Anna gar nicht zugehört. Er lehnte sich in seinem Stuhl zurück, legte die Füße auf den Tisch und sagte, während er hinauf zur Decke starrte: »Ich habe mich sogar vor diesem fetten Arschloch Stu Sawyer wie ein Anfänger übergeben müssen und mich damit wohl ganz schön lächerlich gemacht vor diesem ›Mister Vom-Volk-Gewählt‹, wie er sich mir gegenüber immer so gern bezeichnet. Als ob das etwas Besonderes wäre. Jedes männliche Mitglied seines dämlichen Clans wird hier irgendwann mal zum Sheriff gewählt, vielleicht mit Ausnahme seines eigenen, weichlichen Muttersöhnchens, das irgendwo auf eines von diesen liberalen Schickimicki-Colleges geht. Aber wer weiß, wenn Stu einmal zu alt ist, um seine fette Nase in die Angelegenheiten anderer Leute zu stecken, dann werden wir das süße kleine Brucielein vielleicht auf Knien bitten, das Sheriff-Amt zu übernehmen. Sie werden schon sehen, Anna. Lassen Sie zehn, fünfzehn Jahre vergehen, dann haben wir einen neuen Sheriff Sawyer; die Sawyers scheinen diesen Posten schon seit der letzten Eiszeit gepachtet zu haben.«

Anna rutschte unruhig auf ihrem Stuhl herum. Bibs Rede erinnerte sie an eine andere, die sie vor vielen Jahren auf der Junior Highschool gehört hatte. Als sie damals im großen Studiersaal ihre Hausaufgaben gemacht hatte, hatte auf einmal Wally Inglass seinen feisten kleinen Körper in einen Stuhl neben dem ihren fallen lassen und ihr mit gedämpfter Stimme klargemacht, warum sie, trotz ihres glänzenden Vorsprechens, nicht im Stück des Schultheaters – es war eine alberne Kriminalkomödie mit dem Titel »Hat da nicht jemand geschrien?« – auftreten könne.

»Viele Leute hier in dieser Stadt haben noch nicht vergessen, was dein Großvater getan hat. Er hat dieser Stadt damals eine ziemlich schlechte Presse beschert, und eine Firma, die eigentlich vorgehabt hatte, auf dem alten Holzplatz eine Fabrik zu errichten, hat davon abgesehen, als die Nachricht von dem Verbrechen durch den ganzen Staat ging. Das war zur Zeit der großen Depression, und die Stadt hatte jede Investition bitter nötig. Eine Menge Leute hier in der Stadt haben noch Eltern oder Großeltern, die damals diese Fabrikjobs dringend gebraucht hätten.«

»Die Leute rümpfen ja schon die Nase, wenn man den Namen Miner bloß erwähnt«, hatte Inglass damals gesagt, und ein öliges Grinsen, das seine kurzen, quadratischen und goldgefaßten schlechten Zähne hinter seinen glänzenden, vollen Lippen entblößt hatte, war über sein Gesicht gekrochen. Seine schmalen blauen Augen hatten hinter der Nickelbrille genüßlich geglitzert, und schließlich hatte er so laut geredet, daß ihn alle Schüler im Studiersaal hatten hören können: »Wie also, meinst du, werden die Leute wohl reagieren, wenn sie *deinen* Namen auf einem Plakat für ein Theaterstück lesen, in dem ein *Mörder* vorkommt? Jedermann weiß, daß du aus Alvin Miners Familie stammst, und ich habe nun wirklich keine Lust, meine Zeit am Telefon zu vergeuden und den erbosten Anrufern Rede und Antwort zu stehen. Und du willst doch auch nicht, daß sich niemand das Stück ansieht, wo deine Klassenkameraden so fleißig dafür geübt haben, nicht wahr? Es wäre schlecht für den Geist der Schule und das wollen wir nun wirklich nicht, oder?« Bei dieser Frage hatte Wally Inglass sich weiter zu Anna hinübergebeugt, als es schicklich war, und Anna hatte ihn bloß angestarrt und gewünscht, der Fußboden würde sich unter ihnen auftun und den feisten, kahl werdenden kleinen Bastard zur Hölle fahren lassen, wo er hingehörte.

Dieser verdammte Wally Inglass mit seinem über alles geliebten Schulgeist. Wally Inglass, der Anna wie ein hartnäckiger Straßenköter durch ihre Highschoolzeit verfolgt hatte, der der »Kleine Napoleon von Ewerton High« genannt wurde und ein glühender Verfechter von Pep-Rallys – den Anfeuerungskampagnen für die Footballmannschaft – war. Selbst als stellvertretender Direktor hatte er es frohgemut ignoriert, wenn Schüler mitten im

Unterricht aus dem Klassenzimmer gingen, um sich in der Raucherecke eine Zigarette zu genehmigen, dafür aber war er in Hemdsärmeln mit wild durch die Luft rudernden Armen durch die Gänge gepoltert und hatte nach Schülern gesucht, die die Pep-Rally hatten schwänzen wollen. Hatte er sie erst einmal gefunden, hatte er ihnen auf dem Marsch zur vollgepackten Turnhalle drohend zugezischt: »Du willst doch wohl nicht den Schulgeist zerstören, oder?«

Und Jahr für Jahr war Anna, wie viele andere auch, denen die Footballmannschaft »Ewerton High School Rams« und der mythologisch verbrämte Schulgeist, den Mr. Inglass mit soviel Leidenschaft hochhielt, genauso schnuppe gewesen war wie ihr, wie ein begossener Pudel hinter dem stellvertretenden Direktor hergetrottet und hatte sich von diesem in den ersten Kreis der Hölle verfrachten lassen, welcher ironischerweise »Pep-Rally« genannt wurde.

Allein der Gedanke an die glitschige Kröte Wally Inglass verursachte Anna Sodbrennen. Sie unterdrückte einen Rülpser und hörte zu, bis Bib mit seiner Tirade gegen den Sawyer-Clan fertig war und sie fragte: »Ich schätze, Ihre Nachbarn sind Ihnen ebenso auf die Nerven gegangen wie Stu Sawyer mir.«

Da haben wir's – er glaubt, daß ich etwas mit ihrem Tod zu tun habe. Und ich habe geglaubt, Bib würde über dieser »Mörderfamilie«-Scheiße stehen.

»Das könnte man sagen«, entgegnete Anna vorsichtig, schließlich hätte ja jedermann in der Nachbarschaft ihren Streit mit Elmo am Nachmittag vor dem Unfall mitbekommen können. Vielleicht hatte jemand bei der Polizei angerufen. Anna entschloß sich, reinen Tisch zu machen, und erzählte in groben Zügen von ihrem Streit mit Irma und Elmo; als sie von dem wechselnden Geschlecht der

Katze sprach, kicherte Bib sogar. Anna beendete ihren Bericht wahrheitsgetreu damit, daß sie der Alten am Telefon von dem Vorfall erzählt hatte, und sagte: »– und dann bin ich ins Bett gegangen. Ich glaube, daß ich später in der Nacht eine Autotür zuschlagen gehört habe, aber das kann auch Zack gewesen sein.«

»Das war er auch. Stu, dieser blöde Sack, hat ihn angerufen und rausgehetzt, damit er vor Ort die Überbleibsel identifiziert.«

Anna zuckte zusammen. Obwohl sie ihre faßförmige, teiggesichtige Nachbarin gehaßt hatte, hätte sie niemandem so ein Ende gewünscht – mit Ausnahme von Wally Inglass vielleicht.

»Wie schrecklich! Sie sahen wohl nicht besonders gut aus«, sagte Anna ernst und blickte hinunter auf ihre wetterrauhen Hände. *Ich darf im Winter nicht mehr im Müll herumwühlen. Meine Hände werden furchtbar rissig, und jeder wird sich fragen, warum.*

»Stimmt. Sie waren geradezu zerstückelt. Und dieser verdammte Stu hat die einzelnen Teile nicht mal so hinlegen lassen, als *wären* die beiden ganz. Er hält sich ja für so wahnsinnig gescheit, als hätte die Tatsache, daß er gewählt worden ist, seinen Intelligenzquotienten aufgebessert. Er vergißt dabei völlig, daß ich ihn noch aus der Schule kenne. Er hatte in seiner Klasse die allermeiste Scheiße im Hirn.

Aber daß er die Teile der Leichen so durcheinander daliegen ließ, war keine Frage der Intelligenz. Er war ja schon fast so schlimm wie dieser Craig Reish drüben im Begräbnisinstitut. Der Vater von Norm Hibbing hat sich bei Lenny Wilkes beschwert, daß Craig an der Leiche von Inez keinen Finger krumm gemacht hat. Können Sie sich vorstellen, daß er sie einfach *so* gelassen hat?«

Anna erkannte die Fangfrage sofort, aber sie wußte, daß ihr Job vielleicht davon abhing, wie sie darauf antwortete. »Wie sah sie denn aus?« fragte sie unschuldig und hoffte, daß das gutmütige Plappermaul Lenny niemandem erzählt hatte, daß er Anna am Montagabend heimgebracht hatte.

Bib verzog das Gesicht und entgegnete mit trockener Stimme: »Ziemlich schlimm. Über den ganzen Kopf zog sich ein kahler Streifen – schwarz auf weiß, sie sah aus wie ein Skunk. Craig steckte sie in einen Leichensack, aus dem nur der Kopf herausschaute – der verdammte Kerl hält sich wohl für eine Art Gott oder so was, bloß weil er einmal der beste Quarterback des Footballteams war. Dabei hat zu seiner Zeit das Team sowieso dauernd verloren – da sehen Sie, wie schlau Craig Reish schon damals war.«

Anna mußte bei Bibs Bewertung des Bestattungsunternehmers lächeln. Craig war mit Anna in eine Klasse gegangen, und er *war* ein dummer Laffe gewesen, der ständig seine schwammigen, bleichen Hände rieb, als wasche er sie in der Luft. Und sie erinnerte sich daran, wie Wally Inglass ihn am Montag nach einem verlorenen Heimspiel so zur Schnecke gemacht hatte, daß fast die Glasbausteinwand seines Büros gewackelt hatte (wenn Craig kleiner als Inglass gewesen wäre, hätte ihn der stellvertretende Direktor nie so hart angepackt, aber an Jungen, die größer als einen Meter siebzig waren, hatte Inglass schon immer gern sein Mütchen gekühlt, ob sie nun die Söhne von Geschäftsleuten waren oder nicht).

»Len hat natürlich gleich mich angerufen und wissen wollen, warum ich mich nicht um die Leiche gekümmert hätte, als wäre das meine verdammte Pflicht und Schuldigkeit. Als ginge es mich überhaupt etwas an, was mit dieser Frau geschehen ist.«

»War das die, die das Waschbecken aus der Wand gerissen hat?« entfuhr es Anna, bevor sie sich bewußt wurde, was sie gesagt hatte. Ganz wie Ginny es vorausgesagt hatte, wurde Bibs Gesicht knallrot, und er würgte hervor: »Diese verdammte Schlampe, dieses drahtige kleine Biest. Ich weiß heute noch nicht, ob sie draufgesprungen ist, oder wie sie es sonst gemacht hat. Sagen Sie«, fragte er mit einem leicht veränderten Ton in der Stimme, »Sie hatten doch auch Ärger mit ihr, nicht wahr?«

»Wer hat den nicht gehabt?« entgegnete Anna leichthin, bevor sie noch anfügte: »Sie hat mich gefeuert. Oder sagen wir besser, sie hat mich reingelegt. Ich ... ich habe diesen Job nicht mit auf meine Liste der vorhergehenden Arbeitsverhältnisse gesetzt«, gab sie mit gesenktem Blick zu, wohl wissend, daß diese Unterlassung sie ihren Job kosten konnte.

Bib setzte sich wieder gerade hin und sagte: »Vergessen Sie's. Inez ist tot, und ihr früherer Mann wird sich in seinem momentanen Zustand vermutlich auch nicht mehr daran erinnern. Wegen so einer Lappalie lasse ich Sie hier nicht wieder fort. Sie sind doch damals bar ausbezahlt worden, stimmt's? Na also. Dann gibt es auch keinen schriftlichen Beweis dafür, daß sie jemals dort gearbeitet haben. Denken Sie einfach nicht mehr dran. Das war es nicht, was ich wissen wollte. Es fällt mir nicht leicht, Sie zu fragen, und Sie müssen wissen, daß Sie unter keinerlei Verdacht stehen oder so. Diese Inez Hibbing ist ja von einem Tier so zugerichtet worden. Aber ich wollte Sie fragen, ob sie am Montagmorgen vielleicht etwas gesehen haben, in dem Wäldchen zum Beispiel?«

»Nein. Dorthin gehe ich nicht – nicht mit meinem Aussehen«, sagte Anna und kreuzte die Arme vor ihrem Busen. Bib lachte und beugte sich vor.

»Das kann ich Ihnen nicht verdenken – da sind immer ziemlich heiße Feste im Gange. Vielleicht hat sich Inez gerade deshalb dort vollaufen lassen. Seit Norm sie hinausgeworfen hat, ist sie eine der besten Kundinnen in der Schnapsabteilung des IGA-Markts. Wie dem auch sei – ich habe mich bloß gefragt, ob Sie vielleicht irgend etwas bemerkt haben, denn es war eine Frau, die uns wegen der Leiche angerufen hat. Die Stimme war –«

»Verstellt?«

»Ja. Und ich weiß, daß Sie normalerweise am frühen Morgen in der Stadt unterwegs sind, aber wenn ich so recht darüber nachdenke, dann habe ich Sie eigentlich noch nie so weit nördlich gesehen.«

Warum hast du mich dann überhaupt gefragt? dachte Anna.

Bib sprach weiter: »Ich wollte bloß auf Nummer sicher gehen, das ist alles. Vielleicht hat ja diejenige, die Inez dort entdeckt hat, auch das Tier gesehen, das das getan hat. Man weiß ja nie, ob es Tollwut hatte oder so, oder ob es gefährlich ist. Schließlich feiern die jungen Leute immer noch ihre Feste dort.«

»Wie wär's mit einer Ausgangssperre?«

»Nein – die wäre ja nur durchzuhalten, wenn die Eltern der Kinder zu Hause wären, aber die sind ja selber unterwegs und saufen sich einen an. Je weniger wir die Kinder vor dem Wäldchen warnen, desto besser. Vielleicht wäre es sogar am besten, wenn man sie ausdrücklich dort hinschicken würde. Dann würde bestimmt niemand mehr in das Wäldchen wollen.«

»Genausowenig wie zu den ›Pep-Rallys‹ von Wally Inglass«, sagte Anna und entspannte sich ein wenig. Was immer auch Bib von ihr wissen wollte, er hatte es anschei-

nend schon herausbekommen, und sie schien aus seiner Schußlinie zu sein – für den Augenblick wenigstens.
»Ach, dieser fette Schleicher. Er ist ein noch schlechterer Pädagoge als es der alte Grapscher Palmer Winston war – nur haben sie den nicht zum Direktor gemacht. Sagen Sie jetzt nichts – Sie sind selber auch manchmal von Wallys Pep-Patrouille aufgebracht worden, stimmt's?«
Anna nickte und sagte: »Vier Jahre hintereinander. Ich und Dusty Parks und Bobbie Grey und deren Freundinnen. Normalerweise haben wir nicht miteinander gesprochen, aber wenn es Zeit für die Pep-Rally war, verdrückten wir uns hinter die Turnhalle oder ins Gebüsch neben dem Parkplatz – überallhin, solange es nicht die Turnhalle selber war. Die Rally an sich war vielleicht gar nicht so schlimm, aber allein die Art, wie Inglass alle dorthin zwang, war ekelerregend. Mein Gott, was war das alles für ein Witz – wenn die Cheerleader wie die unbefleckten Jungfrauen herumhüpften und die Mannschaft anfeuerten, wußte doch die ganze Schule, mit welchen der Spieler sie es schon getrieben hatten, und die Wahlen für *homecoming king* und *homecoming queen* beim großen, feierlichen Ehemaligentreffen am Schluß des Schuljahrs waren immer von den Lehrern getürkt.
Mir persönlich ging am meisten auf den Geist, daß Inglass das ganze Jahr über zusah, wie Dusty und Bobbie die Schule schwänzten, und sie nicht ein einziges Mal wenigstens fragte: ›Solltest du denn nicht im Unterricht sein?‹, dafür aber wie ein Irrer herumtobte, wenn einer von ihnen bei der lächerlichen Pep-Rally fehlte. Als wäre deren Besuch das wichtigste Kriterium für einen erfolgreichen Schulabschluß. Der Mann ist einfach absurd«, kam sie zum Ende und dachte: *Und ich wußte, was mit ihm los war, lange bevor ich zur Highschool ging.*

»Ich war immer der Meinung, daß Wally in der Grundschule hätte bleiben sollen, bei den kleinen Fischen. Dort war er wenigstens größer als die Schüler«, bemerkte Bib, gerade als sein Telefon klingelte. Er murmelte: »'tschuldigung«, nahm den Hörer ab, sagte mit seiner nasalen Stimme, die so gar nicht zu ihm paßte: »Chief Stanley am Apparat. Ach, hallo, Wally«, und während er schnell die Hand über die Sprechmuschel legte, flüsterte er: »Wenn man vom Teufel spricht –«

Anna unterdrückte ein Kichern, während Bib sagte: »Aha. Ja, ich weiß, was heute für ein Tag ist. Aber trotzdem, Wally. Meine Männer haben furchtbar viel zu tun. Meinen Sie denn wirklich, daß das nötig ist? Es klingt irgendwie – ich weiß nicht, wie, Wally, aber –« Bib zwinkerte Anna zu, »– sollten Sie statt dessen nicht vielleicht lieber darauf achten, daß die Schüler regelmäßig zum Unterricht gehen?«

Anna konnte es kaum glauben: Jetzt war Wally Inglass anscheinend vollkommen verrückt geworden und wollte, daß die Polizei dafür sorgte, daß jeder Schüler an seiner Pep-Rally teilnahm. So etwas konnte nur in der Ewerton High School passieren, dachte sie. Bib sprach weiter: »Nein, Wally, ich glaube *wirklich* nicht, daß das eine gute Idee wäre. Hören Sie, Wally, ich habe eine harte Nacht hinter mir, und ich habe jetzt keine Lust – was meinen Sie damit, daß Sie mit mir unter vier Augen sprechen wollen? Wally? Wally?«

Bib legte langsam den Hörer zurück auf die Gabel und sagte: »Ich glaube, jetzt ist dem alten Knallkopf endgültig die Sicherung durchgebrannt«, als jemand wütend an der Tür rüttelte.

»Herein«, sagte Bib, und Wally Inglass platzte in das kleine Büro. Die Bügelfalten an seinem kurzärmeligen

Hemd waren messerscharf und die Augen hinter seiner Brille schossen wie wild hin und her. Zunächst bemerkte er Anna gar nicht und ging schnurstracks auf Bibs Schreibtisch los, pflanzte seine kurzen, behaarten Arme auf die Platte aus imitiertem Eichenfurnier und beugte sich weit vor, während er sagte: »Sie haben ja keine Ahnung, wie schwer es ist, diesen ungezogenen Fratzen Schulgeist einzuflößen. Die ›Rams‹ brauchen jetzt die Unterstützung eines jeden einzelnen Zuschauers.«

»Wally, hat Ginny Ihnen erlaubt, so in mein Büro zu platzen? Offensichtlich haben Sie sie ja bereits gezwungen, daß sie Sie von ihrem Telefon aus bei mir anrufen ließ«, fing Bib an, aber Wally schlug mit der Faust auf den Tisch und sprudelte hervor: »Sie haben keine Ahnung! Dies ist eine ernste Angelegenheit, und ich allein kann nicht mehr alle Schüler rechtzeitig zur Pep-Rally einfangen. Vielleicht finden Sie das nicht wichtig, aber ich muß daran denken, wie sich unsere Mannschaft in der Liga schlägt, und, glauben Sie mir, Brian, das ist wirklich äußerst wichtig!«

»O ja, Anna und ich haben gerade darüber gesprochen, als Sie anriefen.«

Wally Inglass wirbelte so schnell herum, daß ein Schwall mit von billigem Deo geschwängerter Luft Anna umwaberte. Seine Augen verengten sich, und sein Kopf unter den paar quer über die Glatze gekämmten Strähnen gekräuselten Haars wurde rot. Dennoch lächelte er, als er sagte: »Ach, hat Miß Sudek Ihnen auch Ärger bereitet? Als sie noch zur Schule ging, hatten wir häufiger –«

»Nein, bisher hat sie als Bürokraft hier hervorragende Arbeit geleistet. Natürlich weiß ich noch nicht, wie ihr Kaffee ist, aber mit einer Kaffeemaschine kann man wohl kaum etwas falsch machen.«

Bib faltete die Hände und knackte mit den Knöcheln, um Wallys erstauntes Schweigen zu unterbrechen. Inglass' Gesichtszüge verhärteten sich, als er Anna den Rücken zudrehte und mit seiner leisen, öligen Stimme sagte: »Brian, ich hoffe, Sie haben nicht vergessen, daß ihr –«

»Wer? Ihr Großvater?« Bib lehnte sich mit immer noch gefalteten Händen zurück und sagte in einem Ton, der deutlich machte, daß ihn, im Gegensatz zu seinem Gesprächspartner, Annas Anwesenheit nicht störte: »Ach, lassen Sie mich doch mit diesem alten Quatsch in Ruhe. Sie sind ja schlimmer als ein kleines Kind, Wally. Sind Sie denn jemals aus Ihrer Pubertät herausgekommen? Kein Wunder, daß Anna Probleme hatte, wenn sie und ihre Mutter ständig von solchen Hohlköpfen wie Ihnen belästigt wurden.«

Anna versuchte, leise zu atmen und sich möglichst unauffällig zu machen, fast so unsichtbar, wie sie sich jetzt bei Bibs Worten fühlte.

»Um Himmels willen, Wally, wenn die Eltern hier auch nur ahnten, wie recht Ihre Schüler haben, wenn sie Sie einen armen Irren nennen! Sie würden ihre Kinder sofort aus der Schule nehmen und zu Hause unterrichten, und dann wäre Essig mit dem staatlichen Zuschuß für eine fast vollständig ausgelastete Schule.«

Bib stand auf, hakte die Daumen in seinen Gürtel, und fuhr fort: »Wally, ich wundere mich manchmal wirklich, warum wir nicht schon längst zur Schule gerufen wurden, weil einer Ihrer Schüler Ihnen mit dem Jagdgewehr seines Vaters das Gehirn rausgepustet hat. Ich weiß, daß das eines Tages passieren wird, denn Sie fordern es ja direkt *heraus.* Ich meine, für wen, zum Teufel, halten Sie sich eigentlich, daß Sie hier einfach so in mein Büro hereinschneien und mir befehlen wollen, daß ich meine Leute dafür abstellen soll, die Schüler für eine gottverdammte Pep-Rally einzufangen. Also *wirklich* ...« Bibs Stimme erinnerte Anna an die ihrer Mutter, wenn sie gleichzeitig sauer und verzweifelt war.

»Um es deutlich zu sagen, Wally: Vor nicht ganz zehn Stunden habe ich gesehen, wie zwei Leute aus einem Pick-up-Truck gezogen wurden, und zwar in blutigen, kleinen Stücken. Und ich habe vor weniger als vier Tagen die alte Hibbing mit aufgerissenem Unterleib auf dem Leichentisch liegen sehen. *Das* ist wichtig, Wally – wenn die Leute auf eine schmutzige Art und Weise sterben. Wir alle müssen einmal abtreten aber bitte nicht so! Solche Dinge sind wichtig im Leben. Nicht irgendeine beschissene, vollkommen unbedeutende Pep-Rally. Habe ich mich klar ausgedrückt, Wally? Pep-Rallys verhindern nicht, daß die Leute sterben, sie zeigen ihnen nicht einmal, wie man lebt, bevor man ins Gras beißt.« Bibs Gesicht unter seinem Stoppelbart war bleich, seine Augen waren furchteinflößend blutunterlaufen.

Aber Wally Inglass blieb unbeeindruckt. Er verschränkte die Arme (zum ersten Mal fiel Anna auf, wie kurz seine Oberarme waren) und sagte zu Bib: »Sie haben unrecht. Der Schulgeist ist für eine Schule lebensnotwendig.«

»Haben Sie nicht richtig zugehört, Wally? Vergessen Sie mal einen Augenblick lang Ihre Schulbücher und blicken Sie der Realität ins Auge. Ihre Schule ist ein *Witz*«, sagte Bib und gebrauchte dabei unbewußt Annas Worte von vorhin. »Ich habe ein paar ihrer großartigen Highschoolabsolventen in meiner Truppe. Manche von ihnen tun sich sogar mit dem Lesen schwer. Wenn ich glaube, daß sie das Zeug zu guten Polizisten haben, schicke ich sie auf eigene Kosten auf die Volkshochschule. Aber bei den Pep-Rallys waren sie, nicht wahr? Nicht einmal ihre Bewerbungsformulare können sie ausfüllen, aber dafür waren sie bei allen gottverdammten Pep-Rallys dabei! Und jetzt kommen *Sie* daher, bedrängen meine Telefonistin und belästigen meine Bürokraft –«

»Sie müssen verrückt gewesen sein, als Sie *die* eingestellt haben«, sagte Wally aalglatt und warf Anna von der Seite einen Blick zu. »Die Leute werden sich darüber beschweren – Sie werden schon sehen.«

»Ja, und ich wette, diese Anrufer werden sich alle anhören wie Sie, Ihre Frau oder Ihre Töchter«, sagte Bib ungerührt, während er hinter seinem Schreibtisch hervorkam und sich so nahe vor Inglass aufbaute, daß dessen Gesicht nur Zentimeter von dem seinen entfernt war. Bib war nicht viel größer als Wally, aber er war dünner und durchtrainierter. Und seine Arme waren viel länger, seine Hände nachlässig gepflegt im Gegensatz zu den glatten, weichen Fingerchen von Wally Inglass mit ihren glänzend polierten Nägeln.

Bib sagte ruhig: »Wenn Sie mit Ihrer Hurra-Mentalität nicht in fünf Minuten dieses Gebäude verlassen haben, dann werde ich Sie wegen Hausfriedensbruch festnehmen.«

»Ich glaube nicht, daß dieser Vorwurf gerechtfertigt ist«, gab Wally mit hochgerecktem Kinn zurück, aber er fiel in sich zusammen, als Bib entgegnete: »Wenn ich mit Ihnen fertig bin, dann wird er es sein. Und jetzt *hauen Sie ab!*«

Wally verließ das Büro, aber bevor er die Tür hinter sich zuschlug, geiferte er noch: »Warten Sie's nur ab, Stanley. Sie werden Anrufe kriegen. Junge, Junge, werden Sie Anrufe kriegen wegen *der!*«

Anna saß zitternd in ihrem Stuhl und fühlte sich wieder wie damals mit dreizehn Jahren, als Inglass sie vor dem ganzen Studiersaal fertiggemacht hatte, aber Bib setzte sich auf die Tischkante und sagte: »Lassen Sie sich von diesem kleinen Furz nicht ins Bockshorn jagen. Wenn er irgend etwas gegen Sie unternimmt, dann werden wir beide zusammen zur Schulkommission gehen, wenn sie nächsten Monat wieder zusammentritt, und erzählen, was wir gerade gehört haben. Der Mann ist doch bloß deshalb noch im Amt, weil seine Frau mit Schulinspektor Young *und* Bürgermeister Perry verwandt ist. Sie wissen ja, wie es in dieser Stadt läuft. Hier dreht sich alles nur darum, mit wem man verwandt ist.«

»Als ob *ich* das nicht wüßte«, entgegnete Anna mit einem schiefen Lächeln.

4

Die Pep-Rally

Wally Inglass wußte genau, daß sich die beiden irgendwo da draußen vor ihm versteckten – diese Precious Isaacs und ihr Freund Martin »Mayo« Parks, der freche Punker mit weißblondem Haar. Inglass war auf dem Weg durch Gebäude fünf (Englisch und Mathematik) und spähte wie auf dem Kriegspfad in jeden der offenen Eingänge auf beiden Seiten des mit blauem Teppich ausgelegten Ganges.

Es war schon schlimm genug, daß dieser Ignorant Bib Stanley nicht auf seinen Vorschlag eingegangen war und sich geweigert hatte, ein paar Polizisten zum Einfangen der Missetäter, die absolut nicht den richtigen Schulgeist zeigen wollten, abzustellen. Aber daß zu allem Überfluß auch noch die kleine Sudek die ganze Auseinandersetzung mitbekommen hatte, bedeutete schlicht und einfach Krieg.

Die paar langen, gekräuselten Haare, die Wally über seinen immer größer werdenden kahlen Fleck auf dem Kopf gekämmt hatte (»Walter hat eine hohe Stirn«, erklärte seine Frau gerne), fielen zur Seite und entblößten eine glatte, rosige Kopfhaut, die im gnadenlosen Schein der Neonlampen glänzte.

»Die ganze Schule geht vor die Hunde«, murmelte Inglass vor sich hin, während er seinen Kopf in Mrs. Evans' Klassenzimmer steckte und hinter die mit Rupfen bezogene Trennwand schaute, die den Unterrichtsraum vom Gang trennte. Diese Trennwände, die alle Klassenzimmer hatten (nur der Musik- und der Zeichensaal und die Schulwerkstätten hatten richtige Türen), dienten als Sichtschutz und sollten zudem die Geräusche vom Gang her dämpfen. Zu Wally Inglass' Bedauern dämpften sie aber auch die Geräusche, die aus den Klassenzimmern auf den Gang drangen.

Die beiden Schüler, nach denen er suchte, waren nicht da. Inglass schritt weiter den Gang entlang und blieb am nächsten Klassenzimmer stehen – dem Matheraum von Mr. Ulquist. Auch da war kein kleiner, weißköpfiger Junge und kein großgewachsenes Mädchen mit dunkelblonden Löckchen und zu breiten Hüften. Inglass stieg die vier Stufen hinauf, die das Gebäude fünf mit dem Gebäude sechs (Naturwissenschaften) verbanden, und blieb kurz stehen, um einen Blick in den Innenhof zu werfen, der inmitten der Schulgebäude lag. Da waren nur drei leere Steinbänke und dürres, gelbes Gras, das um den Rotahorn wuchs, den vor zwei Jahren einmal ein Landwirtschaftskurs gepflanzt hatte, aber keine Precious und auch kein Mayo Parks.

»Verdammt«, keuchte Inglass, obwohl er freudig jedem Schüler, der dieses Wort gebraucht hätte, einen Verweis erteilt hätte (außer, der Schüler wäre männlich und kleiner als Inglass selbst gewesen), »wo sind diese kleinen Bastarde bloß?«

Jedes Jahr wurden die Schüler frecher und hinterhältiger und verweigerten ihm und dem, wofür er stand, immer mehr den gebührenden Respekt. Sie sangen während der Abschlußfeier nicht beim Schullied mit, ließen beim Feueralarm Kaugummiblasen platzen und provozierten ihn jedes Jahr so sehr, daß er damit drohen mußte, seinen großzügigen Entschluß, am Nachmittag des Ehemaligentreffens die letzten vier Schulstunden ausfallen zu lassen, wieder zurückzunehmen.

Und sogar dann rief noch einer dieser kleinen Schlaumeier (und zwar immer aus der anonymen Sicherheit der letzten drei Reihen des Festsaals): »Na und? Sogar Nachsitzen ist besser als die blöde Parade!«

Jetzt, als er mit wild fliegenden Haarsträhnen die gekachelten Gänge von Gebäude sechs entlangstampfte, war sich Wally Inglass sicher, daß er ganz genau sagen konnte, wann die Dinge an dieser Highschool sich zum Schlechten gewendet hatten. Es war das Jahr gewesen, in dem Anna Sudek, der Sproß des Mörders Alvin Miner, hier angefangen hatte. Ihr Urgroßvater Alvin Miner hatte Wallys Vater um sein gesamtes Hab und Gut gebracht, weil wegen ihm 1932 die versprochene Konservendosenfabrik doch nicht nach Ewerton gekommen war. Wallys Vater hatte eine erkleckliche Summe in das Unternehmen investiert, und dann kam dieser Alv Miner daher, zerhackte seine Schwiegermutter und tat weiß Gott was mit den Stücken.

O ja, alles begann schiefzugehen, als Anna in die Junior Highschool kam. Dabei war Wally sich so sicher gewesen, daß er sie, wenn er sie erst einmal in der Schule hatte, schon zerbrechen würde – oder daß seine Lehrer das für ihn erledigten. Aber Palmer Winston schaffte es nie, sie anzufummeln, und dabei war sie genau der Typ Mädchen, den der alte Englischlehrer so mochte (klein und großbusig). Auch Mr. Owens, der Wirtschaftskundelehrer, ließ sie in Ruhe, und sogar der guten alten Una Winston, Wallys Lieblingslehrerin, gelang es nie, Anna mit ihrer spitzen Zunge fertigzumachen, denn das Mädchen schaffte es irgendwie, nie in eine ihrer Klassen zu kommen, sondern blieb statt dessen immer bei Mrs. Evans. Und dann ließ sich Una von der kleinen Lawton völlig aus der Fassung bringen und mußte schließlich von ihrem Amt suspendiert werden.

Una Winston zu verlieren, war ein harter Schlag für Wally Inglass gewesen. Sie und ihr Ehemann waren die letzten von Wallys Lieblingen gewesen, die Art von Lehrern, die keine Angst davor hatten, sich bei den kleinen Fratzen durchzusetzen, die nie gezögert hatten, bestimmten Schülern zu zeigen, daß sie sie nicht mochten, und auch allen anderen klarzumachen, wen man zu akzeptieren und wen man zu verachten hatte.

Wally Inglass hielt große Stücke auf Cliquen und Kasten. Wie sonst sollten die jungen Leute lernen, wie die Welt da draußen *wirklich* funktionierte, daß man nur durch Arschkriechen weiterkam und daß man, sollte die Notwendigkeit dazu bestehen, auch mal mit den richtigen Leuten ins Bett gehen mußte? So hatte auch er es mit seiner Frau Louise gemacht. Sogar mit wabbeligen hundertfünfzig Kilo Lebendgewicht war sie immer noch der kleine Liebling ihres Vaters, des alten Schulinspektors »Yucko« Young. Grimmig dachte Wally, während er seinen Kopf in den Chemiesaal steckte, an einen Witz, den sich die Schüler über Frauen wie seine Louise erzählten: »Wie bumst man eine fette Frau? Man wälzt sie in Mehl und stürzt sich auf den feuchten Fleck.«

Oh, er hatte sich jahrelang auf diesen feuchten Fleck gestürzt – auf jeden feuchten Fleck, der ihn vorwärtsgebracht hatte, und deshalb störte es ihn nicht, wenn seine Schüler schlau und opportunistisch genug waren, es ihm nachzutun.

Und so hatte er auch immer beide Augen zugedrückt, wenn sich die Winstons und Mr. Owens im Tausch für bessere Noten, für Hauptrollen in den Schulmusicals oder was auch immer, sich ab und zu an Schülern und Schülerinnen gütlich getan hatten, selbst dann noch, als die Schulkommission ihn nach dem Una-Winston-Vorfall schon im Visier hatte. Das war 1978 gewesen, zwei Jahre nachdem Anna Sudek von der Schule abgegangen war – mit einem ordentlichen Abschluß sogar und nicht mit einem wertlosen Anwesenheitszeugnis, wie er gehofft hatte.

Aber Wally Inglass hatte diesen gewählten Idioten in der Schulkommission schon gezeigt, daß er auf der Ewerton High School noch immer Herr der Lage war – schließlich hatte er dafür gesorgt, daß die Pep-Rallys immer gut besucht waren, oder etwa nicht? Und Pep-Rallys waren nun mal das Rückgrat des Schulgeistes, und der war es doch, um den sich das ganze Erziehungssystem drehte. Solange er nur die kleinen Miststücke und Dreckskerle zu den Rallys in die Turnhalle brachte, war er ein guter Direktor. Er »macht den Unterschied«, hatte er immer wieder von sich selbst vor der Schulkommission gesagt, wenn diese wieder einmal eine seiner Methoden in Frage hatte stellen wollen.

Warum, so würden sie vielleicht fragen, habe er denn die Schüler, die den Unterricht schwänzten, nicht von der

Polizei einfangen lassen. Ganz einfach, würde er antworten. Fing die Polizei sie denn auch ein, wenn sie später einmal nicht zu ihrer Arbeit gingen? Alle Unklarheiten beseitigt, ein weiterer Pluspunkt für Wally Inglass. Aber dadurch, daß er auf hundertprozentiger Teilnahme an den Pep-Rallys bestand, brachte er seinen Schützlingen Ordnung und Disziplin bei.

Und außerdem sah es Wally nun einmal gern, wenn diese kleinen Pom-Pom-Girls und Cheerleader in den Spagat gingen oder die Beine hoch in die Luft warfen, so daß er die Unterseiten ihrer goldenen und schwarzen Lurex-Slips sehen konnte. Dafür, daß er Louise geheiratet hatte, hatte er noch zu Lebzeiten eine kleine Belohnung verdient. Und was war geeigneter für so ein harmloses, kleines Vergnügen als eine Pep-Rally, bei der alle Schüler anwesend waren und gebannt in die gleiche Richtung blickten wie er? Da mußte er sich danach wenigstens keine Sorgen machen, daß irgendein nichtsnutziger, kleiner Penner durch den schmalen Schlitz der nur leicht geöffneten Feuertür gegenüber der Zuschauertribüne hätte beobachten können, wie der Herr Direktor mit Stielaugen auf die Muschis seiner Cheerleader starrte.

Wie ineffektiv war im Vergleich zu ihm doch der 1979 in Pension gegangene, frühere Direktor Mr. Villiard gewesen! Dieser alte Versager hatte sich praktisch in seinem Büro verkrochen und war nur noch über seine berüchtigten, abgehackten Lautsprecheransagen mit den Schülern in Kontakt getreten. (»Hier spricht – *Klick* – -ektor Villiard. Heute müssen folgende – *Klick* – -üler nach- – *Klick* – -sitzen –«) Es war ein leichtes für Wally Inglass gewesen, sich lange bevor er den Posten offiziell übertragen bekam, zum eigentlichen Direktor der Schule zu machen. Und das wiederum hatte bedeutet, daß die schlechteren,

schwächeren Schüler schon damals eine leichte Beute für Wally wurden, mit der er tun konnte, was er wollte und wie er es wollte.
Was tun, wenn ein Schüler zu groß für ihn war, um auf ihn herunter zu blicken? Ab zum Nachsitzen. Und wenn Wally einmal ein wenig nach Fummeln war? Dann brauchte er nur eines von diesen hübschen kleinen Biestern für eine »ernste Ermahnung« ins Direktorat bestellen. Und falls er einmal das Gefühl hatte, daß das Schicksal ihn benachteiligt habe, weil seinem Vater damals das Geschäft geplatzt war? Dann machte er eben der Urenkelin des Mannes, der damals alles vermasselt hatte, die Hölle heiß.
Ach, wie schön war es doch gewesen, zu Anna Sudeks Highschoolzeit den Alv Miner-Fall immer wieder aufs neue aufzuwärmen. Was für ein Triumph war es für Wally gewesen, als er die Kinder in den Pausen höhnen gehört hatte: »Wo ist Gramma?« Und wenn eines von ihnen nicht ganz mitgekommen war, weil es nicht alle Details des Falles gewußt hatte, hatte Wally Inglass immer Zeit gefunden, die Geschichte in allen Einzelheiten genüßlich zu schildern. Ja, auch *das* hatte gut getan, einem gespannten Zuhörer all die grausigen, ungelösten Einzelheiten noch einmal vorzukauen.
Von weit her, aus Gebäude eins (mit Turnhalle, Geräte- und Duschraum), waren jetzt die ersten Töne der Schulband zu hören, gefolgt von lautem Gejohle der Schüler. Verdammt. Gleich würde die Pep-Rally beginnen, und er würde die erste Pom-Pom-Vorführung versäumen, all die hübschen goldschwarzen Muschis zwischen hochgereckten Mädchenbeinen. Und in diesem Moment bemerkte Wally das Geschmier auf der cremegelb gestrichenen Wand kurz vor Gebäude sieben (Zeichensaal und Schulwerkstätten).

Es war ein ganz frisches Graffiti, das erst vor kurzem mit einem dicken, schwarzen Filzschreiber hingekritzelt worden sein mußte: *Wally Inglass lutscht perverse Pferdepimmel.*
Das war schon seit Ewigkeiten, seit, ach, 1973 oder 74 (etwa seit der Zeit, als Anna Sudek in der Schule auftauchte), einer der Lieblingssprüche irgendwelcher Schmierfinken gewesen und hatte rasch Verunglimpfungen wie »Yucko Young« und »Weinfaß Villiard« an Popularität übertroffen.

Als Wally vor fünfzehn Minuten schon einmal Gebäude sechs durchsucht hatte, hatte dieser Beweis für die Ausdruckskraft seiner Schüler noch nicht an der Wand geprangt. Der Direktor mußte sich auf die Zehenspitzen stellen, um die Buchstaben einer näheren Untersuchung unterziehen zu können. Als er mit einem Finger darüberfuhr, färbte sich die Fingerspitze rötlichschwarz. Die Farbe war noch nicht einmal trocken. Weiter entfernt im Gang war jetzt ein leises Glucksen zu hören, gefolgt von höher klingendem Gekicher.

Das mußten diese beiden Ungeheuer Precious und Mayo sein, die immer im Schulhof beieinander hockten und sich, wenn sie sich unbeobachtet glaubten, gegenseitig in die Ohrläppchen bissen. Wally erinnerte sich daran, daß er bereits 1971 die Eltern von Precious beim Akt ihrer Zeugung überrascht hatte. Precious' Vater, Dickie Isaacs, hätte damals schon längst auf die reguläre Highschool gehen müssen, war aber wegen seiner »mangelhaften Beherrschung der englischen Sprache« in die Junior Highschool zurückgestuft worden. Das war die dezente Art, mit der die Schulkommission darauf reagierte, wenn wieder einmal ein übereifriger Lehrer auf der Highschool bemerkt hatte, daß ein Schüler nicht mal lesen konnte. Precious' Mom, Pam French, war damals in der

achten Klasse gewesen und eines von diesen frühreifen Dingern, denen man es direkt ansah, daß sie am Samstagabend, nachdem das Jugendzentrum geschlossen hatte, bereits munter mit irgendeinem Typen herummachten.
Aber Pam hatte Wallys Erwartungen noch bei weitem übertroffen. Sie und Dicky hatten es während der Mittagspause völlig ungeniert in einem der Musikübungsräume im Keller getrieben – gerade als Wally wieder einmal seine Runde durch die Gebäude gemacht hatte. Dicky hatte geschluckt, war knallrot geworden und hatte verzweifelt versucht, den Reißverschluß an seinem Hosenschlitz hochzuziehen. Pam hingegen hatte ziemlich ausgekocht reagiert und gesagt: »Entweder Sie kriegen jetzt sofort einen hoch oder Sie verschwinden wieder!« Sie hatte keinerlei Anstalten gemacht, ihren Rock wieder herunterzuziehen, und hatte Wallys Blick so lange standgehalten, bis er mit einem breiten Grinsen auf seinen vollen Lippen das Zimmer wieder verlassen hatte.
Aber Precious war ein ganz anderer Fall. Sie ähnelte ganz ihrem Vater, war zu schwer und zu groß geraten. Und sie hatte einen viel zu breiten Hintern – und dieser wiederum erinnerte ihn an seine Louise, so daß er immer, wenn er das Mädchen sah, auch an seine Frau denken mußte.
Und das war Wally alles andere als angenehm. Außerdem trieb sich Precious auch noch mit Mayo, dem jüngsten der Parks-Jungen herum. Der junge Martin selbst war nicht das Schlimmste an der Sache, er war ja nicht einmal besonders groß, aber er hatte einen Bruder, Dusty, und der maß über einen Meter achtzig und hatte zudem, bevor er lediglich mit einem Anwesenheitszertifikat die Schule verlassen hatte, wilde Drohungen gegen Wally ausgestoßen. Er würde das fette kleine Arschloch von einem Schuldirektor mit seiner gebraucht gekauften

Rostlaube über den Haufen fahren, hatte er getönt, sollte sich dieser jemals spät abends in seinem Teil der Stadt blicken lassen oder seinem jüngeren Bruder auch nur ein Haar krümmen.

Während Wally langsam den Gang des Werkstättengebäudes entlangging, vor der Glasscheibe einer jeden Tür stehenblieb und seine Blicke über die mit Sägespänen bestreuten Fußböden gleiten ließ, sagte er mit lauter, bestimmter Stimme: »Martin, du kannst gehen – es ist deine Freundin, mit der ich sprechen will. Hörst du mich, Martin? Mayo? Du brauchst nicht zur Rally zu gehen. Du bist entschuldigt. Aber mit Precious Isaacs habe ich noch ein Hühnchen zu rupfen.«

Weiter hinten im Gang, im Zeichensaal neben dem Notausgang von Gebäude sechs, konnte Wally einen leisen, aber heftigen Wortwechsel hören:

»Mayo, du Trottel. Wenn du jetzt gehst, dann wird er –«

»Ich geh' und hole Dusty. Er und Bob Grey werden –«

»Aber dann bin ich doch ganz allein mit diesem geilen Kerl!«

»Dusty und Bob werden –«

»Scheiß auf Dusty und Bobbie Grey. Sie können es auch nicht verhindern, daß er –«

»Daß er was, Miß Isaacs? Martin, ich habe doch gesagt, daß du gehen kannst«, sagte Wally, der in der Tür zum Zeichensaal stand und auf die beiden Schüler starrte. Mayo und Precious, die beide in den unvermeidlichen T-Shirts, zerrissenen Jeans und Flanellhemden steckten, die Jugendliche ihres Schlages seit nunmehr zehn Jahren gerne trugen, standen an dem Tisch zwischen der Fensterfront und einem offenen Schrank, in dem das Zeichenpapier in schmalen Regalen aufbewahrt wurde.

Precious sagte: »Na los, geh schon, Mayo. Der kleine

Pferdeschwanzlutscher sagt doch, daß du gehen kannst.« Dabei blickte sie Wally starr in die Augen und fuhr mit dem Zeigefinger am Halsausschnitt ihres T-Shirts entlang, wobei sie den straff gespannten Stoff tiefer und tiefer zog, bis der Spalt zwischen ihren Brüsten ein klein wenig zu sehen war – und Wally vor lauter Schauen nicht bemerkte, wie Mayo sich mit den Händen hinter dem Rücken langsam an dem Zeichenpapierschrank entlang mogelte. Precious krümmte den Zeigefinger ihrer freien Hand und bedeutete damit Inglass, er solle näher kommen. Dabei sagte sie: »Ich wette, daß Ihnen die Pferdepimmel schon langsam zum Hals heraushängen, stimmt's? Mom hat mir erzählt, daß Sie dabei waren, als ich gemacht wurde – und das macht sie unheimlich heiß. *Jetzt, Mayo!*«

Wally Inglass war so vom Anblick der Brüste des Mädchens fasziniert – sie ähnelten sehr denen ihrer Mutter Pam in jener wundervollen Mittagspause vor sechzehn Jahren –, daß er gar nicht mitbekommen hatte, daß Mayo inzwischen aus dem Schrank einen großen Zeigestock gezogen und sich damit hinter Inglass aufgebaut hatte.

Mayo Parks war nicht in der Baseball-Mannschaft der Ewerton High School, aber aufgrund des mächtigen Schlages, den er mit dem Zeigestock auf dem Hinterkopf des ahnungslosen Direktors landete, hätte er eigentlich hineingehört. Dann packte er Precious bei der Hand und rannte mit ihr aus dem Zeichensaal zum Notausgang an der Rückwand des Gebäudes.

Wally fiel wie ein Sack quer über den Zeichentisch und rieb sich mit einer Hand den schmerzenden Kopf, während er sich mit der anderen langsam hochschob. Durch das große Fenster sah er, wie die beiden Hand in Hand in das Wäldchen hinter der Schule rannten. Precious' lan-

ges, dunkelblondes Haar flog wie ein Bienenschwarm hinter ihr her.
»Lauf nur zu, du kleine Hexe«, murmelte Inglass, während die Band in der Turnhalle trötend und klirrend die Schulhymne anstimmte. »Lauft nur, wohin ihr wollt – du und dein Mistkerl von einem Freund. Aber denk dran – ich weiß, wo du wohnst. Ganz genau weiß ich das. Und ich weiß ebenso genau, daß deine Eltern am Samstag abend nicht allzu früh nach Hause kommen.«
In dem fast leeren Gebäude sechs dröhnten die Wände von Wally Inglass' Gelächter, in durchdringender, verrückter Harmonie mit dem Tröten der Band, die sich in der weit entfernten Turnhalle die Seele aus dem Leib spielte, während die Pom-Pom-Girls und die Cheerleader ihre Beine in den schwarzen und gelben Strümpfen höher und immer höher schleuderten und dabei schmale Streifen von elastischem Kostümhöschenstoff sehen ließen. Wally Inglass lachte, bis ihm vor lauter Vorfreude auf den morgigen Abend die Tränen in den Augen standen.
»Denk dran, Precious, *ich weiß, wo du wohnst.*«

5

Die Alte (II)

»– und dann sagte Bib zu Wally: ›Und jetzt *hauen Sie ab*‹, als wäre Wally ein Hund oder eine Katze, die sich in seinem Garten herumtrieb.« Anna lachte so heftig, daß sie die Worte kaum herausbekam. Die Alte schien Annas Worte gut zu verstehen, obwohl sie vom Lachen verzerrt waren, faltete ihre Hände im Schoß ihres Morgenmantels

aus blauer Wolle, nickte und sagte in einem gewagt modulierten Gegurgel: »Das geschieht ihm *recht*. Willst du *wissen*, was *ich* glaube, daß dieser Wally *Inglass* ist?«
Anna wußte, was jetzt kommen würde, aber trotzdem fragte sie: »Was glaubst du denn, daß der alte Wally ist?«
»Das kann ich unter *gebildeten Leuten* nicht aussprechen!«
Seit 1975 war das einer der Standardsprüche der Alten, und keine auch noch so intensive Befragung konnte sie dazu bringen, ihre Meinung doch noch zu enthüllen. Also fuhr Anna fort: »Aber das schärfste war Wallys Gesichtsausdruck, als Bib ihm erzählte, daß ich für die Polizei arbeite. Ich wünschte, du wärst dabei gewesen und hättest ihn sehen können.«
»Und ich wette, Wally hätte gewünscht, daß ich *nicht* dabei gewesen wäre«, plapperte die Alte. »Und selbst wenn ich dabei gewesen wäre, hätte ich ihn gar nicht erkannt, denn ich weiß ja nicht mal, wie er *aussieht*.«
Anna hielt beim Abstauben des Krimskrams-Regals neben dem Kühlschrank inne und sagte: »Sag das doch bitte noch mal.«
Die Alte schürzte die Lippen und sagte mit übertriebener Betonung: »Ich weiß nicht, wie dieser *Wally* aussieht.«
»Oh, oh, oh. Ich habe ganz vergessen, daß du ihn ja seit Jahren nicht mehr gesehen hast, stimmt's?«
»Habe ich ihn denn *überhaupt* schon mal gesehen?«
Anna wollte schon fauchen: »Woher soll denn *ich* das wissen, verdammt noch mal?«, zwang sich aber statt dessen, ein Eichhörnchen aus Porzellan abzustauben, während sie ruhig sagte: »Nun, da Wally etwa Ende vierzig, Anfang fünfzig sein dürfte, dachte ich einfach, daß du ihn vielleicht irgendwann einmal irgendwo in der Stadt gesehen hast. Sein Vater muß in etwa so alt gewesen sein wie dein Va – nun, sein Vater war über neunzig, als er vor ein

paar Jahren starb. Ich dachte, daß du seinen Sohn vielleicht einmal gesehen hast.«
»Ich habe eine *Menge* Leute in dieser Stadt gesehen«, zischte die alte Frau, und ihre herabhängenden Lippen glänzten feucht im Licht der späten Nachmittagssonne.
»Also, an Wally würdest du dich bestimmt erinnern. Er ist ein kleines, plumpes, gockelhaftes Männchen mit kurzen Armen und –«
Die Alte schüttelte den Kopf, während sie in ihren mopartigen rosa Hausschuhen zu dem Bücherregal im Eßzimmer schlurfte. »Ist erst ein paar Jahre fort von hier und hat schon alles *vergessen*«, schimpfte die alte Frau, der die Haare in losen Strähnen wirr herunterhingen, zog ein dünnes Buch mit Kunstledereinband aus dem Regal und kam damit wieder zurück in die Küche. Anna sah, daß es das Jahrbuch der Ewerton High School von 1976, ihrem Abschlußjahr, war. Sie legte ihr Staubtuch zur Seite, setzte sich der Alten gegenüber an den weißlackierten Holztisch und begann, widerwillig in dem Buch zu blättern.
Anna hatte so negative Erinnerungen an ihre Schulzeit und ihre früheren Klassenkameraden, daß sie bei ihrem Auszug aus dem Haus der Alten damals ihre ganzen Jahrbücher zurückgelassen hatte; eigentlich hatte sie schon seit 1977, lange bevor sie ausgezogen war, nie mehr eines von ihnen in die Hand genommen. Zu Ma hatte Anna oft gesagt: »Es gibt nur eine Art und Weise, wie du mich jemals auf ein Klassentreffen dieser Ekel bringst: Gib mir eine Maschinenpistole und einen Patronengurt, oder was immer eine MPi braucht.«
Und auch jetzt, als sie durch die glänzenden, schwarzweißen Seiten blätterte, sehnten sich Annas Finger nach dem Abzugshebel einer MPi. Sie erlaubte ihren Augen nicht, auf irgendeinem der in dem Buch abgebildeten Gesichter

zu verweilen, und so hatte sie bald die Abteilung gefunden, in der die Bilder der Lehrer waren. Anna kamen die Reihen von kleinen Fotos, meist künstlerisch wenig wertvolle Schnappschüsse, wie ein Verbrecheralbum vor.
»*Den* kenne ich –« Ein horniger Fingernagel der Alten tippte auf dem Bild des alten Palmer Winston herum. Mit Erstaunen fiel Anna ein, daß ihre Großmutter in etwa so alt sein mußte wie der biersaufende Exlehrer. So sehr sich Winston auch hatte herunterkommen lassen, er sah immer noch gute zehn Jahre jünger aus als die Alte, und die ließ sich nicht jeden Abend im »Rusty Hinge« vollaufen. Für Anna schien es ausgeschlossen, daß ihre Großmutter jemals getrunken oder sich sonst irgendeinem Genuß hingegeben hatte, außer daß sie sich von dem »unbekannten Vater«, wie es in Mas Geburtsurkunde stand, hatte schwängern lassen.
»Du bist mit ihm zur Schule gegangen, nicht wahr?«
»Ich *wäre* mit ihm zur Schule gegangen, wenn ich nach der *achten* Klasse noch die Schule *besucht* hätte«, trällerte die Alte fröhlich vor sich hin, und Anna erinnerte sich plötzlich an eine Geschichte, die die alte Frau ihr als kleines Mädchen fast *stolz* erzählt hatte:
»Als Daddy fort war, kamen meine Tanten und kümmerten sich um mich, aber Tante Bella wurde immer älter, und schließlich mußte *ich* Tante Joan helfen und mich um *sie* kümmern. *Und* um ihre Katze namens Mister. Und weil ich mir solche *Sorgen* um sie und die Katze machte, konnte ich mich einfach nicht auf die Schule *konzentrieren.* Weißt du, damals ging die Grundschule bis zur achten Klasse, und das Schulhaus hatte nur ein Stockwerk, da war alles so *einfach,* aber als ich erst mal in die *neunte* Klasse kam, in die Highschool –« Annas Großmutter hatte das alte Ziegelgebäude in der River-

view Road gemeint, das über den Dean River blickte, und in dem sich damals, als Anna klein war, noch immer die Schule befunden hatte, »– da war auf einmal alles so *verwirrend*. Immer wenn ich die Treppe hinauf wollte, kamen andere Schüler gerade *herunter*. Ich fühlte mich wie ein *Fisch!* Und wenn ich hinunter wollte, gingen die anderen *hinauf!* Das Komische dabei war, daß es auf der anderen Seite des Schulhauses noch eine zweite Treppe gab, die aber niemand benützte! Also ... beschloß ich schließlich, daß die Schule es nicht *wert* war, sich jeden Tag halb tottrampeln zu lassen, und Tante Joan fand das *auch*, und so überließ ich die Treppen gern den anderen.«

Sogar als kleines Kind hatte Anna erkannt, was ihre Großmutter einfach nicht hatte begreifen können – nämlich daß die zwei Treppen ja gerade dafür da waren, um die Schüler, die hinaufstiegen, von denen zu trennen, die hinuntergingen. Das hatte sich Anna ohne Mas Hilfe zusammengereimt, obwohl sie damals erst fünf Jahre alt gewesen war. Später vermutete Anna, daß sie sich von diesem Zeitpunkt an von »Grammas Liebling« (diese Bezeichnung hatte Ma ihr oft erbittert entgegengeschleudert, wenn sie aus irgendeinem Grund wütend auf sie gewesen war) immer mehr zu jemandem entwickelt hatte, der Geschichten und Meinungen der einfachen alten Frau ganz offen angezweifelt und in Frage gestellt hatte. Daß die Alte geistig nicht voll auf der Höhe war, hatte Anna noch nie allzusehr gewundert, schließlich hatte sie ja im Alter von sechs Jahren ziemlich schreckliche Dinge durchmachen müssen, und der Verlust beider Eltern – auch wenn ihr Vater bloß fort in eine Irrenanstalt gebracht worden war – und der Großmutter innerhalb von vierundzwanzig Stunden mußte sie im Kopf ganz schön durcheinandergebracht haben. Nach allem, was Anna wußte, war die kleine Lucy Miner schon vor diesen Ereignissen keine Intelligenzbestie gewesen; schließlich hatten ihre Eltern sie ziemlich spät bekommen, und vielleicht waren die Eizellen ihrer Mutter nicht mehr ganz in Ordnung gewesen.

Aber der *Stolz* der Alten war für Anna eine Quelle ständiger Qualen gewesen, die zugenommen hatten, je älter und reifer sie selbst geworden war. Es schien, als würde sich die Alte für rein *gar nichts* schämen, was sie in ihrem Leben je gemacht hatte. Im Gegenteil, sie war auf alles und jedes geradezu angeberisch stolz.

Sie schaffte es sogar, sich ihrer ledigen Mutterschaft zu brüsten: »Ein *Dutzend* junger Männer in der Stadt haben sie damals einem Bluttest unterzogen – die geile Kröte Palmer Winston mit eingeschlossen –, aber den, der's wirklich war, haben sie *nie* erwischt«, tönte sie immer mit der Miene von jemandem, der gerade einen völlig unmöglich scheinenden Trick vollbracht hat. Und bei jeder sich bietenden Gelegenheit erwähnte die Alte außerdem, wie Tante Bella kurz nach Mas Geburt verrückt geworden war, als ob das ebenfalls eine Art von *Coup* gewesen wäre, dessen spezielle Bedeutung sich nur Lucy Miner selbst erschloß.

Vielleicht war sie, als ihre alte Tante überschnappte, nur deshalb so froh, weil sie dadurch ihre verfluchte Katze geerbt hat, dachte Anna, während die Alte den Kopf ganz weit auf die Seiten des Jahrbuchs herunterbeugte und mit dem Finger mühsam an den Namen der Lehrer entlangfuhr, als müsse sie jeden Buchstaben einzeln lesen. Anna hatte auf dem College eine Zeitlang Pädagogik studiert und wußte genug, um erkennen zu können, daß die Alte in etwa so gut lesen konnte wie ein Schüler in der zweiten oder dritten

Klasse Grundschule. Ma hatte Anna einmal erzählt, daß ab dieser Klassenstufe die Alte ihr auch nicht mehr bei den Hausaufgaben habe helfen können.

Die Namen und Bilder des Lehrpersonals der Ewerton High School befanden sich am Ende des Jahresberichts. Als die Alte schließlich beim Bild von Wally Inglass angelangt war, beugte sie ihren gnomenhaften Kopf noch weiter herunter, damit sie seinen Namen besser lesen konnte, schürzte die Lippen und sagte: »Er *sieht auch aus* wie ein *schlechter* Mensch. Kleine *Vogel*augen und Lippen wie ein *Nigger.*«

»Sag doch nicht *so was.* Es ist eine Beleidigung für alle Schwarzen«, schalt Anna sie milde, verschränkte die Arme und lehnte sich in dem harten, weißen Holzstuhl zurück.

»Ich habe nicht gesagt, daß er ein –«

»Vergiß es«, seufzte Anna und dachte: *Nein, du sagst ja nie etwas. Das ist ja genau das Problem. Du plapperst nur einfach vor dich hin.*

Die Alte tippte mit ihrem knotigen Zeigefinger so lange auf die Seite, bis Wally Inglass' Gesicht voller kleiner, halbmondförmiger Druckstellen von ihrem Fingernagel war, und sagte: »Ich glaube nicht, daß ich mich an *den* erinnern kann. Diese *Frisur* würde ich wiedererkennen.«

»Er hatte nicht immer eine Glatze – als er in der Grundschule unterrichtete, hatte er, soweit ich mich erinnere, noch Haare auf dem Kopf. Aber auf jeden Fall ist dir nicht viel entgangen.«

Die Alte setzte sich abrupt auf, klappte das Buch über ihrem immer noch auf der Seite verweilenden Zeigefinger zu (als könne sie Wallys Bild über ihre Haut von dem glatten Papier aufnehmen) und sagte: »Ich will ja nicht das *Thema* wechseln, aber hat dir Bib, als er dir von diesen

Yahoos in dem Pick-up-Truck erzählt hat, auch *Fotos* gezeigt? Sie haben doch sicher welche gemacht, *oder?*«

Anna löste ihre verschränkten Arme, legte die Hände gefaltet auf den Tisch und antwortete: »Das haben sie sicherlich, aber gezeigt hat mir Bib keine. Warum *sollte* er auch? Der Unfall hat ihn ganz offensichtlich schwer erschüttert.«

»So, wie er *dich* erschüttert hat?« Der Ausdruck auf dem eingefallenen Gesicht der Alten ließ sich schwer interpretieren, aber in ihrer Stimme schwang so etwas wie Enttäuschung mit.

»Sagen wir mal, er hat mich eher *geschockt* als *erschüttert.* Du weißt ja, ich hatte diesen Streit mit den beiden, und kurz darauf ... *wumm.* Schluß. Ich habe gehört, daß der Bursche, der ihnen reingefahren ist, durchkommen wird. Bevor ich von der Arbeit nach Hause ging, hat Ginny in Bibs Auftrag mit dem Krankenhaus telefoniert und erfahren, daß der Mann schon nicht mehr auf der Intensivstation liegt, und daß man glaubt, daß er wieder gehen können wird und so. Aber er kann sich nicht an den Unfall erinnern, das hatte Bib nämlich wissen wollen, um –«

»Aber das ist doch *gut*«, warf die Alte schnell ein, während ihre farblosen Augen ein wenig dunkler zu werden und einen Hauch ihrer alten graublauen Farbe anzunehmen schienen.

Anna zog das Jahrbuch sanft aus den Händen der alten Frau. Während sie ins Eßzimmer ging, um es wieder ins Regal zu stellen, sagte sie: »Nein, das ist es nicht. Weil die Leute in dem anderen Fahrzeug gestorben sind, weiß jetzt niemand, was wirklich passiert ist, und ob Effertz wirklich schuld an dem Unfall war oder nicht. Schau mal, seine Familie hat bei Bib angerufen und wollte wissen, ob Elmo absichtlich oder aus Versehen auf die falsche Spur gekommen ist. Sie wurden richtig feindselig, als Bib ihnen sagte, daß es keine Möglichkeit mehr gäbe, das festzustellen – außer, der andere Fahrer würde sich plötzlich wieder an den Unfall erinnern, was aber nicht sehr wahrscheinlich sei.« Anna war fertig und setzte sich wieder.

»Ich kann nicht verstehen, was das *soll* – das bringt sie doch auch nicht wieder *zurück*«, argumentierte die Alte mit ihrer Stimme, die wie wabbelndes Fett klang.

»Nein, das tut es nicht, aber es geht um die Klärung der Schuldfrage. Tot ist tot, aber manche Leute brauchen eben eine Erklärung, an der sie sich festhalten können. Selbst wenn sie Idioten sind«, fügte Anna hinzu und dachte: *Und man muß schon einer sein, um seinesgleichen zu erkennen, was, Alte?*

Die Alte räusperte sich lautstark und kreuzte die Arme vor ihrer Brust. Und da bemerkte Anna plötzlich eine merkwürdige Ausbeulung im Stoff des Morgenmantels, etwa an der Stelle, wo die Schlüsselbeine der alten Frau aufeinanderstießen. Direkt unter dem Flanellkragen sah sie etwas, was ihr entweder bei ihren früheren Besuchen entgangen oder wirklich nicht da gewesen war – eine Kordel, an der unten etwas zu hängen schien, zog sich um den Hals der Alten. Anscheinend trug sie irgendeinen ziemlich schweren Anhänger unter der Kleidung, so wie es Andy Warhol getan hatte. Warhol hatte teuren Schmuck unter seiner Kleidung verborgen, die Alte hingegen besaß nichts, was auch nur annähernd wertvoller gewesen wäre als Modeschmuck. *Was ist das,* dachte Anna, *eine tschechische Altersmarotte? Oder willst du damit bloß Aufmerksamkeit erregen? Soll ich jetzt fragen, was du für ein großes Geheimnis da um den Hals trägst? Aber damit hast du dich verrechnet, diesmal werde ich nicht anbeißen.*

Anna sagte der Alten, daß sie jetzt gehen müsse, damit sie vor dem Einbruch der Dunkelheit noch nach Hause käme – es war der Abend nach dem großen Footballspiel zu Ehren der ehemaligen Schüler der Highschool, und da konnte einiges passieren, besonders wenn die »Rams« verloren hatten. Aber als Anna schließlich die Lister Street entlangging, beschäftigte das Ding unter dem Morgenmantel ihrer Großmutter immer noch ihre Phantasie.

Anna fragte sich, wie lange die Alte wohl dieses *Ding* schon unter ihrer Kleidung verborgen getragen hatte ... war es, seit sie statt normaler Straßenkleidung nur noch diese langen, wogenden Nachthemden aus Baumwolle oder Flanell trug, über die sie einen Pullover und ihren Morgenmantel zog, und in ihren fransigen Pantoffeln durchs Haus schlurfte? Oder war immer schon etwas um ihren Hals gehangen, verborgen in dem flachen Tal zwischen ihren eher kleinen Brüsten? Ein verschwommener Erinnerungsfetzen waberte knapp außerhalb von Annas gedanklichem Zugriff – sie konnte ihn nicht erhaschen, höchstens mit ihren Gedanken ganz flüchtig streifen.

Im Alter von fünf oder vielleicht sogar noch weniger Jahren war sie einmal auf »Babas« Schoß gesessen (Anna hatte den Spitznamen ihrer Großmutter, den diese einem kleinen Spielzeuglamm verdankte, das sie Anna einmal zu Ostern geschenkt hatte, schon fast vergessen), und die alte Frau hatte ihr irgendein Objekt vor die Nase gehalten. So sehr sich Anna auch bemühte, sie konnte sich kein klares Bild mehr von diesem Ding machen – das Vierteljahrhundert, welches inzwischen vergangen war, hatte es zu einem nebulösen *Etwas* verschwimmen lassen, das – vielleicht – golden oder gelblich geglänzt hatte.

Und etwas Grün war dabei gewesen, dessen war sich Anna

ohne einen erkennbaren Grund auf einmal sicher, als sie den Schlüssel ins Schloß ihrer Haustür steckte und aufsperrte, ohne auch nur einmal einen Blick auf die Personenwagen und verbeulten Pick-up-Trucks zu werfen, die hintereinander an der Straße vor dem jetzt leeren Effertz-Haus und dem Downing-Haus daneben standen.

Und als sie an der Küchentheke stand und ein Sandwich aß, während die Katzen sich an ihren Beinen rieben und sie mit den Pfoten an den Hosenbeinen zupften, wurde Anna noch etwas über das glitzernde Ding klar, das damals vor ihren Augen hin und her geschwungen war. Was immer es auch gewesen sein mochte, irgend etwas daran hatte sie zum Weinen gebracht und sie veranlaßt, sich plärrend vom Schoß der Alten herunterzuwinden. Aber Mommy war beim Einkaufen gewesen und hatte Anna mit ihrer Baba ganz allein gelassen. Und Anna hatte weglaufen und sich vor ihrer Großmutter verstecken wollen, denn diese hatte versucht, das merkwürdige Ding an Annas Haut zu drücken, hatte von Anna verlangt, daß sie es in die Hand nähme.

Jetzt, als sie Stücke von ihrem Hackbraten abriß und sie den bettelnden Katzen zuwarf, war sich Anna sicher, daß irgend etwas an diesem Gegenstand gewesen sein mußte, das sich, vielleicht zu ihrem eigenen Besten, ihrem Erinnerungsvermögen entzog oder so fest in ihrem Unterbewußtsein verschlossen war, daß es nicht an die Oberfläche gelangen konnte.

Erst als sie das Päckchen mit dem Hackbraten wieder weglegte, fiel Anna ein, daß sie vergessen hatte, der Alten das Signal zu geben. Während sie am Telefon stand und wählte, dachte sie: *Langsam fange ich an, zu begreifen, warum Ma immer so über dieses »Ruf mich an, damit ich weiß, daß du sicher nach Hause gekommen bist«-Theater geschimpft hat. Wer, um alles in der Welt, sollte denn von* mir *etwas wollen? Die Alte braucht sich nun wirklich keine Sorgen zu machen, daß mir auf dem Nachhauseweg etwas zustößt – wo ich doch mit so gut wie jeder Familie da draußen verwandt sein könnte. Da wird wohl kaum ein Bursche das Risiko eingehen, mich zu vergewaltigen – ich könnte ja zur Familie seines Vaters oder seiner Mutter gehören.*

Gerade, als das Telefon drüben bei der Alten zum dritten Mal läutete, hörte Anna etwas auf der Veranda. Sie ging hinüber zum Fenster und schob die Vorhänge zur Seite. Es war Kitty-Kitty, Irma Downings getigerter Kater, der einen Metallträger des Verandadachs hinaufkletterte. Wahrscheinlich war die Katze draußen herumgestreunt. Anna klopfte mit dem Finger gegen das Fenster, bis der Kater schließlich in Richtung nach Hause davonlief, brachte schnell das Signal für die Alte zu Ende und wählte danach die Nummer der Downings.

Sie sagte zu sich selbst *Du bist ungezogen, Anna,* als sich eine ihr unbekannte Frauenstimme mit »Hallo?« meldete. Bevor Anna einen vollständigen Idioten aus sich machen konnte, indem sie ins Telefon schrie: »Sagen Sie Zack, daß die Katze seiner Frau zurück ist«, warf sie den Hörer, ohne ein Wort gesagt zu haben, auf die Gabel.

Du darfst dich nicht auf deren Niveau hinabbegeben, sagte sich Anna, die immer noch neben dem Telefon stand und ihre plötzlich kalt gewordenen Arme und Hände um sich schlang, *und ebensowenig auf das Niveau der Alten.*

5

Lucy (II)

Lucys mopartige Fransenpantoffeln zogen formlose Spuren durch die Staubschicht auf dem nackten Hartholzboden, während sie ruhelos durchs Wohnzimmer tigerte und immer wieder zum Telefon schaute. Einmal hob sie kurz den Hörer, ließ ihn aber gleich wieder fallen, um nicht die Verbindung zu unterbrechen, die ihre Enkelin vielleicht gerade herzustellen versuchte.

»Na, klingel schon«, zischte sie drängend, wobei ihre klebrige Stimme ganz undeutlich klang. Mit ihren knorrigen Fingern langte sie unter ihr Nachthemd und holte das kleine Tuchsäckchen heraus.

Das Säckchen knisterte ein wenig, denn in dem dünnen weißen Stoff befand sich ein Plastikbeutel, wie man ihn früher für Lebensmittel hergenommen hatte, ohne den dicken Verschlußwulst oben.

Lucy konnte spüren, wie sich das *Ding* in diesem durchsichtigen Innenbeutel mit langsamen, sinnlichen Bewegungen zusammenrollte und wieder entspannte.

»Wo *bleibst* du, Anna?« fragte Lucy das stumme Telefon, während sie frische Spuren in den Staub auf dem Boden zog. Ihre Pantoffeln waren von dem aufgesammelten Staub schon ganz grau umrändert. Das Ding in dem doppelten Säckchen (doppelt deshalb, damit das goldene Gebilde nicht die Macht übernehmen konnte, wann *es* wollte) zuckte bereits ungeduldig, als freue es sich auch schon auf die kommende Nacht, und versuchte, sich aus seinem Gefängnis aus neutralem, nichtorganischem Plastik zu befreien.

Lucy hatte die Lektion des Nachtrocks schnell gelernt –

o ja, das hatte sie. Der Rock ihrer Großmutter hatte aus Wolle bestanden, die einmal Teil eines lebenden Tieres gewesen war, und der Kontakt mit ehemals lebendiger Materie hatte dem winzigen Ding, das in Großmutters Rocksaum verborgen gewesen war, vollkommen genügt. Langsam hatte es den Rock mit seinen geheimnisvollen Kräften durchdrungen, war es eins mit dem herumwirbelnden, schwarzen Stoff geworden, hatte sich in ihm ein Heim geschaffen, bis schließlich alles, was der Rock berührte, auch das kleine, bewegliche Ding berührte, das in ihm verborgen war.

Lucy hatte nie daran gedacht, Großmutter zu fragen, ob *dieser* Aspekt der Sache sich eher zufällig ergeben hatte, oder ob sie das Ding genau aus diesem Grund in den Rocksaum eingenäht hatte. In jener Nacht war einfach zu viel vorgefallen, als daß Lucy an alles hätte denken können. Schließlich war sie damals ja erst sieben gewesen, und so viele Dinge hatten getan werden müssen.

Endlich begann das Telefon zu klingeln, als wäre Lucys Flehen erhört worden. Erst läutete es einmal, dann war Pause, dann dreimal, dann –

Aber Lucy hörte schon gar nicht mehr darauf. Sie war zu sehr damit beschäftigt, die kurze gelbe Schnur an der Öffnung des Baumwollbeutels auseinanderzuziehen und dann den mit grünem Kunststoff ummantelten Draht aufzuzwirbeln, der den verknitterten Plastikbeutel verschloß. Und dabei hoffte Lucy, daß es nicht schon zu spät wäre für das, was sie jetzt für die kleine Anna tun mußte.

7

Der Unfall (II)

Vielleicht war es ein Verrat an seiner alten Schule, aber der Hilfssheriff Terry Von Kemp war immer froh, wenn die »Ewerton Rams« das Heimspiel am Tag der Ehemaligen verloren. Zum einen war das ein Arschtritt für diesen Scheißkerl Wally Inglass, der dem jungen Terry, der mit seinen fast einen Meter achtzig mit dem Wachsen noch lange nicht fertig gewesen war, in seiner Schulzeit oft für so lächerliche Vergehen wie Kaugummikauen in der Öffentlichkeit oder Vordrängen bei der Ausgabe des Mittagessens (besonders am Mittwoch hatte Terry so viele Unterrichtsstunden, daß ihm kaum Zeit zum Essen blieb) die Hölle heiß gemacht hatte. Und zum zweiten machte ein verlorenes Footballspiel für Terry die Abend- bis Frühschicht in seinem Streifenwagen einfach sehr viel interessanter.

Normalerweise waren die einzigen Dinge, worauf sich Terry bei seinen Streifenfahrten freuen konnte, die Überprüfung des Super-Suds-Waschsalons, wo immer wieder mal ein paar Dummköpfe versuchten, ihren Rausch auszuschlafen, den sie sich im »Pearl 'n' Earl's« oder im »Wooden Keg« angesoffen hatten (die alten Schluckspechte vom »Rusty Hinge« machten normalerweise lange vor der Sperrstunde um zwei Uhr früh Schluß), und das Durchstöbern der Nebenstraßen, wo er angestrengt Ausschau nach irgendwelchen Mülltonnendurchwühlern hielt, die er dann ein wenig schikanieren konnte (Nur die Witwe des alten Don Campbell war dabei tabu, teils deshalb, weil Terry Angst davor hatte, in alle Ewigkeit vom Geist des alten Campbell verfolgt zu werden, aber hauptsächlich, weil Mrs. Campbell sich nicht genierte, *jeden* bei seinen Vorgesetzten anzuschwärzen).

Aber wenn die »Rams« (oder die »Ewerton Schafficker«, wie sie von den anderen Teams in der Liga genannt wurden) ein so wichtiges Heimspiel verloren hatten, war nachts wirklich die Kacke am Dampfen. Enttäuschte Fans schlugen sich gegenseitig Flaschen über die Köpfe, bei den Autos, deren Besitzer auf die Schule des Gewinnerteams gingen und dumm genug waren, nach Sonnenuntergang noch in Ewerton zu bleiben, wurden entweder die Reifen aufgeschlitzt oder die Radkappen geklaut, und vor Schaufenstern, auf die mit Seife aufmunternde Slogans für die »Rams« gemalt waren, brachen fürchterliche Streitereien los, weil Anhänger der gegnerischen Mannschaft »schmeichelhafte« Kommentare in die getrocknete Seife kratzen wollten, was den Fans der »Rams« natürlich überhaupt nicht gefiel.

Es war schon toll. In solchen Nächten verging die Zeit für Terry wie im Flug, die Festnahmen stiegen sprunghaft an, und er hatte häufig Gelegenheit, sein stinkendes Auto zu verlassen. Seit irgendein Schwachkopf einmal ein totes Stinktier ins Handschuhfach gesteckt hatte, war der Streifenwagen nicht mehr der alte. Stu Sawyer hatte seine eigenen Leute für diesen schlechten Scherz verantwortlich gemacht, aber Terry glaubte, daß er das nur deshalb tat, weil ihm die Stadtverwaltung gewaltig in den Hintern getreten hätte, wenn er versucht hätte, den Streich Bib Stanleys Männern anzuhängen. Dabei hätte Bib, dessen Polizei Stu Sawyer immer die »Keystone Cops« nannte, außer freiem Zugang zu den Streifenwagen auch ein handfestes Motiv für die Sache mit dem Skunk gehabt.

Bis zehn Uhr abends hatte Terry auf seiner Schicht drei Verhaftungen wegen groben Unfugs vorgenommen, eine

Gruppe von sechs oder mehr Jugendlichen von einem Auto verjagt, an dem sie den Chrom hatten zerkratzen wollen, und ein paar Cheerleaders der Gewinnermannschaft angehupt, die eben *Scheiß Rams* in die Seife auf dem Schaufenster von Clausens Schmuck- und Geschenkladen gekratzt hatten. Terry hatte sie die wenig schmeichelhaften Worte wieder auskratzen lassen, und als sie sich dabei auf die Zehenspitzen stellen mußten, um die obersten Buchstaben zu erreichen, sah er genüßlich zu, wie sich die kurzen Kleidchen über ihren Pos nach oben zogen.

Das hatte Terry besonders gefallen, und so hoffte er, daß die Mädchen das gleiche an einem anderen Fenster noch einmal versuchen würden, wenn er das nächstemal die Ewert Avenue entlang fuhr, aber er hatte kein Glück. Leicht enttäuscht, aber trotzdem zuversichtlich lenkte Terry den Streifenwagen um Yogis Chevroletvertretung herum, um noch einmal einen Blick auf die beiden Autowracks zu werfen, die auf dem Parkplatz für Gebrauchtwagen gegenüber den Verkaufsräumen standen.

Einer, der sonst nach einem verlorenen Footballspiel besonders aktiv war, fehlte heute abend. Elmo Effertz war sonst immer in seinem schwarzen Ford durch die Straßen gerast, hatte pausenlos seine Mehrtonhupe ertönen lassen und aus dem Fenster die Fahrer aller entgegenkommenden Fahrzeuge wüst beschimpft. Seit Terry für den Sheriff arbeitete, hatte er jedes Jahr, in dem die »Rams« das Spiel beim Ehemaligentreffen verloren hatten, eine Anzeige gegen Elmo aufnehmen müssen, meistens ebenfalls eine gegen seinen Schwager Zack. Und in dem Jahr, in dem Zack dieses hirnlose Pickelmonster Irma geheiratet hatte, war es Terry gelungen, bei einer Prügelei vor dem »Wooden Keg« alle drei gemeinsam einzubuchten.

Terry erinnerte sich, daß Elmo versucht hatte, draußen vor dem Zaun des Biergartens Zack den Inhalt der Eismaschine auf den Kopf zu kippen, während Irma auf den Rücken ihres Bruders gesprungen war und versucht hatte, ihn zu Boden zu reißen. Dieser Zwischenfall war zwar nicht nach einem Footballspiel passiert, aber nichtsdestoweniger hatte er Terry gut gefallen.

Und jetzt lagen Elmo und Irma *(klingt wie irgendeine Polka-Band – »Elmo und Irma mit ihren Polkamusikanten«)* zerstückelt in der Leichenhalle des Krankenhauses, bis der Besitzer des Begräbnisinstituts aus Lumbe sie abholen würde. Zack Downing hatte nämlich Wind von der Behandlung bekommen, die Craig Reish der Leiche von Inez Hibbing hatte angedeihen lassen, und zu Lenny Wilkes gesagt (und der wiederum hatte es brühwarm Stu Sawyer erzählt – die beiden plapperten miteinander wie zwei alte Waschweiber, fand Terry): »Also, ich geh' da kein Risiko ein – wo doch mein alter Herr und meine Mutter die beiden noch mal sehen wollen.«

Der Gebrauchtwagenplatz lag genau zwischen den einzigen beiden Straßenlaternen an dem Block, und so waren die beiden Autowracks nicht besonders gut zu sehen, denn nur ein paar matte Sterne drangen durch den leichten Wolkenschleier am Himmel. Terry konnte nicht viel mehr ausmachen als das gelegentliche Aufblinken von vorüberfahrenden Autoscheinwerfern im zerknautschten Chrom oder das billige Glitzern von Glassplittern, die in den tieferen Falten der ziehharmonikaartig zusammengequetschten Motorhauben lagen.

Terry wußte, daß er noch viele Stunden in dieser Schicht übrig haben würde, in denen er auf die Unfallwagen würde starren können, und fuhr deshalb ohne bestimmtes Ziel weiter, um irgendwo anders in der Stadt nach dem

Rechten zu sehen, kam aber immer wieder zu den beiden Haufen aus kaputtem Metall und Gummi zurück und fuhr langsam, mit eingeschaltetem Fernlicht an ihnen vorbei, um vielleicht etwas zu entdecken, was er bei seinen vorherigen Besuchen übersehen hatte.

Er wußte nicht mehr genau, ob er das dritte oder vierte Mal an den Wracks vorbeifuhr, als er das Tier sah. Es lief an dem Parkplatz vorbei, und Terry meinte, daß es eine Katze sein mußte, oder ein kleiner Hund – ein glatthaariger mit kleinen, aufrecht stehenden Ohren. Eines allerdings sah Terry ganz genau: das Aufblitzen eines grünen Tollwutanhängers, der an einem Halsband, das so dunkel sein mußte wie das Tier selbst, in der Nähe der sich auf und ab bewegenden Schulter hing.

»Irgend jemand sollte dem Vieh eines von diesen weißen Flohhalsbändern kaufen«, sagte Terry und bekreuzigte sich, weil er das dunkle Tier fast über den Haufen gefahren hatte. Terry Von Kemp mochte vielleicht auf der Highschool ein wenig flegelhaft gewesen sein, aber er hatte noch nie absichtlich ein Tier überfahren.

Einmal war ihm eine kleine Ente, die bei einer Kreuzung einfach nicht hatte aus dem Weg gehen wollen, unter die Reifen gekommen. Er hatte die zerquetschte Masse aus Daunen und Innereien, die schleimig-körnig ausgesehen hatten wie die Samen eines Granatapfels, zusammengekratzt und in einer Hamburger-Schachtel aus Styropor in den nächsten Müllcontainer getan. Dann hatte er seinen Streifenwagen hinter dem »Willkommen in Ewerton«-Schild an der Stadtgrenze abgestellt und sich fünf Minuten lang schier die Augen aus dem Kopf geweint.

Und so verringerte Terry von Kemp die Geschwindigkeit seines Streifenwagens, als er das nächstemal an dem Parkplatz vorbeifuhr – er machte sich Sorgen wegen des Tieres, das er vorhin fast überfahren hätte. Weil er so langsam fuhr, bemerkte er diesmal etwas, das er bei seinen vorherigen Vorbeifahrten an den zwei demolierten Fahrzeugen nicht gesehen hatte. Es war eine große, weiße Feder, die schlaff aus der halb offenstehenden hinteren Tür des Personenwagens heraushing. Terry war sich sicher, daß er beim letztenmal das bauschige weiße Ding noch nicht gesehen hatte, und fuhr so langsam an dem Wrack vorbei, daß sich sein Wagenfenster auf der Höhe der kaputten Tür befand. Er scheute sich davor, seine Taschenlampe einzuschalten, weil sonst vielleicht Passanten sein Interesse an den Wracks makaber finden könnten, und blinzelte angestrengt in die Dunkelheit. Schließlich konnte er das Durcheinander von Kleidern, kleinen Koffern und Rucksäcken erkennen, welches die Wucht des Aufpralls von den Rücksitzen in den vorderen Teil des Wagens geschleudert hatte, wo vorher das Armaturenbrett gewesen war. Terry sah die zerfetzte Beifahrertür, durch die der Fahrer mit der Rettungsschere aus dem Wrack hatte geschnitten werden müssen, weil die Wucht des Zusammenstoßes ihm die Beine gebrochen und sie ihm über die Schultern geworfen hatte, er sah den zersprungenen Lack über dem verbogenen Metall ... und dieses lange, schlaffe, pelzige Ding an der hinteren Tür, das jetzt (Terry hätte das auf einen ganzen Stapel von »Playboy«-Heften beschworen) ein paar Zentimeter näher am Boden war als vorher. So, als glitte das, wozu das Ding gehörte, langsam nach unten, heraus aus dem Autowrack ...

Irgend etwas kam ihm nicht ganz geheuer vor, also trat Terry aufs Gas und fuhr um die Ecke, aber es zog ihn zurück zu dem Wrack und dem mysteriösen weißen Strei-

fen vor dem dunklen Hintergrund des zerknautschten Blechs und des kiesübersäten Asphalts darunter.
Er fuhr wieder zurück und sah, daß das Ding eindeutig noch weiter nach unten gesunken war und daß es ein langbehaarter Schwanz war, zu dem ja auch ein Tier gehören mußte. Terry fuhr noch langsamer und sah, daß zwischen der flachgedrückten Rückbank des Autos das pelzige Hinterteil eines Hundes hervorschaute. In der leichten Brise begann der Schwanz zu zucken, als wäre der arme Hund noch am Leben, und das Hinterteil und die zusammengedrückten Hüften des Tieres fingen langsaman, Zentimeter um Zentimeter, aus dem Wagen zu gleiten.
Terry konnte sich nicht erinnern, daß irgend jemand etwas davon erwähnt hatte, daß ein Hund in dem Auto gewesen war, auch die Angehörigen des Fahrers hatten nicht nach einem Tier gefragt, als sie am Nachmittag in Stus Büro angerufen hatten. *Aber vielleicht hat er den Hund ja auch von der Straße aufgelesen. Die Farmer setzen oft Tiere aus den nichtigsten Gründen aus, und Durchreisende lassen Hunde oft kurzerhand aus dem Auto und fahren weiter. Im Tierheim sind jedenfalls immer eine Menge Hunde, die man auf der Straße aufgelesen hat.*
Langsam zog die Schwerkraft den Hund aus dem zerknäulten Autowrack. Jetzt waren schon die zusammengefalteten Hinterbeine und ein Teil des Unterleibs zu sehen, und in dem trägen Wind bewegte sich der kaum beleuchtete Schwanz so merkwürdig, daß es Terry fast vorkam, als würde der Hund damit wedeln. Irgend etwas an diesem düsteren Stilleben aus totem Hund und zerfetztem Metall stimmte nicht, auch wenn Terry nicht gleich sagen konnte, was es war.
Er kam erst darauf, als er das nächstemal wieder an dem

Autowrack vorbeifuhr. Als sie den Fahrer aus dem Wagen gezogen hatten, war dieser voller Blut gewesen. Auf seinen Kleidern und seinem Körper hatte es lange Streifen hinterlassen, so daß er ausgesehen hatte wie ein Zebra mit Sonnenbrand. (Terry war nicht selbst am Unfallort gewesen, aber er hatte die Farbfotos gesehen, die Lenny Wilkes dort gemacht hatte, ebenso wie Stus Schwarzweiß-Bilder, als sie aus dem Labor gekommen waren). Und die Leute in dem Pick-up-Truck waren so blutüberströmt gewesen, daß sie auf manchen Aufnahmen wie glänzende, glatte Gebilde ausgesehen hatten, die den Blitz der Kamera gleißend zurückwarfen und fast über dem dunklen Straßenkies zu schweben schienen.

Und dieser Hund ist weiß wie ein Albino-Arsch, dachte Terry, und plötzliche Furcht packte ihn. *Nicht einmal ein einziger Flecken von Scheiße an seinem Hintern.* Terry hatte genügend auf der Straße getötete Tiere und auch ab und zu eine überfahrene Leiche gesehen und wußte, daß fast alle Lebewesen vor dem Sterben meistens noch einmal ihren Darm entleeren. Es gab keinen absolut sauberen Tod, und doch war dieser Hund schneeweiß wie der Vollmond in einer klaren Nacht.

Als ob er Terrys Beobachtungsgabe und seine Kenntnis darüber, was tot war und was nicht, auf die Probe stellen wollte, rutschte der Hund ganz langsam immer weiter aus dem Wagen. Jetzt sah man schon deutlich seinen Brustkorb, dem unmittelbar die Schultern folgten.

Terry konnte diesem quälend langsamen Herausgleiten des Hundes nicht mehr länger zusehen und wandte seinen Blick statt dessen auf die Reihe von Ulmen hinter dem Parkplatz. Und da sah er etwas, was ihn mit weit geöffneten Augen in seinem scharf nach Urin stinkenden Streifenwagen nach Luft ringen ließ.

Die Ulmen waren zwar zum größten Teil schon entlaubt, aber es waren immer noch genügend Blätter an den Ästen, daß Terry sehen konnte, daß sich nicht ein einziges von ihnen und auch keiner der nackten Zweige im geringsten bewegte. *Es ging überhaupt kein Wind.*
Und doch zeigte Terry ein rascher Blick zurück zu dem Hund *(Ach du gütiger Gott im Himmel, jetzt ist er fast ganz draußen!)*, daß der buschige Schwanz immer noch wedelte.
Terry trat so rasch aufs Gas, daß sich der Motor fast verschluckte, und raste, die Augen auf den verblaßten, gelben Mittelstreifen der Straße vor sich geheftet, fort von dem Abstellplatz, so daß er nicht sehen konnte, wie sich der große Hund vollends aus dem Autowrack wand und in südöstlicher Richtung davonlief, und wie dabei an seinem Hals im dichten Pelz ein merkwürdig geformtes Ding smaragdgrün das Licht der Straßenlaterne reflektierte, ohne daß ein Halsband zu erkennen gewesen wäre.

8

Irma und Elmo (II)

Wären sie noch am Leben und in der Lage gewesen, zu schildern, was sie in den Sekundenbruchteilen gesehen hatten, bevor Elmos Truck auf den entgegenkommenden Wagen geprallt war, hätten Irma Effertz Downing und Elmo Effertz jr. Terry von Kemp vielleicht geraten, den Wagen zu wenden, dem weglaufenden Hund mit dem merkwürdig glänzenden, grünen Ding am Hals nachzufahren und zu sehen, wo er hin wollte und was er tun würde, wenn er erst einmal dort angekommen war.

Vielleicht hätten sie Terry erzählt, was der Hund mit ihnen angestellt hatte, wie er Elmo in diese mörderische Position auf der falschen Seite der alten Schotterstraße gelockt hatte. Und Elmo hätte Terry auch erzählen können, daß ihn der Hund während dieser letzten paar Sekunden böse und intensiv angestarrt hatte, als kenne er ihn und seine Schwester von irgendwoher. Hätte Elmo Terry das erzählen können, so hätte sich dieser vielleicht an einen kurzen Bericht im »Ewerton Herald« vom Donnerstag vergangener Woche erinnert, der den »Angestellten des Monats« der Gas 'n' Go-Tankstelle vorgestellt hatte. Auch ein Foto von Elmo war in diesem Bericht gewesen, auf dem er Clark Umbert stolz seine Urkunde gezeigt hatte. Und vielleicht hätte sich Terry auch an die große, ganzseitige Anzeige aus der Woche zuvor erinnert, in der die Ewerton-Bäckerei mit den kleinen Abbildungen aller ihrer Angestellten geworben hatte.

Der Gedanke, daß ein Hund sich die Zeitung angeschaut und dann auch noch aufgrund eines grob gerasterten Fotos jemandes Gesicht wiedererkannt haben könnte, war komplett verrückt. Aber nachdem Terry mit angesehen hatte, wie der Hund langsam aus dem zerstörten Wagen herausgeglitten war, hätte er vielleicht jede auch noch so verrückte Information ernst genommen, die irgendwie hätte erklären können, was auf der einsamen Schotterstraße wirklich geschehen war.

KAPITEL FÜNF

Samstag, 24. Oktober 1987

1

Die Jahre des Hahns und des Drachens

Anna war froh, daß ihre Vorgängerin auf ihrem Posten einen schlauen Stundenplan ohne Wochenenddienst hinterlassen hatte (nur manchmal hatte sie am Wochenende Bereitschaft als Aufseherin vom Dienst), und gerade am Samstag konnte sie jede freie Minute gut gebrauchen. Als erstes mußte sie unbedingt ihre übliche Müllcontainer-Runde machen, denn am Freitagabend wurden immer eine Menge überlagerter Waren aus den Regalen geräumt, damit am Wochenende in den Läden gründlich sauber gemacht werden konnte. Allein im Müllcontainer des IGA fand Anna sieben verbeulte Suppendosen, eine fast volle Packung Makkaroni, bei der lediglich die Plastikfolie ein wenig eingerissen war, ein paar Pizzas, auf deren Käse nur ein leichter Anflug von Schimmel zu sehen war (den sie leicht wegkratzen konnte, bevor sie die Pizza in den Ofen schob), und, als bester aller Funde, einen an der Seite etwas aufgerissenen Fünfpfundsack mit Trockenfutter für die Katzen.

Anna war klar, daß sie es mit dieser Ladung nicht bis nach Hause schaffte, ohne daß ihr dabei ein Arm beträchtlich länger wurde als der andere, und so beschloß sie, die Lebensmittel hinter der kleinen Verandamauer am Haus ihrer Großmutter abzustellen. Ma hatte das während ihrer morgendlichen Touren schon oft gemacht (*Samstag war immer unser gemeinsamer Mülltonnen-Tag,* dachte Anna wehmütig) und hatte dann entweder die Alte angerufen und ihr gesagt, daß das Zeug draußen war, oder sie war noch mal bei ihrem Haus vorbeigegangen, bevor sie später in die Stadt zur Arbeit gegangen war.

Ma hatte nie an der Tür geklopft und gefragt, ob sie ins Haus kommen könne, denn die Alte war so früh am Tag nie auf gewesen, und selbst wenn Ma geklopft *hätte,* dann hätte sie mindestens fünfzehn bis zwanzig Minuten warten müssen, bis sich die Alte aufgerappelt, ihren Bademantel angezogen und zur Tür geschleppt hätte. Da Anna ohnehin später am Morgen für sich selbst und die Alte einkaufen mußte, wollte sie bloß rasch ihre gefundenen Schätze deponieren und wieder zurück in die Stadt gehen, aber als sie sah, daß sowohl im Schlaf- als auch im Wohnzimmer der Alten Licht war, konnte sie der Versuchung nicht widerstehen und klopfte.

Bereits nach der bemerkenswert kurzen Zeitspanne von vier Minuten (Anna hatte im schwachen Licht der Straßenlaterne an der Ecke auf ihre Uhr geschaut) öffnete sich die innere Haustür. Hinter der Sturmtür fragte die Alte mit ihrer blubbernden, gurgelnden Stimme: »Wer ist da?«

»Ich bin's. Ich habe ein paar Sachen dabei. Kann ich sie hierlassen, bis ich später wieder vorbeischaue?«

Als Anna ins Wohnzimmer ging, stach ihr der altbekannte Gestank der Alten in die Nase, aber er wurde noch von einem anderen Geruch überlagert – einem metallischen, leicht modrigen, wie von verrosteten landwirtschaftlichen

Maschinen. Anna konnte den Geruch nicht identifizieren, aber trotzdem kam er ihr mit seiner süßlichen, kupferartigen Nebennote quälend bekannt vor.
Als Anna auf ihrem Weg zur Küche durch das Wohnzimmer ging, bemerkte sie, daß die unordentlichen Stapel von alten Zeitungen, Werbeblättchen und Sonntagsbeilagen umgekippt waren und daß an ein paar von ihnen unregelmäßige Flecken an der Seite herunterliefen und in bereits getrocknete Pfützen irgendeiner Flüssigkeit auf dem Holzboden übergingen.
»Großmutter, hast du seit neuestem ein Haustier?« fragte Anna und dachte an die Schweinereien, die Mouth manchmal machte, wenn sie ihre Blase nicht kontrollieren konnte.
»Ein *Tier? Ich?* Du kennst mich doch! Ich komme ja nun wirklich nicht mit Tieren aus.«
Anna wünschte, daß die Alte nicht hinter ihr hergeschlurft wäre, denn sie hätte bei diesen Worten zu gern ihr Gesicht gesehen. Sie stellte ihre vollen Tüten auf dem Küchenboden ab, drehte sich um und sah gerade noch, wie die Alte sich auf ihren abgewetzten Schaukelstuhl setzte, den sie offensichtlich aus dem Wohnzimmer in die Küche geholt hatte. Anna bemerkte, daß die Alte etliche gehäkelte Sofakissen benötigte, um auf dem Schaukelstuhl sitzend überhaupt auf den Küchentisch sehen zu können.
Als sie Annas fragenden Blick bemerkte, lächelte die Alte und sagte: »Ich *schaukle* eben noch immer gern.«
Anna wußte nicht, ob ihr das Schaukeln wirklich so gut gefiel oder ob sie bloß wieder einmal die kleine Lucy spielte, deshalb nickte sie lediglich und murmelte »Aha«.
Die Alte setzte sich umständlich zurecht. Vor ihr auf dem Küchentisch lag ein Wust von Schreibpapier, daneben

eine vergilbte Zeitungsseite, die sie wohl aus irgendeinem Werbeblättchen gerissen hatte. Sie nahm einen Stift, beugte sich so nahe über den Tisch, daß ihre wäßrigen Augen nur noch Zentimeter von der Oberfläche des Papiers entfernt waren, und kritzelte etwas auf eines der Blätter.

»Was hast du denn da?« fragte Anna, während sie unter der Spüle nach einer Papiertüte suchte, in die sie den aufgerissenen Sack mit Katzenfutter stellen konnte.

»Unsere *Schicksale*«, plapperte die Alte neckisch und neunmalklug. Dann, nachdem sie ein paarmal unglaublich laut und kieferverrenkend gegähnt hatte (wobei Anna unwillkürlich an einen verletzten Seehund hatte denken müssen), widmete sie sich wieder ihrer Schreibarbeit. Während Anna das aufgerissene Paket mit dem Katzenfutter in eine alte Supermarkttüte schob, warf sie einen Blick auf die Zeitungsseite auf dem Tisch. Über einem kreisförmigen Diagramm, das in zwölf Teile aufgeteilt war, die wie Tortenstücke aussahen und in denen jeweils die Strichzeichnung eines Tieres zusammen mit einigen Jahreszahlen zu sehen war, stand in fetten Großbuchstaben:

IHR CHINESISCHES HOROSKOP FÜR 1976.

Auf den Blättern, die ihre Großmutter bereits vollgeschrieben hatte, sah Anna weitere Diagramme für weitere Jahre, zusammengefaßt in Zwölfergruppen, und einige von ihnen reichten bis ins 19. Jahrhundert zurück. 1976 war das Jahr, in dem Anna ihren Abschluß an der Ewerton High School gemacht hatte; sie fand, daß das eine furchtbar lange Zeit war, um ein Anzeigenblättchen aufzuheben.

Anna stellte das nun zweimal verpackte Katzenfutter auf einen der leeren Küchenstühle, setzte sich der Alten gegenüber und fragte: »Sieht ja aus, als hättest du schon lange an diesen Dingen gearbeitet. Konntest du denn nicht schlafen?«

Die Alte gähnte wieder, sah auf das Diagramm und kritzelte etwas unter eine lange Reihe von Zahlen (die leichte Bewegung ihres Armes ließ eine Wolke ihrer ranzigen Ausdünstungen herüber zu Anna wabern), bevor sie antwortete: »Nein, konnte ich nicht. Die verdammten *Nachbarn* haben mich die ganze Nacht wach gehalten, haben ständig *gehupt* und mit den Reifen auf der Straße *gequietscht*, also hab ich's um Mitternacht aufgegeben und bin wieder aufgestanden. Ich habe meine Papiere durchgeschaut und *das hier* gefunden.« Mit einem ihrer furchigen Nägel tippte sie auf das vergilbte Zeitungsblatt, dann fuhr sie fort: »Und ich habe mich schließlich gefragt, in welchem Jahr wohl meine *Gramma* geboren wurde und in welchem Mutter und *Daddy*. Also habe ich mich an die Arbeit gemacht und –«

»Laß mal sehen«, unterbrach Anna, drehte eines der Blätter zu sich herum und begann zu lesen: »Lucy – 1924, Jahr der Ratte; Tina – 1942, Jahr des Pferdes; Anna – Anfang 1958, Jahr des Hahns. Warum schreibst du bei mir *Anfang* 1958?« fragte sie. Die Alte drehte das Zeitungsblatt herum, so daß es zu ihrer Enkelin zeigte, die sich vorbeugte und auf das Diagramm sah. Darüber stand eine Warnung:

Bitte beachten Sie, daß Sie, sollte Ihr Geburtstag zwischen dem 1. Januar und dem 5. Februar sein, unter das vorhergehende Tierkreiszeichen fallen.

Wäre Anna, statt am 19. Januar, ein paar Wochen später geboren worden, wäre sie unter das Zeichen des Hundes gefallen.

Während Anna noch auf das Diagramm sah, erklärte ihre Großmutter unter wiederholtem Gähnen: »Es ist gut, daß du so früh im Jahr geboren wurdest – sonst würden wir beide nicht miteinander *auskommen.* Lies mal, was da unter ›Hund‹ steht!« Der schwefelfarbene Fingernagel der alten Frau tappte jetzt auf dem Absatz unter der Überschrift HUND herum:

Der Hund verträgt sich gut mit allen chinesischen Sternzeichen, außer dem Hahn und der Ratte.

»*Siehst du?* Wie ich schon sagte, es ist gut –«
»Ja, ja«, sagte Anna und dachte: *Das hat uns ja bisher unglaublich viel genützt – besonders damals, als du mir mit dem Brotmesser hinterhergelaufen bist und gedroht hast, mir die Kehle durchzuschneiden. O ja, Hahn und Ratte kommen hervorragend miteinander aus. Hast du noch was von der Art auf Lager, Alte?*
»Und hier, schau, was da über Mutter steht«, brabbelte die Alte weiter. Anna zuckte unwillkürlich zusammen. Sie haßte es, wenn ihre Großmutter (oder irgendeine andere ältere Person) ihr eigenes Kind vor Tinas Tochter penetrant ›Mutter‹ nannte. Das war genauso schlimm wie die tattrigen alten Woodards, die in der Roberts Street praktisch auf ihrer Veranda gewohnt hatten, und sich auch ständig »Vater« und »Mutter« nannten.
Beim Zeichen von Annas Mutter stand, daß Yang-Pferde stark und schnell seien, große Ausdauer hätten *(die war auch bitter nötig, sonst hätte sie all die Arbeit für dich nicht erledigen können)* und überall gern gesehen und beliebt seien. Anna dachte an Mas lautes Lachen, das manchmal so verzweifelt klang, daß es weh tat, und sagte: »Laß uns doch mal sehen, was da über dich steht. Aha – du bist

Yin – also intuitiv. Und du brauchst viel Ruhe, damit du dich nicht vollkommen verausgabst.«

»*Das* stimmt«, sagte die Alte mit einem Nachdruck, der Anna nicht gerechtfertigt schien – schließlich ging die Alte niemals weiter fort als bis auf ihre Veranda, und wegen ihrer Hüftverletzung hatten ihre Füße bestimmt seit mindestens fünf oder mehr Jahren keinen Beton mehr betreten. Vielleicht konnte man sich aber auch durch exzessive Faulheit verausgaben. Anna hatte die Alte noch nie so richtig ergründen können, und jetzt war bestimmt kein günstiger Zeitpunkt, um damit anzufangen.

»Und du solltest Menschen meiden, die im Jahr des Hundes und des Schafs –«

»*Deshalb* bin ich nie mit meiner Mutter ausgekommen – sie war ein Hund. Hunde sind Nörgler.«

Anna überflog einen Absatz, in dem stand, daß Hunde Yin-Menschen seien – wachsam, auf der Hut, selbstlos, und daß sie mehr geben als nehmen und »manchmal an anderen herumnörgeln« würden, »um sie zu notwendigen Schritten zu veranlassen«.

»Willst du mal sehen, wie ich mir das ausgerechnet habe?« Die Alte schob Anna ein Stück Papier zu, auf dem lange Reihen von Zahlen standen. Da das Diagramm auf dem Zeitungsblatt nur bis ins Jahr 1900 zurückging, hatte die Alte bis zum Jahr der Ratte 1886 zurückrechnen müssen, bevor sie den Rest des Zwölfjahreszyklus in die 1850er Jahre übertragen konnte.

Während sie so die fein säuberlich aufgeschriebenen Zahlenkolonnen betrachtete, dachte Anna: *Das Geld in den Umschlägen, mit denen Ma für dich deine Rechnungen zahlen mußte, konntest du nie richtig abzählen, aber bei so einer völlig unbedeutenden Geschichte verrechnest du dich nicht. Das darf doch nicht wahr sein!*

»*Daddy* wurde im Jahr der *Schlange* geboren. In der Zeitung steht, daß er *Glück* hätte haben müssen, aber das war bei ihm ja wohl nicht der Fall.«
Anna fiel auf, wie schnell die Alte den Rest der Beschreibung für die im Jahr der Schlange Geborenen herunterleierte – Yang, stark, maskulin, verräterisch, machen ihren Profit aus den Verlusten anderer, entweder schleimig oder lernfähig – und entschlossen. *Also, dein Daddy war bestimmt lernfähig – zumindest hat er schnell gelernt, wie man mit einer Axt umgeht. Zu dumm, daß er sich dabei die Füße blutig gemacht und nicht rechtzeitig gelernt hat, daß man mit solchen Füßen nicht auf dem Pflaster geht. Wäre er auf dem Gras gelaufen, hätte vielleicht niemand die Flecken gesehen.*
»Hier steht, daß er einen *Affen* hätte heiraten sollen, aber ich glaube nicht, daß das besonders nett *geklungen* hätte.«
»Was denn?« Anna wußte genau, was jetzt kommen würde, aber die Alte reagierte empfindlich, wenn man ihr ihre Witze verdarb.
»Wenn er eine junge Dame gefragt hätte, ob sie ein *Affe* ist.«
Anna kicherte pflichtschuldigst, bevor sie fragte: »Für wie viele Leute hast du denn das alles berechnet? Diese Listen gehen ja ganz schön weit zurück.«
»Nur für die *allernächste* Verwandtschaft. Meine *Tanten* sind mir piepegal.« (Die Alte sprach das Wort »Tanten« so aus, wie es Anna vom Fernsehen nur bei Leuten aus den Südstaaten kannte, mit langgezogenem »a«, das war auch so eine von ihren snobistischen Allüren, die Anna so haßte.) »Aber für das Geburtsjahr meiner Großmutter mußte ich weit, *weit* zurückgehen. Aber, ob du's glaubst oder nicht, ihr Geburtsjahr ist das beste von allen.«
Es war das Jahr des Drachen. In dem Anzeigenblättchen stand, daß Drachen Yang-Zeichen mit »zunehmender

Kraft« seien, die gewinnen könnten, wenn sie sich Veränderungen anpaßten, und die Fähigkeit hätten, ihre Persönlichkeit je nach gegebener Situation zu verändern. Aber es wurde auch gewarnt – die chamäleonartige Persönlichkeit der Drachen habe den Hang dazu, sich eher zu verschlimmern als zu verbessern; Drachen haßten es, herumgeschubst zu werden, und könnten von einer Sekunde auf die andere gewalttätig werden. Dem 1975 gedruckten Artikel zufolge würde das Jahr 1976 eines der »aggressiven Erfolge« für die im Jahr des Drachen Geborenen werden, was Anna schon in sich unschlüssig vorkam. Jedenfalls hätte diese Voraussage für ihre verstorbene Ururgroßmutter wohl kaum eine Bedeutung gehabt – die alte Frau hatte bereits 1931 den Löffel abgegeben, und schon *damals* war sie bereits in den Siebzigern gewesen. Selbst bei optimistischer Schätzung hätte sie höchstens bis Anfang 1960 oder so leben können.

»Na, siehst du, am *Schluß* steht's: Du und *Großmutter*, ihr wäret gut miteinander ausgekommen.«

»O ja«, sagte Anna und las laut vor: »›Sie finden ihre Erfüllung mit den im Jahr des Hahns Geborenen.‹« Anna konnte es sich direkt vorstellen, wie eine hundertzweijährige Frau ihre Erfüllung mit einem neugeborenen Baby fand. Sie seufzte laut, um nicht lachen zu müssen, und sagte: »Wie ich sehe, hast du dir damit ja eine Menge Arbeit gemacht, aber was für einen Sinn hat das alles? Ich meine, man kann doch nicht alles darauf aufbauen, in welchem Jahr seine Eltern geboren wurden, oder die Person, in die man sich verliebt –« Anna bemerkte, daß die Alte keine Berechnungen für den »unbekannten Vater« auf Mas Geburtsurkunde angestellt hatte, und dachte bei sich: *Du hast ihn wohl nicht nach seinem Geburtsjahr gefragt, oder war es dir einfach egal?* »– also was soll's? Es ist

wie unsere Sternzeichen – wenn man erst einmal die Aszendenten, alle zwölf Häuser und dieses oder jenes berechnet, dann läuft es doch immer darauf hinaus, daß jeder irgend etwas von allen zwölf Sternzeichen in sich hat. Gut, es macht *Spaß*, sich das alles auszurechnen, und sogar ich lese mein Horoskop, wenn ich eine aktuelle Zeitung in die Hände bekomme, aber – ich weiß nicht. Die Leute sind doch zu unterschiedlich, als daß man sie auf ein Jahres- oder Monatszeichen festnageln könnte.«
»Aber die *Asiaten* halten große Stücke darauf. Und sie sind uns wirtschaftlich *weit* voraus. Wollen wir wetten, daß *die* auch hinter diesem schwarzen *Montag* stecken?« Anna spürte, daß die Alte wieder einmal kurz vor einer ihrer idiotischen Abschweifungen stand, welche normalerweise für Anna Stunden voller fruchtloser Diskussionen bedeuteten, deshalb stand sie auf und sagte: »Es tut mir leid, daß ich schon gehen muß, aber ich muß wieder –« Die Alte haßte das Wort »Müllwühlen«, also sagte sie statt dessen: »*weitersuchen*. Wenn ich zum Einkaufen gehe, nehme ich einen Einkaufswagen mit und hole mir meine Sachen hier wieder ab. Ach, hast du mir schon einen Einkaufszettel für den Supermarkt geschrieben?«
»*Was* für einen Zettel?«
Anna spürte, wie die Wut in ihr hochkochte; die Alte hatte überhaupt keinen Sinn dafür, was wichtig war. Laut Mas Erzählungen hatte sie diesen Zirkus jedes Wochenende abgezogen. Jeden Freitagabend hatte Ma die Alte gebeten, sich im »Ewerton Shopper«, dem Anzeigenblättchen, das jeden Dienstag erschien, die Sonderangebote durchzusehen und ihr eine Einkaufsliste zusammenzustellen, aber am Samstagmorgen danach sagte die Alte jedesmal: »Was für eine *Liste*?«
»Brauchst du irgend etwas? Hast du vielleicht im Shopper

ein Sonderangebot gesehen?« fragte Anna mit gezwungener Freundlichkeit, während es innerlich in ihr brodelte.
»Ich *glaube* nicht.«
Es war genau so, wie Ma es Anna erzählt hatte. Zuerst hatte die Alte immer behauptet, sie brauche nichts; sobald Ma aber vom Einkaufen zurückgekommen war, hatte sie gewinselt: »Ich hab' gerade dieses *Sonderangebot* gesehen ...«
»Nun gut, okay. Aber wenn ich vom Einkaufen zurück bin, dann gehe ich *nicht* noch mal hin«, warnte Anna, aber sie wußte, daß sie schließlich doch wieder zu dem Laden gehen würde, wenn der Alten noch etwas einfallen sollte, was sie brauchte. Anna konnte sich nicht daran erinnern, daß die Alte jemals etwas anderes als hilflos gewesen wäre. Als Anna klein war, war die Alte erst in den Vierzigern gewesen, den *frühen* Vierzigern noch dazu, aber sie war ihr trotzdem schrecklich alt vorgekommen, wie eine echte Großmutter, die nicht in relativ jungen Jahren ein Kind gehabt hatte, und deren Kind wiederum nicht schon als Teenager selber Mutter geworden war. Sogar als die Alte wirklich gearbeitet hatte, war sie hilflos gewesen. Sie hatte nicht einmal die knappe halbe Meile bis zur Arbeit zu Fuß gehen können, sondern hatte sich jeden Tag mitnehmen lassen und schließlich sogar dafür bezahlen müssen, weil sie ihren Kollegen gegenüber immer so unfreundlich gewesen war. Und Hausarbeit hatte sie noch nie gemacht.
Ma hatte behauptet, daß sie bereits als Vierjährige für die Alte tropfnasse Kleidungsstücke hatte auswringen müssen und daß sie, seit sie zwölf war, ihr jedes Jahr die Einkommensteuererklärung gemacht hatte. Angeblich hatte die Pflege von Tante Joan so gut wie die ganze Zeit der Alten in Anspruch genommen, aber eine Gemeindeschwester

hatte sich ziemlich häufig um Tante Joan (staubtrockene Haut, verwelkter Körper, Haare wie überfrorene Spinnweben und ein Mund, aus dem faulig riechender Speichel troff) gekümmert, die eigentlich gar nicht *so* viele Probleme gemacht hatte.

Ma hatte später behauptet, daß Annas Großmutter schon alt ausgesehen hätte, als sie *selbst* ein Kind war, und da war die Alte in Wirklichkeit erst in den Zwanzigern gewesen. »Sie *mochte* es so«, hatte Ma erzählt, »sie hat es *genossen*, alt und kränklich zu wirken – wie eine Großmutter in einem verdammten Schaukelstuhl. Sie zog sich auch immer so ältlich an – im Winter trug sie ein Unterhemd, das schon *ihre* Großmutter getragen hatte. Sie hat sich das Ding bloß ein wenig gekürzt. Und es *stank* wie ein nasser Hund!«

»– ich mach' schon mal einen Kaffee, dann hast du welchen, wenn du zurückkommst«, sagte die Alte und stand auf, um die Kaffeekanne zu holen. Anna seufzte; die Alte wußte anscheinend noch immer nicht, daß sie Tee trank. Aber die halbe Nacht aufbleiben und dämliche Sternzeichen für ein paar längst verstorbene Leute heraussuchen, *das* konnte sie. Während die Alte Wasser in die gläserne Kaffeekanne laufen ließ, bemerkte Anna, daß sie am Unterarm eine Schramme hatte, als ob sie sich an einem scharfen Gegenstand gekratzt hätte. Aber die Wunde sah nicht tief oder entzündet aus, deshalb dachte Anna lediglich: *Glaub bloß nicht, daß ich jetzt Klein-Lucy nach ihrem Aua frage. Diesmal funktioniert das nicht. Such dir dein Mitleid woanders.*

Als Anna ihre jetzt wieder leeren Taschen nahm und zur Haustür ging, plapperte die Alte noch immer vor sich hin, wie wunderbar Anna und Gramma miteinander ausgekommen wären, und noch bevor Anna das vollgestopfte, rauchig-modrig riechende Haus für ein paar Stunden verlassen konnte, flötete die Alte: »Gib mir das Signal, wenn du zu Hause bist!«

Anna blieb in der halb geöffneten Tür stehen und entgegnete: »Ich komme doch in ein paar Stunden wieder hierher.«

»Aber ich mache mir *Sorgen*«, lautete die weinerliche Antwort. Anna rief zurück: »Na schön, von mir aus!«, warf die Tür hinter sich zu und trat wieder hinaus auf den frostüberzogenen Gehsteig.

Und während sie auf ihrem Weg zurück in die Stadt durch kleine Seitengassen huschte und bei Rot über die großen Straßen ging, dachte Anna: *Als nächstes muß ich sie wohl jedesmal anrufen, wenn ich aufs Klo muß. Es ist, als wolle sie mein Leben leben und alles wissen, was ich tue.*

Und obwohl sie es noch nicht wußte, hatte Anna einerseits recht – und andererseits vollkommen unrecht.

2

Lucy (III)

Ihre Hände waren vor Wut zu Krallen gekrümmt, als Lucy jetzt rasch alle Blätter auf dem Küchentisch zerknüllte – bis auf das brüchige Zeitungsblatt mit dem Horoskop selbst. Zerknittertes Papier fiel wie knisternde Schneebälle hinunter auf den Boden aus rotgrau kariertem Linoleum.

Das Mädchen wollte einfach nicht verstehen – wollte nicht *mitmachen* –, und wenn sie nicht einmal mit Dingen, die ein klein *bißchen* außerhalb der Norm waren, etwas zu tun haben wollte, wie sollte sie dann die *Tatsachen* in all ihrer wundervollen Merkwürdigkeit akzeptieren? So wie

Lucy sie selbst einmal akzeptiert hatte – ohne Zögern und Zurückhaltung.

Sie ist schon zu alt dafür – flüsterte eine Stimme wie die ihrer Gramma in Lucys Kopf. *Ich hätte es intensiver versuchen sollen, als Anna noch klein war. Ich bin zu schnell vorgegangen, und das hat sie verschreckt. Gramma hatte ihren Nachtrock, und der hat alles für sie viel leichter gemacht. Ich konnte es nach und nach verstehen – mußte nicht alles auf einmal begreifen, so wie ich es von der kleinen Anna verlangt habe. Sie war einfach noch nicht reif dafür gewesen – und Tina war dabei auch nicht gerade eine Hilfe. Sie hat mich immer von Anna ferngehalten, hat das Kind in* ihrem *Zimmer untergebracht, zwischen all den Märchenbüchern und Spielsachen. Tina war schlichtweg eifersüchtig, sie war genau wie Mutter – oh, nicht dasselbe Jahreszeichen oder dasselbe Sternzeichen, aber die beiden haben trotzdem viel gemeinsam. Beide konnten sie nicht begreifen, daß Großmütter und Enkelinnen* zusammengehören. *Es ist so* natürlich *– ein perfekter* Kreislauf, *Großmutter – Enkelin – Großmutter. Da ist kein Raum für* Mütter.

Wenn nur gestern nacht alles *geklappt* hätte, wenn die kleine Anna nur das Signal früher gegeben hätte, dann hätte Lucy vielleicht das, was sie sich vorgenommen hatte, auch tun können. Aber so hatte sie den ganzen Abend vergeblich Ausschau gehalten und herumgesucht. Und fast wäre sie auch noch dabei erwischt worden, also hatte sie sich ganz schnell wieder *verwandeln* müssen, aber sie hatte keine Zeit gehabt, *nachzudenken,* und so hatte das *Ding* für sie gedacht und sich in einen weißen Hund verwandelt, in denselben Hund, der diese zwei *Yahoos* erschreckt hatte, und Zeit und Ort waren für diese Verwandlung denkbar ungünstig gewesen. Sie war gesehen und fast erwischt worden – und das alles für nichts und wieder nichts. Die ganze Nacht war sie herumgelaufen und hatte versucht, sich den

Ärger aus der Seele zu rennen, der immer noch nicht ganz verflogen gewesen war, als sie durch den Kamin hereingeflattert war und sich dabei Arme, Beine und Seiten blutig aufgekratzt hatte. Und dann hatte die kleine Anna gefragt, ob Lucy irgendwelche *Haustiere* habe! Lucy war froh, daß sie, als die kleine Anna das gesagt hatte, gerade *hinter* ihr hergegangen war.

Lucy schlurfte über die zusammengeknüllten Blätter und rutschte dabei ein wenig auf dem überall herumliegenden, mit blauer Schrift bedeckten Papier herum. Und als sie schließlich in ihr Zimmer zockelte, sagte sie sich:

Wenn ich alles erst einmal in Ordnung gebracht habe, wird die kleine Anna mich verstehen, und dann wird sie auch bereit sein, sich zu uns zu gesellen, wie sie es bereits hätte tun sollen, als sie noch klein war – als es für sie noch ein Abenteuer gewesen wäre. Wieviel hätten wir zusammen unternehmen, wieviel Spaß hätten wir miteinander haben können! Aber so, wie meine Mutter mir fast alles verdorben hätte, hat es auch Tina mit der kleinen Anna gemacht. Nun ja, ich bin sie beide losgeworden, oder etwa nicht? Bei Mutter war es eine schmutzige Angelegenheit, und so mußten Tante Joan und Tante Bella kommen – was mir fast *schon wieder den ganzen Spaß verdorben hätte, aber ich habe sie ganz schön an der Nase herumgeführt, nicht wahr, Gramma?*

Tina loszuwerden, war sogar noch leichter. Es hat zwar länger gedauert, aber jetzt steht niemand mehr zwischen mir und der kleinen Anna, also muß *sie Gramma jetzt gern haben. Ihr Jahreszeichen* beweist *es ja, auch wenn die kleine Anna noch nicht viel drauf gibt. Aber wenn die kommende Nacht vorbei ist, wird sie es.*

Lucy lächelte, bis ihre dicken, purpurfarbenen Lippen sich wie zwei vollgesogene Blutegel von den von hinten angefaulten Zähnen lösten, und flüsterte: »Du wirst schon sehen, kleine Anna. Du und Gramma, ihr werdet euch *wirklich* mögen – so steht es in eurem Horoskop.«

3

Beim Einkaufen und später

»– und ich sage zu ihr: ›Was meinst du eigentlich, was du vor dir siehst, Mädel?‹, aber die Kellnerin sagt nichts mehr, macht bloß so ein leises, glucksendes Geräusch, tief in ihrem Hals, etwa so –« Wayne Mesabi hörte auf zu erzählen und demonstrierte einem der IGA-Regalbeschicker, was für ein würgendes Geräusch die Kellnerin im »Four Way Café« von sich gegeben hatte, während Anna so tat, als interessiere sie sich brennend für das Regal voller Kinder-Müsli und Frühstücksflocken vor ihr. Als Mesabi sein Gespräch mit dem Supermarkt-Angestellten angefangen hatte, war Anna mit dem Rücken zu dem Kartoffelchips-Vertreter und nebenberuflichen Krankenwagenfahrer gestanden, und nachdem er kaum mehr als ein Dutzend Worte gesagt hatte, hatte Anna es nicht mehr gewagt, sich zu bewegen.

»– und dann sagt Scooter zu mir: ›Die hat bestimmt nicht gesehen, daß wir mit dem Krankenwagen da sind‹, was gut möglich war, denn ich hatte hinter dem Café geparkt, nun gut, jedenfalls krieg ich immer noch nicht mit, was los ist, bis ich sehe, daß einer der Gäste an der Bar ganz grün im Gesicht wird, und dann schaue ich an mir runter und sehe das ganze Blut auf meinen Kleidern –«

»Hat es noch getropft?« fragte der Angestellte; der ehrfürchtige Ton in seiner Stimme ließ Anna zusammenzucken.

»Nein, aber ich war ganz schön verschmiert davon. Scooter hatte lauter kleine Schnitte in seinem Hemd und seinen Jeans, weil er durch das Rückfenster in den Kombi gekrabbelt war – meine Güte, Sie hätten den Fahrer sehen müssen! Seine Füße waren um beide Schultern geschlungen und seine Beine sahen aus wie zu weich gekochte Nudeln«, fuhr Mesabi fort und leckte sich dabei hörbar die Lippen, während der Supermarktangestellte einen beeindruckten Pfiff losließ und fragte: »Und die in dem Pick-up-Truck, wie sahen die aus?«

»Die hätte man mit einem Strohhalm aus dem Auto saugen können. Als wir endlich die Türen aufgeschnitten hatten, fielen uns schon die ersten Stücke von ihnen entgegen. Es war genauso wie in Vietnam – hier ein Stück, dort ein Stück –«

Übelkeit stieg in Anna hoch, während sie sich so unauffällig wie möglich den Gang entlang fortzustehlen versuchte. Sie wollte nichts anderes als weg von diesem Mesabi und seiner blutigen Anekdote, aber zwei ältere Damen, die jede einen Einkaufswagen schoben, kamen gerade um die Ecke und versperrten ihr den Weg.

»– ihre Kleidung war das einzige, was manche der Stücke noch zusammenhielt. Die Leichen ließen sich kaum abtransportieren – das Ganze war in etwa so, als würde man versuchen, ein geviertelten Brathähnchen in einem Papiertaschentuch hochzuheben. Als eine ihrer Jacken zerriß, wurde ich über und über mit Blut bespritzt. Aber das Komische dabei war, daß es mir überhaupt nicht auffiel, bis ich in dem Café vor der Bar stand. Und sogar erst, als ich dort drin war, hab' ich es gerochen, vorher nicht. Es roch wie Eisen, geschmolzenes Eisen, und es stach mir richtig in der Nase-«

»Hat man Sie denn rausgeworfen?« fragte der Angestellte, und Anna fand sich eingesperrt zwischen Frühstücksflocken mit Marshmallows und den sich unendlich langsam vorwärts bewegenden Einkaufswagen der alten Frauen.

»Quatsch – haben Sie schon jemals erlebt, daß Flossie einen Gast wieder weggeschickt hätte, außer wenn er barfuß war oder kein Hemd anhatte? Nirgends steht dort angeschlagen, daß man keine blutigen Hemden tragen darf –«
»Vermutlich nicht ... aber was war denn mit den anderen Gästen?«
»Manche sind gegangen, und andere sind neu hereingekommen. Als wir erst einmal an der Bar standen, war es ja nicht mehr ganz so schlimm. Unsere Rücken waren noch relativ sauber. Ich hätte bloß gewünscht, daß Scooter sich seine Hände gewaschen hätte, bevor er dieses Sandwich aß, aber ihm schien es nichts auszumachen. Mir wurde allerdings dann doch ein bißchen übel, als er sich die Mayonaise von den Fingern schleckte. Denn die hatte einen deutlichen Stich ins Rosafarbene –«
»Wow!« Der ehrfürchtige Ton des Angestellten war einfach zu viel für Anna. Ohne sich zu entschuldigen, drängte sie sich an den alten Frauen vorbei aus dem Gang und ging hastig zur Konservenabteilung, wobei sie versuchte, das, was sie eben gehört hatte, aus ihrem Gedächtnis zu verbannen. *Diese Yahoos* wissen *es einfach nicht besser ...*, sagte sie sich ständig, selbst dann noch, als sich eine andere innere Stimme leise bemerkbar machte, die sagte, daß es – teilweise zumindest – auch ihre Schuld war, daß es zu dem gekommen war, was Mesabi eben so makaber zum besten gegeben hatte.
Das Schlimmste an dieser Erzählung war für Anna gewesen, daß Wayne die Opfer nicht einmal namentlich erwähnt hatte, als wären sie für ihn nichts weiter als bloßes Fleisch gewesen, nichtmenschliches, namenloses, frisch geschlachtetes *Fleisch.*
Anna war es im tiefsten Inneren übel, und sie sagte sich: *Zeig ihnen nicht, wie nahe dir das alles geht. Sie verstehen es*

nicht – sie können es gar nicht verstehen. Denk einfach nicht mehr dran ... kümmer dich nicht drum, laß dich nicht verletzen. Mach einfach ... weiter. Mach weiter, und denk *nicht so viel.*

Anna legte gerade eine verbeulte, preisreduzierte Dose Campbell Nudelsuppe in ihren Einkaufswagen, als sie hinter sich eine nasale Stimme sagen hörte: »Aber Anna, zahlen wir Ihnen denn wirklich so wenig?«

Es war Bib Stanley. Anna legte die Dose trotzdem in den Wagen und antwortete: »Und wie soll ich sonst was auf die hohe Kante legen?«

»Ich habe bloß Spaß gemacht«, beeilte sich Bib zu sagen und ging mit einer Plastikflasche voll Milch unter dem Arm und einer Schachtel Kekse in der Hand neben Anna her.

»Tut mir leid«, sagte Anna, während ihr Einkaufswagen an der Tiefkühltheke an der westlichen Wand des Gebäudes vorbeiratterte. »Ich habe noch nie einen Spaß verstanden. Bei uns in der Familie gab es so was nicht, höchstens mal einen wirklich üblen Scherz.«

»Zum Beispiel?« fragte Bib in beiläufigem Ton, aber Anna wußte, daß Bib Ma gekannt hatte und daß er etwas herausbekommen wollte.

Anna steuerte ihren Wagen an den Frauen vorbei, die dichtgedrängt an der Erfrischungs- und Snackbar standen (sie brauchte ein paar Papierwaren, die am anderen Ende des Supermarkts waren), und nahm den langen Weg, an der Wursttheke vorbei, während sie sagte: »Ach, derbe Sachen. Einmal fand meine Großmutter zum Beispiel eine kleine Schraube auf der Straße, gab sie mir und sagte, ich solle sie meiner Mutter geben und sagen, das wäre die Schraube, die bei ihr locker sei. Aber irgendwie brachte ich es nicht richtig heraus, und Großmutter wurde schließlich sauer auf mich. Ich wußte nicht, was der

Scherz bedeutete, bevor ich in die Junior-Highschool kam, aber dann fand ich ihn auch nicht mehr lustig. Aber meine Großmutter dachte, er wär's.«

»Ich bin mit Tina auf die Schule gegangen. Sie hätte es vermutlich lustig gefunden. Ihre Ma hat immer viel gelacht, schon damals. Wußte immer einen Witz oder irgendwas Albernes. Vielleicht hat sie das von ihrem Vater.«

»Wer immer er gewesen sein mochte«, ergänzte Anna ohne erkennbaren Groll, woraufhin Bib schnell sagte: »Nein, nein, so hab ich's nicht gemeint. Es ist bloß – Sie wissen ja, wie grausam Kinder sein können.«

»Und die Lehrer auch.«

»Aber Ihre Mutter hat ihnen einen Strich durch die Rechnung gemacht, indem sie Witze über sich selber riß, so daß es keinen Spaß mehr machte, sie aufzuziehen. Wie geht es Ihrer Ma? Ist sie okay?«

»Hmm, ja, ich glaube schon. Sie kann es sich nicht leisten, oft anzurufen. Aber ich habe auch keine schlechte Nachricht von ihr bekommen, das ist doch auch schon etwas.« Anna bog ab und nahm ihre Papiertaschentücher aus dem Regal, nachdem sie sich noch einmal vergewissert hatte, daß sie den Gutschein dafür in der Geldbörse hatte.

Sie war sich gar nicht bewußt, daß sie sich merkwürdig verhalten hatte, bis Bib fragte: »Machen Sie das immer so?«

»Was denn?« Kalte Furcht kroch auf einmal durch Annas Adern. Was hatte sie falsch gemacht, das ihrem Boß nicht paßte?

»Das hier.« Bib kam näher, ging an Anna vorbei und zog dabei seinen Ellenbogen übertrieben nahe an seinen Brustkasten, während er seinen ganzen Körper von ihr wegbog. »Das haben Sie gemacht, als Sie vorhin beim

Abbiegen fast meinen Arm gestreift hätten. Das gleiche machen Sie bei der Arbeit jedesmal, wenn im Gang jemand an Ihnen vorbeigeht. Ich habe mich bloß gefragt, warum –«

Peinlich berührt murmelte Anna: »Ich muß meine Einkäufe erledigen. Meine Großmutter wartet auf mich« und versuchte, sich von Bib zu lösen, aber der packte den Griff ihres Wagens und sagte sanft, aber bestimmt: »Hey, ich möchte Sie nicht maßregeln oder irgendwas in der Richtung. Ich frage mich bloß, ob es einen Grund dafür gibt, daß Sie es mit allen Mitteln vermeiden, jemanden zu berühren. Mein Gott, manchmal geht es eben nicht anders. Das macht niemandem etwas aus; was die Leute aber nicht mögen ist, wenn eine aussieht, als müsse sie sterben, wenn sie jemanden berührt.«

Anna nahm einen Augenblick lang ihre Unterlippe in den Mund und biß mit den Vorderzähnen darauf herum. Während sie in Bibs milde Augen starrte, spürte sie, wie sich ihre eigenen mit Tränen zu füllen begannen. Irgendwie brachte sie es schließlich fertig, beherrscht und ohne zu weinen oder die Stimme zu erheben, zu sagen: »Ich mache das, weil ich als Kind immer eine Ohrfeige bekommen habe, wenn ich es nicht tat. Wenn ich damals Ma oder meine Großmutter streifte, wurde ich beschuldigt, sie absichtlich, aus purer Bosheit, geschubst zu haben. Aber sie selbst konnten jederzeit, wann immer sie wollten, in mich hineinrumpeln, das war in Ordnung.

Wissen Sie, als ich klein war, gaben mir Ma und meine Großmutter zu Weihnachten oder zu meinem Geburtstag jede ein Karte, und die Alte fragte mich immer, welche der beiden Karten mir besser gefiele. Darauf konnte ich antworten, was ich wollte, eine der beiden war immer sauer auf mich. Es ging immer darum, wen die kleine

Anna lieber mochte. Die Alte benahm sich wie ein kleines Mädchen auf dem Schulhof, das um die Gunst des Lehrers buhlte.
Und als ihr schließlich klar wurde, daß sie für mich nicht mehr die weise, allwissende Großmutter war, die sie hätte sein wollen, sondern eine unwissende alte Schachtel, haßte sie mich, so wie Ma mich haßte, weil ich nicht so war wie sie. Haben Sie schon mal was von einer ausweglosen Situation gehört, Bib? Da gibt es zwar Regeln, aber die verändern sich während des Spiels, und ganz gleich, welche im Moment gerade gelten, sie sind immer gegen einen.«
Anna riß den Einkaufswagen aus Bibs Hand, drehte ihn und fuhr zurück, denn sie wollte nicht an den Frauen vorbei, die am anderen Ende des Ganges standen.
Erst als sie schon an der Wurst- und Käsetheke war, bemerkte Anna, daß Bib hinter ihr herging. Er holte sie ein und sagte: »Das wußte ich nicht. Warum haben Sie nicht mit jemandem darüber gesprochen? Warum sind Sie nicht von zu Hause ausgezogen, als sie aufs College gingen? Tina wäre schon allein mit der alten Dame fertiggeworden.«
»Das möchte ich bezweifeln. Sie hatte nicht das Geld, um die Anzahlung für ein anderes Haus zu leisten. Aber ich hatte es.«
»Also um es einmal ganz deutlich zu sagen, Anna, Sie schuldeten weder Ihrer Mutter noch Ihrer Großmutter etwas, nicht nach dem, was die beiden Ihnen angetan haben. Und dann diese Stadt hier – ich meine das jetzt nicht böse, aber Sie gehören einfach nicht hierher. Sie sind zu intelligent – mein Gott, Sie haben einen Collegeabschluß. Wie viele Leute gibt es hier wohl, die auch einen haben und die Art von Jobs verrichten, die Sie –«

»Ich hatte so unglaublich viele Angebote, daß ich mich nicht entscheiden konnte –«

»Gut, es tut mir leid, okay?« sagte Bib und blieb hinter Anna stehen, die nachdachte, sich umdrehte, Bib ansah und, ohne sich um die beiden weißbekittelten Arbeiter zu scheren, die Styroporschalen mit Lamm- und Schweinekoteletts aus Rollcontainern in die Fleischtheke packten, sagte: »Nein, es ist nicht okay. Ich kann nicht glauben, daß es niemandem aufgefallen sein sollte, daß in meiner Familie etwas faul war. Alle Leute redeten immer nur von etwas, das lange vor meiner und sogar vor Mas Geburt geschehen war. Niemand kümmerte sich drum, wie ich in dieser Familie behandelt wurde. Und als die Alte in meiner Jugend in fremde Gärten machte, hat auch niemand wirklich etwas dagegen unternommen, alle haben bloß Ma und mich deswegen geschnitten. Ich möchte wetten, daß man sie nicht einmal bei der Polizei angezeigt hat, stimmt's?«

»Ich war damals noch nicht dabei, aber ich kann mich auch nicht erinnern –«

»Sie können sich das Nachsehen sparen, denn Sie würden keine diesbezügliche Anzeige finden. Die Nachbarn haben uns zur Strafe einfach geächtet. Aber das hat der Alten nicht das geringste ausgemacht – sie lebt ja bereits seit Urzeiten in ihrer eigenen Welt.«

»Nun, Anna, Sie wissen aber auch, daß Ihre Großmutter eine Menge durchmachen mußte«, begann Bib im selben, leisen Ton wie Anna, aber sie fiel ihm ins Wort: »Ach, sie war nicht das erste Kind, das etwas Schreckliches gesehen hat, und sie wird auch nicht das letzte sein. Was ist denn mit diesen Boatpeople, he? Die, um die sich die Lutherische Kirche hier kümmert? Wir hatten mal ein paar von ihnen bei einem politikwissenschaftlichen Seminar auf dem College. Sie haben jeden Tag Dinge gesehen, die viel schlimmer waren als das, was mein Urgroßvater mit seiner Schwiegermutter und seiner Frau gemacht hat. Und diese Leute sind in Ordnung – meine Güte, ihre Kinder gewinnen die verdammten nationalen Lesewettbewerbe! Und es gibt noch andere Beispiele ... auch in diesem Land. Sie haben alle noch viel Schlimmeres gesehen als meine Großmutter – wenn sie in der fraglichen Nacht *überhaupt* etwas gesehen hat. Nach allem, was man weiß, hätte sie auch schlafen können, als ihr Vater Amok lief. Sie wissen doch, was er gesagt haben soll, als sie ihn fortbrachten: ›Gebt mir auf meine Lucy acht.‹ Vielleicht ist sie wirklich nicht dabeigewesen, als es passierte.«

»Also, da habe ich als Junge etwas anderes gehört. Lenny Wilkes' Großvater August hat immer behauptet, daß sie –«

Anna seufzte und sagte: »Selbst wenn sie dabei war, bezweifle ich, daß es sie so sehr berührt hat. Sie müßten mal hören, wie sie über ihren Daddy redet. Nach allem, was er getan hat, ob sie es nun gesehen hat oder nicht, vergöttert sie ihn immer noch. Jedes normale Kind hätte ihn dafür gehaßt, daß er die geliebte Großmutter zerstückelt hat, auch wenn die alte Schachtel bereits tot gewesen *war*, als er das getan hat. Ich kann mir bis heute nicht vorstellen, warum sie ihm so umfassend vergeben hat, noch dazu, wo niemand weiß, was er mit dem Rest der alten Frau angestellt hat.

Nein, Bib, die Alte ist zwar verrückt, aber nicht aufgrund dessen, was sie damals neunzehnhunderteinunddreißig gesehen hat. Sie hat sich auch nie so benommen, als leide sie unter einem Kindheitstrauma. Ich glaube, daß sie immer schon verrückt war, was bloß keinem auffiel, weil diese schreckliche Sache in ihrer Familie passiert ist.

Damit haben die Leute vieles entschuldigt, was sie nicht hätten entschuldigen dürfen – sie haben die Alte alles tun lassen, und Ma und mich haben sie dafür verspottet. Oder es zumindest versucht, wenn das, was Sie über Ma gesagt haben, stimmt. Wenn sie mit mir als Kind irgendwo hinging, hörte ich immer die Rowdys, die ihr nachriefen: ›Wo ist denn Gramma?‹, aber es schien ihr nie etwas auszumachen. Sie hatte bloß so ein Lächeln auf den Lippen, als würden die Worte an ihr abprallen. Mir jedenfalls haben solche Fragen etwas ausgemacht, und Ma haben sie irgendwie auch berührt, da können Sie sagen, was Sie wollen, aber die Alte hat ihr ganzes Leben im Wolkenkuckucksheim verbracht, in dem es nur sie und ihre Großmutter gab. Sie hat versucht, mich auch mit hineinzuziehen, aber ich habe nicht angebissen.«

»Anna.« Bib wartete, bis sie sich ein wenig beruhigt hatte, dann trat er auf sie zu und sagte, während sie sich wieder in Bewegung setzte, um den versteckten, aber neugierigen Blicken der beiden Metzgergehilfen zu entgehen: »Hören Sie, Sie könnten eine Gemeindeschwester für ihre Großmutter beantragen. Ich kann das für Sie arrangieren, falls Sie Schwierigkeiten haben. Sie sollten wirklich von hier weggehen. Kaufen Sie sich ein Auto, erneuern Sie Ihren Führerschein – ich weiß, daß Sie einmal einen hatten, ich habe mich erkundigt –, packen Sie ihre Sachen, verkaufen Sie das Haus und hau'n Sie ab aus diesem Drecksnest. Ganz ehrlich, was hält Sie denn noch hier?«

Anna ging schweigend ein paar Schritte weiter, bevor sie antwortete: »Es gibt hier zu viele Leute, die ich damit glücklich machen würde.«

»Die können Sie doch alle am A- ... die können Ihnen doch alle egal sein«, sagte Bib. »Oder schulden Sie denen vielleicht etwas? Sicher, ein paar wären wahrscheinlich wirklich froh, wenn Sie fort wären – arme Irre wie Wally Inglass oder ein paar Nachbarn Ihrer Großmutter. Aber das geht doch jedem von uns so – meine Güte, Stu Sawyer würde Freudensprünge machen, wenn ich hier abhauen würde. Der Mann hat was gegen mich, bloß weil ich es schaffe, daß der Stadtrat mit meiner Arbeit zufrieden ist, wohingegen er alle paar Jahre den ganzen Zirkus mit seiner Wiederwahl durchzustehen hat. Wenn der Wahltag näher rückt, kann er nicht einmal ein paar Jungs hopsnehmen, die irgendwo Hasch angebaut haben, aus Angst davor, daß sich deren Familien bis zum letzten über sieben Ecken verwandten Großgroßcousin zusammentun und ihn aus dem Amt wählen könnten. Ganz zu schweigen von wirklich *ernsten* Sachen.

Warum, glauben Sie, ist eigentlich verhältnismäßig wenig mit Alvin Miner geschehen, nachdem er seine Tat begangen hatte? Warum hat man ihn so schnell in ein weit entferntes Irrenhaus geschafft und ihm bis heute noch keinen Prozeß gemacht? Nun, Stus Großvater wollte sich wohl nicht seine Karriere von einem unappetitlichen Prozeß mit jeder Menge schlechter Publicity versauen lassen. Es war ein Glück für ihn, daß er Alvin Miner mit der Axt in der Hand antraf, und –«

»Ich kenne die Geschichte«, unterbrach Anna hastig und fügte hinzu: »Ich muß jetzt wirklich gehen. Meine Großmutter schaut vermutlich schon aus dem Fenster und fragt sich, wo ich so lange bleibe.«

»Bestimmt sie wirklich so total über Ihr Leben?« Milch schwappte in der Flasche herum, als Bib sie unter seinem Arm zurechtrückte.

»Man muß erst einmal ein Leben haben, bevor jemand anders darüber bestimmen kann«, gab Anna zurück und manövrierte ihren Einkaufswagen in eine Kassengasse, wobei sie ihrem neuen Chef den Rücken zudrehte. Bib sagte nichts mehr, aber Anna konnte sich lebhaft vorstellen, was er ihr geraten hätte: *Hau ab und lebe dein eigenes Leben.*

Und als Antwort auf diesen imaginären Vorschlag dachte Anna: *Wie denn? Es ist, als wolle man ein Bild malen, ohne je eine Farbe gesehen zu haben. Wenn einem die Augen ausgekratzt wurden, bevor sie sich noch hatten öffnen können, kann man das nicht.*

»Na so was, Anna Sudek, dich habe ich ja seit einer Ewigkeit nicht mehr gesehen«, sprach Arlene Campbell Anna auf dem IGA-Parkplatz von hinten an, noch bevor Anna die spindeldürre alte Frau bemerkt hatte. Sie verkniff sich die Antwort, die ihr auf der Zunge lag, nämlich: »Erinnern Sie sich denn nicht, Sie haben mir am Montag den Müllcontainer der Bäckerei vor der Nase weggeschnappt«, sondern glich statt dessen ihre Schritte denen der alten Campbell an und erwiderte: »Ich hatte viel zu tun. Ich habe einen neuen Job, und außerdem muß ich mich jetzt um meine Großmutter kümmern. Ich habe eine hektische Woche hinter mir.« *Und wenn du glaubst, daß du von mir etwas über Ma erfährst, dann hast du dich geschnitten, alte Spinatwachtel.*

»Sich um deine Großmutter zu kümmern, ist bestimmt anstrengender als jeder Job«, sagte Mrs. Campbell nachdenklich, während die losen Enden ihres Kopftuchs in der frischen Brise flatterten und ein trockenes, knatterndes Geräusch von sich gaben wie eine Fahne im Wind. So viel mitleidiges Verständnis hatte Anna nicht erwartet.

»Weißt du, ich kannte Lucy schon, als sie noch zur Schule ging. Nimm es mir nicht übel, wenn ich sage, daß sie schon damals mit Vorsicht zu genießen war«, meinte die ältere Frau, und Anna erkannte an ihrer Stimme, daß sie sagen würde, was sie dachte, ob Anna es ihr übelnahm oder nicht. Und nach dem Gespräch, das sie erst vor ein paar Minuten mit Bib geführt hatte, war es Anna so ziemlich egal, was sie zu hören bekam.

»Sind Sie mit meiner Großmutter in dieselbe Klasse gegangen?« Annas Schritte hatten sich verlangsamt, teils wegen des Einkaufswagens, den sie hinter sich herzog, teils weil sie außer Atem war, aber der alten Frau schien es nichts auszumachen, daß sie ihretwegen langsamer gehen mußte. Schließlich war sie mit ihren dunklen Männerjeans, dicken Socken in ihren Turnschuhen und ihrer altgewohnten, abgetragenen Matrosenjacke ausgezeichnet gegen das kalte Wetter gewappnet. Die meisten Frauen in Mrs. Campbells Alter wären wohl lieber tot umgefallen, als daß sie sich, selbst im kältesten Winter, solche Sachen angezogen hätten. Sie froren lieber in ihren ungefütterten Nylonjäckchen und dünnen, flauschigen Pullovern über kalten Polyester-Hosen. Sie trugen lediglich dünne Nylonstrumpfhosen und modisch geschnittene Schuhe mit hohen Absätzen und hatten knallrote Ohren unter ihren wuschelig-lockigen Frisuren.

Als Anna zu Mrs. Campbell hinüberblickte, bewunderte sie sie ein wenig und dachte: *So werde ich in dreißig oder mehr Jahren auch aussehen. Eine verschrumpelte, einsame Frau in mehreren Schichten billiger Männerkleidung ohne sichtbare Kurven, ohne Figur. Dann brauchst du keine Angst mehr zu haben, daß irgendein Kerl über dich herfallen könnte, wenn du dich in der Dunkelheit einmal in eine zwielichtige Gegend wagst. Einer, der sich auf die alte Campbell stürzte, würde sich lediglich blaue Flecken an ihren Rippen und Hüftknochen holen.*

»Meine Großmutter war immer – wie sagt man am besten? – *anders.*«

»*Verrückt* ist das Wort, das du suchst, meine Liebe«, sagte Mrs. Campbell nicht unfreundlich und drückte aufmunternd Annas Arm. Sie blieben an der Dean Avenue kurz stehen, überquerten sie und gingen weiter in Richtung Evans Street.

»Ich kannte Lucy Miner schon als kleines Mädchen – bevor ihre Großmutter starb. Sie war vor dem Tod ihrer Großmutter schon dasselbe – sagen wir mal *süße* kleine Ding.«

Jetzt erst bemerkte Anna die IGA-Tragetasche in Mrs. Campbells Hand, und ihr wurde klar, daß die alte Frau ihre Unterhaltung mit Bib Stanley mit angehört haben mußte. Mrs. Campbells Worte taten Anna gut. Ohne es wirklich offen auszusprechen, ließ sie Anna wissen, daß diese ihr nicht egal war, und daß sie, zumindest auf einer gewissen Ebene, verstand, was Anna alles um die Ohren hatte. Jedenfalls wollte Anna das glauben, jetzt, wo Ma fort war und sie sich an niemanden mehr wenden konnte, außer an ihre Großmutter, aber das war genauso schlimm, als hätte sie gar niemanden gehabt.

Eigentlich stimmt es ja nicht ganz, daß ich gar niemanden habe, aber kann man Katzen in dieser Hinsicht wirklich gelten lassen? Wer würde schon verstehen, daß Bruiser mit mir »redet« und mich tröstet, wenn es mir schlecht geht? Ma wollte mir ja auch nicht glauben, daß er ganz allein das Rouleau aufmachen kann. Sie hatte irgendwie Angst davor – vielleicht, weil ihr klar geworden ist, daß lediglich seine Größe und seine Gestalt ihn von einem Menschen unterscheidet?

»– immer noch hier?« Mrs. Campbell sah Anna erwartungsvoll an, ihre Augen waren feucht vom schneidenden Wind, und ihre leicht knollige Nase war um die Nasenlöcher herum leicht gerötet: »Tut mir leid, ich war in Gedanken gerade ganz woanders. Was haben Sie gefragt?«

»Ich habe gefragt, ob deine Großmutter noch immer hier wohnt. In diesem Haus dort?« Mrs. Campbell deutete mit ihrer in einem Wollfäustling steckenden Hand auf die Ziegelfassade des alten Hauses im Pionier-Stil. Als Anna hinsah, bemerkte sie, wie die Vorhänge im Wohnzimmer blitzschnell wieder zufielen.

»Ja – sie hat es eigentlich nie verlassen. Außer, wenn sie unbedingt mußte. Sogar meine Mutter hat sie dort drin auf die Welt gebracht.«

Mrs. Campbell murmelte etwas, aber der Wind blies es fort; Anna konnte lediglich einen Fetzen davon auffangen: »– pfangen wohl auch, würde ich mal sagen –«, aber das war schon genug für Anna, um den Rest dieses Gedankens nicht hören zu wollen. Dann nahm Mrs. Campbell ihre Tüte wieder auf und sagte: »Du mußt mich mal in meinem Haus besuchen, Anna. Ich wohne in der Polk Street, in einem kleinen Bungalow aus den dreißiger Jahren. Er ist grau mit weißen Türen, und in den Fenstern sind immer Tiere zu sehen. Von deinem Haus ist es gar nicht so weit zu mir. Schlimme Geschichte übrigens, das mit diesen jungen Leuten.«

»Bitte?«

»Bruder und Schwester – die in dem Pick-up gestorben sind. Sie waren doch deine Nachbarn. Mein Don kannte den Jungen, Elmo. Er hat den kleinen Bastard gehaßt. Jedesmal, wenn dieser Bursche im Sommer beim Nachmalen der gelben Streifen half, kam Don heim und sagte: ›Ich hasse diesen kleinen Bauerntölpel!‹ Einfach so. Ohne nähere Erklärung oder irgendwas. Als würde er sagen, daß man vom Regen naß wird. Sicher, Don hat alle gehaßt, durch die Bank. Es wurde schließlich so schlimm,

daß ich niemanden mehr zu uns einladen konnte, ohne daß Don ihm die fürchterlichsten Sachen direkt ins Gesicht gesagt hätte. Aber *dieses* Problem erledigte sich mit der Zeit von selber, weil niemand mehr zu uns kam. Schlimm daran war nur, daß die Leute *mir* den Vorwurf machten, ich hätte Don nicht zum Schweigen gebracht.«
Mrs. Campbell verstummte, aber ihre Augen schienen zu sagen: *Du bist nicht allein, Kindchen, ich weiß, was du durchmachst – ich habe auch einiges hinter mir.* Dann, als würde sie im Geist den alten Schmutz wegfegen, fuhr die alte Frau fort: »Ich schätze, du hattest auch Ärger mit Elmo.«
Anna nahm an, daß Mrs. Campbell dafür, daß sie ihr einen kleinen Einblick in ihr Leben mit Don gegeben hatte, nun frischen Klatsch über den Unfall hören wollte, vielleicht sogar eine Beschreibung der Leichen, und fühlte sich schon wieder reingelegt. Deshalb stieß sie schnell hervor: »Tut mir leid, ich muß jetzt wirklich rein.«
»Ja, ich habe schon gesehen, daß Lucy uns beobachtet«, sagte Mrs. Campbell sarkastisch, bevor sie ihre Tüte in die andere Hand nahm und hinzufügte: »Vergiß nicht, du kannst jederzeit bei mir vorbeischauen. Und, Anna –«
Anna blieb auf der Veranda mit dem halb hochgezogenen Einkaufswagen in der Hand stehen und wartete, wobei ihre Geduld langsam zu Ende ging.
»– sei vorsichtig mit Lucy, okay?« Dann war Mrs. Campbell fort, trottete auf dünnen Beinen die Straße hinunter, ihr faltiges Gesicht durchschnitt den Wind entschlossen und ungerührt wie eine Pfeilspitze.
Hinter Anna öffnete die Alte die Haustür einen Spalt und brabbelte: »Was wollte *die* denn? Du hast ihr doch nicht etwa irgendwas erzählt, oder?«
»Was hätte ich ihr denn erzählen sollen?« fragte Anna, als sie mühsam den Wagen an der alten Frau, die stur stehen

blieb, vorbei ins Haus zog. Die Alte verharrte in der Nähe der Tür, ihre Unterlippe hing noch weiter herab als sonst, und ihre farblosen Augen waren leer und ausdruckslos, als sie sagte: »Ach nichts. Sie ist bloß eine neugierige, alte Hexe. Sie braucht nicht alles zu wissen.«
»Wenn es nichts gibt, was man ihr erzählen könnte, dann kann sie es auch nicht wissen, oder?« Anna spürte, wie Kopfschmerzen sich hinter ihren Augen breitmachten, vermutlich von der Kälte und vom Ärger. Erst Bib, dann die merkwürdige, aber irgendwie nette Arlene Campbell und nun auch noch die Alte.
(»Verrückt ist das Wort, das du suchst, meine Liebe.«)
Anna wollte nichts weiter, als nach Hause gehen, in ihren Schlafanzug schlüpfen, ins Bett kriechen, ihr Gesicht an Bruisers muskulöse Flanken pressen und diese ganze Verrücktheit vergessen. Aber das konnte sie nicht tun – zumindest jetzt noch nicht. Ihre Nase verriet ihr, daß die Alte etwas gekocht hatte – etwas, das fettig-fleischig roch, vermischt mit dem Geruch pikant-scharfen Gemüses. Sie wußte von Ma, die ein paarmal vergeblich versucht hatte, ohne die angebotene Mahlzeit nach Hause zu gehen, daß die Alte fürchterlich verletzt wäre, wenn Anna das, was ihre Großmutter extra für sie gekocht hatte, jetzt nicht essen würde.
Anna hoffte, daß mit dem Essen wenigstens ihre Kopfschmerzen etwas nachlassen würden, und folgte ihrer Großmutter in die Küche. Sie zuckte zusammen, als die alte Frau vor sich hinträllerte: »Du errätst nie, was in der *Küche* auf dich wartet!«

»Das war ein gutes Essen«, log Anna und zog sich ihren zweiten Pullover an. Die Alte hinter ihrem Teller mit fetter Schweinshaxe und Sauerkraut lächelte ausdrucks-

los und sagte: »Du weißt schon, daß dieser Mantel viel zu groß für dich ist.«
»Das ist Absicht, denn zwei Pullover übereinander tragen gewaltig auf.« Anna wollte noch erklären, daß bei diesem kalten, windigen Wetter ein Mantel allein nicht warm genug war und sie deshalb gerne mehrere Schichten Kleidung übereinander trug, als die Alte sagte: »Was tragen dir denn deine beiden Pullover auf?«
»Was?« Anna schaute die alte Frau, deren fettiges Gesicht wie die Parodie einer lächelnden Theatermaske aussah, ungläubig an, während die Alte umständlich erklärte: »Ich meine, daß deine Pullover dir vielleicht einen geheimen Auftrag geben und sich danach von selbst vernichten, wie in der Fernsehserie ›Kobra, übernehmen Sie‹, in der immer ...«
»Ich *kenne* diese Fernsehserie«, sagte Anna mit einer Sanftheit, die sie gar nicht wirklich verspürte. *Warum ich? Warum hat man ausgerechnet mich, von allen Menschen auf dieser Welt, mit ihr beglückt?*
»Das war ein *Witz*«, erklärte die Alte, als wäre Anna die Dumme hier, und fügte dann an: »Das ist alles nur Erfindung. Diese Fernsehserien sind alle nicht *echt*. Ich *weiß*, was echt ist.«
Als Anna ihren Mantel über die Pullover zog und ihn zuknöpfte, mußte sie sich auf die Lippe beißen, um der Alten nicht zum Abschied etwas Unfreundliches an den Kopf zu schleudern, und sagte statt dessen: »Ich muß jetzt heim. Ich habe noch eine Menge zu tun.«
»Aber du gibst mir doch das *Signal*, nicht wahr? Ich mache mir immer solche *Sorgen*.«
»Ja. Aber dreh nicht gleich durch, wenn ich nicht sofort anrufe, okay? Man weiß ja nie, wen man auf der Straße trifft. Die Leute erwarten von einem, daß man stehen-

bleibt und mit ihnen redet. Das ist ein Gebot der Höflichkeit –«
»Dann sagst du denen einfach, daß du *dringend* jemanden anrufen mußt. Daß dieser Jemand darauf *wartet*«, sagte die Alte und schaukelte mit ihrem Stuhl vor und zurück, daß das Holz knarzend protestierte.
»Das kann ich nicht immer tun ... aber ich rufe dich an, sobald ich nach Hause komme. Ist das in Ordnung?« Anna schlang den Riemen ihrer Handtasche über die Schulter und schob den Einkaufswagen vor die Haustür. Hinter ihr blieb die Alte dabei: »Sag ihnen einfach, daß du *dringend* jemanden anrufen –«
Anna warf die Tür zu, während die Alte noch mitten im Satz war. Als sie die Evans Street hinunter ging, fragte sie sich: *Was würde sie eigentlich machen, wenn ich nicht anrufen würde? Würde sie bei mir anrufen? Würde sie die verdammte Nationalgarde verständigen? Oder mir deswegen den ganzen nächsten Tag auf die Nerven gehen? Verdammt, sie ist es nicht mal wert, daß man ihr nicht gehorcht. Wenn ich ihr das Signal gebe, muß ich wenigstens nicht ihre gurgelnde Kräuterhexen-Stimme hören.*

4

Arlene (III)

Über eine dreiviertel Stunde, nachdem sie vor Lucys Haus mit Anna gesprochen hatte, sah Arlene Campbell die jüngere Frau an ihrem Haus vorbeistapfen, den vollen Einkaufswagen hinter sich herziehend, den Kopf unter der Strickmütze gesenkt gegen den Wind, der ihr Blätter und Abfall ins Gesicht blies.

Arlene verspürte den Impuls, die Tür zu öffnen und die junge Frau hereinzubitten, entschloß sich aber, es nicht zu tun; das arme Mädchen sah erschöpft aus.

So wie ich es nach einem Streit mit Don war ... und Lucy ist viel, viel schlimmer als Don jemals war. Er ist bloß ein gemeiner Kerl gewesen. Ihre Großmutter ist etwas viel Heimtückischeres als einfach gemein. Ihre Nachbarn dachten, dieses In-die-Gärten-Scheißen wäre das Schlimmste an ihr – sie kannten Lucy Miner nicht so wie ich, sie wollten sie gar nicht kennen, weder sie noch die Tricks, die sie aus ihrem kleinen Ärmel schütteln konnte. Die schrecklichen Geräusche zum Beispiel, die sie im Unterricht hinter dem Rücken der Lehrerin machte; Geräusche, die so widerlich waren, daß die Lehrerin nie vermutet hatte, sie könnten von einem Mädchen stammen. Und wenn Lucy von der Schaukel stieg, war das Schaukelbrett immer ganz naß und schleimig, und niemand hatte sich nach ihr draufsetzen wollen. Oder wie sie die Würmer dazu hatte bringen können, aus der Erde zu kriechen, indem sie sich auf den Boden gelegt und mit Fäusten und Fersen darauf herumgetrommelt hatte.

Mrs. Campbell trat von ihrem Küchenfenster zurück und schob sanft die Katzen und Hunde zur Seite, die sich an ihre dünnen Beine drückten. Sie zog sich Dons Ottomane heran, um ihre Füße darauf zu legen (was sie in seiner Gegenwart nie gewagt hatte), setzte sich in seinen Sessel und starrte an die Wand, an der verschiedene Bilder hingen.

Es waren Bilder von Don, die sie nicht abzuhängen wagte, so eingeschüchtert war sie innerlich noch immer, nach Jahren geordnete Schnappschüsse von ihren Hunden und Katzen und schon etwas verblichene Studioaufnahmen aus ihrer Schulzeit.

Die Ewerton-Grundschule hatte damals am Ende der achten Klasse eine Abschlußfeier veranstaltet. Und obwohl Lucy Miner älter gewesen war als Arlene Weiss, war sie, weil sie so häufig gefehlt hatte, erst im selben Jahr wie Arlene mit der Grundschule fertig geworden.

Arlenes Augen waren nicht mehr die besten, aber sie sah das Foto ihrer Grundschul-Abschlußklasse scharf genug, um Lucy Miner zu erkennen, die in der Mitte der ersten Reihe saß und die kleine Papptafel hielt, auf der der Name der Lehrerin und das Abschlußjahr stand. An diesen Platz setzten die Lehrer bevorzugt den Klassentrottel, damit der keine Gelegenheit hatte, durch irgendwelchen Unfug das Foto zu verderben.

Aber Lucy Miner hatte einen überlegenen Ausdruck auf dem Gesicht, als sei der Platz des Klassentrottels eine hohe Ehre. Es war dieser »Ich-weiß-etwas-was-du-nicht-weißt«-Ausdruck, den Lucy auf dem Gesicht gehabt hatte, seit ihre Mutter getötet und ihre Großmutter zerstückelt und bis auf eine einsame Hand irgendwo beseitigt worden war.

Arlene und die anderen hatten Lucy damals oft mit der albernen Frage: »Wo ist Gramma?« gehänselt, aber etwas an ihrer Reaktion darauf beschäftigte Arlene bis zum heutigen Tag. Sie und ihre Freunde hatten eigentlich erwartet, daß Lucy verletzt, verärgert oder wütend reagieren würde, aber sie hatte nur dieses selbstgefällige, sphinxhafte Lächeln gezeigt und war auf der Schaukel so heftig höher und höher geschwungen, bis das straff gespannte Hanfseil in ihrer Hand einen hohen, singenden Ton von sich gegeben hatte. Sie hatte ausgesehen wie ein Vogel, der nur auf die richtige Sekunde wartete, um hinauf zu den Wolken zu steigen, ihre Zöpfe waren hinter ihr hergeflattert wie dünne, fast prähistorische Flügel, und ihre damals noch dünnen Lippen hatte sie gespitzt wie einen Schnabel.

Sie benahm sich, als wisse sie alles, als wäre ihr alles egal, erinnerte sich Arlene. Und auch an etwas anderes erinnerte sie sich – an etwas, das die kleine Lucy Miner ihr einmal gezeigt hatte, als Arlene mit einem neuen Medaillon, einem Geschenk von Mamma und Papa, in die Schule gekommen war. Lucy hatte sie offensichtlich um das filigrane kleine Schmuckstück mit seinem schimmernden Opal beneidet. In der Pause hatte sie Arlene dann in eine Ecke des Schulhofs gezogen und gesagt, sie wolle ihr etwas zeigen. Und »Etwas« war das einzig passende Wort dafür, was immer dieses gräßliche Ding gewesen sein mochte – wenn es überhaupt lediglich ein Ding war, erinnerte sich Arlene und fröstelte, obwohl zwei Katzen auf ihrem Schoß lagen und eine weitere auf der Rückenlehne des Sessels stand und sich an ihre Schulter schmiegte, und es ihr eigentlich nicht hätte kalt sein dürfen.

Bis zum heutigen Tag konnte sich Arlene nicht mehr genau erinnern, wie dieses Etwas wirklich ausgesehen hatte, aber sie hätte schwören können, daß es sich in der kleinen Tabakdose, in der Lucy es aufbewahrte, bewegt hatte. Schade, daß an diesem Tag so trübes Wetter gewesen war und Arlene das Ding in der Dose kaum hatte sehen können.

Aber einer Sache war sich Arlene Weiss-Campbell sicher, während ihre Babys in ihrem Schoß schnurrten und sich an sie schmiegten: Das zusammengerollte, glänzende Ding in der leeren Dose Plow Boy-Tabak war damals nicht lange zusammengerollt geblieben. Jetzt bedauerte sie es, daß sie aufgeschrien hatte und weggelaufen war, als der grünliche Kopf aus der Dose hervorgeschaut hatte wie ein Hund, der einen versteckten Fuchs wittert, denn später hatte Lucy das Ding in Arlenes Anwesenheit nie wieder hergezeigt.

Seit diesem Tag hatte Arlene Weiss nie wieder mitgemacht, wenn die anderen Kinder Lucy aufzogen. Denn dieses merkwürdige Ding in der Dose war etwas viel Ausgefalleneres gewesen als Arlenes neues Opal-Medaillon, etwas, was man nicht einfach als Schmuckstück trug. Es hatte eher so ausgesehen, als könne dieses Ding Lucy unter seine Kontrolle bringen, und vielleicht hatte es das ja auch schon längst getan.

5

Bib (III)

Bib Stanley fuhr in seiner Polizeichef-Sonderausführung eines Streifenwagens (Sonderausführung deshalb, weil auf dem Dach das übliche Blau- und Rotlicht fehlte) die Riverview Road hinunter und wünschte, er hätte die kleine Sudek vor ein paar Minuten im IGA nicht so verschreckt.

Er hatte wirklich nicht vorgehabt, ihr an den Karren zu fahren, versicherte er sich selbst, während er um die enge Kurve fuhr, an der die Riverview Road zur Abigail Avenue wurde. Er hatte sich eigentlich nur erkundigen wollen, ob es ihr gutging. Bib wußte, daß Anna alt genug war, um auf sich selbst aufzupassen, aber trotzdem kam sie ihm jünger als neunundzwanzig Jahre und auf eine merkwürdige Weise sehr verwundbar vor. *Ich wollte sie doch bloß warnen*, sagte er zu sich selbst, während er auf die kleine Schotterstraße abbog, die in den Ewert Park führte.

Obwohl Ewerton nur an die 3300 Einwohner hatte, besaß es dennoch stolze drei Stadtparks und viele kleine Grünflächen mit Parkbänken und großen, metallenen Abfallkörben in den vielen, kleinen Wäldchen am Westufer des Dean River. Auch der Elm Park und der Maple Park befanden sich auf dieser Seite des Flusses, ebenso wie die verwahrloste Woodlawn-Siedlung, das Krankenhaus und das schicke Willow-Hill-Viertel, wo Bib es sich nicht leisten konnte zu leben, selbst wenn man ihn zugleich zum Bürgermeister, Polizeichef und Dean County Sheriff und als Dreingabe auch noch zum Chef der Müllabfuhr gemacht hätte.

Auch verwahrloste und schicke Parks gab es am Westufer des Flusses. Der Maple Park mit seinen verrosteten Abfallkörben war voller Kinderspielgeräte auf riesigen Federn, Schaukeln, Rutschbahnen und Klettergerüsten. Auch zwei Rundläufe mit buntlackierten Griffen waren da, unter denen der Boden von den hunderten im Kreis herumlaufenden Füßen so abgetreten war, daß das Gras dort nur noch in borstigen, staubigen Büscheln wuchs.

Der Elm Park hingegen war ein Yuppie-Paradies – mit Volleyballplätzen und Basketballkörben, Bahnen zum Hufeisenwerfen, überdachten Aussichtstürmen zwischen den Birken auf dem Hügel, edel gestylten Bänken, lackierten Papierkörben und einem Toilettenhäuschen, in dem neben den Waschbecken elektrische Heißlufthandtrockner waren. Bib nannte die beiden Parks immer Papa Bär und Mama Bär, und der gegenüber den anderen beiden vergleichsweise winzige Ewert Park war für ihn der Baby Bär. Dieser gefiel ihm am besten.

Am Samstag, wenn seine Frau Rhonda im Indianer-Reservat dem heiligen Ritus des Bingo frönte, tat Bib sich gerne etwas Gutes und fuhr mit einer Packung Hostess- oder Little-Debbie-Keksen und einer Flasche Milch in den Ewert Park, um weit weg von der Polizeistation in Ruhe essen und nachdenken zu können.

Dieses Jahr werde ich wohl nicht mehr allzu oft hierherkommen, dachte Bib, als er die Bäume ringsum und den stahlgrauen Fluß hinter ihnen betrachtete. Die Birken, Ahorne und Ulmen hatten schon fast alle Blätter verloren, und ihre dunklen Äste standen nackt und verloren vor dem bleifarbenen, wolkenüberzogenen Himmel. Eine Mischung aus feuchten und trockenen Blättern bedeckte seine Lieblingsbank direkt neben dem Sand der Hufeisen-Wurfbahn. Während Bib das Laub mit seiner in einem Lederhandschuh steckenden Hand wegwischte, wurde ihm klar, daß hier bald Schnee liegen würde – nicht bloß dieses falsche Weiß des morgendlichen Frostes, sondern das wirkliche, alles bedeckende, eiskalte Weiß, das Bib seine ruhigen Samstagnachmittage raubte.

Bib liebte und haßte den Herbst zugleich – er haßte es, wie das Land ganz braun und traurig wurde, wie die Gerippe der Bäume und Sträucher bloßgelegt wurden, aber er liebte auch die bizarre Schönheit ihrer filigranen Formen und das feine Spiel der Brauntöne vor einem graugrünen Hintergrund. Bib mochte am Herbst auch, daß er Touristen in die Gegend brachte, die wiederum die Ladenkassen und die Motelbetten in der Stadt füllten – aber manchmal brachte der Herbst auch schlimme Dinge für Ewerton.

Wie damals den Alvin Miner Fall, dachte Bib, während er die Kekspackung aufriß und einen davon in den Mund schob. Feine Krümel fielen wie heller Ruß auf seine lederne Uniformjacke, aber die paar Vögel, die noch in den kahlen Bäumen herumzwitscherten, kümmerte das nicht im geringsten.

Es kümmerte die Vögel auch nicht, daß er ein bißchen Milch auf seine Jacke tropfen ließ. Die weiße Flüssigkeit hinterließ auf dem Leder eine matt glänzende, langsam trocknende Schneckenspur. Bib nahm sich noch einen Keks, rülpste leise und erinnerte sich an den Miner-Fall, der auf merkwürdige Art und Weise auch nach sechsundfünfzig Jahren die Stadt noch beschäftigte und gleichzeitig auch nicht beschäftigte. Niemand, der in dieser Stadt es zu etwas gebracht hatte, hätte diesen Fall jemals in der Öffentlichkeit erwähnt. Wer den Miner-Fall wirklich am Leben erhielt, waren die, die von den Oberen und den nach oben Strebenden von Ewerton (die, weil es in der Stadt kaum so etwas wie wirklichen Reichtum gab, Leute wie die Besitzer der örtlichen Müllabfuhrunternehmen und die Beamten der Stadtverwaltung und der Stadtkämmerei umfaßten) gerne als »Unterklasse« bezeichnet wurden; die Leute, die sich in Lenny Wilkes Automatenspielhalle mit Pizzeria herumtrieben, die verhärmten Frauen, die im »Super Suds« herumsaßen und die Knallköpfe, deren Namen fast jede Woche auf der Liste der Festnahmen wegen Ruhestörung und Trunkenheit standen. *Die und die Kinder*, sagte sich Bib, aber Kinder zählten eigentlich nicht wirklich. Man erwartete von ihnen ja geradezu, daß sie sich blöd und mehr als nur ein bißchen gemein verhielten. Das war zwar nicht nett und auch nicht fair, aber es war nun einmal so, genauso wie Märchen oft böse und das Leben einfach brutal waren.

So brutal wie der Miner-Fall. Tatsächlich war Alvin Miner, bis der Gein-Mord unten in Plainsfield ihm den Rang abgelaufen hatte, im nördlichen Wisconsin so etwas wie der Mörder und Irre vom Dienst gewesen. Ein paar Leute in Ewerton waren doch tatsächlich so geschmacklos, sich in aller Öffentlichkeit über Geins Tat zu freuen, bloß weil er damit ihre Heimatstadt ein wenig aus dem Gerede gebracht hatte.

Bib Stanleys Familie war nicht unter denen gewesen, die

sich 1957, als man die nackte Frau in Ed Geins Garage entdeckt hatte, übermäßig gefreut hatten, aber Bib und seine Familie waren auch die einzigen außer dem Wilkes-Clan, die ein wenig mehr vom Alvin Miner-Fall gewußt hatten als die meisten anderen Einwohner von Ewerton. Nicht einmal die Sawyers wußten so viel, und dabei hatte damals ein Sheriff Sawyer als einer der ersten am Morgen nach dem Mord das Miner-Haus betreten.

Aber es war Bibs Großvater Anderson, der Vater seiner Mutter, gewesen, der Alvin Miner an diesem stürmischen Oktobermorgen – genau eine Woche vor Halloween – entdeckt hatte, wie er am Crescent Lake entlanggeirrt war. Und so hatte Großvater die Geschichte immer erzählt:

»Also, erst dachte ich ja, Alvin hätte sich als Indianer verkleidet, als Halloween-Scherz sozusagen – Alvin war immer für jeden Unfug zu haben. Aber dann fiel mir ein, daß es ja noch eine ganze Woche bis Halloween war, und Alvin war vielleicht ein Spitzbube, aber ein Trottel war er nicht. Aber Alvin schrie und heulte so sehr, fast wie ein richtiger Indianer, daß ich mich echt fragte, ob ich nicht doch falsch auf den Kalender geschaut hatte.

Und er hatte so ein rotbemaltes Ding in der Hand, wie einen Tomahawk, aber als ich ein bißchen näher kam, sah ich, daß das Zeug viel zu sehr glänzte, als daß es hätte Farbe sein können. Ich muß euch sagen, Kinder, auch Alvin war von Kopf bis Fuß über und über mit dem Zeug verschmiert. Mit was, willst du wissen, Brian? Na, mit Blut! Es tropfte von seinen Pyjama-Hosen und bildete zwischen seinen Zehen kleine Pfützen. Daß er barfuß war, war an sich schon verrückt genug. An diesem Morgen hatte es um die zehn Grad Minus, der Atem blieb in kleinen Wölkchen in der Luft, auch wenn man längst den Mund wieder zugemacht hatte und weitergegangen war.

Ich winkte also Alvin zu und schrie: ›He, Alvin, du holst dir noch den Tod, wenn du ohne Schuhe da draußen herumläufst! Komm doch mit mir rein ins Haus!‹, obwohl ich genau wußte, daß meine Frau nicht gerade begeistert gewesen wäre, wenn er ihr überall rote Fußabdrücke auf die Böden gemacht hätte. Um ehrlich zu sein, ich hatte gar nicht wirklich vor, ihn reinzubitten, aber ich mußte ihn irgendwie näher heranlocken, damit ich sehen konnte, ob es *wirklich* Blut war, oder ob er sich mit irgendeinem anderen roten, glitschigen Zeug übergossen hatte.
Nun, er brauchte nicht näher als einen halben Meter zu kommen, damit ich erkennen konnte, daß er nicht bloß im Garten ein paar Hühner geschlachtet hatte. Alvin war ein eher schmächtiger Mann mit flacher Brust und nicht viel Fleisch auf den Knochen, aber er war ein drahtiger kleiner Böhme – das ist ein Mann aus Europa, ein Nachbar der *Krauts.* Er mußte wohl irgendwann seinen Namen geändert haben, denn als er noch ein Junge war, bedeutete ein Name, der auf ›nik‹ oder ›tschik‹ endete, daß man ein richtiger Außenseiter war, naja – *verdammt noch mal,* Kinder, wo war ich stehengeblieben?
Ach, richtig. Dieser Alvin war ein drahtiger Bursche. Er arbeitete in der Papierfabrik, mußte dort riesige Papierrollen schleppen, bis seine Arme schließlich so knotig aussahen wie ein gedrehtes Hanfseil. Und in einem dieser Arme, an dem jeder einzelne Muskel angespannt war, hielt er damals die rottriefende Axt, und ich sagte bloß: ›Hey, Alv, es ist doch noch 'ne ganze Woche bis Halloween‹, und zuerst sagte Alv gar nichts und grinste mich an, es war ein blödes Grinsen, und seine Augen waren hart wie Stein, also sagte ich beruhigend: ›Alv, meinst du nicht, daß sich deine Frau fragt, wo du so lange bleibst, an einem so kalten Morgen?‹ Und durch den Dampf meines

Atems konnte ich Alv nur verschwommen sehen, aber trotzdem sah ich, wie das Blut an ihm heruntertropfte, und dann, als ich näher dran war, sah ich noch was anderes. Anscheinend hatte jemand versucht, ihn wegzustoßen oder so, aber die Hand dieses Jemand war so voller Blut gewesen, daß sie einen deutlichen Abdruck auf Alvs Pyjamajacke hinterlassen hatte, der nur unten leicht verschmiert war.

Und als ich dorthin schaute, wo er herkam, sah ich rote Flecken auf der Straße, und ich sagte zu mir selbst: Jetzt hat es Alvs Frau zu weit getrieben. Mrs. Miner war eine verschrumpelte alte Bohnenstange – nun, eure Mutter hat es nicht gerne, wenn ich so rede. Jedenfalls war Alvs Frau eine gute Arbeiterin, aber knallhart und bestimmt nicht gerade anschmiegsam. Komisch, ich kann mich jetzt nicht an ihren Namen erinnern. Nun gut, ich dachte mir halt, daß der Handabdruck wohl von Alvs Frau stammen dürfte, und ich mußte sofort an Lucy denken und fragte mich, ob er das Mädchen auch umgebracht hatte. Nicht, daß sie ein besonders nettes Mädchen gewesen wäre, aber ein Kind umzubringen, fand ich schon immer schlimm, ob das Kind nun ein verdammter Fratz war oder nicht.

Also sag' ich: ›Oh, Alvin, ich hoffe, du hast deinem kleinen Mädchen nichts angetan‹, und da lächelte Alvin *wirklich*, ich meine, auch mit seinen Augen, und sagte mit der ruhigsten Stimme, die man sich vorstellen kann: ›Mach dir keine Sorgen wegen *Lucy*. Wegen der brauchst du dir wirklich nichts zu denken – der geht es *prima*.‹ Aber als er *prima* sagte, da schien es mir, als meinte er damit etwas ganz anderes, als er eigentlich sagte. So, als ob er es gleichzeitig meinte und auch wieder nicht meinte.

Weißt du, mein Junge, *da* bekam ich auf einmal Angst vor Alvin. Ich machte keine Anstalten, ihn aufzuhalten, als er anfing, nach Norden zu gehen, quer über den Rasen in Richtung auf die Byrne Avenue und das Begräbnisinstitut, und da fiel es mir plötzlich wie Schuppen von den Augen: Meine Frau war doch in der Nacht zuvor in Alvins Haus gewesen und hatte seiner Frau geholfen, die Leiche seiner Schwiegermutter herzurichten. Die alte Vettel hatte den Löffel abgegeben – Blinddarmdurchbruch oder so was, und keine Sekunde zu früh, wenn ihr mich fragt.
In diesem Augenblick wurde mir klar, daß Alvin den Herren Byrne und Reish noch etwas Extraarbeit verschafft hatte, und dabei lagen die beiden doch mit Grippe im Bett.
Erst als Alvin wie ein Schlafwandler über die Seventh Avenue spazierte, kam ich wieder zu mir und rannte zurück ins Haus, von wo aus ich die Polizei anrief. Dort wollte man mir zuerst nicht glauben, weil Alvin als Spaßvogel bekannt war, aber als die Byrnes gleich nach mir anriefen, glaubten sie es schließlich doch.
Und als die Polizei kam, stand ich schon vor Alvins Haus. Ich hielt es für meine Pflicht, das, was ich gewissermaßen gestartet hatte, auch weiterzuverfolgen, und sei es bloß für den Fall, daß es *doch* einer von Alvins Scherzen gewesen war. Aber als ich die Fußspuren sah, die sich von der offenstehenden Eingangstür auf dem nackten Fußboden hinein ins Haus zogen – nein, ich weiß nicht, warum die Miners keine Teppiche hatten. Vielleicht wollte Mrs. Miner sie nicht saubermachen.
Wo war ich? Ach ja, die Fußspuren. Ich ging ihnen nach, zusammen mit ein paar Leuten von der Polizei und Sheriff Sawyer, und wir riefen dauernd ›Mrs. Miner? Lucy? Ist hier irgendwer?‹, aber wir kamen nicht weiter als

bis in das kleine Zimmer, das ans Wohnzimmer angrenzte – das Zimmer, das sie für Mrs. Miners Mutter hergerichtet hatten – und da sahen wir sie. Nicht ihre Mutter, sondern *sie.*

Sie lag auf dem Rücken, die rotverschmierten Handflächen nach oben, und ihr Gesicht war blutüberströmt, außer an den Stellen, wo die Knochen bloßlagen und dort, wo ihr Auge auf die linke – nein, es war die rechte – Wange herunterhing. Dieses Auge sah irgendwie schlaff aus, wie ein Ball, dem sehr viel Luft fehlt.

Schon gut, Mutter, ich lasse diesen Teil aus, wenn es dir lieber ist. Nun, da wir für Mrs. Miner nicht mehr viel tun konnten, drückten wir uns irgendwie an ihr vorbei und paßten dabei auf, daß wir nicht ins Blut traten und dem Durcheinander auch noch unsere Spuren hinzufügten. Alvins Abdrücke waren leicht zu erkennen, da sie groß und barfüßig waren, aber da waren noch viele andere Spuren, manche barfüßig und sehr klein, manche größer und offensichtlich von Pantoffeln stammend, und manche – nun, August Wilkes und Sheriff Sawyer sagten, daß diese Spuren wohl von Kleidern herrührten, die in Blut getaucht und den Leuten nachgeschleift waren, aber ich weiß nicht so recht. Dafür waren sie irgendwie zu regelmäßig und hatten auch viel zu merkwürdige Formen, aber allzu gut konnte ich sie leider auch nicht sehen, denn ein paar von uns waren schon hineingetreten und hatten sie mit hereingetragenen Blättern und Straßenschmutz teilweise verwischt.

Nun, es klingt vielleicht komisch, aber Mrs. Miners Anblick machte mir nicht allzuviel aus, ebensowenig wie die merkwürdigen Spuren am Boden, aber als ich die Hand an dem kurzen Armstummel sah, die einfach so dalag, ohne daß auch nur das kleinste Stückchen von der restlichen Leiche der alten Frau in dem Raum gewesen wäre, da mußte ich rausgehen, denn das Zimmer war nicht groß und das Bett nicht hoch genug, als daß man sie irgendwo hätte verstecken können«.

Bib warf die leergegessene Kekspackung in den Abfalleimer neben seiner Bank und öffnete langsam eine neue, während er über das nachdachte, was sein Großvater ihm damals so oft erzählt hatte. Die Erzählung war nie weitergegangen als bis zu dem Punkt, an dem der alte Mann die einsame Hand mit dem Stück Arm dran im Minerschen Nähzimmer entdeckt hatte. Und erst als der Großvater vor siebeneinhalb Jahren gestorben war, hatte Bib schließlich den Rest der Geschichte gehört, jedenfalls soweit dieser den paar noch lebenden Verwandten der Leute bekannt war, die an jenem Oktobermorgen im Miner-Haus gewesen waren.

Nach Großvater Andersons Begräbnis war Lenny Wilkes noch auf dem Friedhof auf Bib zugetreten. Er hatte in seinem etwas zu engen Jackett geschwitzt, so daß Schweißperlen in seinen kurzgeschnittenen Haaren geglänzt hatten, als er gesagt hatte: »Es tut mir leid um Ihren Großvater, Brian. Er war ein guter Mann.«

»Er war der Letzte von ihnen, wissen Sie«, hatte Bib geistesabwesend gemurmelt, das Papiertaschentuch in seiner Jackentasche zerknüllt und sich gefragt, wo um alles in der Welt denn Rhonda abgeblieben war.

»Der Letzte von wem?« Lenny hatte heftig schnaufen müssen, um mit Bib Schritt halten zu können, und seine frischgeputzten Schuhe hatten in der Mittagssonne geglänzt.

»Der letzte von den Männern, die am Tag nach dem Mord im Miner-Haus waren«, hatte Bib gesagt, der eben Rhonda bei ein paar ihrer Bingo-Freundinnen drüben beim großen Mausoleum entdeckt hatte.

»Das stimmt. Mein Großvater ist vor zehn Jahren gestorben. Ich erinnere mich noch heute an die Geschichten, die er mir davon erzählt hat – die haben mich immer halb zu Tode erschreckt, als ich noch Latzhosen trug.«
Das Bild von Lenny Wilkes in einer zu engen, blauweiß gestreiften Latzhose war zu viel für Bib gewesen, und er hatte vor Lachen losgeprustet, was Lenny aber als unterdrücktes Weinen mißverstanden hatte.
»Ach, Bib ...«
Bib hatte sich geschneuzt und gesagt: »Mein Großvater hat uns auch immer davon erzählt. Normalerweise auf Familientreffen, aber immer erst *nach* dem Essen. Mom war jedesmal wütend deswegen – und die Erzählung endete immer mit den gleichen Worten: ›... und zu sehen war sie nirgendwo.‹ Danach rannte er nach Hause.«
»Meinen Sie damit, daß er Lucy Miner gar nicht gesehen hat?«
»Nun, sicher hat er das, später, nach dem Begräbnis.«
Lenny war schwer atmend am Friedhofsportal stehengeblieben, hatte sich an eines der Eisentore gelehnt und gesagt: »Nein, nein. Ich meine an jenem *Tag*. In dem Haus.«
»Ich sagte doch, er ist weggegangen.«
»Oh. Ja. Also hat er sie nicht gesehen?«
»Nein. Nachdem er den Arm gesehen hatte, ist er nach Hause gerannt. Wenn er mehr gewußt hat, dann haben Mom und Großmutter es ihn nie erzählen lassen.«
»Das könnte ich ihnen nicht verübeln.« Lenny hatte ein graues Taschentuch aus seiner Jacke gefischt und sich damit die Stirn abgetupft, bevor er mit seiner piepsigen Stimme, die auf dem still in der Mittagssonne vor sich hinbrütenden Friedhof auf einmal ganz düster geklungen hatte, weitergesprochen hatte:

»Mein Großvater hat mir immer wieder erzählt, daß er noch nie etwas dergleichen gesehen hatte. Die Männer fanden damals als erstes Bekka Miner, die mit zusammengekrallten Händen auf dem Boden lag, so als hätte sie im Todeskampf noch versucht, sich zu wehren, während ihr Mann wie ein Wilder mit dem Beil auf sie eingeschlagen hatte, auch dann noch, als sie längst zu Boden gesunken war. Hinter der Leiche der Frau sahen die Männer ein Stück von ihrer Mutter und fragten sich, wo wohl der Rest von der Alten war. Auf Händen und Knien suchten sie den Boden ab, sie schauten unters Bett und durchwühlten den Kleiderschrank. Als sie mit dem Zimmer fertig waren, durchsuchten sie den ganzen unteren Teil des Hauses.

Aber *nirgends* war der Rest der alten Frau zu finden, und außerdem war nur im Wohnzimmer und im Zimmer der Alten Blut, sonst nirgendwo. Schließlich sagte mein Großvater zu den anderen: ›Vielleicht hat Alvin den Rest von ihr aus dem Haus geschafft oder in der Kanalisation verschwinden lassen oder was weiß ich.‹ Alvin hatte zwar als toleranter Bursche gegolten, aber es war kein Geheimnis, daß seine Schwiegermutter für ziemliche Schwierigkeiten im Miner-Haushalt gesorgt hatte. Also schien es gar nicht so weit hergeholt, daß er mit ihrer Leiche etwas Unappetitliches gemacht haben könnte. Nun, wie mein Großvater es meinem Dad und später auch mir erzählt hat, waren er und die anderen gerade dabei, das Haus wieder zu verlassen – natürlich hatten sie einen der Männer als Wache zurückgelassen –, als ihnen einfiel, daß sie Lucy Miner gar nicht gesehen hatten. Sicher, sie hatten nach ihr gerufen, aber als sie die Hand der alten Frau fanden, hatten sie Lucy irgendwie vergessen, sie war schließlich nicht jemand, an den man sich gerne erinnerte. Sie war ein farbloses kleines Mädchen und ein ziemlicher widerlicher Balg, wie meine Großmutter immer sagte.

Nun, Großvater fing also an, wieder nach Lucy zu rufen, und die anderen taten das gleiche, und dann fiel einem auf, daß ein paar der Fußspuren offensichtlich von ihr stammten, aber sie schienen nirgends hinzuführen, liefen nur in engen Kreisen um die anderen Abdrücke beim Zimmer der alten Frau herum und hörten plötzlich unvermittelt auf, als hätte sie ihr Daddy aufgehoben und irgendwo hingebracht.

Irgendwer sagte: ›Wahrscheinlich hat Alvin sie auch umgebracht‹, und ein anderer sagte: ›Schade wär's ja nicht um sie‹, aber vielleicht hatte sich das mein Großvater auch bloß eingebildet, denn er war sich später nicht mehr sicher, ob jemand wirklich so etwas Brutales in der Öffentlichkeit gesagt hatte, auch wenn es die Wahrheit gewesen war.‹

Die Männer verteilten sich, manche gingen in den Keller, andere gingen nach oben, und ein Mann lief nach draußen und sah sich dort um. Großvater stieg mit einem der Polizisten in den ersten Stock – ich glaube, er hat gesagt, daß es Vern Campbell war, aber das ist ja egal. Großvater und Vern gingen also langsam die Treppe hinauf, und Großvater bemerkte, daß die hölzernen Stufen alle angesplittert waren, und hoffte, daß das kleine Mädchen keine Splitter in die Füße bekommen habe, aber der andere Mann antwortete: ›Aber wie soll sie denn, da ist kein Blut‹, womit er natürlich meinte, daß keines auf den Stufen war, denn in den Zimmern unten war ja wirklich genug davon.

Als sie schließlich oben ankamen, sahen sie, daß die beiden Schlafzimmer offenstanden, und schauten hinein.

Lucys Bettzeug war ganz ordentlich zurückgeschlagen, als wäre sie langsam aufgestanden und hätte in aller Ruhe das Bett machen können. Das Bett ihrer Eltern war ein wildes Durcheinander, die Laken hingen verdreht bis auf den Boden herunter, als wären die beiden hastig aus dem Bett gesprungen. Grandpa zog daraus den Schluß, daß Lucy als erste aufgestanden und vielleicht vor ihren Eltern nach unten gegangen war. Beweisen konnte er es nicht, aber das war seine Meinung.

Lucy war nirgends, auch in keinem der anderen Zimmer, und Vern wollte so schnell wie möglich wieder fort, aber Großvater sagte: ›Was ist mit dem Speicher?‹ Der andere wollte nicht dort hinauf, weil es bloß ein nichtausgebauter, offener Speicher ohne Zimmer und richtigen Boden war, aber Großvater sagte: ›Wir *müssen* dort nachschauen‹, und Vern antwortete: ›Na schön, dann tu *du* es eben‹, und rutschte fast auf dem Treppengeländer nach unten, so eilig hatte er es wegzukommen.

Großvater dachte an Fledermäuse und was weiß ich, was sonst noch auf so einem Speicher herumkriechen konnte, denn in dem Haus waren komische Geräusche zu hören, wie sie alte Häuser in der Kälte eben von sich geben, und zögerte, hinaufzugehen, denn er glaubte, daß er Mäuse herumlaufen gehört hatte, aber plötzlich brauchte er gar nicht mehr nach oben.

Er hörte nämlich eine fröhliche, kleine Stimme hinter sich, die ›Hallo‹ sagte, und Großvater behauptete, er hätte sich fast vor Angst in die Hosen gemacht. Als er sich umdrehte, sah er Lucy Miner, die mit nackten, rotgefleckten Füßen dastand mit nur einem Nachthemd bekleidet, das von Blutspuren und -spritzern übersät war.

Sie stand neben der Tür zu einem der Zimmer, in die Großvater und Vern gerade hineingesehen hatten, und in diesem Zimmer waren nicht einmal genügend Möbel, als daß sich eine Katze hätte dahinter verstecken können, geschweige denn ein gut einen Meter großes Kind in einem weißen Nachthemd. Als sich Großvater wieder einigermaßen beruhigt hatte, fragte er: ›Lucy, erzähl mir doch, was ist denn *passiert?*‹ Eigentlich hatte er keine Antwort erwartet, aber Lucy sagte prompt: ›Großmutter ist gestorben, aber jetzt geht es ihr wieder besser, und Daddy hat, glaube ich, Mutter umgebracht.‹ Einfach so, ohne Tränen oder sonstwas.

Also, Bib, ich muß Ihnen sagen, dieser Teil der Erzählung erschreckt mich noch heute am meisten. Sie war doch über und über voller Blut, also *mußte* sie dabei gewesen sein, zumindest bei ein paar der Axthiebe, und ihre Fußspuren waren ja zwischen all den anderen, aber alles, was sie darüber zu sagen hatte, war: ›Daddy hat, glaube ich, Mutter umgebracht.‹ Als wäre es ihr völlig egal gewesen, ob die Frau wirklich tot war oder nicht. Und auf der anderen Seite erwähnte sie freudestrahlend, daß ihre Großmutter jetzt im Himmel war, oder wo immer ihr ihre Eltern erzählt hatten, daß man nach dem Tod hinkommt und wo es einem dann bessergeht. *Das* war anscheinend viel wichtiger für sie! Also, wenn das dem Faß nicht den Boden ausschlägt!«

Bib erinnerte sich daran, daß er Lenny erklärt hatte, daß Kinder sich unter solchen Umständen oft sehr sonderbar verhielten, aber Lenny hatte sich mit seinem Taschentuch über seinen Stiftenkopf gewischt und gesagt: »Warten Sie. Es geht ja noch weiter. Sie haben den *unheimlichen* Teil der Geschichte noch gar nicht gehört. Später hat sich Großvater es so erklärt, daß Lucy oben *gespielt* habe, während er und der andere sich dort umgesehen hatten. Das Kind trug nämlich ein paar Sachen bei sich, die es

vermutlich aus dem Schmuckkästchen seiner Mutter genommen hatte – ein paar Ohrringe, eine große Kette aus Kunstperlen und am Arm einen wirklich ausgefallenen goldenen Reif, so ein Ding wie die, die sich Theda Bara immer um den Oberarm gewunden hatte –«
»Wer? Theda –«
»Sie war eine von diesen Stummfilmdivas. Großvater war ein glühender Verehrer von ihr. Deshalb fiel ihm auch der Armreif auf, oder was immer es war, das sie da über dem Nachthemd trug. Das Ding sah teuer aus, nicht wie etwas, was sich die Frau eines Fabrikarbeiters damals hätte leisten können. Großvater sagte, es sei aus Gold gewesen, mit einer Art Käfer am einen und einer Eidechse oder sowas am anderen Ende.«
Bib, dem auf einmal vom Geruch des Flusses und der Blumen auf dem Friedhof direkt schwindlig geworden war, hatte Lenny verwundert gefragt: »Wenn es ein Armreif war, wie konnte es dann *Enden* haben? Ich dachte, solche Dinger sind rund.«
»Deshalb sagte mein Großvater auch immer ›Armreif oder *was auch immer*‹. Es war wohl kein geschlossener Ring, sondern eher ein langer, dicker, goldener Draht, den Lucy um ihren Arm gewunden hatte. Mit einem Dingsda an jedem Ende. Einem Käfer und einer –«
»Ja, das haben Sie schon gesagt. Einer Eidechse.«
»Stimmt. Und Steine waren auch drin, oder zumindest war es glänzend emailliert. Großvater war sich nicht sicher, in welcher Farbe, denn er war farbenblind. Rot und grün sahen für ihn schwarz oder grau aus. Außer Diamanten, Saphiren und Opalen konnte er keine Edelsteine auseinanderhalten.«
»Was war noch mit dem Mädchen?«
»Ach ja, Lucy. Nun, als sie bemerkte, daß mein Großvater

ihren Armreif ansah, zog sie ihn sich vom Arm und ließ ihn verschwinden, bevor Großvater sie nach unten trug. Vermutlich hätte sie nicht damit spielen dürfen. Aber die Kette und die Ohrringe ließ sie an, vielleicht hatte die ihr ihre Großmutter geschenkt.«

»Hatte man nicht inzwischen ihren Vater zurück zum Haus gebracht?« hatte Bib gefragt. Rhonda war immer näher gekommen, und Bib hatte noch den Rest der Geschichte hören wollen, bevor sie bei ihnen angelangt war.

»Ja. Er war in Handschellen, und jemand hatte ihm eine Jacke über die Schultern gelegt. Lucy sagte: ›Hallo Daddy!‹, als sie ihn sah und wollte zu ihm laufen, aber er wurde ganz starr und sagte: ›Gebt acht auf Lucy ... gebt bloß acht auf Lucy!‹ Und dann wollte er nichts mehr sagen, und sie führten ihn fort. Später zogen dann die Tanten des Mädchens ins Haus, und es gab keine Probleme mehr mit Lucy, bis die eine Tante verrückt wurde, aber ich glaube, das war deshalb, weil Lucy schwanger geworden war und – *Hallo*, Rhonda.«

Bib warf die leere Kekspackung in den Abfallkorb und die leere Milchflasche hinterher; danach saß er ruhig da, starrte auf die Straße und beobachtete die paar Autos, die langsam vorbeifuhren, während sich ihre Fahrer an den verblassenden Farben des Herbstlaubs zu erfreuen schienen. Die meisten Autos hatten auswärtige Kennzeichen aus Minnesota und Illinois.

Bib wünschte noch einmal, er hätte auf Anna etwas überzeugender gewirkt, als er sie vor ihrer Großmutter gewarnt hatte. Die alte Frau war durch und durch schlecht. Sie hatte sogar die Juwelen ihrer Mutter gestohlen, als die arme Frau keine zehn Meter entfernt in ihrem eigenen Blut tot auf dem Boden lag. Und was hatte sie nicht alles angestellt, als sie älter wurde! Bib hatte Anna nichts von den Beschwerden erzählt, die bei der Polizei *tatsächlich* über Lucy Miner eingegangen waren, damals, als Bib noch ein kleiner Streifenpolizist gewesen war. Darüber, daß sie anderen Leuten auf den Rasen geschissen hätte und was nicht alles sonst noch. Aber niemand hatte diesen Beschwerden nachgehen wollen, und so hatte man sie lieber zu den Akten gelegt, als daß man sich freiwillig Lucy Miners Zorn ausgesetzt hätte.

Und außerdem wollte man Tina und ihrer kleinen Tochter weitere Peinlichkeiten ersparen. Es war schon schlimm genug für die beiden, daß sie bei Lucy »Wo-ist-Granny?«-Miner *wohnen* mußten.

Komisch, dachte Bib, während er aus den Augenwinkeln die Autos sah, die langsam die Abigail Avenue entlangkrochen, *wie jeder unabhängig von den anderen zu dem gleichen Schluß kommt – daß Lucy schon damals wußte, wo der Rest der Leiche ihrer Großmutter hingekommen war. Wahrscheinlich, weil sie die ganze Zeit über im Haus gewesen war. Aber es ist trotzdem verdammt makaber, mein Gott, bloß eine Hand und ein Stückchen von einem Arm zu begraben. Zu dumm, daß Lennys Großvater sich diesen Armreif oder was immer nicht richtig ansehen konnte. Vielleicht gehörte er jemandem, der die Leiche weggeschafft hat – und vielleicht hat dieser Jemand sich mit dem Armreif Lucys Schweigen erkauft. Vielleicht hat sogar ihr Vater ihn ihr gegeben, damit sie den Mund hält über das, was sie gesehen hat.*

Bib war so tief in Gedanken, daß er gar nicht bemerkte, daß sich einer der Wagen auf der Straße neben dem Park schneller bewegte als die anderen – es war ein nußbrauner Pacer Kombi mit Sonderlackierung und den neuen Wisconsin-Nummernschildern mit roter Schrift auf weißem Grund. Er warf auch keinen Blick auf den Fahrer, obwohl ihm das Gesicht dieses Mannes ziemlich gut bekannt gewesen wäre.

Und als Wally Inglass erst einmal um die scharfe Kurve auf den Lumbermill Drive abgebogen war, wo er einen Block später gleich wieder abbiegen mußte, diesmal nach Südwesten in Richtung auf die Brücke beim Krankenhaus, hätte Bib ihn nur noch sehen können, wenn er den Kopf verdreht und durch das fast kahle Wäldchen hinter sich geschaut hätte – aber das tat er nicht.

Hätte er es getan, dann hätte er gesehen, wie der braune Pacer an der großen Kreuzung die westliche Straße nahm und noch einmal beschleunigte, als wolle er dem dunkel gefleckten Vogel entkommen, der mit entschlossenen Flügelschlägen ein paar Meter hinter ihm herflog. Wallys Wagen fuhr in Richtung auf den heruntergekommenen Wohnwagen-Park ein paar Meilen außerhalb der Stadt – – wo die Familie Isaacs wohnte und wo die junge Precious jeden Samstag alleine war.

6

Der dritte Mord

Precious Isaacs Eltern mochten vielleicht ihre Ehe auf eine weniger konservative Art und Weise begonnen haben, aber jetzt, als sie Anfang dreißig waren, hatten die beiden eines mit ihren etwas gesetzteren Mitbürgern gemeinsam: Sie waren beide begeisterte Bingo-Spieler, eine Tatsache, die Wally Inglass nur allzu bekannt war. Seine Louise (Mrs. Gesetzt höchstpersönlich, nach Wallys nicht ganz unvoreingenommener Meinung) saß nämlich in dem Bus, der die Spieler von Ewerton, Hunterstown und

Lumbe hinaus zur Indianerreservation brachte, oft auf dem Platz vor dem Isaacs-Clan – sie nahmen sogar ihre jüngeren Kinder mit zum Bingo-Spielen –, und bekam dann mit, wie die Eltern Isaacs sich ungeniert darüber unterhielten, daß Precious und Mayo die Samstagnachmittage allein im Wohnwagen verbrachten und daß sie deshalb wohl bald Großeltern werden würden.
Louise hatten diese Gespräche immer zutiefst geschockt und abgestoßen, aber Wally hatte diese Konstellation recht prickelnd gefunden ... und für das, was er jetzt vorhatte, kam sie ihm sogar ausgesprochen entgegen.
Und während Bib Stanley sich schließlich die Krümel von der Jacke bürstete, wieder in den Streifenwagen stieg und sich dabei laut fragte, ob er Anna anrufen und sich bei ihr entschuldigen sollte, fuhr Wally Inglass in seinen Pacer ein wenig langsamer und genoß die Annäherung an den heruntergekommenen, waldgrünen Wohnwagen der Isaacs, neben dem bereits die Rostlaube des Parks-Jungen auf dem Gras parkte. Wally hatte ja den ganzen Nachmittag Zeit, und er hatte nicht vor, ihn sich durch eine direkte Konfrontation mit Mayo verderben zu lassen. Er mußte diesen Rotzlümmel möglichst schnell loswerden, damit er sich voll auf Precious konzentrieren konnte.
Wally erinnerte sich daran, was das Mädchen über ihn an die Wand von Gebäude sechs gekritzelt hatte, und grinste im überheizten Innern seines braunen Wagens höhnisch vor sich hin. »Wenn ich erst einmal mit dir fertig bin, wirst du dir wünschen, du hättest es mit einem Pferd getrieben – denn dann hast du nicht einmal mehr die Kraft, deine eigene *Spucke* zu schlucken«, sagte er.

»Was stinkt denn hier so?« Precious Isaacs fuhr hoch und ließ sich langsam von Mayos gespreizten Beinen und ihrer schmutzigen Bettdecke aus gestepptem rosa Nylon gleiten, bis ihre nackten Füße und ungeschützten Knie auf den abgetretenen Teppichboden neben der mit Postern beklebten Bettnische trafen. Mayo schob sich mit den Ellenbogen in eine halb sitzende, halb liegende Position und war ganz offensichtlich von der Unterbrechung des nachmittäglichen Vorspiels nur wenig begeistert. Er wischte sich ein paar fettige Haare aus der Stirn, die ihm über die Augen gefallen waren, und sah zu, wie seine Freundin aufstand und zur Tür trapste, die sich einen knappen Meter neben dem Bett, das sich Precious mit ihrer Schwester teilte, befand. Ihre kleinen, schon ein wenig herabhängenden Brüste hüpften bei jedem Schritt, und ihre Nasenflügel, die an den Rändern leicht gerötet waren, zitterten.

»Irgend etwas *stinkt* hier ...«, sagte Precious und legte die Stirn unter ihrem blassen Pony in tiefe Falten, was einerseits furchteinflößend aussah und andererseits die Ähnlichkeit mit ihrer Mutter verstärkte. Precious traute sich nicht hinaus in den engen, mit braunem Teppichboden ausgelegten Gang, der die winzigen Räume des Wohnwagens ihrer Eltern miteinander verband. Statt dessen lehnte sie sich mit dem Rücken gegen die Wand, schlang den rechten Fuß um ihr linkes Schienbein und biß sich mit ihren weißen kleinen Zähnen auf die Unterlippe. Als Mayo sie so sah, spürte er, wie seine Erektion langsam nachließ. Dieser verkniffene, panische Ausdruck in ihrem Gesicht gefiel ihm gar nicht. So ähnlich hatte sie ausgesehen, als sie dieser Perversling Wally Inglass gestern in der Schule belästigt hatte.

»Mayo, bitte geh und schau nach, was das ist. Schau in die Küche, vielleicht ist dort –« Als Precious zu sprechen aufhörte, hatte Mayo bereits den halben Weg durch den

Gang zurückgelegt und zog sich halb im Gehen die Jeans an. Er näherte sich der engen Nische mit den winzigen, fettverkrusteten elektrischen Kochplatten, der schmutzstarrenden Edelstahlspüle und dem mit Magneten zugepflasterten Kühlschrank, die Mrs. Isaacs beschönigend ihre »Küche« nannte. Diese Ecke des Wohnwagens hatte ihren ganz eigenen, schmuddelig-öligen Geruch, aber das, was Mayo jetzt roch, war etwas anderes. Es war ein scharfer, fettiger und gleichzeitig sehr *organischer* Geruch, wie Mayo ihn bisher noch nie gerochen hatte. Dieser Geruch hatte etwas ... Gefährliches an sich, wie der ungesunde, warme Geruch nach einer starken elektrischen Entladung.

Mayo klopfte an die Wand neben den elfenbeinfarbigen Lüftungsschlitzen, schnüffelte an den beiden Kochplatten und öffnete die Bratröhre – nichts. Aber nichtsdestotrotz war überall dieser Übelkeit erregende Gestank, der von nirgendwo herzukommen schien. Gerade als Mayo dachte, er habe ein leises Geräusch gehört, eine Art unterdrücktes Quieken, erforderte etwas anderes seine ganze Aufmerksamkeit. Es war Precious, die aus vollem Hals schrie.

»*Nein!* Mayo, komm sofort zurück! *Er* ist *hier! – Mayo!!!*«

Mayo Parks wußte auf der Stelle, wer mit »*er*« gemeint war – es konnte nur dieser fette Scheißer Inglass sein. Mayo hatte Precious immer wieder davor gewarnt, sich mit diesem Idioten einzulassen – Mayos Bruder Dusty hatte schließlich jede Menge Ärger mit dem hinterhältigen Dreckskerl gehabt –, aber Precious hatte den Widerling immer wieder *gereizt*, so lange, bis der Fettsack fuchsteufelswild geworden war.

Precious klebte an dem schmalen Stück beige getäfelter Wand neben der Schlafraumtür und hielt ihre Jeans und

ihr T-Shirt vor ihren nackten Körper. Mayo schob sie mit dem Ellenbogen in den Gang, und dann sah er Inglass, der sein Gesicht an das Fenster des Schlafraums gepreßt hatte. Mayo kam zu spät, als daß er das, was jetzt kommen mußte, vielleicht noch hätte verhindern können. Eine Sekunde später zerbarst das Fenster und fiel wie ein Regen aus zerbröselndem Glas und zerfetztem Plastik-Fliegengitter in den Raum. Überall waren Glassplitter – auf dem schmuddeligen Bettuch, dem Teppichboden, in Precious' langen Haaren – und Wally Inglass versuchte, sich hereinzuziehen, seine haarigen Unterarme waren nackt, sein Gesicht glänzte vor Schweiß und Aufregung, und er sagte mit einer Stimme, die wegen ihrer Ruhe nur um so fürchterlicher war: »Mayo, du kannst jetzt gehen, mit dir habe ich kein Hühnchen zu rupfen.«
»*Lauf*, Mayo! Lauf los und hol *Hilfe*«, drängte Precious.
»Aber was ist mit dem Telefon –«, fing Mayo an, aber sie schrie: »Das haben sie uns weggenommen! Geh, Mayo, *geh* –«
»Du solltest besser auf sie hören, *Mayo*«, höhnte Wally, und da sahen die beiden Jugendlichen das Messer in seiner linken Hand – ein winziges Taschenmesser mit Perlmuttgriff, das nicht einmal groß genug für ein halbwegs anständiges Messerwerfspiel war.
Weil es der Direktor der Ewerton High School nicht schaffte, sich durch das Fenster zu quetschen, ließ er sich fallen und verschwand. Mayo packte Precious am Arm und zog sie, immer noch barfuß, zur Eingangstür, aber da stand bereits Wally und hatte seine feisten, purpurroten Lippen zu einem selbstzufriedenen Grinsen verzogen. Er packte Precious am Arm, als sie und Mayo an ihm vorbei wollten. Mayo versuchte, Precious freizubekommen, aber Wally stach mit dem Messer nach der nackten Brust des

Jungen, und ein dünner roter Strich, aus dem in dunkelroten Perlen das Blut trat, klaffte auf einmal mitten zwischen Mayos Brustwarzen. Wally Inglas starrte ihn böse an und sagte mit dampfendem Atem: »Ich will dich nicht hierhaben, du *Lümmel* – außer du hast Lust, mir dabei zuzusehen.«
Mayo wollte wieder nach Precious greifen, aber sie schüttelte den Kopf und schrie: »Geh zum *Auto* und hol Hilfe«, während Inglas sie bereits zu dem verwahrlosten »Garten« hinter dem Wohnwagen zerrte. Keuchend sah Mayo sich um, aber in der immer rascher hereinbrechenden Dämmerung konnte er vor keinem der anderen Wohnwagen irgendein Auto der Nachbarn entdecken. Es begann zu graupeln, wirbelnde kleine Eisstückchen fielen scheinbar aus allen Richtungen auf ihn herab. Als er versuchte, seine Rostlaube zu starten, sah Mayo, wie sich die Eiskügelchen in körnigen, fast trocken aussehenden Haufen auf der Kühlerhaube sammelten.
Der Motor wollte einfach nicht anspringen. Mayo hörte, wie seine Freundin schrie, ihre Stimme schien von überallher um Mayo herumzuwirbeln. Auch Inglass sagte etwas, das aber zu leise und undeutlich war, als daß Mayo es hätte verstehen können. Keuchend, mit gepreßtem, pfeifendem Atem, der klang wie der eines erschreckten Kindes, verließ Mayo sein Auto (*Habe ich dich nicht gewarnt, Precious? Der Kerl hat nicht mal Zündkerzen in seinem Motor,* sagte jetzt Wally Inglass bestimmt), rannte zur Straße, die in die Stadt führte, und hielt Ausschau nach einem erleuchteten Fenster, einem vorbeifahrenden Auto, nach *irgendeinem* Zeichen von normalen Menschen.
Mayo Parks verfluchte sich, weil er klein beigegeben hatte, aber er konnte trotzdem nicht zurückgehen und sich noch einmal Wally Inglass und seinem Messer stellen.

Dabei bemerkte er gar nicht die widerlich stinkende und merkwürdig geschmeidige Ratte, die aus der offenen Tür des Wohnwagens huschte und die gesprungenen Betonstufen hinunter ins schneebestäubte Gras lief. Er sah auch nicht, was beim Wohnwagen der Familie Isaacs geschah, daß am Himmel hinter ihm ein fürchterliches Krächzen und das Schlagen von ölig glänzenden, wild flatternden schwarzen Schwingen anhob.

7

Hinter dem Wohnwagen

»– zu Gramma!« wieherte das Pferd mit einem die Nüstern blähenden Schnauben. »Du mußt *sofort zu Gramma!«*
»Du wirst Gramma mögen – so steht es im Horoskop«, piepste die Ratte aus ihrem Nest aus zernagtem Zeitungspapier voller scharf riechender Urinflecken. Anna wollte wegfliegen, aber ihre Flügelspitzen waren stumpf, abgeschnitten und in dem heißen, stinkenden Drachenatem, der in nebligen Schwaden aus dem kleinen Nähzimmer waberte, völlig nutzlos.
Anna hörte den Drachen, das trockene Knistern, mit dem seine hornigen Schuppen aneinanderrieben, und sie sah den verstümmelten Körper des Hundes, der quer vor der Tür lag, aber das Pferd und die Ratte bemerkten ihn entweder nicht, oder es schien ihnen egal zu sein. Sie wieherten und piepsten nur ständig im Gleichklang: »Geh hinein zu Gramma – sie will dich ... sie will dich.« Dann glitt die Schlange über die verschmierte und mit merkwürdigen Spuren übersäte Türschwelle, wobei sich ihre schwarzen, glatten Schuppen von dem glänzenden Rot abhoben. Die geschlitzte Zunge der Schlange zitterte bei den zischenden Worten: »Paß auf Luuuucy auf ... paaaß auf, Anna –«

Dann zerschmetterte das Pferd den Kopf der Schlange mit einem einzigen, den Boden erschütternden Huftritt, und die Ratte nahm Annas rechtes Bein zwischen ihre Zähne und zog sie über den Boden, den stoppelig-steifen, aber doch nachgebenden Körper der Hundes und die Türschwelle in die Höhle des Drachen, vorbei an einer einsam daliegenden, verschrumpelten Klaue. Das Pferd wieherte dabei: »Gramma braucht sie nicht mehr, also schau gar nicht hin, hörst du? Hörst du?«

Anna flatterte und schlug mit den Flügeln und pickte mit dem Schnabel in den räudigen, nach Abfall stinkenden Pelz der Ratte, aber das hoch aufragende Pferd war knapp hinter den beiden und trat mit seinen scharfen Hufen auf Annas auf dem Boden schleifende Federn und den nackten Schwanz der Ratte und zwang sie so, sich schneller, schneller, immer schneller zu bewegen. Drinnen bewegte sich der Drache und ließ einen ekelhaften Seufzer hören, sein Atem schüttelte das Krims-Krams-Regal und ließ die vielen kleinen Porzellanfiguren klappernd herumtanzen, und dann wurde das Geräusch des Atems zu einem lebendigen, gefährlichen Ding, das lauter war als das Pferd und die Ratte zusammen.

Anna, die immer noch halb in ihrem Traum war, versuchte ihren Kopf tiefer in die Kissen zu vergraben, damit ihre flanellbezogene Weichheit das schreckliche Poltern des Drachenatems dämpfte, aber er wurde dadurch nicht leiser. Beide Katzen waren wach und spazierten über Annas Beinen auf dem Bett hin und her, ihre harten Pfoten taten ihr auf Schenkeln und Hüften weh. Bruiser kam zum Kopfteil des Bettes herauf und versuchte, Anna aus den Kissen zu graben, indem er mit seinen scharfen Klauen am Stoff kratzte und mit seiner großen, stumpfen Schnauze zwischen ihnen herumschnüffelte.

»Okay … *Okay*«, stöhnte Anna, setzte sich auf und legte ihre Arme um Bruisers breite Schultern. Die Katze stieß

Anna mit ihrer feuchten Schnauze in die Augen, auf ihre Wangen, während das Poltern weiterging, es war ein Dröhnen, als würde beständig auf Holz geklopft.

»Ach *verdammt!*« Da klopfte jemand an Annas Haustür, hatte das vermutlich schon seit einer geraumen Weile getan. Anna schrie: »Ich komme!«, schwang die Beine aus dem Bett, suchte mit den Zehen nach ihren Hauspantoffeln und eilte durch das Schlafzimmer, wobei sie nur einmal kurz stehenblieb, um ihren Morgenmantel von dem goldfarbenen Haken an der Innenseite der Tür zu nehmen.

Wer auch immer da klopfte, er tat es geduldig und hartnäckig – es war nicht das Ich-schlage-gleich-die-Tür-ein-Poltern ihres verstorbenen Nachbarn Elmo und auch nicht das furchtsame, zaghafte Tappen der alten Frauen, die manchmal mit irgendeinem *Erbauungsblättchen* an die Tür kamen, sondern ein gleichmäßiges Klopfen von Knöcheln auf dem Holz der Tür, das gut und gerne schon ein paar Minuten angedauert haben konnte.

Anna schaute auf die Wanduhr neben der Eingangstür – es war 18 Uhr 37 – und wiederholte immer wieder: »Ich bin schon auf, ich komme schon. Wer ist da?«, während sie über den abgetretenen, fadenscheinigen Teppichboden trottete, und mit einer Hand nach dem Türknauf und mit der anderen nach dem Lichtschalter tastete. Beide Hände blieben aber in Wartestellung, bis sie hörte, wie eine gedämpfte Stimme hinter der Tür sagte: »Ich bin's, Terry Von Kemp. Bib Stanley hat gesagt, ich soll dich holen – du wirst als Aufseherin gebraucht!«

Anna öffnete die Tür und schaltete gleichzeitig das Licht auf der Veranda ein. Durch einen schmalen Spalt spähte sie hinaus und sah Terrys unrasiertes Gesicht zwischen herunterhängenden, fettigen Haaren, die fast den Kra-

gen seiner Uniformjacke berührten. Sie sagte verwundert: »Aber du arbeitest doch für Sheriff Sawyer.«
»Stu hat im Moment keine Aufseherin, zumindest keine, die heute abend Dienst hätte. Bib hat dich an uns ausgeliehen, er meinte, das gehe schon in Ordnung.«
»Oh.« Anna blickte über Terrys Schulter. Der weiße Sheriff-Wagen stand neben dem mit Unkraut zugewachsenen Kiesstreifen, den Ma und Anna ihre »Auffahrt« nannten.
Sie wußte nicht, wie lange Terry schon draußen gewartet hatte, es war ihr aber zu peinlich, ihn danach zu fragen. Statt dessen sagte sie: »Komm doch rein, Terry. Ich bin in ein paar Minuten fertig. Es tut mir leid, daß du warten mußtest.«
Anna trat zurück und ließ ihn herein, dann eilte sie zu der Truhe beim Telefon und schaltete die Lampe ein. Sie zog sich ihren Morgenmantel enger über ihrem rosa Schlafanzug aus Kunstfaser zusammen und sagte: »Ich muß mich bloß schnell anziehen. Es dauert nur eine Minute. Bitte, setz dich doch, oder –«
»Kann ich ein Glas Wasser haben?« fragte Terry fast schüchtern, während er mitten im Wohnzimmer stand, den Hut in der Hand drehte und es vorsichtig vermied, in Annas Richtung zu blicken. Er schien viel zurückhaltender als sonst – und ganz anders, als er am Montag morgen gewesen war.
Auf ihrem Weg zurück zum Schlafzimmer sagte Anna: »Die Küche ist links hinter dem Eßzimmer. Im Abtropfständer stehen saubere Gläser«, und erst als sie ihren Schlafanzug ausgezogen hatte und in ihre engen Hosen schlüpfte, fiel ihr ein, daß Mas mit Ketchup geschriebene Abschiedsbotschaft noch immer auf den Türen des Küchenschranks prangte. Als sie sich ihre Stiefel anzog –

Bruiser und Mouth »halfen« ihr dabei, indem sie ihre Köpfe gegen Annas Beine und Füße drückten –, rief Anna durch die Tür: »Entschuldige die Unordnung – ich bin hier mit den Katzen ganz allein, und die Putzfrau war seit einer Ewigkeit nicht mehr hier!«

Durch das Gurgeln des Wassers, das aus dem Hahn rauschte, rief Terry zurück: »Dieses Haus hier ist doch wirklich viel sauberer, als deine Ma gesagt –, ich meine, es ist wirklich hübsch, wenn man bedenkt, daß du den ganzen Tag arbeiten mußt.« Terry nahm einen geräuschvollen Schluck aus seinem Wasserglas, um seinen Fauxpas zu kaschieren.

Anna zog die weiße Veloursjacke an, die sie schon am Donnerstag getragen hatte, fuhr sich mit den Fingern durchs Haar, bevor sie es unter einer Mütze versteckte, drückte beide Katzen zum Abschied und dachte: *Was hast du bloß gemacht, Ma – hast du jedermann erzählt, das Haus sei ein Saustall, bloß weil der Küchenboden nicht immer so sauber war, daß man davon hätte frühstücken können? Oder hast du es getan, um mich unmöglich zu machen, obwohl du es ja warst, die immer ihre schmutzigen Sachen im ganzen Haus verstreut hat?*

»Ich bin fertig«, sagte Anna, als sie in den winzigen Flur trat, der das Schlafzimmer mit dem Bad verband und am Wohnzimmer endete. Von Terry, der in der Küche mit dem Gesicht zum Schrank stand, konnte sie nur einen Teil des linken Ellenbogens sehen. Er las vermutlich gerade, was Ma auf die Türen geschmiert hatte. Als er Annas Stimme hörte, fuhr er zusammen und schaute mit einem schuldbewußten Gesichtsausdruck um den Schrank herum.

»Mein Gott, du ziehst dich aber schnell an. Ich wünschte, meine Frau könnte das auch«, sagte er und stellte sein halb geleertes Glas auf die Arbeitsfläche, bevor er Anna zur Haustür folgte.

»Es ist nicht viel dabei, eigentlich ist es ein ganz simpler Trick. Im Winter schlafe ich in Socken und Unterwäsche«, sagte Anna, ohne sich zu schämen, und fügte hinzu, während sie ihre Handtasche über die Schulter hängte und auf die Tasche ihrer Jeans klopfte, um zu fühlen, ob sie ihre Schlüssel dabeihatte. »Wenn ich frühmorgens aufstehe, dann möchte ich so wenig wie möglich zu tun haben, und so ist mir jede Arbeitseinsparung recht.« Alles, was Terry antwortete, während Anna hinter ihnen die Tür zuzog und verschloß, war: »Oh ... ich schätze, das ist richtig.«

Als sie von der Veranda trat, bemerkte Anna, daß es leicht geschneit hatte – es war der erste Schnee in diesem Herbst –, und wünschte, sie hätte sich eine dickere Jacke angezogen.

Auf dem kurzen, rutschigen Weg zum Auto sagte Anna: »Es wäre mir lieb, wenn du Stu und Bib nichts von diesem Geschmier in der Küche erzählen würdest – meine Mutter war nicht ganz bei sich, als sie das tat.«

»Kannst du es denn nicht wegwischen?« Terry hörte sich eher verblüfft als vorwurfsvoll an. Er hielt Anna die Wagentür auf, ging dann um die Kühlerhaube herum und stieg auf der Fahrerseite ein.

Anna seufzte und wartete, bis Terry sich mit dem knisternden Geräusch noch ziemlich neuen Leders und dem Quietschen der Sitzpolsterung neben ihr niedergelassen hatte, bevor sie antwortete: »Das verstehst du nicht – es geht hier ums Prinzip. Das ist eine Geschichte zwischen meiner Mutter und mir.«

Genauso wie die Tatsache, daß Ma immer wie eine Zwölfjährige ihre schmutzigen Sachen auf dem Boden und auf den Möbeln herumliegen und mich die ganze Unordnung aufräumen läßt. Und dann macht sie mir *Vorwürfe, daß ich keine Zeit hatte, das restliche Haus sauberzumachen. Als Ma sich einmal über ihren Job bei der Kreditanstalt furchtbar geärgert hat, hat sie einen vollen Kochtopf auf der Arbeitsfläche umgekippt und das Zeug so lange an der Wand und auf dem Boden eintrocknen lassen, bis ich es schließlich mit einem Spachtel abkratzen mußte. Aber sie hätte nie zugegeben, daß sie an dieser Schweinerei schuld war. Oder wie oft bin ich nach Hause gekommen, und Ma hatte nicht einen Finger krummgemacht, um das Katzenklo zu leeren, auch wenn es randvoll war? Und dann behauptete sie, es sei meine Schuld, daß das Haus eine »Latrine« sei, »eine gottverdammte, stinkende* Latrine«.

Anstatt Anna anzupflaumen, sagte Terry bloß: »Ja, manchmal muß man erst mit jemandem zusammenleben, um zu wissen, wie er wirklich ist.«

Dann sagte Terry ein paar Minuten lang nichts mehr, und Anna lehnte sich mit halb geschlossenen Augen auf dem Beifahrersitz des Streifenwagens zurück (aus dem Armaturenbrett schien ein unangenehmer, scharfer Geruch aufzusteigen, wie die Ausdünstungen eines Skunks, aber Anna, die jahrelang den talgigen Geruch ihrer Großmutter hatte ertragen müssen, machte das nicht allzu viel aus), so daß die Straßen nur schemenhaft an ihr vorbeiglitten.

Sie fuhren die Lister Street entlang, kreuzten die Ewert Avenue und fuhren auf dem Railway Drive in Richtung Norden, bis sie nach links auf den Lumbermill Drive abbogen. Die verschneiten Straßen glitzerten im Licht der Autoscheinwerfer. Als Terry um die scharfe Kurve bog und am winzigen Ewert Park vorbei über die Brücke beim Krankenhaus fuhr, richtete sich Anna in ihrem Sitz auf und fragte: »Terry, wo wollen wir eigentlich hin? Ich dachte, wir würden zur Polizeistation fahren.«

»Ach, Entschuldigung, ich hab' es dir ja noch gar nicht gesagt. Es geht um etwas außerhalb der Stadtgrenze. Deshalb fällt der Fall auch in Stus Zuständigkeitsbereich, aber er braucht mehr Leute, und so hat er die Stadtpolizei um Verstärkung gebeten.«
»Was meinst du damit: *es geht um etwas*? Ich dachte, ihr hättet eine Frau festgenommen und ich sollte jetzt –«
Terry fuhr in der schon dichten Dunkelheit am hell erleuchteten Eingang der Notaufnahme des Krankenhauses vorbei und sagte: »Wir brauchen dich, wenn wir sie gefunden haben. Wir haben sie noch nicht festgenommen, zumindest war das noch so, als Stu mich losgeschickt hat, um dich zu holen.«
Hier an der Bezirksstraße standen die Straßenlaternen in großen Abständen und beleuchteten nur schlecht die drohend aufragenden Bäume, die verwitterten, farmähnlichen Häuser und die Scheunen mit ihren durchhängenden Dächern, die ein wenig von der Straße zurückgesetzt standen. Im Himmel über dem Streifenwagen war der Mond immer noch nicht deutlich zu erkennen, nur ein vager Lichtschleier schimmerte hinter den dahinjagenden Wolken. Und je mehr sie sich von Ewerton entfernten, desto dunkler wurde es, und desto weiter lagen die Häuser auseinander – sie wurden kleiner, waren einfacher gebaut, standen in merkwürdigen Winkeln zur Straße, und fast jedes von ihnen wurde von einem silbrig glänzenden Heizöltank überragt und war von den dunklen Rümpfen verrosteter Autos und Kleinlaster und brandneuer Schneemobile unter ihren Plastikplanen umgeben.
Anna hatte diese Gegend des Dean County bisher noch nicht oft gesehen, und wenn, dann aus einem sicheren Schulbus heraus, mit dem sie zu einem Musik-Festival

oder einem Gerichtsbesuch gefahren worden war, niemals aber zu Fuß oder alleine mit dem Auto. »Yahoo-Land« hatte Anna diese Gegend immer genannt, denn ab und zu, wenn der Ewerton-High-School-Bus mit ihr dort vorbeigerauscht war, hatte sie ein paar der wildäugigen, struwwelhaarigen und mit karierten Flanellhemden bekleideten Bewohner dieser kaum menschlichen Behausungen gesehen. Der Gedanke daran, daß jemand, eine *Frau*, alleine hier draußen in dieser von Halbirren bewohnten Wildnis herumirrte, war eine schreckliche Vorstellung für Anna – ganz gleich, was die Frau, die bald festgenommen werden sollte, verbrochen hatte.

Jetzt sahen die Behausungen auf der rechten Seite der Straße alle ziemlich gleich groß aus und standen in engen Reihen neben der Straße – ein Wohnwagenpark. Am anderen Ende dieses Parks war eine Ansammlung heller Lichter, die wie heruntergefallene Sterne aussahen – blinkendes Rot, Weiß und Blau, die gelblichen Kegel von Autoscheinwerfern und das gleichmäßige, leicht grünlich getönte Licht der starken Halogenstrahler. Zwischen den Lichtern bewegten sich dunkle Gestalten mit glänzenden Sheriffsternen und Gürtelschnallen, die aus der Dunkelheit um einen langen grünen Wohnwagen auftauchten und wieder verschwanden. Dieser Wohnwagen sah älter aus als die anderen im Park und stand auch ein wenig abseits. Ein gelbes Absperrband, mit dem Wort TATORT in großen, schwarzen Blockbuchstaben bedruckt, zog sich an schief in den ungepflegten Rasen gerammten Metallstangen entlang und isolierte den grell beleuchteten Wohnwagen noch mehr von seinen Nachbarn.

Terry brachte den Wagen am Straßenrand zum Stehen, machte aber keine Anstalten auszusteigen und sagte: »Sieht nicht so aus, als hätten sie sie schon gefunden.

Weißt du, es war gut, daß du geschlafen hast, als ich zu deinem Haus kam.«
Anna sah ihn fragend an und sagte langsam: »Ich habe mich heute nachmittag nicht gutgefühlt. Ist es denn *wichtig*, daß ich im Bett war?«
Terry fummelte den Schlüssel aus dem Zündschloß und sah Anna nicht an, als er antwortete: »Ach, eigentlich nicht. Es ist bloß, weil Bib, als er hier herauskam und mir sagte, daß du Bereitschaftsdienst als Aufseherin hättest, noch meinte, daß er hoffte, daß du ein verdammt gutes Alibi für die vergangenen paar Stunden hättest. Nach all dem, was hier draußen passiert ist«, fügte er hastig hinzu, während er aus dem Auto stieg und die Tür hinter sich zuschlug. Als Terry ihr die Tür aufhielt, nickte Anna nur zum Dank und folgte ihm über das verschneite, knisternde Laub und das stoppelige Gras zu dem grünen Wohnwagen im Scheinwerferlicht.
Anna ärgerte sich, daß sie Terry nicht gefragt hatte, ob sie sich etwas Wärmeres zum Anziehen hätte mitnehmen sollen als die dünne Veloursjacke, die sie jetzt trug. Sie zitterte vor Kälte, als sie ein paar Schritte hinter Terry her ging, über das straff gespannte gelbe Absperrband stieg und in den Kreis von Lichtern, Fahrzeugen und sich bewegenden Menschen trat. Und als sie ein Blitzlicht an einer Kamera zwei-, dreimal hintereinander aufleuchten und hinter dem Wohnwagen die Schwänze von ein paar Polizeihunden wedeln sah, begann auf einmal eine näselnde Folk-Stimme in ihrem Kopf eine Art Sprechgesang:

Und sie benützten das ganze Po-lizeispielzeug, das sie auf ihrer Po-lizeistation herumliegen hatten. Sie nahmen Gipsabgüsse von Reifenspuren und Fußspuren und ließen ihre Hunde überall rumschnüffeln.

Anna lächelte – das war Arlo Guthrie, der da in ihrem Kopf seinen Protestsong »Alices Restaurant« sang, der aus Annas Jugend stammte und vom »schlimmsten Verbrechen der vergangenen fünfzig Jahre« handelte, das sich in Stockbridge, Massachusetts, einem Nest mit *»drei Stoppschildern, zwei Po-lizisten und einem Po-lizeiwagen«*, zugetragen hatte. Officer Obie, einer der Polizisten dort, hatte einen Briefumschlag mit Arlos Namen drauf unter einer halben Tonne von Abfall aus Alices zu einem Wohnhaus umgebauter Kirche gefunden, welchen Arlo mit einem Freund von dort mit *»Schaufeln und Harken und anderen Zerstörungswerkzeugen«* in einen roten VW-Kleinbus verfrachtet und einen Abhang hinunter auf den *anderen* Abfallhaufen geworfen hatte, der sich bereits unten an dem Abhang befunden hatte. Dann hatten sie von Alice ein Thanksgiving-Essen bekommen, das *unschlagbar* gewesen war.

Anna hatte seit dem 1. Mai, an dem sie es zum letzten Mal gehört hatte, nicht mehr an das Lied gedacht. Damals hatten sie im Radio die sechzig besten Lieder der sechziger Jahre gespielt. Aber jetzt, als Anna hinter dem Hilfssheriff an einem guten Dutzend ihr völlig unbekannter Stadt- und Countypolizisten vorbeitrottete, die geschäftig kodierten Schwachsinn in die quäkenden Funkgeräte ihrer Streifenwagen brabbelten, das verschneite Gras mit ihren Taschenlampen ableuchteten oder einfach miteinander redeten, klang ihr die ganze Zeit Arlo Guthries halb lustige, halb traurige Erzählung von den *»Siebenundzwanzig farbigen 18 x 24 Hochglanzfotos mit Kreisen und Pfeilen drauf und einer Notiz auf der Rückseite, die erklärte, was auf dem Bild als Beweismittel gegen uns benützt werden konnte«* in den Ohren.

Anna mußte ein Kichern unterdrücken, als Terry schließlich vor Stu Sawyer und einem Staatspolizisten stehenblieb. Die beiden standen neben einem heruntergekommenen Anbau, der gerade groß genug für einen Rasenmäher und einen Benzinkanister war. Nach dem unangenehmen Benzingeruch zu schließen, war es auch genau das, was der kleine Schuppen, an dessen Wänden die Farbe schon Blasen warf, beherbergte.

»Hey Stu, habt ihr sie schon gefunden?«

Anscheinend war es Stu Sawyer nicht recht, daß er in Anwesenheit der neuen Aufseherin »Stu« genannt wurde, jedenfalls deutete die Röte auf seinen herunterhängenden Wangen und die Art, wie sich seine kleinen Augen verengten und einen harten Ausdruck annahmen, darauf hin. Er antwortete knurrend: »Nein, das haben wir nicht, *Hilfssheriff* Von Kemp. Wenn Sie irgendeine Idee haben, wie wir sie heraustreiben könnten, dann gehen Sie hin und *machen* Sie's. Ich jedenfalls wollte sie nicht anrühren, bevor eine Polizistin da ist – oder, wenn's gar nicht anders geht, eine Aufseherin.« Letzteres war ganz offensichtlich auf Anna gemünzt gewesen, aber in ihrem Kopf wurde Stus altgewohntes, lärmendes Bellen von Arlos Stimme überlagert, die in ihrem näselnden Singsang sagte: *»Ich glaube nicht, daß ich mit diesen Handschellen hier den Müll aufsammeln kann.«* Wenn Stu also vorgehabt haben sollte, Anna zu beleidigen, dann hatte das nicht geklappt.

Anna lächelte sogar ein wenig und zitterte schicksalsergeben hinter Terry, während Stu in seinem Gespräch mit dem Staatspolizisten fortfuhr und die beiden nicht weiter beachtete. »Also, wenn man dem Freund des Mädchens glaubt, dann ist es so etwa vor zwei, zweieinhalb Stunden passiert, während er noch auf seinen zwei Beinen war.«

»*Wer* war auf seinen zwei Beinen – das Opfer oder der Freund des Mädchens?« Der Staatspolizist, ein Mann von fünfzig oder mehr Jahren, sah verfroren und verärgert aus, aber ob der zweite Zustand vom ersten herrührte oder von Stus verwirrender, zurückhaltender Aussage, konnte Anna nicht genau sagen. Eines aber konnte sie sagen – daß der alte »Sackarsch« Sawyer (er hieß so, weil seine Hosen am Hintern immer so zusammengesunken herunterhingen) irgend etwas verschwieg, oder, besser, irgend jemanden deckte.

Widerwillig murmelte Stu: »Das *Opfer*«, bevor er mit seinem monotonen Gerede fortfuhr: »Und nachdem er dem Freund des Mädchens gesagt hatte, er solle sich verdrücken, versuchte der Junge zuerst, seinen Wagen zu starten, aber er fand heraus, daß jemand daran herumgefummelt hatte, so daß er nicht ansprang, und so mußte er zu Fuß bis zum nächsten Haus gehen, in dem ein Telefon war. Und da die meisten Leute hier draußen am Samstagabend nicht zu Hause sind, mußte der Junge eine ganze Weile laufen.«

Terry stand mit den Händen in den Jackentaschen daneben, sein Atem bildete in der kalten Luft unförmige Wolken, die im Licht der Scheinwerfer in allen Regenbogenfarben schimmerten. Als Stu erwähnte, daß der Junge hatte »eine ganze Weile laufen« müssen, prustete er los: »Ich wußte gar nicht, daß einer aus dem Parks-Clan seine Füße jemals zu etwas anderem benutzt hätte, als auf ein Gaspedal zu treten.«

»Halt's Maul!« bellte Stu, aber in Annas Kopf wurde sein Befehl zu Officer Obies knapper Bemerkung an den mit Handschellen gefesselten Arlo – *»Halt den Mund, Junge!«* Diesmal kicherte Anna laut heraus. Stu warf ihr einen sauren Blick zu, redete aber weiter auf den Staatspolizisten ein:

»So erreichte er erst vor eineinhalb Stunden ein Telefon, und weil er lauter krauses Zeug plapperte, sah mein

Mitarbeiter in der Zentrale keine unmittelbare Veranlassung, dem Anruf sofort nachzugehen.«

»Mit anderen Worten, Sie sind dem Anruf zögerlich nachgegangen, weil sie die Glaubwürdigkeit des Freundes des Mädchens – dieses Parks-Jungen – anzweifelten?« fragte der Staatspolizist, dem Stus kleines »Bloß-keine-Namennennen«-Spielchen langsam auf die Nerven zu gehen schien. Terry Von Kemp zuckte vor Freude, als der Polizist von »diesem Parks-Jungen« sprach, und Anna mußte wieder kichern, weil Arlo fortfuhr: *»Sie machten Bilder von der Anfahrt und dem Fluchtweg, aus nordwestlicher Richtung und südwestlicher Richtung, ganz zu schweigen von den Luftaufnahmen.«*

»Haben Sie ein Problem, Mädchen, oder was ist los?« fragte Stu und wandte sich Anna zu, aber Arlo hatte seine Frage bereits in die Worte von Officer Obie übersetzt: *»Junge, wir haben deinen Namen auf einem Briefumschlag unter einer halben Tonne Müll gefunden und wollten nur mal wissen, ob du uns irgend etwas dazu erzählen kannst.«*

Anna, die jetzt vor der ganzen Verrücktheit dieser Vertuschungsaktion kapitulierte und hilflos herauskicherte, schüttelte verneinend den Kopf. Es war genau wie in Guthries Lied: diese lächerliche Wichtigtuerei, die zu nichts führte, das blitzblanke Spielzeug, das man aus dem Sheriffbüro und der Polizeistation hergezerrt hatte, und das umständliche Herumgerede »Hat er, soviel ich weiß, gesagt«, »Hat er höchstwahrscheinlich getan«; und das alles, bloß um zu verbergen, wie inkompetent Sheriff Sawyer in Wirklichkeit war. Er war dem Anruf nicht sofort nachgegangen, und jetzt gab es ein »Opfer« und jemand wurde wegen eines Verbrechens gesucht *(eine Frau, Terry hatte »sie« gesagt, denk dran ... eine Frau, die sich irgendwo da draußen in der Kälte und Dunkelheit des Yahoo-Lands versteckt hält)*, und da stand Stu Sawyer und versuchte seinen alten Sackarsch zu retten und geriet aus der Fassung, weil diese neue Aufseherin einen Kicheranfall hatte.

»Mal ehrlich, Stu, wann wollen Sie eigentlich dem Mädchen da eine Jacke besorgen? Können Sie nicht sehen, daß sie friert?«

Anna fuhr herum, als sie Bibs Stimme hörte. Der Polizeichef kam hinter dem Wohnwagen hervor und schien Stus letzte Worte an Anna mitbekommen zu haben.

Terry, der versuchte, auf der Seite der Gewinner – oder zumindest auf der Seite derer, die nicht ganz so dumm waren wie die anderen – zu stehen, zog sich schnell die Jacke aus und legte sie Anna über die Schultern, während Stu böse schaute und der Staatspolizist seufzte und mit seinem Stiefel gegen ein gefrorenes Grasbüschel trat.

Bib trat näher an Anna heran und sagte: »Ich glaube, sie sitzt in der Falle. Sie ist in dem Gebüsch jenseits des kleinen Bachs hinter dem Wohnwagen.«

»– bis wir auf eine Nebenstraße kamen, und neben der Nebenstraße war ein fünf Meter tiefer Abhang, und ganz unten an dem Abhang war noch ein Haufen Müll. Wir beschlossen, daß ein großer Haufen besser wäre als zwei kleine Haufen und –«

»Einer meiner Polizisten hat etwas zwischen den Bäumen gehört, und als er mit der Taschenlampe ins Gebüsch leuchtete, sah er Blue Jeans und blondes Haar. Ich kenne Precious – sie sieht so aus. Aber ich bin hier nicht zuständig, also wenn Sie bitte mitkommen würden –«

»Und inzwischen ist die kleine Hexe schon halb drüben im Wright County«, maulte Stu, während er Bib hinter den Wohnwagen folgte. Der Staatspolizist und Terry gingen mit, ebenso wie Anna – nachdem Terry noch einmal zurückgegangen war und sie geholt hatte.

Sie war immer noch ein wenig benommen von ihrer

unterdrückten Heiterkeit, der Kälte, ihrer Müdigkeit und der langsam in ihr aufkeimenden Furcht, mit der ihr erst jetzt zu Bewußtsein kam, daß sie außer dem Mädchen in seinem Versteck die einzige Frau in dieser von Lichtinseln unterbrochenen Dunkelheit war.

Hier draußen im Yahoo-Land.

Und auch wenn die Männer um sie herum Polizisten waren, so waren sie doch immer noch Männer, und schon als sie ein kleines Mädchen war, hatte ihr die Alte, immer wenn Ma fort und Klein-Anna allein mit ihrer Baba gewesen war, eingehämmert: »Männer sind böse. Sie haben vorne so schwarze, häßliche Dinger, die aussehen wie überreife Bananen. Und wenn sie die in dich hineinstecken, brechen sie ab und *verrotten* in dir.« – »Du weißt doch, was für ein Geräusch Schinkenspeck macht, wenn du ihn vom Fleisch abschneidest? Genauso sind auch die Geräusche beim Sex.«

(Und die schlimmste, wenn auch am harmlosesten klingende Bemerkung unter dem beständigen Knarzen des Schaukelstuhls war folgende gewesen: »Meine Tante Bella – also deine *Urgroß*-Tante – ist *verrückt* geworden, als sie herausfand, wer mir deine Ma gemacht hat, aber das war in Ordnung. Ich mochte sie *sowieso* nicht.«)

Vor lauter alter Erinnerungen an ihre Baba, die heimtückisch Annas Denken über das andere Geschlecht vergiftet hatte, und jüngerer Erinnerungen an »Alices Restaurant«, *dachte* Anna nicht wirklich, während sie über den buckligen Rasen hinter dem dunkelgrünen Wohnwagen stolperte. Alles, was sie sah, schien automatisch zu einem merkwürdig passenden – oder ironischerweise *un*passenden – Bruchstück einer Unterhaltung oder einer Zeile aus dem Lied zu werden, und so brauchte ihr Hirn keine frischen Beobachtungen mehr zu verarbeiten. Alles schien ihr wie einer von diesen fürchterlichen, blutigen Filmen, in denen ein echter Mensch wirklich umgebracht wird, und dieser Film wurde in einer Endlosschleife immer wieder durch einen Acht-Millimeter-Projektor gezogen.

Links von ihr, im Scheinwerferlicht, lag unter einem fleckigen Tuch eine Gestalt, deren Anonymität nur von einem linken Fuß mit einem schwarzen Schuh dran aufgehoben wurde und von einer zur Faust geballten rechten Hand, die merkwürdig weit oben an der verhüllten Gestalt aus dem Tuch hervorragte.

»– *Schaufeln und Harken und andere Zerstörungswerkzeuge* –«

(»– sie *verrotten* in dir –«)

– und die beiden Polizisten, die neben der Leiche standen, rauchten und schnippten ihre Asche an den Kameras vorbei, die um ihre Hälse hingen, und der eine sagte zum anderen: »Meinst du, daß sie dieses Foto auch im Jahresbericht abdrucken werden«, bevor beide ein unterdrücktes, merkwürdig irres Gelächter –

»– *farbige Hochglanzfotos mit Kreisen und Pfeilen drauf und einem Absatz auf der Rückseite* –«

(»Und wenn einmal ein Junge in der Schule dich fragt, ob er deine Hand halten darf oder so was, dann sag ihm: ›Meine *Gramma* hat gesagt, daß du *böse* bist –‹«)

– in ein Hüsteln verwandelten, als Bib und Stu auf Hörweite herankamen. In der Dunkelheit hinter den Scheinwerfern, wo die Bäume sich scharf und tiefschwarz vor dem rußig-grauschwarzen Himmel abhoben, liefen Polizisten mit auf den schneeüberstäubten Boden gerichteten Taschenlampen vor den fast kahlen Bäumen hin und her, und einer von ihnen rief: »Du kannst doch nirgendwo mehr hin, Precious, und es wird immer kälter. Möchtest du dich nicht lieber in ein schönes, warmes Auto setzen?

Na, komm schon, Precious, willst du etwa die ganze Nacht hierbleiben? Du möchtest doch sicher nicht, daß wir die Hunde loslassen, oder?«, und ein anderer Polizist bemerkte: »Warum nicht? Sie haben doch ihren Geruch noch gar nicht –«

»– und Fußspuren und ließen ihre Hunde überall rumschnüffeln –«

(»Männer haben einen *fürchterlichen* Geruch. Halt dich fern von ihnen. Du siehst ja, wohin sie deine *Ma* gebracht haben.«)

»Da haben wir's, sie verzärteln die kleine Hexe schon«, murrte Stu und nahm ein weißes Megaphon, das Anna bisher noch nicht aufgefallen war, von seinem Gürtel. Bib, der neben Anna stand, flüsterte ihr zu: »Wie ein Kind mit seinem neuen Spielzeug«, bevor Stu so laut, daß man es selbst im östlichen Minnesota noch hören mußte, brüllte: »Precious Isaacs, komm jetzt sofort aus diesem Gebüsch raus!!! Ich habe keine Lust mehr, deine Spielchen mitzuspielen! Du bist verhaftet! Komm jetzt raus!!!«

Die Polizisten ließen die Strahlen ihrer Taschenlampen über das Dickicht aus Bäumen und struppigem Gebüsch gleiten, einem dichten, schwärzlichen Durcheinander aus Ästen und Dornen, aus eingerollten, welken Blättern und Stücken rostigen Stacheldrahts, das sogar einen erwachsenen Mann in einer Rüstung abgeschreckt hätte – und doch hatte sich dort drinnen eine Frau versteckt.

Anna, die einen Moment lang wieder über ihren eigenen Geist verfügte, erkannte auf einmal, warum die Polizisten sich nicht in dieses Dickicht hineingewagt hatten – wenn sie nicht aufpaßten, würden sie dort in Fetzen gerissen. Auch ein Hund, den sie da hineingehetzt hätten, wäre danach nicht viel mehr als Hundefutter gewesen. Und der Name, den Stu gebrüllt hatte, trommelte unablässig auf Annas Unterbewußtsein herum – *Precious Isaacs* –, bis die Erkenntnis sie streifte wie ein eiskalter Windstoß, der durch Terrys leicht verschwitzt riechende Jacke und ihr eigenes Velours-Oberteil hindurch bis tief in ihr Innerstes drang.

Precious Isaacs – das war doch dieses blonde kleine Mädchen mit dem großen Mund und den noch größeren Augen gewesen, die Großnichte einer früheren Nachbarin der Alten, einer Mrs. Cooper. Das Mädchen hatte jeden Sommer in der Evans Street gespielt – ein dünnes, kleines Ding in alten Kleidern von der kommunalen Textilsammlung, das nie Schuhe angehabt hatte. Aber *rasch von Begriff* war sie gewesen –

Anna erinnerte sich an einen Sommer, in dem sie und Ma versucht hatten, ganz allein dem Haus der Alten einen neuen Anstrich zu verpassen. Da Anna unter leichter Höhenangst litt (selbst wenn sie auf einem Küchenstuhl stand, wurde ihr schlecht), war Ma auf die Leiter geklettert und hatte den ersten Stock gestrichen, während Anna das Erdgeschoß angemalt hatte. Und so hatte auch nur sie es gehört, was die kleine Precious gefragt hatte: »Zieht ihr aus?«

»Nein, Precious. Wie kommst du denn da drauf?«

Das kleine Mädchen hatte eine seiner langen, blonden Locken um seinen schmutzigen Finger gedreht und geantwortet: »Weil ihr doch das tut, was alle Leute tun, die ausziehen: Ihr repariert und streicht euer Haus.« Und dabei war Precious, als sie das sagte, erst vier oder fünf Jahre alt gewesen. Sogar ihre Mutter (eine breitgesichtige, von vielen Geburten ausgelaugte, schlampige Frau in Annas Alter, die jedoch zehn Jahre älter gewirkt hatte) hatte gemeint, daß Precious gescheiter wäre als ihre beiden Eltern zusammen, und hatte Anna erzählt, wie Precious zusammen mit ihren Geschwistern (drei Mädchen und ein Junge – alle drei waren für ihr Alter viel zu klein gewesen) einmal ein Vorhängeschloß im Garten geöffnet hatte, dessen Zahlenkombination sie nur von hinten und von unten gesehen hatte.

Aber nachdem Anna und Ma von der Evans Street fortgezogen waren, hatten sie Precious Isaacs aus den Augen verloren, und langsam war die Erinnerung an das kleine Mädchen und ihre wieselgesichtigen Geschwister verblaßt. Jetzt fiel Anna mit einem Schreck ein, daß das Mädchen mittlerweile fünfzehn, sechzehn Jahre alt sein mußte – im Highschoolalter. Und wenn sie mit einem der Parks-Jungen ging, dann bedeutete das, daß die beiden vermutlich Opfer für Wally Inglass' alljährliche Pep-Rally-Jagd gewesen waren – und die Leiche, die Anna gesehen hatte, hatte merkwürdig kurze Arme gehabt.

So unauffällig wie möglich entfernte sich Anna von Stu und seinem plärrenden Megaphon, von den Polizisten, die vor dem dornigen, frostüberzogenen Gebüsch hinter dem Bächlein herumschlichen, und ging zurück zu der hell beleuchteten Leiche. Sie hüstelte, um auf ihre Gegenwart aufmerksam zu machen, und sagte, als einer der Polizisten sich zu ihr umdrehte: »Ich gehöre zur Polizei. Bib sagte, ich soll mal einen Blick unter das Tuch riskieren.«

Der bleichgesichtige Polizist, der sich zu ihr umgedreht hatte, grinste, stieß seinem Kollegen augenzwinkernd in die Rippen und sagte: »Ist das Ihre Feuertaufe? Na, dann los – aber berühren Sie dabei nicht seinen Corpus delectus, okay? Lenny Wilkes muß sich erst noch hier herausbequemen.«

Als Anna in den Lichtkreis trat und sich neben der einsamen Hand, die unter dem Tuch hervorschaute, niederkniete, spürte sie die Blicke der beiden in ihrem Rücken. Mit fasziniertem Schaudern erkannte sie Wally Inglass' Armbanduhr, deren Metallarmband in die dunklen Haare an seinem Arm eingebettet war.

»Jetzt kotz bloß nicht auf das Tuch, Mädchen. *Das* können wir dem alten Wally nicht mehr in die Schuhe schieben«, sagte der andere Polizist – ein kleinerer, dunkelhäutigerer Mann – hinter Anna, als sie das Tuch in die Finger nahm. Es war aus rauhem, grob gewebtem Stoff und dort, wo es auf dem Schnee gelegen hatte, war es kalt und klamm. Die Halogenlichter warfen an der Stelle, wo sich das Tuch ausbeulte, sich überkreuzende, hellblaue Schatten auf den Stoff. Anna hob das Tuch langsam hoch und starrte auf die blutigen Umrisse darunter. Sie sah den Teil einer Gürtelschnalle, zwei Knöpfe und den Hemdsaum darunter, und in der Kuhle zwischen den Beinen lag ein gebogenes, fleischiges, nach oben zeigendes ... Etwas.

(»Schwarz, wie eine überreife Banane. Und wenn sie es in dich hineinstecken ...«)

»Da, siehst du, sie hat doch nicht auf das Tuch gekotzt. Hey, machen Sie's bloß nicht wie Lenny Wilkes, der immer auf seine Schuhe kotzt. Das ist *seine* Spezialität«, rief der kleinere Polizist hinter Anna her, die fort in die Dunkelheit hinter der Leiche stolperte. Rechts von ihr konnte sie Stu durch sein Megaphon bellen hören: »Gib jetzt auf. Die Gegend ist umstellt. Du hast keine Chance mehr!«

»Junge, ich werde dich jetzt in die Zelle stecken –«

Zwischen Stus merkwürdig metallisch klingenden, elektrisch verstärkten Worten konnte Anna nur das leise, zerbrechlich klingende Knirschen und Knistern hören, mit dem ihre Stiefel durch das weiß gefrorene Gras glitten. Sie preßte die Hand über den Mund und sagte zu sich: *Du wirst dich jetzt nicht vor all diesen Männern übergeben. Du wirst es nicht wie Lenny Wilkes machen. Du wirst das Zeug irgendwo dahinten alleine loswerden.* Während sie das dachte, schlug mit jedem Schritt etwas Schweres gegen ihre rechte Hüfte. Es war eine Taschenlampe, die in Terry Von Kemps Jacke steckte.

Anna hielt den Atem an und spürte ein Stechen in ihrem Zwerchfell und ihrer oberen Speiseröhre, als der Magen seinen Inhalt nach oben würgte. Sie zog die Taschenlampe aus der Jackentasche und richtete sie auf den Boden. Mit ihren dunklen Jeans und Terrys Uniformjacke darüber hätte sie ein flüchtiger Beobachter für einen Polizisten halten können – und sie hoffte, daß der herumwandernde Strahl ihrer Taschenlampe diesen Eindruck noch verstärkte. Und von Polizisten wußte man, daß es ihnen beim Anblick einer Leiche schon mal schlecht wurde.

Glücklicherweise übertönte Stus unaufhörliches, vom Megaphon verstärktes Gebrüll Annas Würgen. Sie mußte ihren Kopf weit vom Körper wegdrehen, damit sie nicht Terrys Jacke schmutzig machte, und durch diese Verrenkungen fühlte sich ihr Zwerchfell an, als würde es bei jedem Atemzug an ihren Lungen kleben. Als Anna endlich fertig war und nur noch dünne Flüssigkeit spie, hatte sie sich eine ziemliche Strecke von dem Wohnwagen entfernt und stand mitten in der tiefen, ländlichen Dunkelheit. In der Ferne sah sie buschbestandene Hügel, die unten noch im dichten Schatten lagen, und eine Reihe schieferfarbener Telefonmasten entlang einer entfernten Schotterstraße, deren obere Querbalken in den unmöglichsten Winkeln standen. Als Anna sich umdrehte, sah sie das Dickicht, in dem Precious sich versteckt hielt. Es stimmte, was Stu unablässig in die Nacht brüllte – die ganze Gegend war umstellt, Polizisten umkreisten die

Bäume und Büsche, ihre Taschenlampen zuckten wie helle Punkte durch die Dunkelheit.
Anna dachte, daß sie keinen guten Grund dafür hatte, daß sie sich so weit vom Tatort entfernt hatte *(Oh, Wally, du aufgeblasener kleiner Scheißkerl. Sie hätte dir dein Ding abbeißen sollen!)*, und begann, zu den hellen Lichtern und den Geräuschen zurück zu gehen, wobei sie sich die Zeit nahm, mit den Armen in die Ärmel von Terrys Jackett zu schlüpfen, so daß sie die Druckknöpfe vorne schließen und sich besser gegen die Kälte wappnen konnte. In einiger Entfernung hörte sie, wie Lenny Wilkes ausrief: »Sowas hab' ich ja noch *nie* gesehen!«, und fragte sich, ob er wohl der nächste war, der sein Abendessen in den Schnee spucken würde.
Anna ging jetzt schneller – die Ohren wurden ihr unter den zurückgekämmten Haaren immer kälter – und ließ den Strahl von Terrys Taschenlampe wie ein Profi in einer bogenförmigen Bewegung vor sich hin- und herwandern. Dabei schaute sie auf den Boden, obwohl sie nicht erwartete, dort irgendwelche Spuren außer ihren eigenen zu entdecken. Aber anscheinend hatte sie für den Weg zurück eine etwas andere Richtung eingeschlagen, denn sie fand ihre eigenen Spuren nicht wieder, dafür aber die eines Kaninchens und eines kleineren Nagetieres, vermutlich einer Ratte. Und eine Vielzahl kleiner Vogelspuren in sauberen, gewundenen Linien.
Und dann sah sie die anderen Spuren – etwa in der Größe von Fasanenspuren –, die urplötzlich wie aus dem Nichts begannen, als ob der Vogel direkt dort gelandet wäre, aber die Spuren sahen nicht annähernd so aus wie die dieser großen Vögel, von denen man vor Jahren einige Brutpaare im County ausgesetzt hatte. Anna bückte sich und richtete den gelblichen Strahl der Taschenlampe auf

die Spuren, um sie näher zu untersuchen. Es war mehr als reine Neugierde, was ihr Interesse an den merkwürdigen Abdrücken geweckt hatte. *Vögel gehen nicht so*, dachte sie, während sie ein paar Schritte zurück ging und den großen Krallenspuren in die Dunkelheit folgte, wo sie auf einmal gar keine Vogelspuren mehr waren, sondern sich *veränderten*.

Und zwar in Fußspuren. Von winzigen, nackten Füßen, wie die eines Kindes. Sie führten sie eine Strecke weiter nach Westen, bis sie plötzlich unvermittelt aufhörten – mitten im Nichts, wo kein Baum in der Nähe war, auf den das Kind hätte klettern, keine Reifenspuren von einem wartenden Auto, in das es hätte einsteigen können. Der frisch gefallene Schnee war im Umkreis von einigen Metern vollkommen unberührt, erst dann waren verwischte Hundespuren zu sehen, so als hätte jemand einen laufenden Hund stark an der Leine gerissen und weggezogen.

»Anna Sudek! Wo Sie auch sind, kommen Sie sofort hierher. Wir brauchen Sie!« dröhnte es auf einmal durchs Megaphon.

Anna blickte zu der Stelle, wo Stu stand, und sah inmitten eines Netzes von Taschenlampenstrahlen eine kleine, zusammengekrümmte Gestalt, die beide Hände um ihre Schultern geschlungen hatte. Es war Precious – größer und älter geworden, aber Anna erkannte sie sofort.

Anna warf einen letzten Blick auf die bizarren Spuren und lief zurück zu der Gruppe von Polizisten. Lenny Wilkes murmelte über der hingestreckten Leiche leise vor sich hin, Bib setzte irgendeine Meldung über Funk ab, Terry Von Kemp zitterte in seiner dünnen Steppjacke, und Stu Sawyer stand inmitten seiner Hilfssheriffs wie ein Fischer, der stolz den Fang des Tages vor die Kamera hält. Anna mußte sich zurückhalten, um dem alten Sackarsch nicht ihr Knie zwischen die Beine zu rammen, als dieser sagte: »Hier ist Ihre Gefangene. Ab jetzt bewachen Sie sie, bis wir eine *echte* Aufseherin auftreiben können!«

Stus wertvoller Fang zitterte in seinem schweißnassen, dünnen T-Shirt, und auf den Schultern des Mädchens glitzerten noch nicht geschmolzene Schneeflocken. Kletten, Dornen und Stücke von abgebrochenen Ästen hingen in Precious' langen, verstruwwelten Haaren, ihre von der Kälte geröteten nackten Arme waren kreuz und quer zerkratzt und abgeschürft. Noch schlimmer war, daß sie barfuß war, ihre lackierten Zehennägel leuchteten rot vor dem schmutzigen Weiß-Rosa ihrer dreckbespritzten Füße.

Einer der Staatspolizisten wollte wissen, ob es denn ein geeignetes Jugendgefängnis gäbe, aber Stu fuhr ihm rüde über den Mund: »Darum kümmern wir uns schon«, bevor er sich an Anna wandte: »Sie gehen jetzt mit ihr in den Streifenwagen da drüben und setzen sich auf die Rücksitze. Warten Sie, lassen Sie mich Ihnen zuerst noch diese hier anlegen.«

Bevor Anna wußte, wie ihr geschah, hatte Stu bereits je eine Handschelle um ihren linken und um Precious' rechten Handknöchel zuschnappen lassen. Dann schob er sie beide zu Terrys Wagen und öffnete eine hintere Tür. Er schob erst Anna hinein, dann quetschte er Precious hinterher und sagte: »Ich habe ihr ihre Rechte vorgelesen. Sie wollte keinen Anwalt. Wenn sie also irgend etwas sagt, dann berichten Sie es mir!«

»Das Mädchen ist *minderjährig*«, gab Anna bissig zurück, ohne sich darum zu kümmern, wie Stu darüber dachte, und hoffte, daß einer der Staatspolizisten sie hörte. »Sie begreift gar nicht, was das bedeutet, wenn sie auf ihre Rechte verzichtet.«

Stu beugte sich über die zitternde, unter Schluckauf

leidende Precious in den Wagen und knurrte Anna an, wobei er sein fettes Gesicht fast in das ihre rammte: »Hören Sie mal zu, sie *Bürokraft, ich* bin hier der Sheriff, und dies ist mein County. Wenn es ihnen nicht gefällt, können sie sich ja in diesen Bach hier stürzen. Ihre Familie ist ja bekannt dafür, daß sie nur Schwierigkeiten macht, also will ich von Ihnen nichts weiter hören als ›Ja, Sir‹ und ›Nein, Sir‹, okay? Bib glaubt zwar, daß Sie gute Arbeit leisten, aber der Mann ist bekanntlich ein Arschloch, und ich kann mir deshalb lebhaft vorstellen, wie Ihre Arbeit *wirklich* ist, aber bis ich endlich Ginny Yarrow erreiche, die heute abend eigentlich Dienst als Aufseherin haben sollte, muß ich wohl oder übel mit Ihnen vorliebnehmen. Und wenn Sie etwas hören, was für mich wichtig wäre, dann ist es ihre Pflicht, es mir zu sagen. Verstehen Sie das, Miß Sudek? Wenn *sie* etwas sagt, dann wird es *mir* weitergesagt.« Mit diesen Worten zog Stu seinen Kopf aus dem Wageninneren zurück. Anna mußte sich auf die Lippe beißen, um nicht laut loszulachen, als sich der Sheriff dabei seinen bärenhaft breiten Rücken am Türrahmen anschlug.

Nachdem Stu die Tür zugeknallt hatte, war Anna mit Precious allein in dem Wagen. Nicht einmal die Innenbeleuchtung brannte, aber dafür kam etwas Licht von den Halogenstrahlern und Taschenlampen herein, so daß Anna sehen konnte, daß Precious' Augen ganz glasig waren, mit großen, schwarzen Pupillen, als habe sie etwas so Ungeheuerliches, Unvorstellbares gesehen, daß diese Pupillen sich nie wieder verengen würden.

»Precious, kennst du mich noch? Ich bin Anna Sudek, ich habe mal im Sommer das Haus meiner Großmutter angestrichen, und du wolltest wissen, ob wir auszögen.« Nichts. Anna hätte genausogut zum Mond hinaufschreien können. Precious bemerkte sie gar nicht. Anna nahm die Hand des Mädchens und rieb sie zwischen den ihren – keine Reaktion. Während sie langsam mit den Fingernägeln an Precious' Unterarm entlang fuhr und so versuchte, das Mädchen aus seiner Erstarrung zu lösen, sah sie hinaus zu Stu, der immer noch hersah, und dachte: *Du flacharschiges, altes Ekel. Schade, daß nicht* du *unter diesem Tuch da liegst.* Dann begann Precious auf einmal schwer zu atmen, so daß ihre Nasenflügel zitterten wie die eines Kaninchens.

»Precious, ist alles in Ordnung mit dir?«

»... stinkt denn da? ... ich riech' doch was ...« – sie schnüffelte –, »... Mayo, schau doch mal nach. In der Küche. Schau in die Kü– nein, Mayo, komm zurück! *Er* ist da! Mayo –« Die Stimme des Mädchens war jetzt nur noch ein gurgelnder Schrei. Die Handschellen machten es Anna unmöglich, Precious bei den Schultern zu packen, also drehte sie sich, um ihr mit der Hand über den Rücken streichen zu können. »Es ist alles in *Ordnung*«, sagte sie. »Wally ... hat sich *erledigt.* Er wird dich nicht mehr belästigen.«

Precious atmete jetzt regelmäßiger, ihr Atem roch leicht nach Kaugummi, aber noch eine andere, schärfere Duftnote lag darin, von der Anna glaubte, daß sie von männlichem Samen stammte. Nicht, daß Anna diesbezüglich auf persönliche Erfahrungen hätte zurückgreifen können (sie stellte sich Fellatio in etwa so appetitlich vor, als würde jemand sie zwingen, einen Milch-Shake durch einen gebrauchten Katheter zu schlürfen), aber Wally Inglass hatte sich bestimmt nicht selber dort unten hineingebissen. Und ihr Freund Mayo (*War das Mayo Parks, der jüngere Bruder von Dusty?*) war bestimmt schon lange fort gewesen, bevor Wally mit Precious zur Sache gekommen war.

Schließlich schienen die Augen des Mädchens ihre Umgebung wieder wahrzunehmen. Als sie Anna erkannte, krallte sie sich mit ihrer freien Hand in Terrys Jacke und stieß hervor: »Stu sagt, ich hätte es getan, aber *ich war es nicht!* Ich habe ihn nicht mal gebissen, wie Stu das behauptet. Inglass hat durch das Fenster *zugesehen*, wie Mayo mit mir geschlafen hat. Mom und Dad waren mit den Kleinen weg, sie vertrauen mir und Mayo, sie mögen ihn. Wir haben nichts *Schlimmes* gemacht, bloß miteinander geschlafen. Dann habe ich etwas gerochen, ich glaubte, es käme aus der Küche. Mayo ging raus, um nachzuschauen, und als er weg war, kam Inglass an mein *Fenster* und schaute rein und grinste ... und ich schrie. Mayo kam zurück, aber Inglass hat das Fenster mitsamt dem Rahmen eingedrückt. Mayo und ich waren voller Glassplitter, und Inglass sagte, daß Mayo abhauen solle, weil er mit Mayo kein Hühnchen zu rupfen hätte. Er hatte ein Messer und wollte Mayo damit abstechen, wenn er nicht ginge, und ich sagte zu Mayo: Lauf los und hol Hilfe!, weil die uns doch letzten Monat das Telefon weggenommen haben, und wir wollten zu Mayos Auto, aber das sprang nicht an, und Wally hat mich *gepackt*. Ich hatte solche Angst und dann – und dann –« Precious schluckte schwer und wischte sich die Tränen aus den Augen. »– und dann, draußen hinter dem Wagen, machte Inglass den Hosenschlitz auf und sagte: ›Das, was du da über mich im Gebäude sechs geschrieben hast, hat mir gar nicht gefallen. Wie, meinst du, kannst du das wiedergutmachen?‹ Ich antwortete ihm, daß ich das auch nicht wüßte und daß er weggehen solle, aber er lachte bloß und zog seinen – seinen Schwa–«

»Ist schon gut, ich weiß schon, was«, sagte Anna schnell und klopfte dem Mädchen besänftigend auf den Rücken, während ihr ein merkwürdiger Gedanke kam: *Ich möchte wetten, daß er wie Speck gerochen hat, wie ranziger Schinkenspeck.*

»Und dann sagte er: ›Zuerst kannst du mal das hier lutschen, mein kleines Pferdchen‹, und ich sagte ›Niemals‹, aber er grapschte mich bei den Haaren und zog meinen Kopf zu sich runter, und dann ... stieß *er* herab und stürzte sich auf seine Augen, und er ließ mich los und ich –«

»Was? Sein *Penis* stieß auf dich herab und ...?« Anna verstand nicht.

»Nein, *nein* ... es war ein Vogel, ein großer, schwarzer *Vogel.* Ich weiß nicht, wo er herkam, aber er stürzte sich auf Wallys Augen, und dann machte er ihn fertig, stieß überall seinen Schnabel hinein, und Inglass holte sein Messer raus – es war so ein winzig kleines, lächerliches Taschenmesser – und wollte damit auf den Vogel los, aber der ließ nicht ab von ihm, und ich schrie: Das geschieht dir recht, Wally, Mann, bin ich *froh,* aber niemand konnte uns hören, und Inglass führte neben dem Wohnwagen einen Veitstanz auf, bei dem seine Hosen immer tiefer rutschten und sein Pimmel aus der Unterhose hing, und dann verhedderte er sich in seiner Hose und fiel in den Schnee, und der Vogel hackte so lange auf ihn ein, bis er sein Messer fallen ließ, und dann spritzte auf einmal das Blut in hohem Bogen aus seinem Hals – so richtig stark –, und dann ging der Vogel auf seinen, seinen –«

Precious sah Anna durch den verfilzten Vorhang ihrer Haare an, ihre Augen waren auf der Hut, als sie fortfuhr: »– seinen *Schwanz* los, und zwar so heftig und so lange, bis er aussah wie ein Wurm, den ein Fisch durchgekaut und am Haken hat hängen lassen. Ich habe noch nie gesehen, daß ein Vogel so was *tut.* Und dann wurde der Vogel wirklich groß – wie ein Fasan, nur noch größer und schwarz, bloß an einem seiner Flügel war so ein grüner Fleck in dem schwarzroten Gefieder. Der Vogel flog um Inglass herum und schaute ihn an, und dann ... dann *schiß* er auf ihn, als wäre er eine Statue oder so was. Es war so ruhig draußen, daß ich hörte, wie Wally das Zeug auf die Hosen klatschte. Und dann flog der Vogel weg und zwar in *diese* Richtung –« Precious hob ihre freie Hand und deutete in etwa dort hin, wo Anna die merkwürdigen Spuren im Schnee gefunden hatte, »– und als er landete, da ... da hat er ... verdammter *Mist,* Sie werden mir das nicht *glauben, niemand* wird mir das glauben.« Die Stimme des Mädchens sank zu einem angsterfüllten Schluchzen herab, und Precious lehnte sich mit fest zusammengedrückten Augenlidern auf dem Sitz zurück.

Anna blickte durch das Fenster. Stu machte Anstalten, auf den Wagen zuzukommen, er stolzierte langsam näher und fühlte sich anscheinend immer noch wie der König im Sandkasten. Anna blieb noch eine Minute, höchstens zwei.

»Precious, *was* ist passiert? Bitte erzähl es mir, ich *werde* es bestimmt verstehen«, flehte sie, während Stu immer näher und näher an das Auto herankam.

»Versprechen Sie, daß Sie es niemandem erzählen werden?«

»Ja, *ja* –« Stu war vielleicht noch zehn Meter entfernt.

»Dieser Vogel ... er hat sich *verwandelt.* So schnell, daß ich es irgendwie nicht richtig mitbekam, weil die Sonne auch grade unterging und es wirklich schnell dunkel wurde, und außerdem schneite es auch noch ein bißchen. Aber da war dieser Vogel, der auf dem Boden herumlief, und auf einmal war er *nicht mehr da.* Als wäre er – *zerflossen,* bloß nicht nach unten, sondern nach *draußen.* Wissen Sie, was ich meine? *Er zerfloß und wurde zu einem kleinen Mädchen.* Das Schwarz wurde grau und dann weißlich, und auf einmal lief da dieses kleine Mädchen herum, in einer Art Nachthemd, und im letzten Licht sah ich, daß ein Ding an seinem Arm glitzerte, so was wie ein Armreif, und es war grün, ein grüner Stein, aber ich konnte ihn nicht besonders gut sehen, aber ich strengte mich wirklich an, und es sah aus wie ein kleiner Käfer oder so, auf einer goldenen Spirale, etwa hier oben –«

Precious griff sich an den Oberarm. Stu war jetzt noch sechs Meter entfernt und kam schnell näher. »– und ich ging auf das Mädchen zu, rief, es solle doch herkommen, ich wollte mich bei ihm *bedanken*, aber es hörte mich und erschrak und wollte weglaufen. Und dann *zerfloß es wieder*, nur diesesmal nach oben, und schon war es wieder in der Luft und flog fort – es war wieder zu einem Vogel geworden. Und *niemand* wird mir *das* jemals glauben«, flüsterte Precious, als Stu die Fahrertür öffnete. Kalte Luft, mit Stus würzig riechendem Aftershave vermischt, wehte herein, als Stu in den Wagen stieg. Terry Von Kemp stieg an der Beifahrerseite ein und schaute durch das Trennetz sehnsüchtig auf Anna und seine Jacke.

»Hat sie was gesagt?« fragte Stu, ohne nach hinten zu den beiden Frauen zu sehen. Anna rutschte weg, bis eine Handbreit Platz zwischen ihr und Precious war. Sie starrte böse von hinten auf Stus borstigen Stiftenkopf und sagte: »Nein.«

»Ist auch besser so«, knurrte Stu und startete den Wagen, als eben ein Krankenwagen ohne Blaulicht und Sirene heranfuhr, leise und verstohlen, als wolle er unter keinen Umständen Aufmerksamkeit erregen. Anna lehnte sich zurück in ihren Sitz, spürte die Handschelle kalt an ihrem Knöchel und hörte nicht auf das Krächzen des Funkge-

räts und Terrys und Stus verschlüsselte Antworten. Sie hörte auch nicht Precious Isaacs' schniefenden Atem, während ihre Erinnerungen über sie hereinbrachen.
»So was wie ein Armreif, und es war grün, ein grüner Stein ... und es sah aus wie ein kleiner Käfer oder so, auf einer goldenen Spirale.« Ja, Precious, dachte Anna, *du hast richtig gesehen – es ist ein kleiner Käfer. Wie der Käfer, den Ann Blythe in einer alten Folge der Sendung* »Twilight Zone« *gehabt hatte, in der sie eine Filmdiva spielte, die sich dadurch ewiges Leben verschafft, indem sie den Menschen ihren Lebenssaft mit einem Skarabäus-Käfer aussaugt. Und eine Schlange befindet sich am anderen Ende der Spirale, die kein gewöhnlicher Armreif ist. Man kann sie zwar zu einem Ring zusammenschieben, aber auch so weit auseinanderziehen, daß sie zu einer Halskette wird, besonders wenn man einen dünnen Hals hat, den Hals eines kleinen Mädchens. Ein Mädchen, das klein genug ist, um sich vor dem düsteren Wort* Skarabäus *zu fürchten, so wie ich es damals tat. O Gott, wie habe ich mich gefürchtet. Meine Güte, ich dachte, ich hätte es vergessen, aber es ist wirklich wahr. Jedes Detail des Erlebnisses mit der Alten ist wahr. Diese Kratzer auf ihrem Arm – wo hatte sie die her?* Wie *hat sie sie bekommen? Großer Gott. Und diese verrückten Geschichten, die sie von ihrer Großmutter und diesem »Nachtrock« erzählt hat – die müssen dann ja auch wahr sein. Gott o Gott, ich wollte das einfach nicht glauben,* konnte *es nicht glauben ... man kann nicht bei Verstand bleiben, wenn man so was glaubt ... und doch ist es wahr. Das Ding in dem Beutel der Alten lebt, und es besitzt Zauberkräfte, genau, wie sie gesagt hat.*
Und all die Geschichten, die mir die Alte immer erzählt hat, daß ihre Großmutter mit den Leuten »quitt« geworden sei – auch die waren alle wahr. Und sie hat ihre Großmutter auch noch dafür geliebt, *daß sie alle diese Dinge getan hat.*
Anna sah auf einmal wieder die Lichter, die am Fenster

vorbeiflogen und schon etwas näher beieinander standen. Das rotleuchtende Stoppschild hing hoch über der großen Kreuzung am Stadtrand, und Anna dachte: *Ich hätte es wissen* müssen, *tief in meinem Inneren, als all die Leute starben. Ich hätte Verdacht schöpfen müssen. Auch Bib hegt schon einen Verdacht – nicht direkt gegen mich, aber er sieht ein gewisses Muster und vermutet, daß es etwas mit mir zu tun haben könnte – mit* mir, *nicht mit der Alten, verdammt noch mal. Nein, doch nicht mit* Lucy. *Der kleinen Lucy mit ihrer verschwundenen Gramma – von der sie so sicher ist, daß ich sie gemocht hätte.*

Anna spürte, wie ihr der Schrecken auf den Magen schlug, und fragte sich: *Was hast du bloß* vor, *Alte? Warum tust du das? Warum* jetzt? *Tust du das alles für dich, für mich ... oder für sie? Ist es für deine Gramma, wo immer sie auch sein mag? Du weißt es, nicht wahr? Du hast es schon immer gewußt, wo deine Gramma war, und nur du wußtest auch, warum du sie dir nicht hattest wegnehmen lassen. Du hast deinen Vater ins* Irrenhaus *gehen lassen und hast noch deinen Spaß dabei gehabt. »Gebt acht auf Lucy.« Oh, du hattest* recht, *Urgroßvater, du hattest ja so recht.*

»Gebt acht auf Lucy«, flüsterte Anna so leise, daß niemand sie hören konnte – so leise, daß sie es sogar noch einmal wiederholen konnte.

»Gebt acht auf Lucy.«

24. Oktober 1931

Wie eine Schneeflocke, die auf ein Backblech fällt, sank Lucy im Zimmer ihrer Gramma zu Boden – zuerst war sie ganz klein und flatternd und weiß, und dann war sie wieder normal groß, der Saum ihres Nachthemds stand weit von ihren dünnen Waden ab.

Und das hübsche und doch irgendwie häßliche goldene Ding, das eben noch an Lucys Flügel *(Mein Flügel! Wenn nur Vernie Nemmitz das sehen könnte!)* grünlich geglitzert hatte, wickelte sich von ihrer rechten Hand, bevor es sich zu einem festen Ring, der einer starken Spiralfeder ähnelte, zusammenrollte, so daß der Käferkopf sich an den Schlangenkopf schmiegen konnte, und in Lucys Hand einzuschlafen schien. Lucy tippte das Ding mit ihrer stumpfen, kleinen Fingerspitze an, und es zuckte ein wenig, so wie Daddy, wenn Lucy versucht hatte, ihn am Sonntagmorgen aufzuwecken, sie mit der Schulter weggeschoben hatte, ohne irgendein anderes Körperteil zu bewegen oder die Augen aufzumachen.

»Du kannst doch *jetzt* nicht schlafen«, protestierte Lucy sanft und piekte das Ding auf ihrer Hand so lange, bis es wieder wach war. »Du mußt jetzt etwas für Gramma tun. Also *los*«, sagte Lucy mit einem Schmollmund und rieb den glänzend grünlichen Steinleib des Käfers. Er sah aus wie einer dieser Käfer mit den großen, glänzenden, harten Rücken, die unter den alten Blumentöpfen aus Ton lebten, die Mutter neben dem kleinen Fußweg hinter dem Haus stehen hatte, nur die Beinchen waren anders. Und die Schlange war wie die kleinen Nattern, die Vernon Nemmitz (der Zwillingsbruder dieser häßlichen Vernilla) in der Pause so gerne am Schwanz aufhob und den Mädchen nachwarf, nur daß *diese* Schlange keinen dünnen, spitz zulaufenden Schwanz hatte. Ihr Schwanz war der Käfer, was Lucy ziemlich komisch fand, aber *im Moment* war sie sauer auf das zusammengerollte Ding.

Sie drückte es und flüsterte: »Du gehst jetzt auf *Gramma.* Du brauchst ihren Rock nicht mehr. Hier, ich lege dich auf sie.«

Lucy ging auf Zehenspitzen nach vorne und fühlte mit ihren nackten Zehen vorsichtig nach Splittern in den Fußbodenplanken, während sie auf das Bett zutrat. Das Licht war jetzt schon besser, und sie konnte Gramma leichter sehen – eine dunkle Erhebung auf dem Bett, mit zwei weißen Flecken, wo ihr Gesicht und ihre Hände waren. Lucy zog das Tuch von der Leiche der alten Frau, legte das Ding auf Großmutters gefaltete Hände und hielt es mit ihrer eigenen kleinen Hand dort fest.

»Da«, flüsterte sie und hörte dabei nicht, daß oben im ersten Stock die Fußbodenbretter leise knarzten, weil jemand langsam den Gang zwischen den Schlafzimmern entlangging. »So, jetzt machst du, daß es Gramma wieder bessergeht, damit sie zusehen kann, wenn ich mit dir nach oben gehe.« Lucy hatte bereits einen vagen Plan,

was sie dort oben tun würde. Mutter war als erste dran, soviel war sicher.
Aber *was* genau Lucy oben machen würde, wollte sie so lange geheimhalten, bis Gramma es wirklich sehen konnte. Ihre Gramma liebte Überraschungen, und Lucy liebte es, wenn Gramma sich freute, also wollte sie, daß das, was später geschehen sollte, auch reibungslos ablief.
Lucy spürte, wie sich das Ding unter dem Druck ihrer Hand, die es gegen das kalte, steife Fleisch von Grammas großen Händen preßte, zu bewegen begann. Das goldene Gebilde entrollte sich und legte sich in einem Bogen um Großmutters Handgelenke, wie eines von diesen Vamp-Armbändern, wie sie die dicke Mrs. Holiday trug. Solche Armbänder hatte Mutter immer »geschmacklos« genannt.
Lucy spürte irgendwie, daß das Ding, sobald sie es erst einmal überredet hatte, auf Großmutter zu gehen, schon wissen würde, was es tun mußte. Sie trat zurück und beobachtete es, während sie auf dem bloßen Fußboden erwartungsvoll von einem Fuß auf den anderen hüpfte, als würden im Rauchfang jeden Moment die Stiefel des Weihnachtsmannes auftauchen, aber bis zum Heiligen Abend waren es noch mehr als zwei Monate.
Zuerst passierte nichts, Großmutter blieb stumm und bewegte sich nicht, und das einzige Geräusch in dem Raum, der nach Duftkissen und feuchter Wolle roch, war Lucys stockender Atem, in dem schon die ersten Anzeichen eines aufsteigenden Schluchzens lagen.
Und dann, zuerst so langsam, daß Lucy dachte, sie bildete es sich nur ein, weil sie es sich so sehnlich *wünschte*, begannen Grammas Hände sich zu bewegen. Sie dehnten sich steif unter dem weißen Taschentuch, dann bogen sich die Finger mit dem leisen Knacken steifer Knöchel

langsam nach oben und formten eine kleine, senkrechte Kuppel.
Lucy stand gebannt daneben, als das Taschentuch über Großmutters Gesicht ganz leicht zu flattern begann und dann an der Ausbuchtung, wo ihre Nase war, angesaugt und wieder fortgeblasen wurde, und sie preßte ihre Beine fest zusammen, wie sie es tat, wenn sie aufs Klo mußte und es nur noch ein paar Minuten bis zur Pause waren. Ihr kleines Herz schlug heftig in ihrer Brust, und ihre Ohren dröhnten so sehr, daß sie fast nicht hörte, wie das Leinentaschentuch langsam mit einem leisen, knisternden Geräusch, das klang, als würde eine Schlange sich häuten, von der trockenen Haut der alten Frau glitt.
»Oh ... *Gramma*«, flüsterte Lucy erschrocken und freudig zugleich. Das war *besser* als Weihnachten und *viel* besser als Halloween, das nur noch eine Woche entfernt war.
Und während Lucys Großmutter ihren weißen Kopf auf dem mit kleinen Lämmchen bestickten Kissen kaum hörbar und langsam bewegte, tätschelte Lucy mit einer ihrer Hände die faltigen, immer noch vom Tode welken Wangen der alten Frau. Das kleine Mädchen sah und hörte nur ihre geliebte Gramma, so daß sie zunächst nicht bemerkte, wie jemand die Treppe herunterkam und keuchend, in panischer Hast das Wohnzimmer durcheilte. Ein gesteppter Morgenmantel und ein Nachthemd aus Flanell rauschten, und Füße in seidenen Hauspantoffeln schlurften schnell über die etwas staubigen Bodenbretter.

TEIL ZWEI

Der Käfer und die Schlange

Das Herr-Pferd befahl einem Fuchshengst, welcher sein Diener war, das größte dieser Tiere loszubinden und in den Hof zu bringen. Die Bestie und ich wurden nahe aneinandergestellt und unsere Gesichtszüge sowohl vom Herrn wie vom Diener aufmerksam verglichen, worauf sie beide das Wort *Yahoo* mehrere Male wiederholten. Hier kann ich meinen Abscheu und mein Erstaunen nicht beschreiben, als ich in diesem verabscheuungswürdigen Tier eine vollkommene Menschenfigur erblickte.

JONATHAN SWIFT
»Gullivers Reisen«

Welche Flügel mag er schwingen?
Welche Hand das Feuer zwingen?

Welcher Amboß, welcher Hammer
schmiedete des Hirnes Kammer?
Welcher Griff und Zwang genügte,
daß er solche Schrecken fügte?

Als die Sterne sich erschreckten,
weinend ihre Waffen streckten,
freute da des Werks er sich?
Schuf er, der's Lamm erschuf, auch dich?

William Blake
»The Tyger«

»Kleines Lamm, wer schuf dich?«
»Weißt du wohl, wer schuf dich?«

William Blake
»The Lamb«

KAPITEL SECHS

Sonntag, 25. Oktober 1987

1

Anna (II)

Anna war erst um vier Uhr früh am Sonntagmorgen nach Hause gekommen, und so wachte sie erst auf, als die schwachen, nicht sehr warmen Strahlen der Sonne ihr an die rechte Wange schienen. Sie lag zusammengerollt in ihrem Bett und hatte das Gesicht der westlichen Wand ihres Zimmers zugekehrt. Mouth, immer noch vollgefressen von ihrer hastig heruntergeschlungenen Mahlzeit aus Katzen-Trockenfutter, die ihr Anna ein paar Minuten nachdem Terry Von Kemp sie zu Hause abgesetzt hatte in einer großen Kuchenschale aus Alufolie hingestellt hatte, hatte sich hinter Annas abgewinkelten Beinen zusammengerollt, während Bruiser durch das Fenster hinaus in den Garten starrte.

Anna schob den Ärmel ihrer Veloursjacke hoch – sie hatte, bevor sie ins Bett gekrochen war, lediglich die Schuhe ausgezogen – und blickte auf ihre Timex-Uhr, die sie sich im vergangenen Januar selbst zum Geburtstag geschenkt hatte. Es war zwölf Uhr siebenundzwanzig.

»Acht Stunden?« murmelte sie und ließ müde ihren Kopf wieder auf das Kissen sinken. So erschlagen, wie sie sich noch immer fühlte, kam es ihr vor, als habe sie kaum länger als eine Minute geschlafen. Mit ihrem rechten Knie stupste sie Bruiser an, sagte »Na, komm her zu Mama« und klopfte mit der Hand auf den freien Platz neben ihrem Kissen. Der kastrierte Kater trottete herüber zu ihr, wobei sich das Bett unter seinen dicken Pfoten hob und senkte, ließ sich auf seine linke Seite fallen und sah Anna ins Gesicht.

Anna massierte seine breiten Backen und seinen massigen Schädel mit ihrer linken Hand und flüsterte: »Was sollen wir jetzt bloß *tun*, Bruisie? Hmmm? Ich kann doch Stu oder Bib nicht erzählen, was ich gesehen und gehört habe. Sie hätten mich sofort in die Zelle neben Precious gesperrt und eine Stunde später wäre ich schon auf dem Weg ins Irrenhaus zum Vater der Alten gewesen. *Wenn* der alte Knacker noch dort ist. Wahrscheinlich besieht er sich längst die Radieschen von unten.«

Bruiser betrachtete Anna mit seinen weit auseinanderstehenden, tiefgrünen Augen; es waren melancholische, aber auch liebevolle Augen. Er streckte eine Pfote aus und fuhr mit ihrer rauhen Unterseite über Annas Wange. Anna nahm die pelzige Pfote in ihre Finger und drückte sie, bevor sie sie sich wieder an die Wange legte. Winzige Krallenspitzen stachen ihr sanft in die Haut, während sie fortfuhr: »Ich schätze, man muß ein Tier sein, um all *das* auf die Reihe zu bringen. Nicht, daß es irgendeinen Sinn ergäbe ...«

Anna schloß ihre immer noch brennenden Augen und dachte noch einmal daran, was passiert war, nachdem sie in Terrys Streifenwagen wieder am Polizeigebäude angelangt waren. Anna hatte dem Mädchen die Fingerabdrücke abnehmen müssen (»Jetzt können Sie ja mal zeigen, ob Sie das Geld wert sind, das man für Ihre

Ausbildung herausgeworfen hat, Sudek!«), aber sie hatte sich gesträubt, das Mädchen bis auf die Unterhose zu durchsuchen. Und da die Männer das nicht tun durften, hatten sie das Mädchen einfach in eine der Zellen gesteckt – immerhin hatten sie ja das lächerliche, kleine Messerchen von Wally Inglass gefunden, und da es in etwa so groß war, daß es seine vielen Wunden hätte verursachen können, wurde es als Tatwaffe und Beweisstück registriert. Anna hatte nichts zu dem Messer in dem durchsichtigen Beweismittelbeutel gesagt, sie *konnte* nichts sagen, ohne ihre Entlassung oder ihre Verhaftung und vermutlich sogar beides zu riskieren.

Während einer von Stus Hilfssheriffs in Ewerton und Umgebung herumfuhr und die Parkplätze aller Lokale zwischen Lumbe und Hunterstown nach Ginny Yarrows Wagen absuchte, mußte Anna sich vor die Zelle des Mädchens setzen und aufpassen, daß sie sich nicht mit ihrem eigenen T-Shirt erdrosseln oder auf irgendeine andere unwahrscheinliche Art Selbstmord begehen konnte.

Einen kurzen Moment lang war Arlo Guthries spöttische Stimme wieder in Annas Kopf und erzählte, wie Officer Obie dem Sänger seinen Gürtel abnahm, damit Arlo sich nicht wegen unerlaubter Abfallbeseitigung aufhängen konnte, und *»er nahm auch noch den Klositz weg, damit ich ihn mir nicht auf den Hinterkopf fallen lassen und mich in der Kloschüssel ertränken konnte«*, und er entfernte sogar die Klopapierrolle, so daß Arlo sie nicht entrollen, aus dem Fenster hängen, sich an den hauchdünnen Blättern herunterlassen und fliehen konnte: *»Obie sagte, er wolle bloß auf Nummer sicher gehen.«* Und wäre da nicht das gewesen, was Precious ihr erzählt und was Anna selbst da draußen neben dem Wohnwagen gesehen hatte, dann hätte ihr Arlos Bericht von seinen Problemen im Gefängnis von

Stockbridge, Massachusetts, sicher noch mal hilfloses Gekicher entlockt.

Aber jetzt schienen ihr sogar Arlos Probleme als Abfallsünder schrecklich, düster und unentrinnbar, auch wenn *sein* Richter mit einem Blindenhund zur Verhandlung kam und deshalb die *»siebenundzwanzig farbigen 18 x 24 Hochglanzfotos mit Kreisen und Pfeilen drauf und einer Notiz auf der Rückseite«* leider gar nicht sehen konnte.

Während sich Precious auf der nackten Matratze in ihrer Zelle zu einer gürteltierähnlichen Kugel zusammenrollte, lehnte Anna ihren Kopf an die Gitterstäbe, deren kaltes Metall ihr an ihrem Kopf fast heiß vorkam, und dachte nach.

Die Alte war Wally also zum Wohnwagen der Isaacs' gefolgt, nachdem sie ihm entweder vor seinem Haus aufgelauert oder ihn entdeckt hatte, als er mit dem Auto fortfuhr. War sie hinaus zu dem Wohnwagen-Park getrabt, hatte sie sich geschlängelt, oder war sie geflogen? Eigentlich war es egal, in *welches* Tier sich die Alte verwandelt hatte, aber *getan* hatte sie es. Und jetzt war Wally von einem Vogelschnabel zu Tode gehackt worden. Aber die Wunden, die dieser Schnabel hinterlassen hatte, sahen Messerwunden so ähnlich – besonders für gerichtsmedizinische Genies wie Lenny Wilkes, Doc Calder und den Rest der am unteren Ende der beruflichen Rangskala angesiedelten Ärzte am Ewerton Memorial Krankenhaus –, daß niemand auf ihre wahre Herkunft kommen würde. Anna hegte ernste Zweifel daran, daß sie den alten Wally für eine eingehende Autopsie nach Madison schicken würden – jedenfalls ließ das, was Anna aus Stus Äußerungen seinen Männern und dem Staatspolizisten gegenüber hatte entnehmen können, darauf schließen, daß der Fall bereits als abgeschlossen galt. Wally Inglass hatte disziplinarische Probleme mit Precious und ihrem Freund gehabt, und er war zum Wohnwagen der Isaacs' hinausgefahren, um mit den Eltern des Mädchens darüber zu sprechen.

Das jedenfalls hatte Stu dem Staatspolizisten erzählt. Er hatte ein paar Lehrer der Highschool angerufen, und die hatten bestätigt, daß Precious und Mayo ständig Schwierigkeiten gemacht hatten – kein Wunder, daß sie jetzt selber welche hatten. Mayo Parks' Aussage wurde in großen Teilen angezweifelt, er wurde als »unglaubwürdig« eingestuft, weil er schon ein paarmal wegen Erregung öffentlichen Ärgernisses und Fahrens unter Alkoholeinfluß eingesperrt worden war. Außerdem war der Alkoholtest, auf dem Stu, nachdem Precious ins Gefängnis gebracht worden war, bestanden hatte, bei Mayo positiv ausgefallen, und er war zum Verhör zum Büro des Sheriffs gebracht worden.

Obwohl Anna den Jungen nicht selbst gesehen hatte – die Zellen befanden sich ein ganzes Stück von der Eingangshalle entfernt –, so hatte sie doch geglaubt, seine Stimme zu erkennen, als Mayo Stu anschrie: »Aber ich habe nicht in einem *Auto* getrunken. Es gibt kein Gesetz, das mir verbietet, in einem Haus, in einem *Bett* etwas zu trinken. Precious und ich haben das Fenster nicht kaputtgemacht. Es ist *von außen* eingedrückt worden –«

»Das habt ihr selbst getan, um uns in die Irre zu führen!« hatte Stu zurückgebrüllt, und seitdem war Anna klar, daß der Fall bereits entschieden war, und zwar gegen die beiden jungen Leute, ohne Richter, Geschworene und vollgefressene Anwälte in ihren Maßanzügen. Die Ironie daran war, daß es vermutlich wirklich niemanden *interessierte*, was mit dem Mädchen geschah; Wally Inglass hingegen hatte, obwohl er total verrückt war, doch die eine oder andere Auszeichnung für »Hervorragende Verdienste um die Erziehung« oder ähnlichen Quatsch erhalten, wie sie die Kiwanis oder der Lions Club auf kleine Messingplatten gravieren ließen und jedes Jahr verteilten. Wally hatte den Söhnen und Töchtern der örtlichen Geschäftsleute, die in einem vernünftigen und fairen Schulsystem eigentlich als komplett lernunfähig in die Grundschule hätten zurückgestuft werden müssen, zu einem Abschluß verholfen, und so standen eine Menge Leute in seiner Schuld ... auch über seinen Tod hinaus. Und jetzt hatte man an seinem Sterbeort eine dieser Gören aus dem heruntergekommenen Park von abblätternden, auseinanderfallenden Wohnwagen gefunden, und lediglich ihr ebenso fragwürdiger Freund konnte ihre Aussage teilweise bestätigen. Wem, so fragte sich Anna, würden all diese dankbaren Geschäftsleute und ihre am Beginn einer hoffnungsvollen Karriere stehenden Sprößlinge wohl glauben?

Als Anna hörte, wie Mayo Parks rief: »Ich sage überhaupt nichts, bevor ich nicht einen Anwalt bekomme!«, verspürte sie ein merkwürdiges Mitleid mit dem Jungen und seiner Freundin. Sie waren zwar nicht das, was Anna als »ihre« Art von Leuten bezeichnet hätte, aber was sie vor nicht ganz einer Stunde gesehen und gehört hatte, hatte ihr klargemacht, daß sie mit ihnen wesentlich mehr gemeinsam hatte, als sie mit Leuten wie Stu Sawyer jemals würde haben können.

Warum hast du dich diesen Leuten eigentlich immer so überlegen gefühlt? hatte Anna sich gefragt, während Stu Sawyer gebellt hatte: »Gut, dann sagst du eben nichts, aber das wird dir auch nicht weiterhelfen!« *Alle haben sie dich immer für nichtsnutzig gehalten, seit deiner Geburt schon, und das nur deswegen, weil dein Urgroßvater einmal etwas Schreckliches ge-*

tan hat. Und wegen der Alten – vergiß das nicht. Mein Gott, Anna, die Großeltern dieses Mädchens haben wenigstens nicht wie ein Hund ihren Nachbarn in den Garten geschissen.
Als später Dusty Parks und sein Vater aufgetaucht waren, um Mayo nach Hause zu holen, war in der Eingangshalle der Teufel los gewesen. Die beiden hatten mit Stu um die Wette geflucht und gebrüllt, und dann hatte Anna sogar so etwas wie ein Handgemenge gehört, gefolgt von einem Krachen, mit dem etwas Schweres und zumindest teilweise aus Glas Bestehendes zu Boden ging. Später, nachdem Ginny Yarrow sie abgelöst hatte, hatte Anna gesehen, daß die Kaffeemaschine für immer außer Dienst sein würde. Aber vorher war Stu noch an Anna vorbeigestürmt und hatte Dusty Parks hinter sich her durch den Zellentrakt gezerrt, bis er ihn am Ende des Ganges in eine Zelle geschoben und gesagt hatte: »Beruhige dich erst mal, du langhaariger Scheißer ... und dreh deine Zotteln bloß nicht zu einem Strick zusammen, hörst du?« Anna war versucht gewesen, Stu zuzurufen: »Vergessen Sie nicht, den Klositz und das Toilettenpapier rauszunehmen!«, aber sie hatte es sich doch noch einmal überlegt, als Stu an ihr vorbeitrottete und sie auf seinem Weg zur Eingangshalle keines Blickes würdigte.
Anna hatte beim Anblick seines eckigen, flachen Hinterns, der sich in der herabhängenden Hose hin- und herbewegte, unwillkürlich an den Gang eines Affen oder eines Grizzly-Bären denken müssen und sich gesagt: *Der ist bestimmt im Jahr des Ebers geboren. Sonst paßt nichts aus diesem Horoskop der Alten auf Typen wie ihn. Was für ein Tier war die Alte gleich noch einmal selber – eine Ratte, oder? Ob sie dieses Tier wohl schon einmal* gespielt *hat? Ich weiß, daß sie der Vogel war, den Precious gesehen hat ... aber wie kann ich das dem Mädchen sagen, ganz zu schweigen von allen anderen?*

Professor Nuzzi hat auf dem College immer gesagt: »Ich will nicht wissen, was Sie wissen, *ich will wissen,* warum *Sie es wissen.« Der kleine, energische Englischprofessor mit Hang zum Theatralischen war immer vehement gegen jede Art von Intuition oder Gefühlen »aus dem Bauch« gewesen, und er hatte immer mit einer weit ausholenden Bewegung seiner bleichen, schwarzbehaarten Hand gesagt: »Gefühle genügen mir nicht – ich verlange Logik, klare Logik in dem, was Sie schreiben!«*

Seit sie vor nun schon mehr als sieben Jahren ihren Abschluß an der kleinen philosophischen Fakultät des College drüben im Rusk County gemacht hatte, hatte Anna ihren Professor nicht mehr gesehen, aber aus irgendeinem Grund war ihr das Bild seines bebrillten Gesichts den Rest der Nacht bis in die frühen Morgenstunden im Gedächtnis haften geblieben, auch dann noch, als sie versucht hatte, sich darüber klarzuwerden, was ihre Großmutter in der vergangenen Woche alles *getan* hatte.

Die alte Frau hatte Inez Hibbing getötet und den Unfall verursacht, aufgrund dessen Anna seit Donnerstag so gut wie keine Nachbarn mehr hatte. *Wie,* geschweige denn *warum,* wußte Anna nicht genau, aber sie vermutete, daß in beiden Fällen ein Tier im Spiel gewesen sein mußte – eines mit einem merkwürdigen, grünen Fleck irgendwo auf seinem Körper.

Denn jetzt erinnerte sich Anna wieder an ein Erlebnis, das sie an einem Nachmittag vor etwa einem Vierteljahrhundert gehabt hatte, als Ma beim Einkaufen oder wo auch immer war, und ihre Baba *(Mein Gott, wie lange habe ich sie schon nicht mehr so genannt?)* auf Klein-Anna aufgepaßt hatte. Sie war damals auf Babas Schoß gesessen, in dem großen, alten Schaukelstuhl, der schon Babas Großmutter gehört hatte, und Baba hatte Anna erzählt, wie sie selbst, als sie klein war, ganz genauso auf dem Schoß ihrer

»Gramma« gesessen hatte. Dann hatte die Alte urplötzlich Anna gefragt: »Willst du denn deine Ururoma einmal sehen, Anna?«
Verwirrt hatte Anna geantwortet: »Aber wir haben sie doch erst letzte Woche besucht. Wir haben ihr Blumen auf den Friedhof gebracht.«
»Ach Anna, da in dem Sarg ist doch bloß ihre *Hand.* Hat dir deine Mama das denn nicht gesagt? Nun komm, wein doch nicht gleich, das ist doch nicht schlimm«, hatte Baba sie beruhigt, als Anna zu weinen angefangen hatte, weil ihr der Gedanke, daß sie nur eine einsame *Hand* in einer großen, alten Kiste unter der Erde besucht hatte, Angst eingejagt hatte – am Ende würde diese Hand sich vielleicht aus dem Boden wühlen, wie die in dem alten Schwarzweiß-Film, den Ma sie am Samstag einmal auf dem Horror-Film-Kanal fünf hatte ansehen lassen. Die Hand würde vielleicht von selbst die lange Straße entlangkrabbeln und sich schließlich unter Annas Bettchen verstecken und auf eine Gelegenheit warten, an ihrer Decke hinaufzuklettern und sie zu erwürgen, so wie die Hand im Film den dicken Mann mit den hervorquellenden Augen und der weinerlichen, fremdländisch klingenden Stimme erwürgt hatte.
»Das ist nur ihre *Hand* da draußen, aber ich kann sie dir *zeigen*«, hatte Baba geheimnisvoll versprochen, wobei sie am Kragen ihres bedruckten Baumwollkleids herumgenestelt und angefügt hatte: »Aber zuerst mußt du mir zeigen, daß du groß ... und *mutig* genug dafür bist.« Und die kleine Anna hatte zugesehen, wie Baba ein kleines Stoffsäckchen mit einer Schnur daran aus ihrem Kleid gezogen hatte – es war das baumwollene Säckchen gewesen, aus dem Anna einmal Kaugummi geschenkt bekommen hatte und das sie schon lange gesucht hatte, weil sie

daraus einen Kleidersack für ihre Puppe hatte machen wollen.
»Das ist *mein* Säckchen –«, hatte die kleine Anna gerufen und nach dem Beutel gelangt, aber Baba hatte Annas Finger gepackt und sie unangenehm fest zusammengedrückt.
»Nein, nein, mein kleines Lämmchen, du darfst das nicht öffnen, nur *Grammas* können das. Es könnte dich *beißen*«, hatte Baba neckend gesagt, aber ihre Stimme hatte so ... ölig geklungen, daß Anna nicht hatte lachen können.
Und dann hatte Baba die zusammengezogene Schnur aufgeknotet und dabei etwas erklärt, das Anna nicht verstand – etwas darüber, daß Baumwolle gut sei, weil sie »wirklich ist und einmal etwas *Lebendiges* war«, aber Plastik sei auch gut, weil es eben *nicht* gelebt hatte, und während Baba das sagte, hatten ihre halb durchsichtigen Nägel im schwachen Sonnenlicht geglitzert. Sie hatte die Schnur aufgezogen und langsam das Säckchen geöffnet und ein zusammengerolltes, goldenes Objekt, eingewickelt in ein Stück etwas fettig aussehenden, zerknitterten Plastiks, war zum Vorschein gekommen.
Und die kleine Anna hatte voller Erstaunen und Furcht ihre Baba betrachtet, die das Ding aus dem Plastik gepackt und begonnen hatte, mit ihm zu spielen, wie ein Kind, das mit einer Gummischlange spielt. Sie hatte das sehnige Goldding wie einen Wurm von den Fingern der einen Hand in die der anderen gleiten lassen, so daß die beiden häßlichen Köpfe hin- und hergeschleudert worden waren. Die winzigen, glitzernden dunklen Augen des Käfers mit den glasig-grünen Flügeln und der spitzschnäuzigen, *gemein* aussehenden Schlange hatten dabei die kleine Anna angesehen, und Baba hatte die etwas glitschige, sich krümmende Spirale zu ihrer vollen Länge

ausgezogen, so daß sie bequem um Babas Handgelenk und mit Mühe um den Hals der kleinen Anna paßte.

Und während jetzt Precious in ihrer Zelle zitterte und zuckte, blickte Anna zwar auf sie, sah sie aber eigentlich gar nicht, denn sie erinnerte sich daran, wie sich die kleine Anna damals gefühlt hatte, als das merkwürdig warme Metall, das gar nicht hart war, ihre Haut berührte: Sie hatte sich gefühlt, als würde sie von *innen* heraus verbrennen – alles in ihren Gedärmen war zischend zusammengeschmolzen wie heißes Kerzenwachs –, bis dieses Hitzegefühl auf einmal verschwunden war und ihr alles, was sie gesehen hatte, auf einmal ganz *komisch* und *falsch* vorgekommen war.

Plötzlich war nichts mehr so gewesen wie noch vor ein paar Augenblicken. Alles hatte anders und fremd ausgesehen, als wären Annas Augen nicht mehr die ihren gewesen. Das alles hatte nur ein paar Sekunden gedauert, aber selbst diese waren schon fast zu viel gewesen.

Jetzt erinnere ich mich. Die Alte hatte Kratzer an Armen und Hals, nachdem ich mir das Ding irgendwie vom Körper gestreift hatte – als ob eine Katze oder ein Vogel mit Krallen sie angegriffen hätte, versucht hätte, sich von ihr zu befreien. Aber sie zog bloß ihre alte fliederfarbene Jacke an, die mit den gelb gewordenen Elfenbeinknöpfen, sagte Ma, daß sie sich erkältet habe, und zog die Jacke nicht mehr aus, bis ihre Wunden abgeheilt waren. Und sie hat mir dieses goldene Ding nie wieder gezeigt. Aber da war noch dieses Weihnachten, an dem die Fledermaus aus ihrem Zimmer heraus- und wieder hineinflog, der Vorfall, als sie mich kratzte, und Ma nicht akzeptieren wollte, daß es wirklich passiert war – sie behauptete immer, ich hätte mir das alles ausgedacht. Warum bloß, Ma? Hat sie dir, als du so alt warst wie ich damals, auch dieses Ding um den Hals gelegt? Oder hast du einmal mitbekommen, wie sie sich verwandelte – zerfloß, *wie Precious es beschrieben hat? Was immer auch an diesem Nachmittag passiert sein mag, an dem mir die Alte das Ding um den Hals legte, es mußte bedeutet haben, daß ich nicht mutig genug gewesen war, um ihre Gramma zu sehen ... oder was auch immer sie mit mir vorgehabt hatte.*

Und jetzt, als Anna zusammengerollt unter ihrer Bettdecke lag und Bruiser seine ganz leicht nach Urin riechende Pfote an ihr Gesicht drückte, versuchte sie wieder an die Alte zu denken und an das goldene Ding, das sich bewegt hatte ... und da fiel ihr etwas auf.

Der *Käfer* – der grüne, glasige Käfer an einem Ende des Dings – war ein Skarabäus-Käfer, wie ihn die Ägypter als Schmuck und Talisman verwendeten. Auf dem College hatte Anna einmal einen Kurs über Mythologie belegt, der auch einen Überblick über die wichtigsten magischen Praktiken in den verschiedenen alten Kulturen beinhaltet hatte, sozusagen als Einstimmung auf die Mythen selbst.

In diesem Kurs hatten sie ägyptischer Magie oder Mythologie nicht viel Zeit gewidmet, ein paar Stunden vielleicht, aber Mr. Nuzzi hatte die Schüler ein paar Bücher über dieses Thema kaufen lassen – Mr. Nuzzi hatte zu jedem seiner Kurse die Studenten genügend Bücher kaufen lassen, um ein kleines Bücherregal damit zu füllen, war aber während des Semesters auf die wenigsten davon eingegangen und hatte auch keine Referate darüber schreiben lassen. Normalerweise waren diese Texte so esoterisch und schwierig, daß man sie nach dem Semester nicht verkaufen konnte (außerdem gab er dem nächsten Kurs eine gänzlich andere Bücherliste), und sie auf einem Flohmarkt billig zu verhökern, war gänzlich unmöglich, wie Anna, kurz nachdem sie mit Ma in die Lister Street gezogen war, hatte feststellen müssen.

Anna stand auf. Sie erinnerte sich, daß sie alle ihre

College-Bücher in einen großen Pappkarton im Keller gepackt hatte, damit die Katzen nicht an sie rankommen und draufpinkeln konnten.
Helles Sonnenlicht verwandelte die heruntergezogenen Rouleaus in leuchtende, gold-weiße Rechtecke, aber Anna hatte keine Zeit, sie aufzumachen, während sie durch das stille Haus und die mit PVC belegten Stufen hinunter in den Keller lief. Bruiser folgte ihr auf den Fersen. Auf der Kellertreppe überholte er sie, war als erster unten und »half« ihr, sich durch die vielen Kisten mit alten Kleidern, Christbaumschmuck und anderen Dingen zu wühlen, die sie und Ma auf ihren Touren aus dem Abfall von Flohmärkten gezogen hatten und die zu schade waren, um weggeworfen zu werden.
Schließlich fand Anna die Bücher in einem alten Waschmittelkarton neben einer größeren Schachtel, in die ihre gesamte Universitätskarriere in Form von Heften und Seminararbeiten zwischen vier braune Wände aus Wellpappe gepreßt war.
Anna zog den Karton aus dem von den Katzen zerkratzten Holzregal und stieß einen glucksenden Schrei aus, als ein Silberfischchen vom Deckel auf ihre Hand glitt.
»Na, toll – jetzt kann ich die Dinger nie mehr verkaufen«, murmelte sie und schüttelte angewidert ihre Hand, bevor sie die Bücher herausnahm und sie neben sich auf den Betonboden legte. Bruiser saß ganz nah bei ihr und beobachtete sie ernst.
»Na, mache ich es richtig?« fragte sie ihn, und er trottete zu ihr und rieb seinen riesigen Kopf an ihrer Hüfte. Dabei schnurrte er und gab leise Geräusche wie kleine Schreie von sich.
Anna holte ein Taschenbuch mit rot-schwarzem Umschlag aus dem Karton und flüsterte: »Bingo.«

»Ägyptische Magie«, von E. A. Wallis Budge, MIT ZWANZIG ILLUSTRATIONEN, versprach der Titel. Das Buch war noch nie geöffnet worden, die chamoisweißen Seiten rochen noch nach frischer Druckfarbe, als Anna sie durchblätterte.

»Okay«, sagte sie laut. »Jetzt werden wir herausfinden, warum ich weiß, was ich weiß ... ob ich es verstehe oder nicht.«

Zwei Stunden später war der Eßzimmertisch mit den Überbleibseln von Annas Brunch – Frühstücksfleisch mit Gefrierbrand und Brot aus dem Müllcontainer – und abgerissenen Seiten von ihrem Spiralblock übersät, die Anna mit ihrer krakeligen, an Vogelspuren erinnernden Handschrift bedeckt hatte. Alles, was ihr wichtig erschien, hatte sie aufgeschrieben. So hatte sie es bereits auf der Highschool und dem College gemacht: Sie hatte die Informationen gelesen und niedergeschrieben, bevor sie sie noch richtig hatte verarbeiten können. Später hatte sie dann ihre Notizen studiert – und damit hatte sie in ihren beiden Prüfungsfächern auf der Highschool immerhin den viert- beziehungsweise siebtbesten Abschluß geschafft, und das College hatte sie *magna cum laude* abgeschlossen. Was das Lernen aus Büchern anbetraf, war Anna immer gut gewesen; sie hatte eigentlich immer nur im Umgang mit Menschen versagt, und das hatte sie auf dem College um ein Lehramtsstudium gebracht. (»Anna, Sie sind intelligent und motiviert, aber ich glaube, Sie hätten Probleme beim Umgang mit einer Schulklasse«, hatte ihr ihr Tutor gesagt, bevor er sie dazu gebracht hatte, das Lehrerstudium aufzugeben und statt dessen ein völlig nutzloses geisteswissenschaftliches Studium aufzunehmen.)

Heute war Anna entschlossen, sich selbst etwas beizubringen, was weit über das müßige Studium einer versunkenen Kultur und ihres geheimnisvollen Glaubens hinausging, selbst wenn das Ganze ziemlich obskur war und dieses Wissen ihr vielleicht auch nicht viel weiterhelfen würde.

Langsam hatte Anna Seite um Seite des Buches gelesen, hatte einzelne Ausdrücke und auch längere Sätze auf ihren Block gekritzelt und zunächst keine Vorstellung davon gehabt, wie das alles später einmal vielleicht zusammenpassen würde:

... Ägypter ... berühmt für ihre hochentwickelte Metallverarbeitung ... Versuche, Metalle veränderbar zu machen ... mit Hilfe von Quecksilber ...

... Glaube, daß Schmelzzusätzen und Legierungen magische Kräfte innewohnten ...

... magische Kräfte ... »Khemia« ... »die Zubereitung des schwarzen Erzes« (oder »Pulvers«), welches als das aktive Prinzip in der Verwandlung der Metalle angesehen wurde ...

... lassen die Ägypter für immer als erfolgreiche Jünger der »weißen« wie auch der »schwarzen Magie« erscheinen.

... Der Geschichtsschreiber Mas'udi erwähnt ein Beispiel solcher magischen Kräfte ... ein Einwohner des Dorfes Zurarah ... widmete seine Zeit der Magie ... verwandelte sich in ein Kamel ... ließ den Geist eines Esels durch seinen Körper gehen ... erschlug einen Mann, schnitt seinen Kopf ab und bewegte sein Schwert über den beiden Teilen, worauf sie wieder zusammenwuchsen und der Mann wieder lebendig wurde ... erinnerte sich daran, wie der abgeschnittene Kopf einer Ziege wieder anwuchs ... und wie der Vogel wieder lebendig wurde ...

Amulett ... arabischer Ursprung des Wortes bedeutet »tragen, mitnehmen«, daher bedeutet *Amulett*: Etwas, was man mitnimmt oder bei sich trägt ... die Bezeichnung wird ganz allgemein für jede Art von Talisman oder Schmuckstück verwendet, dem man übernatürliche Kräfte zuschreibt ... nicht ganz klar, ob das Amulett den lebenden oder den toten Körper beschützen sollte – wurde ursprünglich getragen, um seinen Besitzer vor wilden Tieren und Schlangen zu beschützen.

Amulette ... (1) solche, die mit Zaubersprüchen beschriftet sind, und (2) solche ohne diese Inschriften.

... schon früh wurden magische Worte und Gebete in diese Amulette eingraviert und deren Kraft dadurch verdoppelt ... in die Kraft, die man in ihrem Material vermutete, und in die Kraft, die in den Worten lag, welche man eingraviert hatte.

... gab man den Toten diese *hekau,* oder »Worte der Macht«, mit ins Grab.

... früheste ägyptische Amulette ... aus grünem Schiefer in verschiedenen Formen, Tiergestalten und anderes ...

… und als er diese Gewalt über sein Herz erlangt hatte, hatten das Herz, sein Ebenbild und die Seele die Macht, überall hinzugelangen, wo sie wollten, und zu tun, was ihnen beliebte.

… ein harter, grüner Skarabäus aus Stein …

… machte das Amulett für ihn die »Öffnung des Mundes«, denn die Worte des Kapitels waren tatsächlich »Worte der Macht«.

… das Amulett des Herzens … bekam sehr früh schon die Form eines Skarabäus.

… da das Herz aus dem Körper entfernt wurde … und der Körper einen Ersatz dafür als Quelle der Kraft und der Bewegung in seinem neuen Leben brauchte, mußte etwas anderes an die Stelle des Herzens in den Körper gebracht werden … der Skarabäus-Käfer selbst besitzt schon bemerkenswerte Kräfte, und wenn man nun eine Figur in seiner Form machte und die richtigen Worte der Macht daraufschrieb, dann würde nicht nur das tote, physische Herz geschützt, sondern außerdem neues Leben und Dasein dem Körper verliehen, der diese Figur an sich trägt.

… der Käfer, den man … als Vorbild für die Amulette wählte, gehört zur Familie der mistfressenden Blatthornkäfer … normalerweise schwärzliche Farbe … manche schillern in den buntesten Metalltönen.

… Skarabäus bedeutet »nur gezeugt« … war ein Wesen, das sich selbst erschuf, ohne von einem Weibchen empfangen zu werden.

… nachdem er eine Kugel aus Mist geformt hat, rollt sie der Käfer von Osten nach Westen …

(Und hier unterstrich Anna ihre Worte gleich doppelt:

… die unsichtbare Kraft Gottes, die sich in der Form des Gottes Khepera manifestierte, ließ die Sonne über den Himmel rollen, und dieses Rollen gab dem Skarabäus seinen Beinamen Kheper, d. h. »der Rollende«. Der Gott Khepera repräsentierte auch tote Materie, die dennoch lebte … und in einer sehr frühen Periode betrachtete man ihn als Gott der Auferstehung … das Insekt wurde gleichzeitig das Symbol für den Gott und die Art der Auferstehung.)

Das Skarabäus-Amulett wurde … zu Abertausenden gefunden … in unzähligen, verschiedenen Formen … grüner Basalt, grüner Granit, Kalkstein, grüner Marmor … blau und grün glasiertes Porzellan, etc.; und die Worte der Macht wurden normalerweise in seine Unterseite geschnitten … Skarabäen aus grünem Stein wurden oft in Gold gefaßt …

DAS AMULETT MIT DEM SCHLANGENKOPF … wurde auf einen toten Körper gelegt, um ihn vor Bissen der Schlangen in der Unterwelt oder im Grab zu bewahren.

Als Anna mit dem Aufschreiben fertig war, klappte sie das Buch zu, dessen Rücken jetzt von einem halben Dutzend

dünner weißer Knickfalten durchzogen war, und legte es mit dem Titel nach unten auf den Tisch, sammelte ihre verstreuten Blätter ein und ging ihre Notizen durch. Während sie las, formten sich Antworten in ihrem Kopf – Antworten, die schließlich alle in einer Frage mündeten: *Der Typ, der dieses Buch geschrieben hat, hat vielleicht geglaubt, er schreibe über Legenden und Dinge, die sich ein paar altägyptische Tempelpriester und Magier im Drogenrausch zusammengeträumt haben, aber irgendwie, so scheint es, muß doch irgendwann irgend jemand ein Amulett gemacht haben, das* funktionierte. *Vielleicht wollte er sich damit vor Viehzeug und Schlangen schützen – er muß wirklich Angst vor Schlangen gehabt haben, wenn er eine auf diese Art an ein Ende des Amuletts gesetzt hat – vermutlich, weil er herausgefunden hat, daß man etwas nur besiegen kann, wenn man sich ihm stellt und sich auf seine Ebene begibt. Er erfand also eine spezielle Legierung, vielleicht unter Verwendung von Quecksilber, gravierte ein paar besonders starke Worte der Macht auf die Unterseite des Dings und machte sich aus dem Staub.*
Gelehrte spotten über Dinge wie Worte der Macht und Amulette, zumindest heutzutage, aber waren sie denn damals dabei, um das, worüber die Alten schrieben, zu beweisen oder zu widerlegen? Nur weil die alten Ägypter nicht an unsere *Götter glaubten, muß das noch lange nicht bedeuten, daß ihre Götter es nicht wert waren, daß man an sie glaubte ... und vielleicht haben sie ja auch wirklich Wunder vollbracht. Wahrscheinlich hätten die alten Ägypter auch nicht an die Himmelfahrt geglaubt.*

Ich habe dieses Ding jedenfalls gesehen, und ich wette, daß andere in der Stadt es auch gesehen haben, selbst wenn es ihnen nicht klar war, um was es sich dabei in Wirklichkeit handelte. Ma, zum Beispiel. Ich glaube, daß sie es wußte – sie muß *gesehen haben, wie damals an Weihnachten diese Fledermaus aus dem Zimmer der Alten geflattert ist, aber entweder hatte sie Angst, oder sie weigerte sich, es zu glauben. Vielleicht befürchtete sie, daß sie, wenn sie es glaubte, so werden würde wie die Alte.*

Aber die Alte – die kleine Lucy, die sie vor vielen Jahren war – hatte keine Schwierigkeiten, es zu glauben. Mein Gott, sie hatte es damals nicht leicht – sie wußte nicht mal, daß sie in der Schule immer die falsche Treppe hinaufstieg – warum sollte sie sich also nicht *auf etwas stürzen, was ihre Mängel überspielte und sie zu etwas* Besserem *machte als die, die wirklich gescheiter waren als sie? Wie gerne hat sie mit Ma und mir das alte Spielchen gespielt: »Ich weiß etwas, was* ihr *nicht wißt«, und zwar immer, wenn sie eine Neuigkeit vor uns aufschnappen konnte – als würde sie dieser vorübergehende Wissensvorsprung uns überlegen machen.*

Außerdem gibt es keinen Zweifel daran, daß sie mich haßte, seit ich über ihre geistige Ebene hinausgewachsen war – sie behauptete immer, daß sie mir mit Bruchrechnen nicht helfen könnte, weil zu ihrer Zeit so etwas noch gar nicht erfunden *gewesen war. Und ich haßte sie, weil sie von mir verlangte, daß ich ihr diesen balkenbiegenden Unfug glaubte. Von da an hat sie ständig auf mir herumgehackt, und als ich begann, ihr nicht mehr aufs Wort zu gehorchen, nannte sie mich eine Hure, bloß weil* sie *immer zu Hause bei ihren Tanten geblieben war, sogar dann noch, nachdem sie mit achtzehn angeblich vergewaltigt worden war. Sie pflegte zu sagen: »Wenn* ich *dich nicht unter Kontrolle halten kann, dann bist du es auch nicht wert, daß man dich unter Kontrolle hält.«*

Aber es gibt etwas, das du unter Kontrolle halten kannst, *nicht wahr? Dieses Amulett da, das deine Großmutter wahrscheinlich irgendwo geklaut hat, weiß Gott wie, vielleicht, bevor sie sich aus der Gegend, die erst Jahre später zur Tschechoslowakei wurde, nach Amerika aufgemacht hat – wie allerdings ein ägyptisches Skarabäus-Amulett ausgerechnet* dorthin *gelangt sein könnte, kann ich mir nicht vorstellen. Aber das kannst du unter Kontrolle halten, nicht wahr, Alte? Mein Gott, mit diesem Ding kannst du* alles *sein ... sogar du selbst. Es ist gut, daß du geistig ein bißchen minderbemittelt bist. Wenn du nur halbwegs schlau gewesen wärst, hättest du das Ding längst an den Meistbietenden verscherbelt.*

Anna lehnte sich in ihren Stuhl zurück und streichelte geistesabwesend Bruiser, der sich auf ihrem Schoß niedergelassen hatte, über den Rücken. Als Kind hatte sie den spiralförmigen Reif nicht näher untersucht, aber sie vermutete, daß er auseinandergezogen so etwa zwanzig Zentimeter lang gewesen sein mußte, was bedeutete, daß mehr als bloß ein paar Worte der Macht auf seine Unterseite paßten. Wie hatte es noch in dem Buch geheißen? Die Macht lag in den Worten *und* der Substanz, aus der das Ding bestand.

Und ganz gleich, welche *hekau* auf seiner Unterseite standen, war das Metall allein schon eine alptraumhafte Substanz, denn es war *lebendig.*

2

Die Alte (III)

»Nein. Ich habe im Radio *nichts* über Wally Inglass gehört ... ich war selbst dort«, sagte Anna einfach, nahm den Telefonhörer in die linke Hand und drehte mit der rechten den Fernseher leiser. *Du bist nicht die einzige in dieser Familie, die für eine kleine Überraschung gut ist,* dachte sie.

»Du warst *dort?*« zischte die Alte, und Anna entgegnete mit betont ruhiger Stimme: »Ich mußte das festgenommene Mädchen auf dem Weg ins Polizeigefängnis begleiten. Stu Sawyer wollte nicht, daß sie später daherkommt und behauptet, er habe sie da draußen belästigt. Das Mädchen ist noch –«

»Eine Jugendliche«, sagte die Alte mit ihrer üblichen Betonung der ersten Silbe, was sie für ihr Aushängeschild dafür hielt, wie vornehm sie sprechen konnte, wie *gescheit* Lucy Miner war.

»*Ich* habe es im Radio gehört. Auf dem Lokalsender *und* diesem Religionskanal.«

»Ach, den hörst du dir auch an?« fragte Anna unbekümmert und dachte: *Das, was du da um deinen faltigen Truthahnhals hängen hast, würde jeden religiösen Führer unter seiner Mitra oder seinem Turban erbeben lassen.*

»Nur für die *Nachrichten*. Sonst glaube ich nicht an den ganzen Quatsch, den sie da verzapfen. Seit ich das über diesen Jim Baker auf dem *Fernseher* gesehen habe –«

»Ja, ja, ich habe von der Sache mit seiner Sekretärin gehört.« *Auf dem Fernseher*, dachte Anna mit kaum zu zügelnder Verachtung. Die Alte plapperte weiter: »Ich habe gehört, daß man die Familie der *Festgenommenen* nicht finden kann, und daß sie deshalb im Gefängnis bleiben muß.«

»Nicht deshalb, sondern weil niemand eine Kaution für sie gestellt hat, das bedeutet –«

»Ich *weiß*, was das *bedeutet*, ich bin ja kein Idiot.«

Und ob du ein Idiot bist … wenn auch ein sehr mächtiger Idiot, dachte Anna, bevor sie wieder unterbrach: »Ich würde mir jetzt wirklich gerne ›Sechzig Minuten‹ ansehen, Großmutter –«

»Diese Sendung sehe ich mir *nie* an … eine Stunde Nachrichtengebrabbel ist mir zu*viel*«, begann die Alte zu dozieren, aber Anna schnitt ihr mit betonter – und schwierig zu bewerkstelligender – Freundlichkeit das Wort ab.

»Ich werde dir alles über den Fall Inglass erzählen, wenn ich mit den Lebensmitteln vorbeikomme, okay? Ich habe praktisch nicht geschlafen und bin sehr müde. Wir reden später miteinander, in Ordnung?« Anna legte auf, bevor die Alte sich noch umständlich von ihr verabschieden konnte.

Sie legte den Kopf an die Rücklehne der Couch, zwang sich, ruhig und tief zu atmen, und sagte sich: *Ich kann doch nicht einfach rübergehen und ihr das Ding vom Hals reißen. Wer weiß, was es dann tut. Vielleicht ist es so in Einklang mit ihr, daß es von selber irgendwas macht, wenn die Alte in Schwierigkeiten ist. Sie trägt das Ding jetzt seit über fünfzig Jahren, weiß der Teufel, wie es reagiert. Nein, ich muß warten und diese Angelegenheit noch weiter untersuchen, bevor ich es wagen kann, etwas zu unternehmen.*

Gott sei Dank ist der Alten nicht klar, daß andere Leute mit diesem Ding viel schlimmere Sachen anstellen würden, als bloß ein paar Leute aus dem Weg zu schaffen, die sowieso so gut wie keine Existenzberechtigung hatten – in ihren Augen zumindest. Daran mußt du denken, Anna, bevor du genauso schlimm wirst wie sie. Nur dadurch konnte das alles überhaupt erst so kommen. Ma und ich mußten ihr immer alle unsere Sorgen erzählen, und ich hätte nie gedacht, daß sie über ein Mittel verfügte, all mein Unglück zu beenden. Die ganze Zeit hing es um ihren ungewaschenen Hals.

Und dabei hat *sie mir ja, seit ich ganz klein war, all diese Geschichten von ihrer Großmutter erzählt, sie wurde nie müde zu erwähnen, wie ihre Gramma mit den Männern, die ihr ihr Haus weggenommen hatten, »quitt« geworden war. Ich habe immer geglaubt, das seien alles bloß Wunschvorstellungen gewesen, aber jetzt ...*

Jetzt bin ich direkt froh, daß sich die beiden nur auf ein paar gut geplante »Unfälle« beschränkt haben, sagte sich Anna, die überhaupt nicht begriff, was wirklich Sache war. Denn, obwohl sie sich jetzt an das meiste von dem erinnerte, was ihr ihre Großmutter über das »quitt werden« erzählt hatte, vergaß sie bedauerlicherweise eine andere Lieblingsgeschichte der Alten – die merkwürdige, niemals wirklich zu Ende erzählte Geschichte von ihrer verhaßten Tante Bella. Die arme unverheiratete Tante war verrückt geworden, nachdem ihr Lucy lachend enthüllt hatte, wer der Vater ihrer kleinen Tochter war ... und die abscheuliche Antwort auf *diese* Frage war in keinem Buch über Amulette oder ägyptische Magie zu finden –

– denn Lucy, die über die Kräfte ihres wundervollen, spiralförmigen Schatzes nur sehr wenig wußte, hatte damit auf eine unheilige, verzweifelte Art und Weise herumexperimentiert, und allein das Wissen über eines dieser Experimente hatte ihre Tante Bella praktisch von einer Sekunde auf die andere in den Wahnsinn getrieben – nur Augenblicke nachdem Lucy ihr gesagt hatte, was sie getan hatte und, ganz besonders, mit *wem*.

KAPITEL SIEBEN

Montag,
26. Oktober 1987

1

Die Polizeistation (III)

Anna Sudeks Finger tanzten auf der Tastatur der polizeieigenen IBM-Schreibmaschine, und ihre Augen bewegten sich rasch von dem handgeschriebenen Bericht links vor ihr zu dem über das Papier tanzenden, silbrig glänzenden Kugelkopf. Sie zwang sich dazu, sich auf die Worte zu konzentrieren, die sie abtippte, damit sie aus Bibs hingekritzelten Worten so viele Hinweise wie möglich herauslesen konnte:

> Das Opfer wurde hinter dem Wohnwagen auf dem Rücken liegend aufgefunden. Sein rechter Arm war ausgestreckt, die rechte Handfläche zeigte nach oben. Die Beine lagen mit den Zehen nach oben da, die Füße standen rechtwinklig zueinander. Der Hosenschlitz des Opfers stand offen, und sein Penis hing aus der Unterhose heraus. Das Organ wies nicht weiter präzisierbare Wunden auf, ebenso wie Arme, Gesicht und Hals des Opfers. Das Opfer ist vermutlich verblutet.

Anna mußte sich ein Kichern verbeißen. »Nicht weiter präzisierbare Wunden« zu schreiben, sah Bib ähnlich, diese Art der Untertreibung war typisch für ihn. Während die Schreibmaschine monoton weitersummte, dachte Anna: *Precious hat das besser beschrieben ... sie sagte, sein Ding hätte ausgesehen wie ein von einem Vogel zerkauter Wurm.*
Und wenn Annas uralte Erinnerung an jenen Nachmittag, an dem sie selber einen Augenblick das ringförmige Amulett getragen hatte, richtig war, dann mußte das Fortpflanzungsorgan des alten Wally ihrer Großmutter *wirklich* wie ein Wurm vorgekommen sein.
Schade, daß du ihn ihm nicht ausgerissen hast – aber andererseits magst du ja Männer sowieso nicht, oder?
Anna hörte kurz mit dem Schreiben auf, um ein besonders schlecht leserliches Wort zu entziffern, dann fuhr sie fort:

> Die Augen waren ebenfalls stark verletzt. Der Körper war an der Oberfläche kalt, die Leichenstarre hatte jedoch noch nicht eingesetzt, als der unterzeichnende Polizeibeamte um 17 Uhr 45 am Tatort eintraf.

Anna lehnte sich in ihrem quietschenden Bürodrehstuhl zurück und versuchte, aus dem eben Gelesenen und dem, was Precious ihr am Samstag nachmittag gesagt hatte, in etwa einen Zeitplan aufzustellen.
Am späten Nachmittag hatte Precious Wally vor ihrem Schlafzimmerfenster entdeckt. Wann genau das war, wußte Anna nicht, aber es mußte bereits Schnee auf dem Gras gelegen haben. Am Samstag *war* es kalt gewesen. Bevor Anna um halb vier nachmittags ins Bett gegangen war, hatte es bereits knapp unter null Grad gehabt, und der Himmel hatte eben begonnen, sich aufzuklaren.

Aber Wally mußte schon lange vorher vor dem Fenster gestanden und gewartet haben. Hatten Terry und Stu nicht gesagt, daß sie keine Spuren von Wallys Auto zu dem Wohnwagen gefunden hatten, als sie es aufgrund eines Funkspruchs von einem anderen Hilfssheriff etwa eine halbe Meile vom Tatort entfernt aufgefunden hatten? Anna wünschte, sie hätte verstanden, was über Funk gesagt worden war, aber es hatte für sie nur wie Störgeräusche geklungen. Sicher wußte sie nur, daß Terry gesagt hatte, es sei doch komisch, daß Wally so lange ohne einen Mantel hinter dem Wohnwagen der Isaacs herumgelungert wäre, woraufhin Stu ihm gesagt hatte, er solle den Mund halten. Daran erinnerte sie sich ganz genau.

Aber abgesehen davon, wie lange Wally wirklich hinter dem Wohnwagen herumgestanden war – mit oder ohne Mantel oder Jacke –, mußte die Alte entweder gewußt haben, wo Wally hinwollte, *bevor* er zu den Isaacs gefahren war, oder ihm von seinem Haus aus dorthin gefolgt sein. Was wiederum bedeutete, daß die Alte ihr Haus irgendwann zwischen Annas Weggang von dort und dem Zeitpunkt verlassen haben mußte, an dem Wally bei *sich* zu Hause abgefahren war.

Herauszufinden, wo er wohnte, war kein Problem für die Alte... sie liebt es, herumzuhocken und in ihren verdammten Telefonbüchern zu blättern, beim Schaukeln in ihrem Stuhl über Nummern und Namen zu brüten. Ma sagte, daß die alte Krähe das immer tat, und ich habe selbst gesehen, wie gern sie sich durch die vielen Papiere wühlt, die bei ihr herumliegen. Jetzt klärte sich auch das Geheimnis der nach Urin riechenden Zeitungen auf. Anna stellte sich vor, wie die Alte zu einem pinkelnden Hund zerfloß, aber sie vertiefte diesen Gedanken nicht, zumindest im Moment nicht. *Und es ist auch kein Geheimnis, auf welche Weise sie herausgefunden hat, wie der Bastard*

aussah. Alles aber steht und fällt damit, wann Wally sein Haus verließ.
Als sie sich wieder dem abzutippenden Bericht zuwandte, fand Anna ein paar Zeilen weiter unten die Antwort auf diese Frage:

> Das Opfer wurde zunächst von den Polizeibeamten am Tatort und dem Zeugen Martin Parks identifiziert, die offizielle Identifizierung nahm später am Abend die Frau des Opfers, Louise Inglass, vor.

Vor ihrem geistigen Auge sah Anna die fette, vollmondgesichtige Louise in ihren Polyester-Hosen, wie sie mit einem guten Dutzend ähnlich gekleideter Frauen in den späten Vierzigern mit grauen oder gefärbten Haaren wie Rhonda Stanley, Bitsy Nemmitz und Val Sawyer – den *Hingebungsvollen Schwestern der Heiligen Bingo-Kirche*, wie Palmer Winston, der alte Kneipenhocker und selbsternannte Oberwitzbold von Ewerton, sie immer nannte – auf einem Parkplatz herumstand und auf den Bus zum Indianer-Reservat wartete. Der große, blaue Bus verließ Ewerton jeden Samstag gegen Mittag.
Was bedeutet, daß Wally vermutlich etwa um diese Zeit zum Wohnwagen der Isaacs aufbrach. Und etwa zur selben Zeit gab ich der Alten das Signal, daß ich wieder zu Hause war.
In Gedanken versunken schaltete Anna die Maschine aus und starrte auf das, was sie eben getippt hatte. Wenn sie der Alten nicht das Signal gegeben hätte, wäre Wally Inglass jetzt vielleicht noch am Leben und würde sich mit wohligem Schauer daran erinnern, wie er Precious mit Gewalt dazu gebracht hatte, ihm einen zu blasen, und Precious selbst wäre zwar seelisch geschädigt, aber wenigstens noch immer in Freiheit.

Denn die Alte hatte sicher sein müssen – wenn auch bloß wegen ihres eigenen Seelenfriedens –, daß Anna zu Hause war, bevor sie ihr Haus in einer Gestalt hatte verlassen können, die niemand in Ewerton, außer Anna, erkannt hätte.

Oder Ma, natürlich. Sie hat es mir gegenüber zwar nie zugegeben, aber ich glaube, daß sie es wußte – sie mußte *es wissen, nachdem sie an Weihnachten die Fledermaus aus dem Zimmer der Alten hatte flattern sehen. Eine echte Fledermaus hat keinen grünen Fleck an ihrem Flügel. Ich bin mir* sicher, *daß ich etwas grünlich aufleuchten sah, bevor das Ding zurück in das Zimmer flog und ich schreiend vor Angst in die Küche rannte.*

Aber darauf, warum sich die Alte in den vergangenen paar Tagen wieder aus dem Haus gewagt hatte, konnte sich Anna keinen Reim machen. Die Alte hatte doch schon lange vor letzter Woche gewußt, daß Anna Inez Hibbing, Elmo und Irma und Wally Inglass haßte. Anna erinnerte sich, daß sie das in Wallys Fall selbst der Alten erzählt hatte, und Ma hatte Anna oft berichtet, daß sie der Alten dies oder das über die Nachbarn oder die wasserstoffblonde Inez erzählt hatte – bloß, um sich nicht stundenlang anhören zu müssen, was Judge Wapner in dem verdammten »Fernsehgericht« gesagt hatte.

Jetzt war Anna klar, warum Ma mit der Alten immer über andere Leute geredet hatte. Über *ihre eigene* Beziehung zueinander zu sprechen, wäre zu schmerzhaft gewesen, hätte zuviel Zündstoff in sich gehabt. Anna erinnerte sich, wie schrecklich die Alte früher oft gewesen war, wie sie nach oben geschlichen war, Annas und Mas Sachen durchwühlt und kleinliche, kindische Dinge getan hatte, wie zum Beispiel große, blaue Kugelschreiberaugen über Annas eigene auf ihren Highschool-Abschlußfotos zu malen, bloß weil diese vom Blitzlicht rot gefärbt gewesen waren. Oder sie hatte Mas Socken neu zusammengelegt, weil sie gemeint hatte, Ma könne das nicht richtig, und wenn man sie deshalb zur Rede gestellt hatte, hatte sie halb geschrien, halb gejammert.

Und dabei war dieses Herumwühlen in den Sachen der beiden noch das kleinste Übel gewesen: Anna zuckte unwillkürlich zusammen, als sie sich daran erinnerte, wie sie einmal in einem Geschäft gewesen war, in dem den ganzen Tag der lokale Sender im Radio gelaufen war. Auf einmal hatte sie aus dem Lautsprecher die Stimme der Alten gehört, die bei der Nachmittagssendung »Sag's frei heraus« angerufen hatte. Ihre Auslassungen über die *»beschissene* Stadtverwaltung« waren schließlich so unflätig geworden, daß der Moderator aufgelegt hatte. Anna war an diesem Nachmittag nach Hause gelaufen und so wütend auf die Alte gewesen, daß sie ihr schließlich sogar ein Glas Wasser ins Gesicht geschüttet hatte, nur um das alberne Lachen zu stoppen, mit dem die Alte ihr fröhlich erklärte, daß niemand ihr etwas anhaben könne. Und als Ma später heimgekommen war, hatte natürlich Anna von ihr eine Ohrfeige bekommen, weil sie einer harmlosen alten Frau »weh getan« habe.

Anna biß sich auf die Lippe, um die schmerzlichen Erinnerungen zu verdrängen, schaltete die Schreibmaschine wieder an und fuhr fort, ihren Bericht zu tippen, wobei sie die ganze Zeit dachte: *Was immer es war, das die Alte dazu gebracht hat, mit dieser Geschichte anzufangen, sie wird nicht aufhören, bis sie die Stadt von »Abschaum«, wie sie solche Leute nennt, gesäubert hat. Aber wenn jeder, mit dem ich je in der Öffentlichkeit eine Meinungsverschiedenheit hatte, oder der mich auch bloß* kennt, *plötzlich ermordet wird oder bei einem Unfall stirbt, dann muß einfach jemand anfangen, diese Vorfälle mit mir in Verbindung zu bringen … und immer, wenn so was passiert ist, bin ich bisher allein zu Hause gewesen. Ein Glück, daß es Wally Inglass so weit von meinem Haus entfernt erwischt hat, aber Terry Von Kemp hat sich schon darüber gewundert, daß ich mich so schnell angezogen habe. Wenn er das jemals Stu erzählt, dann werde ich* wirklich *Probleme kriegen ... obwohl Precious zusammen mit dem kleinen Taschenmesser am Tatort aufgelesen wurde.*

Aber irgend jemand muß es schließlich im Gerichtssaal zur Sprache bringen, daß sie kein Blut am T-Shirt oder an den Jeans hatte. Sogar mir ist das aufgefallen. Und so, wie Wally geblutet hat, hätte Precious wenigstens etwas *Blut auf ihrer Kleidung haben müssen, wenn sie bei dem Mord auch nur in seiner* Nähe *gewesen wäre – was sie natürlich nicht war. Mein Gott, Anna, du kannst von Glück sagen, daß die Leute des Sheriffs und der Polizei hier so schlecht ausgebildet sind. Aber was passiert, wenn Precious' Familie ihr einen guten Anwalt besorgt –* falls *ihre Leute jemals gefunden werden.*

Als Anna an diesem Morgen zur Arbeit erschienen war, hatte ihr Kurt, der Mann von der Funkzentrale, erzählt, daß niemand genau wußte, wo Precious' Familie war – die Nachbarn hatten ausgesagt, daß die Eltern ziemlich lockere Vögel wären und schon öfter mit den kleinen Kindern im Schlepptau von einem Tag auf den anderen irgendwohin abgehauen wären, und die Großeltern des Mädchens hatten dem Sheriff gesagt, daß sie mit diesem Fratz »nichts zu tun haben« wollten, und so saß Precious immer noch in ihrer Zelle, in einer Art juristischem Niemandsland. Es war noch keine formelle Anklage erhoben worden – Kurt meinte, daß das wohl später am Tag noch geschehen würde, drüben im Gerichtsgebäude von Dean County, »wenn Richter Hauser aus dem Urlaub zurückkommt«, also hatte bisher auch keine Kaution hinterlegt werden können. Und es gab niemanden, der die

Verantwortung für das Mädchen übernehmen wollte, selbst wenn sie entlassen werden sollte.
Am Wochenende hatte Stu seine Frau den Amtseid schwören lassen. Sie hatte zwar zuerst gemault, daß sie als Aufseherin fungieren sollte, aber Kurt behauptete, daß Stu ihr gesagt habe: »Sie wird dich schon nicht durch die Gitterstäbe hindurch umbringen«, und so saß jetzt Val Sawyer vor der Zelle des Mädchens, nachdem Ginny Yarrow das Wochenende über bei ihr Babysitter gespielt hatte. Ginny war an diesem Montagmorgen zur Arbeit erschienen und saß mit dunklen Ringen unter den Augen an ihrem Empfangstisch und trank eine Tasse schwarzen Nescafé nach der anderen.
Als Anna ihren fertig getippten Bericht eben hinüber in Bibs Büro bringen wollte, drehte sich Ginny in ihrem Stuhl herum und rief ihr in den Gang nach: »Ich habe gehört, daß du Samstag abend mit da draußen warst. Erzähl mir doch davon. Bib sagt mir nichts.«
Nachdem sie die Blätter auf Bibs Schreibtisch gelegt hatte – auch er würde heute erst später kommen –, ging Anna zu Ginnys Tisch im vorderen Teil des Gebäudes und lehnte sich mit einer Dose Cola, die sie sich aus dem Automaten in der videoüberwachten Eingangshalle geholt hatte, an die Glaswand, die die Büros der Polizei von denen des Sheriffs trennte.
Zwischen Schlucken aus der eiskalten Dose erzählte Anna Ginny, was sie gesehen hatte – die Rebellion ihres Magens, die sie schließlich zur Entdeckung der merkwürdigen Spuren im Schnee geführt hatte, und Precious' Aussage später im Streifenwagen ließ sie allerdings aus. Ihre Kollegin nickte begeistert und gluckste anerkennend, als Anna den zerpflückten, rötlichen Fleck zwischen Wally Inglass' Beinen erwähnte.

»Er hat es verdient«, flüsterte Ginny mit einem kalten Lächeln, das ihre sanften braunen Augen nicht erreichte. »Ich weiß nicht, ob du dich noch daran erinnerst, aber als ich auf der Highschool mit meinem ... *Exmann* gegangen bin, da ist Wally mit uns schon Schlitten gefahren, wenn wir uns bloß im Gang an den *Fingerspitzen* berührten, aber als Paula Tish und Yancy Young –« Paula war die Tochter von »Zahnzieher Tish« und Yancys Vater hatte einen Gemischtwarenladen; die beiden waren beim Ehemaligentreffen von 1976 Homecoming-King und -Queen gewesen – »es auf der Wiese zwischen den Schulgebäuden miteinander trieben – du weißt ja, wie Yancy Paula immer die Hand in die Bluse gesteckt hat, bis er ganz unten war –, da stand Wally bloß an der Glastür, wippte auf den Zehen und sah ihnen zu, als ob sie überhaupt nichts falsch machten. Als ob er daran seinen Spaß gehabt hätte. Kein Wunder, daß das Mädchen da in der Zelle sich so zusammenkrümmt. Kannst du dir vorstellen, diesem ekligen Typen –«, Ginny sah rasch in die Eingangshalle, um sicherzugehen, daß niemand zuhörte, »– einen zu *blasen?* Ich wundere mich, daß sie ihm sein Ding nicht abgebissen und runtergeschluckt hat.«

Anna verzog ihr Gesicht und fragte: »Würdest *du* das etwa tun?«

Ginny verschränkte die Arme, lehnte sich in ihrem Stuhl zurück und sagte: »Sein Gesicht dabei zu sehen, wäre es mir vielleicht *wert* gewesen.«

Anna schlürfte langsam den Rest ihrer Cola und dachte: *Ich wette, das würdest du. Ich habe dich auf der Schule unterschätzt, Ginny. Deine Noten waren nie die besten, und deshalb habe ich dich wohl immer für eines dieser Partyhäschen gehalten, wie die Leute, mit denen du ständig zusammen warst. Aber warst du mit denen zusammen, weil du sie mochtest, oder deshalb, weil*

wir Schüler mit den besseren Noten dich nicht akzeptierten? Du warst so ruhig, daß ich immer annahm, du wärst dumm. Ich frage mich, wen ich sonst noch in letzter Zeit falsch beurteilt habe.
»Verdammt noch mal, da ist man mal einen halben Tag nicht da und schon geht dieser verdammte Laden vor die Hunde«, sagte Bib hinter der Glastür und wartete darauf, daß Ginny ihn endlich bemerkte und den Türöffner betätigte. Ginny drückte eilends auf den Knopf, Bib kam herein, wobei er sich auf dem Weg zu seinem Büro ein paar Toastkrümel vom Hemd wischte, und sagte über die Schulter: »Ich möchte diesen Bericht sofort auf meinem Schreibtisch haben.«
»Liegt schon dort«, rief Anna ihm nach, trat die leere Coladose mit dem Fuß platt und steckte sich das flachgedrückte Stück Aluminium in ihre hintere Hosentasche.
Bib blieb an seiner Tür stehen. »In dreifacher Ausfertigung?« fragte er.
»*Mist!*«
»Wie bitte?«
»Ich sagte, ich werde den Rest gleich tippen«, antwortete Anna und blinzelte Ginny zu. *Bleib ganz normal,* ermahnte sie sich selbst, ging zu ihrem Tisch und spannte ein frisches Blatt in die Maschine, während ihre Gedanken sich auf schwarzen Schwingen mit einem grünen Fleck hoch über ihre Arbeit erhoben.

2

Bib (IV)

Bib Stanley hörte von nebenan das ruckelnde, sich wiederholende Klappern der Schreibmaschine und las langsam den abgetippten Bericht des Inglass-Falles, wobei er mit seinem fast quadratischen Fingernagel unter jeder Zeile der leicht ins Papier gedrückten schwarzen Buchstaben entlangfuhr. Der Fall war ja eigentlich gar nicht sein Baby – der Wohnwagenpark befand sich nicht innerhalb der Stadtgrenzen und lag deshalb im Zuständigkeitsbereich des County. Bib brauchte diesen Bericht sozusagen zu seiner eigenen Erbauung.

Stu hatte von Anfang an alles vermasselt – er hatte den Tatort nicht schnell genug absperren lassen, und die Idee mit den Hunden war vollkommen idiotisch gewesen, wo es doch in dieser Gegend so viel Wild gab. *Was hätten sie deiner Meinung nach aufspüren sollen, Stu? Vögel oder was?* fragte sich Bib, während er in der Schreibtischschublade nach der Rolle Fruchtbonbons suchte, die Rhonda ihm gekauft hatte.

Er zog das klebrige Papier von der Rolle, knetete eines der weichen Bonbons zu einer kleinen Kugel, die er sich schließlich wie ein Stück Kautabak zwischen Zahnfleisch und Wange schob. Dann brütete Bib über dem Bericht, der vor ihm lag.

Irgend etwas daran stimmte nicht. Die Einzelheiten des Verbrechens standen zwar alle schwarz auf weiß da, aber so sehr sich Bib auch bemühte, er konnte sie nicht zu einem stimmigen Ganzen zusammenfügen.

Während er Speichel mit Kirschgeschmack schluckte, las Bib noch einmal, was er über die Festgenommene geschrieben hatte, nachdem sie endlich aus dem Dickicht herausgekommen war:

– die Festgenommene trug ein blaues T-Shirt, Jeans und keine Schuhe. Die Arme der Festgenommenen waren zerkratzt. Sie schien in einem Schockzustand zu sein – zitterte – war stark durchfroren und –

Bib las noch einmal die Zeile über Precious' Kleidung. Er erinnerte sich, daß ihr T-Shirt an einigen Stellen naß gewesen war, so daß man durch den Stoff ihre Brustwarzen gesehen hatte, und daß auf ihren Schultern sogar Schneeflocken lagen, aber ihre Kleider waren nicht voller Blut gewesen – wie es eigentlich hätten sein müssen. Er hatte Wallys Hals gesehen, nachdem man den kleinen Bastard ins Krankenhaus gebracht und versucht hatte, ihn etwas zu säubern, bevor dann Louise an Rhondas Arm hereingekommen war und so sehr geschluchzt hatte, daß ihr unablässig die Nase lief.
Wallys Halsschlagader war glatt durchtrennt worden, und zwar von einer dieser merkwürdigen, kleinen Stichwunden, die sich alle glichen, als hätte das Mädchen das winzige Taschenmesser ein paar Dutzend Mal in Wallys Körper hineingestochen und wieder herausgezogen. Und Bib wußte, daß Wunden am Hals wie wild bluteten – er hatte oft genug zugesehen, wie sein Onkel Raymond, ein Metzger, Schweine oder Kühe abgestochen hatte.
Jetzt erinnerte sich Bib, daß die Hände des Mädchens zerkratzt und *etwas* blutig gewesen waren, aber auch keine solchen Blutflecken aufgewiesen hatten, wie sie sie eigentlich hätten haben müssen, wenn man an den blutverschmierten Griff des Messers dachte, das Stu mit seiner Fußspitze in einen Plastikbeutel für Beweismittel geschoben hatte.

»Aber Wallys *Hände waren blutig gewesen – ich habe gesehen, wie rot die Falten seiner Handflächen sogar noch waren, nachdem man sie gewaschen hatte. Der kleine Scheißkerl war* blutüberströmt, *und auf seinem Hemd waren riesige, burgunderrote Flecken. Das T-Shirt des Mädchens dagegen war fast sauber – zu blöd, daß Stu ihre Hände nicht mit Benzidin bestäubt hat, für den Fall, daß sie sich das Blut am Schnee abgewischt hat. Aber* der Kerl *ist so dumm, daß sein Gehirn nicht einmal einen Fingerhut füllen würde. Und* ich *wollte mich nun wirklich nicht in Stus geheiligte Untersuchungspraxis einmischen und ihm sagen, daß er wieder einmal dabei war, alles zu verbocken. Das sollten ihm besser die Wähler bei der nächsten Wahl sagen.* Wenn *sie sich überhaupt einen Deut um diesen Fall scheren und sich am Wahltag noch an ihn erinnern. Zum Teufel, sie wissen doch auch alle, daß Lenny Wilkes ein Arschloch allererster Güteklasse ist, und trotzdem wählen sie ihn.«*

»Hier sind die restlichen zwei Kopien«, sagte Anna und streckte den Kopf durch die halb geöffnete Tür.

»Legen Sie sie in das Eingang-Körbchen«, sagte Bib, während er die weiche Kugel seines Kirschbonbons verschluckte, und fügte, bevor Anna sein Büro verlassen hatte, noch hinzu: »Anna, bitte schließen Sie die Tür und kommen Sie zu mir. Ich muß Sie etwas fragen.«

Das Mädchen – Bib wußte, daß Anna auf die dreißig zuging, aber ihm kam sie immer noch mädchenhaft vor – schloß leise die Tür und setzte sich mit einem sorgfältig beherrschten Ausdruck auf ihrem breitwangigem Gesicht auf den harten Stuhl vor seinem Schreibtisch. Bib schwieg eine Weile. Annas Augen hatte er schon immer beunruhigend gefunden – sie waren nicht eigentlich dunkel, was die Farbe betraf, aber trotzdem sehr *dunkel im Ausdruck.* Sie blickte mit diesen Augen nie allzu viel herum, sondern hielt sie, fast wie die Augen einer Katze, ohne zu blinzeln und ganz ruhig auf ihr Gegenüber geheftet. *Absichtlich* ruhig, als wolle sie damit vermeiden, daß ihre Augen sich bewegten oder zuckten, wenn sie etwas hörte, das sie überraschte. Außer wenn sie auf etwas Bestimmtes schaute, wandte Anna ihre Blicke nur selten von ihrem Gesprächspartner ab.

Bib erinnerte sich daran, daß ihre Großmutter, die alte Lucy Miner, genauso war. Einmal war Bib an der Kasse des Red-Owl-Supermarkts angestanden, als sie dort so ein Gewinnspiel hatten. Anna und Tina waren eben aus dem Miner-Haus ausgezogen, und so hatte die alte Frau ihre Einkäufe selber erledigen müssen, denn damals hatte der Supermarkt im Winter noch keinen Lieferservice gehabt. Die Alte – nicht, daß sie wirklich so *alt* war, aber sie *schien* es zu sein – hatte einen vollen Einkaufswagen, in dem auch noch ihr eigenes zusammenklappbares Wägelchen steckte, vor sich hergeschoben und hatte ein paar Teenager, die bloß zwei Dosen Limo und ein Päckchen Kaugummi zu bezahlen hatten, in der Schlange vorgelassen.

Das Gewinnspiel hatte damals aus einem kleinen Pappkärtchen bestanden, das jeder beim Bezahlen an der Kasse bekam und an dem man etwas silbrige Farbe abrubbeln konnte. Dann waren darunter entweder die Worte »leider nicht« oder ein Dollarbetrag zum Vorschein gekommen. Noch während die Kassiererin ihre paar Sachen in die Kasse getippt hatte, hatten die beiden Mädchen ihre Kärtchen aufgerubbelt, und eines der Mädchen hatte zehn Dollar gewonnen. Alle in der Kassenschlange hatten daraufhin gutmütig geseufzt oder dem Mädchen gratuliert – alle außer Lucy Miner.

Die alte Frau, die sich ihre spärlichen Haare zu einem lächerlich aussehenden Knoten nach oben gebunden hatte und in deren Gesicht unter dick aufgetragenem

Puder die tief eingegrabenen Täler vieler Falten zu sehen gewesen waren, hatte plötzlich ein Zischen hervorgestoßen – das leise, langgezogene Geräusch hatte damals in Bib ein Gefühl hervorgerufen, als habe er auf einmal zwei schmelzende Eiswürfel zwischen den Beinen, und einige Leute in der Schlange hatten die Köpfe gereckt und geschaut, wo das Zischen hergekommen war.
Bib hatte unbewußt nach seinem Revolver gegriffen, obwohl er mitten in einem Supermarkt gewesenwar und das Mädchen bloß zehn Dollar gewonnen und nicht der alten Frau ihre ganzen Ersparnisse gestohlen hatte. Aber als er das Gesicht der Kassiererin sah, hatte er gewußt, daß seine Angst berechtigt gewesen war – ihr Lächeln hatte ganz eingefroren gewirkt, als sie hölzern sagte: »Hier ist dein Gewinn ... unterschreib bitte hier«, und die alte Lucy Miner hatte auf einmal so gezittert, daß ihr unförmiges Baumwollkleid (Bib erinnerte sich, daß seine *Mutter* so etwas früher getragen hatte, sie hatte es immer *Staubsaugerkleid* genannt) dabei richtiggehende Falten geschlagen hatte.
Da erst hatten die beiden Mädchen bemerkt, was los war, und waren schleunigst aus dem Supermarkt gegangen, aber die Alte hatte ihren zusammenfaltbaren Einkaufswagen aus dem Drahtwagen des Supermarkts gerissen und die Kassiererin mit ihrer eigentümlich blubbernden Stimme angeschrien: »Stecken Sie sich ihr Mistzeug sonstwo hin.« Dann war sie mit schnellen Schritten aus dem Laden marschiert, und nur ihr ranziger, fleischähnlicher Geruch war noch eine Weile zurückgeblieben. Bis die Kassiererin einen Angestellten gerufen hatte, damit dieser den vollgepackten Einkaufswagen aus dem Weg schaffte; und Bibs Biskuits und Milch eingetippt hatte, hatte er die alte Lucy Miner schon nicht mehr einholen

können, aber die Mädchen hatte er gesehen, die mit verheulten Gesichtern draußen neben den Getränkeautomaten bei ihren Fahrrädern standen.

»Diese gemeine, alte *Hexe*«, hatte eines der beiden geschluchzt, »sie hat uns unser Geld abgenommen und gesagt, es wäre *ihres*, wie ein verzogener kleiner *Fratz*.«

Bib hatte die Mädchen überreden wollen, mit auf die Polizeistation zu kommen und Anzeige zu erstatten, aber aus irgendeinem Grund waren sie plötzlich ganz verschlossen gewesen und hatten nicht mitgewollt. Statt dessen waren sie auf ihre Fahrräder gesprungen und losgefahren. Von da an hatte Bib öfter gesehen, wie der Lieferwagen des IGA vor dem Miner-Haus hielt und Lebensmittel brachte, bis eines Tages der Fahrer ebenfalls genug von der zischenden, stinkenden Alten hatte und ihre Tochter Tina wieder die Einkäufe für sie erledigen mußte.

»Chief Stanley, wollten Sie nicht etwas mit mir besprechen?«

Anna saß auf der Kante des Stuhls, ihre Hände mit den kurzen Nägeln locker gefaltet im Schoß. Anna Sudek spielte nie mit den Fingern, knackte nie mit den Knöcheln oder tat sonst irgendwas mit ihren Händen, sondern hielt sie immer still, mit den Handflächen nach innen. Bib erinnerte sich daran, wie ihre Mutter Tina immer an der abstehenden Haut neben ihren Nägeln herumgezupft oder mit ihren Fingerspitzen gegen ihre Handflächen gerieben hatte. Ihre Hände waren ständig in Bewegung gewesen. *Komisch, daß mir das vorher nie aufgefallen ist. Tina war furchtbar nervös, auch wenn ich glaubte, sie wäre einer der unbeschwertesten Menschen, die ich kenne. Das zeigt, wie gut* meine *Beobachtungsgabe in Wirklichkeit ist.*

»Ja, ich wollte Sie etwas fragen. Sie sind doch mit dieser

kleinen Isaacs im Wagen gesessen, bevor Stu und Terry eingestiegen sind, nicht wahr?«
Die ruhigen Augen zuckten nicht im geringsten; Anna blinzelte lediglich ganz gemächlich ein- oder zweimal, bevor sie antwortete: »Stu hat mir das aufgetragen, aber ich hatte auch kaum eine andere Wahl, weil er sie mit Handschellen an meinen Arm geschlossen hat. Aber Precious machte keine Schwierigkeiten. Sie saß bloß da und zitterte. Wenn die Handschellen nicht gewesen wären, hätte ich ihr Terrys Jacke über die Schultern gelegt, aber so ...« Sie ließ ihre Stimme in einen »Sie wissen ja, wie das ist«-Seufzer übergehen.
Bib fiel auf, daß sie mit dieser Antwort bereits seine nächste Frage abgewehrt hatte, bevor er sie überhaupt hatte stellen können. *Wenn* das Mädchen Anna in dem Auto etwas erzählt hatte (und Stu vermutete das; Bib hatte gehört, wie er etwas in dieser Richtung Samstag nacht seinem Hilfssheriff zugeraunzt hatte), dann würde diese das sicherlich niemandem weitererzählen. Nicht, daß Bib ihr daraus einen Vorwurf gemacht hätte; er wußte genau, wie Anna über Wally Inglass dachte und daß sie damit recht hatte – aber das durfte nicht so weit gehen, daß dadurch die polizeilichen Ermittlungen behindert wurden.
»Precious saß also neben Ihnen. Hat sie irgend etwas gesagt?« fragte er schnell, aber nicht schnell genug. Anna sah ihn mit dem seelenruhig leeren Gesichtsausdruck einer wiederkäuenden Kuh an und sagte mit einer ruhigen Stimme, die sich kein bißchen erhob oder zitterte: »Nein.«
Verdammt, dachte Bib, *entweder sagt sie die Wahrheit, oder sie ist eine verdammt gute Lügnerin ... vermutlich hat sie auf dieses Gespräch schon seit einigen Tagen gewartet.*

Bib war klar, daß diese Art der Befragung nutzlos war – im Moment wenigstens –; er zerknüllte das Einwickelpapier seines Fruchtbonbons und strich es wieder glatt, bevor er sagte: »Ich habe mir gerade diesen Bericht noch einmal durchgesehen, und da ist mir etwas Merkwürdiges aufgefallen. Vielleicht haben Sie es auch bemerkt. Das T-Shirt des Mädchens –«
Aha, jetzt hab' ich dich erwischt. Jetzt haben deine Augen gezuckt.
»– war ganz sauber, wenn man bedenkt, was sie mit Wally gemacht haben soll. Ist Ihnen das auch aufgefallen?«
Anna schluckte, aber die Hände in ihrem Schoß blieben immer noch ruhig – ein wenig *zu* ruhig – und unbewegt.
»Sie hat so sehr gezittert, daß ich gar nicht an ihr T-Shirt gedacht habe, aber jetzt, wo Sie es sagen, erinnere ich mich, daß wirklich kaum Blut dran war. Natürlich kommt es darauf an, wo sie stand«, fügte Anna schnell hinzu. Offensichtlich dachte sie an etwas, was Bib entgangen war.
»Was soll das heißen?«
»Der Spritzwinkel« sagte sie mit bescheidener Einfachheit. Bib wußte, daß *sie* wußte, daß er schon längst daran hätte denken müssen.
»Wenn sie außerhalb des Blutstrahls aus der Halsschlagader stand, dann hat sie wahrscheinlich nur wenig Blut abbekommen. Aber das müßte doch eigentlich durch eine Untersuchung der Blutspritzer auf ihrem T-Shirt herauszufinden sein, oder? Ich meine«, fuhr Anna fort, als Bib nur schweigend dasaß, »sie hatte ja schließlich Wunden an den Armen und im Gesicht, von denen das bißchen Blut an ihrem T-Shirt auch hätte stammen können. Man braucht es doch nur zu untersuchen, um festzustellen, ob es ihre Blutgruppe hat oder die seine.«
Mit einem komischen Gefühl im Magen fragte sich Bib,

ob Stu das T-Shirt des Mädchen hatte untersuchen lassen, aber er bezweifelte es. Wenn sich doch nur dieser Wohnwagenpark in Bibs Zuständigkeitsbereich befunden hätte! Anna war jetzt still, ihre Hände ruhten immer noch in perfekter Stellung in ihrem Schoß, aber ihre Augen hatte sie höflich zur Seite gewandt. Was immer ihr jetzt durch den Kopf gehen mochte, war vermutlich besser durchdacht und logischer als alles, was Stu *und* Bib bisher zu diesem Fall verlautbart hatten. Bib war einen Augenblick lang verblüfft, wieviel Einblick Anna in diesen Fall und wieviel Wissen sie über polizeiliches Vorgehen hatte – bis ihm auffiel, daß sie ein bißchen *zuviel* wußte.
Was hatte sie da über den Blutstrahl aus Wallys Hals gesagt? Bib überflog rasch noch einmal den Bericht und stellte fest, daß dort nichts über Wallys durchtrennte Halsschlagader stand, lediglich ein paar allgemeine Hinweise auf Verletzungen am Körper, besonders an Gesicht, Armen und Hals – *aber die Halsschlagader wurde nirgends ausdrücklich erwähnt.* Das konnte sie auch gar nicht – Bib hatte, als er den Bericht verfaßt hatte, nicht einmal die genaue Bezeichnung für diese Ader gewußt, weil er erst später, als Wally schon längst im Leichenschauhaus lag, mit Doc Calder gesprochen hatte. Sicher, Anna hätte sich den Sachverhalt zusammenreimen können, aber Bibs Polizisteninstinkt sagte ihm, daß das nicht der Fall war. Anna hatte zu sicher, zu überzeugt geklungen, als sie von dem Blutstrahl gesprochen hatte, als hätte sie entweder davon gehört ... oder ihn selbst gesehen.
Precious hat doch mit dir geredet ... oder etwa nicht? ... aber was hat sie dir erzählt? Aus irgendeinem Grund kannst oder willst du es mir nicht sagen ... und dieses Mädchen kommt mir nicht wie der Typ Mensch vor, für den du allzu viel übrig hast – dazu ist sie zu primitiv. Ich kenne dich ziemlich gut, Anna

Sudek. Du warst nie eine, die mit jemandem, von dem du glaubst, daß er unter deinem Niveau ist, besonders warm geworden wäre. Tina war da ganz anders. Du sprichst *ja nicht einmal wie eine Einheimische, sagst immer* nichts *statt* nix *und achtest sorgfältig auf deine Aussprache. Sogar wenn du den Hintern hochstreckst, weil du mit beiden Händen in einer Mülltonne wühlst, hast du noch deine Allüren ... warum also deckst du diese kleine Rotznase? Oder deckst du in Wirklichkeit dich selbst? Terry Von Kemp hat mir erzählt, daß du keine zwei Minuten, nachdem er dein Haus betreten hat, vollständig angezogen warst und bereit zu gehen. Er hielt es nur für komisch, aber wenn ich jetzt so richtig drüber nachdenke –*

Anna rutschte auf ihrem Stuhl herum, bis sie schließlich, offensichtlich peinlich berührt, sagte: »Könnten Sie mich *bitte* für einen Augenblick entschuldigen, Chief? Ich habe grade eben eine Cola getrunken und jetzt muß ich –« Sie lächelte ihn mit einem breiten Lächeln an, bei dem sie geschickt ihre Augen schloß, und eilte mit einem kurzen Winken zur Tür, die sie hinter sich wieder zuzog.

Das Fruchtbonbon, das Bib verschluckt hatte, kam ihm wieder hoch und verbreitete in seinem empfindlichen Gaumen einen unangenehm bitteren Sauerkirschgeschmack, bevor er es mit einem entschlossenen Schluck wieder nach unten zwang. Das Mädchen benahm sich wirklich merkwürdig – soviel war sicher –, aber das *sagte* ihm trotzdem nichts, zumindest nichts, was er hätte Stu Sawyer mitteilen können. Er rief im Büro des Sheriffs an und ließ ihm ausrichten, daß er wissen wolle, was bei der Untersuchung des Blutes auf Precious' T-Shirt herausgekommen wäre. Auch wenn Stu bisher noch keine Untersuchung veranlaßt hatte, so würde er das jetzt tun, außer natürlich, wenn er, dumm wie er war, seiner Frau Val das T-Shirt mit in die Wäsche gegeben hatte. Bib bat aber nicht um Stus Rückruf, denn erstens haßte er es, mit dem bärenhaft-großen Sheriff zu reden, und zweitens weigerte sich zumindest ein Teil von ihm, jemanden wie Anna Sudek wegen eines schleimigen Ekels wie Wally Inglass in Schwierigkeiten zu bringen.

Die kleine Isaacs wäre über kurz oder lang sowieso im Stadtgefängnis gelandet, ob mit oder ohne dieses Subjekt Mayo Parks – es ergab sich halt nun mal so, daß sie jetzt wegen des Mordes an Wally einsaß. So wie der Fall lag, würde die Tatsache, daß Wallys Pimmel aus seiner Hose gehangen hatte, dem Mädchen, wenn sie erst einmal aussagte, was geschehen war, mildernde Umstände verschaffen. Mayo Parks hatte durchblicken lassen, daß Wally mehr als die Bestrafung für eine geschwänzte »Pep-Rally« im Sinn gehabt hatte, als er draußen in dem Wohnwagenpark aufgetaucht war; Bib konnte sich vorstellen, daß das Mädchen vor einem Gericht gute Chancen hätte, wenn sie auf Notwehr plädierte.

Und dann war da noch Wallys Benehmen vom Freitag morgen. Bib war verpflichtet, wenn es einmal soweit war, eine Aussage darüber zu machen, und nicht nur deshalb, weil Anna Sudek dabeigewesen war und die ganze Sache mitbekommen hatte. *Zum Teufel, man hätte Wally schon vor Jahren in eine Zwangsjacke stecken müssen. Der Kerl war nichts weiter als ein Irrer, der frei herumlief. Aber er war ein* wichtiger *Irrer – das darfst du nicht vergessen, Bib. Und die Familie seiner Frau hat etwas zu sagen in dieser Stadt. Auch* das *darfst du nicht außer acht lassen.*

Bib warf das zerknüllte Bonbonpapierchen in seinen Abfalleimer. Es fiel mit einem leisen, knisternden Geräusch auf die anderen Papierfetzen, die bereits in dem runden Metallbehälter lagen. Aus irgendeinem unerfindlichen Grund mußte Bib an das Staubsaugerkleid von Lucy Miner denken, das damals im »Red Owl« um ihren rauchig riechenden, faltigen Körper geflattert war und dabei geraschelt hatte wie ein Haufen verwelkter Blätter im Herbstwind. Er legte sein stoppeliges Kinn in seine Hand und dachte:

Was würde ich nicht dafür geben, wenn ich einmal eine Minute lang in Annas Kopf schauen könnte. Eine einzige Minute bloß ...

3

Terry

Wenn eine höhere Macht Bib Stanleys Wunsch erfüllt und ihn eine Minute lang Anna Sudeks Gedanken hätte lesen lassen, wäre der Polizeichef vermutlich enttäuscht gewesen. Während er nämlich dasaß und dem schwachen, schlangenhautähnlichen Knistern des Papierchens lauschte, das in seinem Abfalleimer nach unten rutschte, lehnte Anna mit dem Rücken an dem Snack-Automaten neben der Getränkemaschine (sie wollte sich nicht selbst in die Falle der Kantine begeben, wo Bib sie mühelos hätte ausfindig machen können) und versuchte, sich zwischen einer Packung Erdnußflips und einer mit Old Dutch-Kartoffelchips mit Käsegeschmack zu entscheiden. Sie konnte Wayne Mesabi, den Old Dutch-Vertreter, nicht ausstehen, aber die Kartoffelchips kamen ihr irgendwie *leichter* vor, und wäre sie heute morgen nicht so in Gedanken an sich windende Goldspiralen und grüne Stein-Skarabäen gefangen gewesen, dann hätte sie nicht vergessen, sich ihr Essen mitzunehmen, und müßte jetzt nicht hier herumstehen.

»Nimm die Käsechips. Ich habe gesehen, daß Wayne sie heute früh frisch gebracht hat. Die Erdnußdinger sind schon eine ganze Weile in dem Automaten, du brauchst bloß mal auf das Verfallsdatum schauen.« Anna drehte sich nicht um, als sie Terry Von Kemps Stimme hörte, aber ihr Ton erstaunte sie doch. Das war nicht mehr die höhnische Stimme, die gefragt hatte: »Na, wo ist denn Gramma?« Ganz im Gegenteil. Terry war immer noch so nett, wie er am Samstag abend gewesen war, und das fand Anna verwunderlich. Sie kannte Terry nun schon seit Jahren; er war immer ein frecher Kerl gewesen, zumindest in ihrer Gegenwart. Und sie bezweifelte, daß ihr kleiner Bürojob sie jetzt plötzlich für ihn zu einer gleichwertigen Kollegin gemacht hatte. Anna warf ihre Vierteldollarmünzen in den Schlitz, drückte auf den Knopf neben den Käsechips und nahm die Tüte aus der Öffnung unten an der Maschine. Terry kaufte sich auch eine Tüte und dazu eine Dose Limonade. Anna nahm noch ein Classic Coke. Terry meinte: »Du magst dieses neue Coka Cola auch nicht, oder?«
Anna antwortete lächelnd: »Genausowenig wie Pepsi – und dieses neue Coke ist sogar noch süßer.« Terry nickte, seine fettige Haartolle glitt über seine etwas hohe, gewölbte Stirn. Er war *schrecklich* liebenswürdig, schien geradezu ängstlich darum bemüht zu sein. Anna vermutete, daß es ihm immer noch peinlich war, daß er sie im Pyjama gesehen hatte, oder daß er sich immer noch fragte, was Ma mit ihrem Geschmier auf den Türen des Küchenschranks gemeint hatte.
Das muß es sein. Schließlich ist Terry verheiratet, und bestimmt hat er seine Frau schon mal im Nachthemd gesehen. Und ich hatte ja keinen Mini an oder offenstehende Latzhosen. Aber Geschmier an den Schranktüren sieht man nicht jeden Tag –

besonders nicht in einer Schrift, die aus aus schimmlig-schwarzem Ketchup besteht.

Terry stand neben den Automaten herum, mampfte seine Käsechips, schlürfte sein Mello Yellow und machte keinerlei Anstalten zu gehen, also ging Anna zu der langen, niedrigen Bank ohne Armlehnen, die an der Verbindungswand zwischen der Polizeistation und dem Büro des Sheriffs stand, und sagte: »Ich habe Mittagspause – da kann ich mich ebensogut zum Essen hinsetzen.«

Terry setzte sich nicht weit von Anna entfernt auf die Bank und stopfte sich die gelblichen Chips schneller in den Mund, als er die, die er noch drin hatte, herunterschlucken konnte. Was auch immer es war, das er mit Anna besprechen wollte, er war anscheinend nicht bereit, von sich aus damit anzufangen.

Deshalb bemerkte Anna beiläufig, während sie ihre rote Plastiktüte öffnete: »Hat Stu eigentlich Precious Isaacs' Eltern schon gefunden?«

Terry antwortete durch einen Matsch von gelblicher, halb gekauter Kartoffelmasse: »Ja. Vor ein paar Stunden. Die sind an diesem Nachmittag gar nicht zum Bingo gefahren. Sie waren mit den Kindern ausgerechnet in Rhinelander und haben Verwandte besucht. Heute abend kommen sie vielleicht zurück. Stu wollte es schon arrangieren, daß sie zurückgeflogen werden. Aber die Kleine wird vorerst noch nicht angeklagt.«

»Worauf wartet Stu denn noch?« Anna nahm einen Schluck von ihrer Cola und sah zu, wie Terry schnell kaute und herunterschluckte, bevor er antwortete: »Wer kann das bei Stu schon wissen? Er behauptet, weil Richter Hauser noch nicht zurück ist, aber ich glaube, er wartet, bis die Kleine von selbst gesteht.« Terry kam so nahe, daß seine farblosen Haare nur noch ein paar Zentimeter von

Annas flauschigem Pony entfernt waren, und sagte im Flüsterton, während ein Schwall von Käsegeruch in Annas Nase driftete: »Ganz unter uns, Stu ist eben ... *Stu.* Weißt du, was ich meine?«

Anna nickte und nahm noch einen Schluck von ihrer Cola, bevor sie mit leiser Stimme anmerkte: »Ich habe schon immer vermutet, daß Sheriff Sawyer seine eigenen Regeln macht. Ich meine, das ist *seine* Behörde, aber –«

»Seine *Behörde,* sagst du?« Terry schlug sich vor Lachen auf die Oberschenkel. »Sieht mehr aus, als wäre es sein verdammtes *Erbteil.* Schon seit der Eiszeit hat es nur Sawyers in diesem Amt gegeben. Aber sag niemandem, daß *ich* das gesagt habe«, fügte er schnell hinzu und warf einen Blick auf die kleine Überwachungskamera an der Decke. Die Bilder dieser Kamera konnte man bestenfalls als verschwommen bezeichnen, ganz zu schweigen davon, daß sie stumm und schwarzweiß waren, aber Anna konnte verstehen, warum sich Von Kemp Sorgen machte. Stu war bestimmt furchtbar nachtragend, und es gab immer neue Anwärter auf einen Job als Hilfssheriff.

»Meine Fresse, ich könnte dir Geschichten über Stu erzählen! Zum Beispiel dieser Autounfall am Donnerstag! Weißt du, daß er Zack Browning herbeischaffen ließ, damit sich dieser die Leichen *noch an der Unfallstelle* ansah?« Ohne auf eine Antwort zu warten, fuhr er fort: »Und er hat die Autos noch *immer* nicht an die Familien herausgegeben, aber wenn dann irgendwas aus den Autos fehlt, dann sitzen *wir* in der Scheiße und nicht Stu.«

»Willst du damit sagen, daß Stu immer noch nicht die persönliche Habe aus den Wracks geholt hat? Dann hat er aber doch wenigstens einen Posten aufgestellt, oder?«

Terry schaukelte auf der Bank herum und lachte. »Machst du *Witze?* Zum Teufel, da drinnen sind sogar schon Tiere rumgekrochen«, fügte er mit einem leicht beunruhigten Gesichtsausdruck hinzu, bevor er seine gelbe Limodose nahm und daraus trank.

Etwas in seiner Stimme und seinem Gesichtsausdruck ließ Anna mit einem Kartoffelchip in der Hand erstarren und fragen: »Was für Tiere denn? Skunks?«

»Nein. Nach denen stinkt bloß mein Streifenwagen. Hast du das am Samstag denn nicht –«

Anna nickte und hakte nach: »Ich kann mir nicht vorstellen, was für ein Tier in diese Autowracks überhaupt *hineinpassen* soll – sie sehen beide aus wie Brezeln ohne Luft zwischen den Schleifen. Stört es denn Stu gar nicht, daß Tiere –«

»Stu weiß nichts davon«, sagte Terry schnell, und seine etwas eingefallenen Wangen und seine Stirn wurden etwas blasser. Anna wartete einen Augenblick, dann sagte sie sanft: »Ich weiß, daß es mich nichts angeht, aber ich bin einfach ... neugierig. Was für ein Tier hast du denn an dem Auto gesehen? War es ein wildes Tier oder –«

Terry sagte etwas, aber seine Stimme war so leise, daß Anna über das Geraschel der roten Chipstüte in seinen Händen nicht verstehen konnte, was er sagte.

»Bitte?«

»Ein Hund. Ein Hund war dort drinnen, aber ich konnte nicht sehen, *wie* er hineingekommen ist. Er steckte in dem kleinen bißchen Platz – du hast ja selbst gesehen, wie klein – zwischen der hinteren Tür und dem Rahmen. Zuerst dachte ich, der Hund wäre – na ja – *tot*, weil er so komisch in dem Wrack hing und –«

Während Anna Terrys erregten, holprigen Worten lauschte, dachte sie: *Das muß wohl Freitag nacht gewesen sein ... und Terry hat recht: Da war vorher kein Hund in dem Wrack, und er hätte* wirklich *nicht hineingepaßt – nicht wenn er mit dem Kopf zuerst hineingekrochen wäre. Wenn aber nun etwas hineingekrochen wäre, als es noch kleiner war und dann steckengeblieben wäre ...?*

Und quasi als Antwort auf diese Frage, die sie ihm gar nicht gestellt hatte, sagte Terry: »Der Hund war eigentlich schon das zweite Tier, das ich dort gesehen habe. Vorher ist da schon eine Katze herumgelaufen – du weißt ja, wie die manchmal das Blut riechen, und der Kerl in diesem Kombi *hat* geblutet wie ein abgestochenes Schwein.«

Und ich weiß auch, daß sich Katzen durch die winzigsten Öffnungen quetschen können, solange sie nur den Kopf durchschieben können. Bist du an den Ort deines Verbrechens zurückgekehrt, Alte, oder konntest du an dem Abend Wally Inglass nicht finden? Du hast nicht daran gedacht, daß er bei dem Footballspiel war, nicht wahr? Du hast ja nicht einmal gewußt, wo das neue Spielfeld ist. Du bist früher nie zu einem Spiel gegangen, und warst auch nur ein einzigesmal, am Tag meiner Abschlußfeier, in der Schule, aber auf der Fahrt dorthin warst du ja viel zu sehr damit beschäftigt, auf dem Rücksitz von Mrs. Petersens Wagen irgendwelchen Blödsinn zu verzapfen, als daß du mitbekommen hättest, welchen Weg wir nahmen. Ich erinnere mich noch genau, wie erstaunt du warst, als der Wagen auf einmal mitten auf dem Land gehalten hat.

Du hattest vor, Wally Inglass schon Freitag abend zu erwischen, nicht wahr? Ich habe dich aber erst so spät angerufen, daß du nicht mehr rechtzeitig zu seinem Haus gelangen konntest. Er war schon weg, stimmt's? Und du hast dich nicht getraut, von zu Hause wegzugehen, bevor ich nicht angerufen hatte, für den Fall, daß ich noch irgendwo in der Stadt herumlief und dich hätte sehen können, wie du von deinem Haus weggeflogen oder weggeschlichen bist, oder wie auch immer *du dich an diesem Abend fortbewegt haben magst. Nachdem du Inglass nicht gefun-*

den hattest, hast du es mit der Angst zu tun bekommen und dich in dem Wrack versteckt, als Terry vorbeikam. Und was geschah dann? Hat dein komisches Haustier *sich auf einmal erinnert, welche Gestalt du gehabt hattest, als du das letzte Mal in der Nähe dieses Wagens – und Elmos Pick-up – gewesen warst? Na? Du mußt gedacht haben, daß Elmo, ohne mit der Wimper zu zucken, eine Katze überfahren würde ... aber bei einem Hund wäre es vielleicht etwas anderes gewesen, oder?*
Precious hat erzählt, wie du dich von einem Vogel in ein Kind und wieder zurück in einen Vogel verwandelt hast – was ist los mit dir, vergißt du dich? Oder bist du wie der Magier aus alter Zeit – der, von dem ich in dem Buch über ägyptische Magie gelesen habe? Er hat sich auch in eine Vielzahl *von Formen verwandelt.*
»– hatte eine Marke, also durfte ich ihn nicht einfangen«, sagte Terry mit Chips im Mund, und Anna sagte: »Entschuldigung. Ich war grad nicht ganz da.«
»Der Hund. Er war kein Streuner. Er hatte Marken am Halsband – oder zumindest die grüne Tollwut-Impfungsmarke. Die silberne Steuermarke der Stadt habe ich zwar nicht gesehen, aber die Tollwutmarke ganz bestimmt.«
»Ach ja, die kleine grüne Glocke«, sagte Anna und dachte: *Da hast du aber Glück, daß die Marke dieses Jahr grün ist, Alte. Wie hast du das herausbekommen? Hast du Ma danach gefragt? Du stellst doch immer so blöde Fragen, da ist ihr die über die Farbe der Haustiermarken bestimmt nicht aufgefallen.*
»Ja, genau die. Bloß sah dieser Anhänger weniger wie eine Glocke, sondern mehr wie ein Oval aus.«
Anna bemerkte Terrys leicht zweifelnden Ton und sagte: »Ich glaube, die Form hängt davon ab, welche Firma die Marken herstellt. Ich habe schon bei einigen Hunden in der Stadt verschiedene Formen gesehen – die ganz anders waren als die Marken, die man in der Tierklinik

kriegt. Hier gibt es sie als Glocke, als blaue Blume, als rotes Herz und als gelbe Hundehütte, aber ich habe schon welche gesehen, die wie ein schlampiges Rechteck waren, mit schiefen Seiten, in etwa so –«, sie hielt ihre Hände hoch, daß ihre Handflächen ein V bildeten, das unten nicht zusammenkam, »– also wurde der Hund vermutlich irgendwo anders geimpft. Die Leute tun das, um sich die Steuermarke der Stadt zu sparen«, plapperte Anna weiter, während sie dachte: *Halt doch endlich den Mund! Er wird sonst noch glauben, daß du dich komisch benimmst. Bib hat dich vorhin im Büro schon so merkwürdig angesehen. Hör auf zu schwatzen wie die Alte.*
»Stimmt, mein Nachbar macht das auch. Er karrt seinen Hund bis nach Rice Lake zum Impfen. Als ob niemand die Hundescheiße auf seinem Rasen bemerken würde! Ich überlege mir manchmal, ob ich ihn nicht melden soll. Meine Frau Cindy sagt immer, daß sie es tun wird, wenn sie noch mal in einen von diesen Haufen tritt. Cindy hat auf unserem Rasen sogar ein kleines Schild aufgestellt, auf dem steht: ›Das ist keine Hundetoilette!‹, aber es hat auch nichts genützt. Der Typ läßt seinen Köter immer noch auf unseren Rasen scheißen. Dabei habe ich Cindy schon vorher gesagt: ›Wenn du ihn wütend machst, wird alles bloß noch schlimmer.‹«
Anna nickte und erinnerte sich an den Streit, den sie mit Elmo gehabt hatte, bevor sich dieser mit seiner häßlichen Schwester in den Truck gesetzt hatte und losgefahren war auf den großen Schrottplatz da oben im Himmel. Und Anna hatte der Alten so bereitwillig alles erzählt, bis zu einer genauen Beschreibung ihrer primitiven Nachbarn. Jetzt sah sie es geradezu vor sich, wie die Alte als Fledermaus aus dem Kamin ihres Hauses herausgeflattert und zu der Adresse geflogen war, die sie sich zweifellos aus

ihrem abgegriffenen Telefonbuch herausgesucht hatte, und als sie dort angelangt war, hatte sie wahrscheinlich gerade gesehen, wie Bruder und Schwester in den schwarzen Ford-Pick-up gestiegen waren. Es war für die Alte ein leichtes gewesen, ihnen dann zu folgen und sie sogar zu überholen. Sie hatte sich Zeit lassen und in aller Ruhe überlegen können, wie sie die beiden umbringen und welche Form sie dafür annehmen würde.

Und Precious Isaacs hatte ihrem Freund gesagt, daß sie etwas riechen würde, etwas, was sie mit der Küche in Verbindung brachte. Solange Anna sich erinnern konnte, hatte die Alte immer gestunken wie ranziges Fett oder verdorbenes Fleisch mit einem Hauch von Ozon. Es war ein *heißer* Geruch. Und sogar in der Dunkelheit hatte Anna bemerkt, in welch schlechtem Zustand sich der Wohnwagen der Familie Isaacs befand. An den Seiten liefen lange schwarze Streifen entlang, die Sprünge sein mußten. Sprünge, durch die sich leicht ein kleines Tier hätte quetschen können, um vielleicht Wally Inglass' potentielles Opfer zu beäugen, während Wally selbst draußen wartete und dachte, was sich frustrierte, sexbesessene Männer wie er in solchen verlockenden Situationen wohl so denken.

Anna war intelligent genug, um erkennen zu können, daß das ständige Gerede ihrer Großmutter, wie *schrecklich* Sex sei, sich trotzdem um nichts anderes als um Sex drehte, ganz gleich, wie oft die Alte noch behauptete, daß Sex sie nicht im geringsten interessierte. Die Alte war auf ganz kindische Weise auf dieses Thema fixiert, das hatte Anna schon sehr früh erkannt, und so wäre es nicht verwunderlich gewesen, wenn sie einen Blick riskiert hätte auf das, was in dem Wohnwagen vor sich ging – auf das, was sie in ihrem Leben verpaßt hatte ... schließlich hatte schon die kleine Lucy neben dem Schlafzimmer ihrer Eltern geschlafen. Anna wußte genau, wie dünn die Wände im ersten Stock des alten Hauses waren, wie leicht Geräusche durch sie drangen. Bestimmt hatte die kleine Lucy es mitbekommen, wie es ihre Eltern miteinander gemacht hatten, bevor dann im Oktober 1931 diese schlimmen Dinge passiert waren ... und dabei hatten ihre Eltern Lucy bestimmt nicht aufgeklärt – sie hätten solche Sachen nicht einer Sechsjährigen erzählt, nicht damals in den dreißiger Jahren. Daher rührte wohl auch Lucys Haßliebe zu diesem Thema.

Wie lange hast du diese jungen Leute wohl beobachtet, Alte? Bis Wally Inglass kam und dir den Spaß verdarb? Kein Wunder, daß du den *so fertiggemacht hast. Er hat dir die ganze Show verpatzt.*

»Ach Mist, Stu sucht sicher schon nach mir«, sagte Terry plötzlich, stand auf und wischte sich die kleinen Krümel seiner Kartoffelchips von der Uniformhose. Als er dabei war, zu gehen, dachte Anna, daß sie ihm für die Informationen, die er ihr ungewollt geliefert hatte, noch etwas schuldete, und sagte: »Das, was da auf meinem Küchenschrank steht ... also, ich weiß nicht, ob du davon gehört hast, aber meine Mutter und ich ... wir waren uns in letzter Zeit nicht ganz grün. Sie war wegen einiger Dinge sauer auf mich.«

Bevor Terry zu dem Gang ging, der hinüber zum Büro des Sheriffs führte, nickte er und sagte: »Deine Großmutter ... weißt du, ich kann dich gut verstehen. Erinnere mich mal dran, daß ich dir erzähle, wie mein Sohn an Halloween bei ihr an der Tür geklingelt hat. Ich muß jetzt los. Bis dann.« Er trottete davon und verschwand.

Anna nahm einen letzten Schluck und wollte die Dose flachtreten, aber sie hielt inne, während ihr Fuß genau über der Öffnung schwebte. Sie hatte ganz vergessen, daß bald Halloween war. Zwar hatte sie selber Süßigkeiten zu Hause, um sie den Kindern zu geben, die an die Tür kamen, aber sie wußte nicht, ob die Alte welche hatte. Eigentlich hatte sie noch nicht so bald vorgehabt, die Alte wieder zu besuchen, zumindest nicht, solange sie noch nicht wußte, wie sie ihr das Amulett abnehmen konnte, ohne dabei verletzt zu werden oder Schlimmeres – aber jetzt wußte sie, daß sie kaum eine andere Wahl hatte.

4

Die Alte (IV)

»– und dann sagte Richter Wapner zu dem *Kerl:* ›Sie haben *unrecht,* und Sie müssen dieser Frau ihr Geld geben‹ –« Einmal hätte Anna sich fast einmal das »Fernsehgericht« angeschaut. Nachdem sie von der Alten so oft Wort für Wort erzählt bekommen hatte, was der allmächtige Richter Wapner angeblich zu den Leuten gesagt hatte, die vor seinen Richterstuhl traten, war Anna zu dem Schluß gelangt, daß entweder der gute Richter den gleichen kindischen Satzbau verwendete wie ihre Großmutter, oder daß die alte Frau eine Lügnerin war. Anna bevorzugte die zweite Theorie, damit ersparte sie es sich, diese Sendung ansehen zu müssen.

»Wenn er ihr das Geld für die Arbeit schuldete, hätte er ihr es auch zahlen müssen«, pflichtete Anna der Alten schicksalsergeben bei, während sie in ihrer Einkaufstüte herumwühlte, die auf dem Tisch zwischen ihr und der Alten stand, und einen Beutel mit verschiedenen Bonbons und Lutschern hervorzog.

»Hier, das ist für Samstag abend. Ich wußte nicht, ob du irgendwelche Süßigkeiten für die Kinder daheim hast.«
Das fettig glänzende Gesicht der Alten – sie hatte sich anscheinend gerade irgendeine dünne, ölige Creme ins Gesicht geschmiert, als Anna an der Tür geklopft hatte – schlug solche Falten, daß es fast so aussah wie das von diesen chinesischen Hunden mit den vielen losen Hautfalten, auf die die Yuppies in den großen Städten so wild waren – so hatte es Anna zumindest in der Zeitung gelesen.
»Was soll das? Wozu brauchen die Süßigkeiten?«
Anna legte den knisternden Cellophanbeutel direkt vor die alte Frau und sagte ruhig: »Ma hat mir gesagt, daß die Kinder dir letztes Jahr Eier ans Fenster geworfen haben, eben *weil* du ihnen keine Süßigkeiten geben wolltest. Und dabei hatte sie dir einen Beutel mit Lutschern gekauft, also gab es eigentlich keine Entschuldigung dafür.« Anna war fast versucht, noch anzufügen: »Und Terry Von Kemp hat mir erzählt, daß du mit seinem Jungen irgendwas gemacht hast«, aber sie tat es dann doch nicht.
Die Alte stieß ihren gelben Fingernagel durch den Beutel und fingerte an dem so entstandenen Loch herum, während sie sagte: »Die haben doch noch *andere* Häuser, wo sie hingehen können. Wer schenkt denn mir Süßigkeiten, eh?«
Anna atmete tief ein und hielt den Atem einige Sekunden lang an. Als sie ihn wieder herausließ, sagte sie so gleichmäßig und vernünftig wie nur möglich: »Du brauchst ihnen wahrscheinlich sowieso nicht viel zu geben. Bevor ich von der Arbeit heimging, hat Bib mehrere Anrufe bekommen, weil die Leute wissen wollten, ob Halloween dieses Jahr verlegt oder abgesagt würde, weil doch in letzter Zeit in der Stadt so viele Leute ums Leben gekom-

men sind. Einige der Mütter des Elternbeirats meinten, es wäre pietätlos, wenn man nach dem, was mit dem Schuldirektor Inglass passiert ist, die Kinder sich draußen vergnügen lassen würde.«

Als Anna Wally Inglass erwähnte, wurden die Augen der Alten auf einmal wach, ihre Pupillen weiteten sich wie die einer Katze in der Dunkelheit. Anna ertappte sich dabei, daß sie auf die gelblichen Zähne der Alten blickte und dachte: *Hast du dir eigentlich die Zähne geputzt, um das Blut zu entfernen ... oder hast du sie sauber geleckt?* Die Alte fing jetzt an, ganz offen mit dem Süßigkeitenbeutel zu spielen, und schob ihn auf dem glatten, abgewetzten Wachstischtuch hin und her, während sie sagte: »Und ich habe geglaubt, die Kinder würden seinen Tod noch extra *feiern*. Und außerdem gehen doch die *Highschool*-Kinder nicht mehr zum Halloween.«

»Das habe ich auch nicht gemeint. Darum geht es doch nicht. Er war der Schulleiter, und die Leute wissen immer noch nicht genau, wie er ums Leben gekommen ist. Das Mädchen, das es gesehen hat, hat immer noch nichts gesagt«, sagte Anna wie nebenbei und tat so, als betrachte sie die in bunte Folie gewickelten Bonbons in dem durchsichtigen Beutel. Aus den Augenwinkeln sah sie, wie die Zunge der Alten, die die Farbe eines ein paar Wochen alten Schinkens hatte, schnell wie die einer Eidechse über ihre leberfarbene Unterlippe fuhr und wieder hinter den angefaulten Zähnen verschwand. Annas Magen machte einen Salto vorwärts in freiem Fall. Dann sagte die Alte:

»Aber das *Radio* hat doch gesagt, daß das *Mädchen* ihn umgebracht hat.«

Anna wurde einen Moment lang vom geistigen Bild eines sprechenden Radioapparats abgelenkt, dessen Lautsprechergrill sich wie die Lippen eines Menschen bewegte, bevor sie schließlich sagte: »Nein, so war es eigentlich nicht in den Nachrichten zu hören gewesen. Dort wurde lediglich gesagt, daß eine Jugendliche bis zur Anklageerhebung wegen Mord*verdachts* festgehalten wird.«

Das arme Mädchen sitzt im Gefängnis für das, was du *getan hast. Warum mußtest du denn auch Wally vor ihren Augen umbringen? Hättest du damit nicht noch etwas warten können? Oder gibst du gerne an, wie eine verdammte* Sechsjährige? *Allerdings sieht das, was du getan hast, aber nicht gerade nach einem Kind aus, zumindest nicht nach einem* normalen *Kind.*

»– und, äh ... daß eine Kaution festgesetzt wurde«, schloß Anna lahm, während sie den Beutel mit Süßigkeiten nervös über den Tisch schob. Kurz bevor er der Alten in den Schoß fiel, blieb er liegen. Einen Augenblick lang sah Anna den zischenden Zorn in den farblosen Augen der alten Frau, die merkwürdigen, goldweißen Flecken nahe den äußeren Augenwinkeln. Anna wußte, was jetzt kommen würde – sie würde pfeifend atmen, wie ein Teekessel, ihre Wangen würden knallrot werden und ihre knochigen Hände sich zu Fäusten ballen.

Anna beeilte sich, zu lächeln und zu sagen: »Dieses Wachstuch ist doch glatter, als ich es in Erinnerung hatte.« Sie beobachtete, wie das merkwürdige Licht in den Augen der Alten verschwand und sich ein ruhigerer Ausdruck auf ihrem eingefallenen, fettig glänzenden Gesicht breitmachte. Zu jeder anderen Zeit hätte es Anna vielleicht auf einen Streit ankommen lassen – es fehlte ihr keineswegs an Motivation, am liebsten hätte sie die Alte windelweich geschlagen –, aber heute mußte sie dafür sorgen, daß sie bei Laune blieb und – wie Anna hoffte – sogar ein bißchen mit der Sprache herausrückte.

Anna schob die Süßigkeiten wieder in die Mitte des Tischs und sagte: »Nun, sollten doch Kinder vorbeikommen, dann bist du jetzt wenigstens darauf vorbereitet. Wenn du nicht dauernd an die Tür gehen willst, dann leg das Zeug doch in eine große Schüssel auf der Veranda und häng einen Zettel dran. Schreib drauf, daß sich die Kinder selbst was rausnehmen dürfen oder so. Ginny, die Frau mit der ich arbeite –«, Anna paßte jetzt auf, daß sie der Alten keine Nachnamen mehr nannte, »– hat mir gesagt, daß sie das jedes Jahr so macht. Und die meisten Kinder nehmen sich ganz brav was und gehen wieder – besonders, wenn ihre Eltern sie begleiten, und das ist ja bei den meisten kleineren Kindern der Fall. Bei den größeren Kindern geht es dann zwar ein bißchen zu wie bei Catch-as-Catch-can, aber wenigstens muß man nicht alle fünf Minuten an die Tür.«

»Und was ist mit der Schüssel?«

»Sie nimmt so ein altes Plastikding dafür her. Wenn die Kinder das runterwerfen oder stehlen, ist es nicht schade drum. Du solltest wirklich auch ein paar Süßigkeiten rausstellen. Ich habe einfach keine Zeit, die Eierschmiere von deinen Fenstern zu waschen, nicht seit ich diesen Job ha–«

»Ich wüßte *schon* eine Lösung für dieses Problem«, sagte die Alte selbstgefällig, und ihre stinkende Haut glänzte im trüben Küchenlicht wie Fettgewebe.

»Was denn?« fragte Anna und ahnte die Antwort schon, bevor die alte Frau ihre herabhängenden Lippen öffnete.

»Gib *diesen* Job auf und nimm deinen *alten* wieder an. Da hattest du nämlich *mehr* Zeit.«

»Vor allem hatte ich viel Zeit, in der mich niemand bezahlte. Nein, bei diesem Job verdiene ich viel mehr als bei allen anderen davor. Selbst wenn ich Mas Jobs noch mit übernommen hätte, würde ich nicht soviel verdienen wie jetzt bei der Polizei. Und die Arbeit ist nicht schwer.«

Die Alte zog abweisend mit zitternden Fingern ihren Morgenmantel am Hals zusammen und sagte schmollend: »Also, mir gefällt es nicht, daß du dauernd *Bereitschaft* hast.«
»Nur als Aufseherin«, entgegnete Anna und fügte hinzu: »Das am Samstag abend war eine Ausnahme. Sie brauchten sofort jemanden, und die andere Aufseherin war nicht in der Stadt. Außerdem war es überhaupt nicht schwierig, auf die Festgenommene aufzupassen. Sie hatte nicht viel zu sagen – sie war viel zu sehr mit Zittern beschäftigt.«
»Aber *etwas* hat sie doch gesagt, oder?« sagte die Alte verdächtig schnell, beugte sich über den Tisch und faltete ihre knotigen, knorrigen Finger zu einem Körbchen aus Knochen und glänzender Haut.
Anna starrte auf die alte Frau und fragte sich plötzlich, warum Lucy wohl *freiwillig* so alt blieb und so schrecklich aussah, wo sie doch ganz offensichtlich die Möglichkeit hatte, sich in alles zu verwandeln und jedes Alter anzunehmen, das sie nur wollte. Anna suchte mit ihren Blikken nach der Schnur, an der das weiße Säckchen unter dem schmuddeligen, weißen Kragen des Morgenmantels der Alten hing, konnte sie aber nicht entdecken, ebensowenig wie die dazugehörige Auswuchtung auf der Brust der alten Frau.
Sie schenkte ihrer Großmutter ein schwaches Lächeln und entgegnete: »Nicht viel, nur daß ihr kalt war. Das Mädchen war viel zu leicht angezogen.«
»Und daß sie *barfuß* war, hat ihr bestimmt auch nicht grad geholfen, möchte ich wetten.«
Anna konnte sich nicht mit Sicherheit daran erinnern, erzählt zu haben, daß Precious Isaacs weder Schuhe noch Socken angehabt hatte, aber sie verzichtete darauf, dieses

Thema weiter zu vertiefen. Statt dessen antwortete sie einfach: »Du sagst es. Äh, ich will zwar nicht das Thema wechseln, aber ich frage mich, ob du mir für Samstag abend wohl ein bißchen Modeschmuck leihen könntest?«

»Du gehst doch nicht etwa mit einem *Mann* aus –«

»Machst du *Witze?*« fragte Anna mit einem Unterton, von dem sie hoffte, daß er vergnügt klang, und fuhr fort: »Wohl kaum. Ich will mich nur für Halloween ein bißchen verkleiden. Das machen viele Leute hier seit neuestem: Sie putzen sich raus, wenn die Kinder von Haus zu Haus gehen. Und später gehen sie dann in die Bars, weil die Barkeeper jedem verkleideten Erwachsenen einen freien Drink geben.«

Die Alte kreuzte wieder die Arme vor der Brust und lehnte sich mit einem selbstgefällig ungläubigen Gesichtsausdruck in ihrem Stuhl zurück. »Aber *du* wirst nichts *trinken.*«

»Sicher trinke ich etwas, und zwar Cola«, zischte Anna. Etwas von dem, was sie gerade gesagt hatte, stimmte wirklich – das »Rusty Hinge« und das »Pearl 'n' Earls« gaben tatsächlich Gratisdrinks aus, und Anna vermutete, daß einige Erwachsene sich an Halloween wirklich ein wenig verkleideten, und Coca-Cola trank sie auch.

»Soviel Aufwand für ein Glas *Cola?*« fragte die Alte und schüttelte ihren Kopf mit den dünnen, schlaffen Haaren.

Anna blieb mit verzweifelter Fröhlichkeit beim Thema: »Ach, es macht einfach *Spaß* ... und außerdem erwarten die Leute von Ewerton, daß man mitmacht. Die meisten Polizisten, die keinen Dienst haben, gehen an diesem Abend aus –« Auch das stimmte. Kurt und Ginny hatten ihr erzählt, was sie an diesem Abend anziehen würden. »– und wenn ich nicht mitgehe, wird das bestimmt Bib zu Ohren kommen, und der glaubt dann, ich sei ein Party-

Muffel –«, was Anna bezweifelte, weil Bib selbst kein großer Kneipengänger war und es ihm egal war, ob andere das taten oder nicht, »– also wäre es schon besser, wenn ich mitginge. Außerdem ist das ›Rusty Hinge‹ in Ordnung. Lenny Wilkes und die beiden alten Palmers gehen regelmäßig dorthin, und *die* sind harmlos.«

»Dieser Palmer *Winston* war in seiner Jugend ein richtiger *Wüstling*«, sagte die Alte mit ihrem lippenleckenden, lüsternen »Ist-Sex-nicht-*fürchterlich*«-Seitenblick, aber Anna bog dieses Gesprächsthema ab, indem sie sagte: »Aber jetzt trinkt Mr. Winston so viel, daß er sein Ding nicht einmal mit einem Kran hochbekäme. Na los, sei doch nicht so, leih mir ein bißchen Schmuck. Die Ohrringe und die Armreifen mit den falschen Steinen.«

»Was für Steine?«

»Falsche Steine. Nachbildungen. Du weißt schon, dein Modeschmuck«, drängte Anna und dachte: *Und das, was du sonst noch in deinem Schmuckkästchen hast. Wie ich sehe, hast du den kleinen Baumwollsack mit dem Amulett drin abgenommen – ist dein kleines Haustier zu stark für dich geworden? Mußt du es verstecken, mußt du ihm eine Pause gönnen?*

»Ich *weiß* nicht recht«, sagte die Alte zweifelnd und rieb sich die Hände. Ihre vom Alter rauh gewordenen Handflächen raspelten aneinander, und in dem stillen Haus war das ein lautes Geräusch.

»Ich bringe dir das Zeug am Sonntag morgen sofort wieder zurück. Auf diese Weise komme ich auch extra noch einmal bei dir vorbei«, schmeichelte Anna und lockte die alte Frau mit der Zeit und der Aufmerksamkeit, die sie ihr schenken wollte. Die Alte überlegte sich das Angebot reiflich und entschloß sich schließlich, danach zu greifen.

»Und du bringst alles *gleich* am *Morgen* zurück?«

»Ganz sicher. Ich gehe sowieso in die Stadt, um eine Sonntagszeitung zu kaufen. Ich könnte hier vorbeischauen, mich ein bißchen zu dir setzen, und wir könnten ein kleines Schwätzchen halten.«

Die Alte hielt einen Augenblick inne, dann stand sie auf und schlurfte zu ihrem Schlafzimmer – es war dasselbe Zimmer, in dem auch Lucys Großmutter geschlafen hatte und in dem sie vor über einem halben Jahrhundert auch gestorben war. Wenn die Alte nicht in dem Zimmer war, sperrte sie es immer ab. Als Annas Großmutter jetzt in ihren schlappenden Pantoffeln geräuschvoll über den nackten Holzboden schlurfte, stand Anna leise auf und schlich ihr auf Zehenspitzen nach, wobei die Gummisohlen ihrer Stiefel kaum ein Geräusch machten. Sie achtete darauf, daß sie immer etwa fünf Schritte hinter der Alten blieb.

Als die Alte die Tür öffnete, konnte Anna einen kurzen Blick in ihr Schlafzimmer werfen – dort, wo die rosa tapezierten Wände an die Decke stießen, waren braune Flecken, auf dem Bett lag eine gesteppte Tagesdecke, und über einem nur teilweise sichtbaren Schaukelstuhl aus Rohr lag irgend etwas Schwarzes. Und dann war da noch dieser Geruch, der so vermischt mit dem normalen Modergestank des Hauses war, daß Anna ihn zunächst nicht wahrnahm.

Als sich die Alte halb umdrehte, um die Tür zu schließen, mußte sich Anna schnell aus ihrer Sichtlinie begeben. Während sie das Sicherheitsschloß der Tür zuklicken hörte, dachte Anna: *Du hast dieses Schloß an der Tür, obwohl du allein in diesem Haus wohnst?* Wozu *bloß?*

Sie wollte schon an der Tür horchen, ob sich drinnen vielleicht das Amulett bewegte und dabei merkwürdige Geräusche von sich gab, aber sie bezweifelte, daß so ein leises Geräusch bis hinaus zu ihr dringen würde. Und außerdem wagte sie es nicht, sich noch länger vor der Tür herumzudrücken – die Alte konnte jeden Augenblick wieder herauskommen. Und tatsächlich – Anna war kaum wieder am Küchentisch angelangt, als sie hörte, wie das Türschloß wieder einschnappte und die Alte mit ihrem weißen Schmuckkästchen unter dem Arm zurück in die Küche geschlurft kam.

Die Alte beugte sich herunter und stellte das Kästchen vor Anna auf den Tisch. Die junge Frau roch den üblichen, warmen Gestank von verrottendem Fleisch, aber darüber lag eine noch größere Übelkeit erregende Duftnote und wieder ein wenig von dem Schlafzimmergeruch von vorhin, als habe die Alte dort ihre Hände an etwas Wohlriechendem gerieben. Diesmal erkannte Anna den Geruch – es war der Duft von Pfirsichen mit einer Andeutung von Vanille. Vielleicht stammte er von einem Duftsäckchen – vermutlich war es ein vergeblicher Versuch der Alten, ihren widerwärtigen Körpergeruch zu übertünchen. Wahrscheinlich hatte Ma es ihr besorgt, vielleicht hatte sie es auch mitgenommen, als sie noch selbst ihre Einkäufe gemacht hatte.

Aber es war ja auch egal, wie die Alte an so ein Duftsäckchen gekommen war, dachte Anna, während sie das mit weißem Leder bezogene Kästchen öffnete. Drinnen war ein funkelndes Durcheinander von falschen Edelsteinen in den verschiedensten Farben, die glänzten wie ein Regenbogen vor sonnenbeschienenem Schnee. Dazwischen waren gelblich schimmernde Kunstperlen und jede Menge vergoldetes und versilbertes Metall. Anna zwang sich, den Schmuck langsam durchzusehen und eine Auswahl zwischen protzigen Ohrclips, weiten, mit Glassteinen besetzten Armbändern und kindisch bunten Halsbändern zu treffen. Sie legte die Stücke, die sie wollte, auf den Tisch und versuchte ihre Enttäuschung zu verbergen, als sie am Boden des Kästchens angelangt war und kein kleines Stoffsäckchen mit einer sich windenden Spirale drin gefunden hatte.

Der Schmuck fühlte sich kalt an in ihrer Hand, hier und da waren an der Rückseite der imitierten Edelsteine noch abblätternde Flecken von metallischer Farbe, die einmal ihren bunten, aber ganz offensichtlich falschen Glanz hatte verstärken sollen. Wenn das Metall der Schmuckstücke und die Steine aneinanderkamen, gaben sie unangenehm kratzende Geräusche von sich, und wie aus dem Nichts wurde Anna plötzlich von einer Erinnerung überfallen. Als sie noch ein kleines Mädchen war und etwas getan hatte, was ihrer Baba mißfallen hatte, hatte diese sie nicht geschlagen oder ihr befohlen, sich in die Ecke zu stellen (wie Ma es getan hatte, wenn Anna ungezogen gewesen war). Sie war statt dessen in ihr Zimmer verschwunden, und eine Minute später mit diesem lederbezogenen Schmuckkästchen wiedergekommen. Dann hatte sich Anna an genau diesem Tisch in genau diesen Stuhl setzen müssen, und ihre Großmutter hatte das Kistchen mit dem glitzernden Tand, der Anna als Kind unglaublich wertvoll erschienen war, geöffnet und feierlich erklärt: »Das *alles* hättest du bekommen, wenn ich einmal nicht mehr bin, aber jetzt kriegst du *gar nichts* – dieses Armband nicht und auch nicht diese Ohrringe hier –, *du kriegst überhaupt nichts.* Und dabei hätte alles dir gehört, bis hin zum allerletzten Stück.« Schließlich waren heiße Tränen Klein-Annas Wangen in Strömen hinuntergeronnen.

Und jetzt saß sie hier, heuchelte Interesse an dieser Kiste voller billiger Schund-Juwelen – es war nicht ein einziges halbwegs wertvolles Stück darunter, nicht einmal Bakelit-Armreifen oder Straßsteine in Rhodiumfassungen, die aussehen sollten wie Platin, was jetzt, so hatte es Anna kürzlich in einer Sonntagsbeilage gelesen, bei Sammlern schon wieder heiß begehrt war – und dachte sich, daß die Alte damals ihre Bestrafung gut ausgesucht hatte. Eine Ohrfeige oder ein böses Wort hätte sie als Kind schnell wieder vergessen, aber bis zum heutigen Tag hatte sie dieses Panikgefühl, einen Schatz fast gewonnen und dann leichtsinnig verspielt zu haben, nie wieder ganz losgelassen, auch wenn sie jetzt wußte, daß der Schmuck, um den sie so geweint, um den sie gebettelt hatte, nur um mit einem gemeinen Lächeln und den Worten »*Die* hast du verloren, für *immer*« abgewiesen zu werden, nichts war als ein Haufen klappernden Schunds, der eigentlich auf den Müll gehörte. Was Anna wirklich weh getan hatte, war das *Endgültige* an dieser Bestrafung gewesen – das Gefühl, etwas verloren zu haben, was sie niemals wieder erlangen konnte, ganz egal, wie gut sie sich in Zukunft auch benahm.

Auch später hatte die Alte dieses Spiel in den unterschiedlichsten, geschickt ausgedachten Variationen mit ihr gespielt. Als Anna einmal so gern eine Geburtstagsparty veranstaltet hätte und ihre Mutter bereits nachgegeben und ihr die Einladungskarten mit den beiden Kindern in Partyhütchen drauf gekauft hatte, hatte Baba sie in ihren Schaukelstuhl im Wohnzimmer gesetzt und gefragt: »Gefallen dir eigentlich deine Spielsachen, Anna?«

Natürlich hatten sie ihr gefallen.

»Warum willst du dann, daß sie alle kaputtgehen? Warum willst du, daß deiner Puppe die Haare ausgerissen werden? Daß dein Teddybär zerfetzt wird?«

»Nein, nein, *nein!*« hatte die kleine Anna geschrien.

»Dann solltest du auch nicht diese *Kinder* zu dir einladen. Die werden nämlich deine *Spielsachen* nehmen und vor deinen Augen *kaputt*machen.«
Die kleine Anna hatte angefangen zu weinen und gefragt, was sie denn dagegen *tun* könnte.
»Zerreiß diese Einladungen. Meine Gramma wollte auch keine Kinder im Haus haben, als *ich* eine Party geben wollte. Sie sagte, sie wären *böse*, und das *waren* sie dann später auch. Oh, was haben sie nicht alles deiner Baba angetan, ganz *schreckliche* Dinge waren das.«
Ma hatte Anna eine Ohrfeige gegeben, als sie die zerrissenen Einladungen in der Mülltüte gefunden hatte, und nicht zugehört, als Anna ihr von dem Spielzeug hatte erzählen wollen, das sonst kaputtgegangen wäre. Anna hatte nie wieder eine Geburtstagsparty haben und noch viel weniger hatte sie auf die von irgend jemand anderem gehen wollen – ganz abgesehen davon, daß sie auch nie zu einer eingeladen worden war.
Und als sie es einmal gewagt hatte, bei einem Musikwettbewerb auf der Highschool ein Solo singen zu wollen, war es fast die gleiche Geschichte gewesen. Sie hatte sogar schon die Noten dafür bestellt, aber als sie der Alten davon erzählte, hatte diese gezischt: »Sie werden dich alle *anstarren*, und dann wird erst *einer* hinter vorgehaltener Hand zu kichern anfangen und dann ein *anderer*, und dann werden alle so laut *lachen*, daß keiner dich mehr hören kann, und dann wirst du nichts gewinnen.« Der Musiklehrer war wirklich sauer gewesen, als Anna daraufhin einen Rückzieher gemacht hatte. Sie hatte die Noten trotzdem bezahlen müssen, was ja eigentlich nur recht und billig gewesen war. Noch Jahre später hatte Anna Alpträume gehabt, in denen ein ganzer Saal voller Leute bei ihrem Vorsingen lauthals gelacht hatte, selbst dann

noch, als ihr ihre Klassenkameradinnen längst erzählt hatten, daß das Solo-Vorsingen bei den Musikwettbewerben in einem kleinen Zimmer stattfand.
Anna ließ ein billiges, grünlich-goldenes Halsband durch ihre Finger gleiten und dachte: *Und als die Alte dann nicht mehr um mich war und mir prophezeien konnte, daß ich bei allen möglichen Dingen versagen würde, habe ich mich selbst versagen lassen. Auf dem College stand ich mir selbst im Weg, deshalb mußte ich auch das Lehrerstudium aufgeben, nur um mir zu beweisen, daß* ich *die Versagerin war und daß mich die Alte nicht nur ständig bedrängte, aufzugeben, zu versagen, mich zu verstecken und nur noch* Babas *kleines Mädchen zu sein. Sie hat mir beigebracht, Männer zu fürchten und zu hassen, so daß ich nie auf den Gedanken käme, Baba wegen einem von ihnen zu verlassen, oder wegzugehen, um mich schwängern, heiraten und wieder scheiden zu lassen, wie Ma es gemacht hat. Baba und ihre Anna hätten immer zusammenbleiben sollen, so wie Lucy und* ihre *Großmutter immer zusammengeblieben waren.*
»Ist das nicht *hübsch?*« schwärmte die Alte und schaute auf das Halsband, das Anna locker in der Hand hielt. Anna sah hinunter auf das angelaufene Metall und dachte *Hübsch für wen? Für eine kurzsichtige Elster?*, bevor sie ernst sagte »Ja ... das ist es. Wirklich nett« und das Halsband auf den Boden der Schmuckkassette fallen ließ. Während sie die Stücke, die sie sich zur Seite gelegt hatte, mit der rechten Hand zusammenschob, sagte Anna: »Diese sind genau richtig, aber ich bräuchte noch ein oder zwei Ringe dazu. Ich würde mir gern die Fingernägel lackieren, und da wären Ringe wirklich –«
»Ich *habe* aber keine,« fuhr die Alte sie an, langte über den Tisch und ließ den Deckel des Schmuckkästchens mit dem dumpfen Geräusch von Leder, das auf Leder trifft, zufallen.

Anna streifte ein paar Armreifen über ihre Handgelenke, fuhr innerlich zusammen, als das kalte Metall ihre Haut berührte, und gab nicht auf. »Ich glaube, ich kann mich an einen Ring erinnern, den du mal gehabt hast, so ein billiges Goldding mit einem Käfer drauf.« Anna genoß den Ausdruck unterdrückter Entrüstung auf dem fettig schimmernden Gesicht der Alten und fuhr fort: »Ich weiß *genau*, daß ich ihn schon mal gesehen habe, als ich ein kleines Mädchen war. Es war so eine Spirale, wie eine Gummischlange, nur golden und mit einem grünen Kopf, und an ihrem anderen Ende war dieser grüne Käfer. Man konnte sie auseinanderziehen und sie sich ums Handgelenk legen ... oder damals noch um meinen Hals«, endete Anna unbekümmert, während sie die ganze Zeit der Alten in die Augen schaute und dachte: *Jetzt trau dich bloß nicht, zu behaupten, ich hätte mir das alles eingebildet, du alte Hexe.*

»Du denkst an die Feder von einem Kugelschreiber, den deine Mutter einmal hatte. Du hast ihn an einem Nachmittag *auseinandergenommen* und –«

Anna zog mit viel Getue ihre Augenbrauen zusammen und schüttelte langsam den Kopf. »Nein, nein«, erwiderte sie. »*Daran* kann ich mich auch erinnern. Ich denke an ein echtes, *goldenes* Schmuckstück. Ich weiß noch, daß es sehr biegsam war und glänzte wie –«

Das kalte, goldweiße Licht glomm wieder in den Augenwinkeln der Alten auf, als sie mit knappen Worten, die einen zischenden Unterton hatten, sagte: »Es war eine *Kugelschreiber*feder. Du warst ein *böses* Mädchen und hast Mutters Kugelschreiber kaputtgemacht und sie –«

Anna schaute auf ihre Uhr und sagte: »Mein Gott. So spät ist es schon! Kommt nicht gleich das ›Fernsehgericht‹? Ich schätze, die Katzen meinen, ich wäre fortgegangen und hätte sie für immer verlassen.« Während sie so vor sich hin plapperte, warf sie den Schmuck in ihre Einkaufstasche und eilte zur Haustür, so daß die Alte hastig aufsprang und mit den Wildledersohlen ihrer Pantoffeln fast auf dem Linoleumboden ausgeglitten wäre, während sie keuchte: »Deine Ma hat dir den Hintern dafür versohlt! Und weißt du, warum sie das tat?« Anna war schon an der Tür, als die Alte ihr das nachrief.

So freundlich und ernst, wie sie konnte, fragte Anna über ihre Schulter: »Nein, Großmutter. Warum *hat* mich Ma denn geschlagen?«

»Weil ich dich *verpetzt* habe«, gab die Alte in einer Art frechem Pausenhof-Singsang zurück. Anna öffnete den Mund, um etwas zu antworten, ließ es dann aber *(du weißt nicht,* wo *sie das Amulett versteckt hat, vielleicht ist es schnell greifbar)* und öffnete die Tür. Aber bevor sie sie noch hinter sich schließen konnte, hörte Anna die übliche Abschiedsfloskel der Alten: »Und vergiß nicht, mir das Signal zu ge–«

Indem sie die Tür zuschlug, schnitt Anna das Wort »geben« brutal ab und wünschte sich, sie könnte mit dem Hals der Alten das gleiche tun.

5

Lucy (IV)

Lucy beobachtete Anna, wie sie den Gehsteig vor dem Haus entlangeilte, den Kopf gesenkt, als blicke sie hinunter auf ihre Füße, aber Lucy wußte, daß sie aus den Augenwinkeln zu ihr herüberschielte. Sie kannte Annas Trick, die Haare so ins Gesicht fallen zu lassen, daß

niemand hinter diesem Vorhang ihre Augen erkennen konnte.
Niemand außer mir, dachte Lucy, während sie durch den Morgenmantel ihren Oberarm rieb und die Spiralen des warmen, goldenen Dings fühlte, das sie über ihrem Nachthemd trug. Seit diesem Abend im Westen der Stadt weigerte es sich, in dem kleinen Säckchen zu bleiben und sich wie ein braves kleines Ding zusammenzurollen und tagsüber zu schlafen.
Lucy wollte nicht das Risiko eingehen, daß die kleine Anna mitbekam, wie sich das Ding in seinen beiden Säckchen wand und sträubte; sie wollte nicht, daß die kleine Anna es *jetzt* schon sah – sie wußte, daß das Mädchen dazu noch nicht bereit war, daß sie *überhaupt* noch nichts begriff. Und jetzt, wo die kleine Anna gesagt hatte, daß sie das goldene Ding haben wolle, mußte sie es besonders gut verstecken. Es sich einfach um ihren Arm winden zu lassen, genügte da nicht mehr.
Das einzige Problem war, daß Lucy nicht genau wußte, ob das Ding überhaupt in seinen kleinen, weißen Beutel zurückgehen würde. Hatte es sie in der besagten Nacht nicht sogar ins Handgelenk gebissen – es war ein winziger, nur die Haut ritzender Biß gewesen –, als sie gewollt hatte, daß es sich zu einer Spirale zusammenrollte und einschlief?
»Das hast du ja noch nie getan«, hatte Lucy das Ding ermahnt, »nicht einmal damals, als ich dich aus der Tabaksdose genommen und mit dir den großen, bösen Hund aus dem Garten verscheucht habe ... ja, nicht einmal, als ich dich ihm um den Hals gelegt und ihm einen fürchterlichen Schrecken eingejagt habe.« Lucy dachte fröhlich an den Vater ihrer Tochter Tina. Als wolle es ihr antworten – *verärgert* antworten –, zog sich das

goldene Amulett mit dem Käfer und der Schlange immer fester um ihren Arm zusammen, bis das weiche, aufgedunsene Fleisch unter ihm schmerzte und Tränen aus Lucys ausgebleichten Puppenaugen rannen.
Mit zitternden Fingern versuchte sie das Ding von ihrem Arm zu zerren, aber die Spirale zog sich nur noch fester und immer fester zusammen. Sie faßte mit der Hand unter ihren Morgenmantel und wollte es abstreifen, aber der sehnige Körper, der mehr war als bloßes Metall, hielt sich fest und gab nicht nach. Er drückte sich so sehr in Lucys Fleisch, daß sie zu spüren glaubte, wie sich die merkwürdigen Schriftzeichen an seiner Unterseite in ihre Haut gruben.
Lucys Arm begann zu kitzeln, dann dumpf zu brennen, und ihre Finger wurden erst rot, dann weiß. Und immer noch krallte sich das Ding in ihren Arm, bis sie schrie: »Onkel! *Onkel,* bitte! Ich gebe auf! Onkel, Onkel, *Onkel!!!*« Ihre gurgelnde Stimme erhob sich zu einem grellen Gekreisch, das klang wie Fingernägel, die über eine Schiefertafel kratzen, und verwandelte sich langsam zu einem noch höher schrillenden, an Ultraschall grenzenden Schrei, den Schrei einer flatternden Fledermaus mit ledrigen Membranenflügeln.

6

Arlene (IV)

»Anna Sudek, hast du denn kein Kopftuch? Schäm dich, Mädchen! Deine armen Ohren müssen ja kalt wie Eis sein«, schalt Arlene Campbell freundlich und steckte den Kopf aus ihrer Haustür. In ihren Armen hielt sie eine Katze, die ihrerseits Anna aus fast schon lächerlich klei-

nen, grünen Augen anstarrte. Ihr verkniffenes, schwarzweißes Gesicht wurde von den größten dunklen Ohren gekrönt, die Anna jemals an einem Säugetier gesehen hatte, einen indischen Elefanten einmal ausgenommen.
Gehorsam blieb Anna stehen und erinnerte sich, daß Mrs. Campbell sie ja vor ein paar Tagen zu sich eingeladen hatte, sie wußte bloß nicht mehr, ob sie diese Einladung damals angenommen oder rundweg abgelehnt hatte.
»Es wird spät«, versuchte Anna einzuwenden, aber Mrs. Campbell hatte die Tür bereits weiter geöffnet und drängte Anna, doch hereinzukommen – »damit ich dir wenigstens ein Kopftuch leihen kann. Mein Gott, ihr jungen Frauen glaubt manchmal, ihr wärt gegen alles gefeit, außer vielleicht gegen rotglühende Lava.«
Mrs. Campbells Bungalow roch gemütlich, irgendwie ein bißchen wie eine Farm – da war der Duft von frisch Gebackenem (irgendwelche Törtchen mit Beeren, vermutete Anna), der sich auf nicht allzu unangenehme Art und Weise mit dem Geruch von nassem Hundefell und einem Katzenklo mischte, und über allem lag das Aroma von Vanille und Gewürzen, das aus einer kleinen Porzellanschale aufstieg, die auf einem Beistelltisch aus Walnußholz mitten in dem mit allem möglichen vollgepfropften Wohnzimmer stand. Der etwas scharfe Tiergeruch stammte von drei Hunden – alles Mischlinge –, die an Anna hochsprangen und ihre Hände und Stiefel beschnüffelten, und einer Reihe von Katzen, die auf dem Sofa, dem Lehnsessel und der Ottomane schliefen oder sich gerade gähnend streckten.
Mrs. Campbell gab einem der schnüffelnden Hunde einen leichten Klaps und ermahnte ihn: »Laß das, Scruffy! Kümmer dich nicht um die Jungs, Anna. Sie sind Besuch einfach nicht gewöhnt.«

Anna gefiel es, daß Mrs. Campbell ihre Hunde, ohne sich etwas dabei zu denken, »die Jungs« nannte. Sie beugte sich nach unten, streichelte eine schwarze Promenadenmischung mit lockigem Fell und sagte: »Das macht mir nichts aus. Sie riechen bestimmt meine Katzen. Ich habe doch diesen großen Kater Bruiser, der über achtzehn Pfund wiegt –«

»Meine Güte. Und ich dachte, meine Babys wären schwer, nicht wahr, Silky?« fragte Arlene die Katze, die sie immer noch in ihrem Arm hielt, und das erstaunliche Tier, das so häßlich war, daß man es schon wieder schön nennen konnte, schloß genußvoll die Augen, während sein Frauchen es mit seiner dicken Nase hinter dem Ohr liebkoste.

So werde ich in zwanzig oder mehr Jahren aussehen, was für Katzen auch immer ich dann haben werde, wenn Bruiser und Mouth schon längst gestorben sind, dachte Anna, während sie sich in Arlene Campbells Wohnzimmer umsah. Es erinnerte sie so sehr an ihr eigenes Wohnzimmer, daß sie eine ganze Weile nicht sprechen und kaum denken konnte.

Da war derselbe nicht zusammenpassende Krimskrams in den verschiedensten Stilrichtungen, Beistelltische mit Kerben, Flecken und Kratzern, Regale voller Nippes, alte Blumenständer und abgerissene, schlaff herunterhängende Vorhänge. Alles zeugte von einem Einrichtungsgeschmack, der weniger auf dem Zeichenblock eines Innenarchitekten beruhte als vielmehr auf der Notwendigkeit, aus dem, was man in den Müllcontainern und Sperrmüllhaufen von Ewerton fand, seinen persönlichen Wohnstil zu kreieren. Über Mrs. Campbells Wohnzimmer lag ein Hauch trauriger, sinnloser Rettungsaktionen, bei denen Dinge, die andere gedankenlos weggeworfen hatten, aus Mitleid und nicht etwa aus Freude oder Verlangen nach ihnen aufgesammelt und mit nach Hause geschleppt worden waren. Sogar die Tiere der älteren Frau wirkten – bis auf zwei blaßorangefarbene Perserkatzen, die zusammengerollt neben der Heizung lagen – wie früher einmal ausgesetzte, verwahrloste Haustiere, genauso wie Annas beide Katzen daheim.

Mrs. Campbell hörte auf, Silky ins Ohr zu küssen und sagte: »Möchtest du vielleicht eine Tasse Kaffee? Oder Tee? Ich habe auch heißen Kakao.«

Es war offensichtlich, daß Arlene Campbell schon sehr lange keine Gesellschaft mehr gehabt hatte. Ihre normalerweise so ernsten und nüchternen Augen blickten auf einmal unsicher drein und senkten sich dann zu Boden. *Sie fragt sich, ob ich ihr Haus fürchterlich finde,* schloß Anna aus diesem Blick und erinnerte sich daran, wie Ma manchmal getobt hatte, daß niemand in *ihr* Haus kommen wolle, weil es ein »Müllhaufen, ein einziger Saustall« sei, obwohl niemand, der wirklich einmal hereingeschaut hatte, je etwas Negatives darüber gesagt hatte. Sogar Terry Von Kemp hatte gesagt, daß er es hübsch fände.

»Tee wäre ganz toll ... irgendein Tee.« Anna stellte ihre Einkaufstasche auf den abgetretenen Wollteppich mit Blumenmuster, als ihre Gastgeberin sagte: »Setz dich doch, wohin du willst – mein Mann hat diesen Sessel da drüben immer als sein Privateigentum betrachtet, aber jetzt liegen ständig die Katzen drauf. Und weißt du was? Wenn sie es nicht von selber tun, dann lege *ich* sie drauf. Der Tee ist gleich fertig. Inzwischen kannst du dir ja mal meine kleine Verbrechergalerie drüben über dem Sofa anschauen. Alle meine Babys sind dort verewigt.« Mit diesen Worten verschwand Mrs. Campbell in die Küche.

Anna ging hinüber zu der durchgesessenen Couch (die Sitzfläche war mit einem großen Stück Polsterstoffrest aufgemöbelt, dessen Farbe fast der des originalen, braunorangen Tweedbezugs entsprach) und betrachtete die beiden dunklen Holzrahmen. Beide hatten kein Glas mehr, statt dessen befanden sich dicke, durchsichtige Plastikbögen, wie sie der *Ewerton Herald* manchmal für das Layout von speziellen Feiertagsausgaben verwendete, über den gelblich verblichenen Bildern. Anna hatte selbst einmal einen zusammengerollten Bogen von diesem Plastik mitgenommen, um damit einen zerbrochenen Bilderrahmen zu reparieren, den *sie* einmal gefunden hatte.

Wir kommen sogar auf die gleichen Gedanken, dachte Anna, während sie sich über das Sofa beugte, um die verblaßten Bilder in den Rahmen besser sehen zu können. Ein paar der dort abgebildeten Tiere erkannte Anna als diejenigen, die hier im Wohnzimmer herumliefen, während andere offensichtlich schon lange tot, aber noch immer nicht vergessen waren – ein deutscher Schäferhund, dessen Augen das Blitzlicht zu großen, roten Punkten gemacht hatte; ein grauweißer Köter, der aussah wie ein Staubwedel und ein grünes Halsband mit golden glänzenden Nieten trug (Anna unterdrückte ein Schaudern, als sie dieses Bild sah); und eine schwarzbeige gefleckte Katze mit einem süßen Gesicht und herzerweichend ernsten, grünen Augen.

Als sie bemerkte, daß unter jedem der Bilder etwas in zarter, silbergrauer Bleistiftschrift geschrieben stand, kniete sich Anna auf das Sofa (wobei die Federn im Innern ein langes, quietschendes Geräusch von sich gaben) und warf einen Blick auf die Worte, die unter dem Bild der gefleckten Katze standen:

Guy-Pie, 1981–1986. Ich schätze, ich muß froh sein, daß ich dich wenigstens fünf Jahre lang haben durfte, aber trotzdem vermisse ich dich so sehr!

Anna versuchte nicht, die Inschriften unter den anderen Fotos zu lesen. Sie rieb sich mit ihren behandschuhten Händen die Augen, wobei die grobe Wolle sie an ihren feuchten Lidern kratzte, und dachte an die Katze, die Ma und sie die letzten paar Jahre im Haus der Alten gehabt hatten. Arthur hatte der unkastrierte Kater mit orangen Streifen geheißen, der ständig in irgendwelche Kämpfe verwickelt gewesen war. Der letzte Kampf war der schlimmste gewesen, bei diesem hatte ihm irgendein anderer Kater die zarte Haut hinter seinen Ohren böse zerkratzt. Anna hatte Arthur nicht aus dem Haus lassen wollen, bis seine Wunden verheilt waren, aber als sie eines Tages aus der Schule gekommen war, war Arthurs mit einer Decke ausgeschlagene Kiste leer gewesen.

»Oh, er wollte *unbedingt* raus«, hatte die Alte, von Anna nach Arthurs Verbleib befragt, gekrächzt, aber Anna hatte das geschwächte Tier sogar zu seinem Klo tragen müssen, und so hatte sie diese Geschichte nicht geglaubt. Als der Kater angeblich »rausgewollt« hatte, war Ma nicht zu Hause gewesen, und so hatte keine der jüngeren Sudek-Frauen je erfahren, was wirklich geschehen war. Da aber Arthur die Alte nie richtig gemocht hatte, hatte Anna nicht einen Augenblick daran gezweifelt, daß ihre Großmutter die arme kranke Katze einfach vor die Tür gesetzt hatte. Was immer auch mit ihr geschehen war, sie war nie wieder aufgetaucht, und Anna und Tina hatten sie nie wiedergesehen, nicht einmal als blutenden Fellhaufen am Straßenrand. Aber Anna vermißte Arthur bis heute, und jetzt achtete sie immer darauf, daß ihre Tiere im Haus blieben, in Erinnerung an den armen, orangen Kater mit den von Wundschorf verkrusteten Ohren ...

(Uns tut sogar das gleiche weh.)

Als Anna Mrs. Campbell hörte, die den kurzen Gang

zwischen ihrer Küche und ihrem schäbigen Wohnzimmer entlangging, putzte sie sich die Nase und fuhr sich noch mal über die Augen. Bevor Mrs. Campbell wieder ins Zimmer kam, fiel Anna noch etwas anderes auf: Nirgendwo war ein Foto von Don zu sehen – nicht einmal ein Hochzeitsbild der beiden.

Aber überall waren Fotos von Tieren.

»Das Wasser wird gleich kochen«, sagte Mrs. Campbell lächelnd, aber als sie auf Anna zutrat, verschwand ihr Lächeln, und ihre Blicke fielen auf Annas Hände, während sie mit einer etwas zu leicht klingenden Stimme fragte: »Darf ich dich mal was fragen, Anna?«

Anna hatte sich eben auf Don Campbells Ottomane niedergelassen, als Mrs. Campbell sich abrupt niederkauerte, die Armbänder am rechten Handgelenk der jüngeren Frau näher in Augenschein nahm, und, bevor Anna noch die Gelegenheit zu antworten hatte, hinzufügte: »Sind die von deiner Großmutter?«

Anna hielt ihren Arm in die Höhe und sagte: »Ja – sie hat sie mir für Halloween geliehen.«

»Du bist doch wohl schon ein bißchen zu alt, um noch von Haus zu Haus zu laufen, oder nicht?« Mrs. Campbells Stimme klang bemüht locker und humorvoll, aber Anna spürte die Anspannung hinter ihren Worten.

Anna nickte und sagte: »Stimmt. Ich gehe auf die dreißig zu. Ich ziehe den Schmuck an, wenn ich den Kindern etwas gebe und später, wenn ich mir im ›Rusty Hinge‹ eine Gratis-Cola genehmige. Ich habe einmal eine Jacke mit dem Aufdruck der Kneipe gefunden, also dachte ich, ich könnte das doch durchaus einmal ausnützen.«

Mrs. Campbell hörte Anna gar nicht richtig zu; sie setzte Silky ab, kniete sich hin und starrte die vielen Armreife noch intensiver an, wobei sie sie sogar mit einem zögernden Finger auseinanderschob. Als die ältere Frau dann auch noch in Annas Einkaufstasche lugte, fragte Anna: »Ist irgend etwas nicht in Ordnung?«

Arlene stand mit einem hohlen Knacken in einem ihrer Knie auf und sagte hastig: »Oh, nein, nein ... ich habe bloß geschaut, sonst nichts. Trinkst du Lipton Tee? Sonst habe ich nur noch IGA-Tee – gefunden, nicht gekauft, deshalb habe ich auch keine allzu große Auswahl.«

»Mir sind beide recht ... aber geht es Ihnen auch wirklich gut? Sie sind auf einmal so blaß.« Anna machte Anstalten aufzustehen, aber Mrs. Campbell legte eine ihrer festen, vom Arbeiten rauh gewordenen Hände auf Annas rechte Schulter und schob sie sanft auf ihren Platz auf der Ottomane zurück. »Es geht mir gut, meine Liebe, wirklich. Ich mache dir nur rasch deinen Tee.«

Als die ältere Frau sich umdrehte, stand Anna auf und sagte: »Aber Sie sind wirklich ganz blaß im Gesicht. Beunruhigt sie etwas an meinem Schmuck? Vielleicht, daß er meiner Großmutter gehört?«

Arlenes schmale Schultern hoben und versteiften sich unter ihrer buntbedruckten Polyesterbluse. Sie blieb auf halbem Weg zur Küche stehen und drehte sich auf einem ihrer dünnen Beine um, aber was auch immer sie beunruhigen mochte, sie war anscheinend noch nicht soweit, es Anna sagen zu können. Statt dessen widmete sie sich der Zubereitung des Tees und sagte, während sie mit den Tassen herumhantierte (sie waren aus billigem Plastik, wie Anna am altgewohnten Klappern lächelnd feststellte), zu Anna: »Mein Don hat mir nie allzuviel Umgang mit anderen Leuten erlaubt. Sobald ich irgendwas zu trinken servierte, bekam er immer fürchterliche Blähungen. Der Mann hat die Leute förmlich aus dem Haus geblasen. Und das waren noch seine *angenehmeren* Seiten, mußt du wissen.«

Mrs. Campbell brachte den Tee ins Wohnzimmer. Anna bemerkte, daß der Faden am Teebeutel der älteren Frau bereits verräterisch braun war, und schloß daraus, daß Mrs. Campbell mit ihren gebrauchten Teebeuteln dasselbe tat wie sie selbst – bei jedem Aufbrühen riß sie eine kleine Kerbe in das Papierstückchen am Ende des Fadens. Das Papierstückchen, das jetzt an Mrs. Campbells Tasse hing, hatte bereits zwei solcher Kerben. Anna hatte einen frischen Beutel bekommen und fragte sich, wie viele davon wohl noch in Mrs. Campbells Küchenschrank sein mochten.

»Er wollte nicht, daß ich Leute zu uns einlud. Und er machte mir seine Wünsche v. s. u. s. – das hieß bei ihm ›verdammt schnell und schmerzhaft‹ – klar. Mein Gott, einmal hat er mich so geschlagen, daß ich eine ganze Woche lang nicht raus zum Einkaufen gehen konnte, und dann setzte es wieder Prügel, weil ich keine frischen Lebensmittel im Haus hatte! Und Haustiere konnte ich, solange er lebte, auch keine halten. Nicht nach dem, was er mit der armen Diablo gemacht hat. Stell dir einen ausgewachsenen Stier von einem Mann vor, der sich auf eine arme, kleine, schwarzweiß gestreifte Katze stürzt, die noch dazu ein Weibchen ist.« Tränen standen in Mrs. Campbells Augen, als sie daran dachte, was dieser Rohling mit der unglücklichen Diablo angestellt hatte. Sie senkte den Blick und sagte: »Nun, vielleicht war es besser so. Wenigstens hat diese dumme kleine Pute, die beim Tierarzt die Sprechstundenhilfe macht, sie nicht in die Finger bekommen. Als ich Puff und Pumpkin sterilisieren ließ und sie am nächsten Tag abholen wollte, habe ich sie überrascht, wie sie mit ihren rot angeschmierten Fingernägeln dauernd in den Käfig gepiekt hat –« Arlene spreizte die Finger und stach damit in Annas Richtung durch die Luft. »– und als sie mich schließlich sah, kicherte sie nur, stolzierte auf ihren Stöckelschuhen fort und wackelte dabei frech mit dem Po.«

Anna nickte und sagte: »Ich habe auch so meine Erfahrungen mit der kleinen Miß Karla. Als ich Bruiser kastrieren ließ, legte sie doch glatt eine Katze, die sie gerade eingeschläfert hatten, in den Käfig neben dem seinen. Das arme Ding lag mit heraushängender Zunge da und –«

»Hast du dich beschwert?«

»Haben Sie das getan?«

»Ich schätze, ich hätte besser fragen sollen: ›Hat deine Beschwerde irgendwas genützt?‹« antwortete Arlene mit dem Anflug eines Lächelns. Es wurde, wohl nicht ganz ohne Grund, gemunkelt, daß Karla Yablinski ihren Job nicht wegen ihrer Kompetenz, sondern wegen der Tatsache bekommen hatte, daß sie in engen Jeans und einem noch engeren Pullover, durch den man ihre Brustwarzen sehen konnte, nicht gerade schlecht aussah. Und außerdem war sie die Tochter eines Bauern in der Nähe, der schon seit langen Jahren ein treuer Kunde des Tierarztes war.

Arlene hüstelte hinter vorgehaltener Hand, schüttelte den Kopf und murmelte noch mal: »Die arme Diablo ...«

Anna schloß aus Respekt vor Diablo und ihrem eigenen Arthur halb die Augen und ließ ihren Blick zu ihrem Handgelenk schweifen, wo die billigen Armbänder auf ihrer nackten Haut lagen.

Das Schweigen zog sich hin, bis Mrs. Campbell Anstalten machte, nach Annas Handgelenk zu greifen, sich dann aber doch eines Besseren besann und ihre Hand zurückzog, als habe sie Angst, sich an Annas Haut oder dem, was auf ihr war, die Finger zu verbrennen.

»Sind Sie *sicher*, daß es Ihnen gutgeht? Ich meine ... Sie sehen verschreckt aus. Hat es irgendwas mit diesen Dingern hier zu tun?« Anna bewegte ihr Handgelenk und ließ die Armreife aneinanderklappern. Als Mrs. Campbell daraufhin ganz weiß im Gesicht wurde, beugte sich Anna vor, legte ihre Hand auf das knochige Knie der älteren Frau und sagte: »Es hat doch etwas mit Lucy Miner zu tun, nicht wahr? Weil das hier –«, sie schüttelte wieder ihren Arm, »– ihr gehört?«

Mrs. Campbell preßte ihre faltigen Finger auf ihre dünnen, trockenen Lippen und sagte leise, wobei ihre Stimme von ihrer Hand gedämpft wurde: »Ja, es *ist* wegen ihr ... wegen *Lucy*.« Bei den letzten Worten flüsterte sie fast.

Es folgten ein paar Momente der Stille, während derer Anna dachte: *Ihr Don hat ihr genauso zugesetzt wie die Alte mir zugesetzt hat. Sollte ich jemals jemandem von diesem* Haustier *der Alten erzählen, dann müßte es wohl Arlene sein – besonders, wenn sie weiß, was ich glaube, daß sie weiß.* Dann fragte sie vorsichtig, mit absichtlich neutraler, fast gleichgültiger Stimme: »Haben Sie in meiner Tasche nach einem spiralförmigen Armreif gesucht? Golden, mit einem grünen Skarabäus an einem Ende? Einem Armreif, der –«, erst hier ließ Anna es zu, daß Gefühl sich in ihre Stimme schlich, »– der sich ... *bewegt?*«

Sogar die Hunde verstummten, als die alte Frau langsam nickte, ihre feuchten Augen glänzten vor Furcht.

»Dann *benützt* sie dieses *Ding* also immer noch?«

Anna atmete tief durch, bevor sie antwortete: »Ja. Aber ich glaube, daß das Ding jetzt auch sie benützt.«

Mrs. Campbell rührte ihren kalten Tee um, bevor sie fortfuhr: »Wir wußten alle, daß Lucy ihre Großmutter sehr verehrte, aber niemand von uns wußte, *wie* sehr. Du

weißt doch bestimmt, was Lucys Vater in der Nacht, in der die alte Frau starb, getan hat. Der Vater meines verstorbenen Mannes war damals nach dem Mord in dem Haus. Er und August Wilkes, der Großvater unseres derzeitigen Leichenbeschauers, suchten nach der kleinen Lucy, vermuteten das Schlimmste und hofften insgeheim, daß es eingetreten sein möge. Ich will *dich* nicht beleidigen, Anna, aber deine Großmutter war ein schrecklicher Fratz – verschlagen wie ein *Wiesel* –, und das schon lange vor jenem grauenvollen Oktober. Sie hat immer mit ihren tollen kleinen Kleidern geprahlt – ihrem Wollmantel mit dem Pelzkragen und Pelzbündchen und mit ihren Jersey-Kleidern. Ihre Eltern schränkten sich selber ein, damit sie ihr diese schönen Sachen kaufen konnten, und sie gab damit an wie zehn nackte Neger.
Es wurde schließlich so schlimm, daß die anderen Mädchen und ich *alles* getan hätten, um ihr eins auszuwischen. In dem Jahr, bevor ihre Großmutter starb, lud sie uns alle zu ihrer Geburtstagsparty ein, aber keine von uns ging hin. Ich weiß, daß das grausam und kleinlich klingt, aber ich mußte damals abgetragene Kleider meiner *Cousinen* tragen und ausgelatschte Schuhe, die mir nicht einmal richtig paßten, und meinen Freundinnen, deren Familien etwas reicher waren, ging es auch nicht viel besser. Und da stand Lucy mitten auf dem Spielplatz, zog eines ihrer mageren Beine hoch wie ein Flamingo und prahlte mit ihren schönen neuen Kleidern. Das tat mir damals wirklich *weh.*«
Arlene Campbell rührte wieder in ihrem Tee herum, während Anna sich an die Warnung ihrer Großmutter erinnerte, wie schrecklich doch Geburtstagspartys seien, und Mitleid und Ärger wallten gleichzeitig in ihr auf – ersteres für die kleine Lucy, letzteres für die erwachsene Lucy, die ih-

rer Enkelin so eifrig den Spaß verdorben hatte, bloß weil ihr einmal selber eine Geburtstagsparty geplatzt war.

»Wie dem auch sei«, begann Arlene erneut, »es war ein Riesenschock für uns alle, als erst Lucys Großmutter und gleich drauf ihre Mutter starb. Wir alle hatten ja gewußt, daß ihre Großmutter tot war, denn unsere Mütter haben der armen Rebecca Miner beim Herrichten der Leiche geholfen.

Ich weiß nicht, was deine Großmutter dir über Rebecca erzählt hat, aber sie war eine gute Frau. Sie arbeitete sehr hart, und das hatte sie irgendwie mürrisch gemacht, aber ich glaube, sie hatte schon ihren Grund dafür. Alvin, dein Urgroßvater, war ein bißchen ein Tunichtgut. Oh, er hat *gearbeitet*, das schon, aber er war viel zu weich Lucy gegenüber und auch sonst, wenn es drauf ankam, nicht stark genug. Nimm zum Beispiel seine Schwiegermutter. Die Frau wurde für Lucy gleichzeitig Mutter, Großmutter und Spielgefährtin – ich erinnere mich, wie sich die arme Bekka bei meiner Mutter darüber beklagte. Es war die Idee ihres Mannes gewesen, Mrs. Husa im Miner-Haushalt aufzunehmen, nachdem sie ihr Haus verloren hatte.«

Anna hoffte, daß sie nicht allzu erstaunt dreinblickte, als sie den Nachnamen ihrer Ururgroßmutter erfuhr. Niemand in der Familie hatte jemals den Namen der alten Frau genannt, und als Anna das letzte Mal auf dem Friedhof gewesen war, wo in einem großen Sarg nur die Hand und ein Armstummel von ihr lagen, war sie noch nicht alt genug gewesen, um die Inschrift auf dem Grabstein lesen zu können.

»Komisch, daß ihre eigene Tochter sie nicht im Haus haben wollte. Nicht, daß ihr das irgendwer verübelt hätte. Mrs. Husa war eine herrschsüchtige, alte Vettel, die ständig in einem schwarzen Rock herumstolzierte, als wäre sie weiß Gott wer. Da war irgend etwas Merkwürdiges an dieser Frau, an der Art, wie sie die Leute *anschaute*, als wisse sie mehr über sie, als sie selbst über sich wußten. Aber, was soll's. Das ist eigentlich nicht so wichtig.

Wie ich vorhin schon sagte, war mein Schwiegervater in dem Miner-Haus, nachdem Alvin ... Nun, wie er Don immer erzählt hat und Don es wiederum mir erzählte, muß es dort furchtbar *unheimlich* gewesen sein. Dons Vater hätte immer auf einen ganzen Stapel Bibeln schwören mögen, daß Lucy damals, als er im ersten Stock nach ihr gesucht hatte, *nicht* im Haus gewesen war. Aber kaum war er wieder unten, da sei der kleine Fratz aufgetaucht, auf August Wilkes zugegangen und habe ›Hallo, da‹ oder irgend so was gezwitschert.

Was Dons Vater überhaupt nicht verstehen konnte, war der Umstand, daß er keinen Ton von Lucy gehört hatte, als er nach unten gegangen war. Du weißt doch, wie es in diesen alten Häusern knarzt, besonders wenn sie Holzböden haben.«

»Das weiß ich. Wenn meine Mutter bei uns im Haus herumgeht, kann man die Bodenbretter über dem Keller direkt singen hören.«

Mrs. Campbell nickte zustimmend, und ihr Löffel machte in der fleckigen Plastiktasse beim Umrühren klackende Geräusche. »Genau. Aber Dons Vater schwor, daß er nichts gehört habe, bis Augie Wilkes ihm zurief, er solle nach oben kommen, er habe Lucy gefunden. Mein Schwiegervater behauptete immer, daß Augie Lucy zwar vor einem der Schlafzimmer gefunden habe, er aber nicht gehört habe, wie sie dort herausgekommen war, und dabei habe er genau in dieses Zimmer geschaut, bevor er wieder nach unten gegangen war, und da habe er sie *nicht* gesehen.

Es war fast so, als wäre sie aus heiterem Himmel erschienen, nachdem der Mann die Treppe hinuntergegangen war. Ich schätze, daß seine Abneigung gegen das Mädchen seinen Eindruck etwas beeinflußt hat, aber ich –«

Anna stellte ihre fast leere Tasse mit einem entschlossenen Klappern auf den Tisch und sagte: »Nein. Der Vater Ihres Mannes hat sich nichts eingebildet. Meine Großmutter war *wirklich* nicht in diesem Zimmer oder zumindest nicht in ihrer eigenen Gestalt. Sie haben doch dieses goldene Schmuckstück gesehen, das sie hat – von dem Sie fürchteten, daß ich es tragen könnte?«

»Ja, ja. Ich habe es gesehen, nachdem Lucys Großmutter gestorben war. Lucy hatte es in einer kleinen Tabaksdose – so einer, an der der Deckel an Scharnieren hängt. Es ... *bewegte* sich irgendwie da drinnen, änderte seine Lage und ringelte sich mit einem Geräusch wie Metall, das auf Metall gleitet – wie bei einer gut geölten Maschine.«

Anna drückte ihre Hände zusammen und klemmte sie sich zwischen die Knie, bevor sie Mrs. Campbell alles erzählte, was sie über das Amulett wußte – wie die Alte es sich immer an die Brust preßte, wie es aussah, warum sie vermutete, daß die Alte es verwendet hatte, um Menschen zu töten, und was das Buch über ägyptische Magie von der doppelten Kraft des verwandelten Metalls und der darin eingeritzten Worte der Macht sagte. Sie erzählte sogar, was Precious Isaacs gesehen hatte, und beendete ihre Erzählung mit den Worten: »– das Mädchen sagte, der Vogel sei zerflossen und zu einem kleinen Mädchen in einem langen, weißen Nachthemd geworden.«

»Und genau so ein Nachthemd hat Lucy an diesem Tag im Miner-Haus getragen!« rief Mrs. Campbell aus und setzte ihre Teetasse so heftig auf dem Couchtisch ab, daß der Tee herausschwappte.

»Sie werden es nicht glauben, aber solche Nachthemden trägt sie, seit Ma und ich vor drei Jahren bei ihr ausgezogen sind«, sagte Anna. »Im Sommer hat sie eines aus Baumwolle und im Winter eines aus Flanell an.«

»Lucy wollte *nie* erwachsen werden«, sagte Arlene lakonisch. »Ich kann mich noch erinnern, daß sie, als wir anderen alle schon längst aus dem Alter heraus waren, immer noch mit den kleinen Kindern auf die Schaukel wollte – kannst du dir das vorstellen? Aber es kam so weit, daß selbst *die* sie zu meiden begannen. Aber wenigstens hat sie nie versucht, sie mit dem Amulett in der Blechdose zu terrorisieren. Sie hielten einfach von selber Abstand zu ihr. Ich schätze, sie taten das, weil sie schon so viel von ihr gehört hatten.«

»War sie geistig zurückgeblieben? Nach allem, was sie mir aus dieser Zeit erzählt hat, scheint sie mir ziemlich beschränkt gewesen zu sein.«

»Lucy und zurückgeblieben? Also, das würde ich nicht *unbedingt* behaupten – außer natürlich, du meinst damit auch ein freiwilliges Zurückbleiben. Sie *wollte* sich einfach nicht mehr weiterentwickeln, nachdem ihre Großmutter gestorben war. Oh, ich glaube, wir anderen waren nicht unschuldig daran, wir alle haben sie mit etwas Fürchterlichem aufgezogen, haben sie dauernd gefragt, wo ihre Gramma sei. Dabei haben wir es nur unseren Eltern nachgemacht, die sich beim Abendessen oft über dieses Thema unterhalten haben. Und an vielen Abendbrottischen damals war der Miner-Fall eines der Haupt-Gesprächsthemen, das kann ich dir sagen. Es hat uns deshalb so beschäftigt, weil niemand wußte, wo ihre Großmutter wirklich war. Ich bezweifle, daß du jemals ein Bild von ihr gesehen hast, aber Mrs. Husa war eine große, breite Frau, gut und gern eins fünfundsechzig, eins siebzig groß, was damals für eine Frau wirklich viel war. Außerdem war sie ziemlich kräftig und hatte ständig so einen unförmigen, schwarzen Rock an, der ihr immer um die Beine wehte. Ich fand sie immer ziemlich furchteinflößend, irgendwie schrecklich, sogar bevor all diese Dinge passierten.

Wenn man sich das vorstellt: Außer einer Hand und einem Stück Arm wurde nie eine Spur der Frau gefunden. Nicht in der Kanalisation, auf keinem Schuttplatz und unter keinem Kohlehaufen in der ganzen Stadt. Sheriff Sawyer ließ alle Leute ihre Gärten und die kleinen Seitenstraßen dahinter absuchen, falls Alvin sie Stück für Stück irgendwo hingeworfen hatte, aber nichts dergleichen wurde je gefunden. Nicht einmal ein Haarkamm. Sie haben sogar die Asche im Ofen des Miner-Hauses untersucht – auch da war keine Spur von ihr. Und die Blutspuren im Haus hörten vor dem Wohnzimmer und ihrem Zimmer auf.«

»Meine Großmutter *schläft* in diesem Zimmer«, sagte Anna. Arlenes Mund stand eine Weile ungläubig offen, bevor sie entgegnete: »Das darf doch nicht wahr sein. Ohhh. Doch nicht *dort drinnen!*«

Anna nickte, und die ältere Frau zitterte, als sie fortfuhr: »Nun, wenn Lucy dieses fürchterliche Amulett immer noch hat, dann wundert mich auch alles andere, was sie sonst noch tut, nicht allzu sehr. Mein Gott, Anna, es muß ja für dich ganz schrecklich sein, das alles zu wissen und nichts dagegen tun zu können, ja, es nicht einmal jemandem sagen zu können.«

»Aber jetzt habe ich es doch Ihnen gesagt.«

»Aber ich habe dieses Ding *gesehen*, und ich kannte Lucy, damals, als sich all das ereignete. Nach all den Jahren mit Don, in denen ich mich mit soviel Mist herumschlagen

mußte, bringt mich nichts mehr so schnell aus der Fassung. Ich bin fast so alt wie Lucy, aber ich habe eine Menge mehr erlebt als sie. Ich weiß, daß ich das, was du mir eben erzählt hast, eigentlich nicht *glauben* sollte, aber ... ich habe schon zu viel gesehen. Neuerdings *viel* zuviel.«
Anna wußte genau, was Mrs. Campbell gesehen hatte, sie hatte ihre Stimme auf dem Notruf-Tonband erkannt, die Bib bisher immer noch nicht hatte identifizieren können. Aber sie wollte Arlene nicht zu nahetreten, indem sie ihr sagte, was sie über ihren Anruf wußte – und es würde weder die besoffene alte Schlampe Inez Hibbing wieder lebendig machen, noch hatte es etwas mit Arlene Campbell als Person zu tun, die ihr ja glaubte.
»Als ich dann von diesen Leuten hörte, die alle starben – von deinen Nachbarn und dieser Frau, für die du einmal gearbeitet hast – ich sah dich einmal in dem Laden an der Kasse –, begann ich mich zwar zu wundern, aber ich dachte nicht, daß Lucys ›Haustier‹ etwas damit zu tun haben könnte, zumindest nicht sofort. Als ich über diese Todesfälle nachdachte, fiel mir Lucy zuerst gar nicht ein.«
»Haben Sie vielleicht irgendwelche Tiere gesehen?« platzte Anna heraus, bevor sie es sich anders überlegen konnte. Mrs. Campbell schien nichts bemerkt zu haben, denn sie fuhr fort: »Ja, hab' ich ... in dieser Nacht, am Montag. Draußen in meinem Garten. Es war dasselbe, das ich auch –« Sie hielt erschreckt inne, bis Anna freundlich sagte: »Es ist in Ordnung. Ich habe das Tonband drüben auf der Polizeistation gehört, aber niemand dort weiß, daß Sie es waren. Ich habe mir schon gedacht, daß Sie vielleicht dort hingegangen sind, um nach Bierdosen zu suchen. Man hat mich gefragt, ob ich die Stimme auf dem Band erkennen könne, aber ich habe nein gesagt. Es ist ja auch nicht wichtig.«

Die alte Frau sah auf ihre Hände, murmelte einen Dank und fuhr dann fort: »Es war eine Katze, aber sie lief irgendwie falsch, und sie hatte einen grünen Fleck. Zuerst dachte ich, es wäre ein Auge, aber dann – die Katze war deine Großmutter, nicht wahr? Sie hat nach mir gesucht.«

»Ich bin mir nicht ganz sicher, ob sie das getan hat. Ich glaube, daß sie manchmal bloß so herumschleicht. Ach, du meine Güte! Könnte ich bitte mal Ihr Telefon benützen? Nicht um jemanden anzurufen, sondern um –«

»Natürlich. Aber was –«

Anna war schon aufgestanden und wählte die Nummer der Alten auf Mrs. Campbells altmodischem, schwarzem Wählscheibentelefon, legte wieder auf und wählte erneut, bis das Signal vollständig war.

»Wofür war das denn gut?« fragte Annas Gastgeberin, als sie sich wieder hinsetzte.

Seufzend erklärte Anna das Telefon-Signalsystem der Alten und fügte hinzu: »Wenn ich nicht anrufe, versucht sie, *mich* anzurufen, um herauszufinden, wo ich bin. Ich will nicht, daß sie das tut und merkt, daß ich nicht zu Hause bin. Sie besteht immer drauf, daß ich anrufe – sie schärft es mir immer ein, bevor ich gehe. ›Vergiß nicht das Signal.‹ Manchmal denke ich, daß deshalb all die Leute sterben mußten. Meine Großmutter konnte nämlich nach dem Signal ziemlich sicher sein, daß weder Ma noch ich draußen herumlaufen würden. Bei Inez ist ihr das nicht gelungen, aber vielleicht mußte sie die alte Hexe erst zu fassen kriegen … Inez war einfach unberechenbar. Sie soff sich in einer der Bars gründlich einen an, vergaß, wo ihr Wagen stand, und lief dann die ganze Nacht zu Fuß durch die Stadt. Norm hat das fast um den Verstand gebracht, bis er sein Hirn schließlich zusammennahm und sich von ihr trennte. Ma sagte, sie habe Norm getroffen, nachdem er Inez rausgeworfen hatte, und sie sagte ...«

»Ja?«

Anna langte nach unten, umfaßte ihre Knie und sagte seufzend: »Ma erzählte mir, daß Norm *ihr* erzählt habe, wie Inez in den Bars schlecht von mir sprach und überall herumplapperte, daß ich schuld gewesen sei, daß Norm sie auf einmal satt hatte, weil er plötzlich keine dumme Frau mehr haben wollte. Ma und ich hatten einen Streit deswegen. Sie hatte Angst, daß Inez mir etwas antun könnte. Nach allem, was in letzter Zeit passiert ist, habe ich das ganz vergessen.«

Und es war nicht der einzige Streit, den Ma und ich gehabt haben, bevor sie ging, dachte Anna, während sie eine schlimme Gewißheit überfiel. Ma mußte der Alten erzählt haben, was Norm Hibbing zu ihr gesagt hatte. An diesem Nachmittag war Ma bei der Alten gesessen, hatte Kaffee getrunken und geredet. Und Ma hatte wohl der Alten gegenüber ausgepackt; wahrscheinlich hatte diese sie dazu gedrängt, und dann hatte sie aus Ma all die Informationen herausgesogen, die sie nichts angingen, auf die sie aber trotzdem immer so überaus scharf war.

Anna konnte sich noch genau an das erinnern, was Ma gesagt hatte, als sie am Sonntag, dem achtzehnten, nach Hause gekommen war: »Gib du der Alten das Signal. Ich muß aufs Klo.« Und Anna hatte brav gewählt, aufgelegt, wieder gewählt und aufgelegt und schließlich ein letztes Mal gewählt, und mit jeder Taste, die sie gedrückt hatte, hatte sie den Lebensfaden von Inez Hibbing ein bißchen mehr durchgeschnitten. Die Alte hätte sich schon verwandelt und das Haus verlassen haben können, bevor das

letzte Klingeln in ihrem muffigen, von Papieren übersäten Wohnzimmer verhallt war.
Und was Anna im Moment am meisten berührte, war die Tatsache, daß sie Inez dafür, daß sie ein immer größer werdender Fleck auf ihrem Gewissen war, noch mehr verabscheute, als sie es zu ihren Lebzeiten getan hatte. Es war genauso, wie es auf Schildern in den Glasabteilungen der Kaufhäuser stand: »Was Sie zerbrechen, müssen Sie kaufen!«
Und jetzt, ob es ihr gefiel oder nicht, gehörte Inez Hibbing (genauso wie Irma und Elmo und vor allem Wally Inglass mit seinem zerpickten Pimmel) im tiefsten Inneren von Annas Gedanken *ihr*, wie ein ungewollter Kauf. Dabei war sie es gar nicht gewesen, die etwas zerbrochen hatte, aber sie hatte – wenn auch nur indirekt – diese irreparablen Zerstörungen verursacht.
Und Anna wußte, daß sie – ganz gleich was sie tat, und selbst *wenn* sie ihre Großmutter aufhalten konnte –, all diese Scherben, die sie hatte kaufen müssen, immer mit sich würde herumschleppen müssen. Aber eines versprach sie sich: Sie würde kein einziges weiteres Stück zu dieser erbärmlichen Sammlung zerschlagener menschlicher Bruchstücke mehr hinzufügen.
»Anna? Anna? Bist du in Ordnung? Ich habe Riechsalz hier.«
Anna preßte ihre Finger an die Schläfen und sagte: »Nein, es geht mir gut. Ich habe zwar nicht die leiseste *Ahnung*, was ich tun soll, aber es geht mir gut.«
Mrs. Campbell lehnte sich einen Moment zurück und betrachtete Anna besorgt, dann beugte sie sich vor, blickte wieder in die Einkaufstasche und sagte langsam: »Wie ich sehe, hast du Süßigkeiten gekauft. Hast du Lucy auch welche gebracht?«

Anna wußte nicht, worauf Arlene hinaus wollte, nickte aber und sagte: »Ich glaube allerdings nicht, daß sie sie den Kindern geben wird – das hat sie noch nie getan.«
»Typisch. Sie hat dir vermutlich erzählt, daß ihre Tanten sie an Halloween nie aus dem Haus gehen ließen. Oh, sie waren ziemlich strenge Frauen. Schon älter, unverheiratet und kinderlos. Sie mochten Halloween nicht, und das brachte Lucy auf die *Palme.* Am Tag nach Halloween versuchte sie immer, Süßigkeiten von uns zu schnorren, und wollte unbedingt ein Stück von diesem und jenem haben. Mein Gott, Anna ...« Arlenes Stimme wurde einen Moment leiser, dann aber begannen ihre kleinen, glänzenden Augen geradezu in ihrem Gesicht zu tanzen. »Denk dran, was Precious Isaacs gesehen hat. Die *kleine* Lucy. Damals, als ihr Vater durchdrehte, war das kurz vor Halloween, und sie konnte natürlich nicht von Haus zu Haus laufen. Ich glaube nicht, daß sie sich jetzt, an *diesem* Halloween, die Chance entgehen lassen will, draußen herumzulaufen und die Leute zu erschrecken.«
Anna schreckte zusammen. »Natürlich ... aber kann sie das riskieren? Vielleicht bleibt sie auch bloß zu Hause hocken und ißt ganz allein die Süßigkeiten, die ich ihr gebracht habe.«
»Und das soll Spaß machen?« fragte Arlene neckisch. Ein dünnes, schlaues Lächeln umspielte ihren Mund.
Anna lächelte jetzt ebenfalls, ihr Lächeln kam langsam und war ziemlich unsicher, aber trotzdem lag etwas Hoffnung darin.
Die kleine Lucy will bestimmt ihren Spaß haben ... überlegte Anna, während Mrs. Campbell ihr einen einfachen, aber hinterhältigen Plan erläuterte – einen Plan, der vielleicht funktionieren würde, wenn es ihnen gelänge, Lucy für einen kleinen Halloween-Spaß aus ihrem Haus zu locken.

KAPITEL ACHT

Dienstag, 27. Oktober 1987

1

Die Polizeistation (IV)

»Also, wenn es dir wirklich nichts ausmacht«, sagte Ginny Yarrow zu Anna, »dann wäre es toll, wenn du bis Donnerstag morgen auf meine Wohnung aufpassen könntest. Bis dahin müßte ich eigentlich wieder da sein. Wenn nicht, kannst du mir ja den Schlüssel hier in der Arbeit geben.«
»Das ist schon in Ordnung. Nur eines noch, bist du allergisch auf Katzen? Ich würde meine beiden nicht gern allein lassen. Sie machen nichts schmutzig oder kaputt, und ich werde sie ins Badezimmer sperren.«
Ginny rümpfte ein wenig die Nase, dann überlegte sie es sich und sagte: »Kein Problem. Aber sie pinkeln nicht überall hin, oder?«
Annas Finger tanzten über die Tastatur, während sie antwortete: »Aber natürlich nicht. Ich habe ihre Krallen geschnitten, also können sie auch nicht an den Möbeln kratzen, und ich werde auch alles Zerbrechliche aus dem Badezimmer nehmen, bevor ich sie hineintue. Die meiste Zeit schlafen sie sowieso.« Anna überlegte, ob sie Ginny fragen sollte, ob ihr Badezimmer einen Teppichboden hatte. Mouth hatte doch dieses Blasenproblem, aber

Anna hoffte, daß sie eventuelle Flecken mit Essig und Soda würde entfernen können.
Ginny lehnte sich mit einer Tasse Kaffee in der Hand an einen der Aktenschränke und sagte: »Scheint also okay zu sein. In meinem Bad gibt es nichts, was mir Kopfzerbrechen macht, außer vielleicht die Flecken unter dem Toilettenrand.« Sie kramte in den Taschen ihrer Uniformhose nach den Schlüsseln und sagte: »Der goldene ist der Wohnungsschlüssel, die silbernen gehören zum Auto. Du kannst es im Notfall gerne benützen. Der Tank ist fast voll. Ich hänge dir die Nummer, unter der ich zu erreichen bin, mit einem Magneten an den Kühlschrank, auch die von den Leuten, bei denen Greg ist, schreib' ich dazu, für den Fall, daß etwas passieren sollte. Ich glaube zwar nicht, daß ich länger als eineinhalb Tage wegbleiben werde, aber ...«
Anna lächelte, während sie die eben geschriebene Seite aus der Schreibmaschine nahm. »Mach dir keine Sorgen, falls du nicht rechtzeitig zurück sein kannst. Wir haben jetzt genug Aufseherinnen, die wir an deiner Stelle einsetzen können –«
»Ja. Bib hat auch Rhonda zu einer gemacht. Ich weiß nicht, warum er das nicht schon längst getan hat, aber jetzt wird man hoffentlich nicht mitten in der Nacht geholt. Weißt du eigentlich –«, Ginny hockte sich neben Annas Schreibtisch auf einen Stuhl und sprach so leise, daß Bib es drüben in seinem Büro nicht hören konnte, »– daß Stu Bib angeblich gesagt hat, daß er dich nicht mehr näher als hundert Meter an Precious heranlassen soll? Angeblich ist Samstag nacht etwas vorgefallen ...«
Ginny verstummte, aber eine unausgesprochene Frage lag noch immer im Raum – was ist in diesem Streifenwagen nur *geschehen*?

Anna spannte ein neues Blatt Papier in die Schreibmaschine und brachte sie mit einem gedämpften Klacken in Startposition. Sie hob die Schultern und sagte: »Stu hat mir, nachdem er uns in den Wagen geschoben hatte, die Leviten gelesen, und anscheinend glaubt er, ich hätte ihm nicht zugehört. Er hat mir ziemlich deutlich gemacht, daß er mich da nicht hatte haben wollen.«
Ginny stand auf. »Gib nichts auf diesen Idioten. Als Bib mich einstellte, hat er das gleiche getan. Ist dir schon mal aufgefallen, daß es drüben bei Stu keine weiblichen Vollzeit-Angestellten gibt? Wenn jemand beim Pinkeln nicht den Boden naßmacht, dann stellt Stu ihn auch nicht ein. Er ist ein altes Macho-Schwein.«
»Stuart, bist du jetzt total verrückt geworden?«
Ginny und Anna blickten gleichzeitig auf die Tür von Bibs Büro, bevor sie sich gegenseitig ansahen. Anscheinend brüllte Bib hinter der Tür in sein Telefon. »Und was soll *das* bringen, verdammt noch mal? ... Aber es ist ein klassischer Fall von Notwe– ... Jetzt hör mal, Stu, der Bastard hat es doch geradezu *herausgefordert* ... es ist mir egal, ob *Jack the Ripper* der andere Zeuge war oder wer, wir haben jedenfalls zwei Leute, die gesehen haben ... *Hör mir zu,* Stuart. Die beiden jungen Leute sind alt genug, um vernünftig denken zu können. Ihre Aussage *würde* vom Gericht akzeptiert ... *Stu,* um Himmels willen, wie willst du ihr einen Mord anhängen, wenn Wally hinaus zu *ihr* gefahren ist? ... Also von allen dummen Bemerkungen, die ich je gehört habe, ist dies die –«
Ginny flüsterte: »Stu meint doch nicht etwa, daß das ein geplanter Mord war?« Bib war wieder zu hören: »– seit wann bist du Anwalt, Stuart? ... Ach so? ... Dann wirst du mir vielleicht als nächstes erzählen, daß du über fünfundachtzig Ecken mit dem Staatsanwalt verwandt bist ... ja,

Stuart, das *war* eine Beleidigung. Weißt du was, Stu? … Du bist *krank.* Ja, ich habe Wallys Leiche gesehen. Ja, er sah aus, als hätte er versucht, einen Bleistiftspitzer zu bumsen, na *und?*«

Anna schaltete die Schreibmaschine aus, und die beiden Frauen gingen nah an Bibs Bürotür heran.

»Stu, wenn seine Louise ihm das angetan hätte, würdest du der dann auch einen Mord anhängen wollen?« Im Büro war es lange still, dann hörten sie wieder Bib, wie er Stu nachäffte: »›Das ist nicht dasselbe!‹ Doch, Stu, tut mir leid, es *ist* dasselbe … hör mal, ich habe mit ein paar Freunden von Mayo und Precious gesprochen – und auch mit den meisten Lehrern an der Highschool. Wally bewegte sich in gefährlichem Fahrwasser. Ich habe über drei Dutzend Aussagen von Leuten, die das beschwören würden – ja, die meisten von ihnen *sind* Erwachsene. Wally Inglass war nicht mehr ganz bei Trost. Am Morgen noch war er in meinem Büro und hat rumgebrüllt und getobt wie ein tollwütiger Hund. Ja, dafür habe ich einen Zeugen. Ich habe nämlich gerade mit meiner neuen Bürokraft gesprochen, als er reinkam … Ja, Stu, mit Anna … Hey, Stuart … Hat der Kerl doch einfach aufgelegt!«

Bib warf den Hörer krachend auf die Gabel. Anna und Ginny liefen auf ihre Plätze zurück und sahen sich fragend an, bevor sie so taten, als würden sie tippen oder Kaffee trinken, als Bib seine Bürotür öffnete, im Türrahmen stehenblieb und sagte: »Also das schlägt wirklich alles!«

»Was denn?« fragte Ginny und stellte ihre Kaffeetasse auf den zerkratzten Aktenschrank.

Bib verschränkte die Arme und schabte mit den Füßen auf dem Teppich herum. »Das war Stu Sawyer. Er wollte mir nur mitteilen, daß er ›aufgrund der *Beweise*‹ dem Staatsanwalt vorschlagen will, auf Mord ersten Grades zu plädieren. Mord *ersten Grades*, könnt ihr euch das vorstellen? Ich habe immer schon gesagt, daß Stu sein Gehirn im Arsch hat, und heute morgen muß er wohl Dünnschiß haben. Alles was der fette Esel hat, ist ein Messer mit ein paar verwischten Fingerabdrücken von Wally selber, ein Fenster, das von außen mit einem Stein eingeworfen wurde, und ein paar Fotos von Fußspuren im Schnee, die nach nicht einmal zehn Stunden schon wieder geschmolzen waren. Und aufgrund *dessen* will er das Mädchen lebenslänglich ins Gefängnis bringen. Das gibt's doch nicht!«

»Wird nicht bald wieder der Sheriff gewählt?« fragte Ginny.

Bib drehte sich achselzuckend ihr zu und antwortete: »Der Bastard fängt immer entweder einen Wahlkampf an oder beendet gerade einen. Vor der Wahl hat er Angst, sie nicht zu gewinnen, und danach macht er sich schon wieder Sorgen, daß er bei der nächsten vielleicht gar nicht *aufgestellt* wird. Da bleibt nicht viel Zeit, um zwischendurch einen vernünftigen Gedanken zu fassen.« Bib starrte einen Augenblick hinunter auf den Teppich, dann sah er wieder auf und sagte zu Anna: »Dieses Ding hier schreibt sehr viel schneller, wenn man es anschaltet.«

Anna hob die Hände von der Tastatur, und Ginny ging aus dem Zimmer, um ihr Kichern zu verbergen. Anna wandte sich an Bib und sagte: »Was Sie da über Precious gesagt haben, hat mich ganz durcheinandergebracht. Ich kannte sie als kleines Mädchen. Das Ganze war ein ziemlicher Schock für mich.«

Bib beugte sich hinüber zu Anna und sagte leise: »Das erinnert mich an was ... könnte ich mal kurz mit Ihnen sprechen? Und zwar jetzt?«

Ohne ein Wort stand Anna auf und folgte ihm in sein Büro. Nachdem sie sich gesetzt hatte, sagte Bib: »Haben Sie schon gehört, daß Stu Sawyer nicht will, daß Sie weiterhin Aufseherdienst bei Precious Isaacs machen?«

»Ja.« Anna faltete die Hände im Schoß und wartete darauf, daß Bib weiterredete, dieser aber öffnete eine Rolle mit Fruchtbonbons und wickelte eines davon aus seinem Papier. Während er das weiche Bonbon zu einem formlosen Ball knetete, sagte er: »Und diesmal möchte ich keinen Mist von Ihnen hören. Ich frage Sie das genau einmal, und ich will eine Antwort haben. Was hat Precious Isaacs Ihnen Samstag nacht in dem Streifenwagen erzählt? Sie haben eben selbst gesagt, daß sie Sie von früher her kannte.«

Anna blieben nur ein paar Sekunden, um zu entscheiden, ob sie Bib alles sagen sollte, einschließlich ihrer Beobachtungen und Theorien über die Alte, oder ob sie ihm bloß Precious' Aussage wiedergeben sollte, um ihn für den Moment zufriedenzustellen. Sie preßte ihre Handflächen gegeneinander.

»Ich glaube, sie hat gesagt, daß sie es nicht getan hat. Ich bin mir nicht sicher. Sie zitterte zu stark. Aber ich habe gehört, wie sie sagte: ›Ich war's nicht‹, und dann redete sie etwas von Mord und Wally Inglass. Ich wollte das Stu nicht sagen, weil ich nicht wirklich verstanden hatte, was sie sagte, und ich wußte auch nicht, ob Precious sich ihrer Rechte bewußt war. Wenn sie das nämlich nicht gewesen wäre und ich Stu etwas gesagt hätte, dann hätten wir den ganzen Fall vergessen können.«

»Für jemanden, der sich die meiste Zeit an Müllcontainern herumtreibt, wissen Sie eine ganze Menge über Gesetze«, sagte Bib, ohne Anna damit beleidigen oder verletzen zu wollen, aber trotzdem war Anna klar, daß Bib,

der auf dem weichen Fruchtbonbon herumkaute, sie jetzt in die Mangel nehmen würde.
Anna war sich vollauf bewußt, daß Bib ihr eine Fangfrage gestellt hatte, und weil sie ihren Job noch etwas länger behalten wollte, legte sie ihre Hände mit den Handflächen nach oben in ihren Schoß und korrigierte ihren Chef.
»Eigentlich nicht. Ich habe als Kind viele Krimis im Fernsehen gesehen, und außerdem lese ich Zeitung. Da gibt es immer wieder mal Fälle, bei denen die Beschuldigten nicht genügend über ihre Rechte belehrt wurden. Ich wollte einfach nicht, daß ich dafür verantwortlich gemacht würde, sollte dieser Fall aus einem solchen Grund scheitern. Und außerdem hat sie wirklich sehr stark gezittert.«
Bib fuhr mit der Zunge um das Fruchtbonbon in seinem Mund; Anna konnte sehen, wie er es von einer Backe in die andere schob. Der Chief sah ihr direkt in die Augen, und Anna hielt diesem Blick stand, bis er sich vorbeugte und sagte: »Und warum wollten Sie mir das gestern nicht sagen?«
»Ich wußte nicht sicher, ob ich wirklich etwas gehört hatte oder nicht. Das Funkgerät hat gerauscht, und draußen haben sich die Leute laut unterhalten. Gut, ihre Lippen haben sich bewegt, aber ich konnte nicht erkennen, ob sie etwas sagte oder bloß mit den Zähnen klapperte. Ich dachte, ich hätte ein paar Worte gehört, die habe ich Ihnen ja eben wiedergegeben, aber ich hatte eine Stunde vorher noch geschlafen und wußte nicht, ob ich wirklich klar denken konnte. Wegen gestern tut es mir leid. Aber Sie kennen ja Stu – ich hatte Angst, daß er behaupten würde, ich hätte alles vermasselt.«
»Aber Stu hat doch ausdrücklich von Ihnen verlangt, daß

Sie ihm alles berichteten, was das Mädchen von sich geben würde«, hakte Bib nach, wobei seine Aussprache wegen des roten Fruchtbonbons ein wenig undeutlich war.
»Ja. Das hat er, aber ich habe davon gelesen, daß solche Fälle auf einer höheren Ebene dann niedergeschlagen werden, und ich war mir einfach nicht sicher, ob Precious genügend über ihre Rechte aufgeklärt worden war. Niemand konnte wissen, ob sie zugehört hatte oder nicht.«
»Gut, das ist richtig, aber das hätte Stu entscheiden müssen, nicht Sie. Es ist seine Zuständigkeit, sein Fall ... auch wenn er ein dilettantischer Knallkopf ist, mit einem Gehirn kleiner als eine Haselnuß. Es war *sein* Fall, und er wollte von Ihnen wissen, was das Mädchen gesagt hat. Verstehen Sie mich?«
Anna senkte den Kopf, faltete die Hände und sagte reumütig: »Ja.«
»Also, wollen Sie, daß ich Stu anrufe, und ihm diese Informationen gebe, oder wollen Sie rübergehen und es ihm selbst sagen?«
Anna dachte einen Augenblick fieberhaft nach, dann sagte sie: »Ich bin mir einfach nicht *sicher*, was sie gesagt hat. Will Stu denn *so was* wirklich hören? Ich kann mir nicht vorstellen, wozu er das verwenden könnte.« Sie warf Bib einen offenen Blick zu und hoffte, ihn überzeugen zu können oder ihn zumindest dazu zu bringen, sich die Sache noch einmal zu überlegen.
»Sie wollen also, daß ich mit Stu rede?«
»Wenn Sie meinen, daß das nötig ist.«
»Wenn ich *meine*, daß das nötig ist?«
Anna atmete tief durch, was bei ihr aber nichts weiter als ein kurzes, ziemlich flaches Schnaufen war, beugte sich vor und sagte schnell: »Bib, ich habe gehört, was Sie zu

Stu gesagt haben. Sie sind doch selber der Meinung, daß man Precious nicht wegen Mord ersten Grades anklagen sollte. Trotzdem sieht es so aus, als wollten Sie sie vor Gericht bringen. Es tut mir *leid*, daß ich nichts gesagt habe, aber ich wußte einfach nicht, was ich tun sollte. Wenn Sie mit mir in diesem Streifenwagen gewesen wären, dann hätten Sie Precious auch nicht deutlich verstanden. Das arme Mädchen fror ganz erbärmlich. Ich konnte ihr ja nicht einmal Terrys Jacke über die Schultern legen, weil wir mit den Handschellen aneinanderhingen. Stu hätte ihr eine Decke organisieren können, dann hätte sie nicht so zittern müssen. Bedeutet das etwa nichts? Er hat sich nicht im geringsten um sie gekümmert, und dabei war sie ja nur eine Verdächtige. Er hat sie schließlich nicht mit dem Messer in der Hand angetroffen.«

»Aber sie ist vom Tatort geflohen.«

»Das Mädchen hatte *Angst!*« sagte Anna ein wenig zu laut, lehnte sich schnell in ihrem Stuhl zurück und senkte den Blick.

Aber Bib brüllte nicht; er saß da und spielte mit seinem Bonbonpapier, das er zusammenknüllte und wieder glattstrich, bevor er entgegnete: »Ja, ich schätze, ich hätte auch Angst gehabt, unter diesen Umständen – *wie auch immer sie wirklich gewesen sein mögen.* Und ich bin auch der Meinung, daß Stu hier keinen geplanten Mord vor sich hat, aber vielleicht glaubt er, daß er diesen Fall mit aller Härte verfolgen muß, damit nicht morgen die Kinder im ganzen Staat alle ihre Schuldirektoren umbringen.«

Anna verschränkte die Arme und schnaubte: »Das ist doch Mist. Können Sie sich noch erinnern, wie dieser Junge drüben in Ladysmith Mutter und Vater weggepustet hat? Die Leute wohnten mit einer Menge Kindern in zwei verfallenden Hütten draußen auf dem Land. Jedermann dachte damals, jetzt wäre die Jagd auf Eltern eröffnet, aber nichts dergleichen passierte. Mein Gott, die ganze Stadt stellte sich hinter den Jungen und aus einer Verurteilung wegen Mord ersten Grades wurde eine wegen Totschlags. Und der Junge hat nie bestritten, daß er es *getan* hat, aber es gab mildernde Umstände ... genau wie in diesem Fall.«

Anna war richtig in Schwung und fuhr fort: »Sie haben doch selber Stu erzählt, wie sich Wally am Freitagmorgen hier aufgeführt hat. Nun, *das* würde ich Stu gerne erzählen, denn daran kann ich mich noch gut erinnern. Es gibt keinen Zweifel an dem, was Wally gesagt hat, und wir haben es beide gehört. Aber ich kann mich wirklich nicht mehr daran erinnern, was Precious gesagt hat, oder ob ich mir es bloß eingebildet habe. Ich *glaube*, daß sie gesagt hat ›Ich war's nicht‹, gefolgt von etwas, was *klang* wie ›Wally‹ und wie ›umgebracht‹, aber ich bin mir nicht sicher. Und ich kann das auch nicht im Zeugenstand beschwören. Wenn ich vor Gericht aufstünde und sagte: ›Ich *glaube* das‹ oder ›Es *klang* wie ...‹, dann würde man mich hochkant aus dem Saal werfen. Und wenn Sie mich jetzt rauswerfen wollen, dann tun Sie's. Ich kann's verstehen.« Anna hoffte, daß das, was sie gesagt hatte, genügte, um sie vor einer Konfrontation mit Stu Sawyer zu bewahren.

Sie wußte, daß sie zusammenbrechen würde, wenn Stu sie nur lange genug bedrängen konnte. Ein Teil von ihr meinte: *Warum sagst du eigentlich nicht Stu und Bib alles, was du weißt? Vielleicht denken sie, daß Precious verrückt ist, und damit wäre sie eventuell aus dem Schneider.* Aber ihr Gewissen warnte Anna: *Das wird nicht genügen. Du weißt, wer wirklich für Wally Inglass' Tod verantwortlich ist, und du weißt auch, was du wirklich tun mußt. So leicht, wie Arlene es sich denkt, ist es nicht. Sie meint ja, wir müßten die Alte bloß an Halloween aus dem Haus locken und ihr das Amulett abnehmen. Nein, so einfach ist die Sache wirklich nicht. Du schuldest diesem Mädchen etwas. Sie muß bezahlen, schwer bezahlen, für etwas, was sie nicht getan hat. Sie wird nicht davonkommen, so wie du ursprünglich gedacht hast. Stu Sawyer wird auf jedem noch so winzigen Beweis herumreiten, den er gegen sie zusammentragen kann. Denk an das Schild: »Was Sie zerbrechen, müssen Sie kaufen.« Ich habe die Alte dazu gebracht, ihn umzubringen – ob absichtlich oder nicht – und jetzt muß ich den Schaden wiedergutmachen, und bevor ich überhaupt daran denken kann, muß ich die Alte erwischen und ihr dieses Skarabäus-Ding abnehmen.*

Und in dem Bruchteil einer Sekunde, bevor Bib seinen Mund öffnete, um zu sprechen, fiel Anna etwas anderes ein – etwas, was sie bisher immer übersehen hatte –

– und dazu werde ich sie töten müssen.

»Nun, Anna, ich habe nichts davon gesagt, daß ich Sie feuern will – ich will bloß dieser Geschichte mit Precious Isaacs auf den Grund gehen. Das ist alles. Denn *wenn* sie Wally getötet haben sollte –«

»*Glauben* Sie das wirklich, Brian?«

Bib zuckte zusammen, als Anna ihn bei seinem wirklichen Namen nannte, und gab zu: »Nein, das glaube ich nicht. Das Mädchen ist keine Heilige, aber ich bezweifle, daß sie *so was* tun könnte, nicht einmal in Notwehr. Sie hatte kein Blut am Mund – zumindest habe ich keines gesehen. Wallys verdammtes Ding war so verstümmelt, daß ich wirklich nicht weiß, mit *was* für einer Waffe es so zugerichtet wurde. Wissen Sie, sein –«

»Ich habe es gesehen – unter dem Tuch«, sagte Anna und entspannte sich ein wenig. Anscheinend hatte es sich Bib überlegt und wollte Stu nicht mehr anrufen, was Anna etwas mehr Zeit verschaffte ... auch wenn sie bezweifelte, daß es genügend Zeit sein würde. Seit sie Precious' Geschichte gehört hatte, fürchtete Anna, daß eine Ewigkeit nicht ausreichen würde, um dieses Amulett in die Hand zu bekommen und zu zerstören. Und wenn sie das Mädchen vom Mordverdacht befreien wollte, war selbst der Halloween-Abend vielleicht schon zu spät dafür.

2

Die Wohnung

Als Ginny Anna nach der Arbeit heimfuhr, war Anna ihr dankbar, daß sie sie nicht danach fragte, warum sie am Vormittag so lange in Bibs Büro gewesen war. Anna warf ein paar frische Sachen in eine stockfleckige, braune Nylontasche, die sie einmal beim Mülltonnenwühlen gefunden hatte, und trug dann die Katzen zum Auto. Ginny nahm ihr Bruiser ab und sagte: »Na, wenn *der* nicht schwer ist.« Dann fuhren sie zu Ginnys Wohnung über dem Happy-Steps-Schuhladen.

Ginny hatte irgendwelche persönlichen Dinge außerhalb der Stadt zu erledigen. Sie hatte zwar keine Namen genannt, aber Anna vermutete, daß es etwas mit dem Typen zu tun hatte, den sie sich als Heiratskandidaten ausgesucht und der sie bisher noch nicht um ihr Jawort gebeten hatte. Wie dem auch sein mochte, da Bib sein Okay gegeben hatte, war es nicht Annas Aufgabe, ihre Kollegin auszufragen, und außerdem hatte sie keine Ahnung, wie schwer es war, ein kleines Kind ganz allein aufzuziehen. Ginny fuhr nicht mit ihrem eigenen Auto, ihr Freund wollte sie abholen.

Ginny stopfte ihre letzten Sachen in ein paar geblümte

Reisetaschen aus Leinen, die noch aus der Zeit stammten, als sie und Anna Mitte der siebziger Jahre zur Highschool gegangen waren, und sagte: »Also, du kannst das Auto nehmen, wenn du es dringend brauchst. Es ist vollgetankt. Im Kühlschrank sind noch ein paar Sachen, die solltest du essen, bevor sie schlecht werden. Das gelbe Glibberzeug in der Tupperware-Schüssel läßt du besser stehen – das ist Gregs Biologie-Hausaufgabe – jeder in seiner Klasse muß so was ansetzen. Ich bin dir wirklich dankbar, daß du das für mich tust, Anna, wenn ich dir also irgendwann einmal einen Gefallen tun kann –«
Anna verstand Ginnys stumme Botschaft – ich zahle dir nichts dafür, daß du auf meine Wohnung aufpaßt, laß uns statt dessen einander einen Gefallen erweisen – und antwortete: »Du könntest mich vielleicht mal zum Tierarzt fahren, wenn Bruiser zum Impfen muß. Als ich ihn das letzte Mal gewogen habe, war er über achtzehn Pfund schwer, und das ist ein bißchen zu viel, um ihn herumzutragen.«
»Diese Katze braucht ja einen Kinderwagen!« sagte Ginny lachend. Unten auf der Straße ertönte eine Hupe. Ginny sah aus dem Fenster und winkte. Dann nahm sie ihre Handtasche. »Nochmals vielen Dank, Anna. Das letzte Mal, als ich diese Wohnung unbewacht allein gelassen habe, haben sie mir meinen Fernseher *und* meinen Videorecorder geklaut. Die Versicherung hat zwar bezahlt – aber trotzdem. Ich bin froh, daß du da bist.«
Unten wurde wieder gehupt. Ginny nahm ihre Reisetaschen und sagte, während sie die Tür öffnete: »Wenn Greg anruft, sag ihm, daß ich schon weg bin und daß ich ihn anrufe, sobald ich zurück bin. Ich glaube, ich habe die Telefonnummern auf den –«
»Nun geh schon. Ich kümmere mich drum«, sagte Anna

und gab Ginny einen sanften Schubs hinaus auf die kleine Plattform, die auf das flache Dach des Ladens führte. Ginnys Märchenprinz stieg so langsam aus seinem Wagen, daß Ginny die beiden Taschen fast die ganze enge Holztreppe allein hinunter in die kleine Straße hinter dem Schuhladen tragen mußte. Anna winkte den beiden nach, als sie wegfuhren, und murmelte, während sie zurück in die Wohnung ging: »Viel Glück, Ginny.«

Sobald sie die Eingangstür verriegelt hatte, ließ sie Bruiser aus dem Badezimmer – Gott sei Dank hatte es keinen Teppich, sondern einen leicht zu reinigenden PVC-Boden, und außerdem stand nicht allzuviel Zeug herum, das Mouth hätte umwerfen und zerbrechen können –, dann setzte sie sich auf Ginnys Lehnstuhl, und Bruiser legte sich auf sie, die Pfoten mit dem Kopf darauf ruhten zwischen ihren Brüsten.

Anna streichelte Bruisers großen Kopf zwischen seinen flauschigen Ohren und fragte: »Was soll Mama bloß tun, Brupie? Ich wünschte, du könntest mir helfen ... ich wünschte, *ich* könnte mir helfen.«

Der Kater rieb mit seinen Pfoten ein bißchen an Annas Körper, und ein wohliges Schnurren durchlief seinen ganzen Körper. Er schloß die Augen, langte mit einer Pfote nach Annas Gesicht und ließ seine rauhen Tatzen an ihrer Wange und ihrem Kiefer nach unten gleiten. Anna drückte ihn an sich und rieb ihr Kinn an seinem Kopf.

»Was *soll* ich bloß tun?« fragte sie Bruiser. »Ich kann doch Precious nicht ins Gefängnis gehen lassen für etwas, das die Alte getan hat ... für etwas, wozu *ich* die Alte veranlaßt habe. Erst rede ich mit ihr über Wally, und gleich darauf ist er tot. Und diese Precious hat gesehen, wie die Alte ihn umgebracht hat, aber wer würde *ihr* schon glauben? Mrs.

Campbell – du würdest sie mögen, sie ist eine große Katzenfreundin – hat den Nagel auf den Kopf getroffen. Aber wenn sie nicht vor Jahren selber dieses Ding gesehen hätte, dann hätte nicht einmal *sie* geglaubt, was ich ihr erzählt habe. Es ist verrückt – weißt du das, Bruiser?« fragte Anna die Katze, ohne sich der Merkwürdigkeit der Situation bewußt zu sein. Es war für sie ganz normal, lange, einseitige Unterhaltungen mit dem riesigen, kastrierten Kater zu führen, fast so, als wäre die Katze ihr ebenbürtig, wenn zwar nicht an Größe, so doch an Intelligenz.

»Ich bin damals aufs College gegangen, um meinem Leben hier zu entfliehen, das so merkwürdig geworden war ... *immer* schon gewesen war, aber dieses Leben ist mir nachgelaufen, oder besser: es war *in* mir. Ich konnte ihm ebensowenig entfliehen, wie ich mir selbst entfliehen konnte. Und dann, auf dem College, haben mir die Professoren immer wieder gesagt: Es genügt nicht, einfach etwas zu *wissen*, man muß es beweisen können. Gefühle aus dem Bauch wurden dort als Feinde von Wissen angesehen. Das haben sie versucht, mir beizubringen, Brupie, und ich habe versucht, ihnen zuzuhören, aber sie haben mir nicht gesagt, was ich machen soll, wenn ich einmal etwas nicht in einem schlauen Buch würde nachschauen können. Sie haben mir nicht verraten, was ich zu tun habe, wenn ich mal etwas gegenüberstehe, für das sich nicht ein Buch findet, das man bloß aus dem Regal ziehen und durchblättern muß, um sofort den fraglichen Sachverhalt in allen Einzelheiten nachlesen zu können.« Bruiser sah Anna mit seinen großen runden Augen an und schien ihr aufmerksam zuzuhören.

»Ein Glück, daß ich in diesem dämlichen Buch, das ich damals für Professor Nuzzis Kurs kaufen mußte, wirklich das gefunden habe, wonach ich suchte. Und trotzdem, alles, was da drin steht, ist auch nichts weiter als die Beobachtungen von Menschen, die das, was sie gesehen haben, auch nicht beweisen konnten. Niemand würde ihnen heute *glauben.* Weißt du was, Bruisie?«

Die Katze legte ihre langen, dicken Vorderpfoten um Annas Hals und gab ein tiefes Geräusch von sich, als wollte sie sagen: Nein, ich weiß nicht. *Sag's* mir doch.

Anna ließ ihre Hand über Bruisers glattes, warmes Fell gleiten und sagte: »Um ein Haar hätte ich ganz schön in der Scheiße gesteckt, zumindest bei Stu Sawyer. Also, *den* würdest du nicht mögen. Den mag *niemand*... und er mag auch niemanden. Was er mit diesem Mädchen vorhat, ist hirnrissig – und er tut es nur aus taktischen Gründen, um wiedergewählt zu werden. Indem er die Unterprivilegierten fertigmacht, will er die Mittelschicht für sich gewinnen. Und Precious ist nicht gerade ein Vorzeige-Kind. Nicht mal ihre eigene Familie will eine Kaution für sie stellen. Ist das nicht schrecklich, Bruiser? Ihre eigenen Leute! Und Stu hat Precious erst heute morgen, nach seinem Gespräch mit Bib, überhaupt formell unter Anklage gestellt. Ich bin mir nicht sicher, ob du Bib mögen würdest. Er ißt ziemlich viel, so wie du, aber manchmal werde ich nicht schlau aus ihm – und weißt du was? Dieser Hängearsch Sawyer läßt das Mädchen wegen Mordes anklagen. Nicht wegen Totschlags. Wegen Mordes.

Kannst du dir das vorstellen, Bru-Bru? *Ich* weiß, daß sie es nicht getan hat, sie weiß, daß sie es nicht getan hat, und ihr Freund, dieser kleine Rotzbube, weiß es auch. Aber das bedeutet nichts – gar nichts.« Zum Nachdruck tippte sie mit dem Finger auf Bruisers Flanken. »Nicht, solange ich nicht beweisen kann, was sie und ich wissen ... und

ich habe keine Ahnung, wie ich das bewerkstelligen soll. Mit viel Glück kann ich die Alte am kommenden Samstag aus ihrem Haus locken. Was danach passiert, weiß niemand ... wer *könnte* das schon wissen? Stimmt's, Bruiser?«
Annas Kater seufzte und preßte seinen Kopf unter ihr Kinn. Er wußte auch nicht, was sie tun sollte ... aber als er daran dachte, was er gerne *täte*, um seiner Menschin zu helfen, hatte er auf einmal einen kupferartigen Geschmack im Mund.

3

Lucy (V)

Lucy rannte vor dem Telefon auf und ab und zischte: »Klingel, *klingel*, nun KLINGEL schon endlich!« Aber der schwarze Apparat blieb stumm, als wolle er sich über sie lustig machen. Draußen vor dem Haus war es dunkel geworden, und die Großvateruhr im Wohnzimmer schlug sechs mal, bevor sie wieder gleichmäßig vor sich hintickte. Noch immer hatte die kleine Anna nicht das Signal gegeben.
Lucy tigerte an den von Krallen zerfetzten, zum Teil umgeworfenen und mit Urin bespritzten Stapeln alter Zeitungen vorbei durchs Wohnzimmer. Ihr Nachthemd flatterte beim Gehen um ihre dünnen Beine, so wie es das in jenem Oktober vor so vielen Jahren getan hatte, in der Nacht, in der sie Gramma von den Toten zurückgeholt hatte – und in der Daddy versucht hatte, sie wieder dorthin zurückzuschicken.
Wie bestialisch hatte er Lucys Mutter abgeschlachtet, als sie nicht aus dem Weg hatte gehen wollen ... aber Lucy

war ihm aus dem Weg gegangen und hatte dieses zusammengerollte Ding mitgenommen, damit Daddy es nicht mit seiner Axt, die er vom Hackklotz hinter dem Haus geholt hatte, in zwei Teile spalten konnte. Gramma hätte es in dem Moment, als sich Daddy mit hocherhobener Axt auf sie stürzte und ihr weh tat, ohnehin nichts genützt. Grammas Augen hatten sich wieder geschlossen, als Lucy das goldene Ding mit dem Käferkopf von ihrem Körper genommen hatte und auf allen vieren und mit auf dem Boden streifenden Bauch so rasch durch Daddys Beine aus dem Zimmer gekrochen war, daß er sie gar nicht sehen konnte.

Lucy hatte sich ein *bißchen* wie jemand gefühlt, der einem anderen etwas wegnahm, das er ihm eben geschenkt hatte, aber als sie die schlüpfrige, sich windende Goldspirale an ihren eigenen Körper preßte, war sie sich sicher gewesen, daß Großmutter das verstehen würde. Gramma hatte es doch Lucy auch früher immer erlaubt, daß sie sich unter ihrem Nachtrock versteckte, wenn Mutter nach ihr suchte, weil sie etwas getan hatte, wofür Mutter sie bestrafen wollte. Gramma hatte gewußt, wie Mutter und Daddy sein konnten, wenn sie auf Lucy wütend waren, wie sie sie anbrüllten und schlugen, wenn sie sie erwischten ... was allerdings, nachdem Gramma bei ihnen eingezogen war, nicht mehr allzu häufig vorgekommen war.

Lucy war sich *sicher* gewesen, daß Großmutter verstand, was Lucy am frühen Morgen nach jener Nacht hatte tun müssen. Und hatte Lucy, als Mutter tot am Boden gelegen und Daddy mit nackten, blutbesudelten Füßen aus dem Haus gerannt war und eine lange Spur von großen, roten, fünfzehigen Fußabdrücken auf der Straße hinterlassen hatte, nicht alles wieder ins Lot gebracht?

Lucy blieb stehen, leckte sich ihre Lippen und gab sich

der schmerzlichen Erinnerung an Daddy hin – an das, was Daddy getan hatte, und daran, wie Daddy *vor* jener Nacht, in der Lucy das im Nachtrock versteckte Ding gefunden hatte, gewesen war. Ein Teil von Lucy liebte Daddy, würde Daddy immer lieben, auch wenn der Rest von ihr ihn – und damit alle anderen Männer auch – haßte. Sie haßte ihn für das, was er ihr und ihrer Großmutter angetan hatte, und sie haßte ihn für das *grauenvolle*, blutige Durcheinander, daß er angerichtet hatte.

Es war so *schwierig* gewesen, keine blutige Spur jenseits des Kreises von stark riechenden roten Fußtritten vor Großmutters Schlafzimmer zu hinterlassen – Lucy war damals schlau genug gewesen, um zu wissen, daß man solchen Spuren folgen würde, und daß man etwas, dem man folgen konnte, schließlich auch finden würde. Aber sie hatte es geschafft, und zwar ganz allein. Das erfüllte Lucy heute noch mit einem unbändigen Stolz, und das einzig Schlimme daran war, daß sie niemandem *erzählen* konnte, wie schlau und stark sie damals gewesen war, wie sie den dummen alten Sheriff Sawyer an der Nase herumgeführt hatte, genauso wie alle seine (bösen) Männer, die danach durchs Haus getrampelt waren. Und sie hatte sogar Daddy ausgeschmiert, denn Daddy hatte sichergehen wollen, daß Gramma nie wieder lebendig gemacht werden konnte, und er hatte versucht, sie in so viele kleine Stücke zu zerhacken, daß Lucy sie nie mehr hätte richtig zusammenlegen und durch das goldene Ding wieder zum Leben erwecken lassen können.

Nicht, daß Lucy damals schon etwas über *diese* magischen Fähigkeiten des spiralförmigen Dings gewußt hätte. Aber später, als ihre Tanten Joan und Bella sich um sie gekümmert hatten (Lucys altes, eingefallenes Gesicht zog sich noch immer zusammen, wenn sie an die gemeine alte

Tante *Bella* dachte), fand Lucy die *zusätzlichen* Zauberfähigkeiten des Dings eigentlich durch Zufall heraus.
Dad war gerade erst zwei Jahre fort gewesen, als Bellas Katze Mister eine Maus gefangen hatte – Mister hatte sie mit seinen weiß und grau bepelzten Kiefern totgebissen und ins Haus gebracht. Lucy hatte die Maus mit den hellroten Blutflecken auf ihrem matten, farblosen Fell gefunden und nur so, aus Spaß, ein großes Messer aus der Küchenschublade geholt, um auszuprobieren, ob das alte Kindergedicht von den drei blinden Mäusen wirklich stimmte.
Lucy hatte einfach nicht glauben können, daß man, wie in dem Gedicht, der Maus mit einem einfachen Tranchiermesser den Schwanz abhacken konnte. Hatte Daddy nicht enorme Schwierigkeiten gehabt, Mutter mit einer *Axt* zu zerstückeln, und er war viel größer und stärker als die *alte Bauersfrau* aus dem Kinderreim.
Und obwohl die Maus schon tot gewesen war und sich nicht mehr hatte bewegen können, hatte Lucy wieder und wieder auf den Schwanz einhacken müssen und dabei viele Kerben ins Linoleum neben dem Spülbecken gehauen. Schließlich hatte sie die tote Maus mit einer Hand festgehalten (sie hatte sich irgendwie *matschig* angefühlt, als hätte Lucy eine pelzige, mit Marmelade gefüllte Wärmflasche in der Hand gehalten) und mit der anderen am Schwanz gezogen, bis schließlich die Wirbel nachgegeben hatten und der Schwanz sich hatte abreißen lassen.
Und die ganze Zeit über, während Lucy so vor sich hingearbeitet hatte, hatte sich die blecherne Tabaksdose neben der Maus am Boden befunden. Tante Joan und Tante Bella hatten geglaubt, Lucy würde sie nur deshalb ständig bei sich tragen, weil sie ihrem Dad gehört hatte, aber Lucy war es egal gewesen, *wem* die Dose gehört hatte,

solange sie nur aus einem Material war, das nie ein lebendes Ding gewesen war. So wie die Baumwolle von Lucys Nachthemd oder das Leder von Grammas Schuhen. Nachdem sich Lucy einige Zeit mit der toten Maus beschäftigt hatte, hatte das Ding angefangen, in der Tabaksdose laut klappernd herumzuzucken.

Da Lucy immer befürchtete, daß jemand unerwartet hinter ihr auftauchte, hatte sie an die Dose geklopft und geflüstert: »Sei doch ruhig«, aber das Ding hatte daraufhin nur noch aufgeregter in seinem Blechgefängnis herumrumort. Schließlich hatte Lucy seufzend eingelenkt: »Na schön, du darfst einen *Augenblick* herauskommen.« Dann hatte sie den Deckel geöffnet und die Spirale aus der Dose neben die schwanzlose Maus gleiten lassen.

Das goldene Ding hatte sich wie ein Wirbelwind auf die Maus geworfen und sich um das tote Nagetier gewunden. Und dann geschah alles in solcher Windeseile, daß Lucy sich später nicht mehr sicher war, was sie wirklich gesehen hatte. Irgendwie hatte der Schlangenkopf des Dings den abgehackten Schwanz genommen und an die Maus gedrückt, dann hatte das Ding die Maus losgelassen, und auf einmal war das Tier wieder ganz und lebendig gewesen und ein paar Sekunden lang ziellos durch die Küche gelaufen, bevor es unter der Spüle in einem Loch verschwand, das in den Keller führte. Lucy hatte die Maus nie wiedergesehen.

Aber als sie danach die sichtlich zufriedene Spirale hochgehoben und wieder in ihre Tabaksdose eingesperrt hatte, war Lucy doch ein wenig traurig gewesen. Wenn sie doch bloß damals schon das gewußt hätte, was sie jetzt wußte, dann hätte sie Grammas Armstummel und Hand nehmen und sie wirklich wieder ganz gesund machen können.

Aber auf der anderen Seite, dachte Lucy jetzt, während sie um das stumme Telefon herumstrich, *wenn ich damals auch noch ihre Hand genommen hätte, dann hätten sie vielleicht noch intensiver nach ihr gesucht, und Daddy hätte ihnen vielleicht erzählt, was er in dieser Nacht gesehen hatte. Weil aber ihre Hand auf dem Boden lag, mußten diese Männer annehmen, daß Großmutter immer noch tot war. Und sie hielten Daddy für verrückt. Ich wünschte, sie hätten ihn nicht fortgebracht, aber sie mußten es wohl tun. Er hat das mit Gramma überhaupt nicht begriffen. Er wollte sie loswerden, als gehörte sie gar nicht zur Familie. Er war eigentlich genauso schlimm wie Mutter – sie jedenfalls hat am Ende doch versucht, Gramma vor ihm zu beschützen, das muß ich ihr zugestehen. Es war zu spät, aber Mutter hat es wenigstens versucht.*

Lucy ging vom Telefon weg zur Spüle, über der der Kalender hing, den Tina von der Kreditanstalt geschenkt bekommen hatte. Lucy versuchte festzustellen, was für ein Wochentag heute war. Sie wußte, daß es ein Wochentag sein mußte, aber während der schier endlos erscheinenden Zeit, in der sie von dem goldenen Ding, das jetzt wieder sicher in seiner Plastik- und Tuch-Behausung lag, besessen gewesen war, hatte sie jedes Gefühl für Zeit verloren.

Ist heute schon der Tag, an dem mir die kleine Anna meine Lebensmittel bringt, oder ist der erst morgen? Es ist doch sonst nicht ihre Art, nicht anzurufen. Seit sie diesen verdammten Polizeijob angenommen hat, ist sie so komisch – sie kümmert sich überhaupt nicht mehr richtig um mich –, und dann habe ich sie noch mit dieser Arlene Weiss gesehen. Anna hat zwar nichts davon gesagt, aber ich weiß, daß sie bei der alten Hexe gewesen ist. Arlene würde alles tun, um sich an mir zu rächen, dafür, daß ich sie damals auf dem Spielplatz so erschreckt habe. Ich weiß es. Bloß weil Arlene verheiratet war, glaubt sie, sie sei etwas Besseres als ich. Aber ich habe ihr gezeigt, wo's lang geht. Sie hat zwar einen Mann gehabt, aber ich habe ein Baby bekommen ... und niemand wußte, wie – außer Tante Bella, der ich es schließlich erzählt habe. Ich mußte die Tabaksdose nicht weiter öffnen als einen kleinen Spalt, mußte sie bloß einen winzigen Blick hineinwerfen lassen, und schon glaubte sie mir, als ich ihr sagte, wer mich zur Mutter gemacht hatte, ohne daß ich ihn ihr zeigen mußte.

Das war wirklich lustig ... als Tante Bella ins Badezimmer rannte und ihren Kopf in die Kloschüssel steckte und Tante Joan schrie: »Was ist denn los – oh, Bella, *was ist bloß* los? *Ich sagte kein* Wort, *auch dann nicht, als sie mit diesem weißen Wagen und der komischen weißen Jacke kamen und Tante Bella abholten ... genauso, wie sie Daddy abgeholt hatten, nur daß* er *nicht verrückt gewesen war. Nein, überhaupt nicht. Aber wenn er ihnen erzählt hätte, was er gesehen hatte, dann hätten sie* gedacht, *daß er es wäre.«*

Lucy lächelte erinnerungsselig vor sich hin, während sie den Hörer abhob und Annas Nummer wählte. Aber ihr Lächeln verwandelte sich in eine verzerrte Grimasse, als Annas Telefon klingelte und klingelte, ohne daß jemand abhob.

»Verdammte Polizeiarbeit ... verdammte Arlene ...«, knurrte Lucy, zog das dünne Telefonbuch von Ewerton unter ihrem Apparat hervor und blätterte darin herum, während sie murmelte: »Weiss, Weiss. Ach, Blödsinn, sie ist ja *verheiratet.* Don. Don irgendwie ... ach, Mist!« Frustriert schleuderte Lucy das Buch auf den Boden. Der Name lag ihr auf der Zunge, wollte ihr aber einfach nicht einfallen.

Wütend kickte sie das Telefonbuch über den Boden. Es rutschte in einem Geflatter von weißen und gelben Seiten quer durchs Zimmer, wie ein Schmetterling in einem starken Luftzug. Lucy atmete schwer, ihr Brustkorb hob und senkte sich unter dem Gewicht des Dings, das in seinem Säckchen um ihren Hals hing, während sie wieder den Hörer abhob, die Null wählte und in die Sprechmuschel trällerte: »Kann ich bitte die Auskunft haben?«

4

Nächtliche Anrufe

»Es ist für dich, Bib«, sagte Bib Stanleys Frau Rhonda und legte den Hörer auf ihre Brust. Während Bib nach dem beigen Telefonhörer griff, flüsterte sie so leise, daß ihre Stimme neben der von Pat Sajak, dem Moderator vom »Glücksrad«, der gerade im Fernseher einer Kandidatin Trost zusprach, die das Rad eben am Hauptpreis vorbeigedreht hatte, kaum zu hören war: »Hört sich an wie eine alte Frau.«

Bib nahm den Hörer aus Rhondas Hand und berührte verspielt ihre linke Brust, dann legte er ihn blinzelnd ans Ohr und sagte in die Sprechmuschel: »Hier Polizeichef Bib Stanley.«

»Entlassen Sie Anna Sudek!« Die krächzende Stimme an Bibs Ohr klang kaum menschlich, als käme sie aus einem lippenlosen Mund, der sich aus einem Faß mit brodelndem Teer hob. Gleich würde sich die zähe, schwarze Masse über ihm schließen und die zittrige Stimme für immer zum Schweigen bringen.

»*Wie* bitte?« Bib machte Rhonda ein Zeichen, daß sie den Fernseher leiser drehen sollte.

»Ich *sagte:* Entlassen Sie –«

»Hören Sie, Madam, wenn Sie sich beschweren wollen,

müssen Sie mir schon ihren Namen nennen.« Das war zwar eigentlich nicht üblich, aber Bib erkannte sofort, daß er es hier mit dem Anruf einer Spinnerin zu tun hatte, und solche Leute legten normalerweise sofort auf, wenn man sie nach dem Namen fragte. Aber die Stimme sprach weiter. Sie klang, als tropfe bei jedem Wort Eiter aus ihr, war jetzt aber weniger gurgelnd, sondern eher schrill und aufheulend: »Ich *sagte*, sie sollen Anna Sudek entlassen. Werfen Sie sie raus, und zwar *sofort!* Ihr Urgroßvater war –«
»Madam! Es tut mir leid, aber ich muß Ihren Namen wissen, um –«
»Werfen Sie sie *rauuus!*« tönte es wie das Knirschen von trocknendem Beton in einer Mischmaschine, es war ein heiseres und doch unangenehm *feuchtes* Geräusch, von dem Bib eine starke Gänsehaut bekam. »Das *reicht* jetzt!« brüllte er ins Telefon, aber die Anruferin hatte schon aufgelegt. Irgendwie schien sogar das Knistern der toten Leitung so verdorben zu klingen wie die schleimige Stimme der Anruferin.
»Was war denn *das?*« fragte Rhonda und stellte den Fernseher mit der Fernbedienung wieder lauter. Ihr dünnes Gesicht unter dem roten, dauergewellten Haar schlug besorgte Falten, und ihre normalerweise etwas klanglose Stimme bebte auf einmal ein wenig vor Mitgefühl. Bib kam Rhondas Stimme wie der schönste Klang auf der ganzen Welt vor; sie vertrieb das gurgelnde, widerwärtige Gezische aus seinem Ohr.
»Ich habe keine Ahnung«, sagte er und seufzte. Es war ein kurzer, pneumatisch klingender Seufzer, so als entweiche die Luft aus einem Fahrradreifen. Bib setzte sich in seinen Lehnsessel und fuhr sich geistesabwesend mit der linken Hand über seine dunkle, bartstoppelige Wange. Seine Frau setzte sich auf die Lehne des Sessels und sagte neckisch:

»Wenn du das tust, siehst du aus wie Stu Sawyer, Bib. Soll ich dich vielleicht zur nächsten Sheriff-Wahl aufstellen lassen?«

»Wie? Ach so.« Bib hörte auf, über seine Wange zu streichen, legte beide Hände in den Schoß und ahmte damit unwissentlich Anna Sudek nach. Er schaute auf den rötlichen Schein, den das Wohnzimmerlicht um Rhondas stark gelockte Haare zauberte, und sagte leise: »Mir ist eben eingefallen, wo ich diese Stimme schon mal gehört habe.«

»Von dieser ... *Person* vorhin am Telefon?«

»Ja ... es war Anna Sudeks Großmutter, die alte Lucy Miner.«

Rhonda stand auf, setzte sich in ihren eigenen Sessel und rieb ihren Hosenboden dort, wo er mit Bibs Sessellehne in Kontakt gekommen war. »*Diese* alte Ziege ... ich dachte, die wäre schon längst tot. Zumindest habe ich das gehofft«, fügte sie hintersinnig hinzu und verstummte.

Bib sah mit leerer Mine zu, wie Vanna an der Ratewand einen Vokal umdrehte, und sagte: »Sie wollte, daß ich ihre Enkelin sofort entlasse. Mein Gott, wenn ich mich doch nur ein bißchen besser an die alte Vogelscheuche erinnern könnte. Ich wußte, daß sie *schlimm* ist, ... aber, du meine Güte, sie hörte sich an wie etwas aus einem verdammten *Zoo.*«

»Aus dem Reptilienhaus oder aus dem Aquarium?« fragte Rhonda, ohne auch nur die leiseste Andeutung eines Lächelns.

»Eher wie aus dem Käfig, in dem sie die Mißgeburten halten«, sagte Bib, bevor er seine Aufmerksamkeit wieder der blonden Buchstabenumdreherin auf dem Fernsehschirm zuwandte.

»Tut mir leid, da müssen Sie sich verwählt haben –«, begann Arlene Campbell, aber bevor sie den Hörer auf die Gabel werfen konnte, schien sich die Stimme wie heißes Erbrochenes in ihr Ohr zu ergießen: »Ich *habe gesagt,* du sollst sie *in Ruhe* lassen! Anna gehört *mir!* Sie ist *mein* Mädchen! Hast du das *verstanden?*«

Arlene atmete mit einem Schaudern aus und fühlte sich so leer wie eine abgeschossene Schrotflinte, als sie ganz langsam sagte: »Lucy Miner, du bist verrückt. Du besitzt *niemanden,* am allerwenigsten dieses Mädchen. Und jetzt gute –«

»– *mir.* Bleib weg von ihr! Sie ist alles, was ich *habe!*«

»– Nacht«, sagte Arlene ungerührt und ließ den immer noch quäkenden, grummelnden Telefonhörer mit einem trockenen Klacken auf die Gabel fallen.

Dann nahm sie den Hörer wieder ab und fing an, die Nummer der Polizei zu wählen, legte aber gleich wieder auf. Die würden ihr dort doch bloß erzählen, daß sie sofort hätte auflegen sollen und daß sie Lucy nur dazu ermuntert habe, weiterzusprechen. Und was könnten sie schon groß machen, selbst *wenn* sie auf ihren Anruf eingingen? Sollten sie Lucy mit dem Zeigefinger drohen? Ihr sagen, sie solle solche Sachen nie wieder tun?

Lucy Miner hat sich schon damals nie etwas daraus gemacht, wenn die Lehrer sie angeschrien haben. Wieso sollte sie jetzt anders reagieren? Und sie hat auch nie jemandem gesagt, von wem sie sich ihr Kind hat machen lassen, auch nachdem sie die Hälfte der Männer der Stadt deswegen befragt und ihre Tanten damit gedroht hatten, ihr das Baby wegzunehmen. Als dann aber die eine Tante wahnsinnig wurde, schien es der anderen ziemlich egal zu sein, ob Lucy das Baby behielt oder nicht. Die arme Bella war mit tropfnassen Haaren, in denen noch Stücke von Toilettenpapier hingen, aus dem Haus gerannt. Gütiger Gott, wie konnte man nur seinen Kopf in so etwas Fürchterliches wie eine Kloschüssel stecken ... die Frau mußte ganz offensichtlich geistig umnachtet gewesen sein. Sie hatte sogar nach ihrer Katze getreten, und Bella

hätte ihren Mister bei klarem Verstand ganz bestimmt nicht so behandelt. Er war so ein liebes, gehorsames Tier. Lucy hat mit ihm immer wie mit einer Puppe gespielt, sie hat ihm sogar Babykleider angezogen und ihn im Arm gewiegt.
Arlene preßte plötzlich Silky enger an ihre schmale Brust und flüsterte: »Das kann sie doch nicht *getan* haben ... *das* nicht. Aber Bella *hat* geschrien, als die Katze an ihr vorbei in den Garten rannte, und sie hat nach ihr getreten, was sie sonst nie getan hätte. Das war einfach nicht Bellas *Art*... aber sie hörte nicht auf zu schreien und sich die Haare zu raufen, bis Lucy herauskam und die Katze ins Haus trug. Aber Lucy kann doch nicht ... *hätte* doch nicht ... *das* getan ... oh, mein Gott, *nein!*«
Arlene wählte Annas Sudeks Telefonnummer, ließ es zwölfmal klingeln und legte dann zögernd wieder auf. »Das Mädchen hat nun wirklich schon genug eigene Sorgen«, schalt sie sich selbst, »warum willst du ihr dann zusätzlich weh tun? Es genügt doch schon, daß sie weiß, wogegen sie bei diesem Ding ankämpft. Und außerdem«, flüsterte sie in Silkys großes, schwarzes rechtes Ohr, »sehe ich keinen Weg, wie das Mädchen mir das *glauben* könnte. Selbst wenn Lucy so verderbt war, daß sie so etwas mit dem Kater ihrer Tante getan hat – aber wie hätte es *funktionieren* sollen ...«
Arlene schluckte schwer, bevor sie den Gedanken vor ihrer Zuhörerschaft, die sie nicht verstand, laut zu Ende brachte: »– aber vielleicht war Lucy so verrückt, daß sie dem Kater dieses Amulett umgelegt hat, bevor sie mit ihm –«
Nein, nein, niemand kann so entmenscht, so krank sein, nicht einmal Lucy Miner. Oh, nein, bitte, lieber Gott, das kann sie doch nicht getan haben, dachte Arlene, während sie wieder nach dem Telefon griff.
Das durfte sie doch nicht machen – nicht mit einem Tier ...

KAPITEL NEUN

Mittwoch, 28.Oktober 1987

1

Die Polizeistation (V)

»Ein Anruf für dich, Anna, auf Leitung zwei«, rief Kurt aus seiner Funkzentrale den Gang entlang. Anna schaltete die Schreibmaschine aus, drückte auf den blinkenden Knopf unten an ihrem Telefon und sagte: »Ewerton Polizeistation, Anna Su–«

»Wo *bist* du?« schrie die Alte in Annas Ohr.

Anna hoffte, daß niemand mithörte, und sagte so ruhig wie möglich: »Ich bin auf der Polizeistation ... das *weißt* du doch. Und ich darf hier keine Privatgespräche führen.«

»Ach, *tut* mir leid. Ich *wollte* natürlich sagen: ›Wo *warst* du?‹« Die streitsüchtige Stimme, die an ein patziges Schulkind erinnerte, zerrte an Annas Nerven. Auf einmal empfand sie eine unglaubliche Sympathie für die armen Tanten der kleinen Lucy, und sie versuchte, so normal und gleichgültig wie möglich zu sagen: »Ich war nicht zu Hause. Ich habe nicht geahnt, daß ich mich dafür bei dir hätte abmelden müssen. Es tut mir leid, wenn ich dir Ungelegenheiten bereitet habe.«

»Wie kannst du es *wagen*, mit mir zu reden wie mit einem

verdammten, *blöden Staubsaugervertreter?*« Lucy Miners Wut war greifbar, lebendig, sie wand sich durch die Telefonleitung wie ein Wurm in Annas Ohr, kroch in ihr Gehirn und legte dort ihre bösen Eier.

»Würdest du dich bitte abregen? Ich hatte woanders etwas zu tun und –«

»Die *ganze verdammte Nacht?*« Der Wurm in Annas Kopf schrie jetzt in den letzten Zuckungen eines wahnsinnigen Schmerzes.

Anna kümmerte sich nicht darum, was irgend jemand in Hörweite von ihr denken mochte, und schrie zurück: »Ich bin *erwachsen.* Ich bin nicht dein *Eigentum,* verstehst du? Mit dieser *Scheiße* hast du vielleicht Ma beeindrucken können, aber nicht *mich.* Ist das *klar,* Alte? Ich habe dir keine Rechenschaft abzulegen!«

Die Alte jaulte in den Hörer, es war ein Geräusch, das irgendwo zwischen dem ersten Schrei eines Babys und dem lauten Brüllen eines Bullen angesiedelt war. Aber Anna explodierte weiter, über dieses Geräusch hinweg: »Du hast dein ganzes Leben lang die Menschen manipuliert, und ich bin es einfach *satt!* Mit Ma hast du es machen können, aber ich *bin* nicht Ma! Ich schulde dir überhaupt nichts –«

»Aber ich bin deine *Baba!*« quiekte die alte Frau, als ob sie damit einen uralten, heiligen Namen beschwören würde und erwartete, daß Anna sich diesem magischen Wort fügen würde.

»Weißt du, was du für mich bist?« Annas Stimme wurde um einige Dezibel leiser, bis sie ein zischendes Flüstern war. »Du bist ein Stück *Scheiße.*«

Die Alte heulte so laut auf, daß Anna den Hörer vom Ohr weg halten mußte. Das Geräusch war schlimmer als ein Tornado – schrill, hoch und anscheinend ohne Ende.

»Und ruf mich *nie* wieder in der Arbeit an. Wenn du das noch einmal tust, dann lasse ich den Anruf an den Polizeichef durchstellen!«

Die Alte kreischte etwas über Bib, der »nicht *zuhören*« würde, aber Anna schnitt ihr das Wort ab. »Ich muß jetzt wieder weiterarbeiten. Auf Wieder*sehen.*« Sie unterbrach die Unterhaltung, indem sie mit ausgestreckten Fingern auf die Gabel des Telefons drückte. Als die Leitung wieder frei war, drückte sie den Knopf, der sie mit Kurt in der Zentrale verband.

»Hi Kurt, hier ist Anna. Sag mal, könntest du mir einen Gefallen tun? Wenn diese alte Frau noch mal anruft und mich sprechen will, könntest du sie dann bitte mit Bib verbinden? Ja, sie *ist* ausfallend geworden. Es tut mit leid, daß ich ... danke für dein Verständnis. Ja, ich glaube auch, daß Bib ihr ordentlich Bescheid stoßen wird. Wie bitte? Ach so, ja, sie ist schon immer so gewesen. Das ist eine lange Geschichte. Du auch? Aber sie hat nichts *Schlimmes* getan, oder? Ach so – nun gut. Hör mal, Kurt, wenn so etwas noch mal passieren sollte, sag's mir – nein, nein, es ist nicht in Ordnung, daß sie damit immer wieder durchkommt ... nein, *so* alt ist sie gar nicht. Verstehe, Kurt. Bis später.«

Auf der anderen Leitung kam ein Anruf herein, und Kurt mußte ihn annehmen. Anna schaltete ihre Schreibmaschine wieder ein und fing an zu tippen. Ihre Finger glitten automatisch, unabhängig von ihren Gedanken, über die Tastatur.

Wann wird diese Frau aufhören, mich immer wieder aufs neue zu verblüffen? fragte sich Anna und hatte das Gefühl, innerlich zu ertrinken, obwohl sie sich an einem Platz befand, der so staubtrocken wie die Wüste war.

Die Alte hatte anscheinend *irgend etwas* mit Kurts kleiner

Tochter gemacht, als das Mädchen letztes Jahr von Haus zu Haus gegangen war und Plätzchen zugunsten der Pfadfinderinnen verkauft hatte. Kurt wußte zwar nicht, was genau – zumindest behauptete er das –, aber anscheinend hatte seine Tochter an der Tür geklopft und eine ganz entsetzlich alte, fürchterliche Vettel hatte ihr die Tür geöffnet und etwas zu ihr gesagt oder ihr *angetan*, was entweder das Mädchen oder ihr Vater nicht aussprechen wollten.

Nun, wenigstens hat ihr kein Tier aufgemacht. Wie hätte ich das erst Kurt erklären sollen? versuchte Anna sich zu trösten, während Bib Stanley mit einem Nicken an ihrem Schreibtisch vorbei in sein Büro ging und leise die Tür hinter sich schloß. Bibs Erscheinen ließ das, was die Alte vorhin im Zusammenhang mit ihm gejammert hatte, wieder in Annas Gedanken hochsteigen, aber sie wollte nach dem, was er gestern zu ihr gesagt hatte, nicht in sein Büro gehen. Es war schlimm genug, daß sie sich mit der Alten auseinandersetzen mußte – oder besser, Katz und Maus mit einem Kind spielen mußte, das im Körper der alten Frau steckte.

(»Aber Anna, Penny hat gesagt, daß deine Großmutter *alt* sei, *furchtbar* alt ... und sie hat gesagt, daß sie, nun, *komisch* gerochen habe, wirklich absonderlich, wie – äh – Ja, Sir, kann ich Ihnen helfen? Anna, ich muß jetzt –«)

Sag ruhig: ›wie eine ekelhaft stinkende alte Frau‹. Anna spannte ein neues Blatt in ihre Schreibmaschine. *Was ist los, Kurt? Brät deine Frau denn niemals Speck? Oder hat deine Penny etwa die Gesichtscreme der Alten gerochen? Dieses Zeug kann einen ja wirklich aus den Latschen hauen ...*

Was das Alter ihrer Großmutter betraf, konnte Anna Kurts kleiner Tochter zustimmen: So weit sie sich zurückerinnern konnte, war die Alte immer *gleich* geblieben; sie hatte immer dieselben Nachthemden getragen (wenn auch nur am Abend und an den Wochenenden), hatte dasselbe dünne, farblose Haar gehabt, dasselbe alte, aufgeschwemmte Gesicht, dieselbe blubbernde Stimme.

Als hätte sie sich immer bemüht, möglichst alt zu wirken, meine »Baba« zu sein ... wenn ich es mir überlege, dann war ihre *Großmutter wirklich alt, als Lucy noch klein war ... meine Urgroßmutter war ja schon so um die fünfzig, als sie starb, zumindest hat mir das Ma einmal erzählt. Vielleicht war sie auch ein bißchen jünger – aber halt – mein Urgroßvater war fünfzig. Trotzdem waren sie ziemlich alt, als sie Lucy zeugten, selbst damals. Hat die Alte nicht Daten aus den fünfziger Jahren des achtzehnten Jahrhunderts auf dieses Blatt Papier mit den chinesischen Horoskopen geschrieben? Meine Güte, ihre Großmutter muß eine alte* Vettel *gewesen sein ... Arlene Campbell müßte das noch wissen. Sie kannte ihren Nachnamen, von dem nicht einmal* ich *eine Ahnung hatte ... wie peinlich, wenn man nicht einmal die Namen der eigenen Verwandtschaft weiß ... ich schätze, Ma und die Alte haben gedacht, sie würden mich damit beschützen, aber Nicht-Wissen ist keine Sicherheit, ganz und gar nicht ...*

2

Der Münzfernsprecher

»Hallo, Mrs. Campbell? Hier spricht Anna Su–«

»Anna! Wo *warst* du denn?«

Während Anna Mrs. Campbells verzerrte Stimme im Hörer des Münzfernsprechers hörte, kamen ihr auf einmal die Worte *Déjà vu* in den Sinn, und aus irgendeinem merkwürdigen Grund mußte sie an einen alten Monty-

Python-Sketch zu diesem Thema denken, in dem Michael Palin als trotteliger Fernsehmoderator, dem jemand zum hundertsten Mal ein Glas Wasser hingestellt hatte, nur noch hatte *»dé-dé déjà vu-vu-vu«* hatte stammeln können. Aber die Erinnerung an diesen lustigen Sketch heiterte Anna nicht auf. Sie beugte sich vor in die klare Plexiglashaube des Münzfernsprechers, der an der Ewert Avenue einen halben Block vom Polizeigebäude entfernt stand, und sagte durch die gedämpften Geräusche des Verkehrs, der sich auf der Straße hinter ihr bewegte: »Ich war nicht zu Hause ... ich habe auf die Wohnung einer Kollegin aufgepaßt. Haben Sie versucht –«

»Ach nein, es war nichts ... ich wollte dich bloß erreichen, das war alles. Deine Großmutter hat mich gestern abend angerufen. Sie wußte nicht, wo du warst.«

Anna fuhr mit den Fingern über die aus Lochblech bestehende Rückwand der offenen Telefonzelle, spürte, wie ihre Haut sich an den kreisförmigen Einschnitten rieb, und dachte: Das *also hat die Alte gemacht. Sie hat Staubsaugervertreter gespielt – und sie hat bestimmt nicht bloß Arlene angerufen.*

»Anna, bist du noch –«

»Ja, ja, tut mir leid, ich war bloß ein wenig zerstreut.« Anna mußte plötzlich in den Hörer kichern und erklärte Mrs. Campbell, daß sie beim Wort »zerstreut« an einen Spitznamen habe denken müssen, den sie schon als kleines Kind der Alten gegeben hatte. Als Anna fertig erzählt hatte, sagte Mrs. Campbell: »Nun, das ist eine nette Geschichte, aber ... nun, mir ist gestern etwas in Verbindung mit deiner Großmutter eingefallen. Es ... es könnte ein paar Dinge erklären, aber ich weiß nicht, ob du es hören willst.«

»Das ist es ja gerade – niemand *will* mir erzählen, was mit der alten Frau los ist. Das ist das größte Problem meines ganzen Lebens. Die Leute sind immer entweder zu höflich oder zu verschreckt, um irgendwas wegen ihr zu *tun.*«

Anna preßte ihre Fingerspitzen wieder in die Löcher der Rückwand, bis sie um die Nägel herum knallrot angelaufen waren. Sie spürte, wie sich in ihrem Inneren ein Druck aufbaute, den sie nicht so leicht ablassen konnte, wie ihre Finger aus diesen Löchern im Metall ziehen.

»Ich glaube nicht, daß ich das am Telefon erzählen sollte. Man weiß ja nie, wer grade zuhört.«

Anna sah auf ihre Uhr und sagte: »Passen Sie auf, die Zeit für diesen Vierteldollar ist gleich um. Um drei habe ich frei. Ich muß zuerst zwar bei der Alten vorbeischauen, aber danach –«

»Bitte, Anna, geh nicht zu ihr.« Mrs. Campbells Stimme war leise und beschwörend, ihre Worte klangen sanft, aber sehr eindringlich. Auf einmal hörte sich die Frau so alt an, wie sie wirklich war, und Anna dachte verwundert: *Sie hat Angst, Angst vor der Alten. So ein zäher alter Vogel wie Arlene Campbell soll auf einmal Angst haben?*

»Aber ich dachte, ich sollte –«

»Vergiß das. Mir ist gestern abend etwas klargeworden, etwas –«

Die Vermittlung unterbrach das Gespräch und wollte noch einen Vierteldollar für die nächsten drei Minuten haben. Anna kramte aus den Taschen ihrer Jeans eine Münze hervor und steckte sie in den vertikalen Schlitz.

»Ja, Mrs. Campbell?«

»– etwas, das uns vielleicht einiges erklären könnte. Über deine Großmutter und dieses ... Ding, das sie hat«, flüsterte Arlene ins Telefon, als wäre das Wort *Amulett* schon zuviel und zu stark und zu mächtig, um es an einem öffentlichen Telefon auszusprechen. »Es hat etwas mit der Zeit zu tun, als sie ihr Kind erwartete.«

»Meine Ma?« Anna nahm ihre Finger aus den runden Löchern und ergriff die metallummantelte Telefonschnur, als wolle sie Mrs. Campbells Worte in der Mitte abzwicken. Nie hatte jemand von Mas Vater gesprochen, außer der Alten, natürlich ... und selbst die hatte von ihm nur in Rätseln und mit einem blaulippigen Grinsen gesprochen.

»Ich wollte es dir eigentlich nur persönlich sagen, aber – aber ich glaube, du solltest es *jetzt* wissen. Lucys Tante, ihre Tante Bella, hatte eine Katze, einen Kater. Er war ihr Liebling, und Lucy ... Lucy hat das Tier irgendwie ins Herz geschlossen, und ... es war die Zeit, in der wir Mädchen alle uns entweder verlobten oder schon heirateten und die ersten Kinder bekamen und –«

Anna wand die kurze silberfarbene Telefonschnur um ihre Hand, die vor Ärger schon lauter rote Flecken hatte. »Ich glaube nicht, daß ich das *hören* will –«, versuchte sie zu sagen, aber Mrs. Campbells brüchige Flüsterstimme sprach einfach immer weiter und sagte Worte, die um so schlimmer wurden, je mehr sie, trotz ihrer scheinbaren Wirklichkeitsferne, einen Sinn ergaben.

»– und ich glaube, daß sie es aus Neid getan hat. Keiner der Jungs wollte etwas mit ihr zu tun haben – sie war zu häßlich und zu gemein. Neben ihr sah sogar Una Sawyer gut aus, und Una war damals eine fürchterlich häßliche Kröte. Nicht einmal der geile Bock Palmer Winston wollte Lucy anfassen, und der war sonst scharf wie Nachbars Lumpi. Ich glaube, daß Lucy vielleicht ihr Amulett an Tante Bellas ... also ich *weiß* es nicht, aber als der Krankenwagen kam, um die übergeschnappte Frau wegzubringen, trat sie nach der armen Katze, und das hätte sie vorher *nie* getan.«

»Nein ... nein«, keuchte Anna ins Telefon und schüttelte schon beim bloßen *Gedanken* daran den Kopf. »Sie *müssen* sich täuschen. Ich meine, das ist doch unmöglich, rein *biologisch* schon. So was kann doch nicht *sein.*« Anna wußte, daß Arlene Campbell keine Frau war, die einen Hang zu Sensationslust und Phantasterei hatte; Arlene glaubte normalerweise nur, was sie sehen, hören oder spüren konnte, und sonst nichts. Hatte Arlene nicht gesagt, daß sie Annas Geschichte nie glauben würde, wenn sie das zusammengerollte, ölig-goldene Amulett nicht mit eigenen Augen gesehen hätte?

»Ich habe es selbst nicht glauben wollen, aber denk doch mal nach, Anna, es ist die einzige Möglichkeit – besonders, wenn man sich vorstellt, was dieses Ding von ihr alles tun kann. Bitte, Anna, glaub jetzt nicht, daß du deswegen –«

»Daß ich *was?*« Anna bemerkte, daß sie heftig keuchte, und versuchte verzweifelt, ihre Atmung unter Kontrolle zu bekommen. »Daß ich deshalb nur ein halber Mensch bin?« brüllte sie ins Telefon und mußte sich zusammennehmen, um nicht den Hörer aus der Zelle zu reißen und zwischen die Autos auf der Ewert Avenue zu schleudern. Fetzen von Bildern und Klängen trieben an ihrem geistigen Auge vorbei.

Wie Mouth so lange an Bruisers Hinterteil herumschnüffelte, bis Ma der übergewichtigen Tigerkatze einen Schlag aufs Hinterteil gab.

Ma, wie sie mit unbeirrbarer Sicherheit eine Straße entlangtrottete, die weder vom Mond noch von Straßenlaternen beleuchtet wurde.

Bruiser, der sich an seinen Geschlechtsteilen säubern wollte und

sich dazu fürchterlich verrenkte, aber nicht hinunter kam, weil er um den Unterleib zu viele Muskeln hatte, und vor lauter Anstrengung wurde dabei sein kleines, kegelförmiges Glied herausgedrückt und wackelte herum.
Ma, wie sie den letzten Rest Eis aus einem flachen Plastikschälchen schleckte und dabei ihre Zunge um den Rand ringelte.
Mouth, die mit ihren dicken Pfoten eine Fliege gegen das Fenster drückte, sie dann wieder hob, das Insekt direkt in ihr weit geöffnetes Maul fliegen ließ und es noch lebendig hinunterschluckte.
Ma mit ihren großen, leicht schräg stehenden Augen und ihrem blassen, feinen Haar, das nie länger wachsen wollte als bis zu ihren Schultern, was auch immer sie damit anstellte.
Bruiser, der sich Annas ausgezogene Socken und Unterwäsche schnappte, sie sich mit seinen Pfoten an seine breite Schnauze und auf seinen samtig-schwarz glänzenden Kopf drückte, und sich dabei in Annas Bett wälzte.
»Ach, Anna«, sagte Mrs. Campbell, »es ist doch nicht *deine* Schuld. Bitte, Anna, ich sage dir das nur, damit du Bescheid weißt ... deine Großmutter ist nicht bloß eine Mörderin – sie ist auch sonst durch und durch *böse.* Leute umbringen ist eine Sache, aber Lucy würde buchstäblich *alles* tun, um zu bekommen, was sie will, auch wenn sie niemanden findet, der ihr dabei hilft. Sie hat dabei mit Tabus gebrochen. Das solltest du wissen, damit du auf alles, was kommt, vorbereitet bist.«
Ma, wie sie ihre langen Nägel zu leicht gerundeten Spitzen feilte, auch als das schon längst wieder aus der Mode war.
Bruiser, wie er, als er noch nicht kastriert war, versuchte, Mouth zu bespringen.
Annas Knie gaben nach, so daß sie sich an das schmale, silbrige Regal, das sich unter dem Telefon befand, lehnen mußte. Sie flüsterte: »Ich kann beim besten Willen nicht

sehen, wie mir das, was Sie mir gerade gesagt haben, dabei helfen soll, der Alten dieses Ding wegzunehmen.« Ihr Kopf dröhnte von einem stumpfen Schmerz, der sich durch ihren ganzen Schädel zog.

»Oh, Anna. Siehst du's denn nicht, Mädchen? Es dreht sich doch längst um mehr als bloß um dieses Amulett, das man ihr wegnehmen und zerstören muß. Lucy ist schon viel zu weit gegangen. Kannst du das nicht verstehen? Sie hat die Grenze überschritten, die das Säugetier Mensch von den anderen Tieren trennt. Sie muß ... *beseitigt* werden, Anna, wie ein tollwütiges Tier. Was Lucy dir und deiner Mutter angetan hat, ist nicht deine Schuld, nein, ganz und gar nicht. Lucy ist es, die abscheulich und krank ist.«

Bruiser, der sich überfressen und alles wieder herausgekotzt hatte, und Mouth, die die Papiertücher, mit denen Anna das Erbrochene aufgewischt hatte, wieder aus dem Abfalleimer zog und anfing, genüßlich das Zeug zu fressen.

»Aber was Sie damit sagen, ist, daß ich kein menschliches Wesen bin, Mrs. Campbell.« Anna konnte ihre Stimme nur mit viel Mühe daran hindern, sich zu überschlagen. »Sie sagen, meine Großmutter habe sich mit einer Katze –«

»Aber das Tier muß dazu eine menschliche Gestalt angenommen haben. Lucy hat die Katze erst in einen Menschen verwandeln müssen ... und zwar mit ihrem Amulett. Bei Tieren muß es offensichtlich andersherum wirken. Nur Gott allein weiß, was das Amulett mit der hilflosen Kreatur gemacht hat, um sie zu verwandeln – aber verwandeln mußte sie sich – *vollständig*. Vielleicht hatte es etwas damit zu tun, daß die Katze ein Haustier war.«

Wie Bruiser sich immer auf Anna ausstreckte, mit den Hinterbeinen auf Bauch und Hüften nach Halt suchte und seinen massiven Kopf zwischen ihre Brüste legte, so als wäre er –

Anna blickt hinunter zu ihren in Stiefeln steckenden

Füßen, und es kam ihr vor, als dränge der Gehsteig zu ihr herauf, während sie unbeweglich stehen blieb. Sie lehnte sich gegen die Plexiglaswand und wimmerte: »Aber sie hat sich mit etwas gepaart, was nicht immer ein Mensch gewesen ist –«

»Aber das ist doch nicht deine Schuld«, tröstete Arlene. »Trotzdem mußt du wissen, welche Gefahr Lucy darstellt.«

Anna wickelte ihre Hand aus der Telefonschnur und rieb sich mit tauben Fingern die Augen, während sie in den letzten paar Sekunden, bevor sich die Vermittlung wieder in das Gespräch einschalten mußte, langsam und ruhig sagte: »Aber *sie* ist kein Tier – jedenfalls nicht in den Augen des *Gesetzes.* Wir können nicht einfach mit ihr in den Wald gehen und ihr das Gehirn rauspusten, wie einem tollwütigen Hund. Es wäre nicht fair, wenn ich wegen ihr des Mordes angeklagt würde.«

»Aber dem Mädchen im Gefängnis gegenüber ist es auch nicht fair«, antwortete Mrs. Campbell, als die Vermittlung einen weiteren Vierteldollar verlangte und Anna auflegte. Während Anna von dem Münzfernsprecher wegging und ihre bloßen Hände in die Taschen ihrer Jeansjacke bohrte, zwang sie sich, nach unten zu blicken und zu beobachten, wie sich ihre Stiefel vorwärtsbewegten, einer nach dem anderen, in einem schleppenden Rhythmus.

»Dem Mädchen im Gefängnis gegenüber ist es auch nicht fair«, hallte das Echo von Mrs. Campbells Stimme durch Annas Kopf.

Ich schulde dem Mädchen etwas. Wenn ich nicht wäre, dann wäre sie dort, wo sie hingehört – sie würde die Highschool schwänzen und sich mit ihrem Freund um den Verstand vögeln. Es war ihr Leben, und sie sollte es so leben können, wie es ihr gefällt. Sie hat mir nichts getan. Sie hat mich bloß als kleines

Mädchen einmal gefragt, ob wir wegzögen, als ich damals unser Haus gestrichen habe. Sie war bloß zufällig dort, wo Wally hingefahren ist – Wally und seine heimliche Verfolgerin.
»Mein Gott, Alte, was hast du dort nur gesucht? *Wolltest du alte Erinnerungen auffrischen? Jetzt weiß ich, warum du mich immer vor Männern gewarnt hast, mir gesagt hast, ich solle mich von ihnen fernhalten. Ist es so, wie es angeblich ist, wenn man einmal Sex mit einem Menschen anderer Hautfarbe gehabt hat? Will man, wenn man es einmal mit einem* Kater *getrieben hat, auch mit niemand anderem mehr ins Bett? War es* das, *was du mit deinem Gerede* in Wahrheit *gemeint hast?«*
Und immer noch waren diese Bilder in Annas Kopf – die Bilder von all den schmutzigen, gemeinen, tierischen Sachen, die ihre Katzen jemals gemacht hatten –, selbst wenn sie sich einzureden versuchte: *Sie wissen es doch nicht besser, woher sollten sie auch?*
Als Anna das Polizeigebäude betrat, war sie wie betäubt. Sie wagte es nicht, an das zu denken, was sie eben erfahren hatte.
Sie konnte nicht gleichzeitig arbeiten und still zusammenbrechen.

3

Die Alte (V)

»– mir solche *Sorgen* um dich gemacht«, platzte die Alte heraus und stellte eine Tasse mit heißem Wasser vor Anna, die stumpf nickte, mit dem Löffel einen Teebeutel unter die dampfende Wasseroberfläche stieß und den Beutel am Faden mit hastigen Bewegungen immer wieder hochriß, als wäre ein ertrinkendes Kätzchen in ihm.

Ist die Katze deiner Tante Bella da draußen im Garten begraben, Alte? Jemanden, der einem so wertvolle Dienste geleistet hat, kann man doch nicht einfach auf den Müll werfen, oder? Wie hat er ausgesehen, alte Hexe? Wie hat der Kater deiner Tante ausgesehen? Hatte er grüne Augen? Helles Fell? Und was ist mit ihm danach *geschehen? Hat er dich auch gehaßt, wie all die Jungs, die es dir nicht besorgen wollten? Du mußt dich ja wie die Allergrößte gefühlt haben, als du schwanger geworden bist, hast es den anderen Mädchen damals wohl so richtig gezeigt. Aber sie haben dich immer noch behandelt wie eine Aussätzige – nach dem, was du getan hast, erst recht. Und du hast dich über Ma lustig gemacht, weil sie mit sechzehn schon geheiratet hat. Ganz gleich, wie schlimm mein Vater war, er war wenigstens ein* Mensch.

»Du hast nicht angerufen und auch nicht das Signal gegeben, und nachdem schon deine Ma so plötzlich weggelaufen ist, habe ich mir solche –«

Anna schwenkte den Teebeutel in der Tasse herum, bis das Wasser darin die Farbe alter Blutflecken hatte, und zwang sich, zu lächeln, zu nicken und sich in diesem Rattennest von einer Küche umzusehen, in dem die Alte herumwerkelte wie ein kleines Mädchen, das Küchenchef spielt. Dabei dachte sie die ganze Zeit: *Kein Wunder, daß Ma als junges Mädchen ihre Schule abgebrochen hat und davongelaufen ist. Ich wünschte, ich selber wäre schlau genug gewesen, so was zu tun, aber eigentlich kann ich ja nicht von dir weggehen, oder? Wenn du damals gewußt hättest, daß Ma vorgehabt hatte zu gehen, was hättest du dann getan? Hättest du dich in einen Vogel verwandelt, hättest dich von den Aufwinden hochtragen lassen und wärst ihr nachgeflogen? Oder wärst du ein kleines Klettertier geworden – eines, das sich ohne Mühe an den abfahrenden Bus hätte hängen können?*

»Anna, dieser Tee wird dir den ganzen Magen braun

färben«, mahnte die Alte und wollte ein Glas Wasser holen, um Annas Getränk zu verdünnen, aber diese wehrte ab. »Nein, laß nur, Großmutter, ich will meinen Magen gerben. Vielleicht kann ihn dann nach meinem Tod noch jemand als Handtasche gebrauchen«, witzelte sie lahm. Sie zog den durchweichten, formlosen Teebeutel aus dem Wasser und drückte ihn kurz zwischen ihren Fingern aus, bevor sie ihn an den Rand ihrer Untertasse legte. Während Sie gegen ihre brennenden Fingerspitzen blies, erinnerte sie sich kurz an Professor Nuzzi, der das gleiche einmal bei einem der jährlichen Festbanketts von St. Peters College getan hatte. Sie war mit Ma neben dem Englischprofessor gesessen, der Anna die Peinlichkeit erspart und ihrer Mutter nicht erzählt hatte, warum er seiner besten Englischstudentin nahegelegt hatte, das Lehrerstudium aufzugeben. Statt dessen hatte er in seinem nachgemachten Ostküstenakzent munter drauflosgeplappert und erzählt, wie rasch Anna im Seminar alles *»auffaßte«*, wie gut *vorbereitet* sie immer war. Er hatte Annas Mutter all den ganzen fröhlichen Bockmist serviert, den sich die Hochschullehrer das ganze Jahr über aufsparen, um dann damit die Eltern der Studenten zu überhäufen, wenn wieder einmal für ein weiteres Semester die Studiengebühren zu berappen waren.

Damals hatte Anna die zwiespältige Haltung ihres Professors furchtbar aufgeregt, aber jetzt hätte sie alles, ihr Leben mit eingeschlossen, dafür gegeben, wenn sie nur noch einmal in ihrem blauen Polyester-Kleid mit dem cremefarbenen Spitzeneinsatz und den unbequemen Stöckelschuhen an einem der geschmückten, mit blauem Papiertischtuch belegten Tische in der Cafeteria des St. Peters College sitzen, gewürzte Apfelringe mit dünnen Scheiben mageren, kalten Roastbeefs essen und Mr.

Nuzzi hätte beobachten können, wie er mit seinen blassen, stumpfen Fingern tropfende Teebeutel strangulierte. *Damals hatte ich wenigstens so etwas wie Hoffnung ... ich dachte, ich wüßte, wer ich war, wer ich immer noch hoffte zu werden ... ich mußte damals nicht dahocken und mir überlegen, daß ich eigentlich nicht viel besser dran war als Gregor Samsa in Kafkas* »Die Verwandlung«, *der gute alte Gregor, der eines Morgens erwachte und feststellte, daß er auf einmal kein Mensch mehr war ... nur daß in dieser Geschichte einige Leute wirklich* sahen, *daß Gregor sich in ein riesiges Insekt verwandelt hatte ... Ich frage mich, was Mr. Nuzzi wohl sagen würde, wenn ich ihn anriefe und ihm erzählte, daß ich erfahren hätte, wie sich Gregor Samsa* innerlich *gefühlt haben muß ...*

Als sich die Alte neben Anna niederließ, wehte aus ihrem Morgenmantel und Nachthemd ihr widerlicher, heißer Geruch herüber. Was hatte Kurt Anna am Vormittag erzählt? Seine Penny habe etwas gerochen, das sie weder erkennen noch beschreiben habe können, und Anna hatte geglaubt, daß Pfadfinderinnen so was eigentlich können müßten. Sie trainierten das doch dauernd draußen im Wald, oder nicht? Bekamen sogar Auszeichnungen dafür, wenn sie etwas besonders gut konnten. Anna schätzte, daß das Erkennen eines fauligen Geruchs nicht zur Ausbildung kleiner Pfadfinderinnen zählte.

Sie zwang sich, um den Schein zu wahren, hinüber zu der Alten zu blicken, und sah, daß das Tuchsäckchen wieder um deren fettig glänzenden, faltigen Hals hing. Sie konnte die Schnur erkennen, die von ihrer grotesken Last gestrafft war. Als ob Annas Blicke schon zuviel wären, schien das Amulett unter dem Morgenmantel der Alten zu erschauern – es war ein kaum wahrnehmbares Zittern unter dem schmuddeligen, weißen Stoff, das Anna als eine Bewegung des Adamsapfels der Alten hätte mißdeuten können, wenn es sich nicht mindestens drei Zentimeter unterhalb des Punktes abgespielt hätte, an dem man eine solche Bewegung normalerweise vermutet. Auf einmal wurde Anna klar, daß sie es hier nicht bloß mit einem exotischen, uralten Überbleibsel einer längst vergangenen Zeit, Kultur und Geisteshaltung zu tun hatte. Das Amulett selbst war bösartig und unglaublich gefährlich.

Da *hast du es also hängen, direkt zwischen deinen mageren, spröden Schlüsselbeinen. Ich müßte bloß meine Hand vorschnellen lassen, so schnell wie ein Kolibri mit den Flügeln schlägt, und mir das Ding an deinem Hals grabschen, so stark an der Schnur ziehen, daß sie zerreißt und einen brennenden Striemen auf deinem fettigen, stinkenden, gottverfluchten Fleisch hinterläßt ... aber du bist auch schnell, Alte, aufgrund dieses Amuletts. Sobald es die Wärme meiner Hand spürt, wird es dich sofort in etwas ganz* Schnelles *verwandeln. Etwas Schnelleres als die arme Katze, mit der du ... zusammen ... warst. Und du hast dich immer schon schnell bewegt, sogar in deiner* menschlichen *Form. Du hast mich als kleines Mädchen immer überrascht, wenn du mich, noch bevor ich überhaupt hatte denken, geschweige denn reagieren können, gepackt und mich so sehr gekniffen hast, daß ich davon einen blauen Fleck bekam ... und zwar immer* unter *meiner Kleidung, so daß Ma ihn nicht sehen konnte. Was hast du damals eigentlich geglaubt, daß du warst? Eine Mutterkatze, die ihre Jungen am Genick packen darf?*

Hast du dich deshalb absichtlich so alt gemacht, damit ich dir nichts zutraute, bis ich schließlich schlau genug war, um dich wenigstens ein bißchen zu durchschauen? War das Tarnung, so wie ein geflecktes Tier optisch mit seiner Umgebung verschmilzt? Trägst du die Haut einer uralten Frau zur Schau, um dahinter die Tigerin zu verbergen, die du wirklich bist?

Die Alte brabbelte wieder vor sich hin – diesmal nicht über das, was Richter Wapner getan oder gesagt hatte –,

nein, jetzt plapperte sie auf einmal über etwas, was sie als Kind getan hatte, nachdem ihr Daddy fortgegangen war und sie mit ihren Tanten in diesem Haus gelebt hatte.
»– und als der *Doktor* sagte, daß ich runterkommen dürfte, hat Tante *Joan* ein paar *Blumen* auf den *Tisch* gestellt, in einer hübschen, kleinen *Vase,* so, als würden wir *Besuch* bekommen –«
Die Alte war anscheinend immun gegen die Erbärmlichkeit ihrer eigenen Worte, und Anna wappnete sich bewußt innerlich dagegen, etwas für die kleine Lucy von damals zu *fühlen,* aber trotzdem dachte sie: *So, als würden wir* Besuch *bekommen. Haben sie dir sonst keine Aufmerksamkeit geschenkt? Oder haben sie dich nicht gemocht wegen der schlimmen Dinge, die in deiner Familie passiert sind und die ihnen das Leben durcheinander gebracht haben? Haben sie dich für die schiefen Blicke, das Geflüster hinter ihren Rücken verantwortlich gemacht? Haben sie erkannt, daß du der Grund für das alles warst? Ich frage mich, ob dein Daddy jemals irgend jemandem sagen konnte, was er gesehen hat und was ihn schließlich in den Wahnsinn getrieben hat.*
»– und sie ließen mich am *Tisch* sitzen, in meinem *Nachthemd,* und es gab Eiskrem in kleinen *Papier*bechern mit *hölzernen* Löffelchen, so wie sie die *anderen* Kinder immer bekamen ... und auf dem Deckel meines Bechers war ein *Schauspieler* zu sehen, ich weiß zwar nicht mehr, welcher, aber er war *sehr* gutaussehend.«
»Schade, daß du ihn nicht aufgehoben hast«, sagte Anna, einfach nur, um zu verhindern, daß die Alte sie fragte, ob sie ihr überhaupt zuhöre, so wie sie es immer tat, wenn sie Anna vom »Fernsehgericht« erzählte. Das war auch wieder einer von ihren Versuchen, alles unter Kontrolle zu behalten, auf eine kindische, hinterlistige Weise sicherzustellen, daß erst Ma und jetzt Anna ihrem sinnlosen

Gebrabbel wenigstens oberflächliche Aufmerksamkeit schenkten.

»Oh, ich glaube, das *habe* ich. Ich hebe doch *alles* auf«, prahlte die Alte und schaukelte mit ihrem Stuhl vor und zurück, daß das Holz protestierend knarzte, und hielt sich dabei die ganze Zeit mit ihren schmutzigen, gelbnageligen Fingern am Tisch fest.

Das glaub ich dir aufs Wort ... dieses Haus stinkt langsam so, daß man meinen könnte, du hebst sogar deine eigene Scheiße auf, wie dieser alte Exzentriker in dem Buch, das uns Mr. Nuzzi in seinem Kurs »Zeitgenössische Romane« lesen ließ. »The Floating Opera« *von John Barth. Dieser Typ wäre was für dich gewesen, er hat alle seine körperlichen Ausscheidungen im Keller in Einmachgläsern gesammelt und hat in seinem Testament festgelegt, daß sie aufgehoben werden müssen –*

Anna mußte sich zurückhalten, um nicht in ihrem Stuhl hochzufahren, als ihr jetzt urplötzlich etwas bewußt wurde, was die ganze Zeit eigentlich schon klar auf der Hand gelegen hatte – und zwar nicht nur für sie, sondern für *alle* – der *Geruch!* Sie und Ma hatten sich an ihn gewöhnt, sie dachten beide, das wäre der übliche Gestank der Alten, der an verbranntes Fleisch erinnerte, zusammen mit dem staubigen Geruch zerfallenden Zeitungspapiers und der trockenen, verdorbenen Luft eines alten, nie gelüfteten Hauses. Aber jetzt erkannte Anna das Naheliegende, das ihr all die Jahre eben *deshalb* entgangen war, weil es schon längst zu einem Teil ihres Lebens geworden war.

Das Miner-Haus hatte *immer* schon komisch gerochen. Sicher, das Holz war hier und da verrottet, und in manchen Zimmer waren die übereinandergeklebten Tapeten schon sehr alt und hatten sich mit den verschiedensten Gerüchen von Essen, schmutzigen Kleidern, alten Schuhen, Küchenabfällen und all den anderen kleinen, lebendigen oder toten Dingen, die es in *jedem* Haus gibt, vollgesogen – das ganz spezielle Gemisch von Gerüchen, das einem signalisiert, daß man zu Hause ist. Aber dessen ungeachtet roch das Miner-Haus *komisch.*

Nicht ausgesprochen *schlecht,* aber auch nicht im geringsten *gut,* bloß ... *merkwürdig.* Es schien Anna, als wäre dieser unbestimmte Geruch mittlerweile schon so sehr ein Teil ihrer Vergangenheit, ihres *Daseins* geworden, daß sie bis jetzt, als sie ihn in Zusammenhang mit dieser Episode aus »The Floating Opera« brachte, noch nie richtig über ihn nachgedacht hatte. Der Mann in dem Buch hatte seine Exkremente in Einmachgläsern im Keller aufbewahrt, aber Anna glaubte nicht, daß Lucy etwas so Banales wie menschliche Fäkalien aufhob. Trotzdem hatte sie den starken Verdacht, daß es sich bei dem, was Lucy in diesem Haus aufbewahrte, auch um etwas Menschliches handelte.

Anna konnte nicht auf Anhieb sagen, warum ihr die Verbindung zwischen dem Geruch im Miner-Haus und der alten »Wo ist denn Gramma«-Frage nicht schon aufgefallen war, bevor sie »The Floating Opera« gelesen und darüber auf dem College ein Referat gehalten hatte, aber während sie so mit halbem Ohr der Alten zuhörte, wie sie weitertönte: »– Tante Joan *versuchte* Daddys Tabaksdose wegzuwerfen, als ich *fünfzehn* war, aber ich habe sie an der *Nase* herumgeführt, ich hab' die Dose unter meiner *Matratze* versteckt –«, wußte Anna plötzlich, warum, auch wenn diese Erkenntnis den Zug ihrer Gedanken auf ein anderes, nicht weniger bizarres Gleis lenkte.

Damals war Anna zumindest teilweise noch unter der Herrschaft der Alten gewesen. Zwar war ihr längst klar gewesen, daß die alte Frau geistig zurückgeblieben war, aber sie hatte trotzdem immer noch Angst vor Lucy gehabt und ein bißchen Respekt vor dem, was sie sagte. Und etwas so Grundlegendes in Frage zu stellen wie den Unterschlupf, den die Alte ihr und ihrer Ma bot, hätte Anna damals nie gewagt, nicht einmal in ihren eigenen, ganz persönlichen Gedanken. Genauso undenkbar wäre es für Anna und ihre Mutter gewesen, die Alte jemals zu fragen, was sich damals im Oktober 1931 wirklich zugetragen hatte, wer Mas Vater war, oder was mit Alvin Miner geschehen war, nachdem man ihn in einer Zwangsjacke und mit einem Knebel im Mund aus der Stadt geschafft hatte –

(*»Daddy wollte den Sheriff beißen, also steckten sie ihm ein zusammengerolltes Taschentuch in den Mund und knallten die Türen des Krankenwagens hinter ihm zu.« Sogar als kleines Mädchen habe ich mich immer gewundert, warum die Alte mir das in einem fast fröhlichen Ton erzählen konnte, wo doch ihr eigener Daddy gefesselt und geknebelt worden war.*)

– und er für immer aus Ewerton und dem Leben seiner Verwandten verschwand. Anna bezweifelte, daß der Mann jemals vor Gericht gestellt worden war; vermutlich hatte man ihn, wie seinen Nachfolger Ed Gein, für geistig zu verwirrt erklärt, um einer Gerichtsverhandlung folgen zu können. Es war wirklich eine Schande; Anna wußte nicht einmal, wann ihr eigener Urgroßvater gestorben war und wo man ihn beerdigt hatte, und dabei war er doch ihr eigenes Fleisch und Blut.

Aber Fragen hatte man in Lucy Miners Haushalt noch nie gern gehört. Lucys Wort war Gesetz, und damit basta. Sie benahm sich wie ein verzogener Fratz, der König spielen darf, und der in seiner rotznäsigen Frechheit die Rolle des Königs nicht wieder abgeben will.

Wenn man zu meiner Kinderzeit auf eine Schaukel wollte, auf der gerade jemand anderer schaukelte, dann stellte man sich daneben und zählte bis zehn, aber manche Kinder gingen nicht von der Schaukel herunter, wenn man bei zehn angekommen war – sie kickten einem einfach Sand ins Gesicht und lachten, während sie höher und höher schaukelten, hinauf in die Sonne. Die Alte hat mir und Ma unser ganzes Leben lang Sand ins Gesicht gekickt, und wir haben es nicht einmal gemerkt … nicht einmal, als unsere Augen von dem vielen Dreck fast blind geworden waren …

»– im *Radio*, auf dem Lokalsender, haben sie etwas über dieses *Mädchen* gesagt – die deinen Schuldirektor *umgebracht* hat«, blubberte die Alte selbstgefällig vor sich hin. Offensichtlich hatte sie das Thema gewechselt, während Anna sich in den Spekulationen über den Ursprung des widerlichen Hausgeruchs verloren hatte.

Anna trank so schnell einen Schluck von ihrem Tee, daß sie sich fast verschluckte. »Sie steht lediglich unter Verdacht, so lange, bis sie –«

Die Alte entgegnete spröde: »Da hat sich der *Sheriff* im *Radio* aber ganz anders angehört. Er war live in ›Jetzt rede ich‹ zu hören, und da hat er gesagt, daß die *Tatverdächtige* als *Erwachsene* angeklagt wird, und zwar für *Mord ersten Grades*, und daß die *Jugendlichen* da draußen nun ja nicht *dasselbe* mit ihren Eltern oder Lehrern machen sollten.«

Anna schwirrte der Kopf. Die schmutzigen, schimmelgefleckten grünen Wände schienen auf sie einstürzen zu wollen, und die Alte schwebte über ihr wie eine Gottesanbeterin, die mit ihren farblosen Glotzaugen ihre künftige Mahlzeit prüfend betrachtete.

Ich hätte mit Stu reden, hätte ihm sagen sollen, was ich weiß, auch wenn er mich dann für verrückt erklärt hätte. Verdammt, ich bin bei der Polizei vereidigt worden, damit bin ich schon fast eine Polizistin. Ich kann sogar Leute verhaften … und trotzdem habe ich alles vermasselt. Stu hat mich gefragt, *ob das Mädchen irgendwas gesagt hätte, und ich habe es verneint. Precious wäre vielleicht als geistesgestört davongekommen. Zumindest hätten sie sie von hier fortgebracht und irgendwo in einem Krankenhaus untersucht. Alles wäre recht gewesen, um sie vor Stu zu schützen. Jetzt werden ihre Eltern es nicht zulassen, daß sie aus dem Gefängnis verlegt wird, werden ihre Kaution nicht bezahlen, werden nichts für sie tun. Das Mädchen muß hier bleiben, bis sie vor Gericht gestellt wird ... und dann wird man ihr als einer Erwachsenen den Prozeß machen, was bedeutet, daß man sie mit aller Härte des Gesetzes bestrafen kann ... und das alles nur, weil* ich *nicht wollte, daß Stu mich für verrückt hält wie meinen Urgroßvater. Es ging gar nicht darum, daß keiner dachte, die Alte wäre verrückt, oder darum, das, was sie getan hat, geheimzuhalten. Ich wollte nicht, daß jemand dachte,* auch ich *wäre nicht mehr ganz richtig im Kopf ...*

Nebenbei fragte sich Anna, wie man es fertiggebracht hatte, Precious Isaacs überhaupt anzuklagen, zumal sie noch nicht einmal eine Aussage gemacht hatte, aber hier war Ewerton, hier war Dean County, und wenn man es damals geschafft hatte, ihren Urgroßvater bereits Stunden nach seinem Verbrechen irgendwo hinzuschaffen – man hatte ihn einfach in einen Krankenwagen gesteckt und weggefahren –, so brauchte sich Anna nicht zu wundern, wie man jetzt mit Precious umsprang.

Die haben hier ihre eigenen Regeln – haben sie immer schon gehabt und werden sie auch immer haben, sagte sich Anna resigniert. Die Staatsregierung drunten in Madison hatte nicht viel Kontakt mit dem verarmten, von Korruption gebeutelten Dean County. Vielleicht hielt sie es für das beste, das County so weit wie möglich zu ignorieren, um möglichen Peinlichkeiten von vornherein aus dem Weg zu gehen. Die Regierung hatte wohl mit den vielen armen

Zuwanderern, die aus den anderen Staaten der USA nach Wisconsin strömten und das Staatssäckel Unsummen kosteten, schon genug zu tun. Da mußte man nicht unbedingt auch noch die feinen Städter-Nasen in die Angelegenheiten einer hinterwäldlerischen, nicht einmal am Highway gelegenen Gemeinde in der nördlichen Zentralregion des Staates stecken.

Anna bezweifelte, daß sich irgend jemand einen Deut darum scheren würde, was letztendlich mit Precious Isaacs geschah. Hatte es vielleicht irgend jemanden einen Dreck gekümmert, daß Inez Hibbing blutüberströmt und tot in dem Wäldchen beim Festplatz gefunden wurde, oder daß Elmo und Irma auf der alten Schotterstraße im Norden der Stadt zu einer kirschmarmeladenähnlichen Masse zerquetscht wurden? Man *sprach* ja nicht einmal mehr von ihnen, und nichts hatte sich durch ihren Tod in der Stadt verändert. Norm Hibbing sperrte wie gewohnt jeden Morgen seinen schäbigen Geschenkladen auf und kurbelte die grünbraun gestreifte Markise über den Glastüren herunter, und Zack Downing fuhr Tag für Tag zur Arbeit in der Fleischabteilung des Red-Owl-Supermarkts, als wäre nichts geschehen. Sogar am Tag des Begräbnisses seiner Frau und seines Schwagers hatte Anna seinen Wagen dort auf dem Parkplatz gesehen.

Nein, die von der Alten verursachten Todesfälle waren nicht mehr als winzige Wellen im Strom des Lebens von Ewerton gewesen. Diese drei untergegangenen Leben hatten weniger Bedeutung als kleine Zweige, die in einen Fluß fallen und irgendwo an den Ufern hängenbleiben. Der Fluß fließt ungerührt weiter, ohne zu begreifen ... und das war es, was Anna so fürchterlich fand.

Diesen Leuten war ihr Leben genommen worden. Gut, sie waren Primitivlinge gewesen – Menschen, die niemand vermißte und die im Leben der Stadt keine weit klaffenden Löcher hinterlassen hatten. Wenn Wally Inglass irgendwo ohne Zeugen gestorben wäre, wenn sein Tod ebenfalls wie ein Unfall ausgesehen hätte, dann wäre auch in seinem Fall alles so weitergegangen wie bisher, ohne daß sich etwas merklich verändert hätte. Und Precious' mißliche Lage war nicht viel mehr als ein willkommenes Thema für den Stadtklatsch – etwas, worüber sich bei ein paar Dosen Squaw-Pisse im »Rusty Hinge« oder beim Zusammenlegen getrockneter Socken und Handtücher auf den braunen Resopaltischen im »Super Suds«-Waschsalon trefflich schwatzen ließ.

Sogar Stu Sawyer benutzte den Fall lediglich als Lektion für Ewertons Jugendliche, wie diese dramatischen Tonbänder, die die Schulpsychologen zu Annas Highschoolzeit ihr und ihren Mitschülerinnen vorgespielt hatten und die vor den Gefahren von LSD, Alkohol und Klebstoff- und Verdünnerschnüffeln hatten warnen sollen. Anna und die anderen hatten höflich gelangweilt zugehört, aber am Samstagabend hatten sich die anderen dann doch wieder literweise Bier hinter die Binde gegossen, das ihnen ihre älteren Geschwister besorgt hatten, oder sie hatten Plastikkleber in alte Socken gedrückt und geschnüffelt. Nur Anna saß immer zu Hause und mußte zuhören, wie die Alte beim Abendessen große Reden schwang und ihr und Ma *ihre* Version der Vergangenheit aufnötigte. Lucy hatte ihnen die Vergangenheit immer in den primitivsten Farben gemalt, wie ein Kind, das zum ersten Mal Wachsmalkreiden in der Hand hat. Alles daran war entweder rot wie die Wut, gelb wie die Eifersucht oder grün wie der Neid gewesen, und was Lucy an der Vergangenheit nicht gefiel, hatte sie mit dicken, schwarzen Strichen zugekritzelt.

»Großmutter, darf ich dich einmal etwas fragen?« Anna mußte sich zurückhalten, um beim ersten Wort nicht den Mund zu verziehen, aber sie schaffte es, indem sie sich auf die Tasse Tee vor sich konzentrierte.

Die Alte hörte mitten im Plappern auf und starrte Anna mit einem leeren Gesichtsausdruck an, als wäre die junge Frau eine Fliege, die eben mitten in der Marmelade gelandet war. Aber dann nahm sie sich zusammen und antwortete: »Nun, das hängt davon ab, *was* du mich *fragen* willst.«

Spiel jetzt bloß nicht die Schlaue, du alte Hexe, dachte Anna, während sie lächelte und sagte: »Ich habe mich neulich mal gefragt, was eigentlich aus meinem Urgroßvater geworden ist. Es war doch erst grade wieder der Jahrestag von – na, du weißt schon, von was. Es macht mich so traurig, wenn ich daran denke, daß er so ganz allein, so weit weg gestorben ist.«

Die Alte grinste und wandte dabei die Augen ab. So grinste sie immer, wenn sie etwas wußte, was sie nicht sagen wollte. Anna kannte dieses Grinsen seit vielen Jahren, seit dem Tag, an dem sie als Vierjährige mit Mas Hilfe einen Brief an den Weihnachtsmann geschrieben hatte. Ma hatte den Brief am Morgen angeblich in den Briefkasten geworfen, aber am Nachmittag, als Ma nicht da war, hatte Baba die kleine Anna gebeten, ihr doch die lange Nagelfeile aus ihrer ledernen Handtasche zu bringen. Anna hatte das getan, aber als sie die Handtasche geöffnet hatte, lag drinnen ihr Brief an den Weihnachtsmann. Mit einemmal war Anna die schreckliche Einsicht gekommen, daß man sie hinters Licht geführt hatte, daß es den Weihnachtsmann gar nicht gab und daß Ma den Brief deshalb auch nicht abgeschickt hatte. Sogar die Briefmarke, die Anna sorgfältig abgeleckt und auf dem Umschlag geklebt hatte, war abgerissen worden, vermutlich, um sie auf einem richtigen Brief wiederzuverwenden.

Und als Klein-Anna schließlich enttäuscht zu ihrer Baba zurückgetrottet war, hatte die Alte in ihrem Schaukelstuhl dieses schmallippige, hämisch belustigte Grinsen im Gesicht gehabt. Anna hatte in diesem Moment gewußt, daß sie, hätte sie ihre Baba gefragt, was denn der Brief an den Weihnachtsmann in ihrer Handtasche zu suchen hatte, von dieser nie eine offene Antwort bekommen hätte.

Als die Alte jetzt schwieg, schlürfte Anna ihren Tee und probierte es noch einmal: »Ich finde es bloß irgendwie bitter, daß er irgendwo weit weg begraben liegt. Wir hätten ihn doch auch hier beerdigen können.«

Die Alte äußerte sich immer noch nicht, sondern fuhr einfach mit ihrem unaufhörlichen Geschaukel fort, so daß das Linoleum unter dem Stuhl quietschte wie eine verängstigte Maus. Dabei hatte sie immer noch dieses sphinxartige, selbstgefällige Lächeln im Gesicht. Schließlich zwang sich Anna dazu, direkt in die farblosen Augen zu blicken, die in den über sechzig Jahren, die Lucy Miner schon auf der Welt war, so vieles gesehen hatten. Und erst aus dem Blick der Alten konnte Anna das lesen, was Lucy Miner nicht laut sagen wollte.

Alvin Miner lag weder auf dem Friedhof eines Irrenhauses – falls eine solche Institution überhaupt einen haben sollte – noch auf irgendeinem anderen Gottesacker. Langsam, ganz langsam, begann Anna zu begreifen. Die Alte war Alvin Miners nächste, lebende Verwandte, und wenn er gestorben wäre, hätte man sie benachrichtigt. Wenn er noch am Leben war, mußte er sehr, sehr alt sein, aber theoretisch wäre es möglich.

Lucy Miners aufgesetztes Grinsen verschwand selbst dann nicht, als Anna aufstand und sagte: »Ach, du meine Güte, so spät ist es schon? Ich muß gehen. Ich habe noch so viel zu tun.« Sie ließ ihre halbvolle Tasse stehen und rannte aus dem Haus, bevor die Alte daran denken konnte, sie an das Signal zu erinnern – als ob Anna es gegeben hätte, selbst *wenn* die Alte sie darum gebeten hätte.

4

Das Krankenhaus

Anna ließ die Anrufe, die sie von Ginny Yarrows Wohnung aus gemacht hatte, auf ihre eigene Telefonrechnung setzen. Es dauerte dann zwar etwas länger, bis die Verbindung zustande kam, aber Anna wollte nicht auf Ginnys Kosten telefonieren, nicht einmal mit der Auskunft. Und Anna hatte eine Menge Anrufe zu erledigen. Sie sprach mit vielen Telefonistinnen, Vorzimmerdamen und Stationsschwestern und kritzelte Nummern, Namen und andere Informationen auf den kleinen Block, den Ginny neben das Wandtelefon gehängt hatte, während sie zu dem, was ihr die Stimmen aus dem Hörer zuquäkten, immer »Ja, ja, ich verstehe ...« sagte.

Schließlich bekam sie doch noch einen übermüdeten und vermutlich aus diesem Grund ziemlich redseligen Anstaltsarzt an die Strippe. Als sie nach diesem Gespräch endgültig den Hörer auflegte, war es fast sieben. Sie riß das Blatt von dem Block ab und nahm es mit hinüber zu Ginnys karierter Schlafcouch, auf der sie sich lang ausstreckte und den Kopf auf das dünn gepolsterte Seitenteil legte. Sie hielt das Blatt hoch und las die Zeilen, die sie eben geschrieben hatte, noch einmal durch, obwohl sich ihr die Worte und Zahlen bereits ins Gedächtnis eingegraben hatten:

Oktober 1931 – A. Miner in die staatl. Nervenkl. eingew.;
Diagn.: katatonischer Zustand.

Weitere Untersuchungen 1932–44; selbe Diagn. – Patient weigert sich, zu sprechen u. Nahrung aufzunehmen.

1945 – Änderung des Zustands nach Besuch von L. Miner.
Gewalttätig, muß ruhiggestellt werden, Zust. dauert über 6 Mon.

1946 bis Mitte 50er Jahre – leichte Besserung. Keine Erklärung für Tat von 1931. Elektroschocktherapie. Später für geheilt, aber senil erklärt. Kann nicht entlassen werden.

50er bis 70er Jahre – körperl. Zustand verschlimmert sich, wird auf ärztl. Rat in Pflegeheim eingewiesen.

Anna hatte sich Adresse und Telefonnummer des Pflegeheims notiert, in das ihr Urgroßvater eingewiesen worden war – ihre Großmutter hatte es 1979 für den hilflosen, sterbenden Alvin Miner herausgesucht. Es lag im Wright County, das im Westen an das Dean County angrenzte, und zwar ganz in der Nähe der geisteswissenschaftlichen Fakultät des St. Peters College, Annas früherer Universität. An dieser Fakultät hatte sie bei Dr. Nuzzi die Bücher von Kafka, Barth und Poe gelesen, unter anderem auch »Der entwendete Brief«, Poes Detektivgeschichte von einem vermißten Brief, der so genial versteckt war – als *Brief* unter anderen Briefen – ... und gleich nebenan hatte Annas Großmutter ihr eigenes, fast ebenso geniales Versteckspiel gespielt, und zwar mit ihrem verrückten Vater anstatt mit einem von innen nach außen gefalteten Brief. Anna war während ihrer dreieinhalb Jahre auf dem St. Peters College auf ihrem Weg zu und von den Vorlesungen wohl gut tausendmal an dem Wright-County-Pflegeheim vorbeigegangen und hatte nie geahnt, daß hinter diesen Mauern ihr Urgroßvater, der berüchtigte Alvin »Wo ist Gramma?«-Miner im strengen Geruch von Desinfektionsmitteln vor sich hinvegetierte. Lucy hatte ihn in diesem Pflegekrankenhaus versteckt, ohne ihrer Tochter oder ihrer Enkelin auch nur ein Sterbenswörtchen davon zu erzählen, wo sich der Mörder, den Krankheit und Alter ungefährlich gemacht hatten, die ganze Zeit über aufhielt.

Anna hatte bei ihrem Anruf im staatlichen Irrenhaus Glück gehabt. Der diensttuende Anstaltsarzt war so müde, gelangweilt und ausgebrannt gewesen, daß er »Officer Yarrow« alles erzählt hatte, was Anna hatte wissen wollen, und dabei hatte die Schwester vom Dienst, trotz Annas Versicherung, daß es sich um eine offizielle Polizeianfrage handle, furchtbar lange herumgedruckst, bis sie sie schließlich doch mit dem jungen Arzt verbunden hatte.

Es war schon erstaunlich, wie manchmal die bloße Nennung eines Polizei-Dienstgrads den Leuten Vertrauen einflößte und sie gesprächig machte. Kurt, der Mann aus der Funkzentrale, hatte Anna und Ginny vor ein paar Tagen beim Mittagessen von dem Telefontrick erzählt, mit dem sich Informanten im Gefängnis Material über ihre Opfer beschafften, indem sie sich über die nicht abgehörten Telefone des Gefängnisses als Polizeibeamte ausgaben. Das hatte ihm ein Freund erzählt, der Anwalt in Minneapolis war.

Bei ihrem Gespräch mit dem Anstaltsarzt hatte Anna bemerkt, daß dieser, während er ihr aus einer alten Akte vorgelesen hatte, hastig an einer Zigarette gezogen hatte. Anna hatte ihn vermutlich ein paar Minuten wach gehalten und ihm einen Gang zur Kaffeemaschine, eine weitere Handvoll Coffein-Pillen oder womit der Bursche sich sonst auf den Beinen hielt, erspart. Wenigstens war er freundlich und gesprächig gewesen, er hatte ihr sogar die Notiz auf Alvin Miners Überstellungsformular an das Pflegeheim vorgelesen, die besagte, daß er keinen Besuch empfangen dürfe, und hatte zum Schluß noch angemerkt: »Ist doch blöd, oder? Den Unterlagen nach muß der Mann hundertundsechs verdammte Jahre alt sein. Was soll der alte Furz einem Besucher noch Schlimmes antun? Soll er ihm vielleicht ins Gesicht spucken, oder was?«

Anna hatte sich ein Lachen abgerungen, wie es sich für eine Polizistin gehört, die im Auftrag ihres Chefs ein paar Informationen einholte, damit dieser einen uralten Fall endlich zu den Akten legen konnte. Es war ihr Glück gewesen, daß der Arzt viel zu erschöpft gewesen war, um ihr größere Aufmerksamkeit zu schenken. Statt dessen hatte er, wohl bloß um seine eigene Stimme zu hören, immer weiter geredet. Anna hatte schließlich behauptet, sie müsse die Leitung für einen wichtigen Anruf freimachen, und aufgelegt, bevor der nette junge Doktor seinerseits hätte Fragen stellen können.

Jetzt, als sie auf der Couch lag, sprang Bruiser auf ihre Brust, legte sich langgestreckt auf sie und preßte seinen breiten, schwarzen Kopf zwischen ihre Brüste. Anna schaute in seine ernsten, grünen Augen und strich ihm, ein wenig schuldbewußt, über den Rücken *(ist das pervers, ist das vielleicht sogar Inzest?)*, spürte seine Wirbel tief unter dem glatten Fell und den dicken Muskeln und sagte mit einer Stimme, die kurz davor war, entweder in Lachen oder in Weinen umzuschlagen – sie war sich nicht sicher, in was –: »Weißt du was, Brupie? Wir beide sind vielleicht miteinander verwandt.« Schließlich gewannen die Tränen die Oberhand, und Anna zog die Katze noch näher an sich und drückte sie ganz fest, um den Schmerz und die Scham auszulöschen, die in ihrem Inneren miteinander kämpften.

5

Lucy (VI)

Als Lucy die halbvolle Tasse Tee ins Spülbecken goß, hatte sie immer noch das alberne kleine Grinsen auf den Lippen, mit dem sie schon als junges Mädchen ihre Tanten oft zur Weißglut gebracht hatte. Es war das gleiche Lächeln, mit dem sie Tante Bella angesehen hatte, als die plumpe alte Frau ihre Frage wiederholt hatte: »Lucy, *wer* hat das getan? Ich muß es wissen.« Lucy hatte bloß gegrinst und auf den Kater Mister gedeutet, der zusammengerollt auf dem breiten Schoß der Tante gelegen war und dessen Rippen sich im Schlaf unter seinem weichen, grauweißen Fell gehoben und gesenkt hatten.

»Laß den Unsinn, Lucy. Du bist kein kleines Mädchen mehr. Alvin hat sich das vielleicht gefallen lassen, aber ich nicht – meine Güte, was ist denn *das?*«

Und dann hatte Lucy Tante Bella zeigen wollen, was *das* war, aber sie war nicht einmal mehr dazu gekommen, das spiralförmige Ding aus seiner Tabaksdose zu nehmen und es wieder auf Mister zu legen. »Tante Bella war schon immer eine Spielverderberin«, sagte Lucy zu sich selbst, und ihre Stimme, die klang wie spritzendes Fett in einer Pfanne, hallte durch das stille, stinkende Haus, während sie ins Schlafzimmer ging und das Plastiksäckchen mit der Pfirsichblüten-Duftmischung hervorkramte, das ihr Tina, ein paar Wochen bevor sie weggelaufen war, gekauft hatte.

Lucy mußte ein paar Minuten in ihrem Nähkästchen herumwühlen, bevor sie den Rest der Sachen gefunden hatte, die sie für das, was sie vorhatte, benötigte, aber nachdem sie sie gefunden hatte, breitete sie alles auf dem Tisch neben Großmutters Schaukelstuhl aus.

Während sie sich an die Arbeit machte, sprach sie laut vor sich hin und freute sich darüber, wie sich ihre Stimme an den schimmelfleckigen Wänden des seit Jahren nicht gelüfteten Raumes brach. »Ich hätte Tante Bella *doch* noch von Großmutter erzählen sollen. Ihr hätte sowieso niemand mehr geglaubt. Vielleicht hätten sie sie im Irrenhaus dann den ganzen Tag angebunden und ihr einen Knebel in den Mund gesteckt ... bis sie schließlich *verhungert* wäre.«

Lucy schaukelte fröhlich in ihrem Stuhl, wie das größte und älteste Baby der Welt, und machte nur ab und zu eine kleine Pause, um über den alten Nachtrock zu streichen, den ihre Großmutter vor so langer Zeit getragen hatte, auch wenn er jetzt unter ihrer Hand keine Falten mehr schlug. Aber die Wolle griff sich immer noch angenehm an, besonders, seit ihre alten Hände nicht mehr so empfindlich waren wie früher. Sie erinnerte sich daran, wie sie

zusammen mit der kleinen Anna, als diese noch ein Kind gewesen war, Babas liebes, kleines Mädchen, den Nachtrock gestreichelt und dabei ein altes Kinderlied gesungen hatte. Damals hatte der gurgelige Klang von Babas Stimme der kleinen Anna noch nichts ausgemacht – erst später hatte sie behauptet, daß sie ihn haßte.
Und jetzt sang Lucy wieder das alte Lied, und ihr Schaukelstuhl ächzte im Rhythmus dazu, während sie trällerte: »Baba, *black* sheep, have *you* any *wool? Yes*, Sir, *yes* Sir, three bags *full.*« So hatten es Lucy und ihre Großmutter gesungen, bis eines Nachts Daddy die Treppe heruntergekommen war und Lucys und Großmutters Spaß für immer verdorben hatte.
»Ich hoffe, daß du dort *glücklich* bist, Daddy«, sagte Lucy. »Da, wo du jetzt bist, singt *niemand* für dich ... da wird *überhaupt* nicht gesungen ... und niemand weiß, *wo* du bist, genauso, wie niemand weiß, wo *Großmutter* ist. Niemand außer der kleinen Lucy.«
Und durch das alte, muffige Haus dröhnte ein blubberndes, gurgelndes, irrsinnig fröhliches Lachen.

KAPITEL ZEHN

Donnerstag, 29. Oktober 1987

1

Das Pflegeheim (I)

Jetzt weiß ich, warum sich dieser alte Nazi Rudolf Hess vergangenen August im Gefängnis von Spandau umgebracht hat, dachte Anna Sudek, während sie am frühen Nachmittag Ginny Yarrows Ford Escort auf einem der gelb gekennzeichneten Besucherparkplätze des Wright-County-Pflegeheims abstellte.

Dabei war das Pflegeheim vis-à-vis der geisteswissenschaftlichen Fakultät des St. Peters College kein düsteres, abweisendes oder festungsähnliches Gebäude. Im Gegenteil, sein moderner Baustil mit hellen Klinkern und vielen Fenstern machte einen überraschend lockeren, fast fröhlichen Eindruck, und die Anlagen drumherum waren immer noch so gepflegt, wie Anna sie aus ihrer Studienzeit in Erinnerung hatte.

Aber ein Gefängnis ist ein Gefängnis ist ein Gefängnis ist ein Gefängnis, wie Gertrude Stein gesagt hätte – mit einem bitteren Lächeln erinnerte sich Anna daran, wie Mr. Nuzzi darauf bestanden hatte, daß Gertrude viermal »Eine Rose ist eine Rose ist –« gesagt hatte, nicht dreimal, wie oft fälschlich behauptet wurde –, und dieses Pflegeheim war auf seine eigene Art und Weise ein ebenso schreckliches und ausbruchsicheres Gefängnis wie das des alten Rudolf Hess in Spandau. *Mein Urgroßvater ist dort drin gefangen. Und er ist tatsächlich einhundertundsechs verdammte Jahre alt. Der Doktor, mit dem ich heute morgen gesprochen habe, hat gesagt, daß der Alte nicht einmal die Kraft hat, um einen Grapefruit-Löffel zu heben, ganz zu schweigen von einer Axt, und trotzdem halten sie ihn noch immer unter Aufsicht. Wozu?*

Anna strich Ginny Yarrows Uniformhose über den Hüften glatt, hoffte, daß niemand bemerken würde, daß sie ein paar Zentimeter über ihren Knöcheln endete, und zögerte, ihr geliehenes Auto zu verlassen und hinaus in den kühlen, aber sonnigen Oktobertag zu treten, um drüben im Pflegeheim ihre Rolle weiterzuspielen. Wäre sie dort unter ihrem eigenen Namen aufgetaucht, dann hätte die – wenn auch nur entfernte – Möglichkeit bestanden, daß die Alte irgendwie von diesem Besuch Wind bekam. Und außerdem war es am Telefon ganz hilfreich gewesen, daß Anna die Polizistin gespielt hatte, so hatte sie schließlich auch herausgefunden, wo sich Alvin Miner aufhielt, oder nicht? Wenn *das* funktioniert hatte, ohne die Hilfe von Papieren, einer Uniform oder einer Dienstmarke, warum sollte eine richtige Uniform dann nicht erst recht funktionieren?

Wenn sie aber anfangen, zu viele Fragen zu stellen, dann steckst du bis zum Hals im Schlamassel. Ich hoffe, das ist dir klar, warnte Anna sich selbst. Da sie aber nach all den Lügengeschichten, die sie hatte erfinden müssen, um überhaupt so weit zu kommen, nun einmal hier war, würde sie jetzt einfach aus dem Auto steigen, voller Zuversicht hinüber zu diesem Pflegeheim gehen und ihr Glück versuchen.

Auf dem Beifahrersitz lag eine Mappe mit Papieren, die sie sich am Vormittag auf der Polizeistation zusammengesucht hatte, einige davon hatte sie rasch selber getippt, kurz bevor sie über eine starke Darmgrippe geklagt und Bib gebeten hatte, sie für den Rest des Tages nach Hause gehen zu lassen. (»Das kommt davon, wenn man dieses Zeug aus den Mülltonnen ißt, irgendwann werden Sie sich noch eine Lebensmittelvergiftung oder Schlimmeres holen, und dann wird es Ihnen leid tun, Kindchen ...«).
In Ginnys Wohnung hatte Anna sich die Uniform ihrer Kollegin angezogen. Gott sei Dank hatte Ginny seit ihrer Schulzeit etwas zugenommen, so daß ihre Kleidung Anna fast paßte, zumindest solange sie nicht allzu tief einatmete und die nur mit einer Sicherheitsnadel zusammengehaltene Bluse sprengte. Als Schuhe mußte sie allerdings ihre eigenen, dunkelbraunen anziehen, denn Ginnys schwarze Uniformschuhe waren ihr zwei Nummern zu klein.
Als Anna sich schließlich in Ginnys kleinem Badezimmerspiegel gemustert hatte, war sie doch ziemlich zuversichtlich gewesen, daß die Sache klappen würde. Wenn sie sich erst einmal ihre braunen Haare zu einem lockeren Knoten hochgesteckt und ihren Pony mit Bürste und Haarspray aus der Stirn gebracht hatte, würden sie die Ärzte in dem Pflegeheim bestimmt für eine vielbeschäftigte Polizistin halten ... jedenfalls solange sie ihre Füße nicht genauer unter die Lupe nahmen.
Eigentlich hatte sie ursprünglich gar nicht vorgehabt, sich dem Personal des Pflegeheims gegenüber für Ginny Yarrow auszugeben, aber nachdem der Polizeitrick bei dem Anstaltsarzt am Abend zuvor so gut geklappt hatte, hatte Anna, ohne es eigentlich zu wollen, auf das »Guten Morgen« der Telefonistin des Pflegeheims mit einem energischen: »Hallo, hier ist Officer Yarrow von der Polizei in

Ewerton« geantwortet, als ob sie als Ginny Yarrow das Schuldgefühl nicht zu haben brauchte, das sie als Anna Sudek bei dem Unternehmen begleitete.

Und nun war sie nur ein paar Dutzend Meter von dem einzigen Mann auf der Welt entfernt, der wirklich wußte, was sich an jenem schrecklichen Morgen vor mehr als fünfzig Jahren zugetragen hatte. *Falls* er überhaupt noch in der Lage war, etwas zu erzählen. Falls er überhaupt noch einen Funken klaren Verstandes besaß.

Denk dran, der Doktor hat gesagt, daß sie dem alten Burschen Elektroschocks verpaßt haben, und zwar zu der Zeit, in der auch Sylvia Plath diese Behandlung bekam, und du weißt ja, was mit ihr passiert ist. Mein Gott, der Alte sollte nicht hier eingesperrt sein, sein Name sollte viel eher von Willard Scott in der »Today«-Show genannt werden. Da hast du dir all die Mühe gemacht, all die Lügen erzählt, bist über hundert Meilen in einem Auto gefahren, das dir gar nicht gehört, und das mit einem Führerschein, der schon abgelaufen war, als du noch aufs College gingst, nur um ein seniles, altes Überbleibsel von damals mit einem Hirn wie zu weich gekochten Reis zu sehen. Er wird dir vielleicht Ginnys ganze Uniform vollspucken, bevor er auch nur ein Wort herausbekommt.

Aber trotzdem bestand da noch die Chance, daß Alvin Miner ihr etwas sagen konnte, *irgend etwas*, das vielleicht für sie wichtig wäre.

Schließlich nahm Anna die alten Verhaftungsprotokolle, die ohnehin bald vernichtet werden würden, zusammen mit den angeblichen Unterlagen für den Miner-Fall, über den Bib angeblich eine »Studie« anfertigen wollte, vom Beifahrersitz, zog Ginnys Uniformjacke noch ein bißchen mehr über ihre Brust und stieg aus dem Auto.

Sie blickte über ihre Schulter auf das ebenerdige Ziegelgebäude der geisteswissenschaftlichen Fakultät. Es war umgeben von Bäumen, deren leuchtendbraune, goldene und orangefarbene Blätter im Sonnenlicht funkelten, und einer sanft geschwungenen, immer noch grünen Rasenfläche, die bis hinunter zum Highway hinter dem Collegegelände reichte. Vor dem doppeltürigen Haupteingang stand immer noch das hohe, stilisierte Stahlkreuz, das ein Überbleibsel aus der Zeit war, als dieses Gebäude noch die Schlafsäle der katholischen Knaben-Highschool beherbergte hatte. Auf einmal wünschte sich Anna nichts sehnlicher, als wieder auf dieses College zu gehen, behütet und sicher zu sein vor einer Welt, die sie im Lauf von weniger als zwei Wochen mehr verwirrt und verletzt hatte, als sie ertragen konnte.

Aber ich muß es ertragen. Ich kann mich nicht einfach wie eine Schnecke in mein Haus verkriechen und mich verstecken. Dazu schulde ich zu vielen Leuten etwas. Ich habe schon zu viel getan, um jetzt noch einen Rückzieher machen zu können. Und würde ich nicht, wenn ich jetzt aufgebe, der Alten direkt in die Hände spielen? Sie hat ihr Leben aufgegeben, hat sich in ein Loch verkrochen und Erde über sich gehäuft, damit sie den ganzen Tag in ihrem Nachthemd herumsitzen kann, wie die kleine Lucy, die die Treppe herunterkommt und von ihren Tanten wie ein Besuch *behandelt wird. Und wenn sie einmal aus dem Haus geht, muß sie sich erst in etwas anderes verwandeln. Das ist doch keine Art, sein Leben zu meistern. Aber genauso will sie, daß auch ich lebe. Genauso wie sie,* verdammt noch mal! *Sie will, daß das alles mich restlos erdrückt. Sie hat ihre Tante in den Wahnsinn getrieben, und Gott allein weiß, was sie getan hat, daß ihr Vater verrückt geworden ist. Sie hat Ma schamlos ausgenützt, bis diese so unzufrieden mit ihrem Leben und sich selbst geworden ist, daß sie wie ein Kind ihr Ränzlein geschnürt hat und fortgerannt ist – und das hat die Alte vermutlich die ganze Zeit gewollt. Ohne Ma gab es nur noch Anna und ihre Baba, so wie Lucy und Gramma … und natürlich das Amulett, das macht drei.*

Die Vorstellung, die sich mit diesem letzten Gedanken verband, ließ Anna endgültig durch die doppelte Glastür gehen und mit zielstrebigen Schritten und einem abgehobenen, professionellen Lächeln auf dem Gesicht den langen Empfangstisch aus hellem Holz ansteuern. Das Amulett, dieses *Ding*, das die kleine Lucy wie eine zahme Eidechse gehalten hatte, mit der sie ihre Klassenkameradinnen so hatte erschrecken können, daß sie getan hatten, was sie wollte, oder sie gemieden hatten, war Annas wirklicher Feind. Es hatte ihre Ururgroßmutter beherrscht, so wie es später die kleine Lucy beherrscht hatte, und es hatte auch eine große Rolle in Tina und Anna Sudeks bisherigem Leben gespielt. Ohne dieses Ding wären sie beide nicht auf der Welt, aber mit ihm waren sie immer etwas weniger als wirklich lebendig und konnten niemals wirklich frei über ihr eigenes Leben bestimmen.
Vor ihrer Geburt hatten Anna und ihre Mutter ja nichts gegen die Macht dieses Amuletts unternehmen können, aber jetzt war Anna entschlossen, dieses verfluchte Ding daran zu hindern, ihr das bißchen Leben, das sie hatte, restlos zu ruinieren – auch wenn es sich dabei nicht um ein gänzlich menschliches Leben handelte. Wenigstens hatte Anna eine Rechtfertigung dafür, daß sie sich bewegte, daß sie dachte. Das goldene Monster, das da zusammengerollt in dem kleinen Beutel um den Hals der Alten hing, hatte eine solche Rechtfertigung nicht, zumindest nicht im zwanzigsten Jahrhundert, und ganz bestimmt nicht, solange es sich in den Händen von jemandem befand, der so fehlgeleitet und wahnsinnig war wie Lucy Miner – jemand, der weder die Intelligenz noch das Gewissen besaß, um sich darüber klarzuwerden, wie unglaublich gefährlich dieses Amulett wirklich sein konnte.

2

Alvin Miner (I)

Die kreppbesohlten Schuhe der Krankenschwester machten auf dem frisch geputzten Boden des langen Ganges schmatzende Geräusche wie feuchte Küsse. Während sie Anna zu dem kleinen, vom Staat bezahlten Zimmer begleitete, in dem Ewertons berüchtigtster Axtmörder – eigentlich der einzige Axtmörder in der Geschichte dieser Stadt – verwahrt wurde, erklärte die Frau in ihrer rosa und weißen Schwesternuniform: »Mr. Miner hatte keinen Besuch mehr seit ... nun, zumindest seit ich hier angefangen habe, und das war neunzehnhundertzweiundachtzig. Der Staat zahlt für seine Unterbringung, als ob wir hier ein *Krankenhaus* wären, als ob wir uns hier wirklich um ihn kümmern könnten. Er ist unser ältester Patient hier. Wir haben noch einige, die ein paar Jahre jünger sind als er, aber sie sind nicht in einem solchen Zustand wie er.«

»In was für einem Zustand ist er denn?« fragte Anna und blieb in der Mitte des scharf riechenden, mit graubeigem Linoleum ausgelegten Ganges stehen und versuchte durchzuschnaufen. Das ganze Pflegeheim schien ein einziges, endloses Labyrinth von Gängen zu sein, und Anna war jetzt schon ganz außer Atem.

Aus dem Ton der Schwester schloß sie, daß sie recht gehabt hatte mit ihrer Vermutung, daß der Alte ohne jeglichen Verstand nur noch vor sich hin vegetierte.

Die Schwester blieb neben Anna stehen, steckte die Hände in die Taschen ihrer weißen Strickjacke und hatte ein entschuldigendes Lächeln auf ihrem ovalen, leicht trockenen Gesicht. »Nun, er hat nichts Ansteckendes und ist auch nicht gefährlich. Wenn man bedenkt, was er mitgemacht hat, ist Mr. Miner eigentlich in einem recht guten Zustand, zumindest körperlich. Er ist sehr zäh. Aber geistig –« Die Schwester nahm eine Hand aus der Tasche und drehte sie mit ausgestreckten Fingern schnell von oben nach unten, so daß man abwechselnd ihre Handfläche und ihren Handrücken sah. Müde lächelnd fuhr sie fort: »Mal ist er da, mal wieder nicht. Irgendwie scheint er immer zu kommen und zu gehen. Aber als ich heute morgen nach ihm sah, war er ansprechbar.« Sie verstummte und setzte sich mit schmatzenden Sohlen wieder in Bewegung. Anna, die ihre gefälschten Akten unter den Arm geklemmt hatte, hatte Mühe, mit der älteren Frau Schritt zu halten.

»Normalerweise macht er nach dem Mittagessen ein Nickerchen, aber vielleicht haben wir Glück. Sie sagten doch, daß Sie am Abend wieder zurück in Ewerton sein müßten, nicht wahr?«

Anna nickte. Ginny hatte sie spät am vergangenen Abend angerufen und gesagt, daß sie heute zwischen sechs und sieben Uhr mit ihrem Freund zurückkommen würde. Aus Ginnys Ton hatte Anna geschlossen, daß sie nicht mehr allzu lange Yarrow mit Nachnamen heißen würde. Sie hoffte insgeheim, daß ihrer Kollegin vor lauter Glück die zweihundert Meilen mehr auf dem Tachometer ihres Wagens nicht weiter auffallen würden.

Die Schwester stellte sich auf die Zehenspitzen und schaute durch das kleine Glas- und Maschendrahtfenster in der Tür des Zimmers am Ende des Ganges. Mit einem Lächeln drehte sich sich zu Anna um und sagte: »Sie haben Glück, Officer Yarrow. Mr. Miner ist wach. Wollen Sie, daß ich bei Ihnen bleibe, zumindest bis er weiß, wer Sie sind? Ich werde nicht darauf hören, was Sie sagen.«

Anna dachte: *Du weißt ja nicht einmal, wer ich bin,* und

entgegnete: »Nur so lange vielleicht, bis sicher ist, daß er nicht verwirrt ist. Wenn ich danach Hilfe brauche, kann ich Sie dann rufen?«

»Ich werde gleich vor der Tür warten.«

Anna lächelte. »Das wäre nett«, sagte sie, während sie so nahe an die Tür trat, daß auch sie einen Blick durch das Fenster werfen konnte. Drinnen lief ein kleiner Fernseher, aber kein Ton drang zu Anna heraus. Vielleicht war die Tür so schalldicht, daß die Schwester draußen sie nicht hören konnte, selbst wenn sie sich mit dem Ohr dagegen lehnte.

Als die Schwester die Tür aufschloß und öffnete, stieg Anna der fettig-abgestandene Geruch von Rühreiern und Desinfektionsmittel in die Nase. Die Schwester schob Anna sanft ins Zimmer und sagte mit einer lauten, fröhlichen Stimme, die das Dröhnen des Farbfernsehers, der neben dem Bett stand, übertönte: »Einen wunderschönen Nachmittag, Mr. Miner. Sie haben Besuch.« Sie beugte sich hinunter und drehte den Fernseher leiser. »Diese nette Dame von der Polizei würde Ihnen gern ein paar Fragen stellen.«

Anna blieb stehen und drückte mit dem rechten Arm ihre Akten fest an ihren Körper. Mit der linken Hand faßte sie sich am rechten Ellenbogen, während sie sich langsam herumdrehte und ihren Urgroßvater ansah.

Alvin Miner saß in einem Rollstuhl, der Lederriemen, mit dem er um den Bauch herum festgeschnallt war, wurde fast von einer blau-gelb karierten Wolldecke verdeckt. Er war ein kleiner, gedrungener Mann, drahtig wie viele ältere Tschechen. Der alte Palmer Nemmitz daheim in Ewerton war in etwa auch so ein Typ.

Wenn Andy Warhol im Februar nicht gestorben wäre, hätte er vermutlich irgendwann einmal auch so ausgesehen, dachte

Anna, während sie in das durchfurchte Gesicht des alten Mannes mit seinen hohen Backenknochen und dunklen Augen starrte. Das Alter hatte sämtliches Fett aufgezehrt, das Alvin Miner einmal auf den Knochen gehabt haben mochte. Seine Haut lag wie durchscheinendes, gewachstes Papier mit vielen Falten und Runzeln über seinen slawischen Gesichtsknochen und seinen klauenähnlich nach innen gebogenen Fingern mit ihren hornigen Nägeln. Unzählige Altersflecken überzogen sein Gesicht, seine Hände und Unterarme und das schmale Dreieck aus faltigem Hals und Brust, das man unter seinem offenen Bademantel und dem Kragen seiner Pyjamajacke erkennen konnte.

Bis auf ein paar spröde, in alle Richtungen abstehende Strähnen, die um die Vorherrschaft auf seiner leicht schuppigen, gefleckten Kopfhaut zu kämpfen schienen, hatte er fast keine Haare mehr auf dem Kopf. Auf seinen großporigen Wangen waren keine Bartstoppeln zu sehen, aber Anna entdeckte ein paar graue Haare, die aus den großen Löchern seiner altersdicken Nase und aus seinen riesigen, merkwürdig verwundbar wirkenden Ohren herauswuchsen.

Aber es waren seine Augen, die nur aus Pupille und nur wenig oder gar keiner Iris zu bestehen schienen, die Anna so aufwühlten, daß sich ihr Inneres wie zerbrochenes Glas anfühlte. Alvin Miner hatte nicht die leeren, marmortrüben Augen alter Leute – so wie sie seine noch gar nicht so alte Tochter zum Beispiel hatte. Vielleicht hörte er nicht mehr gut *(aber immerhin scheint er ohne Hörgerät auszukommen, oder ist der Staat nur zu knausrig, um ihm eines zu spendieren?)*, und vielleicht hatte man seinen Verstand mit Elektroschocks extra knusprig gebraten, aber diese Augen waren wach und stark genug, um damit die von Anna festzuhalten, sich in sie zu bohren und einen schrecklichen, *wissenden* Blickkontakt herzustellen.

»Das ist Officer Yarrow aus Ihrer Heimatstadt, Mr. Miner. Sie würde Ihnen gern ein paar Fragen stellen – nichts Schlimmes natürlich, nichts, was Sie aufregen wird«, fügte die Schwester in einem warnenden Ton, der ganz offensichtlich eher für Anna bestimmt war, hinzu. Machen Sie ihn bloß nicht wild, okay? schien sie damit sagen zu wollen. Anna löste den Blickkontakt mit dem alten Mann im Rollstuhl, um der Schwester mit einem beruhigenden Lächeln zuzunicken.

Alvin Miner sagte nichts, aber sobald sich Annas Kopf wieder in seine Richtung gedreht hatte, bohrten sich seine Augen sofort wieder in die ihren. Anna glaubte, daß in diesen tiefdunklen Augen so etwas wie Erkennen aufglomm, und hoffte, daß die Schwester ihren weißuniformierten Hintern aus dem sterilen, freudlosen kleinen Zimmer herausbefördert haben würde, bevor der alte Mann etwas sagte, wofür Anna auf Anhieb keine Erklärung parat hätte.

»Ich lasse Sie beide jetzt allein. Ich bleibe draußen direkt vor der Tür – falls Sie irgend etwas benötigen, Mr. Miner.«

Sie meint, falls du wegen mir einen Schreikrampf bekommst, Urgroßvater.

»– und bedenken Sie, Officer Yarrow: Mr. Miner wird *sehr* schnell müde.«

»Ich brauche nur ein paar Minuten«, antwortete Anna, nahm die Akte unter ihrem Arm hervor und schlug sie geschäftig auf. Dann holte sie einen von Ginnys Kugelschreibern aus der Brusttasche der Uniformjacke und schien bereit, mit ihrer Befragung zu beginnen. Die Schwester lächelte und schob sich aus dem Zimmer, aber

Anna konnte durch den Spalt unter der Tür ihre Füße als dunkle Flecken vor dem hellen Boden des Ganges sehen. Anna fragte lächelnd: »Darf ich mich auf Ihr Bett setzen, Mr. Miner?«

Der alte Mann, der die ganze Zeit unverwandt in Annas Augen gestarrt hatte, hob eine seiner fast durchsichtig wirkenden Hände, auf deren Rücken die Venen wie grünlich-blaue Schnüre hervorstanden, und gab ein Geräusch von sich, das wie ein Seufzer klang und aus dem Anna mit großen Schwierigkeiten die Worte: »Von mir aus« heraushören konnte.

Anna setzte sich auf das hohe Krankenhausbett. Die heruntergelassenen Seitenteile aus Metall fühlten sich durch den Stoff der Hosenbeine kalt an, denn Anna hatte es nicht geschafft, unter der Hose, die am Bauch zu eng und am Po zu weit war, ihre langen Unterhosen anzuziehen. Sie sah den alten Mann ernst an, bevor sie sanft fragte: »Wissen Sie, wer ich bin?«

Wieder öffnete sich der zusammengezogene, verdorrt aussehende Mund – Anna zuckte zusammen, als sie erkannte, daß der Mann keinen Zahn mehr besaß, sein Zahnfleisch mit den dunklen Löchern darin sah nackt und irgendwie verwundbar aus – und stieß ein Geräusch hervor, das klang wie das Rascheln von trockenem Herbstlaub, begleitet von dem unangenehmen Geruch alter Eier und bitter riechender Medizin.

»Nicht Polizei ... falsche *Schuuuuhe*«, hörte Anna, und ihr wurde klar, daß Alvin Miner sie in der Sekunde, die sie hinüber zur Schwester geblickt hatte, von Kopf bis Fuß gemustert haben mußte.

»Wieso schaust du auf meine Füße, du alter Furz?« flüsterte Anna und schüttelte verwundert den Kopf, bis sie schließlich begriff. Kein Wunder, daß ihm die falschen

Schuhe gleich aufgefallen waren, er hatte schließlich im Lauf der Jahre genug mit der Polizei zu tun gehabt.
Und als Anna daraufhin selber auf ihre dunkelbraunen Schuhe sah, mußte sie zugeben, daß sie *wirklich* nicht wie etwas aussahen, was eine echte Polizistin, selbst bei einer so nachlässig geführten Polizei wie der von Ewerton, jemals im Dienst tragen würde. Und Alvin Miners hundertsechs Jahre alte Augen waren immer noch scharf genug, um etwas zu erkennen, was zwei Ärzten und einer Schwester entgangen war.
Anna spielte verlegen mit Ginnys Kugelschreiber und ließ dessen blauverschmierte Metallspitze ein paarmal abwechselnd heraus- und hineinfahren, bis sie schließlich sagte: »Nun gut. Ich bin keine Polizistin. Ich arbeite zwar bei der Polizei, aber nur als Bürokraft. Aber ich muß dich etwas fragen ... *Jeddeck.*« Anna hoffte, daß sie das tschechische Wort für »Großvater« richtig ausgesprochen hatte. Sogar die Alte kannte von der Muttersprache ihrer Eltern nur noch wenige Bruchstücke, und Anna war sich nicht sicher, ob sie dem Wort den richtigen, harten, gutturalen Klang gegeben hatte. Aber es funktionierte.
Alvin Miner richtete sich in seinem Rollstuhl so weit auf, wie es ihm sein krummer Rücken und seine zusammengesunkene Wirbelsäule erlaubten, und sah Anna mit durchdringenden dunklen Augen an.
»Tiiina?« flüsterte er zitternd und versuchte seine Beine unter der Decke zu bewegen, aber es war schwer zu sagen, ob er sich Anna nähern oder vor ihr fliehen wollte.
Anna beugte sich vor und achtete dabei darauf, daß ihr Rücken so weit wie möglich das kleine Fenster in der Tür verdeckte, bevor sie eilig sagte: »Nein, ich bin Tinas Tochter. Mein Name ist Anna Sudek. Ich bin Lucy Miners Enkelin.«

Diesmal ließ die Reaktion des Alten keinen Irrtum zu. Anna nahm an, daß die Schwester sie nicht durch das Fenster beobachtete, denn wenn sie das getan hätte, wäre sie im nächsten Augenblick auf quietschenden Sohlen ins Zimmer geeilt.

Alvin Miners zerstörtes Gesicht mit den vorstehenden Backenknochen begann zu zucken und verwandelte sich in immer neue Grimassen aus bleicher Haut und angespannten Muskeln. Seine dunklen Augen schossen wie wild durch den Raum und waren nicht mehr in der Lage, sich auf Anna zu konzentrieren. Anna beugte sich vor und ergriff beruhigend die zitternden, fleckigen Hände des Alten, deren Haut sich leicht glitschig und sehr kalt anfühlte. Das bißchen Blut, das noch in seinem Körper war, floß zäh und wohl gerade noch schnell genug, um ihn am Leben zu halten.

»Bitte, du mußt mir etwas sagen. Deine Tochter Lucy tut ganz *fürchterliche* Dinge. *Jeddeck*, bitte erzähl mir doch ... was hast du an diesem Oktobertag, an dem sie dich ... an dem du Ewerton verlassen hast, in deinem Haus gesehen?« Anna drückte sanft die spröden Knochen unter der verschrumpelten, lockeren Haut und sah mit flehenden Blicken in die uralten Augen des alten Alvin Miner.

Im Hintergrund waren aus dem Fernseher die leisen Geräusche irgendeiner seichten Familienserie zu hören – unwirkliche Personen, die in einer unrealistischen, vollkommen idiotischen Welt gefangen waren, zu der weder Anna noch ihr Urgroßvater jemals gehören würden.

Anna streichelte über die schlüpfrige Haut, schob sie über den herausstehenden Knochen und gummiartigen Venen hin und her und insistierte: »Bitte! Sie tut wieder solche Dinge, wie sie sie damals getan hat, als kleines Mädchen.«

»Klein«, wiederholte er mit hohler Stimme, entzog Anna seine klauenartige Hand und legte sie auf die Decke in seinem Schoß. »Lucy ... war ja noch so klein. Bekka dachte ... Bekka dachte, Lucy hätte *Probleme* da unten, dachte etwas ... wäre ... nicht in Ordnung ... sie ging runter, und dann durch den Gang, ich hörte sie ... und dann schrie Bekka, und ich stand auf ... ging runter in die Küche, holte die Axt ... wollte sie beschützen, wollte meine Mädchen beschützen.«
Die Augen des alten Mannes blickten jetzt nicht auf Anna, sondern starrten auf einen Punkt über ihrer linken Schulter, der sich jenseits dieses Raumes und dieser Zeit befand, und seine brüchige Stimme fuhr fort: »Bekka beugte sich über ihre Mutter und sagte ›Momma ... Momma lebt. Schau doch, Alv, schau! Oh, Momma ist *wieder da.*‹«
Die seufzende Stimme kam ins Stocken, wurde leiser und fing sich wieder. »Und sie *war* wieder da. Ich sah ihren Kopf, er hatte sich gedreht ... und die Augen ... waren *offen.* Und Lucy ... Lucy drückte etwas an sie ... auf ihren Körper ... ich sah es ... zwischen ihren Fingern ... es *bewegte* sich zwischen ihren Fingern ... es *bewegte* sich. Bekka griff danach, aber Lucy zog es weg.« Die knorrigen, nach innen gebogenen Finger krallten sich in die Decke, als wollten sie die farbigen Karos aus ihr herausreißen. »Aber ihr Kopf ... *bewegte* sich immer noch.«
»Wessen Kopf? Lucys? Oder der von Großmutter?«
»Großmutter«, wiederholte dieser Schatten einer Stimme. »Und die *Hand* von Bekkas Mutter. Sie *deutete* auf mich. Und Bekka ... umarmte ihre Mutter und schrie: ›Momma, du bist ja gar nicht *tot!*‹, aber ich hatte es doch *gesehen,* sie *war* tot ... und ich sah ... Lucy ... das war *Lucys* Werk. Sie nahm es von ihrem Körper ... ich sah, wie es sich in ihrer Hand *bewegte.* Bekka griff danach. ›Mom-

ma, gib es Momma.‹ Aber Lucy wollte nicht. Die tote Hand. Erstarrte in der Luft. Wollte nicht mehr runtergehen. Sie war so steif … ich mußte sie *abhacken.* Bekka schrie. Und ich sagte ›Lauf, Frau, *hau ab!*‹, aber sie bewegte sich nicht. Ich schlug mit der Axt nach *Bekka* … hackte sie in den Hals … und alles wurde auf einmal *rot.* Und sie klammerte sich immer noch an die Leiche. Und ich hackte, *hackte,* wollte sie weghacken von ihr. Und dann ging Bekka auf mich los. ›Momma, du hast *Momma* getötet.‹ – ›Aber sie ist doch schon *tot,* Bekka. Hier ist ihre Hand.‹ Aber die Hand zuckte noch … auf dem Boden … und Lucy, sie … sie –«

Die alten Augen starrten auf Anna, und der kahle Kopf wackelte auf dem faltigen Hals hin und her. »Würdest es nicht *glauben.* Niemand würde –«

»Ich glaube dir … ich habe es *gesehen.* Es ist ein … – es hat magische Kräfte. Und es ist böse – und deine *Tochter* tut *böse Dinge* damit! Wie das, was sie damals getan hat, bloß noch böser.«

»Noch böser?« kam das zittrige Echo, wobei der alte Mann Anna seinen Eier-Atem ins Gesicht blies und ein Tropfen Spucke wie eine dünne Schneckenspur auf seinem Kinn nach unten kroch. »Lucy preßte das Ding an sich … ich sah es … es *zitterte* über ihrer Haut, und dann … war da keine Lucy mehr. Hörte ein Quieken … eine Maus auf dem Boden, mitten in dem Blut.«

»Das war Lucy«, erklärte Anna sanft und griff wieder nach seinen Händen. »Dieses Ding von ihr *macht* das alles … und noch viele andere Dinge – Dinge, die Leute *umbringen.*«

»Bekka … Bekka bewegte sich, langte nach … Maus … biß sie. Ganz falsches Fell. Maus, aber doch keine Maus … falsche *Farbe.*«

»Es ist das *Amulett.* Es ist golden und grün, und das Grün bleibt sichtbar.« Anna versuchte ihren Urgroßvater zu beruhigen, aber der alte Mann hörte ihr nicht mehr zu, wußte nicht mehr, was *jetzt* und was *damals* war.

»Will drauftreten, aber sie rennt weg. Bekka, Bekka, wach doch auf, wach auf! Oh, nein, Bekka, *neiiiin.* Mach die Augen zu, alte Hexe ... mach deine verdammten Augen zu!« schrie er. Es klang wie ein heiseres, raspelndes Bellen, und Anna warf einen Blick auf das kleine Fenster in der Tür und sah kein Gesicht, wohl aber unter der Tür die dunklen Flecken der Füße, die immer noch draußen warteten.

»Du alte Hexe, ... du böse, alte *Vogelscheuche* ... mach die Augen zu – *mach sie zu!* Muß raus, muß raus da, Lucy suchen, Lucy, da bist du ja, komm zu mir! Zeig mir das ... gib das deinem Daddy. Oh, Lucy, *nicht!*«

»Was? Was hat sie getan?« fragte Anna, aber der Alte hörte keine Fragen mehr, befand sich nicht mehr in der Wirklichkeit des Hier und Jetzt, sondern schien für immer ein Gefangener des düsteren, nach Blut riechenden Zimmers in der Evans Street und der schrecklichen Dinge zu sein, die vor langer, langer Zeit dort geschehen waren.

»Lucy, *nicht* ... *schrecklich,* nicht *gut* ... zu seltsam ... ich *kann's nicht mit anseeeehen.* Weglaufen ... kann's nicht sehen. Diese Geräusche. Dieser *Geruch.* Lucy, nein ... du bist nicht *meine* Tochter, nicht mehr mein Kind. Nein, du bist nicht mehr Lucy, nicht mehr von dieser ... *Erde.* Gebt acht. Gebt acht auf Lucy. *Gebt acht auf LUUUUCIIIIEEE.*«

Die Stimme des Alten war jetzt so laut geworden, daß sogar die Schwester sie hörte und auf ihren quietschenden Sohlen ins Zimmer kam, die Stirn von einer tiefen Sorgenfalte durchzogen und die Lippen zusammengekniffen.

»Ich muß sie jetzt leider bitten zu gehen.« Anna nahm schnell ihre Akte und den Kugelschreiber und eilte hinter der Schwester aus dem Zimmer. Hinter ihr tönte Alvin Miner immer noch in seinem schrecklichen Singsang: »Gebt acht auf Luciiieee«, bis die sich schließende Tür seine Stimme dämpfte.

Jetzt sah die Schwester nicht mehr verärgert, sondern eher resigniert aus. »So rastet er leider häufig aus – an manchen Tagen ist er ganz fürchterlich. Die kleinsten Sachen regen ihn dann schrecklich auf – Frühstücksspeck zum Beispiel, oder grüne Götterspeise, und niemand darf einen Ehering tragen. Wir haben in seiner Krankenakte eine ganze *Liste* von Sachen, die er nicht sehen kann. Manche davon standen schon in den Unterlagen, die wir von der Nervenklinik bekommen haben, die restlichen fanden wir im Lauf der Zeit selber heraus. Wir wagen es nicht, ihn von neuen Hilfsschwestern betreuen zu lassen – man kann ja nie wissen. Es tut mir leid – ich hätte Sie warnen sollen.«

Anna schüttelte den Kopf und sagte: »Es ist nicht ihre Schuld. Ich habe dem Chief *gleich* gesagt, daß es keinen Sinn hat, aber Befehl ist nun mal Befehl.«

Die Schwester nickte mitfühlend und fügte hinzu: »Wenn es nach *mir* ginge, dann würde ich ihn *sofort* wieder in die Nervenklinik zurückschicken, nach allem, was er *getan* hat. Aber Sie wissen das ja alles, Sie haben ja seine Akte gelesen.« Die Frau zuckte mit den Achseln. »Ich war damals noch nicht auf der Welt, aber meine Mutter hat die Geschichte in der Zeitung mitverfolgt. Schrecklich, nicht?«

Sie gingen jetzt wieder den langen Gang entlang, zu weit von Alvin Miners Zimmer entfernt, als daß seine schwache Stimme noch durch die dicke Tür zu ihnen hätte dringen können, aber Anna glaubte, sie immer noch zu hören. Sie hallte auch noch in ihren Ohren wider, als die Schwester weiter über den Fall redete, den Anna nur *zu* gut kannte. Und was Anna am meisten berührte, war der *Klang* der Stimme ihres Urgroßvaters.

Er hatte niemanden gebeten, sich um Lucy zu *kümmern*, oder auf sie aufzupassen. Die brüchige Stimme flehte die Leute an, sich von seiner sechsjährigen Tochter fernzuhalten, ja, fortzulaufen vor ihr, wenn ihnen ihr Leben und ihre geistige Gesundheit lieb war.

Das würde ich auch, wenn ich nur könnte, Alter. Zu schade, daß du nur deine Frau zerhackt hast, als du versucht hast, ihre Mutter zurück ins Tal der Schatten zu schicken ... wirklich verdammt schade, daß du nicht wenigstens einmal mit der Axt nach Lucy geschlagen hast.

»– Sie die Informationen bekommen, die Sie haben wollten?« fragte die Schwester, als sie sich wieder dem Empfangstisch näherten. Anna zog Ginnys dunkelblaue Uniformjacke straff und antwortete: »Ich habe genug. Es ist zwar nicht genau das, was mein Chef wissen wollte, aber ich glaube, es genügt.«

»Das wird es wohl müssen. Wissen Sie, Mr. Miner geht es nicht gut. Er hat Krebs.«

»Schlimm?«

»Nichts mehr zu machen. Wenn die Krankheit einmal bestimmte Stellen befällt –«

Anna nickte und dachte: *Dann mußt du wenigstens nicht mehr sehen und riechen, in was sich Lucy an jenem Morgen verwandelt hat. Dann hast du wenigstens deinen Frieden, Jeddeck. Wenigstens* du *hast dann deine Ruhe vor ihr.*

Aber ich werde diese Ruhe nie haben, sagte sich Anna auf der Heimfahrt, auf der sie so schnell fuhr, wie sie es in Anbetracht der Geschwindigkeitsbeschränkung und der

Tatsache, daß sie seit Jahren kein Lenkrad mehr angefaßt hatte, nur wagen konnte. Ma hatte den alten, goldfarbenen Kombi aus dritter Hand, den Anna während ihrer Collegezeit besessen hatte, gegen eine Reparatur am Dach des Hauses der Alten eingetauscht. Die Alte war so versessen darauf gewesen, ein kleines Loch im Dach abgedichtet zu bekommen, und hatte Ma deswegen so lange schikaniert, bis diese Annas Auto verhökert hatte, um den Dachdecker bezahlen zu können. Dabei hätte die Alte eine Woche später ihre monatliche Rente ausgezahlt bekommen.

Anna fuhr vorsichtig den Highway entlang, hin- und hergerissen zwischen ihrem Wunsch, noch vor fünf zurück in Ginnys Wohnung zu sein (damit sie sich noch rechtzeitig umziehen und vielleicht noch einen Versuch machen konnte, den Tachometer zurückzudrehen, falls sie herausfand, wie man das machte), und ihrer Angst davor, daß sie durch einen Fahrfehler die Aufmerksamkeit einer Verkehrsstreife auf sich ziehen und von dieser angehalten werden könnte. Und die ganze Zeit dachte sie: *Er wußte nicht, was mit seiner Schwiegermutter passiert ist ... als er aus dem Haus lief, war sie noch da, lag immer noch im Bett, und ihre Hand lag auf dem Fußboden. Die Kinder hatten recht, wenn sie die kleine Lucy fragten, wo ihre Großmutter war – sie hatten die ganze Zeit über recht. Das muß ich Mrs. Campbell erzählen. Sie braucht kein schlechtes Gewissen zu haben, weil sie Lucy damals damit gepiesackt hat.*

Denn so gemein die Kinder und so grausam ihre Absichten damals auch gewesen sein mochten, zumindest waren sie die einzigen in ganz Ewerton, die zu den blutigen Ereignissen jener Nacht die richtige Frage gestellt hatten, und zudem auch noch an die richtige Person.

4

Arlene (V)

»Und ich habe geglaubt, der arme Mann wäre längst *tot,* nach all der Zeit«, sagte Mrs. Campbell. Ihre Stimme klang klein und spröde aus dem Hörer von Annas Telefon zu Hause. »Deine Großmutter hat jedenfalls nie erzählt –«

»Meine Großmutter hat eine Menge Dinge nicht erzählt«, erwiderte Anna, die auf der Truhe neben dem Telefon saß, und streichelte Bruiser, der sich ungelenk auf ihrem Schoß zusammengerollt hatte, zögernd übers Fell. (Sie hatte zuerst versucht, den großen Kater nicht auf ihren Schoß zu lassen, vor allem, weil er seinen Kopf ständig gegen ihren Unterleib drückte – aber jedesmal, wenn sie ihn hinuntergeschoben hatte, war er mit wäßrigen Augen wieder hinaufgesprungen, bis sie ihm schließlich widerwillig gestattet hatte, sich auf ihren Oberschenkeln zusammenzurollen.)

Ginny und ihr Freund hatten Anna und ihre Katzen erst vor einer halben Stunde zu Hause abgeliefert, die beiden waren so sehr in ihr turteltäubchenhaftes Geschmuse und Getätschel vertieft gewesen, daß Anna sofort klar wurde, daß sie sich das schweißtreibende Zurückdrehen des Tachometers eigentlich hätte schenken können. Ginny wäre es egal gewesen, wenn Anna ihren braunen Escort lindgrün mit rosa Pünktchen lackiert hätte, ganz zu schweigen von den lächerlichen zweihundert Meilen, die – dank Annas Manipulation – nun nicht mehr auf dem Tachometer zu erkennen waren.

»Ja, das stimmt«, sagte Mrs. Campbell. Anna konnte hören, wie sie nahe am Hörer ein weiches Geräusch von sich

gab, wahrscheinlich küßte sie gerade eine von ihren Katzen. *Ich bin genau wie sie,* dachte Anna, *sie hat mir nur voraus, daß sie schon mal verheiratet war. Laß noch mal zwanzig Jahre vergehen, dann bin ich ganz genauso. Allerdings ist das immer noch besser, als so zu sein wie die Alte.*
»Aber Sie hatten recht. Lucy Miner wußte – *weiß* –, was mit ihrer Großmutter passiert ist. Sie hat es immer gewußt.«
»Und hat jede Sekunde genossen, in der wir uns darüber die Köpfe zerbrochen haben. Sehen Sie jetzt, was ich gestern gemeint habe, als ich sagte, sie sei böse?«
Anna erinnerte sich auch noch an den Rest dessen, was Mrs. Campbell gesagt hatte, an das mit der Katze. Sie drückte Bruiser fest an sich – wobei sie ein peinliches Schamgefühl befiel und gleich wieder verließ – und antwortete rasch: »Da stimme ich Ihnen zu. Nicht auszudenken, was sie noch tun kann ... wenn man berücksichtigt, was sie schon getan *hat.* Sie hat zugesehen, wie ihr Vater ins Irrenhaus gesteckt wurde, weil er nicht hatte sagen können, wo der Rest der Leiche war ... und dabei wußte sie es ganz genau. Sie hätte bloß was zu sagen brauchen. Mein Gott. Ihr eigener *Vater!*«
»Nun, ich würde mir deshalb nicht die Augen ausheulen, Anna. Immerhin hat er seine Frau getötet. Das hätte er nicht tun *müssen,* weißt du. Der Mann hätte sich auch einen anderen Ausweg einfallen lassen können. Aber was den Rest anbetrifft, verhält es sich genauso, wie ich gesagt habe, Anna ... Lucy hat ihre Großmutter geliebt. Mrs. Husa war ihr *ein und alles,* ob tot oder lebendig.«
»Und genau das hatte Lucy, glaube ich, *in der Hand*«, sagte Anna bitter, »nach allem, was mir ihr Vater erzählt hat. Denken Sie doch bloß mal drüber nach, Arlene. Wenn ich sie nicht durchschaut hätte, als ich sie fragte, wo Alvin begraben wäre, dann wäre dieser vielleicht bald

gestorben, und zwar ohne daß ich ihn vorher besucht hätte. Könnten Sie sich vorstellen, so etwas mit sich ins Grab zu nehmen? Und selbst wenn er es noch jemandem erzählt hätte, wer hätte es ihm denn geglaubt? Sie haben ihn ja sogar mit diesen Elektroschocks behandelt. Noch ein bißchen mehr davon, und sein Verstand wäre für immer futsch gewesen.«

»Wäre das nicht ein Segen für ihn gewesen?«

»Ich schätze schon«, sagte Anna langsam und dachte an die wild herumjagenden schwarzen Augen und den irgendwie traurigen Eier-Atem des alten Mannes. »Aber es wäre noch ein viel größerer Segen gewesen, wenn er damals auch Lucy getötet hätte.«

»Nun, wünsch' doch nicht, daß du nie geboren worden wärst. Das führt zu nichts, und es bringt dich bloß auf blöde Gedanken.«

Was für Gedanken soll ich denn sonst haben? Du *hast ja schließlich kein Haustier in deinem Stammbaum. Gott allein weiß, wie* die *denken, oder ob sie überhaupt denken. Es ist schon schlimm genug, daß Lucys perverses kleines Experiment überhaupt* funktioniert *hat, daß die menschliche Gestalt, die das Amulett der armen Katze gab, überhaupt menschliche Gene produzieren konnte, wenn auch nur für die kurze Zeit, die Lucy brauchte, um sich* begatten *zu lassen. Und außerdem war es irgendwie auch deine Schuld, Arlene. Lucy war damals bestimmt neidisch auf dich,* dachte Anna, während sie Bruiser mit einem Ruck aus ihrem Schoß beförderte und die Beine übereinanderschlug, so daß er keinen Platz mehr fand, auf den er wieder hätte hochspringen können.

»Selbstmord hat noch *nie* ein Problem gelöst. Dadurch wird es nur an andere Menschen weitergeschoben.«

»Vielleicht haben diese anderen es verdient«, sagte Anna matt. Sie war müde von der Anstrengung des Fahrens,

müde von dem Wahnsinn, dem sie erst vor ein paar Stunden in sein glänzendes, faltiges Gesicht gesehen hatte. All die zerbrochenen Sachen, die sie in den letzten Tagen hatte kaufen müssen, lagen schwer, schwer wie Blei, in den Regalen ihres Gemüts.
»Aber, aber, Anna. So rücksichtslos würde vielleicht deine Großmutter denken. Willst du denn so sein wie *sie?* Ohne Mitleid, ohne *Menschlichkeit?* Schön, deine Großmutter hat etwas sehr Schlimmes getan, als sie deine Mutter empfing. Aber wenn du jetzt die Hände in den Schoß legst und nicht versuchst, die Dinge wieder in Ordnung zu bringen, dann sinkst du sogar noch tiefer als Lucy. Willst du das?«
Anna schloß die Augen, aber da sah sie bloß Bruiser, wie er Mouth hatte bespringen wollen, deshalb öffnetet sie sie gleich wieder. »Ich weiß nicht mehr, *was* ich will. Ich will raus aus dieser ganzen Geschichte, aber ich sehe nicht –«
»– wie du das mit einem sauberen Gewissen tun kannst«, beendete Arlene Campbell den Satz für Anna, als könne sie die Gedanken der jungen Frau lesen. Anna konnte hören, wie Mrs. Campbell wieder schmatzende Geräusche von sich gab, die wahrscheinlich einer ihrer Katzen galten, vielleicht dieser häßlichen, aber irgendwie netten, die sie Silky nannte. Dann fuhr sie fort: »Mach nur nicht vor Samstag abend irgendwas Dummes mit Lucy. Ich habe das dunkle Gefühl, daß sie aus dem Haus gehen wird, und zwar als die *kleine* Lucy, so, wie diese Precious Isaacs sie gesehen hat. Verstehst du nicht, Lucy wollte nie erwachsen werden. Sie verwandelt sich in Tiere, weil diese Fähigkeit nun mal in dem Amulett steckt, und weil sie *praktisch* und *zweckdienlich* sind, aber in ihrem Herzen ist sie immer die kleine Lucy Miner geblieben, die jedermann Klein-Mädchen-Streiche spielt. In den vergangenen fünfzig Jah-

ren hat sie das längste Versteckspiel aller Zeiten gespielt – und das, was sie versteckt hat, war der Körper ihrer Großmutter.«

Anna ließ fast den Hörer fallen, als sich die Dinge in ihrem Kopf mit einem fast hörbaren *Klick* zusammenfügten.

Ihre Fahrt nach Wright County hatte sie an ihren alten Kombi erinnert – diese goldfarbene Rostlaube, die fünfhundert Dollar gekostet hatte und die am Ende noch gerade so viel erbracht hatte, um damit eine kleine Dachreparatur zu bezahlen. Die Alte hatte wie *tollwütig* getobt, damit das Dach auf der Stelle repariert wurde. Es war die zweite oder dritte Juliwoche gewesen, eine Zeit, in der es oft Gewitter mit starken Sturmböen gab. Ma hatte argumentiert, sie solle doch mit der Reparatur bis *nach* den Stürmen warten, um dann gleich eventuelle Sturmschäden zusammen mit dem kleinen Loch reparieren zu lassen, aber die Alte hatte vor Wut fast Schaum vor dem Mund bekommen und darauf bestanden, daß das Dach noch am selben Tag repariert wurde, auch wenn das einzige, was sie momentan zu Bargeld machen konnten, Annas Auto gewesen war.

Der alte Quinton Kelley, der als Dachdecker gearbeitet hatte, bevor er angefangen hatte, bei »Pearl 'n' Earls« jeden Abend so viel zu trinken, daß er praktisch allein die Hypothek auf Earl Vincents Bar abbezahlte, hatte Annas Wagen damals nur zu gern in Zahlung genommen und am Dach so gute Arbeit geleistet (»für einen alten Suffkopf«, wie Anna Ma später oft verbittert gesagt hatte), daß es nicht nur nie wieder undicht geworden war, sondern daß der Sturm, der zwei Tage später losgebrochen war, nicht eine einzige Schindel heruntergeweht hatte. Tatsächlich war der Kombi längst zusammengebrochen, als das Dach immer noch dicht war.

Trotzdem machte sich die Alte nach wie vor bei jedem drohenden Sturm fürchterliche Sorgen um das blöde Dach. Sie hatte sogar bei Ma und Anna angerufen, als diese schon längst ausgezogen waren, und hatte ins Telefon geschrien, wie schreckliche Angst sie vor dem Sturm hatte.

Du hast dir gar keine Sorgen um das Dach gemacht, sondern um das, was naß geworden wäre, wenn es durchgeregnet hätte, ganz besonders in den Speicher. Und dann ist da noch dieser Geruch. Er ist überall im Haus, nicht an einen speziellen Ort gebunden, aber er war schon immer da, so lange ich mich erinnern kann – dieser süßliche, verrottete Geruch nach toten Insekten. So ähnlich riecht es, wenn sich im späten Frühling oder Frühsommer neben den großen Gebäuden in der Stadt die toten Junikäfer ansammeln – es ist ein dürrer, säuerlicher Gestank, von dem einem der Mund trocken wird, wenn man sich bückt und eine Aludose aufhebt.

Der Geruch im Haus der Alten ist so ähnlich, aber auch wieder anders, auf eine Weise, die ich nicht beschreiben kann. Aber er ist in dem Haus immer gegenwärtig, ist dort ein Teil aller Gerüche – selbst von dem fettigen Gestank der Alten, so wie auch ihre Großmutter immer schon ein Teil von allem dort war.

Du hast sie im Haus versteckt, nicht wahr, Lucy? Du warst gerade dabei, sie zu verstecken, als Mrs. Campbells späterer Schwiegervater und der Leichenbeschauer Wilkes nach oben kamen, stimmt's? ... oder du hattest sie bereits versteckt. Und ganz egal, wie sehr die Kinder dich damit aufzogen, du hast nie gesagt, wo sie wirklich war. Wo immer du sie auch hingetan hast, du mußt sie gut versteckt haben. Ich selbst war schon so gut wie überall in diesem Haus, und ich habe sie nie gesehen ... nicht einmal deine Tanten haben sie gefunden.

Das hast du wirklich schlau angestellt, Lucy, sehr schlau. Hast du danach noch jemals wieder das Spiel mit ihr gespielt? Hast du sie jemals wieder lebendig *gemacht? Wenn dein kleines goldenes Spielzeug auch nur in etwa so ist wie die, von denen ich gelesen habe, dann hätte es jede Menge interessante Dinge mit dem Körper deiner Großmutter anstellen können.*

Anna hörte schwach, wie Mrs. Campbell sich ausführlich darüber verbreitete, daß Anna doch *weit* über all dem Unfug stehe, zu dem ihre Großmutter sich herabließ, über all den bösen Dingen, die diese angestellt hatte. Während die alte Frau weitersprach, erinnerte sich Anna an die Unterhaltung, die sie gestern auf der Polizeistation mit Kurt geführt hatte. Eine sehr, *sehr* alte Frau hatte seiner kleinen Penny die Tür geöffnet. Jemand, der so alt gewesen sein mußte, daß selbst Pennys Vater ihre Erzählung über diese alte Kreatur geglaubt hatte.

Du tust es also immer noch? sagte Anna wütend in Gedanken. *Du legst dieses verdammte Amulett immer noch deiner Großmutter an und läßt sie zum Leben erwachen wie eine riesige Aufziehpuppe, und dann läßt du sie im Haus herumlaufen! Meine Güte, hast du sie vielleicht auch rausgelassen, als Ma und ich noch dort wohnten, vielleicht während wir schliefen? Ist dieses untote Ding dann etwa durch die Zimmer gegangen und hat die schönen Zeiten mit ihrer kleinen Lucy von neuem erlebt? Zu schade, daß du das Amulett nicht doppelt verwenden kannst, so daß es sie wieder lebendig und dich wieder jung macht, oder geht das etwa auch, vielleicht indem du es zwischen euch beide hältst?*

Was hast du bloß die ganze Zeit getan, alte Frau?

»– du mir überhaupt zu?« Mrs. Campbells Stimme klang leicht verärgert, und Anna sagte: »Es tut mir leid. Ich bin furchtbar müde, von der langen Autofahrt und so. Wären Sie mir sehr böse, wenn ich jetzt auflege und Sie morgen entweder besuche oder anrufe? Vielen Dank. Und gute

Nacht.« Anna ließ den Hörer mit einem gedämpften Klacken auf die Gabel fallen.

Etwas in ihrem Hinterkopf sagte Anna, daß sie Mrs. Campbell ihre eben gezogenen Schlüsse hätte mitteilen sollen – daß Lucy Miner mehr getan hatte, als lediglich das realistischste Versteckspiel der Welt zu spielen. Aber sie hatte es ihr nicht gesagt, vielleicht aus Furcht, sie könnte Arlene Campbells zerbrechliches Vertrauen in ihre Behauptungen am Ende doch überstrapazieren und damit den Glauben zerstören, den die alte Witwe an sie und ihre Theorie von dem Amulett hatte.

Obwohl Arlene ihr so viele Dinge über sich preisgegeben und ihr von den schweren Zeiten ihrer Ehe mit Don Campbell, von ihrem schäbigen, jämmerlich armseligen Leben jetzt im Alter und von der vorbehaltlosen Liebe, die sie ihren »Babys« entgegenbrachte, erzählt hatte, hatte es Anna bisher noch nicht fertiggebracht, sich Arlene Campbell in ähnlicher Weise anzuvertrauen. Anna hatte noch so gut wie keine Erfahrungen mit Freundschaft, und ihre »Baba« hatte sie so oft hereingelegt, daß sie Angst hatte, jede weitere Vermutung, jede weitere, halb ausgegorene Theorie könnte alles zwischen ihr und Mrs. Campbell zerstören.

Und so schwieg sie.

Während sie einfach in Büstenhalter und Höschen ins Bett stieg, ohne sich gewaschen oder ihren Pyjama angezogen zu haben, sagte sich Anna: *Ich darf sie jetzt nicht verlieren. Sie ist der einzige Mensch in der Stadt, dem ich mich anvertrauen, bei dem ich mir etwas von der Seele reden kann. Aber, mein Gott, diese Frau hat bestimmt auch ihre Grenzen ... ich darf sie nicht zu sehr mit diesen Dingen strapazieren.* Dann schlief sie ein und hörte nicht einmal, wie Bruiser wieder am Rouleau herumfuhrwerkte und es bis über den Fen-

sterrahmen hinaufbrachte, bevor er sich davorsetzte und mit wachen Augen hinaus in den Garten sah, ob sich dort unten irgend etwas Gefährliches heranschlich.
Anna war sich überhaupt nicht im klaren darüber, in welche Gefahr sie ihre ältere Freundin damit brachte, daß sie sich über den möglichen Verbleib ihrer Ururgroßmutter in eigennütziges Schweigen hüllte.

KAPITEL ELF

Freitag, 30. Oktober 1987

1

Miner-Haus (I)

Nachdem Arlene Campbell an diesem Morgen die Tierklinik, in der sie ihre Perserkatzen Puff und Fluff hatte impfen lassen, mit je einem Plastikkäfig in jeder Hand verlassen hatte, nahm sie einen etwas anderen Nachhauseweg als üblich.

Die beiden kastrierten Kater waren schwer, und so mußte Arlene ihre Käfige etwa jeden halben Block einmal absetzen, stehenbleiben und sich die Hände in ihren Handschuhen reiben, um die sich bildenden Krämpfe aus Fingern und Handballen zu massieren. Sie rechnete sich überschlagsmäßig aus, wann und wo sie auf ihrem etwas ungewöhnlichen Heimweg in etwa würde stehenbleiben müssen, damit sie schließlich auch in der Evans Street, zwei Straßen östlich von der Wisconsin Street, wie zufällig fast genau vor dem Haus eine Pause einlegen konnte, in dem Lucy Miner so gut wie ihr ganzes bisheriges Leben zugebracht hatte.

Als Arlene dann das alte weiße Haus im Pionierstil erreicht hatte, war es tatsächlich wieder an der Zeit, stehenzubleiben und sich die schmerzenden Hände zu massieren. Sie stellte ihre beiden Käfige auf dem Gehsteig ab und sagte zu ihren beiden orangefarbenen Katzen: »Ihr Jungs müßt wirklich mal lernen, wie man an der Leine geht. Mutter kann das nämlich nicht mehr lange machen. Sie wird langsam alt.« Puff und Fluff sahen sie durch das Drahtnetz ihrer Käfigtüren mit runden, kupferfarbenen Augen an. Während sie so dastand und zu ihnen hinunterblickte, schienen die Katzen ihr Küsse nach oben schikken zu wollen, aber auf einmal begann Puffs hellrosa Nase zu zucken. Dann, urplötzlich, zischten beide Katzen, sträubten ihr weiches Fell und entblößten ihre gebogenen, elfenbeinfarbigen Zähne und ihr glänzendes Zahnfleisch.

»Wieso habt ihr diese unmögliche Karla vorhin nicht so angezischt?«

Arlene drehte sich um zu dem Miner-Haus und erwartete eigentlich, Lucys verlebtes Gesicht irgendwo zwischen den schlaffen, schäbigen Vorhängen herauslugen zu sehen, aber nirgendwo bewegte sich der Stoff hinter den schmutzigen Fensterscheiben. Arlene konnte auch keinen Schatten hinter den Vorhängen erkennen, obwohl das Licht genau im richtigen Winkel auf das Haus fiel und die Vorhänge der meisten Fenster an seiner Vorderseite so durchsichtig machte, daß man sogar die Formen einiger Möbelstücke dahinter erkennen konnte.

Keine Lucy – außer wenn sie auf größere Entfernung durch die Vorhänge hätte blicken können. Arlene Weiss-Campbell erinnerte sich daran, wie Lucy im Klassenzimmer immer ganz vorn hatte sitzen müssen, weil sie nicht besonders gut sah. Zwar nicht schlecht genug, um eine Brille zu brauchen, aber eben auch nicht gut, dessen war sich Arlene fast sicher.

Und mit dem Alter sind ihre Augen bestimmt nicht besser

geworden. Nichts *an dieser Frau ist im Lauf der Zeit besser geworden. Vielleicht hat sie Adleraugen, wenn sie dieses* Amulett *anhat, aber nach der Stimme zu urteilen, die ich neulich am Telefon gehört habe, hat Lucys menschliche Gestalt sich für ihr Alter nicht gerade gut gehalten.*

Unten auf dem Gehsteig zischten und spuckten die Katzen immer noch. Fluff drückte sich so eng an die Hinterwand seines Plastikkäfigs, daß er ihn fast von innen umwarf. Arlene blickte wieder hinüber zum Haus, aber dort war immer noch nicht die geringste Bewegung zu entdecken. Sogar die braunblättrigen Hortensienbüsche auf beiden Seiten des Weges, der zum Haus führte, standen still und unbeweglich in der leichten, kalten Brise.

Arlene bückte sich, um die Katzenkäfige wieder aufzunehmen, und fragte: »Was ist denn los, Babys? Was habt ihr denn?«, obwohl sie sehr wohl ahnte, was die Tiere so beunruhigte. Als sie mit energischen Schritten die Straße weiter hinunterging, drehte sie sich noch einmal um und musterte die linke Seite des Hauses. Auch hier wurden keine Vorhänge wieder hastig an ihren alten Platz geschoben, und an den Fenstern, durch die das Licht jetzt von hinten fiel, war auch kein Schatten, keine Gestalt zu erkennen.

»Die alte Hexe hat wohl verschlafen«, murmelte Mrs. Campbell. Aber als sie leise vor sich hinkichernd anfügte: »Wenn jemand einen Schönheitsschlaf nötig hat, dann ist es Lucy«, wurde hinter einem Fenster im Miner-Haus, auf das Arlene nie geschaut hätte, ein Vorhang vorsichtig hinter einer vom Alter ganz blind gewordenen Fensterscheibe zugezogen.

2

Bib (V)

Durch die geschlossene Tür seines Büros konnte der Polizeichef von Ewerton hören, wie Anna Sudek und Ginny Yarrow an Annas Schreibtisch immer noch munter vor sich hinschwatzten. Er überlegte sich, ob er hinausgehen und ihnen sagen sollte, sie möchten doch ein wenig leiser sein, entschloß sich aber dann, sich in seinem Stuhl zurückzulehnen und den beiden zuzuhören. Wer weiß, vielleicht würde das, was er da hörte, ihm nachher ein wenig helfen, wenn er Anna zu sich ins Büro holte. Indem er sie jetzt belauschte, konnte er vielleicht etwas darüber erfahren, was sie gestern gemacht hatte, als er sie in Ginny Yarrows Wagen und Uniformjacke an der Grenze vom Dean County in Richtung Ewerton hatte fahren sehen.

Natürlich erwartete Bib nicht, daß Anna Ginny ins Gesicht sagen würde: »Ach, übrigens, ich habe mir gestern deinen Wagen und deine Uniform für eine kleine Spritztour ausgeliehen, während ich eigentlich mit Darmgrippe hätte im Bett liegen sollen. Das habe ich jedenfalls Bib erzählt.« Bib Stanleys nasale Stimme mochte vielleicht ein bißchen affektiert klingen, und er wußte, daß seine leicht eingefallenen Wangen ihm nicht gerade das Aussehen eines geschniegelten und gebügelten Top-Polizisten verliehen, aber dumm war er nicht. Bib Stanley war vielleicht manchmal ein bißchen langsam, wenn es galt, Schlüsse zu ziehen, und oft vertrauensseliger, als für ihn selber gut war, aber, ganz gleich als was Sheriff Sawyer ihn von Angesicht zu Angesicht und hinter seinem Rücken auch bezeichnete, er war nicht der vollkommen inkompetente

Polizeihauptmann, für den ihn viele Leute in Ewerton hielten.
Und er war ganz bestimmt kein Slapstick-Polizist, auch wenn Stu Sawyer das von ihm glaubte.
Bib war gerade mit dem Auto seiner Frau Rhonda zum Ewert Park unterwegs gewesen – sein eigener Wagen war in der Werkstatt, wegen neuer Bremsbeläge –, um einen kleinen Imbiß zu sich zu nehmen und auf seiner Lieblingsbank ungestört nachdenken zu können, bevor er um sieben zum Abendessen zu Hause sein mußte, als er Ginny Yarrows braunen Escort über die Brücke beim Krankenhaus kriechen sah. Das Auto hatte schon weit vor der sanft nach rechts abbiegenden Church Road geblinkt. Dabei ging diese Straße in einem so leichten Winkel von der Hauptstraße ab, daß die wenigsten Autofahrer, Bib eingeschlossen, dort jemals ans Blinken dachten, zumal auch nur eine einzige Straße weiter zur Brücke führte. Bib hatte seine Milchflasche auf den frostüberzogenen, lackierten Tisch gestellt und hatte den Wagen beobachtet, der vorsichtig vorbeigerollt war, wobei er sich sklavisch genau an das »Vorsicht, Kinder – Langsam fahren!«-Schild an der Kreuzung Lumbermill Drive gehalten hatte, obwohl alle Kinder, die vielleicht dort hätten spielen können, schon längst zu Hause vor dem Fernseher oder beim Abendessen saßen.
Es war zwar Ginnys Wagen, aber nicht ihre Fahrweise; Ginny war für ihren Bleifuß berüchtigt. Und dann hatte Bib Anna Sudek an ihrem ausgeprägten Kinn erkannt und die Polizeijacke gesehen, die sie getragen hatte. Und während Anna mit dem Escort langsam weiter in Richtung Stadt gefahren war, wobei sie pflichtschuldigst an jedem Vorfahrt achten-Schild, das Bib von seinem Beobachtungspunkt im Park aus hatte sehen können, angehalten hatte,

hatte er seine Milch getrunken und gedacht: *Anna hat doch gar keinen Führerschein, aber selbst wenn sie einen hätte, wieso hat sie Ginnys Jacke an? Und sie hat sich die Haare hochgesteckt. Ich habe noch* nie *gesehen, daß sie sie irgendwie anders getragen hätte, als lang herunterhängend und mit einem Pony in der Stirn. Und außerdem ist sie doch angeblich krank.*

Und während er seinen letzten Little-Debbie-Keks gegessen hatte, hätte Bib sich am liebsten selbst einen Fußtritt dafür gegeben, daß er Anna nichts von dem Anruf ihrer Großmutter Dienstag abend bei ihm zu Hause erzählt hatte. Das Mädchen hatte offensichtlich *irgend* etwas vorgehabt, und soweit Bib es hatte beurteilen können, hätte das durchaus in Zusammenhang mit diesem merkwürdigen Anruf stehen können.

Was für eine verrückte Bande, diese Miner-Weiber, hatte Bib gedacht, während er seine Milchflasche und die Keksschachtel in den Abfalleimer gestopft und sich wieder hinter das Steuer von Rhondas VW Golf gesetzt hatte und nach Hause gefahren war. *Total verrückt, alle miteinander. Tina war mannstoll, Anna ist hinterlistig, und Lucy ... Lucy ist etwas* anderes – *was genau, weiß ich nicht.*

Jetzt hörte Bib, wie Anna mit der unschuldigsten Stimme der Welt Ginny versicherte, daß alles während ihrer Abwesenheit prima gelaufen wäre, und daß sie das Auto nicht gebraucht hätte, und so weiter. Annas Stimme hob sich nicht, wie es die Stimmen von Lügnern sonst tun, und sie sprach weder schneller, noch dehnte sie die Pausen zwischen den Worten. Sie gab einen glatten, überzeugenden Bericht von ein paar ereignislos in der Wohnung einer Freundin verbrachten Tagen, an denen sie ohnehin die meiste Zeit auf dem Sofa gelegen war und eine akute Darmgrippe ausgeheilt hatte.

Als Anna sagte, sie habe den Wagen nicht benützt, war

Bib zuerst zusammengezuckt, aber dann hatte er sich klargemacht, daß sie vermutlich den Tachometer zurückgestellt hatte. Anna war sicherlich schlau genug, um so etwa zu tun – und listig genug war sie ebenfalls. Wenn sie sich auch noch getraut hätte, ein wenig schneller zu fahren, dann wäre sie ihm vermutlich nie aufgefallen, als sie die Brücke überquerte, aber es war ihm auch klar, daß sie es sich nicht hätte leisten können, sich wegen irgendwas anhalten zu lassen.

Und während Anna draußen über dem Summen ihrer Schreibmaschine Ginnys Verlobungsring bewunderte, fragte sich Bib: *Was hast du gestern bloß abgezogen? Du bist anscheinend nicht nur eine Meisterin darin, früh um drei durch die kleinen Hintergassen zu schleichen und in den Müllcontainern herumzustochern. Dir würde ich eigentlich alles zutrauen. Aber wozu hast du die Uniform gebraucht? Und diese neue Frisur? Wem wolltest du vorspielen, daß du eine Polizistin bist? Wer* mußte *glauben, daß du offiziell zur Polizei gehörst? Seit dem alten Wally Inglass fast der Pimmel abgepickt wurde, hast du dich ganz schön merkwürdig benommen. Eigentlich warst du schon vorher etwas komisch, aber seit jemand Wally in seine Eier gebissen hat, gibst du mir wirklich Rätsel auf.*

»– wollen wir heute mal in die Stadt zum Essen gehen? Ich zahle!« fragte Ginny draußen vor Bibs Büro. Anna antwortete: »Gern. Aber eigentlich mußt du das wirklich nicht –«

»Nein, nein, schließlich hast du mich davor bewahrt, wieder ausgeraubt zu werden. Da ist so eine Einladung doch das mindeste, was ich tun kann.« Ginny wurde still; Bib schätzte, daß sie zum Schrank ging und ihre Jacke holte. Anna ging ihr hinterher und sagte etwas, das Bib nicht verstehen konnte, und dann wurden die Stimmen der beiden Frauen wieder lauter. »– verdammte Fusseln«, sagte Ginny. »Das ist das schlimme an dieser Uniformjacke – ich muß etwas Fusseliges bloß *anschauen*, und schon hab ich das Zeug auf den Ärmeln. *Ach, du meine Güte.* Hast du vielleicht etwas Klebeband in deiner Schreibtischschublade? Ich muß dieses Zeug da wegkriegen, bevor ich in die Stadt gehe.«

Einem Impuls folgend, stand Bib auf, eilte zur Tür und öffnete sie, wobei er gutmütig sagte: »Also, Mädels, flirtet mir bloß nicht mit diesem gutaussehenden Burschen, der bei ›Dairy Queen‹ in der Mittagsschicht arbeitet.« Dabei schaute er auf das Klebeband in Ginnys Hand. Sie versuchte damit gerade, gelbe und blaue Textilfasern vom rechten Ärmel ihrer Uniformjacke zu entfernen. Irgend etwas an ihren Bewegungen kam Bib komisch vor, aber dann erinnerte er sich, daß Ginny eine Linkshänderin war, was aber wiederum bedeutete, daß sie eher mit diesem Arm an etwas hängen geblieben wäre als mit dem rechten.

Anna Sudek stand, mit dem Profil zu Bib, neben Ginny und hielt ihr die Rolle Klebeband hin, falls sie noch mehr davon benötigte. Annas markantes Kinn und die rundliche kleine Nase konnte man unmöglich mit Ginnys fliehendem Kinn verwechseln.

Bib wollte gerade Anna bitten, nach der Mittagspause bei ihm im Büro vorbeizuschauen, aber er hielt den Mund. Er wollte ihr nicht früher als unbedingt nötig eine Warnung zukommen lassen. Sie dachte viel schneller als er, und er wollte nicht, daß sie noch mehr im Vorteil war als ohnehin schon.

Anna lächelte und plauderte immer noch munter mit Ginny, als die beiden jungen Frauen mit Pappschachteln voller Pommes frites wieder zurück in die Polizeistation kamen. Als Bib den Kopf aus der Tür steckte und fragte:

»Anna? Könnte ich bitte gleich die Berichte sehen, an denen Sie gearbeitet haben?«, schien sie keinen Verdacht zu schöpfen. Bib ging wieder in sein Büro und lehnte die Tür an.

»Hier sind die Berichte«, sagte Anna ein paar Minuten später und beugte sich über den Tisch, um die Papiere ins Körbchen mit der Aufschrift »Eingänge« zu legen. Bevor sie sich wieder aufrichten konnte, sagte Bib: »Wissen Sie, die meisten Leute setzen vor der Brücke beim Krankenhaus keinen Blinker. Sie hätten es sich auch sparen können.«

Meine Güte, bringt die Frau denn nichts aus dem Gleichgewicht? dachte Bib bestürzt, als Anna antwortete: »Ich weiß, aber es tut auch nicht weh, wenn man trotzdem blinkt. Vielleicht sollten ein paar mehr Leute sich das angewöhnen.«

Bib erholte sich etwas und sagte: »Stimmt, das sollte man, aber vorher sollte man sich angewöhnen, mit einem gültigen Führerschein zu fahren.«

Anna zuckte mit den Schultern und meinte mit einem entschuldigenden Lächeln: »Es war eine Art Notfall. Ein Freund von mir ist im Wright County plötzlich krank geworden, und ich habe nach seiner Familie geschaut. Ich dachte, es wäre die Strafe wert, wenn mich ein Verkehrspolizist angehalten hätte. Wenn ich krank wäre, wäre ich froh, wenn jemand das gleiche für mich täte.«

»Das muß aber ein wirklich guter Freund sein«, bemerkte Bib, während er aus seinem Schreibtisch die Fruchtbonbons herauskramte und sich langsam eines aus der Rolle nahm. *Ein Freund,* dachte er, *so ein Unsinn ... du bist nicht der Typ, der Freunde hat.*

»Es ist einer meiner alten Professoren vom College. Er war einer meiner liebsten Lehrer.«

»Also nicht so einer wie der alte Wally, he?« Bib steckte sich das weiche Fruchtbonbon in den Mund.

Als Bib Inglass erwähnte, wurden Annas Augen undurchsichtig; ganz leer und spiegelnd wie die Rückseiten von Löffeln, in denen man sein eigenes verzerrtes Bild sieht. Bib fragte sich, wie Anna das mit ihren Augen bewerkstelligte, und sagte: »Sie haben doch sicher in der Zeitung gelesen, daß die ganze Schule bei seinem Begräbnis am Dienstag dabeisein wird, oder?«

Anna schüttelte den Kopf, wobei ihr hellbraunes Haar um die Schultern wehte. »Ich lese den ›Herald‹ nicht – er kostet zu viel. Fünfzig Cents für eine Zeitung zu verlangen, finde ich einfach unverschämt.«

»Zu schade. Es war ein Bild von Wally drin – *vor* dem Samstag aufgenommen, natürlich«, sagte Bib mit dem Fruchtbonbon im Mund. Anna lächelte und entgegnete: »Wirklich schade. Wenn ich Wally noch einmal unter diesem Tuch hätte sehen können, hätte ich die fünfzig Cents gern gezahlt. Nur um zu wissen, daß er wirklich tot ist.«

»Er hat Sie ganz schön hergenommen, als Sie in der Schule waren, nicht wahr?« Bib lehnte sich in seinem Stuhl zurück, kaute und beobachtete Anna, aber sie zog nicht vom Leder, wie er insgeheim gehofft hatte. Statt dessen faltete sie ihre verschränkten Arme auseinander und sagte: »Sie haben ja am vergangenen Freitag gesehen, wie er war ... stellen Sie sich das mal jeden Tag in der Schule vor.« Danach verließ sie lächelnd sein Büro.

Bevor sie sich wieder an ihre Schreibmaschine setzen konnte, rief Bib ihr nach: »Ach, Anna –«

Als sie wieder in der Tür erschien, fragte er: »Dieser Professor, ist er schwer krank?«

»Herzanfall. Nicht allzu schlimm, aber er muß wohl eine Weile zur Beobachtung im Krankenhaus bleiben«, sagte sie aalglatt, drehte sich um und ging an ihren Schreibtisch.

Bib dachte ein paar Augenblicke nach. Sie war aus westlicher Richtung gekommen ... und in dieser Richtung gab es eigentlich nur ein großes County-Krankenhaus. Das lag wiederum in der Nähe des College, was die Möglichkeit, daß ein Professor dort eingeliefert worden war, durchaus wahrscheinlich machte. *Sie muß doch davon ausgehen, daß ich nachprüfen werde, ob sie dort war. Schade, daß du nicht bis zu Ende gedacht hast, Anna,* dachte Bib, während er nach seinem Adreßbuch griff.

3

Die Alte (VI)

»Ich habe auf dich *gewartet.*«

Anna hätte fast wieder aufgelegt, als ihr die Stimme ihrer Großmutter aus dem Telefonhörer entgegenblökte, aber sie erinnerte sich daran, was Arlene Campbell für den morgigen Abend vorgeschlagen hatte, und beschloß, die hingebungsvolle Enkelin zu spielen, so lange sie es aushielt.

»Oh, das tut mir leid. Ich dachte, ich hätte dir gesagt, daß ich nicht jeden Tag bei dir vorbeischauen kann. Brauchst du vielleicht irgendwas – Lebensmittel, oder Süßigkeiten für morgen abend?«

»Morgen *abend?*« fing die Alte zu trällern an. Anna umkrallte den Hörer an seinem dünnen Teil und wünschte, es wäre der fettige Hals der Alten, während sie geduldig antwortete: »Morgen ist doch Halloween. Ich habe dir auch schon einen Beutel mit gemischten Süßigkeiten für die Kinder gegeben.«

»Ach, der war für die *Kinder?*« Anna grinste vor sich hin;

Arlene Campbell hatte recht, sie kannte die Alte genauso gut – wenn nicht besser – wie Anna selbst. Als Anna in Mrs. Campbells Wohnzimmer voller amerikanischem Krimskrams ihren Lipton-Tee geschlürft hatte, hatte diese zu ihr gesagt: »Deine saubere Großmutter hat uns ständig Süßigkeiten geklaut, besonders nach Halloween. Ihre Tanten wagten es nicht, sie an diesem Abend aus dem Haus zu lassen – sie war so fürchterlich, daß sie ihr nicht trauten. Aber sie konnten auch keine Süßigkeiten für die anderen Kinder kaufen, denn Lucy machte ständig irgendwelche Schweinereien damit. Und so bekam damals jedes Kind, das sich traute, am Halloween-Abend am Miner-Haus zu klopfen, ein Fünfcentstück, das in buntes Papier eingewickelt war. Und obwohl das eigentlich etwas viel Besseres als Süßigkeiten war, waren die meisten von uns dennoch nicht mutig genug, um auch nur einen Fuß auf die Veranda dieses Hauses zu setzen. Einmal hat mich Vernilla Nemmitz so lange einen Feigling genannt, bis ich schließlich hinging und klopfte. Und drinnen, gleich hinter der Tür, sah ich Lucy. Sie trug ein Kostüm, aus einem Nachthemd, mit kleinen Pappflügelchen und einem Heiligenschein aus goldenem Glitzerdraht im Haar. Der Blick, mit dem sie mich anstarrte, war allerdings alles *andere* als engelhaft.«

»– schon *gestern* das *letzte* davon gegessen. Was *geb* ich jetzt den Kindern?«

Anna war versucht, vorzuschlagen: »Fünfcentstücke in buntem Papier!«, fragte aber statt dessen: »Kommen denn überhaupt so viele Kinder an deine Tür?«

»*Du* hattest doch solche Sorgen wegen der *Fenster.*«

Verdammt, dachte Anna. Sie hatte ganz vergessen, daß sie ja darauf bestanden hatte, daß ihre Großmutter morgen etwas hergeben sollte. Das paßte nun gar nicht zu Mrs.

Campbells Plan, sie an diesem Abend aus dem Haus zu locken.

»Das war, bevor ich mit Bib darüber gesprochen habe. Er meint, daß viele Eltern jetzt die kleineren Kinder daheim lassen, und er will selber ein Auge auf die größeren werfen, nach dem, was mit Wally Inglass passiert ist.«

Am anderen Ende der Leitung war es einen Augenblick still, dann trällerte die Alte: »Nun, ich glaube, daß ich dann morgen bald *ins Bett* gehen werde. *Ich* mag diese kleinen *Fratzen* nämlich nicht.«

»Dann brauchst du also keine Süßigkeiten oder so was. Schalt einfach das Licht auf der Veranda aus und –«

»Wie kann ich es *aus*schalten, wenn ich es gar nicht *einschalten* werde?« Anna konnte sich fast die Lucy Miner vorstellen, die in ihrem Nachthemd dastand und im Singsang eines kleinen Mädchens vor sich hinbrabbelte, in einem bizarren Kontrast zu ihrer vom Alter entstellten Stimme.

»Wie dem auch sei. Ich habe morgen jedenfalls frei, versuch mich also nicht in der Arbeit anzurufen, wenn du irgendwas brauchst. Ich werde zwar den ganzen Tag daheim sein, aber ich würde gern ausschlafen, also brauchst du dir keine Sorgen machen, wenn ich mal nicht gleich ans Telefon gehe, okay?«

»Ich glaube *nicht*, daß ich etwas brauche«, begann die Alte, und genau an diesem Punkt beschloß Anna, daß es an der Zeit war, den letzten Teil von Mrs. Campbells Plan in die Wege zu leiten – den Teil, den Anna als den riskantesten, die alte Witwe aber als den wichtigsten ansah.

(»Wir dürfen uns nicht darauf *verlassen*, daß sie von Haus zu Haus geht. Oh, ich weiß, daß sie es vermutlich gerne tun *würde*, aber wir können nicht sicher sein. Aber wenn sie einen Grund dafür hätte, an diesem Abend *sowieso* ihr Haus zu verlassen, was wäre dann besser dafür geeignet, um unauffällig ihrem Vorhaben nachzukommen, als sich unter die anderen Kinder zu mischen? Wenn so viele Leute draußen sind, würde ein Tier mit einem grünen Fleck vielleicht dem einen oder anderen auffallen. Und wenn wir sie erst einmal aus dem Haus herausgelockt haben und sie ihr Amulett offen sichtbar trägt, dann müßte es doch relativ einfach sein, es ihr abzunehmen, besonders wenn eine von uns beiden sie ablenkt.«)

Anna hatte ihre Zweifel an diesem Teil des Plans gehabt; sie hatte argumentiert, daß *sie* zwar die Verkleidung als Klein-Lucy als die logischste für den Halloween-Abend hielten, aber mußte deshalb *Lucy* auch so denken? Mrs. Campbell war trotzdem bei ihrer Meinung geblieben und hatte behauptet, daß der Ausdruck auf Lucys Gesicht an jenem Halloween vor so vielen Jahren ihr Beweis genug dafür gewesen wäre, daß Lucy vor einem weiteren Mord gern noch einmal die Gelegenheit ergreifen würde, als kleines Mädchen von Haus zu Haus zu gehen.

»Das ist gut, denn ich bin heute *wirklich* ganz schön fertig«, sagte Anna zu ihrer Großmutter. »Weißt du, wenn einen etwas seelisch so frustriert, wird man einfach auch körperlich müde.«

»Frus*triert?*« fragte die Alte, und Anna stellte sich vor, wie sich die dicken Lippen der Alten in die Schnauze eines Fuchses verwandelten, dem der Speichel über den pelzigen Unterkiefer lief. Anna fragte sich, ob die Alte den kleinen Stoffbeutel jetzt in der Hand hielt und ihr quecksilbriges Haustier aus flüssigem, grünlichem Gold streichelte, während sie fortfuhr: »Ach, beim Tierarzt. Ich bin hingegangen, um für Mouth ein paar Augentropfen zu holen, und da war dieses blöde Weibsstück am Empfang, Karla Yablinski heißt sie, sie war drei Klassen unter mir auf der Highschool, aber wenn du sie jetzt sehen könntest! Sie sieht aus wie ein Teenager, trägt die Haare wie – na, du weißt schon, so hochgesteckt und dann wild auseinander, so wie die Mädchen in der Haarschaum-Werbung –«

»Ich *weiß*, ich weiß genau, wie die Mädchen im Fernsehen *aussehen,*« gurgelte die Alte in entzückter Zustimmung.

»– und sie zieht sich so kindisch an, mit knallengen Pullovern und ausgewaschenen Jeans, nun, jedenfalls wollte sie einfach nicht an die Theke kommen, um mich zu bedienen. Sie stolzierte in ihren Nuttenstiefelchen, die sie immer trägt, einfach weg, irgendwo in den hinteren Teil der Praxis, wo Dr. Mertz gerade arbeitete, und ließ mich warten. Ich hörte, wie sie kicherte und die Tierärztin über *irgend* etwas lachte, und ich öffnete die Eingangstür und betätigte damit den Summer, und weißt du was? Diese Karla kommt aus dem Sprechzimmer, schaut mich frech an und geht wieder hinein! Irgendwann schließlich streckte die Ärztin ihren Kopf aus der Tür, sah mich und gab mir schließlich die Tropfen, aber ich hätte ihr eigentlich sagen sollen, sie könne sie sich sonstwo hinstecken –«

Während Anna der Alten den Vorfall schilderte, der sich in Wirklichkeit bereits im vergangenen Sommer abgespielt hatte, achtete sie darauf, jede Menge Hinweise zu liefern, bis hin zu dem Mini-Mantel, den Karla immer trug, der Farbe ihrer gelockten und gestylten Haare und den Aufklebern auf dem kleinen Wagen, mit dem sie zur Arbeit fuhr. Mit diesem dunkelblauen Ford war Karla noch bis vor wenigen Monaten zu ihrem Haus gefahren, das nicht weit von dem von Anna entfernt war.

Aber Karla hatte dieses Haus der Kreditanstalt zurückgeben müssen; Tina hatte den dazugehörigen Akt dort beim Putzen auf einem der Schreibtische gesehen, zusammen mit einem guten Dutzend anderer solcher Vorgänge.
Per Zufall war Anna vor ein paar Wochen an Karlas Haus am Ende des Railway Drive, ganz in der Nähe des hinter Pinien versteckten Klärwerks, vorbeigegangen. Es war an einem jener wunderbaren Nachmittage im vergangenen September, an denen es draußen einfach zu schön gewesen war, als daß sie hätte im Haus bleiben und mit Ma fernsehen wollen. Die Kreditanstalt hatte in letzter Zeit mit so vielen zurückgegebenen Häusern zu tun, daß sie Karla Yablinskis Haus noch nicht einmal zum Verkauf angeboten hatte. Die Vorhänge waren noch immer an den Fenstern, und nirgends war ein »Zu verkaufen«-Schild zu sehen gewesen. Man hatte unmöglich erkennen können, daß das kleine grüne Holzhaus tatsächlich leer stand. Anna hatte sich damals gedacht, daß die Kreditanstalt wohl bis zum ersten Schnee warten würde, bevor sie das Haus zum Verkauf anbot; dieser Trick war in der Nähe des Klärwerks gang und gäbe, denn im Winter schien die Sonne nicht mehr so stark auf die Klärbecken, und es gab auch kaum noch Wind, der den Gestank durch die unmittelbare Nachbarschaft hätte blasen können. Manchmal roch es im Sommer sogar in der viel weiter westlich gelegenen Wilkerson Avenue ein *wenig* faulig. Anna und ihre Mutter hatten ihr Haus dort natürlich im Frühling besichtigt, aber die Häuser so nahe am Klärwerk wie das von Karla Yablinski waren selbst im Winter kaum an den Mann zu bringen.
Und heute hatte Anna, bevor sie nach Hause gegangen war, noch einmal beim Yablinski-Haus vorbeigeschaut –

noch immer hing dort kein Plakat eines Immobilienhändlers, stapelten sich keine verräterischen, gelblich-durchweichten Zeitungen auf der Veranda, und in diesem Teil der Stadt war eigentlich niemand besonders hinterher, das Herbstlaub von seinem Rasen und dem Gehsteig zu fegen.

»Hast du dich darüber schon bei dem Tierarzt *beschwert?*« fragte die Alte, und Anna erwiderte wahrheitsgemäß: »Natürlich hab' ich das getan ... aber es hat nicht viel geholfen.« Sie erinnerte sich daran, wie sie sich damals bei der einzigen Tierärztin in der Klinik über die dümmliche Empfangskraft beschwert hatte, aber Dr. Mertz hatte sich Annas Beschwerde nicht anhören wollen. Statt dessen hatte später ihr Kollege bei Anna angerufen und sie angebrüllt, wie sie es wagen könne, sich über seine »gute kleine Buchhalterin« zu beschweren.

»So *ist* es wohl heute überall, nicht wahr? Alle stellen sie solche *Dummchen* an, wie diese Irma *Downing,*« zwitscherte die Alte und sprach den Namen der toten Frau mit vorsichtiger Fröhlichkeit aus. Anna spürte ein kaltes Kribbeln im Bauch, obwohl diese widerliche Karla in keinerlei Gefahr schwebte (*leider,* dachte Anna), und sie antwortete schwach: »Ja, ich glaube, daß eine der Voraussetzungen für einen Job in der Tierklinik absolute Idiotie ist. Karla war schon auf der *Highschool* so blöd.« Dabei zog Anna das Wort »Highschool« so in die Länge, bis sie sicher war, daß die Alte angebissen hatte und daß Annas Haken tief in ihren fleischigen Lippen steckte.

»Dann hat sie das getan, obwohl du sie *gekannt* hast. War sie denn in deiner *Klasse?*«

Anna überkreuzte die Finger ihrer rechten Hand und sagte: »Sie war drei Klassen unter mir – in der Abschlußklasse von neunzehnhundertneunundsiebzig. Du hast

vielleicht sogar das alte Jahrbuch. Sie hat zwar ein paar Kinder, hat aber nie geheiratet.«
Und während sie fortfuhr, konnte Anna hören, wie die Alte hastig durch ein Buch blätterte, und vermutete, daß es sich um das gelb eingebundene Telefonbuch von Ewerton handelte.

4

Anrufe am Nachmittag

»– und er wurde auch nicht vor ein paar Tagen eingeliefert? Oh ... vielen Dank für die Auskunft. Wie bitte? Nein, das habe ich nicht. Ich dachte, dort werden nur alte Leute aufgenommen. Ach so ... aha. Nein, nein, ich werde selbst dort anrufen. Könnten Sie mir bitte die Nummer geben? Vielen Dank, Madam, Sie waren mir eine große Hilfe.«
Bib Stanley drückte auf eine Taste seines Telefons, bis er ein Freizeichen bekam, und wählte die Nummer für ein weiteres Ferngespräch. Er hörte, wie es am anderen Ende der Leitung klingelte, und als sich die Telefonistin des Wright County-Pflegeheims meldete, sagte er: »Ja, Sie können mir helfen. Ich bin Brian Stanley, der Polizeichef von Ewerton, drüben im Dean County, und ich glaube, daß eine von meinen Polizistinnen –«
»Eine junge Frau? Ja, mit der habe ich gestern gesprochen. Sie hat sich nach unserem Patienten Mr. Miner erkundigt. Es ging darum, irgendeinen alten Fall endgültig abzuschließen, der mit diesem Mr. Miner zu tun hatte. Sie hat Ihren Namen erwähnt.«
Bib murmelte leise das Samstagnachmittags-Lieblings-

wort seiner Frau vor sich her – »Bingo!« –, bevor er schnell zu der Telefonistin sagte: »Ich wollte mich nur versichern, ob sie korrekt vorgegangen ist. Sie ist eine, äh, neue Kraft –« *(Sie wissen ja gar nicht, wie neu!)*, »– und ich wollte nur wissen, ob sie diese Aufgabe ordentlich erfüllt hat.«

»O ja, sie war sehr freundlich und korrekt. Sie wären stolz auf sie gewesen, wenn Sie gesehen hätten, wie gut sie mit der Situation fertiggeworden ist, besonders als Mr. Miner einen seiner Anfälle bekam ... aber *eines* ist mir an ihr doch aufgefallen.« Die Telefonistin schien zu zögern, also fragte Bib: »Gab es Probleme mit ihr?«

»O *nein*, nicht mit *ihr*. Aber dürfte ich Ihnen einen Vorschlag machen, Chief Stanley?«

Wenn Anna da drüben irgendwelchen Blödsinn gemacht hat, dreh ich ihr den Hals um, dachte Bib, während er sagte: »Aber sicher, Madam.«

»Nun, es hatte nichts mit ihrem Benehmen zu tun, aber es wäre gut, wenn Sie dafür sorgen könnten, daß Officer Yarrow eine Uniform bekommt, die ihr ein *bißchen* besser paßt. Sie hatte ständig mit ihrer Jacke zu kämpfen, damit sie vorne zublieb.«

»Ich werde mich sofort drum kümmern«, sagte Bib schnell, bis ihm plötzlich etwas einfiel. Officer Yarrow hatte sich doch mit dem Klebeband Textilfasern vom Ärmel ihrer Uniformjacke gezogen – winzige, verknitterte, farbige Fusseln, wie von einer flauschigen Wolldecke.

»Ich hätte noch eine Frage. Ist Mr. Miner eigentlich bettlägrig? Officer ... Yarrow hat das in ihrem Bericht nicht erwähnt.«

»Nicht ständig. Meistens schnallen wir ihn in seinen Rollstuhl. Wir lassen allen unseren Patienten eine *exzellente* Pflege angedeihen –«

»Vielen Dank, Madam, Sie haben mir sehr geholfen. Einen schönen Tag noch«, sagte Bib und legte auf.
Sobald er wieder ein Freizeichen bekam, wählte er Anna Sudeks Nummer zu Hause und zog eine Grimasse, als dort besetzt war. Widerwillig legte er den Hörer auf die Gabel und sagte leise: »So, so, Alvin Miner ist jetzt da droben im Norden. Hat Lucy Miner das arrangiert? Kein Wunder, daß Anna diesen Uniformtrick angewandt hat. Ich schätze, daß sie irgendeine dahergelaufene Frau von der Straße nicht zu ihm gelassen hätten. Vielleicht haben sie Angst, daß irgendein Knallkopf ihm das Hirn rauspustet, vielleicht um den Tourismus bei uns unten zu ruinieren oder so. Zu schade, daß Lucy es versäumt hat, irgend jemanden hier über den Aufenthaltsort ihres Daddy zu informieren, aber andererseits glaube ich nicht, daß sie allzu großen Wert auf eine reibungslose Zusammenarbeit mit den hiesigen Behörden legt.«
Bib probierte es noch einmal mit Annas Nummer, aber wieder klang ihm nur das Besetztzeichen entgegen. »Hör endlich auf zu quasseln!« sagte er in den piependen Hörer und warf ihn mit einem Klacken auf die Gabel. Auf einen Impuls hin suchte er Lucy Miners Nummer aus dem Telefonbuch heraus und rief dort an. Beim zweiten Besetztzeichen legte er auf, diesmal sanfter, als fürchtete er, die zischende, stinkende alte Frau könnte spüren, daß er in die Leitung wollte, und wenn sie dann auch noch mitbekäme, wie er den Hörer auf die Gabel warf, würde sie ihn vielleicht deswegen heimsuchen.

5

Das Miner-Haus (II)

Arlene Campbell näherte sich, diesmal ohne Katzenkäfige, von Süden kommend dem Miner-Haus. Als sie, die Hände tief in den Taschen von Dons alter dunkelblauer Jacke vergraben, den Gehsteig entlangging, wünschte sie, daß es in diesem Teil der Evans Street eine Querstraße gäbe, die von der Share Avenue nach Osten führte. Denn eigentlich hatte sie sich von hinten an das Haus heranarbeiten wollen, aber das ging nicht; der Hintergarten des Miner-Hauses stieß an einen der eingezäunten Gärten der Häuser an der Westseite der Share Avenue, und deshalb hätte für Arlene der Weg in Lucy Miners Hintergarten quer über den ungemähten und ungerechten Rasen und rund ums Haus geführt, und das alles bereits auf dem Miner-Grundstück.

Das damit verbundene Risiko war Arlene Campbell zu groß, selbst wenn die Telefone von Anna Sudek und Lucy Miner besetzt waren, was bedeutete, daß Anna der alten Frau wohl gerade den Köder für morgen abend vor die Nase hielt. Aber warum sollte Lucy nicht gleichzeitig telefonieren und aus dem Fenster schauen können? Was wußte Arlene schon, vielleicht hatte sie sogar eine extralange Schnur an ihrem Telefon, so daß sie sich, während sie sprach, im Haus völlig frei bewegen konnte.

Ich wünschte, ich hätte Anna danach gefragt, dachte Mrs. Campbell, während die Kälte aus dem Beton des Gehsteigs durch die Sohlen ihrer Schuhe an ihre harten, alten Füße drang, und sah hinauf zum Speicher des Miner-Hauses. Arlene glaubte, daß Puff und Fluff, bevor sie am Vormittag angefangen hatten zu knurren und zu

zischen, über ihre Schulter nach oben geschaut hatten, vielleicht auf das Dach des verwitterten alten Holzhauses. *Die dummen Kätzchen haben dort oben vielleicht einen Vogel gesehen, oder ein Eichhörnchen. Sie haben sich furchtbar aufgeregt, und dann hab ich mich aufgeregt, und das alles umsonst. Aber meine Jungs* benehmen *sich normalerweise nicht so. Stunden habe ich daheim zu tun gehabt, bis sie sich wieder einigermaßen beruhigt hatten. Selbst nach einer Impfung waren sie bisher noch nie so. Nein, sie müssen irgendwas* gespürt *haben, da bin ich mir sicher. Wahrscheinlich hat Lucy wieder mit diesem* Ding *gespielt und sich in etwas verwandelt, das Puff und Fluff* gerochen *haben – irgendein schreckliches Tier vielleicht.*
Kein Vorhang bewegte sich hinter den altmodischen Fenstern. Kein dunkles oder helles Zucken verriet, daß dort drin jemand war, also trat Arlene auf das mit Blättern übersäte Gras. Die zu glatten Sohlen ihrer Schuhe rutschten ein wenig auf diesem nassen Mosaik aus Braun, Orange und blassem Gelb, das den toten, graubraunen Rasen bedeckte. Arlene streckte ihre Arme zum Balancieren zur Seite und hoffte, daß niemand sie aus den Häusern zu beiden Seiten der stillen Straße beobachtete, wie sie parallel zur Südseite des Hauses am Gartenzaun entlangging, bis sie schließlich an einem Punkt auf dem Rasen anlangte, der der Ecke des Hauses genau gegenüber lag.
Hinter den Vorhängen bewegte sich noch immer nichts, kein wildes Gesicht, keine knotige Klaue war durch das fleckige Glas zu sehen. Arlene ging jetzt an dem grünlichgrauen, unlackierten Holzzaun entlang, der die Grenze zum Grundstück des weitläufigen Ranchhauses an der Share Avenue kennzeichnete, wobei sie ständig Lucys Haus im Auge behielt, von dem sie jetzt etwa hundert Meter entfernt war.
Obwohl sie ihr ganzes Leben in Ewerton verbracht hatte,

hatte Arlene Weiss-Campbell das Miner-Haus noch nie aus diesem Blickwinkel gesehen, zumindest nicht aus solcher Nähe. Das Gras war hier noch ungepflegter, es lag in einer Richtung auf dem Boden wie Haare unter der Dusche und glitzerte feucht im schwachen Sonnenlicht. Ein Teil der Blätter von den Robinien, Ulmen und Ahornbäumen war zusammengerecht und auf einen Haufen an der Rückwand des Hauses geworfen worden, ein Rechen, an dessen Stiel noch Reste blauer Farbe zu erkennen waren, lehnte an der abblätternden Hauswand.

Arlene erkannte unter der schuppig gewordenen neuen Farbe den alten Farbton des Hauses, den es gehabt hatte, als Lucy noch mit ihren Tanten dort gelebt hatte – eine Art Grauton, der entfernt an die Farbe von Wolken erinnerte. Anna und ihre Mutter hatten das Haus in gebrochenem Weiß gestrichen, aber in Arlenes Erinnerung hatte es seine stürmische Farbe von früher behalten, und diese Farbe schien jetzt auch immer stärker wieder zum Vorschein zu kommen, an manchen Stellen überlagerte sie bereits das etwas freundlichere Weiß.

Das einzige an dem Haus, das wirklich einen gepflegten Eindruck machte, war das Dach. Arlene erinnerte sich, daß sie vor zwei Monaten den Lastwagen der Everett-Roofing-Dachdeckerei aus Lumbe vor dem Haus gesehen hatte, obwohl doch der alte Säufer Quinton Kelley erst vor fünf oder sechs Jahren das ganze Dach erneuert hatte. *Es hat noch nie jemand ein zweites Mal für dich gearbeitet, nicht wahr, Lucy?* dachte Arlene und erinnerte sich an die unzähligen Buben und jungen Männer, die Lucy nacheinander angeheuert hatte, um ihr den Rasen zu mähen und im Herbst das Laub zusammenzurechen, nachdem Tina und Anna ausgezogen waren. Jedesmal, wenn Arlene aus irgendeinem Grund hier vorbeigegangen war, hatte sie jemand anderen im Garten bei der Arbeit gesehen, während Lucy ihn von der Veranda aus überwacht und mit ihrer zittrigen, blubbernden Stimme herumkommandiert hatte. Nicht einmal die beiden Trottel Vinnie und Leo Larsen, die beiden älteren Brüder von Wendy, die die ganze Zeit im »Wooden Keg« mit den besoffenen Yingleys herumhingen und ein »Diet Pepsi« nach dem anderen herunterschlürften, hatten es lange bei Lucy Miner ausgehalten, und Vinnie und Leo mochten *jeden* – sogar den Brummbären Stu Sawyer.

Als Arlene dem still und drohend dastehenden Haus etwas näher kam, dachte sie: *Du kannst dir ja nicht einmal Gesellschaft* kaufen. *Als deine Großmutter starb, hast du alles verloren, nicht wahr? Sie war der einzige Mensch, der dich wirklich geliebt hat ... und du hast sie verloren. Willst du jetzt Anna zu Großmutters Liebling machen? Oder hoffst du, daß sie eine neue Großmutter für* dich *sein wird?*

Plötzlich blieb Arlene stehen und war sich nicht sicher, ob der helle Fleck, der eben über das hintere Giebelfenster im Speicher gehuscht war, von den über den Himmel ziehenden Wolken oder von einer Bewegung im Inneren des Hauses gekommen war. Arlene hüllte sich enger in Dons alte Jacke, bis ihre Arme sich in ihre breiten Hüften gruben, als sie sah, daß hoch oben an dem Fenster sich ein undeutlicher, grauweißen Fleck bewegte.

Wenn ich doch bloß ein bißchen höher oben wäre. Der Winkel von hier unten ist zu spitz, als daß ich etwas deutlich erkennen könnte. Aber warum sollte Lucy ausgerechnet da oben *herumsitzen. Der Speicher ist, glaube ich, nicht einmal ausgebaut. Dons Vater sagte, daß es dort oben furchtbar eng und alles aus rohen Brettern wäre, praktisch unbewohnbar. Alvin und Rebekka haben den Platz dort oben nicht benötigt – sie hatten in den unteren Stockwerken genug.*

Dann erinnerte sich Arlene an die Worte ihres Schwiegervaters, die er vor jedermann wiederholt hatte, der dem Alten bei der Erzählung des aufregendsten Tags in seinem Leben zugehört hatte:

»Dort droben konnte man kaum gehen ... ein falscher Schritt, und dein Fuß hätte im Zimmer drunter durch die Decke geragt. Durch die kleinen Giebelfenster kam nur ganz wenig Licht herein. Ich und Auggie blieben nicht allzu lang da oben, weil Auggie furchtbare Angst hatte, durch den Boden zu brechen. Ich habe gehört, er hat behauptet, daß wir gar nicht droben gewesen wären, und zwar deshalb, weil ich mich angeblich nicht hinaufgetraut hätte, aber ich glaube, das sagt er bloß, um davon abzulenken, wieviel Schiß *er* in dem Haus gehabt hat.
Ich fand an dem Speicher eigentlich am unheimlichsten, daß die Fenster so hoch oben angebracht waren, man konnte, wenn man davorstand, gar nicht hinausschauen. Von draußen sehen sie so aus, als gingen sie einem bis zur Hüfte, aber in Wirklichkeit waren sie viel *höher* oben. Auggie mußte sich auf einen von diesen Querbalken stellen, um überhaupt aus dem Fenster sehen zu können – vielleicht lag ja die Leiche der alten Frau da drunten irgendwo im Garten oder in den Zweigen der Bäume oder an irgendeinem anderen, unmöglichen Ort – und er wäre fast herunter, und durch den Boden gefallen. Und Auggie wäre wie eine Bombe durchgerauscht, so schwer wie er war.«

Arlene konnte sich an den rundlichen, kleinen Auggie Wilkes erinnern; er war bestimmt nicht größer als eins fünfundsechzig gewesen und hatte in etwa denselben Umfang gehabt. Auch Arlenes Schwiegervater war nicht viel größer, dafür aber drahtig und schlank gewesen.

In was auch immer sich Lucy jetzt verwandelt hat, es muß groß genug sein, um aus diesen Fenstern schauen zu können – oder es muß in der Lage sein, davor in der Luft zu schweben, dachte Arlene, während die kälter werdende Luft durch das lockere Gewebe ihres karierten Kopftuchs drang, so daß ihr die Ohren weh taten und sie sie durch das Kopftuch sanft massieren mußte. Und gerade, als sie ihre Hand dazu hob, bewegte sich hinter dem Giebelfenster etwas ganz deutlich.

Es war klein und bräunlich, soweit Arlene es erkennen konnte, und schien sich am unteren Rand des Fensters entlang zu bewegen, wobei die leichten Vorhänge dahinter sanfte Wellen schlugen. Und dann sah sie, daß es ein Gesicht war, eine Stirn mit Augen, die direkt zu ihr heruntersahen. Das schmutzige, alte Glas machte es schwierig, die einzelnen Züge zu erkennen, aber es war zweifellos ein Gesicht. Die dunklen Augenhöhlen waren unverkennbar, ebenso die breite Stirn unter einem dünnen, weißlichen Haarschopf.

Lucy. Sie war hinaufgestiegen zu dem Punkt im Haus, von dem aus sie den besten Überblick hatte, und jetzt hatte sie Arlene dabei ertappt, wie sie auf ihrem Grundstück herumschlich und ohne Zweifel nichts Gutes im Schilde führte.

Arlene, der sonst nichts einfiel, wie sie die Situation ein wenig entschärfen könnte, winkte verkrampft lächelnd nach oben und ging dann weiter an dem hölzernen Lattenzaun entlang, bis sie an die Ecke gelangte, von wo aus sie weiter bis zur Share Avenue ging. Dabei dachte sie die ganze Zeit: *Hier ist kein Schild, auf dem steht, daß man nicht durch den Garten laufen darf. Man sieht doch dauernd, wie Kinder Abkürzungen durch die Gärten nehmen. Sie kann mich nicht festnehmen lassen, bloß weil ich an einem Zaun entlanggegangen bin. Mein Gott, vielleicht haben die Leute vom Nebengrundstück ihn sogar ein wenig zurückgesetzt errichtet, so daß er gar nicht bis an Lucys Grundstück heranreicht. Die Leute machen so was* häufiger, *und dann hätte Lucy überhaupt keine Handhabe gegen mich.*

Und erst als Arlene sich wieder ihrem eigenen Haus näherte und Silkys großohrigen, schwarzweißen Kopf am unteren Rand eines ihrer Wohnzimmerfenster neben der Haustür sehen konnte, fiel ihr etwas auf. Lucy Miner war als junge Frau, bevor das Alter ihre Wirbelsäule zusammengedrückt und ihr noch ein paar Zentimeter von ihrer ohnehin nicht gerade beeindruckenden Größe genommen hatte, eins dreiundfünfzig, bestenfalls eins fünfundfünfzig groß gewesen. Sie hätte eigentlich nicht einmal mit dem Scheitel an dieses Giebelfenster reichen dürfen, außer, wenn sie einen Stuhl in den Speicher gezerrt hätte oder irgendwann einmal einen neuen Boden hätte einziehen lassen – und beides war ziemlich unwahrscheinlich.

Ein Blick auf Silky unterstrich diese Überlegungen. Er war eine lange, schlanke Katze, die sich mit Leichtigkeit auf die Hinterbeine stellen konnte, und trotzdem war sein Kopf an dem Fenster, das sich etwa sechzig Zentimeter über dem Boden befand, nur eben gerade ein Stück zu sehen. Und Arlene war sich sicher, daß sie den Kopf und die Hand einer alten Frau gesehen hatte und kein Tier oder ein Kind, das mit affenartiger Gewandtheit zum Fenster hätte hochklettern können.

Arlene öffnete die Haustür und blieb stehen, um all ihre Katzen und Hunde zu streicheln, bevor sie Kopftuch und Mantel ablegte. Als sie ihre Handschuhe auszog, kam ihr ein Gedanke. Mrs. Husa, Lucys Großmutter, war mindestens eins fünfundsechzig, wenn nicht größer gewesen,

besonders, wenn sie ihre üblichen schwarzen Lederschuhe mit den mittelhohen Absätzen getragen hatte.
Arlene hatte bereits den Telefonhörer in der Hand und Anna Sudeks Nummer zur Hälfte gewählt, als sie dachte: *Nein. Beunruhige das Mädchen nicht mit etwas, mit dem du allein fertigwerden kannst. Anna hat Lucys Großmutter nie gesehen. Sie kann sich bestimmt nicht einmal vorstellen, was für eine* furchterregende *Frau sie gewesen ist. Sogar noch schlimmer als Lucy. Trotzdem werde ich mit ihr fertigwerden, besonders wenn ich sie erwische, während Lucy morgen außer Haus ist. Lucy kann dieses Amulett schließlich nicht in zwei Teile teilen – das hoffe ich wenigstens. Sie kann es nicht ihrer Großmutter geben und gleichzeitig selber tragen.*
Arlene legte wieder auf und sagte laut: »Ich lasse das arme Mädchen bis morgen mit dieser Geschichte in Ruhe. Ich glaube nicht, daß Lucys Großmutter uns viele Probleme machen kann, so wie sie nach all den Jahren beieinander sein muß, ob mit oder *ohne* Amulett.« Bevor Arlene Campbell früh zu Bett ging, gab sie allen ihren Tieren Futter und einen Gutenachtkuß auf ihre rundlichen, pelzigen Köpfe.
Es sollte das vorletzte Mal in ihrem Leben gewesen sein.

KAPITEL ZWÖLF

Samstag, 31. Oktober 1987 Halloween

1

Anna (III)

Die Spitze des schwarzen Filzmarkers gab leise quietschende Geräusche von sich, als Anna Sudek damit die runden Bögen eines großen »B« auf ein Stück Pappe malte, das sie aus einem leeren Karton von Friskies-Trockenfutter für Katzen geschnitten hatte. Das Geräusch erinnerte sie daran, wie die Schuhe der Krankenschwester in dem Pflegeheim gequietscht hatten, aber der Geruch des Stiftes war ein ganz anderer als der in dem Heim – es war ein scharfer, chemisch-tintiger Geruch, den Anna so früh am Morgen als unangenehm und leicht stimulierend zugleich empfand.

Während Anna den Rest des Wortes »Bitte« auf die Pappe malte, ertappte sie sich dabei, daß sie an Alvin Miner dachte, an seine dunklen, umherhuschenden Augen, die all die Jahre in Krankenhäusern und selbst die unzähligen Elektroschocks nicht hatten trüben können, und an den säuerlichen Frühstücksgeruch in seinem Atem. *Wahrscheinlich Rühreier,* dachte sie, während sie einen senkrechten Strich malte, an den sie dann unten noch einen kleinen Bauch machte. *Er hatte keine Zähne mehr. Ob er sie wohl wegen schlechter Ernährung oder wegen mangelnder Pflege verloren hat?*

Anna fand es am besten, wenn sie an ihren Urgroßvater in einfachen, allgemeinen Begriffen dachte und ihn damit auf eine Reihe von isolierten Beobachtungen reduzierte. Seine Augen. Sein Atem. Die Leberflecken auf seinen wächsernen Händen. Die Art, wie sich die paar verbliebenen Haare kräuselten, wie jede einzelne Strähne in einem unmöglichen Winkel abstand. Der Lederriemen, mit dem er an seinen Rollstuhl gebunden war.

Ich hätte den Ärmel von Ginnys Uniformjacke ausbürsten sollen. Eigentlich hätten mir die Fusseln von der Decke auffallen müssen. Es ist gut, daß Ginny vor lauter Liebe so unaufmerksam ist.

Einen Moment lang wünschte Anna, auch sie könnte etwas weniger aufmerksam sein; es war so ermüdend, ständig jedes auch noch so kleine Detail beachten zu müssen, immer nur zu denken: *Wenn ich jetzt* dies *tue, dann muß ich später* jenes *tun, um meine Spuren zu verwischen.*

Die vergangenen paar Tage hatte sich Anna gefühlt, als drehe man ihre Eingeweide langsam um einen Stock, als würden sie wie riesige, rote Spaghetti um eine Gabel gewickelt, und so hatte sie fast nichts essen können. In nur zwei Tagen hatte sie drei Pfund verloren, zumindest war das die Meinung der uralten Badezimmerwaage, die sie einmal für fünfzig Cents auf einem Flohmarkt erstanden hatte. Die Waage war zwar nicht die allergenaueste, aber auch Annas Hosen waren ihr so weit geworden, daß sie mühelos zwei Finger und den Daumen in den Bund stecken und bewegen konnte, ohne die Haut an ihrem Bauch zu berühren.

Während Anna die Buchstaben »edient« hinter das kleine

»b« setzte, spürte sie einen leichten Kopfschmerz über dem rechten Auge, der wohl von den Ausdünstungen des Filzschreibers herrührte. Sie steckte die Kappe wieder auf den Stift und legte ihn neben das Pappschild, dann ging sie in die Küche, um sich ein Glas Wasser zu holen. Hier stieg ihr ein abgestandener, verdorbener Geruch in die Nase – er kam von der Ketchup-Schrift auf den Türen des Küchenschrankes, die mit grauem Schimmel überzogen war und aussah wie eine endlos lange Militärkapelle, die in grauen Uniformen den »Ich komme nie wieder zurück«-Marsch blies.

Während sie ihr Wasser trank, dachte Anna daran, die Schweinerei von den Holztüren zu kratzen, entschied sich dann aber dagegen. Ihr ganzes Leben lang hatte sie der Alten und ihrer Mutter hinterherräumen, hier eine schmutzige Socke aufheben müssen und dort eine eine fallengelassene, grau lackierte Haarnadel.

»Anna, steig da nicht drüber, heb es *auf!*«

»Bist du dir vielleicht zu *gut* dafür, schmutzige *Kleider* aufzuheben?«

»Sei kein solcher Schlamper wie dein Vater. Es ist schon schlimm genug, daß du aussiehst wie er.«

Sie wollten gar keine Tochter oder Enkelin, die wollten sowas wie eine neue Mutter, die sich um sie kümmert.

Anna trank ihr Wasser aus und sagte, während sie das leere Glas auf die Arbeitsfläche stellte, in Richtung auf den stummen, schimmeligen Küchenschrank: »Du bist nicht die einzige hier, der alles zum Hals raushängt, Ma ... aber manche von uns haben Verpflichtungen, auch wenn wir nicht gefragt worden sind.«

Bevor ihre Katze Mouth aufwachte und ihr »helfen« würde, beendete Anna rasch ihr graues Pappschild, wobei es ihr eigentlich egal war, ob die Kinder aus der Nachbarschaft ihre Bitte befolgten oder nicht. »Bitte bedient euch – aber nur ein Bonbon pro Kind.« Wenn Anna nicht schon ihre Vorderfenster und den gläsernen Windfang des Hauses mit orangeschwarzen Pappdekorationen (die sie sich immer nach Halloween fürs nächste Jahr aus den Containern des IGA und Red Owl-Supermarkts holte) geschmückt gehabt hätte, dann hätte sie vermutlich keine Süßigkeiten gekauft, aber jetzt fühlte sie sich verpflichtet dazu. *Wenn man Werbung macht, muß man auch was bieten,* dachte Anna, während sie das Schild an die große Plastikschüssel klebte, in die sie jedes Jahr an Halloween die Bonbons tat. Dann legte sie den Beutel mit Süßigkeiten, den sie bereits Anfang der Woche gekauft hatte, ungeöffnet in die Schüssel und stellte sie auf den Tisch im Eßzimmer. Wenn sie die Süßigkeiten jetzt schon offen in die Schüssel getan hätte, dann hätte Mouth sie sich Stück für Stück herausgefischt und es irgendwo im Keller unter der Treppe versteckt.

Nachdem sie damit fertig war, schaute Anna auf die Uhr und fragte sich, ob Mrs. Campbell wohl wach war. Die alte Frau war in letzter Zeit nicht mehr bei den Mülltonnen gewesen; Arlene hatte Anna gestanden, daß sie mittlerweile schon soweit war, daß sie der Schwanz einer streunenden Katze, der hinter einer Ecke hervorlugte, völlig verrückt machte, wenn sie im Dunkeln allein unterwegs war. Anna selbst wollte eigentlich ausschlafen, aber sie hatte einen schlimmen Traum gehabt:

Gordy Grey hatte mit verschränkten Armen und grimmigem Gesicht an der Tür des Super Suds-Waschsalons auf sie gewartet und gesagt: »Sie haben es schon wieder gemacht ... die Schweine waren wieder hier.« Dann deutete er auf die offenstehenden Trockner, die überquellenden Plastik-Abfalleimer, die rotbespritzten Waschmaschinen, und Anna mußte den ganzen Mist beseitigen, mußte die ganze glitschige Sauerei aufwischen, und wäh-

rend sie arbeitete, wurde ihre Kleidung mit dem Zeug durchtränkt und stank nach altem,rostigem Eisen.
Ihre Hände waren so schlüpfrig davon, daß ihr fast alles entglitt. Anna arbeitete stumm und verbissen und versuchte, nicht die Aufmerksamkeit der Kunden zu erregen, die drüben bei den Bügeltischen saßen und Zeitung lasen. Und erst während sie arbeitete, wurde ihr klar, wassie da eigentlich aus den dunklen, runden Löchern holte, und sie fing an, das, was sie erkennen konnte, auf dem schmutzigen Boden und den zerkratzten Bügeltischen des Super Suds-Waschsalons zu gräßlichen, bluttriefenden, schlüpfrigen Haufen zusammenzulegen, bis schließlich alle Opfer der Alten wie groteske Gebilde aus blutigem Fleisch und weißen Knochen vor ihr lagen, bei denen nur noch Fragmente erkennen ließen, wem diese zusammengestöpselten Körper, die an geschlachtete und zerteilte Tiere erinnerten, einmal gehört hatten. Die Luft war von stinkendem rosa Dampf erfüllt, der sich auf Annas Haut legte, und der Plastikteppich unter ihren Füßen hörte sich an wie ein vollgesogener Schwamm, aus dem wäßriges Blut mit einem Geräusch wie blubberndes Fett herausgluckste. Unbekannte Kundinnen flohen schnaufend und kreischend vor dieser Schlächterei und deuteten, während sie an Anna vorbeistürzten, immer wieder mit fahrigen, panischen Bewegungen auf das Blutbad. Und während Anna näher trat, zögernd immer näher trat, sah sie, wie der graugefleckte Wasserschlauch sich aus dem kleinen Spülbecken im hinteren Teil des Waschsalons ruckelnd und zuckend erhob, und während er sich langsam auf Anna zuschlängelte, begannen die Klumpen blutigen, formlosen Fleisches zu zittern und gedämpfte, gurgelnde Geräusche von sich zu geben. Das Vorderteil der schwarzen Gummischnauze des Schlauchs war abgeschnitten oder abgebissen worden und ließ ein in den Gummi eingeprägtes kleines Gesicht erkennen, ein Gesicht mit breiten, flachgedrückten Lippen und schrägen, farblosen Augen – Augen, die langsam und gleichmäßig blinzelten.

Anna erwachte und spürte, daß Bruiser sein Gesicht an das ihre preßte, seine weit auseinanderstehenden, grünen Augen mit braunen Flecken waren ein, zwei Zentimeter von den ihren entfernt, und sein steifer Schnurrbart kitzelte sie an den Lippen und am Kinn. Einen nicht enden wollenden Augenblick lang vermischte sich Bruisers Gesicht mit dem der Schlauch-Schlange aus Annas Traum. Anna fing an zu schreien, es war ein dünnes, jaulendes Jammern, aber Bruiser streckte seine rechte Pfote aus und ließ ihre rauhe Unterseite sanft und zärtlich über Annas Gesicht gleiten. Anna bezwang ihre doppelte Abscheu, die einesteils von ihrem Traum und andererseits von ihrer ... Verwandtschaft mit Bruiser herrührte, zog eine Hand unter der Decke hervor und streichelte Bruisers glänzendes Fell, wobei sie die starken Muskeln unter seiner Haut spürte.

Und dann tat der Kater etwas so Ungewöhnliches, so *Menschliches,* daß Anna einerseits den Drang verspürte, ihn fest an sich zu drücken und nie wieder loszulassen, und andererseits am liebsten sofort aus dem Bett gesprungen und fortgelaufen wäre. Bruiser legte beide Pfoten um Annas Hals, als wolle er sie umarmen, preßte seine glänzende, schwarze kleine Schnauze auf ihre Wange, wobei sein kurzer Schnurrbart an ihrer Haut stach, und ließ einen tiefen, nach Katzenfutter mit Fischgeschmack riechenden Seufzer hören, bevor er seinen riesigen Kopf an die sanfte Kurve aus Knochen und Haut unter Annas Kinn legte.

Nach ein paar Sekunden sagte Anna: »Es tut mir leid, aber ich muß jetzt aufstehen« und schob die Katze von sich herunter. Sie stand auf und zog Jeans und Sweatshirt an. Aber es brach Anna fast das Herz, als sie Bruiser so auf dem ungemachten Bett sitzen sah. Er blickte sie aus seinen schmelzenden, leuchtenden Augen an, als wollte er sagen: »Ich verstehe ... Ich bin immer da, wenn du mich brauchst.«

Jetzt trottete Bruiser Anna durchs Haus hinterher (Anna war innerlich zerrissen von dem Bedürfnis, beide Katzen einzuschließen, so daß sie sie nicht mehr länger daran erinnern konnten, was ihre Großmutter einst mit einer anderen Katze gemacht hatte, und ihrem Verlangen, sie um sich zu haben), während Anna, soweit sie konnte, Vorbereitungen für den kommenden Abend traf. Sie steckte eine Taschenlampe und ein quadratisches Stück starke Aluminiumfolie in die Tasche ihrer Jeansjacke. Anna hatte eine Zeitlang mit der Idee gespielt, sich ihre Rusty Hinge-Baseballjacke anzuziehen, deren helle, leicht glänzende Oberfläche ihr in der Nacht sicherer erschien, aber auf der anderen Seite dachte Anna, daß es besser wäre, nicht *allzu* auffällig und identifizierbar zu sein, falls die Geschichte vor dem verlassenen Yablinski-Haus doch nicht so glattlaufen und jemand sie im Vorbeifahren sehen würde. Sie kramte die dunkelblaue Skimütze und die Strickhandschuhe hervor, die sie einmal aus der Mülltonne vor der Dean County-Altkleider-Sammelstelle gefischt hatte. Die Mütze und die Handschuhe hatten Löcher, für die Ma eigentlich passende Flicken hatte strikken wollten – Anna selbst konnte nicht stricken –, aber die Löcher störten heute abend nicht weiter. Worauf es ankam, war die dunkle Farbe.

Der Mond war seit ein paar Tagen im ersten Viertel, und da der Wetterbericht klares Wetter vorausgesagt hatte, dachte Anna, daß sie so, wie sie war, schon sichtbar genug war. Sie wußte nicht, ob sich Mrs. Campbell ein anderes Kopftuch umbinden würde – ihr gewohntes kariertes hatte viele weiße und hellgelbe Stellen –, aber ihre Matrosenjacke war blauschwarz, und so würde sie sich in der Dunkelheit zwischen den Straßenlaternen ziemlich gut verbergen können.

Anna hatte keine dunklen Jeans, lediglich eine feine, schwarze Abendhose mit elastischem Bund, die sie einmal im Waschsalon gefunden hatte, die sie jetzt aber zu sehr an ihren Alptraum erinnerte *(feucht glänzende Massen zusammengelegten Fleisches, an denen man teilweise Gesichter erkennen kann, aus denen die Augen auf mich blicken)*, als daß sie sie am Abend hätte anziehen können.

Dann fiel Anna ein, daß Ma das meiste ihrer Kleidung zurückgelassen hatte. Darunter waren viele Synthetikhosen mit schlottrigen Beinen und elastischem Bund, aber Anna fand doch noch ein Paar dunkelblaue Männer-Cordhosen, die Ma manchmal im Winter getragen hatte. Sie waren Anna zwar am Bund zu weit, aber das ließ sich mit Hilfe einiger Sicherheitsnadeln korrigieren.

Als sie mit dem Wühlen in Mas Kleidern fertig war, war es fast neun Uhr. Anna ging zurück ins Eßzimmer, gerade noch rechtzeitig, um zu sehen, wie Mouth das Stück Aluminiumfolie zerfetzte, das sie irgendwie aus der Tasche der Jeansjacke gefischt haben mußte. Die dicke Folie stammte ursprünglich aus einem Müllcontainer des IGA, und deshalb roch sie vermutlich noch nach etwas Eßbarem, obwohl Anna sie abgewaschen hatte.

»Böses Mädchen!« rief Anna und lief auf die große Tigerkatze zu, um ihr einen Klaps zu geben, aber Mouth flüchtete, bevor Anna bei ihr angelangt war, in Richtung Keller.

Anna sammelte die zerfetzten Alustücke zusammen, ging in die Küche und stellte sich auf die Zehenspitzen, um in den Hängeschrank über dem Herd spähen zu können, wo Ma und sie die abgewaschenen und zusammengefalte-

ten Stücke dicker Alufolie aufbewahrten. Anna nahm ein weiteres kleines Stück davon, faltete es wieder zusammen und steckte es diesmal in die Tasche ihrer Cordhose.
Dieses Stück Alufolie war das wichtigste, was Anna heute abend mitzunehmen gedachte. Wenn Mrs. Campbells Geschichte von der blechernen Tabaksdose und ihre eigene Kindheitsbeobachtung, daß die Alte das Amulett in dem Tuchbeutel um ihren Hals *zusätzlich* in einem kleinen Plastikbeutel aufbewahrte, stimmten, dann brauchte Anna etwas Unorganisches, nicht *Lebendiges* (oder, besser, etwas, das noch nie gelebt hatte), um darin das Amulett einzupacken, wenn sie es der Alten erst einmal abgenommen hatte.
Bevor Anna in der vergangenen Nacht zu Bett gegangen war, hatte sie noch einmal in dem Buch über ägyptische Magie gelesen – besonders in dem Kapitel über den Zauberer aus Zurarah, im Kufa-Distrikt von Babylon, der sich in ein Kamel verwandelt und einen Mann getötet und enthauptet hatte ... nur, um den Körper und den Kopf später wieder zusammenwachsen zu lassen und den Mann wieder lebendig zu machen. Aus dem Buch ging nicht genau hervor, *wie* der Zauberer von Zurarah seine magischen Kräfte in diesem Fall angewandt hatte, aber anscheinend hatte er dieses Wunder vor einigen zuverlässigen Zeugen bewerkstelligt. Und Anna vermutete, daß das, was er dazu benützt hatte, golden, spiralförmig und an einem Ende mit einem blaßgrünen Käfer verziert gewesen war. Anna hatte auch darüber nachgedacht, was der *hekau* auf dem Amulett ihrer Großmutter wohl genau bedeutete, was für unvorstellbare Geheimnisse jene magischen Worte wohl beinhalten mochten.
Und sie erinnerte sich an Alvin Miners geflüsterte Erzählung von einer Leiche, die sich bewegt und ihn angestarrt

hatte, und von seiner Frau, die ihrer wiederauferstandenen Mutter nicht hatte von der Seite weichen wollen, und fragte sich, ob der Mann eigentlich überhaupt jemals verrückt gewesen war oder, im Gegenteil, all die Jahre lang geistig *zu* gesund gewesen war. Irgendwie kam ihr letzteres noch viel schlimmer vor.

Anna ertappte sich dabei, daß sie wünschte, der uralte Mann, den sie nur so kurz gesehen, so flüchtig aufmunternd berührt hatte, wäre damals in dem nach Kupfer riechenden Haus ein wenig schneller, ein wenig befreiter mit der Axt umgegangen und hätte gleich auch noch die kleine Lucy mit umgebracht, bevor sie mit Hilfe des Amuletts der niedersausenden, blutroten Axt hatte entkommen können, um ihre kindischen, gewissenlosen und kleinlichen Entdeckungs- und Todesspielchen weiter zu spielen.

Wieso glaubst du eigentlich, daß ausgerechnet du *sie erwischen kannst? Alvin Miner ist bewaffnet gewesen und aufgeputscht von Angst und Wut, und nicht einmal er hat sie mit seiner Axt erschlagen können. Glaubst du wirklich, daß du ihr dieses Amulett wirst wegnehmen können, ohne daß es sie vorher in etwas verwandelt, das dich schneller tötet, als du überhaupt daran denken kannst, es zu versuchen? Dieses Ding braucht die Alte mindestens ebenso dringend, wie sie das Ding braucht. Nicht nur sie benutzt es, es benützt auch sie. Es ist nicht mehr das bloße Instrument eines einfachen babylonischen oder ägyptischen Zauberers, das Werkzeug eines Mannes, der sein Handwerk versteht und das Amulett für den Zweck einsetzt, für den es gemacht wurde – jetzt befindet es sich in den Händen eines Kindes.*

Eines Kindes von dreiundsechzig Jahren, das mit einer Menge Leute quitt werden will, im eigenen und im Namen seiner Familie. Lucy ist genau wie ihre Großmutter, nur daß diese ein bißchen wählerischer, ein bißchen vorsichtiger bei ihren Taten war. Lucys Großmutter hat nie jemanden vor Zeugen getötet, so wie es ein kleines Mädchen tut, das angeben will.

Als Anna sich all die Dinge, die sie in dieser Nacht mitnehmen wollte, sorgfältig zurechtlegte, fühlte sie sich selbst wie eine junge Pfadfinderin. Ihre Jacke, in der bereits die Taschenlampe steckte, und die Stricksachen lagen auf einem Bücherregal neben der Haustür. Anna hatte einen alten, verrosteten Fernsehtisch aus dem Keller geholt, um darauf später die Schüssel mit Schild und Süßigkeiten zu stellen. Und die zusammengefaltete Aluminiumfolie fühlte sich durch die dünne Baumwolltasche von Mas Cordhose und den Stoff von Annas langer Unterhose auf ihrem Oberschenkel metallisch kühl an, als wäre sie Annas eigenes Schutz-Amulett.

(»– und wenn du das Amulett hast, dann wickle es gleich in die Folie ein, bevor es dich auch noch verwandelt. Nach dem zu schließen, was die kleine Isaacs gesagt hat, wirkt es *sofort*«, hatte Mrs. Campbell gesagt und hinzugefügt: »Ich frage mich, ob es wohl auf *Gedanken* reagiert? Vielleicht kann Lucy deshalb damit so gemeine, widerwärtige Dinge tun ... weil *sie* eine so schreckliche Person ist, so wie Mrs. Husa auch eine war. Man brauchte sie nicht einmal reden zu hören – diese Frau hatte so grausame Augen ... fast völlig farblos, wie die von deiner Großmutter.«

»Das erinnert mich an etwas – wie sah Lucy eigentlich als kleines Mädchen aus? Wenn sie jemals Bilder von sich hatte, dann muß sie sie vernichtet haben, bevor ich auf die Welt kam.«

»Wie sie *ausgesehen* hat? Nun, sie war ein sehr unscheinbares kleines Ding mit dünnen Lippen und mattem, bräunlichem Haar, das sie normalerweise in Zöpfen trug ... irgendwie völlig unauffällig, so langweilig wie lauwarmes

Spülwasser. Und später, als sie etwas älter war und versuchte, hübsch oder aufreizend zu wirken, war das bloß lächerlich und verstärkte nur ihre Unscheinbarkeit.«)

»Du bist *immer noch* lächerlich, Alte«, sagte Anna laut, während sie im Wohnzimmer auf und ab ging und sich fragte, ob sie Mrs. Campbell anrufen oder ob sie einfach hinüber zu ihrem Haus gehen sollte. Sie hatten eigentlich nicht geplant, sich tagsüber zu treffen; Arlene hatte gesagt, sie würde Anna am frühen Abend anrufen, sobald die Kinder angefangen hätten, von Haus zu Haus zu gehen und um Süßigkeiten zu bitten. *Dann* hätte Anna bei der Alten anrufen und ihr das Signal geben sollen, als wolle sie, daß die Alte sie aus irgendeinem Grund zurückriefe. Wenn sie das *täte*, dann wüßte Anna, daß aus dem Plan an diesem Abend nichts werden würde – daß entweder die Alte Verdacht geschöpft oder daß sie dem Yablinski-Haus schon am Abend zuvor einen Besuch abgestattet hatte.

(»Da ist noch was, Arlene. Nehmen wir mal an, daß sie die Yablinski *heute* nacht umbringen will, anstatt bis Halloween zu warten?« hatte Anna Mrs. Campbell gefragt, worauf diese mit einem energischen Schütteln ihres grauhaarigen Kopfes geantwortet hatte. »Das ist doch egal. Überleg doch, was mit diesem schrecklichen Mr. Inglass geschehen ist. Sie hat ihn am Freitag abend nicht mehr erwischt, also hat sie ihn am Samstag verfolgt. Lucy ist nicht schlau genug, um besonders anpassungsfähig zu sein. Wenn du sie gesehen hättest, wie sie damals in der Schule Tag für Tag versuchte, auf der falschen Treppe gegen den Strom nach oben zu steigen ... Lucy wird ganz sicher kommen. Denk dran, Anna, sie wird sich ausrechnen, daß die Yablinski am Samstag abend sicher zu Hause sein wird – es ist ja schließlich *Halloween.* Und da verteilen die Leute normalerweise Süßigkeiten, nicht wahr? Sie wird glauben, daß sie am Freitag abend ausgegangen ist. Du wirst schon sehen, sie wird kommen.«)

Anna wünschte, sie könnte Mrs. Campbells Zuversicht teilen. Es stimmte, Arlene Weiss kannte Lucy Miner seit ihrer Kindheit, was Arlene einen gewissen Vorsprung verschaffte, wenn es um die *junge* Lucy Miner ging, aber Anna hatte einen Großteil ihres Lebens Tag für Tag und Stunde um Stunde mit der *Alten* zu tun gehabt ... und *diese* Lucy war doch eine ganz andere.

Annas Beinmuskulatur war vom hektischen Auf-und-ab-Gehen auf dem Wohnzimmerteppich schon ganz verspannt. Als sie sich niederbeugte, um ihre Beine ein wenig zu massieren, knurrte auf einmal ihr Magen. Sie hatte zwar keinen Hunger, aber Anna dachte, daß es besser wäre, etwas hinunterzuzwingen, selbst wenn es bloß eine Tasse heißer Kakao war. Sie brauchte einen Energievorrat für später, wenn sie die kleine Lucy verfolgen würde – oder was für eine Gestalt auch immer die Alte für ihren Besuch beim Yablinski-Haus heute abend wählte. Denn Anna konnte sich nicht darauf verlassen, daß es Mrs. Campbell gelingen würde, Lucy zur Strecke zu bringen, selbst wenn sie vorhatte, die abgesägte Schrotflinte ihres verstorbenen Mannes mitzunehmen – die Flinte, mit der er zum Spaß Vögel und Eichhörnchen von den Telefonmasten heruntergeschossen hatte, wenn er mit seinen Arbeitern die Ausfallstraßen der Stadt hatte reparieren müssen.

»Nur zur *Sicherheit*«, hatte Mrs. Campbell am Montag abend gesagt und Anna die schwere Waffe gezeigt. »Für alle Fälle ... ich werde sie nicht einmal laden, weil Lucy deine Großmutter ist – sie selber wäre mir eigentlich egal.«

Jetzt, als Anna das Kakaopulver in ihre beige Plastiktasse mit heißem Wasser rührte, hoffte sie vor allem, daß Mrs. Campbell das ernst gemeint hatte und die Schrotflinte wirklich nicht geladen war. Nicht, weil sie Angst hatte, die Alte könnte verletzt werden. Aber Anna hatte in Ewerton keine wirklichen Freunde, von engen Bekannten ganz zu schweigen, und sie wollte Arlene Campbell auf keinen Fall verlieren. Diese Frau, die sie einmal auf ihrer frühmorgendlichen Mülltonnentour verflucht hatte, war ihr auf einmal wichtiger als alles andere, ihr eigenes Leben mit eingeschlossen.

2

Arlene (VII)

Es war nicht nur wahr, daß Arlene Campbell die junge Lucy Miner viel besser kannte als deren eigene Enkelin; Arlene hatte Anna Sudek am Morgen dieses Halloween-Tages noch etwas anderes voraus – sie hatte Lucys Gramma gekannt, die furchterregende, *abscheuliche* Mrs. Husa. Während Arlene energisch, mit schlenkernden Armen in Richtung Evans Street ging, fragte sie sich, warum Alvin Miner nicht schon lange vor jener Nacht, in der er ihr eine Hand und ein Stück Arm mit dergleichen Leichtigkeit abgehackt hatte, mit der ein Holzfäller einen Ast von einem Baum abhaut, mit der Axt auf die alte Frau losgegangen war.

Arlene erinnerte sich daran, wie Lucy und ihre geliebte Gramma stundenlang verschwörerisch flüsternd und kichernd auf der Veranda des Miner-Hauses gesessen waren und den Leuten, die an dem Ziegelhaus vorbeigegangen waren, böse Blicke zugeworfen hatten. Mit Arlene hatten sie das ein paarmal gemacht, und Arlenes Ohren hatten sich vor Peinlichkeit so heiß angefühlt, daß sie Angst gehabt hatte, ihr Haar könne Feuer fangen und auf ihrem Kopf zu verkohlten Stoppeln verbrennen, aber eines Tages hatte Arlene sich gesagt: *Die alte Mrs. Husa ist es, die sich lächerlich macht ... Erwachsene sollten es wirklich besser wissen.* Dann war sie weiter die Straße entlang gehüpft, und erst als sie sicher gewesen war, daß sie außer Sichtweite war, hatte sie dem Haus und dem kichernden Paar auf der vorderen Veranda die Zunge herausgestreckt.

Zu ihrer Überraschung spürte Arlene jetzt, wie ihre Zunge wieder aus dem Mund herauswollte, biß darauf und schalt sich selbst: *Und wer macht sich jetzt lächerlich? Du wirst langsam genauso schlimm wie Lucy und diese alte Vettel, ihre Großmutter.*

Der Gedanke an das Gesicht, das sie an dem Speicherfenster gesehen hatte, ernüchterte Arlene sofort und brachte ihr wieder ins Gedächtnis, warum sie zum Miner-Haus gegangen war. Ganz gleich, was heute abend geschehen würde, ob Lucy Miner diese Nacht überleben würde oder nicht (und Arlene würde ohne jegliche Skrupel alles tun, um letzteres Wirklichkeit werden zu lassen), früher oder später würde man sich mit dem befassen müssen, was Arlene da im unteren Teil des alten Dachfensters gesehen hatte.

Sie bezweifelte, daß Anna damit fertigwerden würde. Das Mädchen hatte die alte Mrs. Husa nie *gesehen*, hatte noch nie in diese beherrschenden, merkwürdig glitzernden Augen geblickt. Und Arlene wollte nicht das Wagnis eingehen, daß Anna später mit dem Amulett dieses Haus betrat und irgendwie auch nur in die Nähe des Körpers von Lucys Großmutter kam.

Lucy hat das Amulett auf den Körper der alten Frau gelegt, dessen bin ich mir sicher. Anna hat erzählt, daß Lucy den kleinen Beutel manchmal nicht um den Hals getragen hat. Jetzt weiß ich, wo das Amulett war, wenn Lucy es nicht an sich hatte. Anna weiß nicht, wie viel die beiden sich bedeutet haben. Sie hatte nie diese Beziehung zu Lucy, deshalb kann sie es auch nicht verstehen.

Arlene war jetzt in Sichtweite des Miner-Hauses, stand in dem langen, grausam scharf umrissenen, blaugrauen Schatten, den es warf. Alle Rouleaus waren zwischen den Vorhängen und den Fenstern heruntergezogen; nirgendwo bewegte sich irgend etwas. Keine Vorhangfalten zitterten, nichts verdunkelte die schmalen Streifen neben den Rouleaus. Das Haus war still. Auch nicht das leiseste Fernseh- oder Radiogeräusch drang auf den Gehsteig zu Arlene, die mit den Händen in den Taschen dastand und in der rechten Hand die kleine Pistole hielt, die Don in der unteren Schublade seines Nachttischs aufbewahrt hatte. Die lange Schrotflinte würde sie heute abend mitnehmen, jetzt aber hatte sie diese Waffe dabei.

Vorsichtig bewegte sich Arlene an der Seite des Hauses entlang, dann ging sie parallel zum Zaun der Nachbarn in der Share Avenue und ließ dabei das Miner-Haus die ganze Zeit nicht aus den Augen. Die aufgehende Sonne war schwach, aber dennoch hell hinter einem leichten Wolkenschleier und schien auf eines der Speicherfenster, wobei das Glas den Morgenhimmel wiedergab wie ein Spiegel – ein durchsichtiger Spiegel, denn Arlene konnte immer noch die Falten des Vorhangs hinter dem Glas erkennen.

Arlene hatte keine Angst davor, daß einer der Nachbarn einen Pistolenschuß mitbekommen würde. Als sie und Don noch jünger waren, waren sie oft in die Kiesgrube am

Ortsrand von Lumbe gefahren und hatten Schießübungen veranstaltet (nur auf Einwegflaschen oder alte Blechdosen, niemals auf Dons Lieblingsziele – lebendige –, darauf hatte Arlene bestanden), und daher wußte Arlene, daß der Knall einer Pistole nicht viel lauter war als eine Knallerbse oder ein Schuß aus einem besseren Spielzeugrevolver. Außerdem war es kalt draußen, und so würde wohl kaum jemand seine Fenster offenstehen lassen. Nicht einmal die Kinder aus der Nachbarschaft spielten draußen. Und Lucy selbst würde auch nichts auffallen, außer wenn sie zufällig gerade oben bei Grammas Leiche saß.

Arlene wußte nicht einmal, ob sie die alte Pistole wirklich abfeuern würde. Vielleicht würde sie den ganzen Tag in diesem Hintergarten warten müssen, bis – falls *überhaupt* – die merkwürdig lebendige Leiche von Mrs. Husa sich endlich dazu aufraffen würde, wieder einmal einen Blick aus ihrem hochliegenden Fenster zu werfen.

Aber es muß doch furchtbar langweilig sein, den ganzen Tag da oben in dem Speicher herumzuhocken, nicht wahr, altes Mädchen? Denn dort hat dich Lucy versteckt, stimmt's? Vielleicht hat sie dich irgendwo an einer dunklen Stelle zwischen die Bodenbalken geschoben. Solange du dich nicht bewegst, brichst du auch nicht durch die Decke – zumindest nicht, wenn sie dein Gewicht gleichmäßig verteilt hat. Wie Lucy dich dort hinauf*geschafft hat, ist ein Rätsel, aber das ist man bei Lucy ja gewöhnt. Sie hat ja auch das, was sie mit der armen Katze von Tante Bella gemacht hat, immer für sich behalten und es der alten Frau erst gesagt, als diese nichts mehr dagegen tun konnte.*

Ich frage mich, ob Lucy wohl dümmlich gekichert hat, als sie es ihrer Tante erzählte. Diese dämliche Idiotin kicherte immer *... kicherte oder zischte wie eine Giftschlange, es war bei ihr immer das eine oder andere Extrem. Kind oder Teufel, dazwischen war nicht viel.*

Nichts bewegte sich hinter dem sonnenbeschienen Glas, und nach ein paar Minuten begann sich Arlene so albern zu fühlen, wie sie zweifelsohne auch aussah. *Wirklich, was versprichst du dir eigentlich davon, wie wild auf eine Leiche loszuballern?* Sie schüttelte den Kopf und murmelte: »Du treibst bloß Lucy viel zu früh aus dem Haus und machst damit vielleicht den ganzen Plan kaputt.«

Wenn Lucy erst einmal aus dem Haus ist, können wir Mrs. Husas Körper auch viel besser zerstören, denn dann sind wir sicher, daß es nichts *gibt, was ihn wieder zum Leben erwecken kann,* dachte Mrs. Campbell aufgeregt. Sie hatte vorgehabt, Anna anzurufen, sobald sie an diesem Abend die kleine Lucy entdeckt hätte (*Wenn du von Haus zu Haus läufst, dann glaube ich nicht, daß du es dir verkneifen kannst, auch bei mir vorbeizuschauen. Du wirst es mir hinreiben, wirst angeben ... und dein Engelskostüm würde ich unter Tausenden herauskennen. Ich bin sicher, daß du es selbst nach all diesen Jahren noch hast. Wenn du nicht müßtest, würdest du wahrscheinlich nicht einmal deine eigenen Exkremente wegwerfen!*), und dann ihr Haus zu verlassen und Lucy oder *was auch immer* in sicherer Entfernung zu folgen. Schließlich würde sie am Yablinski-Haus auf Anna treffen, die dort auf die beiden warten wollte. Von diesem Punkt an wurde der Plan etwas vage. Irgendwie wollten sie Lucy fangen, den grünen Fleck am Körper des Dings suchen, in welches Lucy sich dann verwandelt haben würde, und versuchen, ihn abzureißen ... *und wenn es zum Schlimmsten kommt, dann werde ich auf sie schießen, sie kampfunfähig machen oder vielleicht sogar töten, wenn ich mich traue.*

Selbst wenn sie es sich nicht klarmachte, steckte auch in Mrs. Campbell, genau wie in Lucy Miner, ein kleines Mädchen. Auch wenn Arlene Weiss nicht so dumm oder so hinterhältig wie Lucy Miner war, so war sie sich doch nicht zu gut, den Leuten die Zunge herauszustrecken oder sich zu wünschen, daß Leuten, die sie haßte, fürchterliche Dinge zustießen. Aber sie hatte kein tolles, goldenes Ding in einer Tabakdose, und ihre kleinen Racheträume meinte Arlene eigentlich nie wirklich ernst, und selbst wenn sie so ein magisches, metallisches Haustier besessen *hätte,* so war Arlene Weiss doch ein wenig anders aufgewachsen als Lucy Miner.

Ihre Erziehung hätte ihr als junges Mädchen nicht gestattet, dieses monströse Vermächtnis einer toten Großmutter zu *behalten*... aber das war Arlene *Weiss* gewesen, bevor sie Don Campbell geheiratet und ein wenig davon mitbekommen hatte, wie verdorben die Welt sein konnte und wie brutal sie wirklich war, besonders für Tiere und schwache Frauen. Und nachdem Don seinen gerechten Lohn erhalten hatte – immer, wenn Arlene an ihn dachte, ertappte sie sich dabei, wie sie auf den Fußboden schaute, unter dem er, so hoffte sie, für alle Ewigkeit in der Hölle schmorte –, erlaubte sich Arlene, ihr weiches und gutes Herz nur bei Tieren zu zeigen, niemals bei Menschen. Nicht nach dem, was sie mit Don erlebt hatte.

Aber jetzt, seit sie mit Anna Sudek zusammen war, tat es ihr manchmal leid, daß sie keine Kinder hatte (daß sie es sich nicht gestattet hatte, ein Kind zu behalten, und Don hat nie etwas davon geahnt), die ihr Enkelkinder wie Anna geschenkt hätten. Das Mädchen war ihr sehr ähnlich – hart, weil es das Leben nun einmal so verlangte, und auf der anderen Seite sanft, weil sie *menschlich* war, ganz gleich, was für fürchterliche Sachen Lucy Miner damals mit dem netten kleinen Kater ihrer Tante Bella veranstaltet hatte.

Die Augen auf den Boden gewandt, damit sie auf dem frostglatten Gras und Laub nicht ausrutschte, bewegte sich Arlene Campbell wieder fort vom Miner-Haus und warf keinen Blick mehr auf die leeren Fenster, selbst dann nicht, als sie zurück auf den Gehsteig trat und in Richtung auf ihr Haus in der Polk Street davonging ... und so sah sie nicht, daß im Erdgeschoß das Rouleau ein klein wenig zur Seite geschoben wurde, nur so weit, daß für einen Augenblick ein schmaler, dunkler Streifen erschien, zusammen mit einem Daumen mit gelbem Nagel, der das Rouleau straff hielt. Dann verschwand der Daumen wieder, und das Rouleau legte sich wieder eng an die schmutzige Fensterscheibe.

3

Lucy (VII)

Lucy beobachtete Arlene Campbell, die energisch den Gehsteig entlangtrottete – ihre dünnen Knöchel schauten dabei unter den zu kurzen Hosenbeinen heraus –, bis die Gestalt der alten Frau sich so weit entfernt hatte, daß sie so klein aussah wie ein junges Mädchen. Erst dann ließ Lucy das Rouleau wieder los und schlurfte hinüber zu dem nach Pfirsich riechenden Objekt, das auf ihrer Kommode lag – direkt neben einem kleinen Baumwollkleid, an dessen Rücken mit rostigen Sicherheitsnadeln zwei rundliche Flügelchen befestigt waren, und einem grünlich-grau angelaufenen Messingoval, an das ein etwa fünfundzwanzig Zentimeter langer, dicker Draht angelötet war, der es mit einem vergilbten Stirnband verband.
Als Lucy mit einem Finger über den Heiligenschein fuhr, war ihre Fingerspitze danach ganz schwarz vom Grünspan.

»So geht das nicht ... nein, so geht es wirklich nicht«, sagte sie laut, und ihre gurgelnde Stimme hallte in dem stillen Zimmer leise wider. Gereizt verbog sie den grünlichen Heiligenschein so lange, bis er nur noch ein unförmiges Stück angelaufenes, verbogenes Metall war. Sie warf den kaputten Heiligenschein auf den Boden *(die kleine Anna kann ihn ja aufheben ... später ... wenn sie wieder nach Hause kommt)*, und als sie zu ihrem Nähkorb neben dem Nachttisch ging, trat sie sogar noch drauf. Sie nahm eine Rolle weißen Faden heraus, in der einige Nadeln steckten, die Tina bereits für sie eingefädelt hatte, denn Lucy konnte kein Nadelöhr mehr sehen, und eine Brille, die ja zwangsläufig aus *vollkommen* unorganischem Material bestehen mußte, kam für sie überhaupt nicht in Frage.
Lucy hatte Tina nie etwas anderes kaufen lassen als reinen Baumwollfaden, auch wenn das in den Kaufhäusern der Stadt manchmal gar nicht so leicht gewesen war. Aber Polyester *ging* einfach nicht, weil es sich nicht mit *veränderte*, und so war es für Lucy eine Notwendigkeit gewesen, daß sie an ihrer Kleidung nie etwas anderes verwendet hatte als reinen Baumwollfaden, selbst wenn Tina immer geglaubt hatte, ihre Mutter wolle sie damit bloß schikanieren, bloß beweisen, wie sehr sie sie unter Kontrolle hatte.
»Tina hat es einfach nicht *verstanden*«, sagte Lucy laut, als könne ihre Gramma ihr momentan zuhören. »Ich habe es ja selbst nicht gewußt, bevor sie mit diesen *saudummen Synthetik*-Sachen anfingen ... die Kleider blieben einfach *gleich*, wuchsen nicht mit und *rissen* manchmal sogar auf, und dann wurde Tina sauer und sagte, daß ich sie *absichtlich* zerrissen hätte ... und dann *schrie* sie, so wie Mutter immer geschrien hat.«
Lucy runzelte bei dieser Erinnerung die Stirn und schlug

den Saum des kleinen Nachthemds nach oben. Ihre Tanten hatten ihr nie gestattet, es so *kurz* zu tragen.
Jetzt warf Lucy ihre Stirn erst richtig in Falten, zupfte ein bißchen an dem kleinen Nachthemd herum und dachte: *Schlimm, daß ich jetzt keinen Heiligenschein mehr habe.* Tränen stiegen ihr in die Augen, als sie an den glänzenden, goldbemalten Heiligenschein dachte, den sie in blaues Kreppapier eingewickelt all die Jahre über aufbewahrt hatte, in der Hoffnung, daß sie einmal an Halloween ein kleines Mädchen haben würde, das ihn tragen könnte und ihr später einmal eine Enkelin *schenken* würde, der sie dann dieses niedliche Kostüm vermachen würde. Aber Tina war einfach nicht der *Typ* für einen Engel, und als die kleine Anna groß genug war, um das Kostüm zu tragen, waren ihre Gedanken schon gegen ihre Baba vergiftet worden, also hatte Lucy auch ihr es nicht *erlaubt*, das Engelshemdchen und den Heiligenschein zu tragen.
Aber als Anna gestern angerufen hatte, war Lucy eine so schlaue, wunderbare, *herrliche* Idee gekommen ... nur hatte ihr Kostüm jetzt keinen Heiligenschein mehr, und ein Heiligenschein war das mindeste, was es haben *mußte.*
Lucy schaute auf den kleinen, mechanischen Wecker auf ihrem Nachttisch – es war schon nach zehn Uhr vormittags. In weniger als sieben Stunden würde es dunkel werden, und dann würden die *anderen* Kinder von Haus zu Haus gehen und alle Süßigkeiten bekommen.
Lucy warf das Nachthemd angewidert auf das Bett und heulte vor Schmerz auf, als das improvisierte Kostüm dabei teilweise zerriß.
»Oh, *neeeiiiinnnn*«, jammerte sie, »neeiiiinnn. Wie soll ich *jetzt* bloß *gehen?*« Sie begann, sich in ihrem eingefallenen, verwitterten Gesicht zu kratzen und grub ihre gelblichen Fingernägel in die Ohren, um sich selber zu bestrafen.

4

Die Wand

Leer, wie sie war, mit ihrer körnigen, nackten Oberfläche, schien die hell gestrichene Mauer geradezu nach einer Verschönerung zu schreien.

Alvin Miner zitterte vor Anstrengung, als er sich bemühte, seinen alten, schwachen Körper über den hohen Metallrand auf der linken Bettseite zu heben. Aus den schwachen Geräuschen hinter seiner geschlossenen Tür schloß Alvin, daß er furchtbar *wenig* Zeit hatte.

»Warnen ...«, keuchte er leise. »Muß sie ... warnen ... Anna ... muß ... sie weiß ja nicht ... hat ja nicht *gesehen*, wie –«

Miner fiel aus einer Höhe von gut einem halben Meter auf den Boden, und dieser Fall genügte, um ihm den Atem zu rauben und zwei seiner Rippen zu brechen. Aber er spürte die Schmerzen kaum, spürte fast überhaupt nichts mehr, während er sich langsam Zentimeter um Zentimeter mit schwachen Bewegungen seiner knochigen, fast fleischlosen Ellenbogen am Boden entlang schob.

Muß es ihnen zeigen, damit sie es wissen. Sie haben mir nie zugehört, nie geglaubt ... mit ihren Spritzen und den elektrischen Blitzen, die sie mir durch den Kopf geschossen haben ... sie haben in meinem Hirn rumgerührt wie in einem Krug Limonade voller Eiswürfel, aber ... aber sie *wird es glauben, das Mädchen mit den falschen Schuhen ... Anna. Hat mich Jeddeck genannt. Kennt mich. Ist nicht so wie Lucy ...* die *kam nie zu mir ... zumindest nicht* persönlich *... aber ich habe sie gesehen ... ist vor meinem Fenster herumgeflattert, hat gekrächzt und auf den Sims geschissen. Die anderen wissen nichts, aber das Mädchen ... muß es*

beweisen ... muß es ihr zeigen ... *ich bin nicht verrückt ... war es nie ... war zu* gesund, *das ist alles.*
Mit bebenden Nasenflügeln sog Alvin Miner die schlecht riechende Luft ein, bis ihm langsam dämmerte, daß er wie ein kleines Wickelkind in die Hosen gemacht und es gar nicht gemerkt hatte.
Oder wie jemand, der vom Arsch abwärts tot ist, dachte er trocken mit dem letzten bißchen Humor, das ihm noch verblieben war.
Jetzt war er an der Wand, die vor ihm aufragte, Meter um Meter blasse Leere, die auf ihn zu warten schien.
Beeil dich, bald ... ist es zu spät ...
Muß sie warnen ...

5

Die Alte (VII)

»'lo?« Anna zog sich ein langes Haar aus dem Mund. Sie hatte sich auf der Couch zusammengerollt und versucht, sich für heute abend noch ein wenig auszuruhen, aber gerade als sie dabei gewesen war, einzuschlafen, hatte das Telefon geklingelt. Ihr linkes Ohr war immer noch empfindlich, weil sie damit auf der Armlehne der Couch gelegen hatte, und so hielt sie den Hörer ein Stück vom Kopf weg.
»Anna?« fragte die Stimme der Alten in ihrem unsteten Gurgeln, und einen Augenblick lang hatte Anna wieder das Gesicht an dem Gummischlauch vor Augen und den kupfrigen Geruch aus ihrem Traum in der Nase.
»Ja ... Großmutter. Ist etwas passiert?«
»Ja und *nein.* Ich *brauche* etwas.« Der kokettierende Ton

der Alten war so schlimm, daß Anna sich fest auf die Unterlippe beißen mußte, damit ihr nicht übel wurde. Schließlich fing sie sich wieder soweit, daß sie fragen konnte: »Was denn?«

»Pappe ... ich brauche zwei Stück Pappe«, sabberte die Alte so heftig ins Telefon, daß Anna sich instinktiv imaginäre Spucke von der Wange wischte.

»Was für Pappe denn?« fragte Anna und dachte: *Was, um alles in der Welt, hast du denn nun vor?* Dann fuhr sie fort: »Willst du braune Wellpappe oder flache, leichte Pappe. Und wie groß soll –«

»Groß *genug!*« sagte die Alte ebenso bestimmt wie ausweichend.

Anna wollte der Alten sagen, daß sie nicht in der Stimmung für ihre Spielchen sei, als diese sich rasch verbesserte: »So wie die Pappe von einer *Katzen*futterschachtel. Die *große* Seite –«

»Oh ... also gut. Ja, ich habe eine solche Schachtel im Abfall.«

»Sie *muß* aber *sauber* sein«, verlangte die Alte, und in Annas Kopf formte sich eine Vorstellung. Die Alte wollte wohl ihren Vorschlag aufgreifen und auf ihrer Veranda ein Schild für die Kinder aufstellen, das sie aufforderte, sich ihre Süßigkeiten selbst zu nehmen. Die Alte mußte ja ihre Bonbons noch gar nicht aufgegessen haben – wenn sie überhaupt etwas davon gegessen hatte. Sie spielte doch ständig irgendwelche kleinen Spielchen ... und eine Schüssel mit Süßigkeiten auf der Veranda *könnte* ja so verstanden werden, daß *vielleicht* doch jemand zu Hause war, der bloß nicht gestört werden wollte.

Sogar wenn niemand dich in Verdacht hat, verwischst du deine Spuren, dachte Anna, während sie der Alten versicherte, daß die Pappschachtel vollkommen sauber sei.

»Und könntest du mir *noch* etwas bringen?«
»Was denn?« Anna vermutete auf einmal, daß die Alte sie bitten würde, noch einmal loszugehen und ihr einen neuen Beutel mit Bonbons zu kaufen, um sie dadurch unter Kontrolle zu halten und sicherzugehen, daß sie wußte, wo Anna sich jede einzelne Minute befand.
»Eine *Schere*, eine große. Mit der man *schneiden* kann«, fügte sie noch an, als wisse Anna nicht, wozu man eine Schere brauchte.
»*Ja*, Großmutter, ich weiß. Ich bin gleich bei dir. Wiedersehen!«
Anna legte nicht schnell genug auf, um das trällernde »Auf Wiedersehen« ihrer Großmutter nicht mehr hören zu müssen, aber als ihr Telefon noch einmal klingelte, war sie bereits mit einer Papiertüte, in der sich eine leere Katzenfutterschachtel und eine Schere befanden, einen Viertel-Block weit entfernt von ihrem Haus auf der Straße.

6

Das Pflegeheim (II)

Nachdem er ein gutes dutzendmal bei Anna das Telefon hatte klingeln lassen, gab Bib Stanley der Schwester am Empfangstisch im Wright-County-Pflegeheim den Hörer zurück und sagte: »Sie muß wohl weggegangen sein ... sicher irgendwas für ihre Großmutter erledigen.«
»Ich habe die Telefonnummer von Mr. Miners Tochter hier, ich könnte –«
»Nein, nein ... sie ist eine alte Frau, sie sollte es entweder von ihrer Enkelin oder von mir hören. Es könnte ein Schock für sie sein.«

»Natürlich.« Die Schwester lächelte kleinlaut, und die Bewegungen ihrer Wangen ließen dabei ihre übergroße Brille auf ihrem Gesicht herumtanzen. Bib war erstaunt, wie sehr ihn die Schwester an die bebrillte Frau des alten Palmer Nemmitz daheim in Ewerton erinnerte, und wollte sie fast schon fragen, ob sie irgendwie mit Mrs. Nemmitz verwandt wäre, dachte dann aber, daß jetzt kaum der richtige Zeitpunkt für so eine nebensächliche Frage war. Statt dessen fragte er: »Kann ich mit der Schwester sprechen, die ihn heute morgen gefunden hat? Ich müßte noch ein paar Dinge wissen.«
»Aber natürlich.« Die Schwester hob den Hörer wieder ab und sagte, während sie die Sprechmuschel mit ihrer Schulter abblockte: »Eine Schwester von der Tagschicht war bei ihm, um sein Bett zu machen und – Hallo, könnten Sie bitte Clarissa zum Empfang schicken? Hier ist ein Herr, der mit ihr sprechen möchte. Ja, mmh hmm, ... schicken Sie sie bitte her, Doris. Vielen Dank.«
Bib war lange genug Polizist, um zu wissen, was dieses »mmh hmm« bedeutete. Was ihn immer wieder verblüffte, war, daß *die anderen* sich nicht vorstellen konnten, daß er wußte, was sie damit meinten. *Und dieser Hanswurst Stu Sawyer hält* mich *für blöd,* dachte Bib mit einem leichten Kopfschütteln, als sich die Tür des Aufzugs am anderen Ende der Eingangshalle öffnete, eine bleiche, dickliche Schwester heraustrapste und auf den Empfangstisch zukam.
»Clarissa, das ist Polizeichef Stanley aus Ewerton. Chief Stanley, das ist Schwester Clarissa Hood. Sie hat –«
»Vielen Dank«, sagte Bib schnell, bevor er sich mit ruhiger Stimme direkt an die blonde junge Schwester mit dem käsigen Gesicht wandte: »Ich will nur wissen, was Sie heute morgen in Mr. Miners Zimmer gesehen haben. Können wir irgendwo ungestört miteinander reden?«

Die Empfangsschwester mischte sich ein: »Es gibt einen Aufenthaltsraum gleich links da im Gang.« Bib nickte knapp und geleitete die verschüchterte junge Schwester vom Empfangstisch weg, wobei er ihr versicherte: »Ich beiße nicht ... bei Empfangsdamen ist man sich da allerdings nicht so sicher.« Schließlich entspannten sich die weißuniformierten Schultern des Mädchen, und sie kicherte sogar ein wenig.
Bei diesem Kichern mußte Bib an Anna Sudek denken, wie sie in der Nacht, in der Wally Inglass gefunden worden war, gekichert hatte – war das wirklich erst letzte Woche gewesen? –, und erst jetzt begann er langsam zu verstehen, warum Anna damals nicht anders gekonnt hatte, als hilflos kichernd dazustehen ... *vermutlich war das die einzige Möglichkeit für sie, nicht wie eine Wilde loszuschreien, falls auch nur die Hälfte von dem, was ich bisher herausgefunden habe, richtig ist und sie das gedacht hat, was* ich *denke, daß sie gedacht hat.*

7

Die Mordwaffe

»Alles in Ordnung?« Anna hielt die leere Friskies-Schachtel so, daß die Alte ihre Vorderseite sehen konnte. Die Alte beäugte die Schachtel, nickte dann schließlich und sagte: »Ich *glaube* schon ... aber ich muß erst einmal messen –« Dann riß sie Anna die Schachtel aus der Hand und raste so schnell zu ihrem Schlafzimmer, daß sie, noch bevor sie die verschlossene Tür erreicht hatte, auf dem nackten Holzboden fast ausgerutscht und hingefallen wäre. Als die Alte die Tür öffnete, konnte Anna einen kurzen Blick auf etwas Weißliches werfen, das auf der Tagesdecke des Bettes lag, und roch einen süßlichen, an Pfirsiche erinnernden Geruch, der aus dem Zimmer drang.

Während ihre Großmutter damit beschäftigt war, im Schlafzimmer die leere Schachtel auszumessen, bemerkte Anna zufällig, daß das Telefonbuch aufgeschlagen unter dem schwarzen Telefon lag. Anna beugte sich gerade so weit vor, daß sie einen Blick auf die aufgeschlagene Seite werfen, sich aber schnell wieder zurücklehnen konnte – falls die Alte unerwartet aus ihrem Zimmer herausgeschossen kam –, und las die Namen: Yates, James –, Young, P.

Dann ging die Schlafzimmertür wieder auf, die Alte kam heraus und schloß die Tür so hastig, daß sie den Saum ihres Nachthemds einklemmte. Sie hatte jenes rundliche, dümmliche Grinsen auf dem Gesicht, das sie immer produzierte, wenn sie glaubte, gerade jemanden über den Tisch gezogen zu haben.

»Die Pappe ist genau das, was ich brauche. Könntest du mir vielleicht die Schere dalassen? Oder brauchst du sie?«

»Kein Problem«, sagte Anna, die es eilig hatte, aus dem Haus zu kommen, aber auch das Verlangen verspürte, nach der Alten zu greifen, ihr den Morgenmantel aufzureißen und zu fragen: »Trägst du dieses Ding oder ist grade Gramma dran?« Da hörte sie auf einmal, wie es an der Haustür klopfte.

»Wer ist da?« rief die Alte in ihrem Singsang, und eine männliche Stimme antwortete: »Die Everett-Dachdeckerei ... ich komme wegen des Lochs im Dach.«

Anna hatte bei der Alten noch nie einen so schnellen Start erlebt, auch nicht, als sie noch jünger war. Sie rannte so hastig zur Haustür, daß sich die Schlafzimmertür öffnete, als sich ihr eingeklemmter Morgenmantel aus dem Spalt zog. Eine Sekunde lang war Anna hin- und hergerissen – sollte sie stehenbleiben oder versuchen, sich in das Zimmer zu stehlen und zu schauen, ob sie dort etwas Wichtiges entdecken konnte?

Nach zwei Schritten zur Seite stand sie etwa einen halben Meter in dem Zimmer. Mit halbem Ohr hörte sie zu, wie die Alte auf den Dachdecker einquasselte, und sah sich mit raschen Blicken in dem Schlafzimmer um: eine verknitterte Tagesdecke war auf dem unförmigen Bett, kleine, brieftaschengroße Fotos von Anna, die sie in der ersten Klasse zeigten, steckten im Rahmen des Spiegels über der Kommode. Dann fielen Annas Blicke auf etwas Kleines und Glänzendes. Es war die Nähschere der Alten, deren kleine Schneiden nicht viel länger waren als der Schnabel eines Vogels –

– und in etwa dieselbe Form hatten wie die Wunden am Körper von Wally Inglass. Diese kleinen doppelten Stiche waren in Bibs Bericht vermerkt.

Anna nahm das Taschentuch aus der Tasche ihrer Baseballjacke, um auf dem silbrig glänzenden Metall keine Fingerabdrücke zu hinterlassen, nahm damit die Schere vom Fußende des Bettes und steckte sie in ihre Jackentasche.

»Montag paßt mir *sehr* gut«, sagte die Alte zu dem Mann, bevor sie ihm ein »Auf *Wieder*sehen« nachträllerte und die Tür schloß. Aber da stand Anna schon wieder auf ihrem vorherigen Platz und sagte: »Ich komme am Montag vorbei und hole die Schere wieder ...«, während sie die andere, entwendete Schere an ihren Körper preßte und in der Tasche die Finger überkreuzte.

8

Alvin Miner (II)

»– schon halb aus dem Bett, als ich ins Zimmer kam. Er bekam keine Luft und hatte ganz zyanotische Lippen, also rief ich um Hilfe, und während ich darauf wartete, sagte er zu mir immer wieder: ›Sagen Sie's Anna, sagen Sie's Anna!‹ Erst als ich ihn zurück ins Bett legte, bemerkte ich, was er mit den Wänden gemacht hatte. Ich konnte kaum hören, was er sagte, und nicht genau verstehen, aber ich glaube, es war etwas wie ›in acht vor *Lucy*‹, aber seine Stimme war schon sehr schwach und wirklich kaum zu verstehen.«

Die blonde Krankenschwester sah Bib über den Rand ihrer Plastik-Kaffeetasse erwartungsvoll an, als erwarte sie von ihm ein Lob für das, was sie für den sterbenden, alten Mann in seinem Einzelzimmer getan hatte. Bib hatte keine Ahnung von den Vorschriften in einem Krankenhaus, aber er nickte trotzdem und sagte: »Das haben Sie gut gemacht.« Die Schwester schluckte und fuhr fort: »Aber bevor die Ärzte kamen, griff er mit den Fingern in meine Haare und zog meinen Kopf herunter.« Clarissa Hoods Stimme hatte einen leicht angeekelten Ton, während sie mit dem Finger eine Strähne ihres frisch gewaschenen Haars zwirbelte. Bib hatte die Leiche des alten Mannes gesehen, bevor man sie weggeschafft hatte. Die Fingerspitzen von Alvin Miners rechter Hand waren ganz braun von seinen eigenen Exkrementen gewesen, wie die eines Kindes, das mit Fingerfarben gespielt hat.

»Und da hörte ich ganz deutlich, was er sagte: ›*Sagen* Sie's ihr. Sie soll auf die goldene *Schlange* aufpassen!‹ Ich glaube, er hat damit das Ding gemeint, das er an die Wand gemalt hat.«

Bib hörte dem Rest dessen, was die pummelige Schwester zu erzählen hatte, nur noch mit einem halben Ohr zu. Er hatte eigentlich nur ganz *sicher* wissen wollen, daß der Alte »das Ding«, von dem Schwester Hood gesprochen hatte, wirklich mit seinem eigenen Kot an die Wand gezeichnet hatte. Auf der ungelenken, großen Zeichnung war etwas dargestellt, das wie eine in weiten, spiralförmigen Bögen zusammengerollte Schlange aussah. An ihrem Schwanzende befand sich ein stilisierter Käfer, der einen kleinen ovalen Fleck als Kopf und einen annähernd rechteckigen, aus drei Teilen bestehenden Körper hatte. Von diesen drei Sektionen – einer oben liegenden, horizontalen und zwei kleineren, vertikal nebeneinander liegenden darunter gingen sechs nicht zueinander passende Beine ab.

Bib war selbst zu seiner Highschoolzeit, die nun schon viele Jahre zurücklag, nie besonders gut in Biologie gewesen, aber er erkannte einen Käfer, wenn er einen sah. Das hatte auch der Professor aus dem College gegenüber dem Pflegeheim getan – ein kleiner, dunkelhaariger Bursche mit Brille und Ostküsten-Akzent, der aufgetaucht war, nachdem der Sheriff des Wright-County sich um einen anderen Fall hatte kümmern müssen. Den italienisch klingenden Namen des Professors hatte Bib sofort wieder vergessen, aber das, was der lebhafte, mittelalterliche Mann in seinem fusseligen Tweed-Jackett und blaukarierten Hemd gesagt hatte, war ihm im Gedächtnis haftengeblieben:

»In Anbetracht der *Umstände* ist das eine der besten Zeichnungen eines Skarabäus, die ich je gesehen habe. Dieser Mann war verrückt, sagen Sie? Wie *schade* um ihn. Diese Darstellung ist einfach exzellent. Und sein Darstellungsmittel ist durchaus passend, wenn man bedenkt, daß die Ägypter einen *Mist*käfer angebetet haben – aber zurück zu der *Zeichnung.*

Ich habe zwar noch nie etwas *genau* Gleiches gesehen, aber ich glaube, daß sie eine Art Skarabäus-Amulett darstellen soll, wobei die zusätzliche Schlange am anderen Ende höchst ungewöhnlich ist. Ich frage mich, ob er das wohl aus dem Gedächtnis gezeichnet hat? Es scheint fast ... *zu leben.* Sehen Sie, wie es herabzuschauen scheint, wie es uns anstarrt? Die Perspektive ist bewundernswert. Schade, daß der Mann sich nicht weitergebildet hat, er hatte Talent – oder seine Erinnerung muß außergewöhnlich lebendig gewesen sein. Ein echtes Amulett von dieser Sorte wäre übrigens etwas sehr Seltenes und äußerst Wertvolles.«

An diesem Punkt hatte Bib den Professor unterbrochen und gefragt, wofür man so ein Amulett denn *gebrauchen* könnte ... und als dieser Professor (Nunzi? oder Nuzzi?) es ihm dann erzählt hatte, hatte der Polizeichef sich überschwenglich bedankt und war nach unten gerannt, um Anna Sudek anzurufen, wobei er sich selbst Vorwürfe machte, daß er ihr nicht gesagt hatte, was Lenny Wilkes ihm erzählt hatte, nämlich daß sein Großvater Auggie damals gesehen hatte, wie Lucy Miner ein spiralförmiges »Sklavenarmband« getragen habe, an dessen einem Ende eine »Eidechse«, am anderen ein »Käfer« gewesen sei – – obwohl er vermutete, daß Anna Sudek bereits alles über das Amulett wußte und sich völlig klar darüber war, was es mit dem Menschen, der es trug, anstellen konnte.

Und ich wette, daß ich weiß, warum du so starrköpfig den Mund hältst über das, was Precious Isaacs dir gesagt hat, dachte Bib, während die Schwester mit den noch leicht feuchten Haaren gewissenhaft schilderte, wie sie und die Ärzte versucht hatten, das Leben des hundertsechsjährigen

Mannes zu retten, der jetzt in der Leichenhalle des angrenzenden Krankenhauses lag. Während Bib alle paar Sekunden nickte und einen Schluck von seinem lauwarm gewordenen Kaffee nahm, schwor er sich, daß er, sobald er sich von diesem Pflegeheim freimachen und zurück nach Ewerton fahren konnte, bei Anna vorbeischauen würde. *Sobald* der junge, schnurrbärtige Collegefotograf, den dieser Professor mitgeschleift hatte, das Dutzend Fotos entwickelt hatte, die er von der in Braun an die Wand geschmierten Zeichnung gemacht hatte – diese Fotos wollte Bib Anna zeigen.

Diesmal *mußte* er den Ausdruck auf ihrem Gesicht beobachten, wenn sie sah, was ihr Urgroßvater auf diese blassen, pastellfarbenen Wände geschmiert hatte ... Bib bezweifelte, daß sogar eine so coole Frau wie Anna *dabei* die Fassung bewahren konnte; angesichts dessen, was Bib vorhatte, ihr zu enthüllen, würde ihr das nicht gelingen.

9

Das Miner-Haus (III)

Als das Telefon klingelte, leerte Arlene Campbell gerade eine Tüte mit bunt eingewickelten Schokoriegeln in einen großen, leeren Eiscremebehälter aus Plastik. Bevor sie überhaupt die Chance hatte, »Hallo« zu sagen, stieß eine atemlose Stimme am anderen Ende der Leitung hervor: »Wofür könnte Lucy wohl zwei Stücke Pappe brauchen?«

»Anna?«

»Die Alte ... ich mußte ihr eine leere Katzenfutter-Schachtel bringen. Sie sagte, sie müsse sie ausmessen, dann sagte sie, die Schachtel sei genau richtig, und schickte mich wieder heim.«

»Wann war das?«

»Oh, vor etwa fünfundvierzig Minuten oder einer knappen Stunde. Ich habe auf dem Nachhauseweg bei Ihnen geklopft, aber Sie haben nicht aufgemacht –«

»Da war ich bestimmt grade auf dem Klo –«

»Oh. Ich dachte, Sie wären vielleicht fortgegangen und kämen erst später wieder nach Hause. Wie auch immer, ich mußte der Alten meine Schere dalassen, aber ich habe –«

Arlene hörte den Rest von Annas schwer atmend hervorgestoßenen Worten nicht mehr; ihr Kopf schwirrte.

Pappe von einer Katzen*futter-Schachtel. Das ist eine Fläche von etwa zwanzig auf dreißig Zentimetern ... zwei große Stücke ... für ein Paar –*

»Anna, sie bereitet sich für heute abend vor. Ihr Kostüm hatte Flügel, und zwar welche aus Pappe. Vielleicht waren sie nach all den Jahren kaputt. Siehst du, ich hatte recht: Sie wird draußen herumlaufen, und zwar als –«

Am anderen Ende der Leitung konnte Arlene nur ein Keuchen hören und fragte: »Anna, ist etwas nicht in Ordnung?«

Anna antwortete erst nach einer Pause: »Nein, ich hatte bloß als Kind einmal eine Bronchitis ... und seitdem habe ich eine verringerte Lungenkapazität.«

»Dann leg dich besser ins Bett. Oder setz dich hin und halte den Kopf zwischen den Knien.«

»Nein, nein ... es geht mir gut, wirklich. Ich bin bloß außer Atem. Mir geht's ... gleich wieder besser.«

»Aber wie wirst du heute abend zurechtkommen?«

Anna hustete ein paar Sekunden lang, bevor sie antwortete: »Solange ich nicht volle Pulle rennen muß, wird es

schon gehen. Ich hätte mich heute eigentlich schonen sollen, aber ich war neugierig.«
Arlene wollte eben sagen: »Und so ist das Kind in den Brunnen gefallen«, aber glücklicherweise fing sie sich wieder, bevor sie dem armen Mädchen *wirklich* weh tat. Statt dessen sagte sie: »Wann hattest du denn diese Bronchitis?«
»Vor vielen Jahren ... in der zweiten Klasse. Ich konnte einen Monat lang nicht zur Schule gehen. Ich habe seitdem einen vergrößerten Brustkasten. Ist Ihnen das nie aufgefallen?«
Arlene hatte immer gemeint, daß Anna einfach um die Brust und die Taille herum ein bißchen kräftig gebaut war, aber jetzt dachte sie, daß der Brustkorb der jungen Frau *wirklich* ziemlich groß war ... und auf einmal kam Arlene ein weiterer Gedanke: *Anna kann Lucy heute abend unmöglich hinterherrennen ... und ich habe immer gemeint, daß das Mädchen ein bißchen faul ist und sich deshalb nie besonders schnell bewegt, aber wenn sie nach einem Lauf über fünf Blocks schon so außer Atem ist, wie soll das erst werden, wenn Lucy heute abend vor uns Reißaus nimmt?* Ich *kann sie nicht einholen, ich habe da eigentlich auf das Mädchen gebaut.*
»Anna, meine Liebe, warum machst du nicht ein Nickerchen und ruhst deine Lungen ein bißchen aus?«
»Nein, Arlene, es geht mit *gut.*«
»Du legst dich jetzt auf dein Sofa zu deinen Katzen und schläfst eine Runde. Ich rufe dich so etwa gegen vier Uhr an. Was hältst du davon?«
Anna machte wieder eine Pause, bevor sie sagte: »Wenn das ein Befehl ist ...«
Arlene lächelte am Telefon und sagte energisch: »Ja, das ist einer. Jetzt mach dein Nickerchen!«
»*Ja,* Mutter«, sagte Anna mit gespieltem Ernst und fügte

in warmem Ton hinzu: »Danke, daß Sie sich so um mich sorgen. Es geht mir wirklich *gut*, aber ... trotzdem vielen Dank. Ich höre dann um vier von Ihnen?«

»Um vier. Und jetzt auf Wiedersehen und erholsamen Schlaf«, sagte Arlene, und nachdem auch Anna »Auf Wiedersehen« gesagt hatte, war die Leitung tot. Arlene aber hielt den Hörer noch am Ohr, als hörte sie über dem leisen Rauschen noch immer die warme Stimme der jungen Frau.

Und selbst nachdem sie aufgelegt hatte, verspürte Arlene ein angenehmes, warmes Glühen. Nach all den einsamen Jahren gab es jetzt außer ihren vierbeinigen Babys eine Person, die sich auf sie verließ und die Sorgen, die sich Arlene um sie machte, zu schätzen wußte. Es war ein merkwürdiges Gefühl, das sie zugleich befreite *und* einschränkte. Zum ersten Mal seit Jahren verspürte sie den nagenden Zweifel nicht mehr, daß *sie* vielleicht diejenige gewesen sein könnte, die das Schlechte, *Gemeine* in ihrem verstorbenen Mann zum Vorschein gebracht hatte, aber andererseits wußte sie, daß diese neue Sorge um jemanden auch eine Menge Verantwortung mit sich brachte.

Während sie die bunten kleinen Schokoriegel in dem leeren Eiskübel mit dem Namenaufdruck nach oben schichtete, sprach Arlene mit besorgter Stimme zu ihren pelzigen Babys.

»Ich kann das Mädchen heute abend nicht zu sehr herumrennen lassen – sie hat sich eben gar nicht gut angehört ... wenn ihr etwas zustoßen sollte, könnte ich mir das nie verzeihen ... Na, was soll Momma tun, Silky?« fragte sie die schwarzweiß gefleckte Katze, die auf ihren Schoß sprang und sich an sie schmiegte. »Was soll Momma bloß tun? Das letzte, was ich heute abend gebrauchen könnte, wäre, daß Anna mitten auf der Straße zusammenbricht. Das arme Mädchen hat sich ja eben fast schwindsüchtig angehört. Ich dachte fast, sie würde sich die Lunge aus dem Leib husten. Und dabei war diese ganze verdammte Sache schließlich meine Idee.«

Silky sah mit glänzenden, grünen Augen flehentlich auf zu Arlene. Diese kraulte ihn auf dem schmalen Streifen lockigen Fells zwischen seinen übergroßen Ohren und sagte: »Momma sollte sich vielleicht allein darum kümmern, was meinst du, Silky? Sie weiß, was sie zu tun hat ... und Lucy ist bestimmt damit beschäftigt, ihr kleines Kostüm fertig zu bekommen. Ich wette einen Dollar gegen einen Doughnut, daß sie dabei dieses Amulett nicht trägt.«

Silky schaute sein Frauchen unverwandt an, seine Pfoten massierten unablässig ihre Oberschenkel in ihren Polyesterhosen, und sein kleines, spitzes Gesicht war ihr in durchdringender Bewunderung und Liebe zugekehrt. Während sie das weiche Fell auf Silkys Rücken streichelte, sagte die alte Frau: »Momma kann ja schließlich nicht garantieren, daß Lucy auch *wirklich* heute abend hier vorbeikommt. Vielleicht geht sie direkt zum Haus von dieser Yablinski, bevor der Mond zu hell wird.«

Arlenes Hand blieb plötzlich mitten im Fell der Katze stehen, und die alte Frau atmete tief. Der *Mond.* Er stand seit zwei Tagen im ersten Viertel, und der Wetterbericht im Radio hatte für heute nacht klaren Himmel vorausgesagt, was bedeutete, daß der Mond sehr hell sein würde – fast so hell wie bei Vollmond. *Und Anna hat gesagt, daß dieser Hilfssheriff Von Kemp den weißen Hund gesehen habe, als es zu dunkel war, um etwas klar zu erkennen. Du liebst die Dunkelheit, nicht wahr, Lucy? Du bist Wally nur deshalb bei hellichtem Tag gefolgt, weil du übernervös warst und weil du ihn in der Nacht vorher nicht erwischt hattest ... aber je länger du heute abend wartest, desto wahrscheinlicher wird es, daß dich jemand sieht. Warum solltest du da nicht früh zuschlagen, vielleicht sogar, bevor die anderen Kinder rauskommen? Du klopfst bei der Yablinski an der Tür, versuchst sie zu beschwatzen, daß sie dich hineinläßt. Du könntest fragen, ob du mal aufs Klo könntest oder so was. Du hast die Leute immer beschwatzt, Lucy, soweit ich mich erinnern kann. Du warst ein winselnder, plappernder, speichelleckender kleiner Fratz ... und du hast dich nicht geändert, bist nie erwachsen geworden. Manchmal frage ich mich, Lucy, wer du wirklich bist, die Alte oder das kleine Mädchen, das heute abend aus dem Haus gehen wird.*

Arlene stand abrupt auf und preßte Silky fest an sich, bevor sie ihn auf den Boden setzte. Dann ging sie nacheinander zu jedem ihrer Babys, drückte ihre pelzigen Körper und küßte ihre warmen Köpfe und Schnauzen, bevor sie Dons dunkelblaue alte Jacke anzog und sich ihr Kopftuch umband. Einen Augenblick lang zögerte sie, die Pistole mitzunehmen, und fragte sich, ob sie ihr *wirklich* helfen würde, wenn im Miner-Haus etwas schiefgehen würde. Aber der Gedanke daran, daß Lucy auch eine Waffe hatte, einen goldenen, biegsamen Zauberstab mit unvorstellbarer, unheiliger Macht, bewog Arlene, die winzige Pistole in der Tasche ihrer Jacke zu lassen.

Bevor sie aus dem Haus ging, schaute Arlene in die Gesichter ihrer Babys, die überall im Zimmer herumsaßen oder sich zu warmen Bällen zusammengerollt hatten. Sie sah in ihre glänzenden, braunen, grünen oder bernsteinfarbenen Augen, prägte sich ihre Gesichter ein, genauso, wie sich ein anderes Gesicht fest in ihr Gehirn eingeprägt hatte – das einer jungen Frau.

»Seid brave Babys, Momma liebt euch«, sagte sie, bevor sie noch einmal ihren Blick durch das Wohnzimmer über all die süßen, pelzigen Gesichter schweifen ließ und dann aus dem Haus ging und die Tür – hinter der sich die ganze Liebe ihrer Babys befand – zusperrte. Vielleicht bildete sie es sich bloß ein, aber der Oktoberwind, der unter ihr Kopftuch pfiff, ihre Ohren und ungeschützten Wangen ganz taub machte und die einzelne Träne, die aus ihrem rechten Auge lief, fast gefrieren ließ, war ihr noch nie zuvor so kalt vorgekommen.

Als Mrs. Campbell das Miner-Haus erreichte, war es erst dreiviertel zwei, aber der Himmel hatte bereits jene aschfahle, blaugraue Farbe, die Arlene normalerweise mit einer viel späteren Tageszeit und einer etwas fortgeschritteneren Jahreszeit – etwa Mitte Dezember – verband. Die zerfetzten Wolken fransten an den Rändern immer mehr aus und ließen immer größere Flecken blauen Himmels erkennen, welche eine eiskalte Nacht verhießen. Schon jetzt kamen bei jedem Ausatmen kleine Dampfwolken aus Arlenes Mund, die ihr etwas die Sicht verschleierten.

Durch diese schwellenden Nebel betrachtet, schien das Miner-Haus in einer feinen Wolke ganz leicht über dem blätterbedeckten, graugrünen Rasen zu schweben. Ein paar Rouleaus waren jetzt hochgezogen, aber nur an der Vorderseite des Hauses. Die an der Rückseite waren immer noch unten und gaben den Fenstern das Aussehen von leeren Augen in einem rissigen, abblätternden Gesicht.

Arlene drückte sich auf ihrem Weg durch den hinteren Garten ganz eng an den Holzzaun und überlegte dabei, ob sie nicht einfach zur Haustür gehen, klopfen und dann versuchen sollte, unter irgendeinem Vorwand ins Haus zu gelangen, oder ob sie statt dessen versuchen sollte, irgendwo einzubrechen.

Aber das wäre nicht gut. Sie würde mich hören und die Polizei rufen oder etwas viel Schlimmeres tun.

Arlene hielt mitten in ihren Gedanken inne, als sie hinter dem Speicherfenster eine Bewegung sah – etwas Braunes blitzte kurz am unteren Rand der Scheibe auf, gefolgt von einer unmißverständlichen Bewegung des Vorhangs.

Sie war oben, bei ihrer Gramma. Lucy hat ihr das Amulett angelegt. Vielleicht ist sie jetzt gerade auch oben und spielt noch ein wenig mit Gramma, bevor sie loszieht, um zu morden. Sie haben ja immer alles miteinander besprochen, haben flüsternd die Köpfe zusammengesteckt, und immer haben sie dabei so teuflisch miteinander geflüstert.

Die braune Stirn mit den Augen darunter erschien wieder in dem Fenster, dann verschwand der Kopf blitzartig aus dem Blickfeld, so schnell, als habe jemand die braune Gestalt weggezogen, und Arlene sah, wie ein anderer Kopf langsam in dem Fenster erschien. Es kam ihr so vor, als hebe jemand mit müden, alten Knochen, die mit ihrer schweren und noch dazu zappelnden Last ihre liebe Mühe hatten, ein kleines Kind hoch. Arlene rannte zum Haus, bevor dieser *andere* Kopf über den Fenstersims blicken konnte. Ihre Füße rutschten auf Grasbüscheln und herumliegenden Blättern mehrmals aus, wobei Arlene sich schmerzhaft ihr linkes Knie verrenkte, aber sie hörte nicht auf zu laufen, bis sie die Vorderseite des Hauses erreicht hatte. Der Atem dampfte aus ihrem Mund wie die dichten Wolken aus einem Wäschetrockner.

Lucy war oben im Speicher gewesen, und ihre Gramma hatte sie hochgehoben, damit sie aus dem Fenster hatte schauen können, so wie ein Vater sein Kind bei einer Parade über die Köpfe der anderen Zuschauer hielt.

Das ... das ist ja geradezu obszön! dachte Arlene, während sie auf die Veranda trat und keuchend stehenblieb, bevor sie versuchte, die äußere der beiden Türen zu öffnen. Sie ging auch auf, aber die innere war zugesperrt. Arlene rüttelte ein paar Augenblicke lang am Türknopf und dachte, während sie aus ihrer Jackentasche die Pistole nahm: *Wie machen die das gleich noch mal im Fernsehen, all diese Kommissare und Privatdetektive?*

Arlene preßte die Mündung der kleinen Waffe genau unter den Türknauf, murmelte ein stilles Gebet, daß ihr das ganze Zeug nicht in der Hand explodieren möge, drückte ab und zog sofort danach die Hand mit der Pistole weg.

Das Geräusch des Schusses schien auf so kurze Distanz gewaltig und betäubend. Arlenes Hand brannte von der Hitze und den Schmauchspuren, aber als sie gegen die Tür drückte, öffnete sich diese, und so hatte Arlene kaum Zeit, um darüber nachzudenken, ob wohl jemand aus den umliegenden Häusern den Schuß gehört hatte. Sie steckte die Pistole wieder in ihre Tasche, trat in das modrig riechende, dunkle Haus und eilte mit lauten, auf dem nackten Holzboden widerhallenden Schritten und keuchenden, unregelmäßigen Atemzügen zu der Treppe am anderen Ende des stillen Wohnzimmers.

Anna würde das nie schaffen, sagte sich Arlene, während sie, jeweils zwei der glatt abgetretenen Stufen auf einmal nehmend, die Treppe hinaufeilte. Splitter bohrten sich in ihre behandschuhte Hand, mit der sie in falscher Richtung an dem Holzgeländer entlangstrich. *Das arme Mädchen würde jetzt noch immer keuchend unten an der Treppe stehen.*

Arlenes Schwiegervater hatte ihr so oft von dem Miner-Haus erzählt, daß sie mit verbundenen Augen seinen Grundriß hätte zeichnen können; sie wußte, daß man die Treppe zum Speicher mit einem Stock von der Decke herunterziehen mußte, indem man einen Haken am

Ende des Stocks in den kleinen Ring an der Decke einhängte. War die Treppe erst einmal heruntergezogen, so gelangte man auf ihr durch eine Öffnung in der Decke in den nicht ausgebauten Speicher. Diese Öffnung befand sich im hinteren Teil des Hauses, am Ende des Mittelgangs.

Als Arlene dort angelangt war, sah sie, daß die Treppe in den Speicher bereits wieder hochgeklappt war und der Stock mit dem Haken wieder an der Wand hing und noch ein wenig an seinem Nagel schwang. Schwer, aber gleichmäßig atmend blieb sie stehen ... und machte sich klar, daß Lucy, wenn sie die Treppe hinter sich selbst hochgezogen hätte, um sich bei Gramma auf dem Speicher zu verstecken, niemals den Stock hätte wieder an die Wand hängen können ...

Arlenes Herz schlug schmerzhaft in der engen Brust, während sie zu den Türöffnungen auf beiden Seiten des Ganges blickte. Alle Türen waren geschlossen, und der schmale Spalt zwischen jeder von ihnen und der jeweiligen Türschwelle ließ erkennen, daß die Zimmer alle dunkel waren. Der Gang selbst wurde von einem Fenster an seinem Ende, bei dem der Vorhang vor dem vergilbten Stoffrouleau fehlte, ganz schwach beleuchtet. Durch das Fenster drang gerade genug Licht, daß Arlene erkennen konnte, daß der Gang vollkommen leer war. Keine Lucy in Mausform huschte über die Bodenbretter, keine Lucy in Vogelform flatterte unter der Decke. Arlene stand allein in dem dämmrigen Gang, dessen Zimmer alle leer waren – bis auf das eine, in dem sich ein Wesen versteckt halten mußte, dessen gegenwärtige Form Arlene nur erraten konnte.

Lucy hört mich jetzt bestimmt atmen, wahrscheinlich hat sie ein Ohr oder was auch immer an die Tür gelegt und grinst hämisch vor sich hin. Wie beim Versteckspielen ... nur daß damals niemand von uns mit dir spielen wollte, stimmt's? Du hast dich nie an die Regeln gehalten, hast nie fair gespielt ... aber jetzt bin ich dein Spielball, Lucy. Und wie ich dein Spielball bin!

Arlene ging langsam den Gang entlang auf das gelblich leuchtende Fenster an seinem Ende zu ... und auf den langen Stock mit dem Haken dran, der immer noch ganz leicht an der Wand schwang, und sagte dabei laut: »Komm raus, wo immer du auch bist. Ich habe bis zehn gezählt, Lucy. Ich komme jetzt und suche dich!« Trotzdem machte Arlene sich nicht die Mühe, unter eine der Türen zu schauen oder an einem der angelaufenen Messingknäufe zu rütteln. Sie wollte keine Kraft darauf verschwenden, die Türen all dieser Zimmer zu öffnen und dann eine mausgroße Lucy zwischen ihren Füßen herausschlüpfen und sich im nächsten Zimmer verstecken zu sehen. Solch eine Suche war nutzlos – *das* hatten Arlenes verstorbener Schwiegervater und Auggie Wilkes schon vor über fünfzig Jahren herausgefunden.

Arlene ging mit lauten Schritten weiter den Gang entlang, ihre Stimme hallte so laut und verzerrt von den Wänden wider, daß sie aus *jeder* Richtung hätte kommen können. Schließlich erreichte sie den jetzt bewegungslos an seinem krummen Nagel hängenden Stock. Das Holz war dort, wo es am glattesten, abgegriffensten war, noch leicht warm; Arlene wäre fast zurückgezuckt, als sie es anfaßte. Und während auch das letzte leise Echo hinter ihr erstarb, nahm sie den Stock mit dem Haken schnell von der Wand, schlich auf Zehenspitzen zu der Falltür mit der Treppe und fischte nach dem Ring, um sie herunterzuziehen.

Beim zweiten Versuch erwischte sie den Ring. Als sie daran zog, glitt die Treppe leicht und lautlos herunter, sie war, aufgrund häufiger Benützung wohl, kein bißchen verzogen oder gar in den Angeln eingerostet. Arlene stand unten an der Treppe und spähte in das trübe, orangebraune Dämmerdunkel da oben, in welches die hohen Giebelfenster das nicht fertiggestellte Innere des Speichers tauchten. Und dann erreichte sie der Geruch – ein trockener, verfaulter und doch süßlicher Gestank, der scharf und widerlich zugleich war. Einen Augenblick lang wollte Arlene *fortlaufen*, nur raus aus diesem Haus. Sollte sich Anna um dieses abscheuliche Monstrum von Großmutter kümmern. Aber dann erinnerte sich Arlene an Annas gequälten Husten und ihre keuchende Stimme, die ihr sagte, daß »alles in Ordnung« wäre, und das gab ihr wieder genügend Kraft, um mit dem Stock in der Hand die rohen, hölzernen Stufen hinaufzusteigen, bis sie schließlich im eigentlichen Speicher war. Und während sie rasch die Tür hinter sich nach oben zog, mußte sie sich zurückhalten, um nicht zu rufen: »Ich bin bei *Gramma,* Lucy ... bei *deiner* geliebten Gramma ... komm raus und zeig dich, was immer du gerade sein magst!« Dann umfing Arlene die stinkende Dämmrigkeit, die den Speicher in eine rauhe, fremde Landschaft verwandelte, bewohnt von einer Leiche, die manchmal lebte.

Als sich Arlenes Augen an die Düsternis gewohnt hatten, bemerkte sie, wie sehr sich der Speicher verändert hatte, seit Don Campbells Vater und Auggie Wilkes hier oben gewesen waren. Dann drang ein anderer, ein klein bißchen angenehmerer Geruch an Arlenes Nase, und sie hörte, wie eine brüchig trällernde Sing-Sang-Stimme hervorsprudelte: »Ich dachte, du würdest nie hier heraufkommen, meine kleine Anna.«

Mein Gott, sie hält mich für das Mädchen. Arlene erinnerte sich daran, wie schlecht Lucy schon immer gesehen hatte.

In dem Halbdunkel mußte sie Arlene für ihre Enkelin gehalten haben. Dann durchfuhr Arlene der nächste Gedanke: *Und was hat sie für Anna geplant?*

Lucy plapperte weiter: »Ich *wußte*, daß du kommen würdest, um *nachzusehen*. Wir haben so lange darauf gewartet und alles vorbereitet. Schau, kleine Anna, ist es nicht wunderschön –« Bei diesen Worten kam sie langsam näher, mit Mühe stieg sie über die Tragbalken, an denen die Decken der Zimmer darunter hingen, und Arlene wußte, daß sie sich bewegen mußte, *sofort*, daß sie diese Klapptreppe hinunter und aus dem Haus rennen mußte, aber was sie sah, ließ sie erstarren wie ein Reh im Scheinwerferkegel eines Autos. Das, was sie in dem dämmrigen Licht sehen konnte, war gleichzeitig grotesk und merkwürdig ergreifend. Arlene wandte ihren Blick nach rechts und sah –

Als Arlene den öligen Schimmer des goldenen, zusammengerollten Amuletts mit dem glänzenden Skarabäus sah, wandte sie unwillkürlich die Augen ab, denn das, woran sich das Amulett befand, war so verrückt, so total *wahnsinnig* und böse.

»Wo ist die kleine Anna?« zischte Lucy, während Arlene eine kleine Zunge zwischen den goldgrünen Kiefern der Schlange herauszüngeln sah. »Die kleine Anna sollte jetzt hier sein.« Arlene ging langsam einen Schritt nach hinten und murmelte: »Nein … nein, Lucy, sie kann – sie *darf* das hier nicht sehen. Ich darf sie das nicht sehen lassen.«

»*Neeeiiiinnn*!« kreischte Lucy und griff mit ihrer knotigen Hand nach dem Amulett. Während ihre Finger sich um das Ende mit dem Skarabäus schlossen, sprudelte Lucy: »Sie gehört *mir* … sie ist *meine* kleine Anna. Sie gehört hierher. Du hast kein *Recht* auf sie. Anna ist *mein*, sie gehört ganz *miiiir*!«

»Ich muß meine *Freundin* beschützen«, schrie Arlene

zurück, während der widerliche Geruch des Speichers ihr in die Nase stach und die Augen tränen ließ, und auf einmal spürte sie Lucys warmen Atem auf ihrem Gesicht, als diese aufheulte: *»Neeeiiinnn.«*

»Du bist *wahnsinnig*«, flüsterte Arlene mit einer Stimme, die leiser war als das Rascheln von welken Blättern an einem Ast, den leicht der Wind bewegt, und schob sich langsam, millimeterweise, zurück zu der Treppenöffnung, während ihre Hand die Pistole, deren einzige Kugel sie vorhin verschossen hatte, umklammerte und ihre Blicke dem Ding auswichen, das da mitten in dem auf schreckliche Weise veränderten Speicher stand. Aber Lucy wollte nicht, daß Arlene wegblickte, o nein, ganz und gar nicht, und als sie mit ausgestreckten Krallen auf Arlene zusprang, zerriß ein merkwürdiges Geräusch die Luft, das metallische Geräusch von etwas Biegsamem und doch Festem, das bis zum Zerreißen gespannt wurde und schließlich auseinanderriß.

10

Trick or Treat

Anna Sudek erwachte von dem gedämpften Geräusch, mit dem Fäuste auf Holz trommelten, und dem schwachen Geflüster und Gekicher von Kindern. Sie rieb sich die Augen, sah auf die Uhr und sprang auf, wobei ihr von der Anstrengung der Kopf dröhnte. Sie rannte zu ihrer Schüssel mit Süßigkeiten, und während sie damit zur Haustür eilte, riß sie den Beutel auf und leerte die Bonbons hinein. Bevor sie die Tür öffnete, schaltete sie das Licht auf der Veranda ein.

Es war nach *fünf Uhr* – schon fast *halb sechs.*

»Trick or treat!« schrien schrille Kinderstimmen fast im Gleichklang, während fünf oder sechs Plastikkürbisse und verknitterte Plastiktüten, in denen sich bereits ein paar Süßigkeiten befanden, Anna entgegengestreckt wurden. Anna warf jedem Kind mechanisch ein paar Bonbons in die hingehaltene Plastiktüte und den beiden Müttern, die im Schatten jenseits des Verandalichts standen, ein mattes Lächeln zu.

»Danke ... Vielen Dank ... Dank' schön ... herzlichen Dank.« Dann waren die Kinder unter dem Knistern von Vinyl-Kostümen und hin und her schwingenden Bonbon-Tüten wieder verschwunden, die Mütter folgten ihnen in einiger Entfernung. Als Anna die Straße hinunterblickte, sah sie, daß ihre Nachbarn schon die Lichter auf den Veranden eingeschaltet und von Taschenlampen beleuchtete Kürbisse neben die Haustüren oder hinter die Fenster gestellt hatten. Etwas weiter entfernt sah Anna noch mehr Gruppen von Kindern herumlaufen, und ein paar davon kamen auf sie zu.

Aber Arlene wollte mich doch um vier anrufen. Es ist sonst gar nicht ihre Art, so etwas zu vergessen, dachte Anna, während sie die Schüssel mit den Süßigkeiten auf den kleinen Fernsehtisch zwischen der Haustür und einem der Wohnzimmerfenster stellte. Dann ging sie schnell zurück ins Haus. Die nächsten Kinder trampelten bereits auf der Veranda herum und schnatterten aufgeregt beim Aussuchen ihrer Süßigkeiten. Ihre Stimmen drangen undeutlich an Annas Ohren, während sie Mrs. Campbells Nummer wählte und, nachdem das Telefon ein dutzendmal vergeblich geläutet hatte, wieder auflegte.

»Wo *ist* sie bloß?« fragte Anna ihre Katzen, während sie ihre Jeansjacke und ihre Strickmütze anzog. »Wo, in drei

Teufels Namen, *ist* sie? Ach *Mist!* Ich hätte *aufbleiben* sollen!« Dann eilte Anna zur Tür, öffnete sie und sah gerade noch, wie die Kinder von der Veranda sprangen und die Straße entlangliefen. Während Anna die Haustür verschloß, warf sie noch einen Blick auf die Schüssel auf dem Fernsehtisch und sah, daß noch genügend Bonbons darin waren. Dann ließ sie die äußere Sturmtür hinter sich ins Schloß fallen und rannte in der Mitte der Straße auf die Polk Avenue zu, wobei sie darauf achtete, daß sie nicht mit den Kindergruppen zusammenstieß, die von einer beleuchteten Veranda zur nächsten eilten.

Noch bevor sie an der Kreuzung war, hatte Anna Seitenstechen. Sie blieb einen Augenblick stehen und preßte ihre Arme an die Rippen. Sie schloß die Augen, so daß sie die immer mehr in der Dunkelheit versinkende Nachbarschaft um sich herum nicht mehr sah, und versuchte, wieder gleichmäßig zu atmen, als ein scharfer Schmerz an der Rückseite ihrer Waden sie aufschreien ließ; es war ein unterdrücktes, atemloses, scharfes Geräusch, das schnell einem heiseren, gewohnteren Schrei wich.

»Bruiser, wie bist denn *du* aus dem Haus gekommen?« Anna drehte sich um und hob das schwere Tier hoch. Sie setzte es auf ihre Schulter, während sie in die Polk Avenue abbog und diese entlang eilte. Dabei flüsterte sie dem schwarzen Kater, der aussah wie ein Stück der sie umgebenden Dunkelheit mit merkwürdig glühenden Augen, ständig etwas zu. »O Gott, Bru, du meinst auch, daß etwas Schlimmes passiert ist, nicht wahr? Schau, Bruisie, wir sind ja schon fast da. O *neeeiiinnn.*«

Arlene Campbells Haus war dunkel, es brannte weder das Licht auf der Veranda noch irgendeines im Haus. Nicht einmal eine Schüssel mit Bonbons stand auf der Veranda. Bruiser schlang die Pfoten um Annas Hals, seine Krallen piekten sie durch Jacke und Sweatshirt. Sein Atem war laut und stockend, ein feuchtes Schnauben an Annas nacktem Hals. Sie sah, wie sich Bruisers Nackenhaare sträubten, wie sich ein dicker Irokesenkamm aus Fell zwischen seinen Schultern in die Höhe stellte, und eilte die Straße hinunter, bis sie auf den Lumbermill Drive stieß, dem sie dann etwa eineinhalb Blocks bis zur Evans Street folgte. Bruiser knurrte jetzt wirklich, sein ganzer Körper vibrierte in Annas Armen.

Im Licht der Straßenlaternen sah Annas Atem aus wie ein goldener Nebel, der in dichten Schwaden aus ihren Nasenlöchern und ihrem halb geöffneten Mund wallte. Ihre Brust fühlte sich an, als habe sie gerade Glasscherben eingeatmet, scharfe, stechende Schmerzen bohrten sich in ihre nach Luft ringenden Lungen.

Ich habe sie mit meinem Anruf beunruhigt ... ich hätte warten sollen, hätte sie nicht so aufregen dürfen. Sie ist zu ihr gegangen, sie hat versucht, ganz alleine mit der Alten fertigzuwerden. Aber wann? Anna stapfte keuchend weiter, wobei sie aus ihren gequälten Lungen große Wolken blassen Dampfs ausstieß. Bruiser wurde bei jedem Schritt schwerer, und seine Krallen schienen immer länger und spitzer zu werden, je näher sie Lucy Miners verrotteter Festung kamen.

Droben, am Himmel, waren fast alle Wolken verschwunden, bis auf ein paar dünne, ins Dunkelbraune gehende Fetzen, die noch wie ein leichter Schleier über dem weißen Viertel des Mondes lagen, das wie ein boshaftes Grinsen in einem endlos weiten, dunkelblauen Gesicht stand. Die unheimliche, weißliche Beleuchtung ließ die nackten Bäume hellgrau und fahl erscheinen, ihre Zweige hoben sich scharf von dem dunklen Horizont dahinter ab; die ganze Gegend wirkte dadurch wie ein Negativ ihres Normalzustandes. Das Laub zu Annas Füßen schien im schwachen, goldenen Schein der Straßenlaternen plötzlich wieder zu leben, schien wieder an einem Baum zu hängen, als hätten sich Himmel und Erde irgendwie in ihr Gegenteil verkehrt, so daß Annas Universum kopfzustehen schien, und sie, während sie durch die vom Wind bewegten, in warme Farben getauchten Blätter schlurfte und sich ab und zu mit einem Schuh in einem heruntergefallenen Ast verfing, das Gefühl hatte, auf den obersten Zweigen eines Baumes durch den Himmel zu wandern.

Vor ihr lag still und unbeleuchtet das Miner-Haus, aber das hatte nichts zu bedeuten. Die Alte saß oft ganz still in der Dunkelheit in ihrem Schaukelstuhl und wühlte in ihren Erinnerungen. Als Anna auf die Veranda trat, roch sie den scharfen Geruch einer abgefeuerten Waffe und ließ Bruiser fast fallen, der auf ihrer Schulter zischte und zuckte. Sie bezweifelte, ob sie in diesem Haus eine zufrieden in ihrem Stuhl schaukelnde alte Frau vorfinden würde.

Die Sturmtür war zu, aber Anna sah, daß die innere Tür weit offenstand und ihr einen Einblick in den dunklen Schlund des Wohnzimmers dahinter gestattete ... und als sie mit dem Ellenbogen die Sturmtür aus Fliegengitter öffnete, sprang Bruiser von ihrer Schulter und war in Sekundenschnelle in der Dunkelheit des Hauses verschwunden. Anna war zu sehr außer Atem, um ihn zurückzurufen. Statt dessen lehnte sie sich an den Türstock und saugte begierig die kalte Luft in die Lungen, bis sie wieder husten mußte und ihr Zwerchfell vor Anstrengung stach und schmerzte. Schließlich tastete sie nach dem Hauptlichtschalter, mit dem man die beiden Tischlampen im Wohnzimmer anschalten konnte.

Es *schien* alles in Ordnung, obwohl das Schloß der Eingangstür zerschossen war. Keine Möbel waren umgeworfen, der ganze Krimskrams war an seinem gewohnten Platz, und das Eßzimmer war, soweit Anna sehen konnte, ebenfalls unberührt. Bruiser war nirgendwo zu entdecken. Anna preßte beide Arme an ihren schmerzenden Brustkasten und ging aus dem Wohnzimmer durchs Eßzimmer in die Küche. Auch hier war kein Bruiser und nichts Ungewöhnliches. Sie ging zurück zum Schlafzimmer der Alten und drückte mit einer Hand vorsichtig die nur angelehnte Tür auf.

Als erstes bemerkte Anna, daß das Zimmer anders roch als noch vor ein paar Stunden. *(Oh, Arlene, wie lange warst du bloß hier?)* Der Pfirsichgeruch war verschwunden, nur noch ein Hauch davon hing in der modrig und nach verdorbenem Fleisch stinkenden Luft. Anna sah sich nur flüchtig in dem Zimmer um, sah die braunen Flecken auf der Tapete, die verstaubte Ansammlung von Kleinigkeiten auf der Kommode *(Bilder von der kleinen Anna am Spiegel. Sollte ich für sie nie erwachsen werden?)* und ging dann schnell aus dem Zimmer. Was immer die Alte dort versteckt hatte, es war nicht mehr da, soviel spürte Anna, während sie zur Treppe eilte und mit schwacher Stimme rief: »Bruiser? Bru-bru? Wo *bist* du?«

Die Treppe war dunkel, die unteren Stufen waren nur verschwommen und die oberen überhaupt nicht mehr zu erkennen. Und der Schalter für die Beleuchtung der Treppe befand sich *oben.*

Mit der Hand am glatten Treppengeländer, rief Anna nach oben: »Arlene? Bruiser? *Großmutter?* Ist hier jemand?«

Ganz, ganz leise konnte sie Bruisers rauhe Pfoten auf dem Holzboden hören, das gleichmäßige Getrappel wie Regen, das fast unhörbar war und trotzdem durch das stille Haus hallte. Der Gang war so leer, sein Boden so nachgiebig, daß sich Geräusche auf verrückte Weise fortpflanzten, bis die eigenen Schritte so klangen, als kämen sie auf einen zu. Als Anna noch klein war, hatte sie in diesem Gang immer Angst gehabt; das kleinste Geräusch wurde in ihm so verstärkt und verzerrt, daß sie manchmal vor Angst fast in die Hose gemacht hätte.

Na los, Bruiser, komm wieder runter ... oder lang nach oben und schalt das Licht an. Sogar mit meiner Taschenlampe trau ich mich nicht da hinauf.

Die hohlen, trapsenden Geräusche hörten nicht auf und wurden von den Bodenbrettern noch verstärkt ... und dann hörte Anna etwas, das ihre Cordhose zwischen den Schenkeln nun wirklich heiß und feucht werden ließ.

Als ihr klar wurde, was das Geräusch gewesen sein mußte, zog Anna die Taschenlampe aus ihrer Jackentasche und keuchte dem nicht ganz geschlossenen gelben Lichtkreis hinterher die Treppe hinauf, bis sie oben war und das Ganglicht anknipsen konnte. Die Türen aller fünf Schlafzimmer standen sperrangelweit offen und schwangen leicht in ihren Angeln, und der Gang vibrierte immer noch von dem donnernden Geräusch, von dem Anna jetzt annahm, daß es von einer dieser Holztüren hergerührt haben mußte, die mit solcher Gewalt zugeknallt war, daß es wie ein Pistolenschuß geklungen hatte, denn kein Pulverdampf hing in der Luft, nur der muffige Geruch von altem, feuchtem Tapetenkleister und unlackiertem Holzboden.

»Wo bist du *hin*?« rief Anna den leeren Gang entlang, und ihr Schrei hallte von den Wänden wider, als wolle er sich über sie lustig machen, selbst dann noch, als alles schon fast wieder still war ... *fast*, weil vom Ende des Ganges, aus der Nähe des Fensters mit dem heruntergezogenen Rouleau, ein leises Plätschern wie sanfter Regen zu hören war – das Geräusch wurde einen Augenblick lang übertönt, als Bruiser Anna auf die Schulter sprang und sie einen Schrei ausstieß und unter dem plötzlichen Gewicht auf ihren Schultern in die Knie ging.

Anna hatte nicht gehört, wie Bruiser sich ihr von hinten genähert hatte, aber da oben hatte sie *etwas* herumtrapsen gehört, etwas, daß sich auf Füßen – oder Pfoten – mit rauhen Sohlen bewegt hatte.

»Bruiser, du *Idiot*, wo *warst* du?« fragte Anna die Katze, zog sie von ihrem Rücken herunter und nahm sie in den Arm. Bruiser steckte seine Schnauze in die Beuge von Annas rechtem Arm und versteckte sein Gesicht, und Anna dachte: *Er hat Angst ... aber wovor?*, während ihr das *plätschernde* Geräusch wieder ins Bewußtsein drang. Und während Anna zum Ende des Ganges blickte, fand sie die Quelle des Geräusches – die Treppenfalltür zum Speicher war undicht, und Wasser tropfte aus dem Spalt auf den Holzboden darunter.

Nur, daß das »Wasser« kein *Wasser* war, weil Wasser nicht rot war und im Licht der Glühbirne, die sich etwas entfernt an der Decke befand, auch nicht so geglänzt hätte.

Anna nahm die Katze unter den Arm und rannte zum Ende des Ganges, wobei sie fast ausgerutscht wäre, als ihr Fuß in die etwa faustgroße Pfütze trat, die sich direkt unter dem kleinen Ring in der Falltür gebildet hatte. Als Anna aber nach dem Stock mit dem Haken greifen wollte, war dieser verschwunden, der rostige, krumme Nagel, an dem er immer gehangen hatte, war leer.

»Neeeiiinnn ... *Neeeiiinnn!*« heulte Anna frustriert auf und schlug mit der flachen Hand gegen die Tapeten, bis sie hörte, wie sich etwas im Speicher bewegte ... ein torkelndes, schlingerndes Stampfen, als ginge jemand über unsicheren Grund und müsse bei jedem Schritt erst

vorfühlen, bevor er sein ganzes Gewicht auf seinen Fuß verlagern konnte.
»Arlene?« schrie Anna, als die weiße Decke über ihr in unmittelbarer Nähe der Falltür knarzte und sich spinnwebenartige Sprünge immer weiter im Putz verbreiteten. Und dann begann sich die Tür zu bewegen, zu Anna herunterzugleiten, bis die blutüberflossenen Stufen in ganzer Länge vor ihr lagen und stumm darauf zu warten schienen, daß sie auf ihnen hinauf in den schwarzen Speicher stieg.
Anna lenkte den Strahl ihrer Taschenlampe nach oben, zitternd, weil sie mit demselben Arm Bruiser halten mußte, und sah, wie sich ein glänzender Reflex so schnell aus ihrem Blickfeld bewegte, daß sie nicht genau erkennen konnte, um was es sich dabei gehandelt hatte.
»Arlene ... sind Sie da oben?« Anna betete, daß sich die alte Frau zeigen oder zumindest etwas *sagen* würde.
»A ... ah ... ahnna?« Es war ein atemloses Krächzen, ein Geräusch, schwach wie ein Seufzen und doch auch merkwürdig *stark*.
»Arlene, bleiben Sie da, ich komme rauf!« sagte Anna und kletterte die glitschigen Stufen hinauf, den Strahl ihrer Taschenlampe erst nach oben und dann, als sie im Speicher war, nach vorne gerichtet ... und schließlich fiel das gelbliche Licht auf die regungslose Gestalt von Arlene Campbell, die direkt neben der geöffneten Falltür lag. Ihre Kinnlade war heruntergefallen, und ihre Augen starrten hinter zerfetzten Augenlidern hinauf zu Anna.
»Ach du großer Gott *nein!*« schrie Anna und ließ fast die Taschenlampe fallen, als die alte Frau sich zu ihren Füßen ganz langsam bewegte und ihr Mund, aus dem Blut triefte, mühsam Worte formte:
»Anna, du bist *doch* gekommen.«

Anna kauerte sich in dem beißend riechenden Speicher neben Arlene, wobei sie aufpaßte, daß sie nicht durch die offene Falltür fiel, und flüsterte: »Ja, Arlene, ich bin da... Oh, *Arlene*, warum? *Warum* bloß? Wir wollten doch gemeinsam gehen.«

Die alte Frau am Boden neben der Treppenöffnung schüttelte langsam den Kopf, versuchte eine ihrer abgearbeiteten, faltigen Hände zu heben und sagte leise: »Du ... hast es nicht gewußt. Ich dachte ... dachte, *ich* wüßte es, aber ... falsch. Schlimmer, schlimmer als das ... was wir dachten. Anna ... das Amulett ... es sind jetzt *zwei!*«

Anna, die immer noch Bruiser unter dem Arm hielt, ließ sich auf ein Knie nieder, während ihr anderes Bein nach unten in den freien Raum hing, und sprach beruhigend: »Shh ... Sie brauchen Hilfe. Ich gehe und rufe –«

Die alte Frau langte nach oben und ergriff Annas Arm mit erstaunlicher Kraft, einer Kraft, die rasch abnahm und mit jedem Wort, das Arlene sagte, aus ihrem Körper in den von Anna zu fließen schien: »Nein ... keine Zeit. Lucy ... hat es *auseinandergerissen*. Sie war so wütend. Ich wollte nicht *hinsehen*, also lief sie auf mich zu, mit ... einem Teil in der Hand ... es ist zerrissen ... und jetzt hat Lucy den ... Kä ... fer ... und den ... Rest ... hat ... sie *hier* ge ... lassen.« Dann, als spürte sie, daß ihr nur noch Sekunden blieben, um etwas zu sagen, wofür sie Stunden gebraucht hätte, sprudelte Arlene hervor: »Babys. Nimm meine Babys, kümmer dich um sie ... Anna –«

Die starrenden Augen unter den kaputten Lidern, die nur noch Fetzen von zerschundenem Fleisch waren, das Lucy – entweder in ihrer eigenen oder in einer anderen Gestalt mit scharfen Klauen – voller Wut zerkratzt haben mußte, drehten sich nach oben und wurden weiß, und kurz bevor Arlene Campbells Griff sich lockerte und ihre

Hand von Annas Unterarm glitt, spürte die junge Frau, wie sie die ältere noch einmal liebevoll drückte.
»A ... ah ... Ahn-*na*?«
Bruiser fing wieder an zu knurren. Anna spürte, wie sich unter ihrer Jacke und ihrem Sweatshirt ihr ganzer Körper anspannte, und sagte sich: *Das ist ein Echo. In diesem Speicher gibt es ein Echo.* Aber dann hörte sie ein unbeholfenes Schlurfen, und die Stimme, die von überhaupt keinem Atem getragen zu werden schien, sagte noch einmal ihren Namen.
Schnell wie eine Katze wirbelte Anna herum und richtete den Strahl ihrer Taschenlampe in die Richtung, aus der das Geräusch gekommen war ... und wollte nach Luft schnappen, aber der Atem stockte ihr, als sie sah, was von dem gelben Strahl aus gnadenlosem Licht festgehalten wurde. Was da in dem Speicher stand und sie *anlächelte.*

11

Gramma Husa

Als Lucys geliebte Gramma ihr zulächelte, mußte Anna sich mit ihrer freien Hand am Rand der Falltüröffnung festhalten, um nicht vor Schreck hinunterzufallen. Sie atmete schwer durch den Mund, konnte kein Wort hervorbringen und starrte bloß auf die Gestalt, die da ein paar Meter von ihr neben einem Balken stand. Die Haut dieses Wesens hatte die gleiche Farbe und Struktur wie die Flügel von Junikäfern, und sein Kopf sah aus wie ein dickes Bündel aus lauter Spinnweben. Der Geruch, den Anna bisher nicht hatte identifizieren können, war jetzt ganz stark und überwältigend. Es roch nach trockenen

Insektenleichen und verdorbenem Eingemachtem ... aber da lag noch ein anderer Geruch in der dumpfigen Luft, der diesen Gestank von Mumifizierung und uraltem Verfall ein wenig abmilderte. Es war der zarte Geruch von Pfirsichen ...

»Ahn ... *na*«, sagte die Stimme abermals. Und während diese vertrocknete Hülse von einer Frau sprach, konnte Anna sehen, daß bei dieser Anstrengung ihr Gesicht buchstäblich *aufplatzte*. Winzige Schuppen verwitterter Haut fielen wie hornige Asche hinunter auf ihr verstaubtes, weißes Kleid und glitten an ihrer Brust nach unten.

»Du hast sie umgebracht!« zischte Anna leise, während gallige Wut in ihr hochstieg. »Du hast meine *Freundin* getötet!«

Die braune, steife Frau schüttelte den Kopf, und neue Falten sprangen in ihrem chitinartigen Gesicht auf und erzeugten dabei ein Geräusch wie von aneinanderschnippenden Fingernägeln. »Neiiin ...«

Anna schluckte sauren Speichel hinunter, preßte ihren Arm fester um die strampelnde, fauchende Katze und sagte: »Dann hat *Lucy* das also getan? Deine Lucy?« Annas Stimme war schrill vor Wut.

Lucys Gramma kam näher. Anna konnte hören, wie die trockenen Gelenke der Mumie bei dieser Anstrengung richtiggehend *quietschten*. Und während die braune Leiche Zentimeter um Zentimeter näher kam, sah Anna im Lichtkreis der Taschenlampe etwas, was sie sogar noch mehr verblüffte als die Mumie selbst. Am rechten Arm ihres schäbigen Nachthemds war mit Bändern und Kinder-Sicherheitsnadeln, auf denen kleine Entchen waren, ein mit gestickten Rosen verzierter Handschuh aus weißer Spitze befestigt, der mit etwas Trockenem, Pfirsichfarbenem ausgestopft war.

Lucys Gramma streckte ihre nach Blütenpotpourrie riechende »Hand« aus und sagte: »Schau ma-mal, was mei ... meine Luuuciii ihrer *Graaammmaaa* gema-gemacht hat.«
Am schlimmsten dabei war, daß die alte Frau, die alte *Leiche,* auch noch lächelte, als wäre sie stolz auf ihre neue Hand. Anna wollte in diesem Augenblick nichts weiter, als sich irgendwo verkriechen und *weinen* ... um sich selbst und dieses erbarmungswürdige *Wesen,* das da stand und Anna anstrahlte, und auch um ihre eigene Großmutter. Lucy hatte ihre Gramma *wirklich* geliebt, auf eine verrückte Art und Weise, die nie jemand wirklich verstanden hatte, die gleichzeitig böse, wunderbar und so *rein* war, daß sie nie jemand hätte begreifen *können.*
Anna konnte die verwitterte Alte in ihrem stockfleckigen, weißen Nachthemd nicht mehr länger ansehen und ließ den Strahl ihrer Taschenlampe durch den Speicher gleiten, obwohl das Ding weiter auf sie einredete und ihr anscheinend unbedingt etwas erklären wollte.
Auf manchen Dachbalken saßen Puppen, bestimmt mehr als ein Dutzend, die kleine Blumensträuße in den Händen hielten, und über einem hing eine alte Bettdecke, die voller braun gewordener Blutflecken war.
»Ahn-*na* ... Luuu*ciii* ist weg ... a ... aber be ... bevor du geh ... gehst ... muß ich dir was sa ... sagen –«
Und bei der Decke hing das Kleidchen der kleinen Lucy, und daneben stand ein Kinder-Teeservice, das aus drei Tassen bestand, die darauf warteten, vollgegossen zu werden, und ein Hochzeitskuchen aus Pappmaché mit zwei winzigen Figuren drauf. Alles schien bereit zu sein für ein makabres Fest.
»– ha ... habe nicht mehr la ... lange zu *leben* –«, die atemlose Stimme der Untoten ließ sogar etwas wie Ironie

und *Begreifen* ihres Zustands erahnen, »– das *Armmmband*, Luuu-*ciii* hat es zerstört und hat den Rest mitgenommen ... we ... weniger Kraft jetzt in mei ... in meiner *Hälfte* –«

Und dann standen da noch drei kleine Stühlchen aus Lucys Kinderzeit, die sie einzeln heraufgezerrt haben mußte, um sie hier, in diesem schrecklichen Spielzimmer, aufstellen zu können.

Auf einem dieser rosa lackierten Stühlchen lag der verstaubte, lang ausgestreckte Körper einer weißen Katze mit grauen Flecken. Ihre Pfoten waren so verschrumpelt, daß die Ballen nur noch eingetrocknete, schwarzrosa Gebilde waren. Die Augenhöhlen des Tieres waren tief eingesunken, und in seinem mumifizierten, staubtrockenen Zahnfleisch steckten noch krumme, gelbe Fangzähne. Auf dem Stuhl daneben lag ein altes Hochzeitskleid mit Schleier.

(Großer Gott, das ist Tante Bellas Katze – mein Großvater. Sie hat ihn aufgehoben.*)*

»Ahn-*na* ... biiittte ... hör mir *zuuuu* –«

Anna lenkte den Strahl der Taschenlampe wieder auf das Gesicht des braunen Wesens vor ihr. Die ausgedörrten Augen darin waren nur noch harte, trockene Glasmurmeln, deren Pupillen sich nicht mehr zusammenziehen oder erweitern konnten ... und Anna wurde klar, daß allein schon das Sprechen dieses Ding, von dem ständig kleine, trockene Schuppen und Hautfetzen rieselten, immer weiter schwächte.

»Wo hast du dieses Amulett her, das jetzt Lucy hat?« fragte Anna, die immer noch neben Mrs. Campbell kniete, mit leiser, aber kräftiger Stimme die Gestalt in dem staubigen Nachthemd, während Annas Hand spürte, wie die Wärme aus Arlenes Körper schwand.

»Aus dem al ... alten ... Land ... Praaag. War Di ... Diiienst-mädchen bei Gla-Glashütten-be-besitzer, Mi-Mister Nez*vaaaal.* Sein Freu-Freund war ... Archäoloooge, ha-hat ihm das Dinnnng ge-geschickt. Böser Mannnn, Mi-Mister Nezvaaal. Ha-hat sich an mir *ver-vergangen.* Wo-wollte mich rääächen. Hab ih-ihm was gestoh-len, aus einer hölzernen Ki-Kiste auf dem Tisch – goldgrüner Arrrmreif ... schööön. Ha-hab das Ding in die Hand genommen und ... Mi-Mister Nezvaaal ... *gekratzt* ... bis ... bis ... er *tooot* war. Bin gerannt, weg, weg ... das Ding ha-hab ich in meinem schwarzen Rock versteckt, im Sa-Saum ... Dann bi-bin ich aufff dem Schi-Schiff, hierher, in dieses Laaand ... der Ro-rock wurde *mächtig* ... durch den Arm-Armreif. Wo-Worte *auf* dem Aaarmreif. Und jetzt hat Luuu-*ciiii* ihn zer– ... das bööse Ki-Kind.«

»Warum hat Lucy meine Freundin getötet?« fragte Anna unter Tränen, aber das verwitterte Ding schwieg. Die einfache Geschichte, die dieser vertrocknete Schatten einer Frau Anna erzählt hatte, klang glaubwürdig, und Annas Phantasie fügte schnell die Einzelheiten hinzu, die die verschrumpelte, hilflose Frau nicht wissen konnte:

Sie war Dienstmädchen im Haushalt eines Mr. Nezval gewesen, eines Mannes, der vermutlich so reich gewesen war, daß er geglaubt hatte, er könne sich alles erlauben. Aber er hatte wohl nie damit gerechnet, daß das Objekt seiner Begierde ihm etwas stehlen könnte, um sich für seinen Mißbrauch an ihr zu rächen. Und höchstwahrscheinlich hatte Mr. Nezval nicht einmal gewußt, was für ein Amulett ihm sein Freund von einer Ausgrabung, vermutlich aus Ägypten oder einem Land in dessen Nähe, geschickt hatte. Wenn Mr. Nezval einc Ahnung davon gehabt hätte, dann hätte er das Amulett bestimmt nicht so offen herumliegen lassen, wo es sich ein mißbrauchtes, gekränktes Dienstmädchen hatte nehmen können. Anna konnte es der alten Frau nicht verübeln, daß sie ihrem Peiniger etwas gestohlen hatte, vielleicht um es später zu versetzen – und ebensowenig konnte Anna ihrer Urgroßmutter das, was danach geschehen war, zum Vorwurf machen, zumindest nicht unter den gegebenen Umständen.

Aber mit dieser Erklärung kamen neue Fragen – viel zu viele, als daß sie dieses auseinanderfallende Wesen da noch hätte beantworten können – und so drückte Anna Bruiser fester an sich und wählte ihre Worte sorgfältig.

»Warst du immer in diesem *Zustand*, seit jener Nacht, in der ... Alvin Miner dir das –«, Anna lenkte den Strahl ihrer Taschenlampe auf die ausgefallene, groteske Handprothese, »– angetan hat?«

»Jaaa«, kam die traurige, niedergeschlagene Antwort, das langgezogene »a« des Wortes hallte durch den dumpfigen Speicher. »War immer hiiieeer oooben ... Luuu-*ciii* hat mich *im Maul* her-heraufgetraaagen, mit den *Zääääähnnen* ... wie eine Ka-Katze ihre Jungen trääääägt ... aber sie wa-war ein Lö-*Lööööwe.*« Als befürchte sie, daß Anna ihr das nicht glauben könne, drehte sich Gramma Husa etwas zur Seite und zeigte ihr zwei Reihen von brüchigen Löchern, die die Zähne damals in ihr Nachthemd gerissen hatten. Dann fuhr sie fort: »Sie hat mi-mit miiir *gespiiielt* ... hat mir den Ar-Armreif angelegt und hat mit mir gespiiielt ... a-aber Luuu-*ciii* ist nie er-erwachsen gewo-worden.«

»*Warum?* Warum ... hat sie meine Freundin getötet?«

Die Murmel-Augen rollten in ihren trockenen Höhlen, und die schuppigen Lippen bewegten sich wie der eingerostete Mechanismus einer alten, mechanischen Puppe: »Luuu-*ciii* hat auf *dich* gewarrrtet ... hat ge-gemeint, daß

du Ver-Versteck spiiiielst. Luuu-*ciii* hat gedacht, du wä-wärst durch die Fa-Falltür gekommen ... und dann ha-hat sie gesehen, daß es ga-gar nicht *duuuu* warst. Di-Die Frauuu wollte mich nicht anschauen ... ha-habe ihr nicht gefalllen. Die Fra-Frau wollte weg, wollte dich wa-warnen, daß duuu ni-nicht herkommst. Luuu-*ciii* ist au-auf sie zugerannnnt, a-aber sie ha-hatte de-den Armreiiiifff in der Hannn-d und ich ... ich ha-habe nicht los, nicht losgelassen ... er wu-wurde auseinanderge-gezogen, u-und dann ist er zer-zerrissen. Luuu-*ciii* wa-war das egaaaal, weil Luuu-*ciii* sooo ei-eifersüchtig war ... die Fra-Frau ha-hat deinen *Naaamen* ge-gesagt, und Luuu-*ciii* wo-wollte ihr klei-kleines Mädchen ga-ganz für *sich* ha-haben, wo-wollte *Uuuuur*-großmu-mutter werden, wie *iiiich*, woll-te ... wo ... wollte ...« Die große, zerbröselnde Kreatur warf der kleinen mumifizierten Katze einen Blick zu, bevor sie traurig fortfuhr: »Sie wo-wollte, daß du glüüüücklich wirst – so wie *wiiir* ...«
Anna senkte den Kopf und drückte ihr Kinn auf Bruisers Nacken, wobei sein gesträubte Fell sie kitzelte, und flüsterte: »Und die anderen? Hat sie die auch umgebracht, um mich ... *glücklich* zu machen?«
»Da-damit du sie liiiieb hast ... damit du sie liiiebst, wie sie mich liiiiebt ...« Die Andeutung einer Stimme klang bekümmert und erstarb in einem traurigen Stöhnen.
Sogar dir ist das klar ... obwohl du schon über fünfzig Jahre lang tot bist, weißt du, daß man auf diese Weise niemanden dazu bringen kann, einen zu lieben ... aber kleine Mädchen wissen das nicht, stimmt's? Kleine Mädchen wie Lucy, die keine Freunde haben, und deren Eltern sich nicht um sie zu kümmern scheinen ...
»Genausowenig, wie sich ihre Enkel um sie kümmern«, murmelte Anna in Bruisers Pelz. Abgesehen davon, daß

man die Alte einfach nicht lieben, ja, nicht einmal mögen konnte ... aber *sie* hat das nie begriffen. Alles, was Lucy wußte, war, daß sie Liebe wollte, daß sie sich an die einzige Liebe, die sie je kennengelernt hatte, klammern mußte.

Plötzlich wurde Anna aus ihren Gedanken gerissen, weil ihr etwas golden Glitzerndes ins Auge fiel – dieses Etwas glitt gerade aus der echten Hand der braunen Frau.

Es war der Schlangenkopf des Amuletts und ein Stück seines spiralförmigen Körpers – gerade eben noch lang genug, um sich um die verschrumpelte Parodie eines kleinen Fingers winden zu können ... aber jetzt ließ der goldene Schlangenstummel los, fiel von der Mumie ab und landete mit einem höchst unmetallischen Geräusch auf einem der Holzbalken. In dem Augenblick, bevor er endgültig herunterfiel, schwenkte Anna den gelben Lichtkegel auf Lucys Gramma, in deren Gesicht sie keine Panik und Angst vor einem bevorstehenden Verfall sah, sondern einen entspannten Ausdruck ewigen Friedens, bevor die Leiche in ihrem wallenden Nachthemd sich auflöste, knirschend in sich zusammensackte und mit einknickenden Beinen zwischen den hervorstehenden Deckenbalken zu Boden sank, wobei sie fast in einer dichten Wolke aus Staub und fliegenden Strähnen dürren Haares verschwand.

Und auf einmal wand sich Bruiser aus Annas Armen, sein schwarzer Körper tauchte in einem hohen Bogen zwischen die Balken und warf sich auf das zuckende, kurze Ende des zerrissenen Amuletts. Als er wieder zu Anna zurückkehrte, hatte er das sich krümmende, wurmartige Ding im Maul.

Anna zog die Aluminiumfolie aus ihrer Hosentasche, packte Bruiser mit einer Hand und schützte die Finger der anderen mit der Folie, während sie ihm das goldene

Stück des Amuletts aus dem Maul wand. Der Schlangenkopf fühlte sich durch das Aluminium ganz *warm* an, er schien Hitze auszustrahlen wie die Heizspiralen eines Elektroofens, aber gleichzeitig *bewegte* er sich. Anna spürte, wie sich die winzigen Kiefer ständig öffneten und schlossen, wie sie schnappten, schnappten, schnappten …

Keuchend wickelte Anna die Folie um das zuckende Segment, das sich anfühlte wie flüssiges Quecksilber, und steckte das Bündel in die kleine Reißverschlußtasche über ihrer linken Brust, wo es noch ein paar Sekunden schwach zappelte, sich dann aber zusammenrollte, ruhig wurde und sich langsam abkühlte.

Was hatte Lucys Gramma gesagt? Daß der »Armreiiiifff« jetzt, wo er in zwei Teile zerrissen war, nicht mehr so stark war, nicht mehr so viel Macht hatte?

Was war los, alte Mumie? Hat es dir nicht mehr gefallen, deine geliebte Lucy in Aktion zu sehen? Ist es dir schließlich gedämmert, was für ein »böööses Ki-Kind« *Lucy schon immer gewesen ist?* dachte Anna, während sie, den zappelnden Bruiser unter dem Arm, die blutverschmierten Stufen hinabstieg, den Gang entlang und die Treppe ins Erdgeschoß hinunter. Es tat ihr weh, Arlenes Leiche dort oben zurückzulassen *(Oh, mein Gott, wie waren Arlenes Augenlider zerfetzt!)*, aber sie mußte so schnell wie möglich zum Yablinski-Haus, das sich etwa eine Viertelmeile von hier befand. Denn wenn das, was Gramma Husa gesagt hatte, stimmte, dann würde die kleine Lucy ziemlich bald eine unangenehme Überraschung erleben. Und Anna wollte unbedingt dabeisein, wenn Klein-Lucys Spaß zu einem jähen, zuckenden Ende kam.

12

Das Klärwerk

Als Anna das verfluchte Miner-Haus verließ, war der Wind zu einer steifen, aber unbeständigen Brise angewachsen, die zwar zu schwach war, um den Himmel mit einer wärmenden Wolkenschicht zu überziehen, aber stark genug, um das Laub über die Straße zu blasen. Eichenblätter taumelten mit schweren, abgehackten Bewegungen über den Asphalt, und die kleineren, ovalen Ulmenblätter, gold, braun und rotgefleckt im Licht einer entfernten Straßenlaterne, wirbelten flach und mäusegleich dicht über dem Pflaster des Gehsteigs dahin.

Anna preßte den knurrenden Bruiser fest an sich, stapfte mit gesenktem Kopf gegen den Wind nach Süden und sah nur auf, um zu schauen, ob sie sich schon der Kreuzung näherte. Sie war fast am Ende der Evans Street angelangt und wollte gerade die Kreuzung in Richtung auf den Lumbermill Drive überqueren, als sie ihre Großmutter entdeckte ... oder das, was Lucy Miner früher einmal gewesen war: das kleine Mädchen, das seine Gramma so sehr geliebt hatte, daß sie in ihrem Bemühen, die Menschen dazu zu bringen, ihre *wiederbelebte* Gramma zu akzeptieren, sogar so weit gegangen war, ihren wertvollsten Besitz zu zerreißen, nur damit ihre Gramma die kleine Lucy sehen konnte, wie sie einmal gewesen war. Dabei hatte sie allerdings nicht an die Konsequenzen gedacht.

Du hattest recht, Arlene ... sie hat sich neue Flügelchen gemacht, dachte Anna, während sie das kleine Mädchen in dem zeltartigen Hemdchen und den flatternden Pappendeckel-Flügeln betrachtete, dessen langes Haar ihm weit über die Schultern bis fast auf die Stelle fiel, wo die Flügel an dem Nachthemd befestigt waren. Als Lucy sich bewegte, konnte Anna die dunkle Schrift auf der bedruckten Seite des Katzenfutter-Kartons sehen. Lucy hatte die Schmalseite der Schachtel zwischen den beiden runden Flügelchen stehenlassen und mit Sicherheitsnadeln an ihrem Nachthemd befestigt. Jetzt schienen diese Flügel zu flattern, als sie barfuß die Straße entlangging und mit ihren nackten Füßen auf dem Beton des Gehsteigs klatschende Geräusche erzeugte. Sie ging mit dem Rücken zu Anna und hatte einen alten Kissenbezug voller Süßigkeiten in der Hand, der beim Laufen gegen ihre nackten Beine schlug. Nur in Spuren waberte Lucys verdorbener Geruch hinter ihr her und an Annas Nase.

Manchmal liefen andere Kinder an Lucy Miner vorbei, aber niemand wollte sich ihr anschließen. Ein paar Kinder blieben sogar stehen und starrten auf das merkwürdige, selbstgebastelte Kostüm und Lucys nackte Füße, aber keines wollte unnötig lange in der Nähe dieses stinkenden kleinen Mädchens mit den Katzenfutter-Flügeln verweilen.

Lucy befand sich jetzt nur noch etwa fünf Meter vor Anna und hätte eigentlich längst das Geräusch ihrer Stiefel und ihres unregelmäßigen, keuchenden Atems hören müssen, aber sie schien nicht zu bemerken, daß ihre Enkelin sie verfolgte.

Bruisers Knurren wurde jetzt zu einem so schrillen Fauchen, daß ein paar Kinder einen halben Block entfernt stehenblieben, sich umdrehten und schreiend fortliefen. Die kleine Lucy Miner erstarrte. Sie drehte sich um, sah in der Dunkelheit das Gesicht ihrer erwachsenen Enkelin und wollte Anna gerade ihr altgewohntes, dümmliches Lächeln schenken, als sie Bruiser sah, der sich in Annas

Armen wand und herunterspringen wollte, um das kleine Mädchen in seinem erbärmlichen Engelskostüm in Fetzen zu reißen.

Anna beugte sich so hastig vor, daß sie sich die Muskeln in den Schultern und Armen schmerzhaft zerrte, und packte Bruiser gerade noch am Fell, bevor er losspringen konnte. In der halben Sekunde, bevor Lucy ihre Süßigkeiten fallen ließ und in Richtung auf die Dunkelheit zwischen zwei Straßenlaternen rannte, sah Anna den flüssigen Glanz von Gold und Katzenaugengrün am Oberarm des kleinen Mädchens und spürte, wie das restliche Drittel des Amuletts sich in ihrer Jackentasche zu bewegen begann.

Anna rannte los, in den Wind und die umhertreibenden Blätter, an dem fallengelassenen Kissenbezug voller Süßigkeiten vorbei und in das dunkle Stück des Lumbermill Drive, wo keine Veranda-Lichter blinkten und der verschleierte Mond die einzige Beleuchtung bildete. Ein plötzlicher Windstoß wirbelte einen losen Haufen trockener Blätter nach oben in Annas Gesicht, ein paar blieben kalt und trocken an ihrer Strickmütze hängen, bevor sie mit einem knisternden Geräusch wieder fortgeblasen wurden. Aber gerade als der Wind sich zu legen begann, kam ein scharf gezacktes gelbgeädertes Ahornblatt, das teilweise sogar noch grün war, direkt auf Annas Gesicht zugeflogen und ritzte ihr im Vorbeitreiben einen langen Kratzer in die Wange. Es war schwer und warm wie eine mißgestaltete, verwitterte Hand.

»Verflucht noch mal, Lucy«, schrie Anna, nachdem das schwere Blatt mit den brutal scharfen Spitzen sich hinter ihrem Kopf unter die Tausenden von ähnlichen Blätter gemischt hatte, die der Wind durch die Dunkelheit davontrieb ... bis Lucy sich überlegt hatte, in was sie sich *als nächstes* verwandeln würde.

»Wie *könnte* man dich lieben, du *Hexe?*« schrie Anna und kümmerte sich nicht darum, ob irgendwelche Kinder sie hörten oder ob in sich öffnenden Haustüren neugierige Köpfe erschienen. Sie drückte Bruiser, der sich wie ein hüpfender Fußball in ihrem Arm wand, fest an sich und überquerte den Lumbermill Drive, bis sie die letzten Wohnhäuser der Ewert Avenue erreichte und sie vor Schmerzen in ihrer Lunge nicht weiter konnte. Heftig nach Luft schnappend, beugte sie ihren schmerzenden Oberkörper nach unten und keuchte schluchzend in die kalte Dunkelheit: »Du hättest sie nicht *töten* dürfen, nein, das hättest du *nicht.* Wie soll ich dich da *lieben* können? Du bist *böse.*«

Langsam schleppte Anna sich weiter, aber als sie an dem verlassenen Yablinski-Haus und dem Klärwerk dahinter angelangt war, konnte sie kaum mehr gehen und kaum mehr tief genug atmen, als daß sie am Geruch gemerkt hätte, wie nahe sie schon dem Klärwerk war.

Anna, die sich fühlte wie ein Gummiball, dem die Luft ausgegangen war, stieß ihren pfeifenden Atem in einer langen, weißen Dampfwolke aus und beugte sich so weit nach vorn, daß sie fast auf allen vieren ging. Sie konnte sich nicht mehr erinnern, wann sie Bruiser losgelassen hatte, und sie hatte nicht gemerkt, daß das in Folie eingewickelte Überbleibsel des Amuletts aus ihrer Brusttasche gefallen war, deren Reißverschluß sie vor lauter Aufregung nicht zugemacht hatte, bis sie sah, wie ihre Katze an ihr vorbeiwischte, etwas Glitzerndes, sich Windendes zwischen ihren elfenbeinfarbenen Zähnen.

»Nein … Bru-*Bru, nicht!*« heulte Anna auf, während sie sich unter Schmerzen aufrichtete und versuchte, dem schwarzen Tier nachzublicken, aber diese Gegend war nur wenig bewohnt, und die paar Häuser hatten nicht

einmal im Innern Licht an, geschweige denn auf der Veranda.
Rechts von Anna lag dunkel und leer das Yablinski-Haus. Sie wünschte, daß es *heute* nacht geschneit hätte, dann hätte sie sehen können, ob kleine Fußspuren zur Eingangstür führten ... aber dann fiel ihr Blick auf etwas Weißes, Helles, das aus dem Hortensienbusch an der dem Klärwerk zugekehrten Ecke des Hauses schoß. Auf schmerzenden Beinen stolperte Anna zur Seite, um eine bessere Sicht zu haben. Im Mondlicht sah sie ein kleines Tier mit weißem Fell, das von einem größeren gejagt wurde, welches über der etwas helleren, frostüberzogenen Erde aussah wie ein Stück dahinrasender Dunkelheit.
Bruiser. Er jagte Lucy hinunter zum Fluß, in Richtung auf das Klärwerk, wo ein großes, rundes Silo neben einem kleineren, grauen Haus stand, und hatte dabei immer noch den Rest des Amuletts im Maul, der wie ein goldener Wurm im schwachen Mondlicht zuckte, als freue er sich auf eine Wiedervereinigung mit seiner anderen Hälfte.
Schwer atmend lief Anna hinter Bruiser her über die Schotterstraße, die quer zu der Baumreihe verlief, hinter der sich das Klärwerk verbarg. Ekelerregender Fäulnisgeruch drang vom Fluß herauf, und Anna wurde davon so schwindlig, daß sie fast nicht mehr hätte weitergehen können. Am Rande ihres Gesichtskreises jagten immer noch die zwei rasenden, kleinen Schatten hintereinander her.
Sie verfolgte die beiden dunklen Formen mit den Augen, wie sie auf das leere Gelände neben dem Klärwerk liefen, auf dem sich unregelmäßige Flecken dürren Grases, schiefe Türme aus gebrauchten Lastwagenreifen, gezackte Berge aufgerissenen Asphalts vom Straßenerneue-

rungsprojekt des vergangenen Sommers und ein paar verrostete Zapfsäulen für die Baufahrzeuge der Stadt befanden. Anna konnte das weiße Tier und Bruiser gerade noch undeutlich erkennen, aber einmal, als der Mond kurz vollständig aus den Wolken hervorschaute, sah sie *drei* grün leuchtende Punkte im Fell des Tieres, in das sich Lucy verwandelt hatte; zwei davon waren seine Augen und ein weiterer grüner Fleck befand sich nahe an seiner Schulter am Hals. Gleich darauf verschwanden Lucy und Bruiser hinter einem bizarr gezackten Haufen von Asphalttrümmern. Als Anna ihnen folgte, glitt sie mehrmals auf gefrorenen Pfützen aus, aber sie durfte nicht hinfallen; denn sie hatte Angst, daß sie dann nicht wieder würde aufstehen können.

Das Klärwerk gab leise, glucksende Geräusche von sich, die nicht viel lauter waren als die des träge fließenden Flusses hundert Meter dahinter. Als Anna unter dem idiotischen Grinsen des blassen Mondes schnaufend und keuchend in Richtung auf die Stelle weiterging, an der sie Bruiser und die verwandelte Alte zuletzt hatte rennen sehen, kam in dem Gestank dieses verlassen daliegenden Klärwerks ihr plötzlich etwas in den Sinn: *Der Skarabäus ist ein Mistkäfer. Er rollt den Mist zu kleinen Kugeln und bewegt sie in ost-westlicher Richtung.* Dann sah sie auf einmal Bruiser wieder, aber er jagte jetzt nicht mehr einem weißen, katzenähnlichen Tier nach, sondern sprang in die Luft und schlug mit den Krallen nach etwas, das knapp über seinem Kopf herumflog.

Anna trat zur Seite, so daß sie Bruiser vor dem grauen Gebäude des Klärwerksgebäudes besser sehen konnte, und sah gleichzeitig auch das, wonach ihr Kater sprang. Es war ein großer, dunkler Vogel, mindestens so groß wie ein Fasan, wenn nicht noch größer, aber er war vollkommen schwarz, bis auf einen glitzernden, hellgrünen Fleck auf einem seiner Flügel. Mit riesigen, im Mondlicht glänzenden Krallen trieb Lucy ihr brutales Spiel mit der hochspringenden Katze. Sie fuhr mit scharfen Fängen dem Kater ein paarmal quer über seinen breiten Kopf, bis Bruiser aus seinem geschlossenen Maul einen unterdrückten Laut hervorpreßte. Anna sah, wie das Blut dick und glänzend zwischen seinen flauschigen Ohren hervorrann.

»Laß ihn in *Ruhe!*« schrie Anna und rannte auf wackligen Beinen nach vorne, um den Vogel zu packen, aber ihre Großmutter war auf der Hut. Sie schlug einmal mit den Flügeln, so daß sie sich gerade außerhalb von Annas Reichweite befand, und ließ ein paar helle, wäßrige Klümpchen fallen, die laut auf den harten Boden platschten, als wolle sie damit Anna und ihre Katze ärgern. Dann flog der Vogel fort in Richtung auf den Fluß, und Anna schrie ihm wütend hinterher: »Ich hoffe, du fällst rein und *ertrinkst,* noch bevor du am anderen Ufer bist.«

Der Vogel hörte sie, kam mit langsamen Flügelschlägen zurück, pfiff dann im Sturzflug knapp über Annas Kopf hinweg und riß ihr mit einem so heftigen Schnabelstoß die Mütze vom Kopf, daß er dabei Annas Kopfhaut eine tiefe Wunde zufügte. Das Blut lief Anna über die Stirn in die Augen, während sie sich nach unten beugte und Bruiser in den Arm nahm. Dann hielt sie den Kater hoch in die Luft, so daß der Vogel den zitternden Stummel des Amuletts zwischen seinen schwarzen Lippen sehen mußte, und schrie: »Es *funktioniert* nicht mehr! Du hast es *kaputt*gemacht! Es ist von ihr *abgefallen* und sie ist *Staub,* nur noch *Insektenstaub* auf dem Speicher! Du hast dein kleines *Haustier* zu sehr geschwächt, als du es zerrissen hast, du dumme, alte *Ziege.*«

Anna sah, wie der Vogel sich mitten im Flug *nach innen* faltete; zuerst klappten die großen Flügel über den riesigen, schwarzen Körper, dann wurden die Umrisse der Kreatur vor den vom Mond beleuchteten Wolken am Nachthimmel immer undeutlicher und verwaschener und nahmen eine graue Farbe an, wie die von altem, geschmolzenem Talg, bevor sie sich wieder erneut zu formen begannen. Schließlich schoß ein kleines Ding mit lederartigen Membranflügeln, winzigen, spitzen Ohren und einem grünlich leuchtenden Oval unter einem quiekenden Maul voller messerscharfer, spitzer Zähne auf Anna herab.
Anna bückte sich unwillkürlich und schützte ihren Kopf mit den Armen, aber sie spürte nicht, wie diese Fledermaus mit ihren Krallen auf sie herunterstieß –
(*Mama, ich habe sie doch gesehen. Sie war eine Fledermaus, eine Fledermaus, die aus dem Schlafzimmer flog. Warum willst du mir denn nicht glauben, Mama?*)
– sondern hörte ein heiseres, ersticktes Knurren und dann das matte, ledrige Flattern von Flügeln unten am Boden. Anna nahm die Arme herunter und folgte diesem Geräusch, bis sie seine Quelle entdeckte. Vor dem runden Hauptgebäude des Klärwerks spielte sich ein schrecklicher Kampf ab – zwei dunkle Gestalten hatten sich wütend ineinander verkrallt, ihre zuckenden Umrisse hoben sich deutlich von dem bleichen Putz der Wand ab.
Bruiser drängte die Fledermaus gegen die Mauer, bis diese ihn biß und er sie so lange loslassen mußte, daß sie sich in eine kleinere, hellere Form verwandeln konnte – in eine Ratte. Diese versuchte jetzt, vor der Katze fortzulaufen, aber Bruiser stürzte sich auf sie, umklammerte den bleichen, haarigen Körper mit seinen kräftigen Vorderpfoten und grub seine hinteren Pfoten in ihren

Bauch, während er der Ratte nahe am Genick ins Rückgrat biß. Die Ratte schrie auf, aber es war nicht der schrille Schrei eines Nagetiers, sondern ein fast *menschliches* Geheul – und Anna rannte hinzu und rief: »Es ist genug, Bruiser! Bruiser, laß sie *los!* Laß Lucy gehen!«
Bruiser schaute zu Anna herüber; es war zu dunkel, als daß sie sein Gesicht hätte sehen können, aber sie spürte seine Verwirrung. Er war eben dabei, ihr das Leben zu retten, und sie wollte, daß er damit aufhörte. Aber Anna konnte ihm nicht erlauben, Lucy zu töten, zumindest nicht, solange sie sich in *dieser* Form befand.
Anna machte sich Bruisers momentanes Innehalten zunutze und rief: »Baba! Ich brauche dich, Baba. Bitte, Baba, komm *zurück.*«
Die kleine Gestalt in Bruisers Pfoten floß auf einmal nach außen und wurde größer als die Katze, größer als ein Hund, so daß Bruiser mit gesträubten Nackenhaaren ein paar Schritte zurückwich. Als sich der pulsierende Klumpen aus grauer Materie schließlich in die Alte verwandelt hatte, bedeckte das zerfetzte Kindernachthemd, das sie trug, nur ganz knapp ihren Körper. Die Flügelchen aus Pappe lagen zerdrückt unter ihrem Rücken.
Die Glieder der Alten zuckten in merkwürdigen Spasmen, als Anna sich neben ihr niederkniete. Schnell riß sie mit ihrer behandschuhten Hand der alten Frau das Amulett vom Arm und hoffte, daß der gestrickte Handschuh sie vor ihrem *eigenen* Zorn bewahren würde. Sie ergriff das warme, Wellen schlagende Amulett und wollte es eben in die Tasche stecken, als sie helle Scheinwerfer und blitzendes Rotlicht über den Stapel von Autoreifen, die Asphalthügel in der Nähe und die Wände des Klärwerks huschen sah. Auf einmal hörte sie Bib Stanleys Stimme aus einem Lautsprecher quäken: »*Anna – wenn Lucy Miner hier ist,*

dann halten Sie sich fern von ihr. Anna, kommen Sie jetzt raus.«
Anna spürte, wie ihr die Spirale mit dem Skarabäus am Ende aus den Fingern glitt und auf die Erde fiel. Im nächsten Augenblick sprang Bruiser auf das matt zuckende Ding, und rannte davon, wobei ihm die beiden Teile des sich windenden Amuletts aus dem Maul hingen.
Rechts hinter sich hörte Anna, wie Bib sagte: *»Ich bin allein, Anna. Und ich weiß alles. Ihr Urgroßvater hat mich gewarnt.«*
»Daddy?« kam ein gurgelndes Blubbern aus dem Mund der Alten, und Bib, der das Geräusch gehört haben mußte, stand auf einmal neben Anna und starrte in erstauntem Schweigen auf den zusammengefallenen, alten Körper, der da in den lächerlichen Überbleibseln eines Engelskostüms neben dem Gebäude des Klärwerks lag. Schließlich fand er seine Stimme wieder.
»Ja, Lucy ... *Ihr* Daddy. Aber Daddy ist tot, Lucy.«
»Neeeiiiin!« schrie die Alte, und ihre Glieder zuckten, als hätten sie ein Eigenleben. Sie sah aus wie ein Käfer, der hilflos auf seinem breiten Rücken liegt – *so wie Gregor Samsa in Kafkas Erzählung ... auch er ist schließlich gestorben,* dachte Anna, während die Lippen der Alten sich im kalten Mondlicht ganz blau färbten. Bib beugte sich zu Anna und fragte flüsternd: »Sind Sie okay, Kindchen?«
Anna nickte mit ihrem blutigen Kopf und stieß hervor: »Es geht mir gut«, bevor ihr wieder einfiel, daß genau dieser Satz erst vor einer knappen Stunde eine Frau, die sie geliebt hatte, das Leben gekostet hatte. Sie wandte sich von der Alten ab und flüsterte Bib zu: »Lucy ... wollte mich umbringen. Sie hat Arlene Campbell getötet. Sie ... Arlene ist im Speicher ... bei Mrs. Husas Lei–«
Als die Alte den Namen ihrer Großmutter hörte, lächelte sie die beiden leer an und schien ihn unhörbar zu wieder-

holen. »Sie hat einen Schock«, sagte Bib. »Ich werde einen Krankenwagen –«

»Nein, Bib«, sagte Anna und beugte sich über die Alte. »Bruiser hat sie erledigt, und zwar gründlich – nicht wahr, Baba?« Die Alte nickte, aus ihren Haaren rann das Blut in kleinen Rinnsalen, während Anna auf sie einredete: »Willst du diesem netten Mann nicht erzählen, was du für mich getan hast? Was du mit den Leuten gemacht hast, die mir weh getan haben? Was du mit ihnen getan hast, weil du wolltest ...« Annas Stimme zitterte, aber leise flüsternd brachte sie es schließlich doch noch heraus: »... weil du wolltest, daß Anna ihre Baba *liebt?*«

»Und ... *tust* du das?« brachte die Alte mühsam stammelnd hervor. Bib fuhr zusammen und drehte den Kopf weg, während er unwillkürlich mit der Hand über sein bartstoppeliges Kinn fuhr. Das kleine, trockene Geräusch war in der kalten Dunkelheit deutlich zu hören.

Anna nickte und dachte: *So viel Blutvergießen im Namen der Liebe. Und auch das, was Arlene Campbell getan hat, weil sie nicht glaubte, daß ich mit der Alten allein fertigwerden würde, war so etwas wie Liebe.* Anna schien ihr Kopf schwerer zu werden als die ganze Welt, schwerer als all die Leichen, die in der Erde vergraben lagen, und sie weinte leise vor sich hin, während Lucy Miner mit gurgelnder Stimme vor dem netten Mann, der neben ihrer kleinen Anna stand, ein selbstgefälliges Geständnis ablegte, bevor sich ihre Augen zum letzten Mal schlossen und sie ihrer Gramma an einen Ort folgte, an dem sie den ganzen Tag über zusammen flüsternd und kichernd auf der Veranda sitzen und sich all die Geheimnisse anvertrauen konnten, die nur Großmütter wissen und kleine Mädchen, die sie lieben.

13

Bruiser (II)

Als der Wagen mit den bunten, blinkenden Lichtern auf dem Dach vor dem Haus seiner Menschin hielt, rollte sich Bruiser so eng er konnte in den Büschen neben dem Haus zusammen und versteckte seinen schmerzenden, zerkratzten und zerbissenen Körper in den Schatten. Er hörte, wie seine Menschin sagte: »Ach, Bib, noch etwas. Arlene hat mir, bevor sie ... nun, sie hat mich gebeten, mich um ihre Ba– um ihre Tiere zu kümmern. Soll ich gleich hingehen oder –«

Dann hörte Bruiser die Stimme eines Mannes, den er nicht kannte: »Ich schicke für heute nacht jemand von der Polizei in Mrs. Campbells Haus. Sie können die Tiere dann morgen holen ... ist das in Ordnung?«

Bruisers Menschin sagte etwas, das zu leise war, als daß er es hätte hören können (seit auf dem Nachhauseweg diese merkwürdig schmeckenden Dinger in seinen Mund und seine Speiseröhre hinuntergekrochen waren, hörte er irgendwie *anders*, nicht mehr so gut wie vorher); und dann hörte Bruiser das Geräusch von Schritten auf dem Gehsteig, das Knarren von Gummireifen auf Asphalt und das tiefe Brummen eines Motors, das sich rasch entfernte. Seine Menschin schaltete mit einem leisen Klicken ihre Taschenlampe an. Sie trat von der Veranda und leuchtete das Gras vor ihren Füßen ab, während sie langsam näher kam und mit leiser Stimme rief: »Bru-Bru, komm raus ... Momma tut dir nichts. Es ist alles in Ordnung, Bruiser, du warst ein *guter* Junge. Alles wird wieder gut. Precious muß nicht ins Gefängnis. Bib holt sich die Schere, die ich bei der Alten gefunden habe, und wird sagen, daß Wally damit umgebracht wurde. Na los, Bruisie, komm raus. Es ist in Ordnung, es ist alles vorbei. Momma ist zu Hause, Brupie, und alles wird wieder gut. Ich sehe deine Augen, also komm.«

Ängstlich verließ Bruiser das Gebüsch und zeigte seinen zerkratzten Kopf mit dem immer noch blutenden Maul, während seine Menschin unwillkürlich einen Schritt zurücktrat und den Strahl ihrer Lampe von seinem Gesicht nahm. Bruiser konnte in der Dunkelheit das Gesicht seiner Menschin kaum erkennen. Sogar seine Augen hatten sich verändert, jetzt, wo das harte, aber auf der anderen Seite merkwürdig weiche Ding in ihm war, gleich unter seinem Hals hatte es sich zwischen seinen Schlüsselbeinen eingenistet. Die trockenen, braunen Zweige und Blätter raschelten, als Bruiser mit langsamen, schmerzenden Bewegungen aus dem Gebüsch hervorkam. Die toten Zweige und steifen Blätter, die er dabei streifte, taten seiner auf einmal so zarten Haut weh, so daß er einen kleinen Schmerzensschrei ausstieß. Als seine Menschin ihn hörte, leuchtete sie ihn wieder an und ließ das Licht über sein Gesicht und seine Brust wandern.

»Oh, mein Gott, *Bruiser*, du hast doch nicht *etwa* ... nein, nein, warte, komm zurück, lauf nicht weg.«

Bruiser legte sich mit Brust und Bauch auf die Erde und wandte beschämt den Kopf zur Seite. Die Stimme seiner Menschin war so voller Schmerz, und er schämte sich, weil er etwas getan hatte, das sie traurig machte, sie, die einzige Menschin, die er liebte.

Dann sagte seine Menschin leise und sanft: »Ach, Bru-Bru... was ist bloß *passiert?* Hast du es hinuntergeschluckt, mein Kleiner? Oder ist es von selber in dich hineingekrochen?« Während ihre Hand ganz sanft die Beule, unter der das Ding in seinem Körper steckte, berührte, sagte sie: »Na los, Bruisie, wir müssen ins Haus. Nein, Bru-Bru, Momma *kann* dich jetzt nicht mehr tragen. Los, geh hinter mir her, nein, nein, Bruiser, geh doch nicht *so*, du kannst ... das jetzt nicht mehr. Komm jetzt. Momma wird sich um deine Kratzer kümmern. Ja, so ist's ein *guter* Junge. Na, los jetzt, genau, so geht's. Komm, jetzt gehen wir rein.«

Und als Bruiser seiner Menschin ins Haus folgte, war ihm auf einmal wieder klar, wie wunderschön sie in seinen Augen war, wie sehr sie es wert gewesen war, daß er aus Liebe zu ihr alles verloren hatte, was er war. Denn als er ihr ins Gesicht sah, sagte sie leise: »Das hast du *gut* gemacht, Bru-Bru ... Momma ist stolz auf dich.« Ihre Finger fuhren über die Stelle, wo das golden-grüne Ding eigenartig und schwach durch seine Haut leuchtete, und sie flüsterte, während sie ihn sanft auf seinen zerkratzten Kopf küßte: »Bruiser, ich dachte, daß da unten am Fluß alles vorbei wäre ... aber für uns wird es niemals enden, nicht wahr? Vielleicht mußte es so kommen.« Bruiser verstand zwar nicht alles, was sie sagte, aber er verstand den Tonfall ihrer Stimme und das, was sie meinte.

Niemand würde ihn aus diesem Haus fortjagen, so wie man ihn aus seinem ersten Zuhause hinausgeworfen hatte, weil er nicht mehr klein und knuddelig gewesen war. Seine Menschin liebte ihn noch *immer*, ganz gleich, wie er jetzt aussah. Das allein wog für ihn all die Dinge auf, die er verloren, und auch die neuen, unbekannten Dinge, die er gewonnen hatte.

EPILOG

Freitag, 6. November 1987

Anna Sudek umging vorsichtig die gefährlich hohen Stapel von Kisten, vollen Einkaufstüten und aufeinandergelegten Bücher, die in etwa alles enthielten, was sie aus dem Haus ihrer Großmutter mitgenommen hatte – alles, was sie übers Herz gebracht hatte, mitzunehmen –, und trug die Handvoll Briefe, die der Briefträger eben in den Briefkasten geworfen hatte, ins Eßzimmer. Eine von Arlene Campbells Katzen rüttelte am Türknauf des Badezimmers, und eine flauschige, orangefellige Pfote langte durch den schmalen Lüftungsschlitz. Über ihre Schulter rief Anna: »Seid brav da drinnen, ihr Babys« und war froh, daß Arlenes Hunde den lieben langen Tag praktisch nichts anderes taten als schlafen. Sie ging zu dem mit allen möglichen Dingen übersäten Eßzimmertisch, in dessen Nähe Bruiser auf einer großen Bücherkiste saß. Er beobachtete stumm, wie sie den Brief des Immobilienmaklers, der sich um den Verkauf des Hauses der Alten kümmerte, öffnete und zur Seite legte, ebenso wie das Beileidsschreiben ihrer Kollegen aus der Polizei und die separate »Mit aufrichtiger Anteilnahme«-Karte von Terry

Von Kemp (Terry hatte innen auf die Karte gekritzelt: »Es tut mir leid, was passiert ist, einfach leid.«). Dann waren da noch die Rechnung für die Autopsie mit einer Fotokopie des Totenscheines, um die Anna gebeten hatte, nur um sich jederzeit daran erinnern zu können, daß die Alte *wirklich* tot und begraben war (»Tod durch Schock, Unterkühlung, Verletzungen der unteren Wirbelsäule und Blutverlust« hatte der altersschwache Doc Calder konstatiert.), und ein Brief an Anna, dessen Handschrift sie nur zu gut kannte.

Anna hielt Tinas Brief eine volle Minute in der Hand, drehte ihn hin und her, las wiederholt die Absenderadresse in Eau Claire, die ihre Mutter in die linke obere Ecke geschrieben hatte, und ihren eigenen Namen auf dem rosa Briefumschlag, den hinten eine nette Zeichnung von einem Kätzchen zierte. Dann nahm sie den Brief mit in die Küche und schrieb unter den verschimmelten Überbleibseln der letzten Zeilen, die ihre Mutter an sie gerichtet hatte, quer über den Umschlag: »Empfänger unbekannt verzogen – Zurück an den Absender« und strich ihre Adresse aus.

Anna wußte, daß das, was sie tat, grausam war – und zwar unnötig grausam, denn ihre Mutter hatte unter Lucy Miner genauso gelitten wie sie –, aber eingedenk dessen, was sie jetzt wußte (und was sie *niemals* wieder würde vergessen können), sah sie keine Möglichkeit, wie sie ihrer Mutter auch nur einen winzigen Teil von dem, was in den vergangenen zwei Wochen geschehen war, hätte erzählen können, ohne ihr gleich *alles* zu sagen – und Anna bezweifelte, daß ihre Mutter dieses Wissen würde ertragen können.

Sie erinnert sich vielleicht sogar noch an die Katze ihrer armen Großtante, die Katze, die ich im Garten der Alten beerdigt habe, und das könnte ich nicht ertragen. Ich habe keine Ahnung, was ich tun würde, wenn ich dieses Tier auch noch persönlich gekannt hätte.

Mit einem Seufzer legte Anna den ungeöffneten Brief mit der Adresse nach unten auf die Arbeitsfläche und dachte: *Das, was Ma vermutlich in der Zeitung gelesen hat, ist ohnehin genug für sie. Ich weiß, daß die Geschichte mit der Alten in den Zeitungen von Eau Claire gestanden hat – ich habe vor ein paar Tagen die Schlagzeile gelesen. Ma über alle Einzelheiten aufzuklären, wäre bloß grausam.*

Anna nahm einen anderen Brief vom Eßzimmertisch, der keine Briefmarke trug. Diesen Brief hatte ihr Bib gegeben, als sie gestern auf der Polizeistation ihren Spind ausgeräumt hatte. Er enthielt ein Empfehlungsschreiben für einen Job als Bürokraft und Aufseherin bei einer anderen Polizeibehörde in Wisconsin.

»Anna, ich weiß, daß Sie nicht gern über das, was ... äh ... da unten am Klärwerk passiert ist, reden, und ich will Sie auch gar nicht bedrängen, aber ich wünschte, Sie würden mir erzählen, was mit diesem Ding von Ihrer Großmutter passiert ist.«

»Wollen Sie das wirklich wissen?« hatte Anna gefragt und Bib dabei nicht angesehen, der gerade etwas von »diesem Professor da« hatte erzählen wollen, den er drüben im Wright County kennengelernt und der behauptet hatte, daß das Amulett ein hübsches Sümmchen wert sei. Aber schließlich hatte Bib sich bloß geräuspert und gesagt: »Wenn dieses Ding bloß keinen Ärger mehr macht.«

»Es ist jetzt ganz harmlos. Vertrauen Sie mir, okay? Es wird nie wieder ... irgend etwas tun. Niemand wird mehr ums Leben kommen. Aber fragen Sie mich nicht, wo es ist. Die Antwort würde Ihnen nicht gefallen.«

»Ist es denn so schlimm?« Bib hatte sich auf den Stuhl

neben Anna gesetzt, so daß sie sein besorgtes Gesicht nicht hatte übersehen können. Sie hatte sich trotzdem mit ihrer Antwort lange Zeit gelassen: »Es ist nicht schlimm … sondern etwas, wozu Sie eine lange Zeit bräuchten, um es zu begreifen. Aber ich komme damit klar.«

»*Das* bezweifle ich nicht«, hatte Bib mit einem schiefen Lächeln geschnaubt. »Sie sind ein verdammt harter Brokken, wissen Sie das? Aber Sie sind nicht schlecht, so wie Ihre Großmutter es war. Ich schätze, ich müßte Sie eigentlich fragen, wo dieses Ding ist, aber da Sie nicht Lucy Miner sind, wollen wir es einfach vergessen, okay? Lassen wir es ruhen.«

Ruhen. *Ja, das tut es,* dachte Anna, als sie von Bibs Brief aufblickte und zu Bruiser sah, der immer noch auf seiner Umzugskiste thronte, während Mouth zu seinen Füßen auf dem Boden saß, leise knurrte und mit ihrem dunkel gestreiften Schwanz kaum hörbar auf den Boden klopfte. »Manchmal lohnt es sich nicht, alte Wunden wieder aufzureißen, nicht wahr, Bru? Nicht, wenn die Infektion der Heilung vorzuziehen ist. Manchmal … ist es einfach besser, alle Verbindungen abzubrechen und zu gehen.«

Das Geständnis und der Tod von Lucy Miner waren sechs Tage lang *das* Gesprächsthema im »Rusty Hinge« gewesen. Der Leichenbeschauer Lenny Wilkes hatte geduldig die dummen Bemerkungen seiner Saufkumpane über sich ergehen lassen (»Hättest du denn nicht ein anderes Hemd anziehen können, Len? Gelb steht dir nämlich auch nicht.«), als sein rotbackiges Gesicht in den Sechs-Uhr-Nachrichten auf Kanal dreizehn *und* achtzehn zu sehen gewesen war, und Palmer Winston hatte mehrmals lauthals verkündet, daß Lucy Miner »von ihrem ersten

Atemzug an verdorben« gewesen war. »Sie war das einzige Mädchen in der Stadt, mit der ich niemals ... *na, ihr wißt schon* ... hätte.« Palmer Nemmitz hatte erzählt, daß Sheriff Stu Sawyer, der Cousin seiner Frau Bitsy, gesagt habe, es könne doch doch kein Zufall gewesen sein, daß Polizeichef Bib Stanley ausgerechnet dort auftauchte, wo Lucy Miner sich an Halloween herumtrieb. Er habe die alte Hexe, bevor sie abkratzte, ganz bestimmt nicht über ihre Rechte belehrt, ganz gleich, was ihre komische Enkelin erzählte. Wayne Mesabi hatte bloß gesagt, die anderen sollten lieber seine Kartoffelchips kaufen, als sich die Köpfe darüber zu zerbrechen, wie Bib Stanley wohl das Geständnis aus Lucy Miner herausbekommen hatte.

»Ein Geständnis ist ein Geständnis«, sagte Wayne auch jetzt, an diesem späten Nachmittag, während er sich eine Erdnußflocke in den Mund schob, aber der pensionierte Englischlehrer Palmer Winston beendete den Satz für ihn: »– ist ein Geständnis ist ein Geständnis. Es ist mir egal, wie Bib es bekommen hat, wenn die Geschichte damit bloß ein Ende hat. Diese Untersuchungen und Verhöre und weiß Gott was sind doch nichts als eine einzige Verschwendung von Steuergeldern.«

Lenny Wilkes seufzte. »Ihr Burschen habt diese *Leichen* nicht gesehen. Ich meine, ich habe noch *nie* in meiner ganzen Karriere etwas Derartiges –«

»Mich regt viel mehr auf, daß dieser Irre Alv Miner es sich die ganze Zeit auf *unsere Kosten* in diesem privaten Pflegeheim hat gutgehen lassen«, unterbrach Mesabi, wobei sein Mund noch voller halbzerkauter, gelber Erdnußflocken war, »anstatt dort zu sitzen, wo er *hingehört.*«

»Ach, laß gut sein, Wayne. Was geschehen ist, ist geschehen. Mich würde viel eher interessieren, was sich Lucy Miner wohl gedacht hat, als sie Arlene Campbell ... *das* angetan hat«, sagte Palmer Nemmitz, nahm einen langen, lautstarken Schluck aus seinem »Leinenkugel's« und wischte sich helle Biertropfen von seinen dünnen Lippen und seinem grauen, stoppeligen Kinn. Dann setzte er die rotweiße Bierdose mit einem lauten, schwappenden Geräusch schwungvoll auf das holzfarbene Resopal des Tisches.

Nemmitz' alter Kumpel Palmer Winston begann gerade: »Na, hat denn Lucy *jemals* gedacht? Ich habe immer gemeint, sie handelt aus Instinkt, wie ein Ti–«, als Nemmitz Winston unter dem Tisch trat und flüsterte: »Halt's Maul ... ihre Enkelin kommt rein.«

Die vier Männer hörten zu essen und zu trinken auf, und sogar Arnie, der Barkeeper, wandte seine Augen von der Sendung, die eben über den Fernsehschirm flimmerte, drehte sich um und starrte auf Anna Sudek und ihren Begleiter, die gerade zur Tür hereinkamen. Anna hatte ein paar klimpernde Autoschlüssel in der einen und einen Briefumschlag in der anderen Hand.

Palmer Winston war der einzige der vier, der von seinem Platz aus lesen konnte, was für ein Absender auf dem Umschlag stand, und später erzählte er den anderen über seiner dritten Dose Squawpisse: »Das war ein offizieller Briefumschlag vom Polizeichef Bib Stanley, und zwar ohne Briefmarke. Als Anschrift stand bloß drauf ›Chief Soundso, Polizeipräsidium Milwaukee‹, als solle Anna diesen Brief *persönlich* übergeben.«

Knapp hinter Anna kam ein junger Mann in die Bar, er war wohl Mitte dreißig, nicht außergewöhnlich groß, aber stark gebaut, mit breiten Schultern und einem kräftigen, blassen Nacken unter leicht gelocktem, schwarz glänzendem Haar. Seine gelbgefleckten, grünen Augen hatten einen scheuen Blick, den er, als er neben Anna an der Bar

stand, auch noch ständig leicht nach unten gesenkt hielt. Er trug Annas silbrige Rusty Hinge-Baseballjacke, eine dunkelblaue Cordhose und ein paar weiche Mokassins (später bestand Lenny Wilkes darauf, daß er erst am vergangenen Montag *genau* solche Schuhe weggeworfen habe, bis Palmer Winston ihm sagte, er solle den Mund halten) und hatte ein etwas leeres, aber höfliches Lächeln auf dem Gesicht.
Anna sagte, während sie mit den Autoschlüsseln spielte: »Ich bin bloß vorbeigekommen, um mich von euch Burschen zu verabschieden. Ich habe beide Häuser zum Verkauf ausgeschrieben.«
Die beiden Palmers warfen sich vielsagende Blicke zu, weil sie genau wußten, daß Anna ihr kleines Haus sowieso an die Nationale Bausparkasse zurückgeben mußte.
»– und morgen vormittag fahre ich fort von hier –«
»Aber doch nicht wegen ... nun, Sie wissen schon«, begann Wayne Mesabi, bis Palmer Nemmitz ihm zuflüsterte: »Du alter Widerling!«, sich in seinem zerkratzten Lehnstuhl halb umdrehte und zu Anna sagte: »Hast du jetzt ein Auto? Ich habe grade die Schlüssel gesehen.«
Anna nickte und klimperte mit den Schlüsseln in ihrer Hand, während sie antwortete: »Ich habe gestern nachmittag meinen Führerschein erneuert. Ich habe einen Transporter gemietet, aber wenn ich erst mal eine Weile woanders gearbeitet habe, möchte ich mir einen eigenen Wagen kaufen. Ich habe Mrs. Campbells Tiere ... geerbt. Wir nehmen sie mit.«
Palmer Winston zwinkerte, deutete mit seiner halbgerauchten Lucky Strike auf Annas schweigsamen Begleiter und fragte: »Du und dein Freund hier? Ich glaube nicht, daß wir bereits das Vergnügen hatten ...«
Annas Wangen wurden tiefrot und sie sagte schnell: »Mr.

Winston, Mr. Nemmitz, Mr. Wilkes, Mr. Mesabi, das ist ... Bru. Bru, das ist Palmer Winston, Palmer *Nemmitz* –«

»Sie sehen bloß aus wie Zwillinge«, warf Wayne Mesabi ein, und die beiden grauhaarigen Palmers warfen ihm beide einen bösen Blick zu.

»– und Lenny Wilkes.« Der nachnamenlose »Bru« hinter Anna nickte schüchtern und fingerte an den silbernen Druckknöpfen seiner glänzenden Jacke herum, bis Anna zu ihm herüberlangte und, während sie weitersprach, seine Hand hielt. »Ich wollte Sie, bevor wir fahren, alle noch einmal sehen. Ich glaube nicht, daß wir in nächster Zeit einmal wieder hierher auf Besuch kommen werden, und ...« Sie sprach den Satz nicht zu Ende, aber die Männer in der Bar wußten, was sie meinte.

Weil Lucy Miner, bevor sie an den Verletzungen gestorben war, die ihr, laut Autopsiebericht, ein unbekanntes, größeres Tier zugefügt hatte, gegenüber Bib Stanley und Anna Sudek ein umfassendes Geständnis abgelegt hatte, war Precious Isaacs freigelassen worden und befand sich jetzt bei Pflegeeltern drüben in Lumbe. Es wurde als ihr Glück angesehen, daß Bib und Anna die sterbende Lucy Miner draußen beim Klärwerk gefunden hatten. Im *Herald* hatte gestanden, daß Anna Sudek, nachdem sie die tote Arlene Campbell und eine *weitere,* stark verweste Leiche auf dem Speicher des Miner-Hauses entdeckt hatte, Lucy zum Klärwerk gefolgt sei, und daß Bib – der gerade auf dem Weg zu Anna gewesen sei, um sie von Alvin Miners Tod zu informieren – im Vorbeifahren gesehen habe, wie Anna zum Klärwerk ging, aber Stu Sawyer glaubte *kein einziges Wort* von der ganzen Geschichte. Als Motiv für den Mord an Wally Inglass galt Lucy Miners lang gehegte Abneigung gegen den Schuldirektor, die von der »jüngsten Entwicklung«, auf welche der *Herald* aber nicht weiter hatte eingehen wollen, noch verschlimmert worden war.

Und obwohl Anna Sudek nirgendwo in der Presse *direkt* ein Vorwurf gemacht worden war, war es kein Geheimnis, daß Stu Sawyer darauf brannte, ihr doch noch *irgend* etwas anzuhängen, so hatte es Terry Von Kemp zumindest gegenüber Lenny Wilkes angedeutet, nachdem Lucy Miner neben den letzten Überbleibseln ihrer geliebten, lang verstorbenen Großmutter begraben worden war. »Stu ist immer noch stinksauer, daß er nicht dabei war, als man die alte Lucy fand. Meine Millie schwört, daß Stu der festen Überzeugung ist, daß ihn das bei der nächsten Wahl ein paar Stimmen kosten wird.«

Deshalb widersprach auch keiner der Männer im »Rusty Hinge« Anna, als sie sagte: »Ich glaube, es ist am besten, wenn ich die Stadt verlasse. Eine Menge Leute wird mich gern gehen lassen, und eigentlich gönne ich ihnen diese Genugtuung ganz und gar nicht, aber ich kann mich deshalb nicht selber unglücklich machen.« Palmer Winston sprach auch für seine Kumpane, als er antwortete: »Du hast vollkommen recht, Anna. Bist du sicher, daß in deinem Lieferwagen nicht auch noch ein Plätzchen für mich frei ist? Ich kenne eine Menge Leute, die auf der Straße tanzen würden, wenn ich hier abhauen würde.«

Von hinter der Bar hörten sie das Geräusch von Arnie, der einen Fred-Astaire-Softshoe auf das Linoleum legte, und Mr. Winston rief: »Hey, Fred, halt dich mit dem Tanzen zurück, bis Ginger kommt«, bevor er sich wieder Anna zuwandte. Nachdem er einen langen Zug aus seiner Zigarette genommen hatte, sagte er in einem neckischen Ton: »Wenn du gehst, werden wir ja nie erfahren, was da draußen wirklich geschehen ist. Bibs Mund ist in letzter

Zeit so verschlossen, daß nicht einmal mehr ein Strohhalm zwischen seine Lippen paßt.«

Anna lächelte, lehnte sich sanft an den massiven und schweigsamen Bru und sagte: »Oh, darüber wird schon viel zuviel geredet. Ich glaube, daß Bib Gras über die Sache wachsen lassen will – *ich* jedenfalls will das ganz bestimmt. Ach, du meine Güte, ist es schon halb sechs? War schön, euch zu sehen, Jungs, aber wir müssen jetzt wirklich los, den Lieferwagen beladen und so.«

Anna und die Männer am Tisch verabschiedeten sich voneinander. Bru in seiner silbernen Jacke blieb auch jetzt stumm und gab nur ein Lächeln und ein überraschend hohes Brummen von sich, das genausogut ein Abschiedsgruß wie irgend etwas anderes hätte sein können. Dann gingen die beiden nach draußen, wobei Bru Anna auf den Fersen folgte und einmal mit seinem gesenkten Kopf von hinten ganz leicht an ihre Schulter stupste, und ließen die Männer mit ihrem Bier, ihren Snacks und ihrem Klatsch allein.

Palmer Winston beobachtete durch das verschmierte Fenster der Bar, wie Anna und ihr Freund in einen dunkelbraunen Transporter stiegen, streifte seine Zigarette über dem vollen Aschenbecher aus schwarzem Plastik ab und sagte nachdenklich: »Ich hätte nie geglaubt, daß ich noch erleben würde, daß Anna Sudek mit einem Burschen herumturtelt.«

»Er sieht eher aus wie ein Fleischberg mit Haaren«, lästerte Mesabi mit einem Mund voller Erdnußflocken, aber Nemmitz gab zurück: »Ich sehe hier jemanden, der noch viel schlimmer aussieht. Zumindest hat der Bursche einen gepflegten Eindruck gemacht.«

»Bloß weil er grüne Augen hat wie du, mußt du ihn nicht gleich verteidigen«, maulte Mesabi, und Lenny Wilkes

sagte: »Ich verstehe nicht, wie sie so schnell einen Führerschein bekommen konnte.«
»Vielleicht hat Bib ihr einfach einen *gegeben*, weil sie ihm geholfen hat, die alte Lucy zur Strecke zu bringen«, sagte Winston und nahm einen tiefen Zug aus seiner Lucky Strike, bevor er hinzufügte: »Ist euch eigentlich auch die Tätowierung am Hals von diesem Bru aufgefallen, ungefähr *hier*?« Der alte Mann deutete mit dem Filter seiner Zigarette auf die Stelle, wo seine Schlüsselbeine zusammenliefen.
»Nein. Bist du sicher, oder hast du schon zu viel von deiner Squawpisse getrunken?« fragte Mesabi und spuckte dabei ein paar feuchte, gelbe Krümel auf den Tisch. Aber Winston blieb dabei: »Natürlich bin ich sicher. Die Tätowierung war ganz frisch, die Haut darunter war noch geschwollen. Sah aus wie eine Art grüner Käfer.«
Lenny Wilkes schüttelte den Kopf und sagte: »Eine merkwürdige Stelle, um sich tätowieren zu lassen. Muß doch furchtbar weh tun. Sagt mal, Leute, *kennt* denn einer von euch diesen Burschen?«
»Ich habe ihn noch nie vorher gesehen«, sagten die beiden Palmers gleichzeitig, und Wayne Mesabi, der ewige Spaßvogel, witzelte: »Vielleicht hat Anna ihn ja aus einem Müllcontainer gezogen.«
»Hau bloß ab«, sagte Nemmitz und sah aus dem Fenster. Draußen fuhr gerade der Transporter (eine Abgaswolke waberte bläulich im Licht der Straßenlaternen) los in den kalten Novemberabend, und am tiefblauen Himmel ging eben der Mond auf. »Anna hat so ein großes 'Herz, vielleicht hat sie einen Tramp oder einen Obdachlosen aufgenommen, wie einen fortgelaufenen Hund.«
»Eine Katze«, verbesserte Palmer Winston, dessen mandelförmige Augen sich unter ihren leicht gelblichen Li-

dern versteckten, während er Rauch gegen die Fensterscheibe und den verschwindenden Transporter dahinter blies. »Der Bursche erinnert mich irgendwie an ... an einen *Kater*. Ich weiß nicht, wieso. Einen kastrierten, übrigens. Habt ihr gesehen, wie er hinter ihr stand, so still und folgsam?«

»Es ist doch egal, wie und wo Anna ihn gefunden hat ... viel wichtiger ist, daß sie *überhaupt* jemanden hat«, sagte Lenny Wilkes und nickte mit seinem Stiftenkopf in Richtung Fenster, während er Mesabi eine Erdnußflocke stibitzte und sich in den Mund schob. »Das Leben ist verdammt einsam, wenn man nicht jemanden hat, der für einen da ist ... ganz egal, wo dieser Jemand *herkommt*.«

»Oder was er *ist*«, fügte Winston so leise hinzu, daß die anderen ihn nicht hören konnten, und schob seine noch halbvolle Dose »Leinenkugel's« fort *(dieses Zeug gerbt mir nicht nur die Leber, jetzt läßt es mich sogar schon Gespenster sehen)*. Oder hatte sich unter der Tätowierung des jungen Mannes *tatsächlich* etwas bewegt, ein bißchen bloß, als habe diese Tätowierung ihr eigenes Leben, dachte Palmer Winston mit leichtem Schauder, bevor die beiden roten Rücklichter von Annas gemietetem Ford-Transporter um die Ecke bogen und flimmernd aus seiner Sicht verschwanden.